Ancienne productrice de télévision, mariée et mère de deux enfants, EL James vit actuellement à Londres. Elle rêvait depuis sa plus tendre enfance d'écrire des récits dont les lecteurs tomberaient amoureux, mais avait mis ses rêves entre parenthèses pour se consacrer à sa famille et à sa carrière. Elle a finalement trouvé le courage de prendre sa plume pour rédiger sa trilogie *Fifty Shades*, devenue instantanément un succès mondial.

Paru dans Le Livre de Poche :

CINQUANTE NUANCES PLUS SOMBRES
CINQUANTE NUANCES PLUS CLAIRES

EL JAMES

Cinquante nuances
de Grey

ROMAN TRADUIT DE L'ANGLAIS PAR DENYSE BEAULIEU

JC LATTÈS

Titre original :

FIFTY SHADES OF GREY
publié par The Writer's Coffee Shop Publishing House, Australie

L'auteur a publié précédemment sur Internet
Master of the Universe, une version en feuilleton
de cette histoire, avec d'autres personnages,
sous le pseudonyme Snowqueen's Icedragon.

ISBN : 978-2-253-02052-3

À Niall,
le maître de mon univers

1.

Je grimace dans le miroir, exaspérée. Ma saleté de tignasse refuse de coopérer. Merci, Katherine Kavanagh, d'être tombée malade et de m'imposer ce supplice ! Il faut que je révise, j'ai mes examens de fin d'année la semaine prochaine, et, au lieu de ça, me voilà en train d'essayer de soumettre ma crinière à coups de brosse. *Je ne dois pas me coucher avec les cheveux mouillés. Je ne dois pas me coucher avec les cheveux mouillés.* Tout en me répétant cette litanie, je tente une nouvelle fois de mater la rébellion capillaire. Excédée, je lève les yeux au ciel face à cette brune qui me fixe, avec son teint trop pâle et ses yeux bleus trop grands pour son visage. Tant pis. Je n'ai pas le choix : la seule façon de me rendre à peu près présentable, c'est de me faire une queue-de-cheval.

Kate est ma colocataire, et elle a été terrassée par la grippe aujourd'hui. Du coup, elle ne peut pas interviewer pour le journal des étudiants un super-magnat de l'industrie dont je n'ai jamais entendu le nom. Résultat : elle m'a désignée volontaire. Je devrais relire mes notes de cours,

9

boucler une dissertation, bosser au magasin cet après-midi, mais non – je me tape les 265 kilomètres qui séparent Vancouver dans l'État de Washington du centre-ville de Seattle pour rencontrer le mystérieux P-DG de Grey Enterprises Holdings, Inc., grand mécène de notre université. Le temps de ce chef d'entreprise hors du commun est précieux – bien plus que le mien –, mais il a accepté d'accorder une interview à Kate. C'est un scoop, paraît-il. Comme si j'en avais quelque chose à foutre.

Kate est blottie dans le canapé du salon.

— Ana, je suis désolée. Cette interview, je cours après depuis neuf mois. Si j'annule, je n'aurai pas d'autre rendez-vous avant six mois et, d'ici là, on aura quitté la fac. Je suis la rédac' chef, je ne peux pas me permettre de planter le journal. Je t'en supplie, ne me laisse pas tomber, m'implore-t-elle d'une voix enrouée.

Elle fait comment ? Même malade, elle est à tomber avec ses cheveux blond vénitien impeccablement coiffés et ses yeux verts pétillants, bien que, pour l'instant, ils soient rouges et larmoyants. Je refoule une bouffée de compassion.

— Évidemment que je vais y aller, Kate. Retourne te coucher. Tu veux de l'Actifed ou un Doliprane ?

— Actifed, s'il te plaît. Tiens, voici mes questions et mon dictaphone. Tu appuies ici pour enregistrer. Prends des notes, je décrypterai.

— Ce mec, je ne sais rien de lui, dis-je en tentant vainement de réprimer ma panique croissante.

— Avec mes questions, tu t'en sortiras très bien. Allez, vas-y. Tu as une longue route à faire. Il ne faut pas que tu sois en retard.

10

— O.K., j'y vais. Retourne te coucher. Je t'ai préparé de la soupe, tu pourras la faire réchauffer plus tard.

Il n'y a que pour toi que je ferais ça, Kate.

— D'accord. Bonne chance. Et merci, Ana – comme toujours, tu me sauves la vie.

Je prends mon sac à dos en lui adressant un sourire ironique. Je n'arrive toujours pas à croire que je me sois laissé convaincre par Kate de faire ça. Cela dit, Kate pourrait convaincre n'importe qui de faire ses quatre volontés. Elle est éloquente, forte, persuasive, combative, belle – et c'est ma meilleure amie.

Les routes sont dégagées à la sortie de Vancouver. Je ne suis attendue à Seattle qu'à 14 heures. Kate m'a prêté sa Mercedes CLK car Wanda, ma vieille Coccinelle Volkswagen, n'aurait sans doute pas pu me mener à bon port en temps et en heure. C'est marrant de conduire la Mercedes, qui avale les kilomètres dès que j'appuie sur le champignon.

Le siège social de la multinationale de M. Grey est une tour de vingt étages toute en verre et en acier incurvé, avec GREY HOUSE écrit discrètement en lettres d'acier au-dessus des portes vitrées de l'entrée principale. À 13 h 45, soulagée de ne pas être en retard, je pénètre dans l'immense hall d'entrée.

Derrière le bureau d'accueil en grès massif, une jolie blonde très soignée m'adresse un sourire affable. Je n'ai jamais vu de veste anthracite mieux coupée ou de chemisier blanc plus immaculé.

— J'ai rendez-vous avec M. Grey. Anastasia Steele, de la part de Katherine Kavanagh.

— Un instant, mademoiselle Steele.

J'aurais dû emprunter une veste de tailleur à Kate plutôt que d'enfiler mon caban marine. Je porte ma seule et unique jupe avec des bottes marron et un pull bleu : c'est ma tenue la plus habillée. Je cale une mèche folle derrière mon oreille avec assurance, comme si l'hôtesse ne m'intimidait pas.

— Mlle Kavanagh est attendue. Signez ici, s'il vous plaît, mademoiselle Steele. Dernier ascenseur à droite, vingtième étage.

Elle me sourit gentiment. Je crois que je l'amuse. Quand elle me tend un badge « visiteur », je ne peux pas m'empêcher de ricaner. Pas besoin de badge pour signaler que je ne suis qu'une visiteuse. Dans ce décor, je fais tache. Comme partout, d'ailleurs. Même les agents de sécurité sont plus élégants que moi dans leurs costumes noirs.

L'ascenseur m'emmène jusqu'au vingtième étage à une vitesse étourdissante. Je me retrouve dans un hall en verre et en acier, devant un nouveau bureau en grès blanc. Une nouvelle blonde tirée à quatre épingles se lève pour m'accueillir.

— Mademoiselle Steele, pourriez-vous attendre ici, s'il vous plaît ?

Elle désigne des fauteuils en cuir blanc, derrière lesquels se trouve une vaste salle de réunion avec une immense table en bois sombre et une vingtaine de sièges assortis. Par la baie vitrée, on peut contempler Seattle jusqu'au Puget Sound. Le panorama est saisissant. Je me fige un instant, tétanisée par tant de beauté. *Waouh.*

Une fois assise, j'extirpe ma liste de questions de mon sac à dos pour les parcourir tout en maudissant Kate de ne pas m'avoir fourni une petite biographie. Je ne sais rien de ce type que je suis sur le point de rencontrer, même pas s'il a quatre-vingt-dix ans ou trente, et ça m'exaspère. Le trac m'empêche de tenir en place. Je ne me suis jamais sentie à l'aise dans les entretiens en tête à tête. Je préfère l'anonymat des discussions de groupe qui me permettent de me planquer au fond de la salle. Ou mieux encore, rester seule, blottie dans un fauteuil de la bibliothèque de la fac, à lire un vieux roman anglais. N'importe quoi, plutôt que de trépigner dans ce mausolée.

Je lève les yeux au ciel. *Du calme, Steele.* À en juger par ce décor clinique et moderne, Grey doit avoir la quarantaine et être mince, blond et bronzé, à l'instar de son personnel.

Une autre blonde impeccablement vêtue surgit à ma droite. C'est quoi, cette obsession des blondes impeccables ? On dirait des clones. J'inspire profondément et je me lève.

— Mademoiselle Steele ?

— Oui, dis-je d'une voix étranglée.

Je me racle la gorge et répète avec plus d'assurance :

— Oui.

— M. Grey va vous recevoir dans un instant. Puis-je prendre votre veste ?

— Merci, dis-je en la retirant maladroitement.

— Vous a-t-on proposé quelque chose à boire ?

— Euh… non.

Mon Dieu, est-ce que la Blonde Numéro Un va se faire engueuler ?

La Blonde Numéro Deux fronce les sourcils et foudroie la première du regard.

— Thé, café, eau ? me demande-t-elle en se retournant vers moi.

— Un verre d'eau, s'il vous plaît.

— Olivia, un verre d'eau pour Mlle Steele, ordonne-t-elle d'une voix sévère.

Olivia se lève d'un bond et s'élance vers une porte à l'autre bout du hall.

— Désolée, mademoiselle Steele. Olivia est notre nouvelle stagiaire. Asseyez-vous. M. Grey n'en a que pour cinq minutes.

Olivia revient avec un verre d'eau.

— Voilà, mademoiselle Steele.

— Merci.

La Blonde Numéro Deux marche d'un pas décidé vers le grand bureau en faisant claquer ses talons. Elle s'assied et toutes deux reprennent leur travail.

M. Grey exige-t-il que toutes ses employées soient blondes ? Je suis vaguement en train de me demander si c'est légal lorsque la porte du bureau s'ouvre pour laisser passer un homme noir de haute taille, élégant, coiffé de dreadlocks courtes.

Il se retourne vers l'intérieur du bureau.

— Une partie de golf cette semaine, Grey ?

Je n'entends pas la réponse. Lorsqu'il m'aperçoit, il me sourit. Olivia a bondi pour appeler l'ascenseur. En fait, elle est encore plus nerveuse que moi !

— Bon après-midi, mesdames, lance-t-il en montant dans l'ascenseur.

— M. Grey va vous recevoir maintenant, mademoiselle Steele, m'informe la Blonde Numéro Deux.

Je me lève en tentant de maîtriser mon trac, attrape mon sac à dos et m'avance vers la porte entrouverte.

— Inutile de frapper, entrez directement, ajoute-t-elle avec un sourire d'encouragement.

En poussant la porte, je trébuche et c'est à quatre pattes que j'atterris dans le bureau de M. Grey. Et merde, merde, merde ! Des mains secourables m'aident à me relever. Je suis morte de honte. Moi et ma fichue maladresse ! Je dois rassembler tout mon courage pour lever les yeux. Oh, la vache – qu'est-ce qu'il est jeune !

Il me tend une main aux longs doigts fins.

— Mademoiselle Kavanagh, je suis Christian Grey. Vous ne vous êtes pas fait mal ? Vous voulez vous asseoir ?

Il est vraiment très jeune – et vraiment très beau. Grand, en costume gris, chemise blanche et cravate noire, des cheveux rebelles sombres aux nuances cuivrées, des yeux gris et vifs qui me scrutent d'un air avisé. Je mets un moment à retrouver ma voix.

— Euh... Enfin...

Si ce type a plus de trente ans, moi je suis la reine d'Angleterre. Ébahie, je lui serre la main. Dès que nos doigts se touchent, un frisson étrange et grisant me parcourt. Je retire précipitamment ma main. L'électricité statique, sans doute. Mes paupières papillonnent ; elles battent aussi vite que mon cœur.

— Mlle Kavanagh est souffrante, c'est moi qui la remplace. J'espère que ça ne vous ennuie pas, monsieur Grey.

— Et vous êtes ?

Sa voix est chaleureuse, peut-être amusée, mais son visage reste impassible. Il semble vaguement intéressé ; poli, surtout.

— Anastasia Steele. Je prépare ma licence de lettres, j'étudie avec Kate, euh… Katherine… euh… Mlle Kavanagh, à l'université de Vancouver.

— Je vois, se contente-t-il de répondre.

Je crois voir passer l'ombre d'un sourire, mais je n'en suis pas certaine.

— Asseyez-vous, je vous en prie.

Il désigne un canapé en cuir blanc en forme de « L ».

La pièce est bien trop grande pour une seule personne. Le bureau, très design, pourrait convenir à un dîner pour six personnes ; il est en chêne, comme la table basse près du canapé, mais tout le reste est blanc : le plafond, le sol, les murs. Seule tache de couleur, une mosaïque de trente-six petits tableaux exquis, disposés en carré, représentant une série d'objets quotidiens du passé avec une telle finesse de détail qu'on dirait des photos. L'ensemble est saisissant.

— Un artiste local. Trouton, précise Grey en suivant mon regard.

— Ils sont ravissants. Ils rendent extra-ordinaires des objets ordinaires.

Je murmure, troublée à la fois par les tableaux et par lui. Il penche la tête sur son épaule pour me scruter intensément.

— Je suis tout à fait d'accord, mademoiselle Steele, répond-il d'une voix douce.

Je ne sais pas pourquoi, je rougis.

Mis à part les tableaux, le bureau est froid, dépouillé, clinique. Je me demande si cela reflète la personnalité de l'Adonis qui se cale en souplesse dans l'un des fauteuils en cuir blanc en face de moi. Déconcertée par le tour que prennent mes pensées, je secoue la tête et tire les questions de Kate de mon sac à dos. Je suis tellement nerveuse en installant mon dictaphone que je le fais tomber par terre à deux reprises. M. Grey ne dit rien, il attend patiemment – enfin, j'espère –, alors que je suis de plus en plus confuse et fébrile. Quand je trouve enfin le courage de le regarder, je constate qu'il m'observe, une main sur une cuisse et l'autre qui soutient son menton, en caressant ses lèvres de l'index. Je crois qu'il se retient de sourire.

— D... désolée. Je n'ai pas l'habitude de faire ça.

— Prenez votre temps, mademoiselle Steele.

— Ça vous ennuie que je vous enregistre ?

— C'est maintenant que vous me posez la question, après tout le mal que vous vous êtes donné pour installer votre dictaphone ?

Je m'empourpre. Est-ce qu'il me taquine ? Je l'espère. Je cligne des yeux en le regardant, sans savoir quoi répondre. Il finit par me prendre en pitié.

— Non, ça ne m'ennuie pas.

— Kate, enfin Mlle Kavanagh, vous a-t-elle expliqué la raison de l'interview ?

— Oui. Elle paraît dans le numéro de fin d'année du journal des étudiants, puisque je dois remettre des diplômes.

Ah bon ? Première nouvelle. Ça me fait un drôle d'effet de penser qu'un type à peine plus âgé que moi – six ans à tout casser –, même

17

richissime, va me remettre mon diplôme. Bon, allez, on se concentre. Je déglutis.

— Bien. J'ai quelques questions à vous poser, monsieur Grey.

Je lisse une mèche qui s'est échappée de ma queue-de-cheval.

— Je m'en doutais un peu, réplique-t-il.

Cette fois, c'est sûr, il se moque de moi. Mes joues s'embrasent. Je me redresse et tente de prendre une allure professionnelle en appuyant sur le bouton « enregistrer ».

— Vous êtes très jeune pour avoir bâti un pareil empire. À quoi devez-vous votre succès ?

Je lève les yeux vers lui. Il sourit d'un air modeste mais vaguement déçu.

— En affaires, tout est une question de personnes, mademoiselle Steele, et je suis très doué pour juger les gens. Je sais comment ils fonctionnent, ce qui les fait s'épanouir, ce qui les bride, ce qui les inspire, ce qui les pousse à se dépasser. J'emploie une équipe exceptionnelle, que je récompense largement de ses efforts.

Il se tait un instant en me fixant de ses yeux gris.

— Je suis persuadé que pour réussir un projet, quel qu'il soit, il faut le maîtriser à fond, dans tous ses détails. Je travaille énormément pour y arriver. Je prends des décisions fondées sur la logique et les faits ; je sais repérer d'instinct les idées solides et développer leur potentiel. L'essentiel, c'est de savoir choisir son équipe.

— Ou alors, vous avez eu de la chance, tout simplement.

Ça ne fait pas partie des questions de Kate, mais il est d'une telle arrogance ! Il a l'air surpris.

— Je ne crois pas à la chance ou au hasard, mademoiselle Steele. Il s'agit réellement de choisir les bons collaborateurs et de les diriger efficacement. Je crois que c'est Harvey Firestone qui a dit : « La croissance et le développement des gens est la vocation la plus élevée du leadership. »

— Autrement dit, vous êtes un maniaque du contrôle.

Ces mots me sont sortis de la bouche malgré moi.

— Oui, j'exerce mon contrôle dans tous les domaines, mademoiselle Steele, affirme-t-il en souriant sans une trace d'humour.

Il soutient mon regard sans ciller. Mon cœur s'emballe et je rougis de nouveau. Pourquoi me déstabilise-t-il autant ? Serait-ce son incroyable beauté ? La façon dont ses yeux s'enflamment lorsqu'il me regarde, ou dont son index caresse sa lèvre inférieure ? Si seulement il pouvait arrêter de faire ça…

— De plus, on n'acquiert un pouvoir immense que si on est persuadé d'être né pour tout contrôler, reprend-il d'une voix douce.

— Vous avez le sentiment de détenir un pouvoir immense ?

Espèce de maniaque du contrôle.

— J'ai plus de quarante mille salariés, mademoiselle Steele. Cela me confère de grandes responsabilités – autrement dit, du pouvoir. Si je décidais du jour au lendemain que l'industrie des télécommunications ne m'intéressait plus et que je vendais mon entreprise, vingt mille personnes auraient du mal à boucler leurs fins de mois.

Je reste bouche bée, sidérée par un tel manque d'humilité.

— Vous n'avez pas de comptes à rendre à votre conseil d'administration ?

— Mon entreprise m'appartient. Je n'ai aucun compte à rendre à qui que ce soit.

Il hausse un sourcil. Évidemment, je l'aurais su si je m'étais documentée. Mais merde, qu'est-ce qu'il est arrogant. Je change de tactique.

— Quels sont vos centres d'intérêt en dehors du travail ?

— J'ai des centres d'intérêt variés, mademoiselle Steele, dit-il en esquissant un sourire. Très variés.

Je ne sais pas pourquoi, mais la façon dont il me fixe me déconcerte et me trouble. C'est comme s'il avait une idée derrière la tête.

— Que faites-vous pour vous détendre ?

— Me détendre ?

Il sourit, découvrant des dents si blanches et si parfaites que j'en ai le souffle coupé. Il est vraiment beau. Personne ne devrait avoir le droit d'être aussi beau.

— Eh bien, pour me « détendre », comme vous dites, je fais de la voile, je pilote un avion, je m'adonne à diverses activités physiques. Je suis très riche, mademoiselle Steele, et j'ai des passe-temps onéreux et passionnants.

Je jette un coup d'œil aux questions de Kate, pressée de changer de sujet.

— Vous avez aussi investi dans l'industrie navale. Pour quelle raison ?

Pourquoi me met-il aussi mal à l'aise ?

— J'aime construire, savoir comment les choses fonctionnent. Et j'adore les bateaux.

— Là, on dirait que c'est votre cœur qui parle, plutôt que la logique et les faits.

Les commissures de ses lèvres frémissent, et il me regarde comme s'il me jaugeait.

— Peut-être. Mais certains disent que je suis sans cœur.

— Pourquoi ?

— Parce qu'ils me connaissent.

Cette fois, son sourire est ironique.

— Et, d'après vos amis, vous êtes quelqu'un de facile à connaître ?

Je regrette aussitôt d'avoir posé la question. Elle ne figure pas sur la liste de Kate.

— Je suis quelqu'un de très secret, mademoiselle Steele. Je m'efforce de protéger ma vie privée. Je ne donne pas souvent d'interviews.

— Pourquoi avoir accepté celle-ci ?

— Parce que je suis l'un des mécènes de l'université, et que je n'arrivais pas à me débarrasser de Mlle Kavanagh. Elle n'a pas arrêté de harceler mon service de presse, et j'admire ce genre de ténacité.

Je suis bien placée pour savoir à quel point Kate peut être tenace. C'est d'ailleurs pour cette raison que je suis ici, en train de me tortiller devant Grey.

— Vous investissez aussi dans les technologies agroalimentaires. Pourquoi ce secteur vous intéresse-t-il ?

— On ne peut pas manger l'argent, mademoiselle Steele. Et il y a trop de gens sur cette planète qui n'ont pas de quoi manger.

— Alors c'est de la philanthropie ? Nourrir les affamés, c'est une cause qui vous tient à cœur ?

Il hausse les épaules, évasif.

— C'est un bon investissement.

J'ai l'impression qu'il ne me dit pas tout. Ça ne colle pas. Nourrir les affamés ? Je n'y vois aucun bénéfice financier, seulement de l'idéalisme. Déroutée par son attitude, je jette un coup d'œil à la question suivante.

— Avez-vous une philosophie ? Si oui, laquelle ?

— Je n'ai pas de philosophie en tant que telle. Peut-être un principe directeur, celui de Carnegie : « Tout homme qui acquiert la capacité de prendre pleine possession de son propre esprit peut prendre possession de tout ce à quoi il estime avoir droit. » Je suis très individualiste, très déterminé. J'aime contrôler – moi-même et ceux qui m'entourent.

— Vous aimez les biens matériels ?

Vous êtes vraiment un maniaque du contrôle.

— Je veux les posséder si je les mérite, mais oui, pour résumer, je les aime.

— Cela fait-il de vous un consommateur compulsif ?

— En quelque sorte.

Il sourit sans que ce sourire atteigne ses yeux. Encore une fois, cette réponse contredit son désir de nourrir les affamés de la planète. Je ne peux pas m'empêcher de penser que nous sommes en train de parler de tout autre chose, sans avoir la moindre idée de ce dont il s'agit. Je déglutis. Il fait plus chaud dans la pièce tout d'un coup. Ou alors, c'est moi ? J'ai hâte que cet entretien se termine. Kate doit avoir assez de matière maintenant. Je jette un coup d'œil à la question suivante.

22

— Vous avez été adopté. En quoi pensez-vous que cela a influencé votre parcours ?

Aïe. C'est vraiment une question indiscrète. Je le dévisage en espérant ne pas l'avoir choqué. Il fronce les sourcils.

— Je n'en ai aucune idée.

Cela excite ma curiosité.

— Quel âge aviez-vous lorsque vous avez été adopté ?

— Cette information est publique, mademoiselle Steele, rétorque-t-il sèchement.

Et merde. Évidemment, si j'avais su que je ferais cette interview, je me serais documentée. Désarçonnée, je poursuis :

— Vous avez dû sacrifier votre vie de famille à votre travail.

— Ce n'est pas une question, lâche-t-il.

— Désolée.

Je me recroqueville. Il m'a grondée comme une enfant désobéissante. Je fais une seconde tentative.

— Avez-vous dû sacrifier votre vie de famille à votre travail ?

— J'ai une famille : un frère, une sœur et deux parents aimants. Ça me suffit largement.

— Êtes-vous gay, monsieur Grey ?

Il inspire brusquement et je me ratatine, morte de honte. Merde. Pourquoi n'ai-je pas analysé cette question avant de la poser ? Comment lui expliquer que je n'ai fait que la lire ? J'en veux à mort à Kate de sa fichue curiosité !

— Non, Anastasia, je ne suis pas gay.

Il hausse les sourcils, le regard glacial. Il n'a pas l'air content du tout.

— Je suis désolée. C'est, euh… c'est écrit ici.

C'est la première fois qu'il prononce mon prénom. Mon cœur s'est emballé et mes joues se sont à nouveau enflammées. Nerveuse, je cale une mèche derrière mon oreille.

Il penche la tête sur son épaule.

— Vous n'avez pas rédigé ces questions ?

Ma tête se vide de son sang.

— Euh… non. C'est Kate – Mlle Kavanagh – qui les a rédigées.

— Vous êtes collègues au journal des étudiants ?

Pas du tout. Je n'ai rien à voir avec le journal. C'est le boulot de Kate, pas le mien.

J'ai le visage en feu.

— Non. Kate est ma colocataire.

Il se frotte le menton d'un air songeur tandis que ses yeux gris me jaugent.

— Vous êtes-vous portée volontaire pour faire cette interview ? s'enquiert-il posément.

Une minute, là, qui est-ce qui mène l'interview, maintenant ? Sous son regard perçant, je me sens obligée d'avouer la vérité.

— J'ai été recrutée de force. Kate est souffrante.

Je parle d'une petite voix, comme pour m'excuser.

— Ce qui explique bien des choses.

On frappe à la porte : c'est la Blonde Numéro Deux.

— Monsieur Grey, excusez-moi de vous interrompre, mais votre prochain rendez-vous est dans deux minutes.

— Nous n'avons pas terminé, Andréa. S'il vous plaît, annulez mon prochain rendez-vous.

Andréa hésite, comme si elle n'en croyait pas ses oreilles. Il tourne lentement la tête pour la dévisager en haussant les sourcils. Elle rosit. *Tant mieux. Je ne suis pas la seule à qui il fasse cet effet.*

— Très bien, monsieur, marmonne-t-elle en disparaissant.

Il se tourne à nouveau vers moi.

— Où en étions-nous, mademoiselle Steele ?

Tiens, nous sommes revenus à « mademoiselle Steele ».

— Je vous en prie, je ne veux pas bousculer votre emploi du temps.

— Je veux que vous me parliez de vous. Il me semble que c'est de bonne guerre.

Ses yeux pétillent de curiosité. *Et merde, il joue à quoi, là ?* Il cale les coudes sur les bras du fauteuil et joint les doigts au niveau de sa bouche. Sa bouche… me déconcentre. Je déglutis.

— Il n'y a pas grand-chose à raconter.

— Quels sont vos projets après la fin de vos études ?

Je hausse les épaules. Son soudain intérêt pour moi me déconcerte. *M'installer à Seattle avec Kate, me trouver un boulot.* Je n'y ai pas encore réfléchi.

— Je n'ai pas de projets précis, monsieur Grey. Pour l'instant, il faut simplement que je passe ma licence.

Je devrais d'ailleurs être en train de réviser en ce moment même, plutôt que d'être exposée à votre regard pénétrant dans votre bureau grandiose, luxueux et stérile.

— Nous proposons d'excellents stages, dit-il calmement.

Je hausse les sourcils. Est-il en train de m'offrir un boulot ?

— Je m'en souviendrai. Mais je ne suis pas certaine d'être à ma place, ici.

Merde alors, je suis encore en train de penser tout haut.

— Pourquoi dites-vous ça ?

Il penche la tête sur son épaule, intrigué, en esquissant un sourire.

— C'est évident, non ?

Je suis empotée, mal fringuée, et je ne suis pas blonde.

— Pas pour moi.

Son regard est intense, dénué maintenant de toute ironie, et au creux de mon ventre, des muscles se crispent. Je baisse les yeux pour fixer mes doigts noués. *Qu'est-ce qui m'arrive ?* Il faut que je me tire d'ici le plus vite possible. Je me penche pour récupérer mon dictaphone.

— Voulez-vous que je vous fasse visiter nos bureaux ? me propose-t-il.

— Vous êtes sûrement très occupé, monsieur Grey, et j'ai une longue route à faire.

— Vous rentrez à Vancouver ?

Il paraît étonné, presque inquiet. Il jette un coup d'œil à la fenêtre. Il pleut, maintenant.

— Vous devrez rouler prudemment.

Il a parlé d'un ton sévère, autoritaire. Qu'est-ce qu'il en a à foutre ?

— Vous avez tout ce qu'il vous faut ? ajoute-t-il.

— Oui, monsieur, dis-je en remettant le dictaphone dans mon sac à dos.

Ses yeux se plissent, comme s'il réfléchissait.

— Merci de m'avoir accordé votre temps, monsieur Grey.

— Tout le plaisir a été pour moi, répond-il, toujours aussi courtois.

Je me lève. Lui aussi. Il me tend la main.

— À bientôt, mademoiselle Steele.

Ça sonne comme un défi… ou une menace. Je fronce les sourcils. Quand aurions-nous l'occasion de nous revoir ? Je lui serre la main, stupéfaite de constater que le courant électrique passe à nouveau entre nous. Ça doit être parce que je suis nerveuse.

— Monsieur Grey.

Je lui adresse un signe de tête. Il m'ouvre la porte.

— Je tiens simplement à m'assurer que vous franchirez le seuil saine et sauve, mademoiselle Steele.

Il a un petit sourire. Manifestement, il fait allusion à mon entrée catastrophique. Je rougis.

— C'est très aimable à vous, monsieur Grey, dis-je tandis que son sourire s'accentue.

Je suis ravie que vous me trouviez amusante. Vexée, je me dirige vers le hall. À mon grand étonnement, il me raccompagne. Andréa et Olivia lèvent les yeux : elles en semblent tout aussi étonnées que moi.

— Vous aviez un manteau ? s'enquiert Grey.

— Une veste.

Olivia se lève d'un bond pour aller chercher mon caban. Grey le lui prend des mains avant qu'elle n'ait pu me le remettre. Il le tient et, ridiculement gênée, je le passe. Quand ses mains se posent sur mes épaules, j'en ai le souffle coupé. S'il a remarqué ma réaction, il n'en laisse rien voir. Son long index appuie sur le bouton de l'ascenseur, que nous restons debout à attendre

– moi mal à l'aise, lui, froid et assuré. Dès que les portes s'ouvrent, je me précipite dans la cabine. *Il faut vraiment que je me tire d'ici.* Quand je me retourne pour le regarder, il me contemple, appuyé au mur à côté de l'ascenseur. Il est vraiment très, très beau. C'est déstabilisant.

— Anastasia.
— Christian.
Heureusement, les portes se referment.

2.

Mon cœur bat à tout rompre. Dès que l'ascenseur parvient au rez-de-chaussée, je me précipite hors de la cabine en trébuchant mais, heureusement, je ne m'étale pas sur le sol immaculé. Je cours jusqu'aux grandes portes vitrées et tout d'un coup je suis libre dans l'air tonique, sain et humide de Seattle. Je lève mon visage vers la pluie rafraîchissante, ferme les yeux et inspire comme pour me purifier et récupérer ce qui me reste d'équilibre.

Aucun homme ne m'a autant troublée que Christian Grey. Pourquoi ? Parce qu'il est beau ? Riche ? Puissant ? Je ne comprends rien à mes réactions irrationnelles en sa présence. Qu'est-ce qui m'arrive ? Appuyée contre l'un des piliers en acier de l'immeuble, je tâche de me ressaisir. Quand mon cœur retrouve un rythme normal, et quand je peux de nouveau respirer, je retourne vers ma voiture.

Tout en roulant dans Seattle, je me repasse l'interview. Quelle tarte ! J'ai honte de moi. Bon, d'accord, il est très séduisant, sûr de lui, impressionnant – mais le revers de la médaille, c'est qu'il est arrogant, tyrannique et froid malgré son irréprochable courtoisie. En apparence, en tout cas. Un frisson me parcourt l'échine. S'il est arrogant, c'est qu'il est en droit de l'être – après tout, il a bâti un empire alors qu'il est encore très jeune. Les questions idiotes l'agacent, mais pourquoi les tolérerait-il ? Une fois de plus, je suis furieuse contre Kate qui ne m'a pas fourni de bio.

Alors que je me dirige vers l'autoroute, je continue de rêvasser. Qu'est-ce qui peut bien mener un type à une telle réussite ? Certaines de ses réponses étaient tellement énigmatiques – comme s'il cachait son jeu. Et les questions de Kate, alors ! Son adoption ! Lui demander s'il était gay ! J'en frémis. Je n'arrive toujours pas à croire que j'aie dit ça. J'aurais voulu que le sol s'ouvre sous mes pieds pour m'engloutir. Je ne pourrai plus y repenser à l'avenir sans me ratatiner de honte. Katherine Kavanagh, je ne te le pardonnerai jamais !

En consultant le compteur de vitesse, je constate que je roule plus lentement que d'habitude. Et je devine que c'est à cause de ces yeux gris pénétrants, de cette voix sévère qui m'ordonnait d'être prudente. Grey parle comme s'il avait le double de son âge.

Oublie tout ça, Ana. En fin de compte, ça a été une expérience très intéressante, mais il ne faut pas que je m'y attarde. *Tire un trait là-dessus*. Je ne serai plus jamais obligée de le revoir. Cette idée me rend aussitôt ma bonne humeur. J'allume la radio, mets le volume à fond, et appuie sur l'accélérateur au rythme d'un rock indie. En débouchant sur l'autoroute, je me rends compte que je peux rouler aussi vite que je veux.

Nous habitons dans un lotissement près du campus de la Washington State University à Vancouver, petite ville reliée par un pont à Portland, dans l'État de l'Oregon. J'ai de la chance : les parents de Kate lui ont acheté ce duplex, et je ne lui paie qu'un loyer symbolique. En me garant, je songe que Kate ne me lâchera pas les baskets avant d'avoir obtenu un compte rendu détaillé. Heureusement qu'elle aura l'enregistrement à se mettre sous la dent !

— Ana ! Enfin !

Kate est dans le salon, entourée de livres, vêtue du pyjama rose en pilou orné de petits lapins qu'elle réserve aux ruptures, aux maladies et aux coups de blues. Manifestement, elle a passé la journée à réviser. Elle bondit vers moi pour me serrer dans ses bras.

— Je commençais à m'inquiéter. Je t'attendais plus tôt.

— L'interview a duré plus longtemps que prévu.

Je brandis le dictaphone.

— Ana, merci, à charge de revanche. Alors, ça s'est passé comment ? Il est comment, lui ?

Et voilà, c'est parti : l'Inquisition à la Katherine Kavanagh.

Je cherche une réponse. Que dire ?

— Je suis ravie que ça soit fini et de n'avoir plus jamais à le revoir. Il est assez intimidant, tu sais, dis-je en haussant les épaules. Très rigoureux, intense – et jeune. Très jeune.

Kate prend son air innocent. Je fronce les sourcils.

— Ne prends pas ton air de sainte-nitouche. Pourquoi ne m'as-tu pas donné sa bio ? J'ai eu l'air d'une imbécile.

Kate plaque sa main sur sa bouche.

— Zut, Ana, je suis désolée – je n'y ai pas pensé.

Je grogne.

— En gros, il a été courtois, réservé et trop guindé pour un type dans la vingtaine. Il a quel âge, au juste ?

— Vingt-sept ans. Ana, je suis désolée. J'aurais dû te briefer, mais j'étais tellement malade. Donne-moi l'enregistrement, je vais commencer à le décrypter.

— Tu as meilleure mine. Tu as mangé ta soupe ? dis-je, pressée de changer de sujet.

— Oui, et elle était délicieuse, comme toujours. Je me sens beaucoup mieux.

Elle me sourit avec gratitude. Je consulte ma montre.

— Il faut que j'aille au boulot.

— Ana, tu vas être crevée.

— Ça ira. À plus tard.

Depuis le début de mes études, je travaille chez Clayton's, le plus grand magasin de bricolage indépendant de la région de Portland. En quatre ans, j'ai eu le temps d'apprendre à connaître à peu près tous les articles mais je suis toujours aussi nulle en bricolage. C'est mon père, le spécialiste.

Je suis ravie d'être rentrée assez tôt pour aller au travail : ça me permettra de penser à autre chose qu'à Christian Grey. Mme Clayton a l'air soulagée de me voir, d'autant que le magasin est bondé.

— Ana ! Je croyais que tu ne viendrais pas aujourd'hui.

— Je me suis libérée plus tôt que prévu. Je peux faire mes deux heures.

Ravie, elle m'envoie dans la réserve pour que je puisse regarnir les rayons, et je suis bientôt totalement absorbée par ma tâche.

Lorsque je rentre à la maison, Katherine, écouteurs aux oreilles, est en train de décrypter l'entretien. Son nez est encore rose, mais elle tape à toute vitesse, furieusement concentrée. Épuisée par mon aller-retour à Seattle, mon interview éprouvante et le travail chez Clayton's, très achalandé en cette période de l'année, je m'affale dans le canapé en songeant à ma dissertation et aux révisions que je n'ai pas faites aujourd'hui parce que j'étais fourrée avec… *lui*.

— Tu as fait du bon boulot, Ana. Je n'arrive pas à croire que tu n'aies pas accepté qu'il te montre ses bureaux. Il voulait prolonger l'entretien, ça crève les yeux.

Elle m'adresse un regard interrogateur.

Je rougis, mon cœur s'affole. Pas du tout. Il voulait simplement me faire comprendre qu'il était bien le seigneur et maître absolu de son domaine. Je mordille ma lèvre inférieure. J'espère que Kate ne l'a pas remarqué. Heureusement, elle a recommencé à décrypter.

— Je comprends ce que tu veux dire par « réservé ». Tu as pris des notes ?

— Euh… non.

— Tant pis. J'ai de quoi faire. Dommage qu'on n'ait pas de photos. Il est beau, ce con, non ?

— Mouais.

Je m'efforce de paraître blasée.

— Allez, Ana, même toi, tu ne peux pas être insensible à une telle beauté.

Elle hausse un sourcil parfait.

Merde ! Mes joues s'enflamment. Je tente de détourner son attention en la flattant, ce qui est toujours une stratégie efficace.

— Je suis certaine que tu aurais réussi à lui soutirer plus d'informations.

— J'en doute, Ana. Enfin, il t'a pratiquement offert un stage ! Tu t'en es très bien sortie, surtout que je t'ai refilé le bébé à la dernière minute.

Elle me dévisage d'un air songeur. J'opère un retrait stratégique vers la cuisine.

— Alors, sincèrement, qu'est-ce que tu penses de lui ?

Bordel, qu'est-ce qu'elle peut être curieuse. Elle ne peut pas me lâcher la grappe ? *Trouve quelque chose à dire, vite.*

— Il est très déterminé, dominateur, arrogant. Il fait peur, mais il a beaucoup de charme. Il est même assez fascinant.

— Toi, fascinée par un homme ? C'est une première, glousse-t-elle.

Je commence à me préparer un sandwich pour qu'elle ne voie pas ma tête.

— Pourquoi voulais-tu savoir s'il était gay ? C'était une question très indiscrète. J'étais morte de honte, et il avait l'air furieux.

Je grimace en y repensant.

— Quand on le voit dans les pages people, il n'est jamais accompagné.

— C'était super embarrassant. Toute cette histoire était embarrassante, et je suis ravie de ne plus jamais le revoir.

— Enfin, Ana, ça n'a pas pu être aussi terrible que ça. J'ai même l'impression qu'il a craqué pour toi.

Craqué pour moi ? Kate est en plein délire.

— Tu veux un sandwich ?

— S'il te plaît.

À mon grand soulagement, il n'est plus question de Christian Grey ce soir-là. Après avoir grignoté mon sandwich, je m'assieds à la table de la salle à manger avec Kate et, tandis qu'elle rédige son article, je termine ma dissertation sur *Tess d'Urberville*. Pauvre fille, elle était vraiment au mauvais endroit et au mauvais moment du mauvais siècle. Il est minuit quand j'y mets le point final. Kate est couchée depuis longtemps. Je titube vers ma chambre, exténuée mais ravie d'avoir abattu autant de travail.

Blottie dans mon lit en fer forgé blanc, je m'enroule dans l'édredon confectionné par ma mère et je m'endors instantanément. Cette nuit-là, je rêve de lieux obscurs, de sols froids, blancs et sinistres, et d'un regard gris.

Le reste de la semaine, je me lance à corps perdu dans mes études et mon boulot chez Clayton's. Kate révise tout en compilant une dernière édition du journal des étudiants avant de passer la main à la nouvelle rédactrice en chef. Mercredi, elle va beaucoup mieux et je n'ai plus à supporter le spectacle de son pyjama rose en pilou avec ses petits lapins. J'appelle ma mère à Savannah pour prendre de ses nouvelles ; je veux qu'elle me souhaite bonne chance, pour mes examens. Elle me raconte sa dernière lubie, fabriquer des bougies – ma mère n'arrête pas de se lancer dans des entreprises farfelues. Au fond, elle s'ennuie et cherche à tuer le temps, mais elle a la capacité de concentration d'un poisson rouge. La semaine prochaine, elle sera déjà passée à autre chose. Elle m'inquiète. J'espère qu'elle n'a pas hypothéqué sa maison pour financer ce nouveau projet. Et j'espère que Bob – son mari –, beaucoup plus âgé qu'elle, la surveille un peu maintenant que je ne suis plus là. Il me semble beaucoup plus pragmatique que le Mari Numéro Trois.

— Et toi, ça va, Ana ?

J'hésite un moment avant de répondre, ce qui pique la curiosité de ma mère.

— Ça va.

— Ana ? Tu as rencontré quelqu'un ?

Ça alors… comment a-t-elle deviné ? Elle frétille d'excitation, ça se devine, rien qu'à l'entendre.

— Non, maman. Tu serais la première à l'apprendre.

— Il faut vraiment que tu sortes plus souvent, ma chérie. Tu m'inquiètes.

— Maman, tout va bien, je t'assure. Et Bob, ça va ?

Comme toujours, la meilleure stratégie, c'est de changer de sujet.

Plus tard ce soir-là, j'appelle Ray, le Mari Numéro Deux de maman, que je considère comme mon père et dont je porte le nom. Notre conversation est brève. En fait, il ne s'agit pas d'une conversation mais plutôt d'une série de questions – les miennes – auxquelles il répond par des grognements. Ray n'est pas bavard. Mais il est encore en vie, il regarde encore le foot à la télé (sinon, il fait du bowling, fabrique des meubles ou bien il pêche à la ligne). Ray est doué pour la menuiserie et c'est grâce à lui que je sais distinguer une scie à chantourner d'une égoïne. Il a l'air en forme.

Vendredi soir, Kate et moi sommes en train de nous demander que faire de notre soirée – nous voulons faire une pause dans notre travail – lorsqu'on sonne à la porte. C'est mon grand pote José, une bouteille de champagne à la main.

— José ! Quelle bonne surprise ! Entre ! dis-je en le serrant dans mes bras.

José est le premier ami que je me suis fait à la fac : je l'ai rencontré dès mon arrivée, aussi esseulé et perdu que moi. Depuis ce jour-là, c'est mon âme sœur. Non seulement nous avons le même sens de l'humour, mais nous avons aussi découvert que Ray et José Senior avaient fait partie de la même unité à l'armée. Du coup, nos pères sont devenus amis, eux aussi.

José prépare un diplôme d'ingénieur : il est le premier de sa famille à faire des études supérieures. Mais sa véritable passion, c'est la photo.

— J'ai de bonnes nouvelles, m'annonce-t-il en souriant.

— Laisse-moi deviner : tu n'es pas recalé !

Il fait semblant de me foudroyer du regard.

— J'ai une expo à la galerie Portland Place le mois prochain.

— C'est génial ! Félicitations !

Ravie pour lui, je le serre à nouveau dans mes bras. Kate lui sourit aussi.

— Bravo, José ! Je vais l'annoncer dans le journal. Rien de tel qu'un changement de sommaire à la dernière minute un vendredi soir.

Elle soupire, faussement agacée.

— On va fêter ça. Évidemment, tu viens au vernissage, me dit José en me dévisageant intensément.

Je rougis.

— Toi aussi, Kate, ajoute-t-il en lui jetant un coup d'œil nerveux.

Au fond, José voudrait que ça aille plus loin entre nous. Il est mignon, marrant, mais je le considère plutôt comme le frère que je n'ai jamais eu. Selon Katherine, le gène « j'ai besoin d'un mec » me fait défaut, mais la vérité, c'est que je n'ai jamais rencontré quelqu'un qui... enfin, qui m'attire, même si je rêve d'éprouver les sensations dont tout le monde me rebat les oreilles : genoux tremblants, cœur palpitant, papillons dans l'estomac...

Parfois, je me demande si je n'ai pas quelque chose qui cloche. À force de fréquenter des héros de roman, je me suis peut-être forgé des attentes et des idéaux trop élevés. Reste que je n'ai jamais été remuée par un homme.

Jusqu'à tout récemment, me murmure la petite voix importune de ma conscience. NON ! Je repousse aussitôt cette idée. Je ne veux pas y penser, pas après cette interview éprouvante. *Êtes-vous gay, monsieur Grey ¿* Ce souvenir me fait grimacer. Si je rêve de lui toutes les nuits, c'est sûrement pour purger cette pénible expérience de mon esprit.

Je regarde José déboucher le champagne. La peau mate, les cheveux sombres, des yeux de braise… Avec son jean et son tee-shirt, il est tout en muscles et en épaules. Oui, José est assez sexy, mais je crois qu'il commence enfin à comprendre que nous ne sommes qu'amis. Quand le bouchon saute, il lève les yeux et me sourit.

Samedi au magasin, c'est l'enfer. Nous sommes assiégés de bricoleurs qui veulent redonner un coup de frais à leurs maisons pendant les vacances d'été. Mais ça se calme vers l'heure du déjeuner, et Mme Clayton me demande de vérifier des commandes tandis que je grignote discrètement un bagel derrière la caisse. Ma tâche consiste à vérifier les numéros de catalogue par rapport aux articles commandés ; mon regard va du carnet de commandes à l'écran de l'ordinateur pour m'assurer que les entrées correspondent. Tout d'un coup, je ne sais pas pourquoi, je lève les yeux… et je me retrouve prisonnière du regard gris de Christian Grey.

Crise cardiaque.

— Mademoiselle Steele. Quelle agréable surprise.

Alors là… Qu'est-ce qu'il fout ici, avec ses cheveux en bataille et sa tenue de baroudeur, gros pull irlandais, jean et bottes de randonnée ? Je pense que ma bouche s'est ouverte. Ni mon cerveau ni ma voix ne fonctionnent.

— Monsieur Grey.

Voilà tout ce que j'arrive à articuler.

Un sourire erre sur ses lèvres et ses yeux pétillent comme s'il savourait une plaisanterie connue de lui seul.

— J'étais dans le coin, j'avais besoin de faire quelques achats. Je suis ravi de vous revoir, mademoiselle Steele, m'explique-t-il d'une voix veloutée comme du chocolat noir.

Je secoue la tête pour me ressaisir. Mon cœur bat la chamade et, sous son regard scrutateur, j'ai viré au rouge pivoine. Mes souvenirs ne lui rendaient pas justice. Non seulement il est beau, mais il représente le summum de la beauté masculine. Et il est là, devant moi. Chez Clayton's. Allez savoir pourquoi. Mes fonctions cognitives se rétablissent enfin et mon cerveau se rebranche sur le reste de mon corps.

— Ana. Mon nom, c'est Ana. Que puis-je faire pour vous, monsieur Grey ?

Il sourit encore comme s'il gardait un mystérieux secret connu de lui seul. J'inspire profondément en me réfugiant derrière ma façade « je suis une pro du bricolage ». *Allez, je vais m'en sortir.*

— J'ai besoin de quelques articles. Tout d'abord, des liens de serrage en plastique, murmure-t-il d'un air à la fois détaché et amusé.

Des liens de serrage en plastique ?

— Nous en avons différentes tailles. Voulez-vous les voir ? fais-je d'une petite voix tremblante.

Reprends-toi, Steele. Un léger froncement de sourcils déforme le joli front de Grey.

— S'il vous plaît. Montrez-les-moi, mademoiselle Steele.

Je tente d'adopter une allure nonchalante en contournant le comptoir, mais en réalité je m'efforce de ne pas m'étaler, car mes jambes ont soudain pris la consistance de la gelée. Heureusement que j'ai passé mon plus beau jean ce matin.

— Ils sont au rayon des accessoires électriques, allée huit.

Ma voix est un peu trop guillerette. Je le regarde et le regrette aussitôt. Qu'est-ce qu'il est beau !

— Après vous, dit-il avec un signe de sa main aux longs doigts manucurés.

Mon cœur menace de m'étouffer – parce qu'il est dans ma gorge, en train d'essayer de me sortir par la bouche – tandis que je me dirige vers le rayon des accessoires électriques. *Que fait-il à Portland ? Pourquoi est-il ici, chez Clayton's ?* D'une portion minuscule et sous-employée de mon cerveau – sans doute située à la base de mon bulbe rachidien, là où se niche ma conscience –, une pensée surgit : *Il est venu te voir.* Impossible ! Pourquoi cet homme superbe, puissant, sophistiqué, voudrait-il me voir ? C'est une idée grotesque, que je chasse de mon esprit à coups de pied.

— Vous êtes à Portland pour affaires ?

Je couine comme si j'avais le doigt coincé dans une porte. *Merde ! Du calme, Ana !*

— Je suis venu visiter le département agro-alimentaire de la Washington State University, qui est situé à Vancouver. Je subventionne des recherches sur la rotation des cultures et la science des sols.

Tu vois ? Il n'est pas du tout venu te voir, ricane ma conscience. Je rougis de ma stupidité.

— Ça fait partie de vos projets pour nourrir la planète ?

41

— Plus ou moins, reconnaît-il avec un sourire en coin.

Il examine la sélection d'attaches en plastique. Qu'est-ce qu'il peut bien vouloir en faire ? Je ne le vois pas du tout en bricoleur. Ses doigts caressent les différents emballages et, sans savoir pourquoi, je suis obligée de détourner le regard. Il se penche pour choisir un paquet.

— Ceux-là, ça ira, m'annonce-t-il avec son sourire qui dit « j'ai un secret ».

— Autre chose ?

— Je voudrais du gros scotch.

Du gros scotch ?

— Vous faites des rénovations ?

Les mots me sont sortis de la bouche avant que je n'aie pu les retenir. Il doit sûrement payer des gens pour faire ça.

— Non, pas de rénovations, réplique-t-il avec un petit sourire en coin.

J'ai l'impression qu'il se moque de moi.

— Par ici. Cet article se trouve au rayon décoration.

Je jette un coup d'œil par-dessus mon épaule tandis qu'il me suit.

— Vous travaillez ici depuis longtemps ?

Je m'empourpre. Pourquoi donc a-t-il cet effet sur moi ? J'ai l'impression d'être une godiche de quatorze ans. *Regarde devant toi, Steele !*

— Quatre ans.

Je lui montre les deux largeurs de gros scotch que nous avons en stock.

— Celui-ci, dit Grey d'une voix douce en désignant le plus large.

Quand je le lui remets, nos doigts s'effleurent très brièvement. Une fois de plus, un courant me traverse comme si j'avais touché un fil électrique, pour me parcourir le corps jusqu'au ventre. Je m'efforce désespérément de reprendre pied.

— Ce sera tout ?

J'ai la voix rauque et haletante. Ses yeux s'agrandissent légèrement.

— Il me faudrait aussi de la corde.

Sa voix est aussi rauque que la mienne.

— Par ici.

Je baisse la tête pour dissimuler mon visage empourpré.

— Vous cherchez quoi, au juste ? Fibre synthétique, naturelle ? De la ficelle, des câbles ?

Je me tais en voyant son expression, ses yeux qui s'assombrissent... *Oh, la vache.*

— Je prendrai cinq mètres de corde en fibre naturelle.

Rapidement, les doigts tremblants, je mesure la corde au mètre sous son regard gris brûlant. Je n'ose pas le regarder. Plus gênée, ce serait impossible. Tirant mon cutter de la poche arrière de mon jean, je coupe la corde, l'enroule et l'attache avec un nœud coulant. Par miracle, je parviens à ne pas m'amputer un doigt avec mon cutter.

— Vous étiez scoute quand vous étiez petite ? me demande-t-il, ses lèvres ourlées et sensuelles retroussées par un sourire.

Ne regarde pas sa bouche !

— Les activités de groupe, ça n'est pas mon truc, monsieur Grey.

Il hausse un sourcil.

— Et c'est quoi, votre truc, Anastasia ? me demande-t-il d'une voix douce, avec, de nouveau, son sourire « secret ».

Aucun son ne sort de ma bouche. Je vacille sur des plaques tectoniques en mouvement. *Du calme, Ana*, me supplie à genoux ma conscience.

— Les livres.

Je chuchote, mais ma conscience hurle : *Vous ! C'est vous, mon truc !* Je la fais taire d'une gifle, atterrée par sa folie des grandeurs.

— Quelles sortes de livres ?

Il penche la tête sur l'épaule. *Pourquoi ça l'intéresse ?*

— Eh bien, vous savez, comme tout le monde. Les classiques. Surtout la littérature anglaise.

Il se caresse le menton de l'index et du pouce en réfléchissant à ma réponse. Ou alors, il s'ennuie ferme et il essaie de le cacher.

— Vous avez besoin d'autre chose ?

Il faut que je détourne la conversation – ces doigts sur son visage sont captivants.

— Je ne sais pas. Que pourriez-vous me recommander ?

Ce que je pourrais vous recommander ? Mais je ne sais même pas pourquoi vous achetez tous ces trucs !

— Pour bricoler ?

Il hoche la tête, l'œil malicieux. Mon regard dérive vers son jean moulant.

— Une salopette.

C'est à ce moment-là que je comprends que je ne filtre plus les mots qui me sortent de la bouche.

Il hausse le sourcil, encore une fois amusé.

— Pour ne pas salir vos vêtements.

Je désigne son jean d'un geste vague.

— Je pourrais les enlever, ricane-t-il.

— Euh…

Mes joues s'empourprent tellement que je dois être de la couleur du *Petit Livre rouge* de Mao. *Tais-toi. Tais-toi TOUT DE SUITE.*

— Alors je prends une salopette. Il ne manquerait plus que je salisse mes vêtements, ironise-t-il.

Je l'imagine tout d'un coup sans son jean, et je m'efforce de chasser cette image importune.

— Autre chose ?

J'ai encore couiné en lui tendant une salopette bleue.

— Et votre article, ça avance ?

Ouf. Enfin une question facile, dénuée d'allusions et de sous-entendus troublants… une question à laquelle je peux répondre. Je m'y agrippe comme à une bouée de sauvetage et j'opte pour l'honnêteté.

— Ce n'est pas moi qui l'écris, c'est Katherine. Mlle Kavanagh. Ma colocataire. C'est elle, la journaliste. Elle en est très contente. Elle est rédactrice en chef du journal des étudiants, et elle était catastrophée de ne pas pouvoir faire l'entretien elle-même.

J'ai l'impression d'être revenue à l'air libre – enfin, un sujet de conversation normal.

— La seule chose qui l'ennuie, c'est de ne pas avoir de photo originale de vous.

— Quelle sorte de photo veut-elle ?

Je n'avais pas prévu cette question. Je secoue la tête, car je l'ignore.

— Eh bien, je suis dans le coin. Demain, peut-être…

— Vous seriez prêt à faire une séance photo ?

Je couine toujours. Katherine serait au septième ciel si je lui arrangeais le coup. *Et comme
ça, tu le reverras demain*, me susurre, tentatrice,
une voix inconnue. Je chasse cette pensée – c'est
idiot, ridicule…

— Kate en serait ravie – si nous arrivons à
trouver un photographe.

Je suis tellement contente que je lui adresse un
grand sourire. Ses lèvres s'entrouvrent et ses
paupières frémissent. Pendant une fraction de
seconde, il a l'air rêveur, et la Terre oscille légèrement sur son axe ; les plaques tectoniques
viennent à nouveau de bouger.

Oh, mon Dieu. Le regard rêveur de Christian Grey.

— Tenez-moi au courant, pour demain.

Il sort son portefeuille de sa poche arrière.

— Voici ma carte, avec mon numéro de portable. Il faudra m'appeler avant 10 heures du
matin.

— D'accord, lui dis-je en souriant. Kate va
être ravie.

— Ana !

Paul s'est matérialisé à l'autre bout de l'allée.
C'est le frère cadet de M. Clayton. Je savais qu'il
était rentré de Princeton, mais je ne m'attendais
pas à le voir ici aujourd'hui.

— Euh, excusez-moi un instant, monsieur
Grey.

Grey fronce les sourcils.

Paul est un bon copain, et je suis ravie d'interrompre mon dialogue incongru avec cet homme
tyrannique, riche, puissant et beau à en faire
exploser les compteurs, pour parler à quelqu'un
de normal. Paul me serre dans ses bras, ce qui
me prend au dépourvu.

— Ana, salut, ça me fait plaisir de te revoir !

— Salut, Paul, ça va ? Tu es rentré pour l'anniversaire de ton frère ?

— Ouais. Tu as bonne mine, Ana, vraiment bonne mine.

Il me tient à bout de bras pour me dévisager, souriant. Quand il me libère, il pose un bras possessif sur mes épaules. Je me dandine sur place, gênée. J'aime bien Paul mais il a toujours eu un comportement trop familier avec moi.

Christian Grey nous observe d'un œil d'aigle, les lèvres pincées. Au lieu du client bizarrement attentionné qu'il était, il s'est mué en être froid et distant.

— Paul, je suis avec un client. Je vais te le présenter, dis-je pour tenter de désamorcer l'agressivité que je décèle sur le visage de Grey.

Je traîne Paul vers lui. Les deux hommes se jaugent du regard. L'ambiance est devenue glaciale tout d'un coup.

— Paul, je te présente Christian Grey. Monsieur Grey, voici Paul Clayton, le frère du propriétaire du magasin.

Sans raison, j'ai l'impression qu'il faut que je m'explique.

— Je connais Paul depuis que je travaille ici, mais on ne se voit pas très souvent. Il est rentré de Princeton où il fait des études de management.

Ça n'a vraiment aucun intérêt, ce que je suis en train de raconter… *Stop !*

— Monsieur Clayton.

Grey lui tend la main. Son expression est impénétrable. Paul la prend.

— Monsieur Grey... *le* Christian Grey ? De Grey Enterprises Holdings ?

Paul passe du revêche au stupéfait en moins d'une nanoseconde. Grey lui adresse un sourire poli qui n'atteint pas ses yeux.

— Ça alors. Je peux vous aider ?

— Anastasia s'en est chargée, monsieur Clayton. Elle m'a donné toute satisfaction.

Son expression reste impassible, mais ses mots... c'est comme s'il disait tout à fait autre chose.

— Super, répond Paul. À tout à l'heure, Ana.

— D'accord, Paul.

Je le suis des yeux alors qu'il se dirige vers la réserve.

— Autre chose, monsieur Grey ?

— Ce sera tout.

Il parle d'une voix froide et cassante, comme si je l'avais offensé. J'inspire profondément en passant derrière la caisse. *C'est quoi, son problème ?*

— Ça vous fera quarante-trois dollars, s'il vous plaît.

Je lève les yeux vers Grey et le regrette aussitôt. Il me scrute si intensément que c'est déstabilisant.

— Voulez-vous un sac ?

Je prends sa carte bancaire.

— S'il vous plaît, Anastasia.

Quand sa langue caresse mon prénom, mon cœur s'affole à nouveau. J'arrive à peine à respirer. Je me hâte de ranger ses emplettes dans un sac en plastique.

— Vous m'appellerez, pour la séance photo ?

Il a repris sa voix d'homme d'affaires. Je hoche la tête, incapable de prononcer un mot, en lui rendant sa carte bancaire.

— Très bien. Alors à demain, peut-être.

Il fait mine de partir, puis s'arrête.

— Au fait, Anastasia, je suis ravi que Mlle Kavanagh n'ait pas pu faire cette interview.

Il sourit, puis sort du magasin d'un pas décidé en jetant le sac en plastique par-dessus son épaule, me laissant réduite à une masse tremblante d'hormones féminines en pleine ébullition. Je passe plusieurs minutes à regarder fixement la porte qu'il vient de franchir avant de revenir sur la planète Terre.

Bon, d'accord, il me plaît. Voilà, je me le suis avoué. Je ne peux pas me cacher ce que j'éprouve. Je n'ai jamais rien ressenti de pareil. Je le trouve séduisant, très séduisant. Mais c'est une cause perdue, je le sais. Je soupire amèrement. S'il est entré ici, c'est par hasard. Cela dit, rien ne m'empêche de l'admirer de loin. Il n'y a pas de mal à ça. Et si je trouve un photographe, je pourrai l'admirer tout mon saoul demain. Je me mordille la lèvre inférieure en souriant comme une gamine. Il faut que je téléphone à Kate pour organiser la séance photo.

3.

Kate est folle de joie quand je l'appelle pour lui annoncer la nouvelle, planquée dans la réserve.

— Mais qu'est-ce qu'il foutait chez Clayton's ?

Je m'efforce de répondre avec désinvolture :

— Il était dans le coin.

— C'est insensé, comme coïncidence. Tu ne penses pas qu'il est venu exprès pour te voir ?

Mon cœur fait une embardée, mais ma joie est de courte durée. La triste réalité, c'est qu'il est ici pour affaires.

— Il visite le département agroalimentaire de la fac. Il finance des programmes de recherche.

— Ah oui, c'est vrai, il leur a accordé une subvention de 2,5 millions de dollars.

Waouh.

— Comment le sais-tu ?

— Ana, je suis journaliste et je viens de rédiger un portrait de ce type. C'est mon boulot de savoir ce genre de chose.

— Ça va, ne monte pas sur tes grands chevaux. Alors, tu les veux, ces photos ?

— Évidemment. La question, c'est de savoir qui va les faire, et où.

— On n'a qu'à demander à Grey où il veut qu'on le retrouve, puisqu'il est à Portland.

— Tu peux le contacter ?

— J'ai son numéro de portable.

Kate s'étrangle.

— Le célibataire le plus riche, le plus insaisissable et le plus énigmatique de la côte Ouest vient de te donner son numéro de portable ?

— Euh… oui.

— Ana ! Tu lui plais. Ça ne fait pas un pli.

— Kate, il veut simplement se montrer aimable.

Mais tout en prononçant ces mots, je sais qu'ils sont faux. Christian Grey n'est pas du genre aimable. Poli, à la rigueur. Une petite voix douce me chuchote : *Peut-être que Kate a raison.* Mon cuir chevelu se met à picoter à l'idée que peut-être, peut-être je lui plais un petit peu. Après tout, il m'a bien affirmé qu'il était ravi que Kate n'ait pas fait l'interview. Je jubile silencieusement en caressant cet espoir. Kate me ramène sur terre.

— Ce qui m'emmerde, c'est qu'on n'a pas de photographe. Levi n'est pas dispo, il passe le week-end chez ses parents à Idaho Falls. Il va être furieux d'avoir raté l'occasion de faire le portrait de l'un des plus grands chefs d'entreprise d'Amérique.

— Hum… Et José ?

— Bonne idée ! Demande-lui. Il ferait n'importe quoi pour toi. Ensuite, tu appelleras Grey pour savoir où il veut qu'on le rejoigne.

Qu'est-ce que c'est agaçant, sa façon de prendre José pour acquis.

— Je pense que ce serait plutôt à toi de l'appeler.

— Qui, José ? ricane Kate.

— Non, Grey.

— Ana, c'est avec toi qu'il est en relation.

— En relation ? Je le connais à peine, ce type ! Ma voix a subitement gravi plusieurs octaves.

— Mais tu l'as déjà vu. Et lui, j'ai l'impression qu'il a envie de mieux te connaître. Ana, appelle-le, aboie-t-elle en raccrochant.

Qu'est-ce qu'elle est autoritaire, parfois ! Je tire la langue à mon portable.

Je suis en train de laisser un message à José lorsque Paul entre dans la réserve pour prendre du papier émeri.

— Tu viens ? Il y a du monde, là.

— Ouais, euh, excuse, j'arrive tout de suite.

— Au fait, comment as-tu rencontré Christian Grey ?

Paul s'efforce en vain de prendre un ton nonchalant.

— Je l'ai interviewé pour le journal des étudiants. Kate était souffrante.

Je hausse les épaules, tentant à mon tour d'avoir l'air désinvolte, sans y réussir mieux que lui.

— Christian Grey chez Clayton's. Tu te rends compte ? hoquette Paul, stupéfait, en secouant la tête. Enfin, bon, tu veux aller prendre un verre ce soir ?

Paul m'invite chaque fois qu'il rentre voir sa famille, et je refuse toujours. C'est devenu un rituel. Ce n'est jamais malin de sortir avec le frère de son patron et en plus, Paul est mignon dans le genre brave garçon américain bien propre sur lui, mais il n'a rien d'un héros de roman. *Et Grey ?* me demande ma conscience en haussant virtuellement un sourcil. Je lui file une claque.

— Tu ne dînes pas chez ton frère ?

— Demain.

— Une autre fois, Paul. Ce soir, il faut que je révise. J'ai mes examens la semaine prochaine.

— Ana, un de ces jours tu diras oui.

Il sourit tandis que je m'échappe vers les rayons.

— Mais je ne fais jamais de portraits, gémit José.

— José, s'il te plaît ?

Agrippée à mon portable, je fais les cent pas dans le salon de notre appartement en regardant le crépuscule tomber.

— Passe-moi le téléphone.

Kate me l'arrache des mains en rejetant ses cheveux blond-roux soyeux sur ses épaules.

— Écoute-moi bien, José Rodriguez, si tu veux que le journal couvre ton vernissage, tu vas faire ces photos pour nous demain, compris ?

Kate peut être d'une dureté impressionnante.

— Bon. Ana te rappelle pour te dire l'heure et le lieu de la séance. À demain.

Elle raccroche.

— C'est réglé. Maintenant, reste à savoir où et quand. Appelle-le.

Elle me tend le téléphone. Mon estomac se tord.

— Appelle Grey. Maintenant !

Je lui lance un regard noir et tire la carte de visite de Grey de ma poche. J'inspire profondément pour me calmer et compose son numéro les doigts tremblants.

Il répond à la deuxième sonnerie. Sa voix est tranchante, calme et froide.

— Grey.

— Euh… monsieur Grey ? C'est Anastasia Steele.

Je ne reconnais pas ma propre voix tant je suis nerveuse. Il y a un petit silence. Je tremble à l'intérieur.

— Mademoiselle Steele. Je suis ravi de vous entendre.

Sa voix a changé. Il est étonné, je crois, mais surtout, il est devenu tellement… chaleureux, voire séducteur. J'ai du mal à respirer, je rougis. Kate me fixe, bouche bée. Je me précipite dans la cuisine pour échapper à son regard.

— Euh… Nous aimerions faire une séance photo…

Respire, Ana, respire. Mes poumons aspirent une bouffée d'air en vitesse. Je reprends :

— … demain, si vous êtes toujours d'accord. Est-ce que ça vous irait, monsieur ?

J'entends presque son sourire de sphinx.

— Je suis à l'hôtel Heathman, à Portland. Disons 9 h 30 demain matin ?

— Très bien, nous y serons.

Je suis excitée comme une gamine. On ne croirait pas que je suis une adulte qui a le droit de voter et de boire dans l'État de Washington.

— Je m'en réjouis d'avance, mademoiselle Steele.

Je devine qu'une lueur perverse erre dans son regard. *Comment peut-il donner à ces petits mots un ton aussi alléchant ¿* Je raccroche. Kate me dévisage, absolument ébahie.

— Anastasia Rose Steele. Tu craques pour lui ! Je ne t'ai jamais vue aussi… aussi chamboulée par un homme. Tu rougis, ma parole !

— Kate, tu sais bien que je rougis pour un oui ou un non. Arrête de dire des conneries.

Elle me dévisage, étonnée – je me fâche rarement –, et je me radoucis un peu.

— C'est simplement que je le trouve… intimidant, voilà tout.

— Le Heathman, j'aurais dû m'en douter, marmonne Kate. Je vais passer un coup de fil au directeur pour négocier un endroit pour la séance.

— Je vais préparer le dîner. Ensuite, il faut que je révise.

Je dors mal cette nuit-là : je me tourne et me retourne dans mon lit en rêvant de ses yeux gris fumé, de salopettes, de longues jambes, de longs doigts et de lieux sombres inexplorés. Je me réveille deux fois, le cœur battant. *Aïe, la tête que je vais avoir demain matin si je ne dors pas*. Je donne des coups de poing à mon oreiller et j'essaie de me rendormir.

Le Heathman, dans le centre-ville de Portland, est un imposant édifice en grès brun élevé juste avant le Krach, à la fin des années 1920. José, Travis et moi sommes entassés dans ma Coccinelle ; comme nous n'y tiendrions pas tous les quatre, Kate a pris sa Mercedes. Travis, un copain de José, vient l'aider pour les éclairages. Kate a réussi à obtenir l'usage gratuit d'une chambre au Heathman en échange d'un crédit photo. Lorsqu'elle annonce au réceptionniste que nous avons rendez-vous avec Christian Grey, nous sommes instantanément redirigés vers une suite. Apparemment, M. Grey occupe la plus vaste de l'hôtel. Le directeur marketing, survolté, nous accompagne jusqu'à la suite – il est très jeune, et curieusement nerveux. Je soupçonne la beauté et l'attitude autoritaire de Kate de le déstabiliser : il lui mange dans la main. La suite, luxueusement meublée, est d'une élégance raffinée.

Il est 9 heures. Nous avons donc une demi-heure pour tout mettre en place. Kate dirige les opérations.

— José, on va utiliser ce mur comme fond, d'accord ?

Elle n'attend pas sa réponse.

— Travis, dégage ces fauteuils. Ana, tu pourrais faire monter des consommations ? Et dis à Grey où nous sommes.

Oui, maîtresse. Quel despotisme. Je lève les yeux au ciel mais j'obéis.

Une demi-heure plus tard, Christian Grey fait son entrée.

Je vais mourir. Il porte une chemise blanche déboutonnée au col et un pantalon en flanelle grise qui lui descend sur les hanches. Ses cheveux rebelles sont encore humides. Rien qu'à le voir, j'en ai la bouche sèche tant il est sexy. Grey est flanqué d'un homme dans la mi-trentaine avec les cheveux taillés en brosse, une cravate et un costume sombre, qui se poste en silence dans un coin pour nous observer, impassible.

— Mademoiselle Steele, ravi de vous revoir.

Grey me tend la main. Je la serre en clignant des yeux à toute vitesse. Oh, mon Dieu… il est vraiment… En touchant sa main, un délicieux courant électrique me parcourt, m'allume, m'enflamme les joues, et je suis sûre qu'on peut m'entendre haleter.

— Monsieur Grey, voici Katherine Kavanagh.

Elle s'avance vers lui en le regardant droit dans les yeux.

— La tenace mademoiselle Kavanagh. Comment allez-vous, dit-il avec un petit sourire, l'air sincèrement amusé. Anastasia m'a dit que vous étiez souffrante la semaine dernière. J'espère que vous êtes remise ?

— Je vais très bien maintenant, merci, monsieur Grey.

Elle lui serre la main fermement, sans ciller. Kate a étudié dans les meilleures écoles privées de l'État de Washington, elle vient d'une famille riche, elle est sûre d'elle et de sa place dans le monde. Elle ne se laisse impressionner par personne.

— Merci de nous accorder votre temps, dit-elle avec un sourire poli et professionnel.

— C'est un plaisir, répond-il en me regardant, ce qui me fait de nouveau rougir – *et merde*.

— Et voici José Rodriguez, notre photographe, dis-je en souriant à José.

Il m'adresse en retour un sourire affectueux, mais son regard devient froid lorsqu'il se pose sur Grey.

— Monsieur Grey.

— Monsieur Rodriguez.

L'expression de Grey se transforme aussi tandis qu'il scrute José.

— Où voulez-vous que je me mette ? lui demande Grey d'un ton vaguement menaçant.

Mais Kate n'a pas l'intention de laisser José diriger les opérations.

— Monsieur Grey, pourriez-vous vous asseoir ici, s'il vous plaît ? Attention, il y a des câbles. Ensuite on prendra quelques photos de vous debout.

Elle lui indique un fauteuil poussé contre un mur.

Travis allume les spots, ce qui éblouit Grey un instant, et marmonne des excuses. Puis Travis et moi reculons tandis que José mitraille. Il prend sept photos l'appareil à la main, en demandant à Grey de se tourner tantôt d'un côté, tantôt de l'autre, de déplacer son bras ou de le laisser pendre. José prend encore plusieurs photos avec un pied tandis que Grey pose, patient et naturel, pendant environ vingt minutes. Mon rêve s'est réalisé : je peux admirer Grey de près. Mais quand nos regards se croisent, je dois détourner le mien.

— Assez de photos assises, intervient Katherine. Monsieur Grey, pourriez-vous vous lever ?

Travis se précipite pour déplacer le fauteuil. L'obturateur du Nikon se remet à cliqueter.

— Je crois que c'est bon, annonce José cinq minutes plus tard.

— Génial, dit Kate. Encore merci, monsieur Grey.

Elle lui serre la main, José aussi.

— J'ai hâte de lire votre article, mademoiselle Kavanagh, murmure Grey, qui se tourne ensuite vers moi alors qu'il s'apprête à franchir la porte. Vous me raccompagnez, mademoiselle Steele ?

— Euh… Bien sûr.

Prise de court, je jette un coup d'œil anxieux à Kate, qui hausse les épaules. José se renfrogne. Grey m'ouvre la porte et s'efface pour me laisser passer.

Bordel… c'est quoi, cette histoire ? Qu'est-ce qu'il me veut ? J'attends dans le couloir en m'agitant nerveusement tandis que Grey émerge de la suite, suivi par Coupe-en-Brosse.

— Je vous appellerai, Taylor, dit-il à Coupe-en-Brosse.

Tandis que Taylor s'éloigne dans le couloir, Grey tourne vers moi son regard gris brûlant. *Merde… j'ai fait une bêtise ?*

— Vous joindriez-vous à moi pour prendre un café ?

Mon cœur a un raté. Christian Grey veut me voir en tête à tête ? *Non, il t'offre un café. Peut-être qu'il trouve que tu n'as pas l'air réveillée*, ironise ma conscience. Je me racle la gorge.

— Il faut que je raccompagne les autres.

— Taylor, lance Grey, ce qui me fait sursauter.

Taylor fait demi-tour.

— Ils habitent près de l'université ? me demande Grey.

Je hoche la tête, trop stupéfaite pour parler.

— Taylor peut les raccompagner. C'est mon chauffeur. Nous avons un 4 × 4, il pourra également transporter le matériel.

— Monsieur Grey ? lui demande Taylor quand il nous rejoint, toujours impassible.

— S'il vous plaît, pourriez-vous raccompagner le photographe, son assistant et mademoiselle Kavanagh ?

— Bien sûr, monsieur, répond Taylor.

— Voilà. Maintenant, vous joindrez-vous à moi pour un café ?

Grey sourit comme si c'était une affaire entendue. Je fronce les sourcils.

— Euh, monsieur Grey, c'est vraiment... Écoutez, Taylor n'est pas obligé de les raccompagner, dis-je en jetant un coup d'œil à Taylor qui reste de marbre. Kate et moi pouvons échanger nos voitures, si vous me donnez un instant.

Grey m'adresse un sourire éblouissant, spontané, naturel, sublime. *Oh, mon Dieu...* Il m'ouvre la porte de la suite. Je le contourne pour entrer, et je trouve Katherine en pleine discussion avec José.

— Ana, tu lui plais, c'est sûr et certain, claironne-t-elle tandis que José m'adresse un regard désapprobateur. Mais à ta place, je ne lui ferais pas confiance.

Je lève la main pour la faire taire. Par miracle, elle obéit.

— Kate, si je te passe Wanda, je peux prendre ta bagnole ?

— Pourquoi ?

— Parce que Christian Grey m'a invitée à prendre un café.

Elle en reste bouche bée. Kate, muette ! Je savoure cet instant rare. Elle m'agrippe par le bras pour m'entraîner dans la chambre adjacente au salon de la suite.

— Ana, il a un truc pas net, ce type. Il est sublime, d'accord, mais je crois qu'il est dangereux. Surtout pour une fille comme toi.

— Qu'est-ce que ça veut dire, une fille comme moi ?

— Innocente, Ana. Tu sais bien ce que je veux dire.

Je rougis.

— Kate, on va prendre un café, c'est tout. Il faut que je révise, je ne resterai pas longtemps.

Elle pince les lèvres comme si elle envisageait ma requête. Enfin, elle extirpe ses clés de voiture de sa poche et me les remet. Je lui donne les miennes.

— À tout à l'heure. Si tu ne reviens pas vite, je préviens la police.

— Merci, dis-je en la serrant dans mes bras.

Quand j'émerge de la suite, Christian Grey m'attend, appuyé contre un mur, l'air d'un mannequin masculin prenant la pose.

— D'accord, on va prendre un café.

Je suis rouge betterave. Il me sourit.

— Après vous, mademoiselle Steele.

Il se redresse et me fait signe de le précéder. J'avance dans le couloir, les genoux tremblants, des papillons dans l'estomac, le cœur battant à cent à l'heure. *Je vais prendre un café avec Christian Grey… et en plus, je déteste le café.*

Nous parcourons ensemble le vaste couloir jusqu'à l'ascenseur. *On va parler de quoi ?* Qu'est-ce que je peux bien avoir en commun avec lui ? Sa voix douce et chaude me tire de ma rêverie.

— Vous connaissez Katherine Kavanagh depuis longtemps ?

Ouf. Une question facile.

— Depuis notre première année de fac. C'est une très bonne amie.

L'ascenseur arrive presque aussitôt. Ses portes s'ouvrent sur un jeune couple en pleine étreinte passionnée. Surpris et gênés, ils s'arrachent l'un à l'autre en regardant d'un air coupable dans toutes les directions, sauf la nôtre.

Luttant pour rester impassible, je regarde fixement mes pieds, les joues roses. Quand je jette un coup d'œil à Grey à la dérobée, il me semble qu'il esquisse un demi-sourire, mais je n'en suis pas sûre. Le jeune couple se tait. Nous n'avons même pas de musique d'ascenseur pour faire diversion.

Quand les portes s'ouvrent, à ma grande stupéfaction, Grey me prend par la main. Un courant électrique me parcourt. Derrière nous, le jeune couple étouffe ses gloussements. Grey sourit.

— Les ascenseurs, ça fait toujours de l'effet.

Nous traversons le vaste hall de l'hôtel mais Grey évite la porte tournante : je me demande si c'est pour ne pas être obligé de me lâcher la main.

Il fait doux par ce beau dimanche de mai et il n'y a pas beaucoup de circulation. Grey prend à gauche en me tenant toujours par la main. *Christian Grey me tient par la main.* Personne ne m'a jamais tenue par la main. J'en ai le vertige, des picotements partout, et je lutte pour ravaler le sourire imbécile qui menace de me fendre le visage en deux. *Un peu de dignité, Ana*, m'implore ma conscience.

Nous parcourons quatre pâtés de maisons avant d'atteindre Portland Coffee House, où Grey me lâche enfin la main pour m'ouvrir.

— Voulez-vous choisir une table pendant que je prends nos consommations ? Que souhaitez-vous ? me demande-t-il, toujours aussi poli.

— Je prendrai… euh… de l'English Breakfast Tea, avec le sachet dans la soucoupe.

Il hausse les sourcils.

— Vous ne voulez pas un café ?

— Je n'aime pas le café.

Il sourit.

— Bon, alors un thé. Sucre ?

— Non merci.

Je fixe mes doigts entrelacés.

— Voulez-vous manger quelque chose ?

— Non merci.

Je secoue la tête et il se dirige vers le comptoir.

Je l'observe discrètement pendant qu'il fait la queue. Je pourrais l'admirer toute la journée… Il est grand, mince, avec des épaules larges, et la façon dont son pantalon lui descend sur les hanches… *Oh, mon Dieu*. À une ou deux reprises, il passe ses longs doigts gracieux dans ses cheveux, secs maintenant mais toujours rebelles. *Hum… J'aimerais bien lui faire ça.* Je mordille ma lèvre inférieure en regardant mes mains. Le tour que prennent mes pensées m'inquiète.

— À quoi pensez-vous ?

Grey m'a fait sursauter.

Je m'empourpre. *Je me disais que j'aimerais passer les doigts dans vos cheveux, ils doivent être tellement doux.* Je secoue la tête. Il pose son plateau sur la petite table ronde plaquée bouleau, me tend une tasse et une soucoupe, une petite théière et une autre soucoupe où est posé un sachet de Twinings English Breakfast Tea, mon préféré. Un motif en forme de feuille est dessiné dans le lait de son cappuccino. *Comment arrivent-ils à faire ça ?* Il s'est pris un muffin aux myrtilles. Il repousse le plateau et s'assied en face de moi en croisant ses longues jambes. Il a l'air tellement à l'aise dans son corps que je l'envie. Moi, je suis si maladroite que j'ai du mal à me rendre d'un point A à un point B sans m'étaler.

— À quoi pensez-vous ? insiste-t-il.

— Je pense que c'est mon thé préféré.

Ma voix n'est qu'un souffle. Je n'arrive pas à croire que je suis assise en face de Christian Grey dans un café de Portland. Il fronce les sourcils. Il sait que je cache quelque chose. Je lâche mon sachet de thé dans la théière et je le repêche presque aussitôt avec ma cuiller. Alors que je le replace dans la soucoupe, Grey penche la tête sur son épaule en me dévisageant d'un air interrogateur.

— Je préfère que mon thé ne soit pas trop infusé.

— Je vois. C'est votre petit ami ?

Quoi ?

— Qui ?

— Le photographe. José Rodriguez.

Je ris, nerveuse mais intriguée.

— Non. José est un très bon ami, rien de plus. Qu'est-ce qui vous fait penser qu'on est ensemble ?

— La façon dont vous vous êtes souri.

Il me regarde droit dans les yeux. C'est déstabilisant. Je voudrais détourner le regard mais je suis prise au piège, ensorcelée.

— José est comme un frère pour moi.

Grey hoche la tête, apparemment satisfait de ma réponse, et baisse les yeux vers son muffin aux myrtilles. Ses longs doigts le déshabillent de son emballage tandis que je l'observe, fascinée.

— Vous en voulez ? me demande-t-il avec son sourire « secret ».

— Non merci.

Je fronce les sourcils en me remettant à regarder mes mains.

— Et le garçon d'hier, au magasin, ce n'est pas votre petit ami ?

— Non. Paul est un copain. Je vous l'ai déjà dit. Pourquoi me posez-vous la question ?

Cette conversation prend vraiment un tour absurde.

— J'ai l'impression que vous êtes nerveuse avec les hommes.

Merde alors, c'est vraiment indiscret, ça. *Il n'y a que vous qui me rendiez nerveuse, Grey.*

— Vous m'intimidez.

Je deviens écarlate mais je me félicite de ma franchise, tout en baissant de nouveau les yeux vers mes mains. Je l'entends inspirer brusquement.

— Vous avez raison de me trouver intimidant. Vous êtes très honnête. Je vous en prie, ne baissez pas les yeux. J'aime voir votre regard.

Ah bon ? Quand j'obéis, il m'adresse un petit sourire ironique d'encouragement.

— Ça me permet d'essayer de deviner ce que vous pensez. Vous êtes mystérieuse, mademoiselle Steele.

Mystérieuse ? Moi ?

— Je n'ai rien de mystérieux.

— Vous êtes très secrète.

Ah bon ? Je suis surtout profondément perplexe. *Moi, secrète ? N'importe quoi.*

— Sauf quand vous rougissez, évidemment, ce qui vous arrive souvent. J'aimerais bien savoir ce qui vous fait rougir.

Il glisse un petit morceau de muffin entre ses lèvres et le mâche lentement sans me quitter des yeux. Je rougis, comme sur commande. *Merde !*

— Vous faites toujours des remarques aussi personnelles aux gens ?

— Je n'avais pas conscience que celle-là le soit. Vous ai-je offensée ?

— Non.

— Bien.

— Mais vous êtes très autoritaire.

Il hausse les sourcils et, si je ne m'abuse, rosit légèrement à son tour.

— Je suis habitué à obtenir ce que je veux, Anastasia. Dans tous les domaines.

— Je n'en doute pas. Pourquoi ne m'avez-vous pas demandé de vous appeler par votre prénom ?

Je m'étonne moi-même de mon audace. Pourquoi cette conversation a-t-elle pris un tour aussi sérieux ? Je suis étonnée de l'agressivité que j'éprouve envers lui. J'ai l'impression qu'il m'avertit de ne pas m'approcher.

— Les seules personnes qui m'appellent par mon prénom sont les membres de ma famille et quelques amis intimes. Je préfère.

Ah ! Je m'attendais qu'il me réponde : « Appelez-moi Christian. » C'est vraiment un maniaque du contrôle, il n'y a pas d'autre explication. Il aurait mieux valu que ce soit Kate qui l'interviewe. Elle aussi, c'est une maniaque du contrôle. En plus, elle est presque blonde – enfin, blond vénitien –, comme toutes les femmes de son bureau. *Et elle est belle*, me rappelle ma conscience. Christian et Kate, ça ne me plaît pas du tout, comme idée. Je sirote mon thé et Grey mange un autre bout de muffin.

— Vous êtes fille unique ? me demande-t-il tout d'un coup.

Hou là... Cette conversation n'arrête pas de changer de direction.

— Oui.

— Parlez-moi de vos parents.

Pourquoi veut-il savoir ce genre de truc ? C'est tellement ennuyeux.

— Ma mère vit à Savannah avec son nouveau mari. Mon beau-père habite à Montesano.

— Et votre père ?

— Mort quand j'étais bébé.

— Je suis désolé, marmonne-t-il tandis qu'un trouble traverse ses traits.

— Je ne me souviens pas de lui.

— Et votre mère s'est remariée ?

Je glousse.

— C'est le moins qu'on puisse dire.

Il fronce les sourcils.

— Vous n'aimez pas vous livrer, fait-il sèchement remarquer en se frottant le menton comme s'il réfléchissait.

— Vous non plus.

— Vous m'avez déjà interviewé et, si mes souvenirs sont bons, certaines de vos questions étaient assez indiscrètes, ironise-t-il.

Et merde. Il se rappelle que je lui ai demandé s'il était gay. Une fois de plus, j'en suis mortifiée. Dans les années à venir, je crois qu'il me faudra suivre une psychothérapie intensive pour ne pas mourir de honte chaque fois que ce moment me reviendra à l'esprit. Je me mets à lui raconter tout et n'importe quoi au sujet de ma mère pour chasser ce souvenir désagréable.

— Ma mère est adorable. C'est une romantique incurable. Elle en est en ce moment à son quatrième mari.

Christian hausse les sourcils, étonné.

— Elle me manque. Mais elle a Bob, maintenant. J'espère simplement qu'il sait la surveiller et ramasser les pots cassés quand ses projets farfelus n'aboutissent pas.

Je souris tendrement. Il y a si longtemps que je n'ai pas vu ma mère. Christian m'observe attentivement en sirotant son café. Je ne devrais vraiment pas regarder sa bouche. Elle me trouble.

— Vous vous entendez bien avec votre beau-père ?

— Bien sûr. C'est lui qui m'a élevée. Je le considère comme mon père.

— Il est comment ?

— Ray ? Il est… taciturne.

— C'est tout ?

Je hausse les épaules. Qu'est-ce qu'il veut que je lui raconte ? L'histoire de ma vie ?

— Taciturne comme sa belle-fille, insiste-t-il.

Je me force à ne pas lever les yeux au ciel.

— Il est vétéran de l'armée. Il aime le foot, le bowling, la pêche à la ligne et la menuiserie.

— Vous avez habité longtemps avec lui ?

— Oui. Ma mère a rencontré son Mari Numéro Trois quand j'avais quinze ans. Je suis restée avec Ray.

— Vous ne vouliez pas habiter avec votre mère ?

Ça ne le regarde pas.

— Son Mari Numéro Trois habitait au Texas. J'étais chez moi à Montesano. Et puis, en plus, ma mère était une jeune mariée, alors…

Je me tais. Ma mère ne parle plus jamais de son Mari Numéro Trois. Où Grey veut-il en venir ? Il se mêle vraiment de ce qui ne le regarde pas. *On peut être deux à jouer à ce petit jeu.*

— Parlez-moi de vos parents, vous.

Il hausse les épaules.

— Mon père est avocat, ma mère pédiatre. Ils vivent à Seattle.

Il a donc grandi dans une famille aisée. Je songe à ce couple de professionnels qui a adopté trois enfants, dont l'un est devenu ce bel homme qui s'est taillé un empire. Ils doivent être fiers de lui.

— Et vos frère et sœur, ils font quoi dans la vie ?

— Elliot travaille dans la construction, et ma petite sœur est à Paris, où elle étudie avec un grand chef cuisinier.

Son regard se voile. Il ne tient pas à parler de lui ou de sa famille.

— Il paraît que c'est très beau, Paris.

Pourquoi ne veut-il pas parler de sa famille ? Parce qu'il a été adopté ?

— C'est beau, en effet. Vous n'y êtes jamais allée ?

— Je ne suis jamais sortie des États-Unis.

Nous voici donc revenus aux banalités. Que me cache-t-il ?

— Vous aimeriez y aller ?

— À Paris ?

Il m'a prise de court. Qui n'a pas envie d'aller à Paris ?

— Évidemment. Mais c'est l'Angleterre que j'aimerais voir en premier.

Il penche la tête sur son épaule en caressant sa lèvre inférieure de son index… *Oh, mon Dieu.*

— Parce que ?

Je cligne des yeux. *Concentre-toi, Steele.*

— Parce que c'est la patrie de Shakespeare, de Jane Austen, des sœurs Brontë, de Thomas Hardy. Je voudrais voir les lieux qui ont inspiré leurs livres.

Le tour littéraire de cette conversation me rappelle mes études. Je consulte ma montre.

— Il faut que j'y aille. Je dois réviser.

— Pour vos examens ?

— Oui. Ils commencent mardi.

— Où est garée la voiture de Mlle Kavanagh ?

— Dans le parking de l'hôtel.

— Je vous raccompagne.

— Merci pour le thé, monsieur Grey.

Il m'adresse son drôle de petit sourire.

— Je vous en prie, Anastasia. Tout le plaisir est pour moi. Venez, m'ordonne-t-il en me tendant la main.

Je la prends, perplexe, et le suis hors du café.

Nous retournons d'un pas tranquille vers l'hôtel ; j'aimerais croire que c'est dans un silence complice. Lui, en tout cas, est calme et assuré, comme toujours. Alors que moi, j'essaie désespérément de comprendre ce qu'il me veut. J'ai l'impression d'avoir passé un entretien d'embauche, mais pour quel poste ?

— Vous êtes toujours en jean ? me demande-t-il brusquement.

— La plupart du temps.

Il hoche la tête. Nous sommes revenus à l'intersection en face de l'hôtel. J'ai la tête qui tourne. *Quelle curieuse question...* Je sais que nous allons nous séparer bientôt. Ça y est. J'ai eu ma chance et je me suis plantée. Il y a peut-être quelqu'un dans sa vie.

— Vous avez une amie ?

Et merde – j'ai dit ça à haute voix ?

Ses lèvres esquissent un demi-sourire tandis qu'il se tourne vers moi.

— Non, Anastasia. Les petites amies, ça n'est pas mon truc.

Qu'est-ce qu'il veut dire par là ? Il n'est pas gay, pourtant. Ou alors, il m'a menti lors de l'interview. J'attends qu'il me fournisse une explication, un indice me permettant d'élucider cette réponse énigmatique – mais rien. J'ai besoin d'être seule. Je dois rassembler mes pensées, m'éloigner de lui. Alors que je m'apprête à traverser la rue, je trébuche sur le bord du trottoir.

— Merde ! Ana ! s'écrie Grey.

Il tire tellement fort sur ma main qu'il me plaque contre lui à l'instant même où un cycliste roulant en sens interdit m'évite de justesse.

Tout s'est passé tellement vite – un instant je suis en train de tomber et le suivant, il me serre dans ses bras. Je sens son odeur de linge frais et de gel douche. C'est enivrant. Je la hume goulûment.

— Ça va ? chuchote-t-il.

Il m'enlace d'un bras, pressant mon corps contre le sien, tandis que de sa main libre il dessine les traits de mon visage comme pour s'assurer qu'ils sont intacts. Quand son pouce effleure ma lèvre inférieure, il s'arrête un instant de respirer. Il me regarde dans les yeux. Je soutiens ce regard anxieux, brûlant, pendant un instant, ou alors une éternité... mais c'est sa bouche magnifique qui m'attire. Pour la première fois en vingt et un ans, je veux qu'on m'embrasse. Je veux sentir ses lèvres sur les miennes.

4.

Allez, merde, quoi, embrasse-moi ! Tétanisée par ce désir si nouveau pour moi, je reste hypnotisée par la bouche de Christian Grey ; il me regarde, l'œil mi-clos, la prunelle assombrie. Sa respiration s'est accélérée. La mienne s'est carrément arrêtée. *Je suis dans tes bras. Embrasse-moi, je t'en supplie.* Il ferme les yeux, inspire profondément et secoue légèrement la tête comme pour répondre à ma question muette. Quand il rouvre ses yeux, il a l'air résolu.

— Anastasia, vous devriez m'éviter. Je ne suis pas l'homme qu'il vous faut.

Quoi ¿ D'où ça sort, ça ¿ Il me semble que c'est à moi seule d'en juger. Je fronce les sourcils, sonnée.

— Respirez, Anastasia, respirez, dit-il en me repoussant doucement.

La poussée d'adrénaline qui m'a envahie après avoir été frôlée par ce cycliste et m'être retrouvée dans les bras de Christian me rend à la fois surexcitée et flageolante. *NON !* hurle ma conscience désespérée. Grey s'écarte, pose les mains sur mes épaules et me tient à bout de bras en m'observant attentivement. Je ne pense qu'à une chose : je voulais qu'il m'embrasse, je l'ai manifesté de façon assez évidente, et il n'a rien fait. *Il ne veut pas de moi.* J'ai royalement planté notre tête-à-tête. Je retrouve enfin ma voix.

— C'est bon, j'ai compris. Merci.

Comment ai-je pu aussi mal interpréter la situation ? Il faut que je m'en aille, vite.

— Pourquoi merci ?

Il fronce les sourcils en me tenant toujours par les épaules.

— Merci de m'avoir sauvée.

— Cet imbécile roulait en sens interdit. Heureusement que j'étais là. Je tremble en pensant à ce qui aurait pu vous arriver. Vous voulez venir à l'hôtel vous asseoir un moment pour vous remettre ?

Il me relâche, laisse pendre ses bras et je me retrouve plantée devant lui comme une idiote.

Je secoue la tête pour m'éclaircir les idées. Je veux simplement m'en aller. Tous mes vagues espoirs se sont effondrés. Il ne veut pas de moi. *Tu t'imaginais quoi, au juste ? Pourquoi Christian Grey voudrait-il de toi ?* me raille ma conscience. Je me tourne vers l'intersection, en remarquant, soulagée, que le petit bonhomme du feu est passé au vert. Je traverse rapidement. Grey me suit. Une fois devant l'hôtel, je me retourne brièvement vers lui, sans réussir à le regarder dans les yeux.

— Merci pour le thé et la séance photo.

— Anastasia, je…

Sa voix angoissée m'oblige à relever les yeux. Les siens sont tristes. Il passe sa main dans ses cheveux, l'air déchiré, frustré ; son self-control s'est évaporé.

— Quoi, Christian ?

Il ne répond pas. J'ai envie de disparaître pour soigner mon amour-propre blessé.

— Bonne chance pour vos examens, murmure-t-il.

Hein ? C'est pour ça qu'il fait cette tête-là ?

— Merci, dis-je sans me donner la peine de cacher mon air sarcastique. Adieu, monsieur Grey.

Je fais volte-face, vaguement étonnée de ne pas avoir trébuché, et je m'éloigne en direction du parking sans me retourner.

Arrivée dans le souterrain en béton éclairé de néons sinistres, je m'appuie contre un mur, la tête entre les mains. *Qu'est-ce que je m'imaginais ? Pourquoi je pleure ?* Furieuse de cette réaction idiote, je m'accroupis et me pelotonne pour me faire aussi petite que possible, comme si ça pouvait diminuer ma douleur. Posant la tête sur mes genoux, je laisse couler des larmes irrationnelles. Je pleure la perte de quelque chose que je n'ai jamais eu. *Ridicule.*

Je n'ai jamais été rejetée par un homme. D'accord, j'ai toujours été la dernière choisie pour les équipes de basket ou de volley-ball, mais ça se comprend : je suis incapable de courir en faisant autre chose en même temps, comme faire bondir ou lancer un ballon. Sur un terrain de sport, je suis un danger public.

Mais en amour, je ne me suis jamais exposée, jamais. Toute ma vie, j'ai douté de moi – je suis trop pâle, trop maigre, trop mal fringuée, trop empotée… la liste de mes défauts s'allonge à l'infini. C'est donc toujours moi qui ai repoussé mes admirateurs potentiels. Il y avait bien un garçon dans mon cours de chimie à qui je plaisais, mais personne ne m'a jamais attirée – personne, sauf Christian. Quel salaud, celui-là. Je devrais peut-être me montrer plus gentille avec des types comme Paul Clayton ou José Rodriguez : ni l'un ni l'autre ne me ferait fondre en larmes dans un parking souterrain.

Arrête ! Arrête tout de suite ! me hurle ma conscience, les bras croisés, en tapant du pied. *Monte dans la bagnole, rentre à la maison, occupe-toi de tes études. Oublie-le… tout de suite ! Et cesse de t'apitoyer sur toi-même.*

J'inspire profondément. *Un peu de dignité, Steele.* Je me dirige vers la voiture de Kate en essuyant mes larmes. Je ne repenserai plus à lui. J'ai appris ma leçon. Mieux vaut que je me concentre sur mes examens.

Je trouve Kate assise à la table de la salle à manger avec son ordinateur. Son sourire s'évanouit dès qu'elle me voit.

— Ana, qu'est-ce qu'il y a ?

Non… de grâce, pas l'Inquisition à la Katherine Kavanagh ! Je secoue la tête comme pour lui dire « fous-moi la paix », mais autant s'adresser à une sourde-muette aveugle.

— Tu as pleuré.

Parfois, elle a vraiment le don d'enfoncer les portes ouvertes.

— Qu'est-ce qu'il t'a fait, cet enfoiré ? rugit-elle.

Bon sang, elle me fait peur.

— Rien, Kate.

C'est justement là le problème. Cette pensée me tire un sourire ironique.

— Alors pourquoi as-tu pleuré ? Tu ne pleures jamais, reprend-elle d'une voix plus douce.

Elle se lève, inquiète, pour me serrer dans ses bras. Il faut que je lui dise quelque chose, rien que pour qu'elle me laisse tranquille.

— J'ai failli me faire renverser par un cycliste.

C'est tout ce que j'ai trouvé, mais ça la distrait un instant de… lui.

— Tu n'es pas blessée, au moins ?

Elle me tient à bout de bras pour m'examiner de la tête aux pieds.

— Non, Christian m'a rattrapée. Mais je suis encore assez secouée.

— Ça ne m'étonne pas. Et ce café, c'était comment ? Toi qui détestes le café !

— J'ai pris un thé. Ça s'est très bien passé, rien à signaler. Je ne sais pas pourquoi il m'a invitée.

— Tu lui plais, Ana.

Elle laisse retomber ses bras.

— Plus maintenant. Je ne le reverrai plus.

Je parviens à l'annoncer comme s'il s'agissait d'un simple constat.

— Ah ?

Oh, la gaffe ! Maintenant, j'ai piqué sa curiosité. Je me dirige vers la cuisine pour qu'elle ne voie pas mon visage.

— Ouais… tu comprends, on ne joue pas dans la même catégorie.

— C'est-à-dire ?

— Mais enfin, Kate, c'est évident.

Je fais volte-face pour la dévisager.

— Pas pour moi, proteste-t-elle. Bon, d'accord, il est plus riche que toi, mais cela dit il est plus riche que presque tout le monde.

— Kate, il est…

Je hausse les épaules.

— Ana, pour l'amour du ciel – combien de fois devrai-je te le répéter ? Tu es canon, me coupe-t-elle.

La voilà qui rabâche son éternelle tirade.

— Kate, s'il te plaît, il faut que je révise.

Elle fronce les sourcils.

— Tu veux voir l'article ? Je viens de le terminer. José a pris des photos formidables.

Comme si j'avais besoin de photos pour me rappeler la beauté de monsieur « je ne veux pas de vous ».

— Bien sûr.

Je m'oblige à sourire et m'approche de l'ordinateur. Il est là, en noir et blanc, à me dévisager comme pour me répéter qu'il ne me trouve pas à la hauteur. Je fais semblant de lire l'article, mais en réalité je scrute son portrait pour trouver un indice me permettant de saisir en quoi il n'est pas « l'homme qu'il me faut ». Tout d'un coup, ça me saute aux yeux. Il est tellement plus beau que moi que nous n'existons pas sur le même plan. Comme si j'étais Icare volant trop près du soleil et s'écrasant au sol, embrasé. Vu comme ça, c'est logique : en effet, il n'est pas l'homme qu'il me faut. Voilà ce qu'il voulait essayer de me faire comprendre. Ce qui rend son rejet plus facile à accepter… enfin, presque. Je peux assumer.

— Excellent, Kate. Bon, je vais réviser.

Me promettant de ne plus repenser à lui, du moins pour l'instant, je plonge le nez dans mes notes.

Ce n'est qu'une fois au lit que je me permets de revenir sur cette étrange matinée. Je n'arrête pas de me répéter cette phrase : « Les petites amies, ça n'est pas mon truc », et je m'en veux de ne pas avoir compris avant de me retrouver dans ses bras à le supplier de toutes les fibres de mon corps de m'embrasser. Il m'avait déjà dit très clairement qu'il ne voulait pas de moi. Je me retourne dans mon lit en me demandant vaguement s'il a fait vœu de chasteté. Peut-être qu'il attend de rencontrer la femme de sa vie ? Ma conscience ensommeillée me donne un dernier coup de griffe : *Ce n'est sûrement pas toi qu'il attend, en tout cas.*

Cette nuit-là, je rêve de deux yeux gris et de motifs de feuilles dans le lait, et je cours à travers des lieux obscurs éclairés de néons sinistres, sans savoir si je cours vers quelque chose ou si je fuis...

Je pose mon stylo. Ça y est. L'examen est fini. Je souris, sans doute pour la première fois de la semaine. Nous sommes vendredi, et ce soir nous allons faire la fête. Je vais peut-être même me soûler ! Je n'ai jamais été ivre. Je jette un coup d'œil à Kate de l'autre côté de la salle, toujours en train de gribouiller frénétiquement à cinq minutes de la fin. Voilà, mes études sont terminées. Je n'aurai plus jamais à m'asseoir parmi des rangées d'étudiants angoissés et isolés. Dans ma tête, je fais des pirouettes. Kate s'arrête d'écrire et pose son stylo. Elle me regarde et sourit, elle aussi.

Nous rentrons ensemble dans sa Mercedes, en refusant de discuter de notre dernier examen. Kate songe plutôt à ce qu'elle va porter au bar ce soir. Moi, je fouille dans mon sac pour retrouver mes clés.

— Ana, il y a un colis pour toi.

Kate est sur les marches du perron, une boîte en carton à la main. *Curieux.* Je n'ai rien commandé sur Amazon dernièrement. Kate me prend les clés pour ouvrir et me remet le colis. Pas d'adresse d'envoyeur. C'est peut-être un cadeau de ma mère ou de Ray ?

— Ouvre-le !

Kate, excitée, fonce vers la cuisine pour aller chercher le champagne destiné à célébrer la fin de nos études.

Le colis contient une boîte en cuir abritant trois vieux livres à reliure en toile, identiques et en parfait état, accompagnés d'une carte où sont inscrits ces mots :

Pourquoi ne m'avez-vous pas dit qu'il y avait du danger avec les hommes ? Pourquoi ne m'avez-vous pas avertie ?
Les dames savent contre quoi se défendre parce qu'elles lisent des romans qui leur parlent du danger qu'il y a avec les hommes...

Je reconnais ces citations, tirées de *Tess*. Quelle coïncidence ! Je viens tout juste de passer trois heures à rédiger une dissertation sur les romans de Thomas Hardy. Mais s'agit-il bien d'une coïncidence ? J'inspecte les livres plus attentivement : ce sont les trois volumes de *Tess d'Urberville*. J'en ouvre un. J'y trouve, sur la page de garde, l'inscription suivante dans une police de caractère désuète :

London : Jack R. Osgood, McIlvaine and Co, 1801

Merde alors, des éditions originales ! Elles doivent valoir une fortune. Ça y est, je sais qui me les a envoyées. Kate, qui examine les livres par-dessus mon épaule, me prend la carte.

— Ce sont des éditions originales, lui dis-je.

Kate écarquille les yeux :

— Non ! Grey ?

Je hoche la tête.

— Ça ne peut être que lui.

— Et ce mot, ça veut dire quoi ?

— Aucune idée. Peut-être qu'il m'avertit de ne pas m'approcher de lui. Alors qu'aux dernières nouvelles je ne suis pas en train de tambouriner sur sa porte !

Je fronce les sourcils.

— Je sais que tu ne veux pas parler de lui, Ana, mais je crois qu'il craque sérieusement pour toi, malgré cet avertissement.

Je ne me suis pas permis de songer à Christian Grey au cours de la semaine dernière. Certes, ses yeux gris hantent toujours mes rêves, et je sais que je mettrai une éternité à oublier la sensation d'être dans ses bras, son odeur enivrante. Pourquoi m'a-t-il fait ce cadeau ? Il m'a pourtant affirmé qu'il n'était pas l'homme qu'il me fallait.

— J'ai trouvé une édition originale de *Tess* à vendre à New York pour quatorze mille dollars. Mais la tienne est en bien meilleur état. Elle doit valoir plus cher.

Kate vient de consulter son meilleur ami, Google.

— Cette citation… C'est ce que Tess dit à sa mère après qu'Alec d'Urberville l'a séduite.

— Je sais, acquiesce Kate, songeuse. Qu'est-ce qu'il essaie de te faire comprendre ?

— Je ne sais pas et je m'en fous. Je ne peux pas accepter ce cadeau. Je vais le renvoyer avec une citation tout aussi énigmatique, tirée d'un passage obscur du livre.

— Celui où Angel Clare l'envoie se faire foutre ? suggère Kate, narquoise.

— Par exemple.

Je glousse. J'adore Kate : elle est loyale et me soutient quoi qu'il arrive. Je remballe les livres et je les laisse sur la table de la salle à manger. Kate me tend une coupe de champagne.

— À la fin de nos études et à notre nouvelle vie à Seattle.

— À la fin de nos études, à notre nouvelle vie à Seattle et à nos excellents résultats.

Nous entrechoquons nos verres.

Le bar est bourré de futurs diplômés braillards, décidés à se bourrer la gueule. José s'est joint à nous, même s'il lui reste encore une année d'études : il est d'humeur à faire la fête et nous encourage à profiter de notre liberté retrouvée en commandant un pichet de margarita. En avalant mon cinquième verre, je me dis qu'après le

82

champagne ce n'était peut-être pas une très bonne idée.

— Et maintenant, Ana ? me hurle José par-dessus le vacarme.

— Kate et moi, on s'installe à Seattle. Les parents de Kate lui ont acheté un appartement.

— *Dios mío,* quel luxe ! Mais vous reviendrez pour mon vernissage ?

— Bien sûr, José, je ne raterais ça pour rien au monde.

Je souris, il m'enlace et m'attire contre lui.

— C'est important pour moi que tu sois là, Ana, me chuchote-t-il. Encore une margarita ?

— José Luis Rodriguez, essaierais-tu de me saouler, par hasard ? Parce que je crois que ça marche. Il vaut mieux que je passe à la bière. Je vais aller en chercher un pichet.

— À boire, Ana ! beugle Kate.

Kate a un bras sur les épaules de Levi, étudiant de lettres comme nous et photographe attitré du journal des étudiants. Il a renoncé à prendre des photos de la beuverie et n'a d'yeux que pour Kate en petit débardeur, jean moulant et talons aiguilles, les cheveux relevés en chignon avec des mèches folles qui s'échappent et encadrent son visage : comme toujours, elle est à tomber. Moi, je suis plutôt du genre Converse et tee-shirt, mais je porte mon jean le plus seyant. Je me libère de l'étreinte de José pour me lever.

Hou là. J'ai la tête qui tourne. Je dois m'agrip-per au dossier de la chaise. Les cocktails à la tequila, décidément, ça n'était pas l'idée du siècle.

En me frayant un chemin jusqu'au bar, je me dis que, tant qu'à être debout, autant faire un tour aux W-C. Évidemment, il y a la queue, mais au moins le couloir est plus tranquille et plus frais. Je consulte mon portable pour passer le temps. *Qui ai-je appelé en dernier ?* José ? Mais avant ça, il y a un numéro que je ne reconnais pas. Ah oui, Grey. Je glousse. Je ne sais pas quelle heure il est. Je vais peut-être le réveiller. Il pourra m'expliquer pourquoi il m'a envoyé ces livres et ce message énigmatique. S'il veut me tenir à distance, il devrait me laisser tranquille. Je souris en appuyant sur « appeler ». Il répond à la deuxième sonnerie.

— Anastasia ?

Il paraît étonné. À vrai dire, je suis moi-même étonnée de mon geste. Mais au fait, comment sait-il que c'est moi ?

— Pourquoi m'avez-vous envoyé ces livres ? dis-je d'une voix pâteuse.

— Anastasia, ça va ? Vous avez une drôle de voix.

Il a l'air inquiet.

— Ce n'est pas moi qui suis drôle, c'est vous.

Voilà, l'alcool m'a donné du courage, j'ai lâché le morceau.

— Anastasia, vous avez bu ?

— Qu'est-ce que vous en avez à foutre ?

— Je suis… curieux. Où êtes-vous ?

— Dans un bar.

— Quel bar ?

Il a l'air exaspéré.

— Un bar à Portland.

— Comment rentrez-vous ?

— Je me débrouillerai.

Cette conversation ne se déroule pas comme prévu.

— Dans quel bar êtes-vous ?

— Pourquoi m'avez-vous envoyé ces livres, Christian ?

— Anastasia, où êtes-vous ? Dites-le-moi, tout de suite.

Son ton est tellement… dictatorial. Quel maniaque du contrôle, décidément. Je l'imagine en cinéaste à l'ancienne avec un pantalon jodhpurs, un mégaphone et une cravache. Ça me fait rire tout haut.

— Vous êtes tellement… autoritaire.

— Ana, bordel de merde, où êtes-vous ?

Tiens, Christian Grey qui emploie des gros mots ! Je glousse à nouveau.

— Je suis à Portland… C'est loin de Seattle.

— Où, au juste, à Portland ?

— Bonne nuit, Christian.

— Ana !

Je raccroche. Là ! Mais il ne m'a pas expliqué, pour les livres. Je fronce les sourcils. Mission pas accomplie. Je suis vraiment très ivre – la tête me tourne tandis que j'avance en traînant les pieds vers les W-C. Mais bon, c'était le but de la manœuvre. Voilà donc ce que c'est que d'être bourrée – *pas la peine de répéter l'expérience*. La queue avance, c'est à mon tour. Je fixe d'un œil hébété une affiche sur la porte du cabinet vantant les mérites du sexe sans risques. Merde, je viens d'appeler Christian Grey ! *Et merde, merde…* La sonnerie de mon portable me fait sursauter. Je pousse un petit cri.

— Allô ?

Ça non plus, ça n'était pas prévu au programme.

— Je viens vous chercher, lance-t-il avant de raccrocher aussitôt.

Il n'y a que Christian Grey pour avoir l'air aussi calme et aussi menaçant en même temps.

Merde alors. Je remonte mon jean, le cœur battant. Il vient me chercher ? *Non...* Je crois que je vais vomir... non... ça va. Minute. Il me fait marcher, là. Je ne lui ai pas dit où j'étais. Il ne peut pas me retrouver. En plus, il mettrait des heures à arriver de Seattle. Si jamais il débarque, nous serons partis depuis longtemps. Je me lave les mains et je me regarde dans le miroir. Je suis rouge et j'ai l'œil vague. *Hum... la tequila.*

J'attends le pichet de bière une éternité au bar et je reviens enfin à notre table.

— Où étais-tu passée ? me gronde Kate.

— Je faisais la queue aux toilettes.

José et Levi sont plongés dans une discussion passionnée au sujet de l'équipe locale de baseball. José fait une pause pour nous verser de la bière ; j'en avale une grande gorgée.

— Kate, je pense qu'il vaudrait mieux que je sorte prendre l'air.

— Ana, tu es une petite nature.

— Je reviens dans cinq minutes.

Je me fraie de nouveau un chemin dans la foule. Je commence à avoir la nausée, la tête qui tourne et les jambes molles. Enfin, plus molles que d'habitude.

Le grand air me fait comprendre à quel point je suis ivre. Je vois double. Pourquoi me suis-je mise dans cet état ?

— Ana, ça va ?

José m'a rejointe.

— Je pense que j'ai un peu trop bu.

Je lui souris faiblement.

— Moi aussi, murmure-t-il en me dévisageant intensément de ses grands yeux noirs. Tu as besoin d'aide ?

Il s'approche pour m'enlacer.

— José, ça va. C'est bon.

Je tente de le repousser faiblement.

— Ana, je t'en prie, chuchote-t-il.

Maintenant il me tient dans ses bras et m'attire contre lui.

— José, tu fais quoi, là ?

— Tu sais que tu me plais. Ana, je t'en prie…

Il pose une main au creux de mon dos pour me presser contre lui ; de l'autre, il m'attrape le menton. *Putain… il va m'embrasser.*

— Non, José, arrête, non !

Je le repousse, mais c'est un mur de muscles et je n'y arrive pas. Sa main a glissé dans mes cheveux pour m'immobiliser la tête.

— Ana, s'il te plaît, *cariño*, murmure-t-il contre mes lèvres.

Son haleine est douce et sucrée – un mélange de margarita et de bière. Il dépose une série de baisers le long de ma mâchoire jusqu'à la commissure de mes lèvres. Je suis paniquée, ivre, incapable de contrôler la situation. Je suffoque.

— José, non.

Je ne veux pas. Tu es mon ami, et je pense que je suis sur le point de vomir.

— La dame a dit non, je crois, lance une voix dans le noir.

Putain ! Christian Grey. Il est là. Comment ? José me lâche.

— Grey, dit-il, tendu.

Je lance un regard angoissé à Christian tandis qu'il foudroie José du sien. Puis mon estomac se soulève et je me plie en deux. Mon corps ne peut plus tolérer l'alcool ; je vomis spectaculairement par terre.

— Pouah ! *Dios mío*, Ana !

José, dégoûté, a fait un bond en arrière. Grey m'attrape les cheveux et les écarte de la ligne de tir, tout en me guidant doucement vers une plate-bande en bordure du parking. Je remarque, profondément reconnaissante, que cette zone est plongée dans l'ombre.

— Si vous voulez encore vomir, faites-le ici. Je vais vous soutenir.

Il passe un bras sur mes épaules ; de sa main libre, il relève mes cheveux en queue-de-cheval pour les écarter de mon visage. J'essaie maladroitement de le repousser mais je vomis encore… et encore. *Quelle conne… c'est pas bientôt fini ?* Même lorsque mon estomac est vide et que plus rien ne sort, d'affreux spasmes me tordent le corps. Je fais vœu en silence de ne plus jamais boire. C'est trop horrible. Enfin, ça s'arrête.

Les mains appuyées sur le mur en brique derrière la plate-bande, j'arrive à peine à tenir sur mes jambes. C'est épuisant, de vomir comme ça. Grey me lâche pour me passer un mouchoir. Il n'y a que lui pour avoir un mouchoir en lin avec ses initiales brodées dessus : CTG. Je ne savais pas que ça existait encore. Je me demande vaguement ce que le « T » veut dire tout en m'essuyant la bouche. Submergée par la honte, je n'arrive pas à le regarder : je me dégoûte. Je voudrais être avalée par les azalées de la plate-bande, être n'importe où sauf ici.

José rôde toujours près de l'entrée du bar et nous observe. Je gémis, la tête entre les mains. C'est sûrement le pire moment de mon existence. Plus humiliant encore que quand Christian a refusé de m'embrasser. Je risque un petit coup d'œil vers lui. Il ne trahit pas la moindre émotion. Je me retourne pour regarder José : il a l'air d'avoir honte de lui et, comme moi, d'être intimidé par Christian. Je le foudroie du regard. J'aurais quelques mots bien choisis à dire à mon soi-disant ami, et je ne veux en proférer aucun devant Christian Grey, le grand P-DG. *Il vient de te voir gerber par terre et dans la flore locale. Tu ne peux plus faire semblant d'être une dame.*

— Je... euh... à tout à l'heure, marmonne José.

Mais nous l'ignorons tous les deux et il rentre dans le bar, penaud, me laissant toute seule avec Grey. Qu'est-ce que je vais lui dire ? D'abord, m'excuser pour mon coup de fil.

— Je suis désolée, dis-je en fixant le mouchoir que je tortille furieusement.

— De quoi êtes-vous désolée, Anastasia ?

Il en veut pour son argent, ce salaud.

— Désolée de vous avoir appelé. D'avoir vomi. La liste est interminable.

Mon Dieu, faites que je meure maintenant.

— Ça nous est tous arrivé un jour ou l'autre, mais peut-être pas de façon aussi spectaculaire. Il faut connaître ses limites, Anastasia. Repousser ses limites, je suis pour, mais là, vous êtes vraiment allée trop loin. Ça vous arrive souvent ?

Ma tête bourdonne sous le coup de l'alcool et de la colère. Mais qu'est-ce qu'il en a à foutre ?

Je ne lui ai pas demandé de venir me chercher. On dirait un papy qui gronde un enfant désobéissant. Si je veux me bourrer la gueule tous les soirs, ça ne regarde que moi, ai-je envie de lui rétorquer. Mais je n'en ai pas le courage. Pas après avoir vomi devant lui. Pourquoi reste-t-il encore planté là ?

— Non. Je n'ai jamais bu et, en ce moment, je n'ai aucune envie de recommencer.

Je me sens de nouveau mal. Il me rattrape avant que je ne tombe, me soutient et me presse contre sa poitrine comme une enfant.

— Venez, je vous raccompagne chez vous.

— Il faut que j'avertisse Kate.

Je suis dans ses bras.

— Mon frère peut le lui dire.

— Quoi ?

— Mon frère Elliot est avec Mlle Kavanagh.

— Ah ?

— Il était avec moi quand vous m'avez appelé.

— À Seattle ?

Je ne comprends plus rien.

— Non, je suis à l'hôtel Heathman.

Encore ? Mais pourquoi ?

— Comment m'avez-vous retrouvée ?

— J'ai fait tracer votre appel, Anastasia.

Ah ? Comment est-ce possible ? Est-ce même légal ? *C'est un harceleur, ce type*, me chuchote ma conscience à travers la brume de tequila qui flotte encore dans mon cerveau, mais curieusement, parce que c'est Grey, ça ne me dérange pas.

— Vous avez une veste ou un sac ?

— Euh… oui, les deux. Christian, je vous en prie, il faut que je parle à Kate. Elle va s'inquiéter.

Il pince les lèvres et soupire lourdement.

— Si vous y tenez.

Me prenant par la main, il me raccompagne dans le bar, ivre, gênée, épuisée, mortifiée, mais aussi, curieusement, ravie au-delà de toute expression. Je vais bien mettre une semaine à démêler toutes ces émotions.

Le bar est bondé, bruyant ; la piste de danse est prise d'assaut. Kate n'est plus à notre table et José a disparu. Levi, resté seul, a l'air perdu et pitoyable.

— Où est Kate ?

Il faut que je crie pour me faire entendre. Ma tête commence à pulser au rythme de la basse.

— Elle danse, hurle Levi.

L'air furieux, il scrute Christian d'un œil soupçonneux. Je passe à grand-peine ma veste noire et glisse la bandoulière de mon petit sac à main par-dessus ma tête. Je suis prête à partir dès que j'aurai vu Kate. Je touche le bras de Christian et penche la tête en arrière pour lui crier à l'oreille « Elle est sur la piste de danse ». Quand j'effleure ses cheveux du bout du nez, humant son odeur fraîche et propre, toutes les émotions interdites et inhabituelles que j'ai tenté de refouler se déchaînent d'un seul coup dans mon corps épuisé. Je rougis et quelque part, au fond de moi, des muscles se contractent délicieusement.

Il lève les yeux au ciel, me prend par la main et me traîne vers le bar. On le sert tout de suite : on ne fait pas attendre monsieur Maniaque-du-contrôle. Tout lui vient-il aussi facilement ? Je n'ai pas entendu ce qu'il commandait. Il me tend un grand verre d'eau glacée.

— Buvez, m'ordonne-t-il.

Les spots pulsent et tournoient au rythme de la musique, en jetant des couleurs et des ombres colorées sur le bar et la clientèle. Christian, tantôt vert, bleu, blanc, ou rouge démoniaque, m'observe attentivement tandis que je sirote une gorgée.

— Tout, hurle-t-il.

Mais il n'a pas fini de me donner des ordres ? Il passe sa main dans ses cheveux en bataille, l'air frustré, furieux. C'est quoi, son problème ? À part une idiote qui l'appelle au milieu de la nuit et qu'il se sent obligé de secourir ? Et qui, en effet, avait besoin d'être sauvée des avances d'un ami trop empressé. Et qui vomit copieusement à ses pieds. *Ah, Ana… comment arriveras-tu à lui faire oublier ça ?* Ma conscience émet de petits claquements de langue désapprobateurs en me regardant par-dessus ses lunettes en demi-lune. Je vacille un peu ; Grey pose la main sur mon épaule pour me stabiliser. J'obéis et bois toute l'eau. Ça me barbouille. Il me reprend le verre et le pose sur le bar. Je remarque dans un brouillard qu'il porte une chemise en lin ample, un jean moulant, des Converse noires et une veste sombre à rayures tennis. Sa chemise est déboutonnée au col ; j'aperçois une touffe de poils dans l'interstice. Dans mon état d'esprit actuel, je lui sauterais bien dessus.

Il me reprend la main. *Oh, la vache* – il me conduit sur la piste de danse ! Putain. Je ne sais pas danser. Il devine ma réticence et sous les lumières colorées je vois son sourire amusé, sardonique. Il me tire brusquement par la main et je suis à nouveau dans ses bras ; il commence à bouger, m'entraînant avec lui. Qu'est-ce qu'il danse bien ! Je n'arrive pas à croire que j'accompagne ses mouvements. C'est peut-être parce que je suis saoule. Il me serre contre lui, je sens son corps contre le mien... s'il ne m'agrippait pas aussi fermement, je suis sûre que je tomberais dans les pommes à ses pieds et, du fond de mon esprit, l'avertissement que ma mère m'a souvent répété me revient : *Ne fais jamais confiance à un homme qui sait danser.*

Il nous entraîne à travers la foule jusqu'à l'autre bout de la piste, et nous nous retrouvons à côté de Kate et d'Elliot, le frère de Christian. La musique, forte et lascive, pulse dans ma tête. Ça alors. *Kate se déchaîne.* Ça ne lui arrive que quand un homme lui plaît. Lui plaît vraiment. Autrement dit, nous serons trois au petit déjeuner demain matin. *Kate !*

Christian se penche pour crier quelque chose à l'oreille d'Elliot, un grand blond baraqué avec un regard d'allumeur. Je n'arrive pas à distinguer la couleur de ses yeux sous les spots. Elliot sourit et attire Kate dans ses bras, où elle est visiblement heureuse de se retrouver... *Kate !* Même dans mon état d'ébriété, je suis choquée. Elle vient à peine de le rencontrer. Elle hoche la tête quand Elliot lui chuchote quelque chose, me sourit et agite la main. Christian nous propulse hors de la piste de danse en un temps record.

Je n'ai pas pu parler à Kate, mais je devine comment ça va se finir entre elle et Elliot. *Il faudra que je lui refasse mon sermon sur le sexe sans risques.* J'espère qu'elle a lu les affiches collées sur les portes des W-C. Les pensées se bousculent dans ma tête, je lutte contre l'ivresse. Il fait trop chaud ici, il y a trop de couleurs, trop de bruit, trop de lumières. Ma tête se met à tourner, non... le sol se précipite à la rencontre de mon visage. La dernière chose que j'entends avant de m'évanouir dans les bras de Christian Grey, c'est ce mot :

— Merde !

5.

Silence. Lumière tamisée. Je suis bien au chaud dans un lit. Mm… J'ouvre les yeux et, pendant un instant, je savoure la sérénité de cette chambre inconnue, dont la tête de lit en forme de soleil m'est pourtant curieusement familière, tout comme la palette de tons bruns, beiges et dorés du décor luxueux. Mon cerveau embrumé tâtonne dans mes souvenirs récents. Une suite de l'hôtel Heathman… Et merde. Je suis dans la suite de Christian Grey. Qu'est-ce que je fais là ?

Des souvenirs épars remontent lentement à la surface. La boisson – *aïe, j'ai trop bu* –, le coup de fil – *aïe, je l'ai appelé* –, les vomissements – *aïe, j'ai vomi* –, José, Christian. *Non, non, non !* Je me recroqueville. Je ne me rappelle pas comment je suis arrivée jusqu'ici. Je porte mon tee-shirt, mon soutien-gorge et ma culotte. Pas de chaussettes. Pas de jean. *Et merde.*

Je jette un coup d'œil à la table de chevet. Un verre de jus d'orange et deux comprimés d'Advil : en authentique maniaque du contrôle, il a tout prévu. Je m'assieds pour avaler les comprimés.

En fait, je ne me sens pas si mal que ça. Le jus d'orange a un goût divin.

On frappe à la porte. Mon cœur ne fait qu'un bond et je n'arrive pas à retrouver ma voix. Il entre sans y être invité.

Il a déjà fait sa gym, car il porte un pantalon de survêt gris qui lui descend sur les hanches et un tee-shirt gris sans manches trempé de sueur, comme ses cheveux. *La sueur de Christian Grey... rien que cette idée me trouble.* J'inspire profondément en fermant les yeux, comme quand j'avais deux ans. *Si je ferme les yeux, je ne suis pas vraiment là.*

— Bonjour, Anastasia. Comment vous sentez-vous ?

— Mieux que ce que je mérite.

Il dépose un gros sac en plastique sur une chaise et agrippe la serviette qui lui pend autour du cou. Comme toujours, je n'arrive pas à deviner ce qu'il pense.

— Comment suis-je arrivée ici ? fais-je d'une petite voix contrite.

Il s'assied au bord du lit, assez près de moi pour que je le touche, que je le sente. *Oh, mon Dieu...* la sueur, le gel douche, et Christian. C'est un cocktail enivrant – bien plus qu'une margarita, et désormais je parle d'expérience.

— Vous vous êtes évanouie, et je n'ai pas voulu faire courir aux sièges de ma voiture le risque de vous raccompagner chez vous. Alors je vous ai emmenée ici, m'explique-t-il, flegmatique.

— C'est vous qui m'avez couchée ?

— Oui.

— J'ai encore vomi ?

— Non.

— Vous m'avez déshabillée ?

— Oui.

Il hausse un sourcil ; je rougis furieusement.

— Nous n'avons pas… ?

Ma bouche est trop sèche pour que je termine la question.

— Anastasia, vous étiez dans le coma. La nécrophilie, ça n'est pas mon truc. J'aime qu'une femme soit consciente et réceptive.

— Je suis vraiment navrée.

Il a un petit sourire ironique.

— Ce fut une soirée très divertissante. Je ne risque pas de l'oublier.

Moi non plus – hé, il se moque de moi, ce salaud.

— Je ne vous ai pas obligé à me repérer avec vos gadgets à la James Bond, que vous êtes sans doute en train de développer pour les vendre au plus offrant !

Il me dévisage, étonné et, si je ne m'abuse, un peu blessé.

— Premièrement, la technologie nécessaire à tracer les appels des téléphones portables est largement disponible sur Internet. Deuxièmement, ma société ne fabrique pas d'appareils de surveillance. Troisièmement, si je n'étais pas venu vous chercher, vous vous seriez sans doute réveillée dans le lit de ce photographe et, si j'ai bien compris, vous n'étiez pas particulièrement ravie qu'il vous poursuive de ses assiduités.

Qu'il me poursuive de ses assiduités ? Je lève les yeux vers Christian, qui me dévisage d'un air sévère, sans arriver à retenir un gloussement.

— Vous vous êtes échappé d'une chronique médiévale, ou quoi ? Vous parlez comme un preux chevalier.

Son regard se radoucit aussitôt et son expression devient plus chaleureuse.

— Anastasia, ça m'étonnerait. Ou alors, un chevalier noir, ajoute-t-il avec un petit sourire ironique. Vous avez mangé hier soir ?

Sa voix est accusatrice. Je secoue la tête. Quelle transgression majeure ai-je donc osé commettre là ? Sa mâchoire se crispe, mais il demeure impassible.

— Il faut que vous mangiez. C'est pour ça que vous avez été aussi malade. Manger avant de boire, c'est la règle numéro un.

Il passe sa main dans ses cheveux, exaspéré.

— Vous allez me gronder encore longtemps comme ça ?

— Je vous gronde ?

— Je crois.

— Vous avez de la chance que je ne fasse que vous gronder.

— C'est-à-dire ?

— Si vous étiez à moi, après votre petite escapade d'hier soir, vous ne pourriez pas vous asseoir pendant une semaine. Vous n'avez rien mangé, vous vous êtes saoulée, vous vous êtes mise en danger.

Il ferme les yeux, une expression d'horreur parcourt brièvement ses traits, et il frémit. Quand il les rouvre, c'est pour me foudroyer du regard.

— J'ai peur quand je pense à ce qui aurait pu vous arriver.

Qu'est-ce qu'il en a à foutre ? Si j'étais à lui...
Eh bien, je ne suis pas à lui. Même si, en fait, ça
me plairait. Je rougis de l'impudence de ma
déesse intérieure, qui danse comme une folle en
jupe hawaïenne rouge rien qu'à l'idée de lui
appartenir.

— Il ne me serait rien arrivé. J'étais avec Kate.

— Et le photographe ?

Hum... le jeune José. Il va falloir que je l'affronte
tôt ou tard.

— José a un peu dépassé les bornes, c'est
tout.

Je hausse les épaules.

— La prochaine fois qu'il dépasse les bornes,
quelqu'un devra lui enseigner les bonnes
manières.

— Vous êtes adepte de la discipline, on dirait.

— Anastasia, vous ne savez pas à quel point
vous avez raison.

Il plisse les yeux en souriant malicieusement.
C'est désarmant. Un instant, je suis déroutée et
furieuse et l'instant d'après, son sourire magnifique me fait craquer. Il sourit si rarement. Du
coup, j'oublie totalement ce dont il est en train
de parler.

— Je vais prendre une douche. À moins que
vous ne préfériez passer en premier ?

Il penche la tête sur son épaule sans arrêter de
sourire. Mon cœur s'emballe, et mon bulbe
rachidien oublie de me dire de respirer. Le sourire de Grey s'élargit. Il tend la main et caresse
du pouce ma joue et ma lèvre inférieure.

— Respirez, Anastasia, chuchote-t-il en se
levant. Le petit déjeuner sera là dans quinze
minutes. Vous devez être affamée.

Il se dirige vers la salle de bains et referme la porte derrière lui.

Je lâche enfin le souffle que je retenais. Pourquoi est-il aussi follement séduisant ? En ce moment, j'ai envie d'aller le rejoindre dans la douche. Je n'ai jamais éprouvé ça pour qui que ce soit. Mes hormones sont en pleine ébullition. Ma peau picote là où son pouce a parcouru ma joue et ma lèvre inférieure. Je me tortille, prise d'un besoin, d'une douleur… Je ne comprends rien à cette réaction. *Tiens… ça doit être ça, le désir.*

Je me rallonge sur les oreillers en plume. *Si vous étiez à moi.* Oh, mon Dieu – qu'est-ce que je ne ferais pas pour être à lui ? C'est le seul homme qui m'ait jamais excitée. Et pourtant, il est exaspérant, difficile, compliqué, déroutant. Un instant il me repousse, l'instant d'après il m'envoie des livres à quatorze mille dollars et me traque comme un harceleur. Et malgré tout cela, je viens de passer la nuit dans sa suite et je me sens en sécurité. Protégée. Il m'aime assez pour me secourir quand il me croit en danger. Ce n'est pas un chevalier noir mais un chevalier blanc dans une armure étincelante, un héros de roman, un Gauvain ou un Lancelot.

Je saute hors du lit pour chercher mon jean. Christian émerge de la salle de bains encore mouillé, la peau luisante, pas rasé, avec juste une serviette autour des reins.

— Au fait, votre jean est au pressing. Il était éclaboussé de vomi.

— Oh !

Je vire à l'écarlate. Pourquoi, mais pourquoi me prend-il toujours en défaut ?

— J'ai envoyé Taylor vous acheter un autre jean et des chaussures. Tout est dans le sac sur la chaise.

Des vêtements propres. Quelle bénédiction.

— Euh… je vais prendre une douche. Merci.

Je saisis le sac et fonce vers la salle de bains pour fuir la proximité de la nudité troublante de Christian, qui n'a rien à envier à celle du David de Michel-Ange.

La pièce est embuée. Je me déshabille et entre rapidement dans la douche, impatiente de me retrouver sous son jet purifiant. Je tends mon visage à la cascade d'eau chaude. J'ai envie de Christian Grey. Pour la première fois de ma vie, j'ai envie de coucher avec un homme. Je veux sentir ses mains et sa bouche sur moi.

Il dit qu'il aime qu'une femme soit consciente et réceptive. *Donc, il n'a pas fait vœu de chasteté.* Mais il ne m'a fait aucune avance. Je ne comprends pas. Est-ce qu'il a envie de moi ou est-ce que je le dégoûte ? La semaine dernière, il n'a pas voulu m'embrasser. Pourtant, cette nuit, il m'a emmenée ici. À quoi joue-t-il ? *Tu as passé toute la nuit dans son lit et il ne t'a pas touchée, Ana. Tires-en les conclusions qui s'imposent.* Ma conscience vient de se manifester dans toute sa mesquinerie. Je fais comme si je ne l'entendais pas.

L'eau chaude me réconforte. *Mmm…* Je pourrais rester dans cette douche, dans cette salle de bains, à jamais. Je m'enduis de son gel douche de la tête aux pieds, en fantasmant que c'est lui qui fait mousser ce savon au parfum divin sur mon corps, mes seins, mon ventre, entre mes cuisses, avec ses grands doigts. *Oh, mon Dieu*. Mon cœur s'emballe à nouveau. C'est si... bon.

— Le petit déjeuner est servi.

En frappant à la porte, il m'a brutalement tirée de ma rêverie érotique.

Sortant de la douche, j'attrape deux serviettes pour me faire un turban de l'une et me sécher en vitesse avec l'autre. Sur ma peau hypersensible, ce contact est agréable.

J'inspecte le contenu du sac. Taylor m'a non seulement acheté un jean et des Converse, mais aussi un chemisier bleu clair, des chaussettes, un soutien-gorge et une culotte – bien qu'une description aussi banale et utilitaire ne rende pas justice à cette exquise lingerie française en soie et en dentelle bleu poudre. Waouh. Tout me va parfaitement. Je rougis en songeant que c'est Coupe-en-Brosse qui m'a choisi ces articles. Quelles autres attributions figurent dans la description de son poste ?

Je m'habille rapidement et me sèche les cheveux avec la serviette avant de tenter de les mater. Comme d'habitude, ils refusent d'obtempérer : seule option, les attacher. J'ai peut-être un élastique dans mon sac ? J'inspire profondément. Il est temps d'affronter monsieur Surprenant.

Je suis soulagée de trouver la chambre déserte. Mon sac à main n'y est pas. J'inspire de nouveau et passe au salon. Il est immense, avec des canapés, des fauteuils, des tas de coussins, une table basse où sont empilés des beaux livres, un coin bureau avec un iMac dernière génération et un énorme écran plasma au mur. Christian, attablé à l'autre bout de la pièce, lit le journal. La table est aussi vaste qu'un court de tennis. Je ne joue pas au tennis mais j'ai déjà regardé jouer Kate, et...

— Merde ! Kate !

Christian lève les yeux.

— Elle sait que vous êtes ici et que vous êtes encore vivante. J'ai envoyé un SMS à Elliot, m'apprend-il avec un brin d'ironie.

Je me rappelle sa danse enfiévrée de la veille, ses mouvements calculés pour produire l'effet maximal... Draguer le frère de Christian, excusez du peu ! Donc, elle est toujours avec Elliot. Ça ne lui est arrivé que deux fois, d'avoir une aventure d'une nuit ; les deux fois, j'ai dû supporter son hideux pyjama rose pendant une semaine. Et qu'est-ce qu'elle va penser de moi ? Je n'ai jamais découché.

Christian me dévisage d'un air impérieux. Il porte une chemise en lin blanc au col et aux poignets déboutonnés.

— Asseyez-vous, m'ordonne-t-il en désignant une chaise.

Je traverse la pièce pour m'asseoir en face de lui. La table est chargée de nourriture.

— Je ne savais pas ce que vous aimiez, alors j'ai commandé un peu de tout.

Il m'adresse un petit sourire d'excuse.

— C'est très extravagant de votre part.

Cette abondance me déroute, bien que je sois affamée.

— Oui, en effet.

On dirait qu'il se sent réellement coupable.

J'opte pour des pancakes, du sirop d'érable, des œufs brouillés et du bacon. Christian retient un sourire en revenant à son omelette aux blancs d'œufs. Tout est délicieux.

— Thé ?

— Oui, s'il vous plaît.

Il me tend un petit pot d'eau chaude et une soucoupe avec un sachet de Twinings English Breakfast Tea. Ça alors, il se rappelle mon thé préféré !

— Vous avez les cheveux mouillés, me gronde-t-il.

— Je n'ai pas trouvé le sèche-cheveux.

En fait, je ne l'ai pas cherché. Christian pince les lèvres mais ne dit rien.

— Merci pour les vêtements.

— Ça m'a fait plaisir, Anastasia. Cette couleur vous va bien.

Je rougis en regardant mes doigts.

— Vous savez, il faut que vous appreniez à accepter les compliments.

— Je vais vous rembourser pour ces vête-ments.

Il me regarde comme si je l'avais insulté, mais j'insiste :

— Vous m'avez déjà offert les livres, qu'évi-demment je ne peux pas accepter. Mais ces vête-ments… je vous en prie, laissez-moi vous rembourser.

Je lui souris timidement.

— Anastasia, croyez-moi, j'ai les moyens de vous les offrir.

— Là n'est pas la question. Pourquoi me faire un tel cadeau ?

— Parce que je le peux.

Une étincelle malicieuse s'allume dans son regard.

— Simplement parce que vous le pouvez, ça ne veut pas dire que vous le devez.

Il hausse un sourcil, le regard pétillant, et, tout d'un coup, j'ai l'impression que nous parlons d'autre chose, mais de quoi ? Ce qui me rappelle que…

— Pourquoi m'avez-vous offert ces livres, Christian ?

Il pose ses couverts et me scrute intensément, le regard brûlant d'une émotion insondable. *Oh, la vache, j'en ai la bouche sèche.*

— Quand vous avez failli vous faire renverser par ce cycliste, que je vous tenais dans mes bras et que vous me regardiez comme pour me dire « embrassez-moi, Christian »…

Il se tait un instant et hausse les épaules.

— … j'ai eu le sentiment que je vous devais des excuses et un avertissement.

Il passe sa main dans ses cheveux.

— Anastasia, je ne suis pas du genre à offrir des fleurs et des chocolats… Les histoires d'amour, ça n'est pas mon truc. J'ai des goûts très particuliers. Vous devriez m'éviter.

Il ferme les yeux, comme s'il s'avouait vaincu.

— Il y a quelque chose en vous qui m'attire irrésistiblement, ajoute-t-il. Mais je crois que vous l'aviez déjà deviné.

Mon appétit disparaît. *Qui l'attire irrésistiblement !*

— Alors ne résistez pas.

Il inspire brusquement, les yeux écarquillés.

— Vous ne savez pas ce que vous dites.

— Expliquez-moi.

Nous nous regardons dans les yeux sans toucher notre nourriture.

— Donc, vous n'avez pas fait vœu de chasteté ?

Une lueur amusée traverse son regard.

— Non, Anastasia, je ne suis pas chaste.

Il se tait un instant pour me laisser enregistrer cette information, et je m'empourpre. Je n'arrive pas à croire que j'aie parlé à haute voix. Mon filtre est encore tombé en panne.

— Quels sont vos projets pour les jours qui viennent ? me demande-t-il.

— Je travaille aujourd'hui à partir de midi. Il est quelle heure ?

Tout d'un coup, je panique.

— Un peu plus de 10 heures : vous avez tout votre temps. Et demain ?

Il a posé les coudes sur la table et soutient son menton de ses longs doigts joints.

— Kate et moi, nous allons commencer à faire nos cartons. Nous déménageons à Seattle la semaine prochaine, et je travaille chez Clayton's toute la semaine.

— Vous avez déjà trouvé un appartement à Seattle ?

— Oui.

— Où ?

— Je ne me rappelle pas l'adresse. C'est dans le quartier de Pike Market.

— Pas loin de chez moi, sourit-il. Qu'allez-vous faire à Seattle ?

Où veut-il en venir ? L'inquisition à la Christian Grey est presque aussi agaçante que la version Katherine Kavanagh.

— J'ai envoyé des candidatures de stages. J'attends des nouvelles.

— Avez-vous demandé un stage chez moi, comme je vous l'ai suggéré ?

Je rougis… *Ça va pas, la tête ?*

— Euh… non.

— Qu'est-ce que vous lui reprochez, à ma compagnie ?

— À votre compagnie ou à votre *compagnie* ?

— Vous moqueriez-vous de moi, mademoiselle Steele ?

Il penche la tête sur son épaule et je crois qu'il s'amuse, mais je n'en suis pas sûre. Je rougis en fixant mon assiette. Je n'arrive pas à le regarder dans les yeux quand il me parle sur ce ton-là.

— J'aimerais bien mordre cette lèvre, chuchote-t-il d'un air sombre.

Je tressaille. Je ne m'étais pas rendu compte que je me mordillais la lèvre inférieure. J'en reste bouche bée. Personne ne m'a jamais rien dit d'aussi sexy. Mon cœur s'affole, je tremble, alors qu'il ne m'a même pas touchée. Soutenant son regard ténébreux, je relève le défi :

— Pourquoi pas ?

— Parce que je ne veux pas vous toucher, Anastasia. Pas avant d'avoir obtenu votre consentement écrit, précise-t-il en esquissant un sourire.

Quoi ?

— Que voulez-vous dire par là ?

— Exactement ce que j'ai dit.

Il soupire en secouant la tête, à la fois amusé et exaspéré.

— Il faut que je vous explique tout ça, Anastasia. À quelle heure finissez-vous de travailler ?

— Vers 20 heures.

— Nous pourrions aller à Seattle ce soir ou samedi prochain, comme vous voulez, pour dîner chez moi, et je vous expliquerai.

— Pourquoi pas tout de suite ?

— Parce que je savoure mon petit déjeuner en votre compagnie. Une fois que vous saurez, vous ne voudrez sans doute plus me revoir.

Qu'est-ce qu'il veut dire par là ? Est-ce qu'il réduit les petits enfants en esclavage dans un trou perdu de la planète ? Fait-il partie d'un cartel de la drogue ? Cela expliquerait pourquoi il est aussi riche. Est-il profondément croyant ? Impuissant ? Il me faut résoudre l'énigme de Christian Grey dès que possible. Si son secret est tellement immonde que je ne voudrai plus le revoir, alors franchement, ça me soulagera. *Ne te raconte pas de bobards,* me hurle ma conscience, *il faudrait que ce soit vraiment épouvantable pour te faire partir en courant.*

— Ce soir.

Il hausse un sourcil.

— Comme Ève, vous avez hâte de croquer le fruit de l'arbre de la connaissance, ricane-t-il.

— Vous moqueriez-vous de moi, monsieur Grey ?

Quel tour de phrase prétentieux...

Il prend son BlackBerry.

— Taylor, j'aurai besoin de Charlie Tango.

Charlie Tango ? C'est qui, celui-là ?

— De Portland, disons à 20 h 30... Non, à disposition à l'Escala... Toute la nuit.

Toute la nuit ?

— Oui. Jusqu'à demain matin. Je le piloterai moi-même de Portland à Seattle.

Piloterai ?

— Ensuite, je veux qu'un pilote reste à disposition à Seattle à partir de 22 h 30.

Il pose le téléphone. Ni s'il vous plaît ni remerciement.

— Les gens font-ils toujours ce que vous leur demandez ?

— En général, s'ils veulent garder leur poste.

— Et s'ils ne travaillent pas pour vous ?

— Je suis capable d'être très persuasif, Anastasia. Finissez votre petit déjeuner. Ensuite je vous déposerai chez vous. Je passerai vous prendre chez Clayton's à 20 heures. Nous irons en hélico à Seattle.

— En hélico ?

— Oui, j'ai un hélicoptère privé.

J'en reste bouche bée. Mon deuxième rendez-vous avec le mystérieux M. Grey, et je passe direct du café à l'hélico. Ça alors.

— On va en hélicoptère à Seattle ?

— Oui.

— Pourquoi ?

Il sourit d'un air malicieux.

— Parce que je le peux. Finissez votre petit déjeuner.

Comment pourrais-je en avaler une bouchée ? Je vais en hélico à Seattle avec Christian Grey ! En plus, il a envie de mordre ma lèvre inférieure…

— Mangez, répète-t-il plus sèchement. Anastasia, je déteste qu'on gaspille la nourriture… mangez.

— Je ne peux pas avaler tout ça.

Je désigne ce qui reste sur la table.

— Videz votre assiette. Si vous aviez mangé hier, vous ne seriez pas ici aujourd'hui, et je n'aurais pas été obligé de dévoiler mon jeu aussi rapidement.

Il se pince les lèvres. J'attaque mon assiette, où tout est froid maintenant. *Tout ça me coupe l'appétit, Christian. Vous ne comprenez donc pas ?* Mais je suis trop lâche pour le dire à haute voix, surtout quand il boude. On dirait un petit garçon. Cette idée m'amuse.

— Qu'est-ce qui vous fait rire ? me demande-t-il.

Je secoue la tête car je n'ose pas le lui dire non plus, et je ne lève plus les yeux de mon assiette avant d'avoir avalé ma dernière bouchée de pancake. Il me regarde d'un air pensif.

— Bravo. Je vous raccompagnerai chez vous quand vous vous serez séché les cheveux. Je ne tiens pas à ce que vous tombiez malade.

Ces paroles recèlent une sorte de promesse. Que veut-il dire par là ? Je me demande si je dois demander la permission de sortir de table. Non : ça risquerait d'établir un précédent. Tout d'un coup, je me fige.

— Où avez-vous dormi cette nuit ?

Je ne vois ni couvertures ni draps dans le salon. Il les a peut-être déjà fait enlever ?

— Dans mon lit.

— Ah !

— Oui, ça aussi, c'était assez nouveau pour moi.

Il sourit.

— De ne pas avoir… de rapports sexuels ?

Là. J'ai dit le mot. Je rougis, comme prévu. Il secoue la tête en fronçant les sourcils, comme si un souvenir désagréable lui revenait.

— Non. De ne pas dormir seul.

Il reprend son journal.

Pour l'amour du ciel, que veut-il dire par là ⸮ Qu'il n'a jamais couché avec personne ⸮ Est-il vierge ⸮ J'en doute fort. Je reste plantée là, perplexe. Je n'ai jamais rencontré quelqu'un d'aussi énigmatique. Tout d'un coup, je me rends compte que j'ai dormi avec Christian Grey. Je pourrais me gifler – qu'est-ce que je n'aurais pas donné pour le regarder dormir ⸮ Pour le voir dans un état vulnérable ⸮ J'ai du mal à me l'imaginer comme ça. Enfin, il paraît qu'il va tout me révéler dès ce soir.

De retour dans la salle de bains, je trouve le sèche-cheveux dans un tiroir. Après avoir improvisé un brushing avec mes doigts, je lorgne la brosse à dents de Christian. Ce serait comme si je l'avais dans la bouche. Hum… En jetant un coup d'œil coupable par-dessus mon épaule, je passe le doigt sur les poils. Ils sont humides. Il l'a utilisée. Je m'en empare, mets du dentifrice dessus et me brosse les dents à toute vitesse. J'ai l'impression d'être une vilaine petite fille. Ça m'excite.

J'attrape le tee-shirt, le soutien-gorge et la culotte que je portais la veille pour les fourrer dans le sac en plastique apporté par Taylor et je retourne dans le salon. Ô joie, je trouve un élastique dans mon sac à main. Christian me regarde m'attacher les cheveux d'un air impénétrable ; il continue à me suivre des yeux quand je m'assieds pour attendre qu'il ait terminé son coup de fil.

— Ils en veulent deux ⸮… Ça vaut combien ⸮… D'accord, quelles mesures de sécurité avons-nous prises ⸮… Ils vont passer par Suez ⸮…

Et quand arriveront-ils au Darfour ?... D'accord, on fait comme ça. Tenez-moi au courant.

Il raccroche.

— Prête ?

Je hoche la tête en me demandant de quoi il parlait à l'instant. Il passe sa veste marine à rayures tennis et prend ses clés de voiture.

— Après vous, mademoiselle Steele, murmure-t-il en m'ouvrant la porte.

Je m'attarde un instant pour le contempler. Dire que j'ai dormi avec lui cette nuit, après la tequila et les vomissements, et qu'il est encore là. Et qu'en plus il veut m'emmener à Seattle. Pourquoi moi ? Je ne comprends pas. Je franchis la porte en me rappelant ses paroles – « Il y a quelque chose en vous qui m'attire irrésistible-ment ». Eh bien, ce sentiment est entièrement réciproque et je suis décidée à découvrir son secret.

Nous parcourons le couloir en silence. Pendant que nous attendons l'ascenseur, je l'observe à la dérobée ; il me regarde du coin de l'œil. Je souris, et ses lèvres frémissent.

L'ascenseur arrive. Nous sommes seuls. Soudain, l'ambiance se charge d'électricité. Je respire plus vite, mon cœur s'emballe. Il se tourne légè-rement vers moi. Ses yeux ont viré à l'ardoise. Je me mords la lèvre.

— Oh, et puis merde pour la paperasse.

Il me pousse contre le mur de la cabine, m'agrippe les deux mains et les cloue au-dessus de ma tête tout en m'immobilisant avec ses hanches. De sa main libre, il m'attrape par les cheveux et tire dessus pour me renverser la tête en arrière ; il écrase ses lèvres sur les miennes.

C'est presque douloureux. Je gémis, livrant passage à sa langue qui en profite pour explorer ma bouche. Je n'ai jamais été embrassée comme ça. Ma langue caresse timidement la sienne et s'y joint pour une danse lente, érotique, un frotté-collé-serré de sensations. Il m'attrape par le menton. Je suis sans défense, les mains épinglées au mur, le visage maintenu ; ses hanches m'empêchent de bouger. Son érection contre mon ventre. *Oh, mon Dieu...* Il a envie de moi. Christian Grey. Le dieu grec. Il a envie de moi, et j'ai envie de lui, ici, maintenant, dans cet ascenseur.

— Vous êtes adorable, murmure-t-il en détachant chaque mot.

L'ascenseur s'arrête, les portes s'ouvrent, et il s'écarte de moi en un clin d'œil, me laissant pantelante. Trois hommes en costume sombre nous adressent des sourires égrillards. Mon cœur bat à m'en faire éclater la poitrine. J'ai l'impression d'avoir gravi une montagne en courant. J'ai envie de me pencher en avant et de m'agripper les genoux pour reprendre mon souffle...

Je lève les yeux vers lui. Il a l'air aussi flegmatique que s'il venait de faire les mots croisés du *Seattle Times*. *Pas juste.* Je ne lui ai donc fait aucun effet ? Il me regarde du coin de l'œil et lâche un petit soupir. Ouf, quand même un peu. Ma déesse intérieure se lance dans une samba triomphale en ondulant des hanches. Les hommes d'affaires descendent au premier. Plus qu'un étage.

— Vous vous êtes brossé les dents, dit-il en me fixant.

— Et je me suis servie de votre brosse à dents.

Il sourit à demi.

— Ah, Anastasia Steele, que vais-je donc faire de vous ?

Les portes s'ouvrent au rez-de-chaussée. Il me prend par la main.

— Les ascenseurs, ça fait toujours de l'effet, marmonne-t-il tout en traversant le hall.

Il marche tellement vite que j'ai du mal à le suivre. D'autant que ce qui me restait de présence d'esprit s'est fracassé en mille morceaux dans l'ascenseur numéro trois de l'hôtel Heathman.

6.

Christian m'ouvre la portière de son Audi noire 4 × 4. C'est un tank. Il n'a pas fait allusion à son accès de passion dans l'ascenseur. Dois-je aborder le sujet ou bien faire comme s'il ne s'était rien passé ? Mon premier vrai baiser me semble irréel ; à chaque minute qui s'écoule, il prend une dimension toujours plus mythique, comme les légendes des chevaliers de la Table ronde ou de l'Atlantide. Ça n'est pas arrivé. J'ai dû tout imaginer. Non. Je touche mes lèvres encore meurtries. C'est vraiment arrivé, j'en suis certaine. Je suis une autre femme. Je désire cet homme à la folie, et il m'a désirée.

Mais Christian est redevenu poli et distant.

Je n'y comprends rien.

Il sort la voiture en marche arrière de sa place de parking et allume la sono. L'habitacle se remplit d'une musique enchanteresse, deux voix de femmes. Waouh… dans l'état de bouleversement où je suis, elle me remue tellement que j'en ai des frissons. Christian prend Southwest Park Avenue. Il conduit avec une assurance nonchalante.

— C'est quoi, ce morceau ?

— Le « Duo des fleurs » de l'opéra *Lakmé* de Delibes. Vous aimez ?

— C'est sublime.

— En effet.

Il sourit en me jetant un coup d'œil et, pendant une seconde, il fait son âge : jeune, insouciant, beau à mourir. Et si c'était ça, la clé ? La musique ? J'écoute ces voix angéliques qui m'enjôlent.

— Je peux l'écouter encore ?

— Bien sûr.

Christian appuie sur un bouton et la musique me caresse de nouveau, assaut délicat, lent et doux sur mes sens.

— Vous aimez la musique classique ? lui dis-je en espérant apprendre quelque chose sur lui.

— J'ai des goûts éclectiques, Anastasia. Ils vont de Thomas Tallis aux Kings of Leon. Tout dépend de mon humeur. Et vous ?

— Moi aussi. Même si je ne connais pas Thomas Tallis.

Il se tourne vers moi un instant.

— Je vous ferai écouter ça un de ces jours. C'est un compositeur anglais du XVIe siècle. Époque Tudor. Musique chorale d'église. Ça fait très ésotérique, comme ça, je sais, mais c'est magique.

Il appuie sur un bouton et les Kings of Leon se mettent à chanter. Hum… Ça, je connais. *Sex on Fire* : un choix pertinent. La musique est interrompue par une sonnerie de téléphone. Christian presse un bouton sur le volant.

— Grey.

Une voix rauque et désincarnée surgit des haut-parleurs.

— Monsieur Grey, ici Welch. J'ai l'information que vous m'avez demandée.

— Très bien. Envoyez-moi un mail. Autre chose ?

— Non, monsieur.

L'appel prend fin et la musique revient. Ni merci ni au revoir. Je suis heureuse de ne jamais avoir envisagé de travailler pour lui. Rien que l'idée me fait trembler. Il est trop autoritaire et froid avec ses employés. La musique est de nouveau interrompue par le téléphone.

— Grey.

— L'accord de confidentialité vous a été envoyé par mail, monsieur Grey, annonce une voix féminine.

— Très bien, Andréa. Ce sera tout.

— Bonne journée, monsieur.

Christian raccroche en appuyant sur le bouton du volant. La musique revient brièvement avant que le téléphone ne sonne de nouveau. Qu'est-ce que c'est emmerdant… C'est ça, sa vie ? Des coups de fil à tout bout de champ ?

— Grey.

— Salut, Christian ! Alors, tu t'es envoyé en l'air ?

— Salut, Elliot. Je suis sur haut-parleur et je ne suis pas seul dans la voiture, soupire Christian.

— Tu es avec qui ?

Christian lève les yeux au ciel.

— Anastasia Steele.

— Salut, Ana !

Ana ?

— J'ai beaucoup entendu parler de toi, murmure Elliot d'une voix suggestive.

Christian fronce les sourcils.

117

— Ne crois pas un mot de ce que Kate a pu te raconter sur elle, rétorque-t-il.

Elliot éclate de rire.

— Je raccompagne Anastasia chez elle, dit Christian en insistant sur mon prénom. Tu veux que je te ramène en ville ?

— Ouais.

— À tout de suite.

Christian raccroche et la musique revient.

— Pourquoi tenez-vous à m'appeler Anasta-sia ?

— Parce que c'est votre prénom.

— Je préfère Ana.

— Ah bon, vraiment ?

Nous sommes presque arrivés chez moi.

— Anastasia, répète-t-il, songeur.

Je le foudroie du regard mais il fait comme s'il n'avait rien remarqué.

— Ce qui s'est passé dans l'ascenseur… ça ne se reproduira plus, à moins d'être prémédité, reprend-il.

Il se range devant mon duplex. Je me rends compte un peu tard qu'il ne m'a pas demandé où j'habitais, et pourtant il le sait. Il est vrai qu'il m'a envoyé les livres. Après tout, il est capable de tracer les appels de portable et de piloter un hélicoptère.

Je boude. Pourquoi ne veut-il plus m'embrasser ? Je ne comprends pas. Il descend de voiture pour m'ouvrir la portière, gentleman comme toujours – sauf lors de ces rares et précieux instants dans l'ascenseur. Le souvenir de sa bouche sur la mienne me fait rougir, et tout d'un coup je me rends compte que je n'ai pas pu le toucher. J'avais envie de passer les doigts dans ses cheveux rebelles, mais j'en étais incapable. J'en suis rétrospectivement frustrée.

— J'ai aimé ce qui s'est passé dans l'ascenseur.

J'ai l'impression que mes paroles le troublent, mais je fais comme si de rien n'était en me dirigeant vers la porte d'entrée.

Kate et Elliot sont assis à la table de la salle à manger. Les livres à quatorze mille dollars ont été rangés. Kate, l'air à la fois sexy et débraillée, affiche un sourire béat qui ne lui ressemble pas du tout. Christian me suit dans le salon et malgré son sourire « j'ai pris mon pied toute la nuit », Kate lui adresse un regard soupçonneux.

— Salut, Ana.

Elle se lève d'un bond pour m'étreindre, puis me tient à bout de bras pour m'examiner, fronce les sourcils et se tourne vers Christian.

— Bonjour, Christian, lâche-t-elle, vaguement hostile.

— Mademoiselle Kavanagh, répond-il, raide et cérémonieux.

— Christian, appelle-la Kate, grogne Elliot.

— Kate.

Christian incline la tête poliment. Elliot sourit, se lève et me serre dans ses bras à son tour.

— Salut, Ana.

Avec son sourire chaleureux et son regard bleu pétillant, il m'est aussitôt sympathique. Manifestement, il ne ressemble en rien à Christian, mais il est vrai que ce sont tous les deux des enfants adoptés.

— Salut, Elliot.

En lui souriant, je me rends compte que je mordille ma lèvre inférieure.

— Elliot, il faut qu'on y aille, dit doucement Christian.

— D'accord.

Elliot se tourne vers Kate et l'attire dans ses bras pour l'embrasser longuement. *Bon sang... prenez une chambre !* Je regarde mes pieds, gênée, puis je jette un coup d'œil à Christian qui m'observe attentivement. Pourquoi ne peut-il pas m'embrasser comme ça ? Elliot, qui embrasse toujours Kate, la renverse en arrière jusqu'à ce que ses cheveux touchent le sol.

— À plus, bébé.

Kate fond. Je ne l'ai jamais vue fondre. Les mots « avenante » et « docile » me traversent l'esprit. Kate, docile ? Ça alors, Elliot doit vraiment être un bon coup. Christian lève les yeux au ciel, puis me fixe avec une expression indéfinissable, peut-être légèrement amusée. Il cale derrière mon oreille une mèche qui s'est échappée de ma queue-de-cheval et ce contact me coupe le souffle ; j'incline la tête vers ses doigts. Son regard s'adoucit, et il caresse ma lèvre inférieure de son pouce. Mon sang brûle mes veines. Puis, trop vite, il retire sa main.

— À plus, bébé, murmure-t-il.

Je suis obligée de rire parce que ça ne lui va pas du tout de dire ça, mais même si je sais qu'il plaisante, ce mot doux me remue profondément.

— Je passe vous prendre à 20 heures.

Il se dirige vers la porte, suivi d'Elliot qui se retourne pour souffler un baiser à Kate. J'éprouve un pincement de jalousie.

— Alors, ça y est ? me demande Kate, qui trépigne de curiosité, tandis que nous les regardons monter dans la voiture et s'éloigner.

— Non, dis-je sèchement en espérant la faire taire. Mais toi, oui, ça crève les yeux.

Je ne peux pas m'empêcher de l'envier. Kate réussit toujours à avoir son homme. Elle est irrésistible, belle, sexy, drôle, effrontée… tout ce que je ne suis pas. Mais son sourire est contagieux.

— Et je le revois ce soir.

Incapable de contenir sa joie, elle applaudit et saute sur place comme une petite fille, et je ne peux pas m'empêcher d'être heureuse pour elle. Kate, amoureuse… ça va être intéressant.

— Christian m'emmène à Seattle ce soir.

— Seattle ?

— Oui.

— Alors tu vas peut-être y passer ?

— Je l'espère.

— Donc, il te plaît.

— Oui.

— Assez pour…

— Oui.

Elle hausse les sourcils.

— Eh ben, dis donc. Ana Steele qui craque enfin pour un homme, et c'est pour Christian Grey, le millionnaire le plus sexy du monde, excusez du peu.

— Évidemment, il n'y a que son argent qui m'intéresse !

Nous pouffons de rire.

— Et ce chemisier, c'est nouveau, non ?

Je lui raconte les détails palpitants de ma nuit.

— Il t'a embrassée ? me demande-t-elle en se faisant du café.

Je rougis.

— Une fois.

— Une fois ?

Je hoche la tête, honteuse.

— Il est très réservé.

Elle fronce les sourcils.

— Bizarre.

— Bizarre, le mot est faible.

— Il faut que tu sois absolument irrésistible ce soir, annonce-t-elle d'un air déterminé.

— Il faut surtout que je sois au boulot dans une heure.

— Ça nous donne largement assez de temps. Allez.

Kate me prend par la main et m'entraîne dans sa chambre.

La journée traîne en longueur chez Clayton's bien que nous soyons occupés. Je passe deux heures à regarnir les rayons après la fermeture du magasin, tâche machinale qui me donne trop de temps pour réfléchir. Je n'en ai pas eu l'occasion de la journée.

Sous la supervision de Kate, mes jambes et mes aisselles ont été rasées, mes sourcils épilés, et je me suis fait un gommage de la tête aux pieds, expérience des plus déplaisantes. Mais Kate m'assure que c'est à cela que les hommes s'attendent de nos jours. Et à quoi d'autre s'attendra Christian ? Kate se méfie de lui, sans savoir pourquoi au juste. Il a fallu que je lui promette de lui envoyer un SMS dès que j'arriverais à Seattle. Je ne lui ai pas parlé de l'hélico : ça la ferait flipper.

Je dois aussi m'occuper du cas de José. Il m'a laissé trois messages, m'a appelée sept fois sur mon portable et deux fois à la maison. Kate a été très vague quant à l'endroit où je me trouvais. Il sait sûrement qu'elle me couvre, car Kate n'est jamais vague. Mais j'ai décidé de le laisser mariner. Je suis encore trop fâchée contre lui.

Christian a parlé de papiers à signer : plaisante-t-il ou va-t-il vraiment falloir que je signe un document ? J'ai beau me creuser la tête, je ne vois pas ce que ça peut être, et ça m'énerve d'autant plus que j'ai le trac. Ce soir, c'est le grand soir ! Après avoir attendu si longtemps, suis-je enfin prête ? Ma déesse intérieure me foudroie du regard en tapant de son petit pied. Elle est prête depuis des années, et elle est prête à tout avec Christian Grey. Mais je ne comprends toujours pas ce qu'il me trouve… moi, Ana Steele, si banale – ça n'a aucun sens.

Comme prévu, il est ponctuel. Il sort de l'Audi pour m'ouvrir la portière et me sourit chaleureusement.

— Bonsoir, mademoiselle Steele.

— Monsieur Grey.

J'incline poliment la tête en grimpant sur le siège arrière. Taylor est au volant.

— Bonsoir, Taylor.

— Bonsoir, mademoiselle Steele.

Sa voix est courtoise et professionnelle. Christian monte à côté de moi, me prend la main et la presse doucement : rien que de le toucher, je suis remuée de la tête aux pieds.

— Comment a été votre journée ? me demande-t-il.

— Interminable.

— Moi aussi, j'ai trouvé le temps long.

— Vous avez fait quoi ?

— Je suis parti en randonnée avec Elliot.

Son pouce caresse le dos de ma main : mon cœur rate un battement et ma respiration s'accélère. Comment arrive-t-il à me faire un tel effet ? Il lui suffit de toucher une toute petite parcelle de mon corps pour que mes hormones se déchaînent.

L'héliport n'est pas loin et nous y parvenons en un rien de temps. Je me demande où se trouve ce fameux hélicoptère. Nous sommes dans une zone construite, et même moi, je sais que les hélicoptères ont besoin d'espace pour décoller et atterrir. Taylor se gare, descend et m'ouvre la portière. Christian me rejoint aussitôt et me reprend la main.

— Prête ? me demande-t-il.

Je hoche la tête et j'ai envie de dire « à tout », mais je n'arrive pas à parler tant je suis nerveuse et excitée.

— Taylor.

Il adresse un petit signe de tête au chauffeur et nous entrons dans l'édifice. Un ascenseur ! Le souvenir de notre baiser revient me hanter. Je n'ai pensé qu'à ça toute la journée en rêvassant à la caisse. Par deux fois, M. Clayton a dû me ramener sur terre. Christian me regarde avec un sourire en coin. Il pense à la même chose que moi.

— Il n'y a que trois étages, dit-il sèchement, mais l'œil pétillant.

Il est télépathe, ou quoi ?

Je tente de rester impassible quand nous entrons dans l'ascenseur. Dès que les portes se referment, l'étrange courant électrique qui crépite entre nous m'ensorcelle de nouveau. Je ferme les yeux, tentant en vain de l'ignorer. Cinq secondes plus tard, les portes s'ouvrent sur le toit de l'immeuble où est posé un hélico blanc orné de GREY ENTERPRISES HOLDINGS, INC. en lettres bleues, et du logo de la société. Ça ne serait pas de l'abus de bien social, ça ?

Il me conduit dans un petit bureau où est installé un vieux bonhomme.

— Voici votre plan de vol, monsieur Grey. Toutes les vérifications préalables sont faites. L'appareil est prêt. Vous pouvez décoller.

— Merci, Joe.

Christian lui sourit chaleureusement.

Ainsi, certaines personnes ont tout de même droit aux égards de Christian ? Ce vieux bonhomme n'est peut-être pas son employé. Je le fixe, épatée.

— On y va, dit Christian.

L'hélicoptère est bien plus gros que je pensais. Je m'attendais à une version roadster, mais il a au moins sept sièges. Christian ouvre la porte et m'indique un siège à l'avant.

— Asseyez-vous et ne touchez à rien, m'ordonne-t-il.

Il referme la porte en la claquant. Heureusement que le toit est éclairé, autrement j'aurais du mal à voir à l'intérieur du cockpit. Je prends place sur le siège qu'il m'a indiqué et il s'accroupit à côté de moi pour me passer un harnais à quatre points d'attache dont toutes les sangles se connectent dans une boucle centrale. Il resserre les deux sangles supérieures, ce qui m'immobilise presque entièrement. Il est tellement près de moi, tellement concentré sur ce qu'il fait. Si je pouvais me pencher, j'aurais le nez dans ses cheveux – il sent le propre, le frais, c'est divin –, mais je suis fermement ligotée à mon siège. Il me

125

regarde en souriant, comme s'il savourait une éternelle petite plaisanterie comprise de lui seul. Il est si près que c'en est un supplice. Je retiens mon souffle quand il tire sur l'une des sangles supérieures.

— Maintenant, vous ne pouvez plus vous échapper. Respirez, Anastasia, ajoute-t-il doucement.

Il me caresse la joue et fait glisser ses longs doigts jusqu'à mon menton, qu'il attrape entre le pouce et l'index. Il se penche vers moi et pose sur mes lèvres un petit baiser chaste qui me laisse pantelante, le ventre crispé par ce contact exaltant et inattendu.

— J'aime bien ce harnais, chuchote-t-il.

Quoi ?

Il s'assied à côté de moi et passe son propre harnais avant de s'engager dans une procédure interminable : il vérifie des jauges, actionne des tas de manettes et de boutons dans un assortiment insensé de cadrans et de voyants clignotant. Tout le tableau de bord s'illumine.

— Mettez votre casque, me dit-il en m'indiquant des écouteurs.

Les pales du rotor se mettent à tourner avec un bruit assourdissant. Il met son propre casque et continue d'actionner des manettes.

— J'effectue les vérifications avant décollage.

Sa voix désincarnée me parvient à travers les écouteurs. Je me tourne pour lui sourire.

— Vous savez ce que vous faites, au moins ?

Il me sourit à son tour.

— J'ai ma licence de pilote depuis quatre ans, Anastasia. Vous êtes en sécurité avec moi.

Il m'adresse un sourire féroce.

— En tout cas, tant que nous sommes dans les airs, ajoute-t-il avec un clin d'œil.

Un clin d'œil ? Christian ?

— Prête ?

Je hoche la tête, les yeux comme des soucoupes.

— O.K., tour de contrôle. PDX, ici Charlie Tango Golf-Golf Echo Hotel, paré au décollage. Merci de confirmer. Terminé.

— Ici PDX, Charlie Tango, décollage autorisé. Procédez à un quatre mille, direction zéro un zéro, terminé.

— Bien reçu, contrôle, Charlie Tango paré, terminé. On y va, ajoute-t-il à mon intention, et l'hélicoptère s'élève lentement dans les airs.

Peu à peu, les lumières de Portland s'estompent jusqu'à ne plus être que de petites étoiles scintillantes qu'on contemplerait depuis l'intérieur d'un aquarium. Par cette nuit sans lune, dès qu'on a pris de l'altitude, il n'y a plus rien à voir.

— C'est étrange, non ?

La voix de Christian résonne dans mes oreilles.

— Comment savez-vous que vous allez dans la bonne direction ?

Il désigne le GPS.

— L'Eurocopter EC135 est l'un des plus sûrs de sa catégorie. Il est équipé pour les vols de nuit.

Il me jette un coup d'œil et sourit.

— Il y a une hélistation sur le toit de mon immeuble. C'est là que nous allons nous poser.

Ainsi, il habite un immeuble équipé d'une hélistation. Décidément, on ne joue pas dans la même catégorie. Son visage est doucement éclairé par les lumières du tableau de bord. Pendant qu'il consulte les différents cadrans, je contemple ses traits en douce. Il a un profil superbe, nez droit, mâchoire carrée – j'aimerais faire courir ma langue le long de sa mâchoire. Il ne s'est pas rasé et sa repousse de barbe rend cette perspective doublement affriolante. Hum… J'aimerais sentir cette rudesse sur ma langue, mes doigts, mon visage.

— La nuit, on vole à l'aveugle. Il faut se fier aux instruments, m'explique-t-il, interrompant ma rêverie érotique.

— C'est long, ce vol ? dis-je, légèrement haletante.

Je ne pensais pas au sexe, mais non, pas du tout.

— Moins d'une heure. Nous avons le vent dans le dos.

Hum, Seattle en moins d'une heure… Pas étonnant que nous ayons pris l'hélico. Ainsi, dans moins d'une heure, ce sera la grande révélation. Tous les muscles de mon ventre se crispent. J'ai des papillons dans l'estomac. Quelle surprise me réserve-t-il ?

— Ça va, Anastasia ?

— Oui.

Je ne peux rien ajouter tant je suis nerveuse. Je crois qu'il me sourit, mais j'ai du mal à voir dans le noir. Christian actionne une autre manette.

— PDX, ici Charlie Tango à un quatre mille, terminé.

Il échange des informations avec la tour de contrôle. D'après ce que je comprends, nous sortons de l'espace aérien de l'aéroport de Portland pour entrer dans celui de l'aéroport international de Seattle.

— Bien reçu, Sea-Tac, en stand-by, terminé… Regardez, là-bas, me dit-il en désignant un petit point lumineux au loin. C'est Seattle.

— C'est comme ça que vous vous y prenez pour impressionner les femmes ? « Venez faire un tour dans mon hélicoptère » ?

Je suis sincèrement curieuse.

— Je n'ai jamais emmené de femme à bord de cet appareil, Anastasia. C'est encore une première pour moi.

Ça alors. Je ne m'attendais pas à cette réponse. Encore une première ? Ah oui, parce qu'il a dormi avec moi.

— Vous êtes donc impressionnée, Anastasia ?

— Je suis ébahie, Christian.

Il sourit.

— Ébahie ?

L'espace d'un instant, il a de nouveau son âge. Je hoche la tête.

— Vous êtes tellement… compétent.

— Merci, mademoiselle Steele.

Je crois que ça lui fait plaisir, mais je n'en suis pas sûre.

Nous volons en silence un moment. La tache lumineuse de Seattle s'agrandit peu à peu.

— Tour de Sea-Tac à Charlie Tango. Plan de vol à Escala en place. Veuillez procéder. Mettez-vous en stand-by. Terminé.

— Ici Charlie Tango, bien reçu, Sea-Tac. En stand-by, terminé.

— Vous adorez faire ça, ça se voit.

— Quoi ?

Il m'adresse un coup d'œil perplexe dans la pénombre.

— Piloter.

— Ça exige du self-control et de la concentration... Tout ce que j'aime. Mais ce que je préfère, c'est le vol à voile.

— Le vol à voile ?

— Oui. Le planeur.

Des loisirs onéreux. Je me rappelle qu'il m'avait expliqué ça lors de l'interview. Moi, j'aime la lecture et, de temps en temps, je vais au cinéma.

— Charlie Tango, à vous, terminé.

La voix désincarnée du contrôleur aérien interrompt ma rêverie. Christian répond, calme et assuré. Seattle se rapproche. Nous sommes parvenus aux abords de la ville. C'est absolument magnifique, Seattle de nuit vu du ciel...

— C'est beau, non ? murmure Christian.

Je hoche la tête, enthousiaste. On dirait un décor de cinéma géant, par exemple celui du film préféré de José, *Blade Runner*. Tiens, à propos... Le souvenir de la tentative de baiser de José me taraude. Je commence à me trouver un peu cruelle de ne pas l'avoir rappelé. Mais bon, ça peut attendre jusqu'à demain... non ?

— Nous arrivons dans quelques minutes.

Tout d'un coup, le sang me bat dans les oreilles, mon cœur s'affole et une bouffée d'adrénaline envahit mon corps. Christian recommence à parler à la tour de contrôle, mais je n'écoute plus. Je pense que je vais m'évanouir. Mon destin est entre ses mains.

Nous survolons des immeubles ; droit devant, je distingue un gratte-ciel équipé d'une hélistation, avec « Escala » peint en blanc sur le toit de l'édifice. Il se rapproche de plus en plus, grandissant comme mon angoisse. Je suis sûre qu'il ne me trouvera pas à la hauteur. Je regrette de ne pas avoir emprunté une robe à Kate, mais avec mon jean noir, mon chemisier vert menthe et la veste noire de Kate, je suis tout de même assez chic. Je m'agrippe de plus en plus fort au bord de mon siège. *Ça va aller.*

L'hélicoptère ralentit et vole sur place avant de se poser sur le toit de l'édifice. J'ai l'estomac noué, sans savoir si c'est parce que je suis impatiente, paniquée ou soulagée d'être arrivée vivante. Christian coupe le contact ; les pales ralentissent jusqu'à ce que je n'entende plus que le bruit de mon propre souffle. Il retire son casque et tend le bras pour me retirer le mien.

— On y est, dit-il doucement.

Son visage est à demi plongé dans l'ombre, à demi éclairé par les feux d'approche. Chevalier noir, chevalier blanc : c'est une bonne métaphore pour Christian. Il a l'air tendu. Sa mâchoire est crispée. Il défait son harnais, puis le mien. Son visage n'est qu'à quelques centimètres.

— Vous n'êtes pas obligée de faire ce que vous ne voulez pas faire. Vous le savez, n'est-ce pas ?

Il parle d'une voix sérieuse, presque désespérée ; son regard exprime une telle passion que j'en suis désarçonnée.

— Je ne ferai rien que je ne veuille pas faire, Christian.

En prononçant ces mots, je ne suis pas très convaincue : en ce moment précis, je ferais sans doute n'importe quoi pour cet homme. Mais ça le calme.

Il me regarde d'un air circonspect, puis, bien qu'il soit très grand, se glisse gracieusement jusqu'à la porte pour l'ouvrir. Il sort d'un bond, attend que je le suive et prend ma main pour m'aider à descendre. Le vent est violent, et l'idée de marcher au sommet d'un immeuble de trente étages sans garde-fou me fait peur. Christian m'enlace par la taille et m'attire contre lui.

— Venez, hurle-t-il pour se faire entendre malgré les bourrasques.

Il m'entraîne vers un ascenseur et, après avoir composé un code sur un clavier, les portes s'ouvrent. Il fait chaud dans la cabine ; toutes les parois sont en miroir, de sorte je peux voir Christian se réfléchir à l'infini dans quelque direction que je me tourne : le plus merveilleux, c'est qu'il me tient aussi dans ses bras à l'infini. Christian compose un autre code, les portes se referment et la cabine descend.

Quelques instants plus tard, nous nous retrouvons dans un vestibule tout blanc dont les murs sont couverts de tableaux, au milieu duquel trône une grande table ronde en bois sombre ornée d'un gigantesque bouquet de fleurs blanches. Christian ouvre une porte double donnant sur un couloir, blanc également, qui débouche sur un espace à double hauteur de plafond – « gigantesque », c'est peu dire – dont un des murs, tout en verre, donne sur un balcon qui domine Seattle.

À droite, un imposant canapé en forme de « U » où dix adultes tiendraient à l'aise fait face à une cheminée moderne en inox – ou en platine, si ça se trouve – dans laquelle une flambée brûle doucement. À gauche, près de l'entrée, le coin cuisine, avec des plans de travail en bois sombre et un bar pour six personnes.

Près du coin cuisine, devant le mur en verre, une table de seize places. Dans un coin, un piano à queue. Tiens donc… il joue du piano. Avec sa débauche d'œuvres d'art de toutes les tailles et de toutes les formes, cet appartement ressemble plus à une galerie qu'à un lieu de vie.

— Puis-je prendre votre veste ? me demande Christian.

Je secoue la tête. J'ai encore froid.

— Vous voulez boire quelque chose ?

Après hier soir ? Il plaisante, ou quoi ? Une seconde, je songe à lui demander une margarita, mais je n'en ai pas le culot.

— Je vais prendre un verre de vin blanc. Vous m'accompagnez ?

— Oui, s'il vous plaît.

Je m'avance jusqu'au mur en verre, qui s'ouvre sur le balcon par une porte en accordéon. Seattle brille de tous ses feux. Je retourne vers le coin cuisine alors que Christian débouche une bouteille de vin. Il a retiré sa veste.

— Pouilly fumé, ça vous va ?

— Je ne connais rien au vin, Christian. Je suis sûre que ce sera parfait.

Ma voix est douce et hésitante. Mon cœur bat la chamade. J'ai envie de m'enfuir. Il est riche. Sérieusement, outrancièrement riche, sans doute autant que Bill Gates. Qu'est-ce que je fous ici ? *Tu sais très bien ce que tu fous ici*, ricane ma conscience. En effet : je veux coucher avec Christian Grey.

— Tenez.

Il me tend un verre de vin. Même les verres font riche... ils sont lourds, en cristal, de style contemporain. Je goûte : le vin est léger, frais et délicieux.

— Vous ne dites plus rien, vous ne rougissez même pas. D'ailleurs, je ne vous ai jamais vue aussi pâle, Anastasia. Avez-vous faim ?

Je secoue la tête. Ce n'est pas de nourriture que j'ai faim.

— C'est très grand, chez vous.

— C'est grand, acquiesce-t-il, l'œil pétillant.

Je bois une autre gorgée de vin.

— Vous jouez ? dis-je en désignant le piano du menton.

— Oui.

— Bien ?

— Oui.

— Évidemment. Y a-t-il des choses que vous ne fassiez pas bien ?

— Quelques-unes.

Il boit une gorgée de vin sans me quitter des yeux. Je sens son regard me suivre quand je me retourne pour examiner la pièce. En fait, « pièce » n'est pas le bon mot. Ceci n'est pas une pièce : c'est une déclaration d'intention.

— Voulez-vous vous asseoir ?

Je hoche la tête. Me prenant par la main, il me conduit vers le grand canapé. Tout d'un coup, je songe que j'éprouve la même chose que Tess lorsqu'elle découvre le manoir du célèbre Alec d'Urberville. Cette idée me fait sourire.

— Qu'est-ce qui vous amuse ?

Il s'assied à côté de moi et se tourne pour me faire face. Accoudé au dossier du canapé, il pose la tête dans sa main droite.

— Pourquoi m'avez-vous offert *Tess d'Urberville* ?

Christian me regarde fixement un moment. Je crois que ma question l'a pris de court.

— Vous m'aviez dit que vous aimiez Thomas Hardy.

— C'est la seule raison ?

Même moi, j'entends à quel point j'ai l'air déçue. Il pince les lèvres.

— Ça m'a semblé approprié. Je pourrais vous mettre sur un piédestal comme Angel Clare ou bien vous avilir comme Alec d'Urberville, murmure-t-il, l'œil sombre et menaçant.

Je soutiens son regard.

— S'il n'y a que ça comme choix, je choisis d'être avilie.

Ma conscience me dévisage, abasourdie. Christian aussi.

— Anastasia, arrêtez de vous mordiller la lèvre, s'il vous plaît. Ça me déconcentre. Vous ne savez pas de quoi vous parlez.

— C'est pour ça que je suis ici.

Il fronce les sourcils.

— Vous permettez que je m'absente un instant ?

Il disparaît deux minutes dans une autre pièce au bout du salon, et en revient avec un document.

— Ceci est un accord de confidentialité. Mon avocat y tient, m'explique-t-il en haussant les épaules – il a quand même l'élégance d'avoir l'air un peu gêné.

Il me le remet. Je suis profondément perplexe.

— Si vous choisissez l'option deux, l'avilissement, vous devrez signer ceci.

— Et si je ne signe pas ?

— Alors ce sera le piédestal d'Angel Clare.

— Que signifie cet accord ?

— Que vous ne pourrez rien révéler de ce qui aura lieu entre nous. Rien, à personne.

Je le dévisage, incrédule. Bordel de merde, alors c'est grave, vraiment grave, ce qui me rend d'autant plus curieuse d'avoir le fin mot de l'histoire.

— Très bien, je signe.

Il me tend un stylo.

— Vous ne lisez pas avant ?

— Non.

Il fronce les sourcils.

— Anastasia, il faut toujours lire avant de signer.

— Christian, ce que vous ne comprenez pas, c'est que je ne parlerai de nous à personne. Pas même à Kate. Alors peu importe que je signe cet accord. Si vous y tenez, vous ou votre avocat, alors très bien. Je signe.

Il me contemple et hoche gravement la tête.

— Bien raisonné, mademoiselle Steele.

Je signe sur la ligne pointillée des deux exemplaires et je lui en rends un. Pliant l'autre, je le glisse dans mon sac et j'avale une grande gorgée de vin. Je me donne des airs de bravoure mais je n'en mène pas large.

— Donc, vous allez me faire l'amour ce soir, Christian ?

Merde, j'ai vraiment dit ça ? Sa bouche s'entrouvre, mais il se ressaisit aussitôt.

— Non, Anastasia. Premièrement, je ne fais pas l'amour. Je baise… brutalement. Deuxièmement, il y a encore des papiers à signer. Et troisièmement, vous ne savez pas encore à quoi vous vous engagez. Quand vous l'apprendrez, vous risquez de fuir à toutes jambes. Venez, je vais vous montrer ma salle de jeux.

Baiser brutalement ? Merde alors, qu'est-ce que c'est… cochon. Mais pourquoi veut-il me montrer sa salle de jeux ?

— Vous voulez qu'on joue avec votre Xbox ?

Il part d'un grand rire.

— Non, Anastasia, ni avec ma Xbox ni avec ma PlayStation. Venez.

Il se lève, me tend la main et me conduit au bout du couloir. À droite de la double porte par laquelle nous sommes entrés se trouve une autre porte donnant sur un escalier. Nous montons au premier et prenons à droite. Tirant une clé de sa poche, il déverrouille une nouvelle porte et inspire profondément.

— Vous pouvez partir à n'importe quel moment. L'hélico est en stand-by pour vous emmener où vous voulez, ou alors vous pouvez passer la nuit ici et rentrer chez vous demain matin. C'est à vous de décider.

— Ouvrez-la, cette satanée porte, Christian.

Même si je meurs d'envie de savoir ce qu'il y a de l'autre côté, je m'arrête un instant pour le dévisager tandis qu'il s'efface pour me laisser passer. Puis, inspirant profondément, j'entre.

Là, j'ai l'impression d'être remontée dans le temps jusqu'au XVIe siècle, à l'époque de l'Inquisition espagnole.

Bordel de merde.

7.

La première chose que je remarque, c'est l'odeur, très agréable, mélange de cuir, de bois et de cirage légèrement citronné. L'éclairage répand une lumière subtile et tamisée, créant une ambiance de cocon dans cette vaste pièce aux murs et au plafond bordeaux, avec un parquet en bois ciré. Une grande croix en acajou verni en forme de « X », équipée de menottes en cuir à chaque extrémité, occupe le mur face à la porte. Toutes sortes de cordes, de chaînes et de cadenas scintillants pendent d'un grillage d'environ 2,5 mètres carrés suspendu au plafond. Près de la porte, deux longs poteaux en bois ciré ornés de sculptures compliquées sont fixés au mur : un assortiment de palettes, de fouets, de cravaches et de curieux instruments à plumes y est accroché.

Près de la porte se trouve une grande commode en acajou aux tiroirs très peu profonds, comme ceux où l'on range les spécimens dans les musées d'histoire naturelle. Je me demande un instant ce qu'ils peuvent bien contenir. Mais est-ce que je tiens vraiment à le savoir ? À l'autre bout de la pièce, un banc en cuir rembourré ; fixé au mur à côté du banc, un porte-queues de billard où sont rangées des cannes de longueurs et de diamètres différents. Dans le coin opposé de la pièce, une table massive en bois ciré de deux mètres de long, avec des pieds sculptés et deux tabourets assortis.

Mais ce qui domine le décor, c'est un lit à baldaquin de style rococo de plus de deux mètres de large, qui semble dater du XIXe siècle. Des chaînes et des menottes sont suspendues sous le baldaquin. Il n'y a pas de draps, rien qu'un matelas recouvert de cuir rouge et des coussins en satin également rouge.

Un grand canapé en cuir sang de bœuf est tourné vers le lit. C'est curieux, ce canapé face au lit – je souris intérieurement de trouver bizarre l'emplacement du canapé, alors que c'est le meuble le plus banal de la pièce. Je lève les yeux vers le plafond. Des mousquetons y sont disposés à intervalles irréguliers. Je me demande vaguement à quoi ils servent. Bizarrement, ce bois, ces murs sombres, cet éclairage tamisé et ce cuir sang de bœuf donnent à la pièce une allure plutôt douce et romantique… Je sais bien que c'est tout, sauf romantique ; mais, pour Christian, c'est peut-être ça, le romantisme.

Je me retourne. Comme je m'y attendais, il m'observe attentivement avec une expression totalement impénétrable. Je m'avance dans la pièce ; il me suit. Le truc à plumes m'intrigue. Je le touche timidement. En fait, ce que j'ai pris pour des plumes, ce sont de très fines lanières en daim avec de toutes petites perles en plastique au bout.

— Ça s'appelle un martinet.

Christian parle d'une voix basse et douce.

Un martinet… bon, d'accord. En fait, je crois que je suis en état de choc. Soit ma conscience s'est fait la belle, soit elle a été frappée de mutisme, ou alors elle est tombée raide morte, les quatre fers en l'air. Je peux observer, absorber, mais pas définir ce que je ressens. Comment est-on censée réagir quand on découvre qu'un amant potentiel est sadomasochiste ? La peur… oui… c'est apparemment le sentiment qui prédomine en moi. Mais ce n'est pas de Christian que j'ai peur : je ne pense pas qu'il me ferait du mal, en tout cas pas sans mon consentement. Mais tant de questions se bousculent dans ma tête. Pourquoi ? Comment ? Quand ? Avec qui ? Je m'avance vers le lit pour caresser l'une des colonnes du baldaquin, très solide et d'une facture remarquable.

— Dites quelque chose, m'ordonne Christian avec une douceur trompeuse.

— Vous faites ça aux autres ? Ou ce sont les autres qui vous le font ?

Il esquisse un sourire. Amusé ou soulagé, je l'ignore.

— Les autres ?

Il cligne des yeux avant de formuler sa réponse.

— Je le fais aux femmes consentantes.

— Si vous avez des volontaires, pourquoi suis-je ici, moi ?

— Parce que je tiens beaucoup à faire ça avec vous.

Pourquoi ? J'avance jusqu'au fond de la pièce et je tapote machinalement le banc rembourré. *Il aime faire mal aux femmes*. Cette idée me consterne.

— Vous êtes sadique ?

— Je suis un Dominant.

Son regard gris est torride.

— Qu'est-ce que ça veut dire ?

— Que vous vous soumettriez à moi volontairement, en toutes choses.

Je fronce les sourcils en tentant de comprendre ce concept.

— Mais pourquoi ferais-je une chose pareille ?

— Pour me faire plaisir, chuchote-t-il en penchant la tête sur son épaule.

J'aperçois l'ombre d'un sourire.

Lui faire plaisir ? Il veut que je lui fasse plaisir ! Je crois que ma bouche est grande ouverte. *Faire plaisir à Christian Grey*. Et tout d'un coup, je me rends compte que, oui, c'est exactement ce que je veux. Qu'il soit ravi de moi. C'est une révélation.

— Autrement dit, je veux que vous désiriez me faire plaisir, reprend-il d'une voix hypnotique.

— Et je m'y prends comment ?

J'ai la bouche sèche ; je regrette de n'avoir pas pris mon vin. D'accord, pour le plaisir, j'ai pigé, mais je reste perplexe face à ce décor élisabéthain mi-boudoir, mi-salle de torture.

— J'ai des règles, et je tiens à ce que vous les respectiez, à la fois pour votre bien et pour mon plaisir. Si je suis satisfait de la façon dont vous obéissez, vous serez récompensée. Si je vous désobéissez, je vous punirai, afin que vous appreniez à les respecter.

Je jette un coup d'œil au porte-cannes.

— Et tous ces trucs, ça sert à quoi ?

Je balaie la chambre d'un geste de la main.

— Ça fait partie de la prime de motivation. À la fois comme récompense et comme punition.

— Donc, vous prenez votre pied en m'imposant votre volonté.

— Il s'agit de gagner votre confiance et votre respect, afin que vous me permettiez de vous imposer ma volonté. Je trouverai beaucoup de plaisir, et même de joie, à vous soumettre. Plus vous vous soumettrez, plus j'éprouverai de joie : l'équation est très simple.

— Et moi, qu'est-ce que j'y gagne ?

Il hausse les épaules, en ayant presque l'air de s'excuser.

— Moi.

Christian passe sa main dans ses cheveux en me contemplant.

— Vous ne montrez pas ce que vous ressentez, Anastasia, murmure-t-il, exaspéré. Redescendons, je pourrai mieux me concentrer. C'est très troublant de vous voir ici.

Il me tend la main. Maintenant, j'hésite à la prendre.

Kate m'avait bien dit qu'il ne fallait pas lui faire confiance. Comment l'avait-elle deviné ? Il représente en effet un danger pour moi, parce que je sais que je vais accepter. En même temps, j'ai envie de fuir en hurlant cette pièce et tout ce qu'elle représente. Bref, je ne sais plus où j'en suis.

— Je ne vais pas vous faire de mal, Anastasia.

Je sais qu'il dit la vérité. Je prends sa main.

— Si vous acceptez, je dois encore vous montrer ceci.

Avant de redescendre, il tourne à droite et remonte le couloir jusqu'au bout. La dernière porte s'ouvre sur une chambre toute blanche avec un grand lit, froide et stérile, mais avec une vue magnifique sur Seattle.

— Ce sera votre chambre. Vous pourrez la décorer comme vous voudrez, y mettre tout ce dont vous aurez envie.

— Ma chambre ? Vous vous attendez à ce que j'emménage chez vous ?

Je n'arrive pas à dissimuler mon horreur.

— Pas à plein temps. Seulement, disons, du vendredi soir au dimanche. Nous devons discuter de tout cela, négocier. Si toutefois vous acceptez, ajoute-t-il d'une voix basse et hésitante.

— Je dormirais ici ?

— Oui.

— Pas avec vous ?

— Non. Je vous l'ai déjà dit, je ne dors avec personne, sauf vous, quand vous êtes ivre morte.

Je pince les lèvres. Voilà les deux aspects de sa personnalité que je n'arrive pas à réconcilier : le Christian gentil et affectueux qui accourt à ma res-cousse quand je suis ivre morte et qui me soutient doucement pendant que je vomis dans les azalées, et ce monstre avec ses fouets et ses chaînes.

— Et vous, vous dormez où ?

— Dans ma chambre, en bas. Venez, vous devez avoir faim.

— J'ai perdu l'appétit. On se demande bien pourquoi.

— Vous devez manger, Anastasia, me gronde-t-il.

Me prenant par la main, il m'entraîne vers l'escalier.

De retour dans cette pièce trop vaste, je suis envahie par l'appréhension. Je suis au bord du gouffre, et il faut que je décide si je me lance.

— Je sais parfaitement que je vous entraîne dans une voie obscure, Anastasia. C'est pourquoi je tiens à ce que vous réfléchissiez. Vous devez avoir des questions, ajoute-t-il en me lâchant la main pour se diriger vers le coin cuisine.

En effet. Mais par où commencer ?

— Vous avez signé un accord de confidentialité ; vous pouvez me demander n'importe quoi, je vous répondrai.

Debout devant le bar, je le regarde ouvrir le réfrigérateur pour en tirer une assiette de fromages avec deux grosses grappes de raisin. Il pose l'assiette sur le plan de travail et tranche une baguette de pain.

— Asseyez-vous.

Il désigne l'un des tabourets du bar. J'obéis : si j'accepte son offre, autant m'habituer tout de suite. Bien qu'en fait il me donne des ordres depuis que je le connais.

— Vous avez parlé de papiers à signer.

— En effet.

— Quelles sortes de papiers ?

— Eh bien, à part l'accord de confidentialité, un contrat qui établit ce que nous ferons et ne ferons pas. Je dois connaître vos limites, et il faut que vous connaissiez les miennes. Il s'agit de rapports consensuels, Anastasia.

— Et si je ne veux pas aller plus loin ?

— C'est votre droit.

— Mais nous n'aurons aucune autre forme de rapport ?

— Non.

144

— Pourquoi ?

— Parce que c'est le seul genre de rapport qui m'intéresse.

— Pourquoi ?

Il hausse les épaules.

— Je suis comme ça.

— Et comment êtes-vous devenu comme ça ?

— Comment devient-on ce qu'on est ? Difficile de répondre. Pourquoi certaines personnes aiment-elles le fromage alors que d'autres le détestent ? Vous aimez le fromage ? Mme Jones, ma gouvernante, nous a préparé ceci pour notre souper.

Il tire de grandes assiettes blanches d'un placard et en pose une devant moi.

Voilà que nous parlons de fromage, maintenant... Merde alors.

— Quelles sont les règles auxquelles je dois obéir ?

— Nous les lirons ensemble lorsque nous aurons mangé.

Mangé ? Comment pourrais-je avaler une bouchée ?

— Je n'ai pas faim, vraiment.

— Vous allez manger.

Christian l'autoritaire... Je comprends mieux, maintenant.

— Vous voulez encore du vin ?

— Oui, s'il vous plaît.

Il me sert et vient s'asseoir à côté de moi. J'avale une gorgée en vitesse.

— Servez-vous, Anastasia.

Je prends une petite grappe de raisin. Ça, j'arriverai à l'avaler. Il plisse les yeux.

— Vous êtes comme ça depuis longtemps ?

— Oui.

— C'est facile, de trouver des femmes qui ont envie de faire ça ?

Il hausse un sourcil.

— Vous seriez étonnée, rétorque-t-il.

— Alors pourquoi moi ? Sincèrement, je ne comprends pas.

— Anastasia, je vous l'ai déjà expliqué. Il y a quelque chose en vous qui m'attire irrésistible-ment, dit-il avec un sourire ironique. Comme un papillon est attiré par la flamme.

Sa voix s'assombrit.

— Je vous désire terriblement, surtout main-tenant que vous avez recommencé à vous mor-diller la lèvre.

Il inspire profondément et déglutit.

Mon estomac fait la pirouette. Il me désire... d'une façon bizarre, certes, mais cet homme magnifique, étrange et pervers me désire.

— Je crois que vous inversez les rôles, dans ce cliché, lui fais-je remarquer.

C'est moi qui suis le papillon, lui la flamme, et je vais me brûler. Je le sais.

— Mangez !

— Non. Je n'ai encore rien signé, alors je pense que je vais profiter encore un peu de ma liberté, si ça ne vous dérange pas.

Son regard s'adoucit, il esquisse un sourire.

— Comme vous voudrez, mademoiselle Steele.

— Combien de femmes ?

J'ai posé la question sans préambule : je suis tellement curieuse.

— Quinze.

Tiens... moins que je ne croyais.

— Ça dure longtemps ?

— Avec certaines, oui.

146

— Avez-vous déjà fait mal à l'une d'entre elles ?
— Oui.
Merde alors.
— Très mal ?
— Non.
— Allez-vous me faire mal ?
— Que voulez-vous dire par là ?
— Allez-vous m'infliger des douleurs physiques ?
— Je vous punirai lorsque vous l'aurez mérité, et ce sera douloureux, en effet.

Je vais tomber dans les pommes. J'avale une autre gorgée de vin – l'alcool me donnera du courage. Je reprends :
— Et vous, vous a-t-on déjà fait mal ?
— Oui.

Là, ça m'étonne. Avant que je ne puisse l'interroger sur cette révélation, il m'interrompt :
— Allons parler dans mon bureau. Je veux vous montrer quelque chose.

Je ne sais plus où j'en suis. Comme une idiote, je m'imaginais que j'allais passer une folle nuit de passion, et nous voilà en train de négocier ce contrat bizarre.

Je le suis dans une vaste pièce avec une fenêtre en verre du sol au plafond qui donne sur un balcon. Il s'assoit derrière son bureau, me fait signe de m'installer en face de lui dans un fauteuil en cuir et me remet un papier.
— Voici les règles. Elles sont susceptibles d'être modifiées. Elles font partie du contrat, que vous pouvez également consulter. Lisez et nous en discuterons.

RÈGLES

Obéissance :

La Soumise obéira immédiatement et avec enthousiasme à tous les ordres donnés par le Dominant. La Soumise acceptera toute activité sexuelle estimée opportune et agréable par le Dominant, à l'exception des activités figurant dans la liste des limites à ne pas franchir (Annexe 2).

Sommeil :

La Soumise fera en sorte de dormir sept heures par nuit au minimum lorsqu'elle n'est pas avec le Dominant.

Nourriture :

La Soumise mangera régulièrement les aliments prescrits pour rester bien portante (Annexe 4). La Soumise ne grignotera pas entre les repas, à l'exception de fruits.

Vêtements :

Pour la durée du Contrat, la Soumise ne portera que des vêtements approuvés par le Dominant. Le Dominant fournira un budget vestimentaire à la Soumise, que la Soumise utilisera dans son intégralité. Le Dominant accompagnera la Soumise pour acheter des vêtements lorsqu'il le jugera opportun. Si le Dominant l'exige, la Soumise portera pour la durée du Contrat toutes les parures imposées par le Dominant, en présence du Dominant ou à tout moment jugé opportun par le Dominant.

Exercice :

Le Dominant fournira à la Soumise un coach personnel quatre fois par semaine pour une séance d'une heure, aux moments qui conviendront au coach et à la Soumise. Ce dernier rapportera au Dominant les progrès de la Soumise.

Hygiène personnelle/Beauté :
La Soumise sera propre et rasée/épilée en tous temps. La Soumise se rendra dans l'institut de beauté désigné par le Dominant aux moments choisis par lui et se soumettra à tous les traitements qu'il jugera opportuns.

Sécurité personnelle :
La Soumise n'abusera pas de l'alcool, ne fumera pas, ne prendra pas de drogues et ne s'exposera pas à des dangers inutiles.

Qualités personnelles :
La Soumise n'aura pas de relations sexuelles avec un autre que le Dominant. La Soumise se comportera avec respect et pudeur en tous temps. Elle doit reconnaître que son comportement a des conséquences directes sur la réputation du Dominant. Elle sera tenue responsable de toute faute, méfait, ou inconduite commise en l'absence du Dominant.

Toute infraction aux clauses ci-dessus entraînera une punition immédiate, dont la nature sera déterminée par le Dominant.

C'est pas vrai, bordel !
— Des limites à ne pas franchir ?
— Oui. Le contrat doit préciser ce que vous ne voulez pas faire et ce que je ne veux pas faire.
— Je n'aime pas beaucoup l'idée d'accepter de l'argent pour acheter des vêtements. Ça me dérange.

Le mot « pute » me trotte dans la tête.
— J'ai envie de dépenser de l'argent pour vous. Laissez-moi vous acheter des vêtements. Vous devrez m'accompagner dans des soirées, et je tiens à ce que vous soyez élégante. Je suis sûr

149

que votre salaire, lorsque vous trouverez du travail, ne vous suffira pas à vous offrir le genre de
tenues que je veux que vous portiez.

— Je ne serai pas obligée de les mettre quand
je ne serai pas avec vous ?

— Non.

Bref, ce serait une espèce d'uniforme.

— Je ne veux pas faire de gym quatre fois par
semaine.

— Anastasia, vous devez être souple, forte et
endurante. Faites-moi confiance, vous devez
faire de la gym.

— Mais pas quatre fois par semaine. Pourquoi
pas trois ?

— Je veux que vous fassiez quatre heures.

— Je croyais qu'on négociait ?

Il pince les lèvres.

— D'accord, mademoiselle Steele, vous marquez un point. Si on disait trois fois une heure
et une fois une demi-heure ?

— Trois jours, trois heures. J'ai l'impression
que vous allez me faire faire assez d'exercice
quand je serai ici.

Il a un sourire malicieux et ses yeux brillent,
comme s'il était soulagé.

— Oui, en effet. Très bien. Vous êtes certaine
que vous ne voulez pas faire un stage dans mon
entreprise ? Vous êtes une bonne négociatrice.

— Non, je ne crois pas que ce serait une
bonne idée.

Je regarde ses règles. *M'épiler. M'épiler quoi ?
Tout ? Pouah.*

— Bon, maintenant, les limites. Voici les
miennes.

Il me tend une autre feuille de papier.

LIMITES À NE PAS FRANCHIR
Aucun acte impliquant le feu.
Aucun acte impliquant la miction, la défécation
ou les produits qui en résultent.
Aucun acte impliquant les épingles, les couteaux,
le piercing ou le sang.
Aucun acte impliquant des instruments médicaux
gynécologiques.
Aucun acte impliquant des enfants ou des ani-
maux.
Aucun acte qui laisserait sur la peau des marques
permanentes.
Aucun acte impliquant la suffocation.
Aucune activité impliquant un contact direct du
corps avec un courant électrique.

Beurk. Il faut qu'il mette tout ça par écrit ?
Aucune personne saine d'esprit ne voudrait
prendre part à ce genre d'activité, il me semble.
Maintenant, j'ai un peu mal au cœur.

— Avez-vous quelque chose à ajouter ? dit-il
gentiment.

Au secours ! Je sèche complètement. Il me
regarde en fronçant les sourcils.

— Y a-t-il quelque chose que vous refuseriez
de faire ?

— Je ne sais pas.

Je me tortille en me mordillant la lèvre.

— Je n'ai jamais rien fait de ce genre.

— Enfin, vous avez bien eu des relations
sexuelles, y a-t-il quelque chose qui ne vous a pas
plu ?

Pour la première fois depuis des siècles, il me semble, je rougis.

— Vous pouvez me parler, Anastasia. Nous devons être honnêtes l'un envers l'autre, sinon ça ne marchera pas entre nous.

Je me tortille de nouveau en fixant mes doigts noués.

— Dites-moi, m'ordonne-t-il.

— Eh bien... je n'ai jamais eu de relations sexuelles, alors je n'en sais rien.

J'ai une petite voix. Je lève les yeux vers lui et il me dévisage, bouche bée, figé, livide.

— Jamais ⸮ chuchote-t-il.

Je secoue la tête.

— Vous êtes vierge ⸮

Je hoche la tête en rougissant encore. Il ferme les yeux. On dirait qu'il compte jusqu'à dix. Quand il les rouvre, il est furieux.

— Putain, mais pourquoi vous ne m'avez rien dit ⸮

8.

Christian passe ses mains dans ses cheveux en faisant les cent pas dans son bureau. Deux mains : il est donc doublement exaspéré. Son self-control habituel semble l'avoir lâché d'un coup.

— Je ne comprends pas pourquoi vous ne m'en avez rien dit.

— On n'a jamais abordé le sujet. Je n'ai pas l'habitude de dévoiler mon statut sexuel à tous ceux que je croise. Enfin ! On vient à peine de se rencontrer !

Je regarde mes mains. Pourquoi est-ce que je me sens coupable ? Pourquoi est-il aussi fâché ? Je lève les yeux vers lui.

— Eh bien, vous en savez beaucoup plus long sur moi, maintenant, rétorque-t-il, les lèvres pincées. Je savais que vous n'aviez pas beaucoup d'expérience, mais vierge !

Dans sa bouche, on dirait un gros mot.

— Merde, Ana, je viens de vous montrer...

Il gémit.

— Nom de Dieu. Quelqu'un vous a-t-il embrassée avant moi ?

— Évidemment.

Je tente de prendre un air offusqué. *Bon, d'accord... deux fois.*

— Aucun gentil jeune homme ne vous a fait perdre la tête ? Je ne comprends pas. Vous avez vingt et un ans, bientôt vingt-deux. Vous êtes belle.

Il repasse la main dans ses cheveux.

Belle. Je rosis de plaisir. Christian Grey me trouve belle. Je fixe mes doigts noués en tentant de ravaler un sourire béat. *Il est peut-être myope ?* Ma conscience vient de relever sa tête hébétée. Où était-elle quand j'avais besoin d'elle ?

— Et nous voilà en train de discuter sérieusement de ce que je veux vous faire, alors que vous n'avez aucune expérience en la matière.

Il fronce les sourcils.

— Comment vous y êtes-vous prise pour éviter le sexe ? Expliquez-moi.

Je hausse les épaules.

— Personne ne s'est vraiment, enfin...

Montré à la hauteur. Sauf vous. Manque de bol, vous êtes une espèce de monstre.

— Pourquoi êtes-vous fâché contre moi ?

— Je ne suis pas fâché contre vous. Je suis fâché contre moi-même. J'avais supposé...

Il soupire, me scrute attentivement puis secoue la tête.

— Vous voulez partir ? me demande-t-il d'une voix radoucie.

— Non, à moins que vous ne vouliez que je parte.

Non... je ne veux pas partir.

— Bien sûr que non. J'aime que vous soyez ici.

Il fronce les sourcils et consulte sa montre.

— Il est tard.

Il relève la tête pour me regarder.

— Vous vous mordez la lèvre, dit-il d'une voix rauque, en me dévisageant d'un air songeur.

— Désolée.

— Ne vous en excusez pas. C'est simplement que ça me donne envie de la mordre, moi aussi, cette lèvre. Fort.

Je m'étrangle… comment peut-il me dire des choses pareilles et s'imaginer que je n'en serai pas troublée ?

— Venez, murmure-t-il.

— Quoi ?

— Nous allons rectifier la situation immédiatement.

— Que voulez-vous dire par là ? Quelle situation ?

— Votre situation. Ana, je vais vous faire l'amour, maintenant.

— Oh !

Le sol vient de s'effondrer sous mes pieds. *Je suis une situation*. Je retiens mon souffle.

— Si vous y consentez. Je ne veux rien vous imposer.

— Je croyais que vous ne faisiez pas l'amour ? Que vous baisiez brutalement ?

Je déglutis. Tout d'un coup, j'ai la bouche sèche.

Il m'adresse un sourire coquin, dont les effets se font ressentir jusque *là*.

— Je peux faire une exception, ou alors combiner les deux, on verra. J'ai vraiment envie de vous faire l'amour. Je vous en prie, couchez avec moi. Je veux que notre arrangement fonctionne, mais il faut que vous ayez une idée de ce à quoi vous vous engagez. Nous pouvons commencer votre entraînement de base dès ce soir. Mais n'allez pas vous imaginer que je me suis converti aux fleurs et au chocolat ; c'est seulement le moyen d'atteindre mon but, et puis j'en ai envie, et vous aussi, j'espère.

Je rougis… En fin de compte, certains rêves finissent par se réaliser.

— Mais je n'ai pas fait tout ce que vous exigez dans votre liste de règles.

Ma voix n'est qu'un souffle hésitant.

— Oubliez les règles. Oubliez ces détails pour une nuit. J'ai envie de vous. J'ai envie de vous depuis que vous êtes tombée à quatre pattes dans mon bureau, et je sais que vous aussi, vous avez envie de moi. Autrement, vous ne seriez pas en train de discuter tranquillement avec moi de punitions et de limites à ne pas franchir. Je vous en prie, Ana, passez la nuit avec moi.

Il me tend la main, les yeux brillants, enfiévrés… excités. Je lui donne la mienne. Il me prend dans ses bras, passe les doigts sur ma nuque, tortille ma queue-de-cheval autour de son poignet, et tire doucement dessus pour m'obliger à lever le visage vers lui.

— Vous êtes une jeune femme très courageuse, murmure-t-il. Vous m'impressionnez beaucoup.

Ses mots me font l'effet d'un cocktail Molotov : mon sang s'enflamme. Il se penche pour m'embrasser doucement et sucer ma lèvre inférieure.

— J'ai envie de la mordre, cette lèvre, murmure-t-il contre ma bouche.

Il se met à tirer dessus prudemment avec ses dents. Je gémis.

— Je t'en prie, Ana, laisse-moi te faire l'amour.

— Oui.

Avec un sourire triomphant, il me libère et me prend par la main pour traverser l'appartement.

Les fenêtres de sa chambre donnent sur les gratte-ciel illuminés de Seattle. Les murs sont blancs, les meubles bleu clair. Le lit est énorme, ultramoderne, fait d'un bois dur et gris comme du bois flotté, avec quatre colonnes mais pas de ciel de lit. Au mur, un tableau superbe représente la mer.

Je tremble comme une feuille. Ça y est. Je vais enfin y passer, avec Christian Grey, excusez du peu. Le souffle court, je le dévore des yeux. Il retire sa montre et la pose sur une commode assortie au lit, puis enlève sa veste qu'il suspend sur le dos d'une chaise. Il est beau à mourir avec ses yeux gris étincelants, ses cheveux cuivrés en bataille, sa chemise en lin blanc qui pend hors de son jean. Il retire ses Converse et s'incline pour enlever ses chaussettes. Les pieds de Christian Grey... Waouh... ces pieds nus, ça me remue. Il me regarde tendrement.

— Bien entendu, vous ne prenez pas la pilule.

Quoi ?

— C'est bien ce que je me disais.

Il ouvre le premier tiroir de la commode et en sort une boîte de préservatifs.

— On ne sait jamais quand ça peut servir, murmure-t-il. Vous voulez que je baisse les stores ?

— Peu importe. Je croyais que vous ne laissiez personne dormir dans votre lit ?

— Qui vous parle de dormir ?

Oh, mon Dieu.

Il s'avance lentement vers moi. Sûr de lui, sexy, le regard de braise. Mon cœur se met à battre plus fort. Mon sang bouillonne, le désir monte comme une boule humide et chaude dans mon ventre. Debout devant moi, il me regarde dans les yeux. *Putain, qu'est-ce qu'il est sexy.*

— On retire cette veste, d'accord ? dit-il doucement.

Il saisit ma veste par les revers, la fait glisser de mes épaules et la pose sur la chaise.

— Savez-vous combien j'ai envie de vous, Ana Steele ? chuchote-t-il.

J'arrête de respirer. Je n'arrive pas à le quitter des yeux. Il caresse ma joue jusqu'au menton.

— Avez-vous la moindre idée de ce que je vais vous faire ?

Aux tréfonds de mon ventre, des muscles se crispent délicieusement. Cette sensation frôlant la douleur est si vive, si exquise, que je fermerais les yeux si les siens ne m'hypnotisaient pas. Il se penche pour m'embrasser. Ses lèvres exigeantes, fermes, lentes, se moulent sur les miennes. Il commence à déboutonner mon chemisier en posant des baisers légers comme des plumes sur ma mâchoire, mon menton et le coin de mes lèvres. Lentement, il me retire mon chemisier et le laisse tomber par terre, puis il recule pour me regarder. Je porte le soutien-gorge en soie bleu poudre qui me va si bien. *Dieu merci.*

— Ana, tu as la plus belle peau du monde, si pâle et si parfaite. Je veux en embrasser chaque centimètre.

Je rougis. Pourquoi dit-il qu'il ne peut pas faire l'amour ? Il me semble qu'il est très doué pour ça. Il agrippe l'élastique de ma queue-de-cheval et tressaille lorsque mes cheveux se déroulent en cascade dans mon dos.

— J'aime les brunes, murmure-t-il en passant les deux mains dans mes cheveux.

Son baiser est exigeant, sa langue et ses lèvres appellent les miennes. Je gémis ; ma langue part timidement à la rencontre de la sienne. Il m'enlace et m'attire contre lui. Une main reste dans mes cheveux, l'autre glisse le long de mon dos jusqu'à ma taille, puis mes fesses, qu'il malaxe doucement en me pressant contre ses hanches ; il frotte langoureusement son érection contre mon ventre.

Je gémis une fois de plus dans sa bouche. J'arrive à peine à contenir les sensations débridées qui se déchaînent dans mon corps tant je le désire. J'agrippe le haut de son bras pour palper son biceps. Il est étonnamment musclé. Timidement, je caresse son visage puis je plonge les mains dans ses cheveux. Ils sont si doux. Je tire doucement dessus. Il gémit et me fait reculer vers le lit jusqu'à ce que je le sente derrière mes genoux. Je crois qu'il va me pousser dessus, mais il me lâche, tombe à genoux, m'agrippe les hanches et fait courir sa langue autour de mon nombril, puis mordille doucement ma hanche, avant de retraverser mon ventre jusqu'à l'autre.

Le voir à genoux devant moi, sentir sa bouche sur moi, c'est tellement inattendu et excitant...

J'ai toujours les mains dans ses cheveux, je tire doucement dessus en tentant de contrôler ma respiration sifflante. Il me regarde à travers ses longs cils avec ses yeux couleur de fumée brûlante, défait le bouton de mon jean et tire lentement sur le zip. Sans me quitter des yeux, il insinue sa main sous ma ceinture jusqu'à mes fesses, puis mes cuisses, retirant lentement mon jean dans le même mouvement. Je ne peux pas détourner mon regard.

Il s'arrête pour se lécher les lèvres, sans cesser de me regarder dans les yeux, puis s'incline et fait courir son nez jusqu'en haut de mes cuisses. Jusque *là*.

— Tu sens tellement bon, murmure-t-il en fermant les yeux, avec une expression de pur plaisir qui me donne presque des convulsions.

Il rabat la couette et me pousse doucement pour me faire tomber sur le lit.

Toujours agenouillé, il délace ma Converse, puis me l'arrache en même temps que ma chaussette. Je me soutiens d'un coude pour voir ce qu'il fait, haletante… je le veux. Il soulève mon pied par le talon et fait courir l'ongle de son pouce le long de la cambrure. Ce geste presque douloureux résonne jusqu'à mon entrejambe. Je pousse un petit cri. Sans cesser de me regarder dans les yeux, il passe la langue, puis ses dents sur la cambrure du pied. *Oh, putain.* Je gémis… Comment est-il possible que je le sente jusque *là* ? Je retombe sur le dos en râlant. Je l'entends rire doucement.

— Ana, qu'est-ce que je pourrais te faire…

Il retire mon autre chaussure et ma chaussette, puis se lève et me dépouille complètement de mon jean avant de me détailler, allongée sur son lit en soutien-gorge et en petite culotte.

— Tu es très belle, Anastasia. J'ai hâte d'être en toi.

Ben merde alors. Quels mots. Quel séducteur. J'en ai le souffle coupé.

— Montre-moi comment tu te caresses.

Pardon ?

— Ne sois pas timide, Ana. Montre-moi, chuchote-t-il.

Je secoue la tête.

— Je ne sais pas ce que tu veux dire.

Sous l'emprise du désir, ma voix est tellement éraillée que je la reconnais à peine.

— Comment te fais-tu jouir ? Je veux voir.

Je secoue de nouveau la tête.

— Je n'ai jamais fait ça.

Il hausse les sourcils, stupéfait. Son regard s'assombrit et il secoue la tête à son tour, incrédule.

— Bon, il va falloir remédier à ça.

Sa voix douce me lance un délicieux défi érotique. Il défait les boutons de son jean et le baisse lentement, sans me quitter des yeux. Puis, agrippant mes chevilles, il ouvre mes jambes d'un coup sec avant de grimper dans le lit entre mes jambes. Il reste au-dessus de moi. Je me tords de désir.

— Ne bouge pas, murmure-t-il avant de se pencher pour embrasser l'intérieur de ma cuisse en remontant jusqu'à la mince dentelle de ma culotte.

Je ne peux pas m'empêcher de bouger. Impossible. Je me tortille sous lui.

— Il va falloir que tu apprennes à te tenir tranquille, bébé.

Il sème des baisers sur mon ventre, puis sa langue plonge dans mon nombril. Il remonte pour m'embrasser la poitrine. Je suis rouge, j'ai chaud, j'ai froid, je m'agrippe aux draps. Il s'allonge à côté de moi. Sa main passe de ma hanche à ma taille, puis à mon sein. Il me regarde, impassible, et prend doucement mon sein dans sa main.

— Il est tout juste à ma taille, Anastasia, murmure-t-il avant de plonger l'index dans le bonnet de mon soutien-gorge pour libérer mon sein, que l'armature et le tissu font darder vers le haut.

Son doigt passe à mon autre sein et répète l'opération. Mes seins se gonflent, mes tétons se dressent sous son regard.

— Très joli, chuchote-t-il, admiratif, ce qui les fait se dresser encore plus.

Il souffle très doucement sur un sein tandis que sa main s'avance vers l'autre ; il fait lentement rouler la pointe sous son pouce, ce qui l'allonge encore. Je gémis : cette nouvelle sensation me remue jusqu'à l'entrejambe. Je suis trempée. *Par pitié...* Je m'agrippe aux draps quand ses lèvres se referment sur mon autre téton ; quand il tire dessus, je suis au bord de la convulsion.

— Voyons un peu si on peut te faire jouir comme ça, murmure-t-il en poursuivant son assaut sur mes sens.

Mes tétons subissent l'attaque délicieuse de ses doigts et de ses lèvres habiles jusqu'à ce que

162

tous mes nerfs s'embrasent ; mon corps se tord sous ce supplice exquis. Il est impitoyable.

— S'il te plaît...

Je l'implore, tête renversée en arrière, bouche ouverte, gémissante, jambes tendues.

Bordel, qu'est-ce qui m'arrive ?

— Laisse-toi aller, bébé, murmure-t-il.

Ses dents se referment sur un téton, son pouce et son index tirent sur l'autre, et j'explose entre ses mains, le corps convulsé, éclaté en mille morceaux. Il m'embrasse profondément ; sa langue bâillonne mes cris.

Oh, mon Dieu. C'était extraordinaire. Maintenant, je comprends pourquoi on en fait tout un plat. Il me regarde avec un sourire satisfait ; le mien n'exprime que gratitude et émerveillement.

— Tu es très réceptive, souffle-t-il. Mais tu vas devoir apprendre à te contrôler, et ce sera un plaisir de te l'enseigner.

Il m'embrasse encore.

Je halète toujours en émergeant de mon orgasme. Sa main passe de ma taille à mes hanches, puis s'empare de mon intimité... *Hou là.* Son doigt s'insinue sous la dentelle et glisse lentement jusque *là*. Il ferme un instant les yeux en inspirant brusquement.

— Tu es délicieusement mouillée. Mon Dieu, qu'est-ce que j'ai envie de toi.

Quand il enfonce ses doigts en moi, je pousse un petit cri. Il répète son geste plusieurs fois, puis il presse sa paume contre mon clitoris et je crie encore. Il pousse ses doigts en moi de plus en plus fort. Je geins.

Tout d'un coup, il s'assied, m'arrache ma culotte et la jette par terre. Quand il retire son short, il libère son érection. *Oh, la vache...* Il tend la main vers la table de chevet et prend un petit emballage, puis il se place entre mes jambes en les écartant encore plus. Il s'agenouille pour revêtir un préservatif. *Non... Tout ça ? Comment ?*

— N'aie pas peur, souffle-t-il en me regardant dans les yeux. Toi aussi, tu t'agrandis.

Il appuie une main de chaque côté de ma tête de sorte qu'il est au-dessus de moi, mâchoire serrée, regard brûlant. Ce n'est qu'à ce moment-là que je remarque qu'il porte encore sa chemise.

— Et maintenant, je vais vous baiser, mademoiselle Steele, murmure-t-il en positionnant son gland à l'entrée de mon sexe. Brutalement.

Il s'enfonce en moi.

— Aïe !

Quand il déchire mon hymen, je hurle en sentant un pincement au plus profond de mon ventre. Il se fige en me regardant d'un œil extatique et triomphant. Sa bouche est entrouverte, sa respiration haletante. Il gémit.

— Tu es tellement étroite. Ça va ?

Je hoche la tête, les yeux écarquillés, les mains sur ses avant-bras. Je me sens remplie. Il reste immobile pour me laisser m'habituer à ce corps étranger.

— Je vais bouger, bébé, souffle-t-il au bout d'un moment, la voix tendue.

Oh !

Il ressort avec une lenteur exquise. Il ferme les yeux en geignant, puis s'enfonce en moi à nouveau. Je pousse un deuxième cri, et il se fige.

— Encore ? murmure-t-il, la voix rauque.

— Oui.

Il recommence, puis s'arrête. Je geins, mon corps l'accepte… Oui, je veux.

— Encore ?

— Oui.

Cette fois il ne s'arrête plus. Il s'accoude pour que je sente le poids de son corps sur le mien, me clouant sur place. D'abord il bouge lentement, rentrant et ressortant en douceur. Je m'habitue à cette sensation étrange et mes hanches vont timidement à sa rencontre. Il accélère, me pilonne de plus en plus vite, sans merci, à un rythme acharné, je soutiens la cadence, je vais à la rencontre de ses coups de reins. Il agrippe ma tête entre ses mains et m'embrasse durement, en mordant ma lèvre inférieure. Il se déplace un peu et je sens quelque chose qui monte du plus profond de moi, comme la première fois. Je commence à me raidir tandis qu'il continue à me pilonner sans trêve. Mon corps frémit, se cambre ; je sens la sueur m'inonder. *Oh, mon Dieu…* Je ne savais pas que ce serait comme ça… Je ne savais pas qu'on pouvait se sentir aussi bien. Mes pensées s'éparpillent… il n'y a plus que la sensation… plus que lui… plus que moi… de grâce… je me raidis.

— Jouis pour moi, Ana, chuchote-t-il à bout de souffle.

À ces mots, j'explose autour de lui et j'éclate en millions de morceaux.

Quand il jouit à son tour, il crie mon nom en poussant de plus en plus fort, puis il s'immobilise en se déversant en moi.

Je halète, j'essaie de contrôler mon souffle, mon cœur qui bat, mon esprit en pleine confusion. *Ça alors… c'était stupéfiant.* J'ouvre les yeux.

Il a appuyé son front contre le mien, le souffle irrégulier, les yeux fermés. Puis il ouvre les yeux pour me contempler. Il est toujours en moi. Il m'embrasse sur le front et se retire lentement.

— Aïe.

Cette sensation nouvelle m'a arraché une grimace.

— Je t'ai fait mal ? me demande Christian en s'accoudant à côté de moi.

Il cale une mèche de mes cheveux derrière mon oreille. Je suis obligée de sourire.

— Tu as peur de m'avoir fait mal ?

— J'ai saisi l'ironie de la situation, dit-il avec un sourire narquois. Sérieusement, ça va ?

Son regard est intense, inquisiteur, exigeant.

Je m'étire à côté de lui : j'ai les membres flageolants et les os en gelée, mais je suis détendue, profondément détendue. Je lui souris. Je ne peux pas m'arrêter de sourire. Deux orgasmes… c'est comme si on se retrouvait dans le cycle essorage d'une machine à laver. Je n'imaginais pas ce dont mon corps était capable ; je ne savais pas qu'on pouvait en remonter les ressorts et les relâcher aussi violemment, de façon aussi satisfaisante. Ce plaisir… c'est indescriptible.

— Tu te mords la lèvre et tu ne m'as pas répondu, dit-il en se renfrognant.

Je lui souris malicieusement. Il est sublime avec ses cheveux en bataille, ses yeux gris brûlants et son air sombre.

— J'aimerais bien recommencer.

Un instant, je crois déceler sur ses traits une expression de soulagement, avant que les volets ne se referment. Il me dévisage, l'œil mi-clos.

— Vous voudriez recommencer, mademoiselle Steele ? murmure-t-il sèchement.

Il m'embrasse doucement au coin des lèvres.

— Vous êtes une petite créature exigeante, non ? Mettez-vous sur le ventre.

Je cligne des yeux, mais je me retourne. Il dégrafe mon soutien-gorge et passe la main de mon dos à mes fesses.

— Tu as vraiment une peau superbe, murmure-t-il.

D'une jambe, il écarte les miennes en s'allongeant à moitié sur mon dos. Les boutons de sa chemise s'incrustent dans ma peau tandis qu'il repousse mes cheveux pour embrasser mon épaule.

— Tu n'enlèves pas ta chemise ?

Il se fige une seconde avant de la retirer pour se rallonger sur moi. Je sens sa peau chaude contre la mienne. *Hum…* c'est divin. Ses poils me chatouillent.

— Alors comme ça, tu veux que je te baise encore ? me souffle-t-il à l'oreille.

Il répand des baisers légers comme des plumes autour de mon oreille et sur ma nuque. Sa main frôle ma taille, survole ma hanche, glisse le long de ma cuisse vers l'arrière de mon genou… *Qu'est-ce qu'il fait maintenant ?* Il change de position pour se placer entre mes jambes, sa main remonte de ma cuisse à mes fesses, qu'il caresse lentement, puis ses doigts glissent jusqu'à mon entrejambe.

— Je vais te prendre par-derrière, Anastasia.

De sa main libre, il saisit mes cheveux sur ma nuque, les enroule dans son poing et tire dessus pour m'immobiliser la tête. Je suis clouée sous lui, sans défense.

— Tu es à moi. Rien qu'à moi. Ne l'oublie jamais.

Sa voix est enivrante ; ses paroles grisantes, séduisantes. Je sens son érection contre ma cuisse.

Ses longs doigts massent délicatement mon clitoris d'un lent mouvement circulaire. Son souffle est doux sur mon visage tandis qu'il mordille la ligne de ma mâchoire.

— Tu sens divinement bon.

Il frotte son nez derrière mon oreille ; ses mains caressent mon corps en cercles concentriques. Mes hanches ondulent sous l'effet d'un plaisir d'une intensité presque douloureuse.

— Ne bouge pas, m'ordonne-t-il d'une voix douce mais urgente.

Lentement, il insère son pouce en moi pour caresser la paroi antérieure de mon vagin. C'est hallucinant – toute mon énergie se concentre sur cette petite parcelle de mon corps. Je gémis.

— Ça te plaît ?

Ses dents effleurent mon oreille ; il commence à plier et déplier son pouce tout en continuant de caresser mon clitoris.

Je ferme les yeux et tente de maîtriser ma respiration, d'absorber les sensations désordonnées et chaotiques que déchaînent ses doigts. Je gémis encore.

— Tu mouilles tellement vite. Tu es tellement réceptive. Ça me plaît, Anastasia. Ça me plaît énormément.

Je voudrais tendre les jambes mais je ne peux pas bouger : il me cloue sur place tout en maintenant le rythme constant et tortueux de ses caresses. C'est absolument exquis. Je gémis de nouveau, et il se déplace tout d'un coup.

— Ouvre ta bouche, m'ordonne-t-il.

Il y enfonce son pouce. Mes yeux s'écarquillent et clignent frénétiquement.

— Je veux que tu te goûtes, me souffle-t-il à l'oreille. Suce, bébé.

Son pouce appuie contre ma langue ; ma bouche se referme dessus. Je suce frénétiquement. Un goût salin, le vague relent métallique du sang… *Merde alors*. C'est un peu dégoûtant, mais putain, qu'est-ce que c'est érotique.

— Je veux te baiser la bouche, Anastasia, et je le ferai bientôt.

Sa voix est rauque, sa respiration irrégulière.

Me baiser la bouche ! Je gémis et lui mords le pouce. Il pousse un petit cri étouffé et tire plus fort sur mes cheveux, alors je le lâche.

— Vilaine petite fille, souffle-t-il en tendant la main pour prendre un préservatif. Ne bouge pas, m'ordonne-t-il en me lâchant les cheveux.

Il déchire l'emballage tandis que je halète, le corps en feu, grisée par l'attente. Me faisant porter le poids de son corps, il m'attrape de nouveau par les cheveux pour m'empêcher de bouger : je suis sa captive, et il s'apprête à me posséder.

— On va y aller très doucement cette fois, Anastasia.

Et lentement, il me pénètre, lentement, lentement, jusqu'à ce qu'il soit complètement enfoui en moi. Je me distends, il me remplit, impitoyable. C'est encore plus profond cette fois, encore plus délectable. Je geins tandis qu'il ondule des hanches, se retire, attend un moment, s'enfonce à nouveau, encore et encore. Ces pénétrations délibérément lentes, cette sensation intermittente d'être remplie... je n'en peux plus, ça me rend folle.

— C'est tellement bon d'être en toi, gémit-il.

Mon ventre commence à frémir. Il se retire.

— Non, bébé, pas tout de suite, murmure-t-il.

Quand mes spasmes s'apaisent, il reprend son délicieux va-et-vient.

— S'il te plaît.

Je ne suis pas certaine de pouvoir supporter ça longtemps. Mon corps est trop tendu, il faut qu'il explose.

— Je veux que tu aies mal, bébé, murmure-t-il en poursuivant son exquise torture. Je veux que demain, chaque fois que tu bouges, tu te rappelles que j'ai été en toi. Moi seul. Tu es à moi.

Je gémis.

— S'il te plaît, Christian.

— Que veux-tu, Anastasia ? Dis-moi.

Je gémis de nouveau. Il se retire et me pénètre lentement en décrivant un mouvement circulaire avec ses hanches.

— Dis-moi, répète-t-il.

— Toi, s'il te plaît.

Il accélère le rythme. La houle se lève dans mon ventre.

— Tu-es-si-douce, murmure-t-il entre chaque coup de reins. J'ai-envie-de-toi.

Je gémis.

— Tu-es-à-moi. Jouis pour moi, bébé ! rugit-il.

Ses mots me font basculer. Mon corps se convulse autour de lui et je jouis en hurlant son nom dans le matelas. Après deux coups de reins violents, Christian se fige, puis s'effondre sur moi, le visage dans mes cheveux.

— Putain… Ana.

Il se retire aussitôt et roule de son côté du lit. Je remonte mes genoux contre ma poitrine, exténuée, et bascule dans un profond sommeil.

Lorsque je me réveille, il fait encore noir. Je ne sais pas combien de temps j'ai dormi. Je m'étire sous la couette, délicieusement endolorie. Christian a disparu. Je m'assieds pour contempler le panorama de la ville. Il y a moins de lumières dans les gratte-ciel et l'aube commence à poindre. J'entends le piano. Bach, je crois.

Je m'enveloppe de la couette et remonte le couloir jusqu'à la grande pièce. Christian joue du piano, torse nu, le visage aussi mélancolique que la musique. Appuyée contre le mur au seuil du salon, je l'écoute, captivée. Il joue magnifiquement bien. Baigné par la lumière dorée d'une lampe allumée près du piano alors que le reste de la pièce est plongé dans l'obscurité, c'est comme s'il était dans sa propre petite bulle, intouchable… solitaire.

J'avance en silence, attirée par cette musique sublime et triste, en observant, hypnotisée, ses longs doigts habiles courir sur les touches – ces doigts experts qui ont caressé mon corps. Ce souvenir me fait rougir ; je tressaille en resserrant les cuisses. Il lève les yeux sans que son visage trahisse la moindre émotion. S'arrêtant de jouer, il pose ses mains sur ses cuisses.

— Désolée, dis-je, je ne voulais pas te déranger.

— Ce serait plutôt à moi de te faire mes excuses.

Il passe ses doigts dans ses cheveux et se lève. Son pantalon de pyjama descend sur ses hanches... *Oh, mon Dieu.* Ma bouche s'assèche quand il contourne le piano, nonchalant, pour s'approcher de moi. Ses épaules larges, ses hanches minces, ses abdos qui ondulent lorsqu'il marche... Il est vraiment à tomber.

— Tu devrais être au lit, me gronde-t-il.

— C'est magnifique, ce morceau. Bach ?

— Une transcription par Bach d'un concerto pour hautbois d'Alessandro Marcello.

— C'est sublime, mais tellement triste...

Il sourit à demi.

— Au lit, m'ordonne-t-il. Tu vas être crevée demain.

— Quand je me suis réveillée, tu n'étais pas là.

— J'avais du mal à dormir. Je suis habitué à dormir seul.

Je n'arrive pas à deviner son humeur dans cette pénombre. Il me semble qu'il a l'air un peu déprimé, peut-être à cause de la musique. Il pose son bras sur mes épaules pour me ramener dans la chambre.

— Tu es vraiment doué. Tu joues depuis combien de temps ?

— Depuis l'âge de six ans.

J'imagine un beau petit garçon aux boucles cuivrées et aux yeux gris jouant une musique trop triste pour lui et mon cœur fond.

— Tu te sens comment ? me demande-t-il une fois de retour dans la chambre.

Il allume une lampe de chevet.

— Très bien.

Nous regardons tous les deux en même temps la tache de sang sur les draps, preuve de ma virginité perdue. Je rougis et resserre la couette sur mon corps.

— Voilà qui va donner à réfléchir à Mme Jones, marmonne Christian.

Il attrape mon menton et me renverse la tête pour me dévisager. Je ne l'avais pas encore vu torse nu. D'instinct, je tends la main pour effleurer ses poils noirs. Aussitôt, il recule d'un pas.

— Recouche-toi, dit-il sèchement, puis, plus doucement : Je vais m'allonger avec toi.

Je laisse retomber ma main. Je viens de me rendre compte que je n'ai jamais touché sa poitrine. Il ouvre un tiroir, en sort un tee-shirt et le passe rapidement.

— Au lit, m'ordonne-t-il à nouveau.

Je me recouche en essayant d'éviter la tache de sang. Il s'allonge près de moi et me prend dans ses bras, en cuiller, m'embrasse doucement les cheveux et inspire profondément.

— Dors, ma douce Anastasia, murmure-t-il.

Je ferme les yeux, sans pouvoir chasser un reste de mélancolie. Christian Grey a quelque chose de triste.

9.

La lumière qui inonde la chambre me tire d'un profond sommeil. J'ouvre les yeux en m'étirant : par ce magnifique matin de mai, le panorama spectaculaire de Seattle s'étend à mes pieds. Christian Grey dort à poings fermés – là aussi, quel spectacle ! –, ce qui me procure une occasion inespérée de l'observer. Il fait plus jeune quand il est détendu. Ses lèvres ourlées sont légèrement entrouvertes et ses cheveux brillants sont délicieusement ébouriffés. Comment peut-on être aussi beau sans que ce soit illégal ? Je songe à sa chambre à l'étage : peut-être est-ce illégal, en effet. Mais quand il dort, il est émouvant comme un petit enfant. Et, pour la première fois, je peux l'admirer tranquillement, sans avoir besoin de penser avant de parler, de réfléchir à ce qu'il dit, de m'interroger sur ses intentions…

Je pourrais le contempler toute la journée comme ça, mais j'ai un besoin… pressant. Je me glisse hors du lit et ramasse sa chemise blanche qui gît par terre pour m'en vêtir. En pensant trouver la salle de bains, j'aboutis dans un dressing aussi grand que ma chambre. Costumes, chemises, chaussures, cravates par rangées entières... Comment peut-on avoir besoin d'autant de vêtements ? Je claque la langue, désapprobatrice. Cela dit, la garde-robe de Kate pourrait sans doute rivaliser avec celle-ci. Kate ! Merde ! J'étais censée lui envoyer un SMS hier soir dès mon arrivée à Seattle. Qu'est-ce qu'elle va m'engueuler ! Je me demande comment ça se passe, entre elle et Elliot.

Christian dort toujours. J'essaie une autre porte. Cette fois, c'est la bonne. Encore une débauche d'espace. Je remarque, ironique, qu'il y a deux lavabos. Puisqu'il dort toujours seul, c'est un de trop.

Je scrute mon reflet dans le miroir. Ai-je changé ? En tout cas, je me sens différente. J'ai un peu mal *là*. Quant à mes muscles... C'est comme si je n'avais jamais fait de gym de ma vie. *Qu'est-ce que tu racontes ? Tu n'as jamais fait de gym.* Ma conscience, qui vient de se réveiller, me fixe, lèvres pincées, en tapant du pied. *Si je comprends bien, tu viens de te laisser dépuceler par un homme qui n'est pas amoureux de toi. Et qui, soit dit en passant, veut faire de toi son esclave sexuelle. ES-TU DEVENUE FOLLE ?*

Je grimace. Il va falloir que je réfléchisse à tout ça. Ce serait en effet de la pure folie de tomber amoureuse d'un homme beau comme un dieu, plus riche que Crésus, qui me destine à sa Chambre rouge... Je frissonne. Non seulement je ne sais plus où j'en suis mais mes cheveux, comme d'habitude, n'en font qu'à leur tête. Le brushing post-coïtal, ça ne me va pas du tout. Je tente d'imposer un peu d'ordre à ce chaos avec mes doigts mais j'échoue lamentablement et finis par renoncer – je trouverai peut-être un élastique dans mon sac.

Morte de faim, je m'aventure hors de la chambre. Le Beau au bois dormant ne s'est toujours pas réveillé.

Oh, putain… Kate ! J'ai laissé mon sac dans le bureau de Christian. Je vais le prendre et j'en tire mon portable. Trois SMS.

« Ça va Ana ? »
« T'es où Ana ? »
« Merde, Ana ! »

J'appelle Kate. Comme elle ne répond pas, je lui laisse un message pour lui présenter mes plus plates excuses et lui assurer que je n'ai pas été victime de Barbe-Bleue – en tout cas, pas au sens qu'elle semblait redouter. *Ou alors, si.* Je ne sais plus. Je tente d'analyser mes sentiments, tâche insurmontable à laquelle je renonce aussitôt en secouant la tête. J'ai besoin d'être seule, loin d'ici, pour faire le point.

Je trouve deux élastiques dans mon sac et je me fais rapidement des couettes. Plus j'aurai l'air d'une petite fille, plus je serai à l'abri de Barbe-Bleue, non ? Je prends mon iPod et je mets mes écouteurs. Rien de tel que de faire la cuisine en musique. Je glisse l'iPod dans la poche de la chemise de Christian, volume à fond, et je commence à danser.

Bordel, qu'est-ce que j'ai faim.

La cuisine est tellement design que les placards n'ont pas de poignées, mais je finis par deviner qu'il faut pousser dessus pour les ouvrir.

Je devrais peut-être préparer le petit déjeuner de Christian ? L'autre jour, il mangeait une omelette... en fait, c'était hier matin, à l'hôtel Heathman. Il s'est passé tant de choses depuis ce moment-là. Dans le frigo, je trouve des œufs en abondance. J'ai envie de pancakes avec du bacon. J'entreprends de faire de la pâte tout en dansant dans la cuisine.

Ça me fait du bien de m'occuper. J'ai le temps de réfléchir, mais pas trop profondément. La musique qui joue à plein volume dans mes oreilles m'aide à repousser des pensées trop complexes. Je suis venue passer la nuit avec Christian Grey et j'y suis arrivée, alors qu'il ne laisse personne coucher dans son lit. Je souris : mission accomplie. Ses mots, son corps, sa façon de me faire l'amour... Je ferme les yeux en ron-ronnant, tandis que mes muscles se crispent délicieusement au creux de mon ventre. Ma conscience me regarde d'un air furibond. *Il ne t'a pas fait l'amour, il t'a baisée,* me hurle-t-elle, cette saleté. Au fond, je sais qu'elle a raison, mais je secoue la tête pour chasser cette pensée et me concentre sur ma tâche.

Je lance la cuisson du bacon. Amy Studt chante doucement dans mes oreilles une chanson sur les inadaptés qui m'a toujours touchée, parce que moi-même, j'en suis une. Je n'ai jamais été à ma place nulle part et maintenant... le Roi des Inadaptés en personne m'a fait une proposition indécente. Pourquoi est-il tel qu'il est ? Nature ou culture ? C'est tellement étran-ger à tout ce que j'ai connu jusqu'à mainte-nant...

Je mets le bacon sur le gril et, pendant qu'il cuit, je bats les œufs. Quand je me retourne, Christian est accoudé au bar, le menton dans les mains, encore vêtu du tee-shirt dans lequel il a dormi. Le brushing post-coïtal lui va bien, à lui, tout comme la barbe d'un jour. Il semble à la fois amusé et perplexe. Je me fige en rougissant et retire mes écouteurs, les genoux flageolants.

— Bonjour, mademoiselle Steele. Vous êtes très en forme ce matin.

— J'ai… j'ai bien dormi.

Il ravale un sourire.

— On se demande pourquoi.

Il se tait un instant en fronçant les sourcils.

— Moi aussi, d'ailleurs, après être revenu me coucher.

— Tu as faim ?

— Très.

À mon avis, il ne parle pas de nourriture.

— Pancakes, bacon et œufs ?

— Formidable.

— Je ne sais pas où tu ranges tes sets de table, dis-je en tentant désespérément de ne pas avoir l'air nerveuse.

— Je m'en occupe. Tu veux que je mette de la musique pour que tu puisses continuer à… euh… danser ?

Je sais que je suis en train de virer au cramoisi.

— Je t'en prie, ne t'arrête pas pour moi. C'est très distrayant, ironise-t-il.

Je pince les lèvres. Distrayant ? Ma conscience est pliée en deux de rire. Vexée, je me remets à battre les œufs un peu plus vigoureusement que nécessaire. L'instant d'après, Christian est derrière moi. Il me tire doucement par une couette.

178

— J'adore, me chuchote-t-il. Elles ne te proté-
geront pas.

Hum… Barbe-Bleue…

— Tes œufs, tu les aimes comment ?

Il sourit :

— Fouettés, ricane-t-il.

Je reprends ma tâche en tentant de ravaler un
sourire. Difficile de rester en colère contre lui
quand il est aussi enjoué, ce qui lui arrive rarement. Il sort deux sets de table ardoise qu'il met
sur le comptoir du bar. Je verse les œufs battus
dans la poêle, sors le bacon, le retourne et le
remets sur le gril. Christian a versé le jus
d'orange et il est en train de se faire du café.

— Tu veux du thé ?

— Oui, si tu en as.

Je trouve des assiettes que je pose sur le
chauffe-plats de la cuisinière. Christian ouvre un
placard et en sort du Twinings English Breakfast
Tea. Je fais la moue.

— Si j'ai bien compris, tu savais déjà qu'on
allait conclure.

— Nous n'avons encore rien conclu, mademoiselle Steele.

*Que veut-il dire par là ? Il parle de nos négocia-
tions ? De notre, euh… relation ?* Je remplis les
assiettes et je les pose sur les sets de table, puis
je fouille dans le frigo et trouve du sirop d'érable.
Christian me désigne un tabouret :

— Mademoiselle Steele.

J'incline la tête :

— Monsieur Grey.

Mais quand je m'assois, je ne peux pas
m'empêcher de grimacer.

— Tu as mal ?

Je rougis. *Pourquoi me pose-t-il toujours des questions aussi indiscrètes ?*

— Tu veux t'excuser ?

Je crois qu'il se retient de sourire, mais je n'en suis pas certaine.

— Non, mais je me demandais si nous pouvions poursuivre ta formation de base.

— Ah.

Je le fixe du regard, soufflé coupé, tandis que tous les muscles de mon ventre se crispent.

— Mange, Anastasia.

Je n'ai plus faim… Encore… encore du sexe… s'il vous plaît.

— Au fait, c'est délicieux, dit-il en me souriant.

Je prends une bouchée d'omelette mais je la goûte à peine. Ma formation de base ! *Je veux te baiser la bouche.* Ça fait partie de la formation de base ?

— Arrête de te mordiller la lèvre. Ça me déconcentre, et je devine que tu ne portes rien sous ma chemise, ce qui me distrait encore plus.

Je trempe mon sachet de thé dans la petite théière. J'ai la tête qui tourne.

— À quel genre de formation de base songes-tu ?

J'essaie de prendre l'air détaché malgré mes hormones en surchauffe.

— Comme tu as mal, je me disais qu'on pourrait s'en tenir à l'oral.

J'en avale mon thé de travers et je me mets à tousser. Il me tapote le dos et me tend du jus d'orange.

— À supposer que tu aies envie de rester, évidemment, ajoute-t-il.

Je n'arrive pas à interpréter son expression. Qu'est-ce que c'est frustrant !

— J'aimerais rester encore aujourd'hui, si tu es d'accord. Demain, je travaille.

— À quelle heure ?

— 9 heures.

— Je ferai en sorte que tu sois rentrée à 9 heures demain matin.

Autrement dit, il veut que je passe encore une nuit ici ?

— Il faut que je rentre ce soir pour me changer.

— On peut te trouver des vêtements de rechange à Seattle.

Mais je n'ai pas de quoi m'offrir une nouvelle tenue ! Il m'attrape le menton et tire dessus pour que mes dents lâchent ma lèvre inférieure. Je ne me rendais même pas compte que je la mordillais.

— Qu'est-ce qu'il y a ?

— Je dois rentrer ce soir.

Ses lèvres ne forment plus qu'une ligne dure.

— Comme tu veux. Mange.

J'ai les idées et l'estomac retournés. Mon appétit a disparu. Je fixe mon assiette.

— Mange, Anastasia. Tu n'as rien mangé hier soir.

— Je n'ai plus faim, je te jure.

Il plisse les yeux.

— Je tiens vraiment à ce que tu finisses ton petit déjeuner.

— Veux-tu bien m'expliquer cette obsession de la bouffe ?

Il fronce les sourcils.

— Je te l'ai déjà dit, je n'aime pas qu'on gaspille la nourriture. Mange, aboie-t-il, le regard douloureux.

Mais c'est quoi, ce délire ? Je prends ma fourchette et me force à mastiquer. La prochaine fois, je devrai me rappeler de ne pas autant remplir mon assiette, vu son rapport bizarre aux aliments. Son expression se radoucit dès qu'il me voit manger. Lui a déjà fini. Il attend que je termine, puis il me prend mon assiette.

— Tu as fait la cuisine, c'est à moi de débarrasser.

— C'est très démocratique.

— Oui. Pourtant, ça n'est pas mon genre. Après, on prendra un bain.

Je préfère les douches. La sonnerie de mon portable interrompt ma rêverie. C'est Kate. Je réponds en m'éloignant vers les portes vitrées du balcon.

— Salut.

— Ana, pourquoi ne m'as-tu pas envoyé de SMS hier soir ?

Elle est furieuse.

— Je suis désolée, j'ai été dépassée par les événements.

— Ça va ?

— Oui, ça va.

— Et alors ?

Elle vient aux renseignements, cette chipie. Je lève les yeux au ciel.

— Ça y est... j'en suis sûre ! s'exclame-t-elle.

— Kate, s'il te plaît...

— Alors, c'était comment ? Ça va ?

— Oui, ça va, je l'ai déjà dit.

— Il a été doux avec toi ?

182

— Kate, je t'en prie !

— Ana, ne fais pas ta cachottière. J'attends ce moment depuis presque quatre ans.

— À ce soir.

Je raccroche. Kate va me donner du fil à retordre. Elle exigera de connaître tous les détails, alors que je ne peux rien lui raconter parce que j'ai signé – comment, déjà ? – un accord de confidentialité. Mon silence va l'inquiéter, à raison d'ailleurs. Il faut que je trouve une stratégie. Je retourne vers la cuisine où Christian s'active.

— L'accord de confidentialité, ça couvre tout ?

— Pourquoi ?

Il se tourne vers moi tout en rangeant le thé. Je rougis.

— J'aimerais poser quelques questions à Kate au sujet du sexe.

— Tu peux me les poser à moi.

— Christian, sans vouloir te vexer...

Je ne peux pas te demander. Tu vas me donner ton point de vue biaisé et déformé de pervers. Je cherche un avis impartial.

— Juste des questions techniques. Je ne parlerai pas de la Chambre rouge de la Douleur.

Il hausse les sourcils.

— La Chambre rouge de la Douleur ? Il s'agit de plaisir, Anastasia, crois-moi. En plus, ajoute-t-il d'une voix plus dure, ta colocataire s'envoie en l'air avec mon frère. Je préférerais vraiment que tu t'abstiennes de discuter de moi avec elle.

— Ta famille est au courant de tes... euh... prédilections ?

— Non. Ça ne les regarde pas.

Il me rejoint en deux pas.

— Qu'est-ce que tu veux savoir ?

Il caresse du bout des doigts ma joue jusqu'au menton, et renverse ma tête en arrière pour que je le regarde droit dans les yeux. Je serais incapable de mentir à cet homme.

— Rien de précis pour l'instant.

— Commençons par cette question : cette nuit, c'était comment, pour toi ?

Son regard brûle de curiosité. *Il tient vraiment à le savoir. Ça alors.*

— C'était bon.

Il esquisse un sourire.

— Pour moi aussi. C'est la première fois que je pratique le sexe-vanille. Ça n'est pas si mal que ça, au fond. Mais c'est peut-être parce que c'est toi.

Il passe le pouce sur ma lèvre inférieure. *Le sexe-vanille ?*

— Allez, on va prendre un bain.

Il se penche pour m'embrasser. Mon cœur fait un bond et le désir s'insinue au creux de mon ventre… jusque *là*.

La baignoire en forme d'œuf est en pierre blanche, profonde, très design. Christian se penche pour ouvrir le robinet et verser une huile de bain qui embaume le jasmin. Il se redresse, retire son tee-shirt et le laisse tomber par terre. Je reste à l'entrée de la salle de bains, bras croisés, admirant subrepticement son physique.

— Mademoiselle Steele.

Il me tend la main. Je m'avance pour la prendre et il me fait signe d'entrer dans la baignoire, toujours vêtue de sa chemise. Je dois

184

m'habituer à lui obéir si je décide d'accepter son offre scandaleuse... L'eau est agréablement brûlante.

— Retourne-toi, fais-moi face, me commande-t-il d'une voix douce.

J'obéis. Il m'observe attentivement.

— Je sais que cette lèvre est délicieuse, je peux en attester, mais veux-tu bien arrêter de la mordre ? Quand tu fais ça, j'ai envie de te baiser, et je ne peux pas parce que tu as mal, tu comprends ?

Je tressaille, ce qui libère automatiquement ma lèvre.

— Compris ?

Je hoche la tête frénétiquement. *J'ignorais que je pouvais le troubler à ce point.*

— Bien.

Il tire mon iPod de ma poche pour le poser près du lavabo.

— Les iPod et l'eau, ça n'est pas compatible, marmonne-t-il.

Il attrape le bas de ma chemise, me la retire et la jette par terre, puis recule pour me contempler. *Je suis nue devant lui.* Je vire au cramoisi et regarde mes mains jointes au bas de mon ventre. J'ai désespérément envie de disparaître sous la mousse, mais je sais que ça ne lui plairait pas.

— Hé !

Je lève les yeux. Il penche la tête sur son épaule.

— Anastasia, tu es une très belle femme. Ne baisse pas la tête comme si tu avais honte de ton corps. Au contraire, tu peux en être fière, et c'est un véritable plaisir de te regarder.

Il m'attrape le menton et me renverse la tête en arrière pour que je le regarde dans les yeux. Les siens sont doux, chaleureux, brûlants. Il est tellement proche. Je pourrais le toucher rien qu'en tendant la main.

— Tu viens ? dis-je.

— Pourquoi pas ? Pousse-toi, m'ordonne-t-il.

Il retire son pantalon de pyjama et entre dans la baignoire à son tour. S'installant derrière moi, il m'attire contre sa poitrine, allonge ses jambes sur les miennes, passe les pieds par-dessus mes chevilles et les écarte brusquement. Je pousse un petit cri. Le nez dans mes cheveux, il inspire profondément.

— Tu sens tellement bon, Anastasia.

Je suis toute nue dans une baignoire avec Christian Grey. Il est tout nu lui aussi. Si l'on m'avait prédit que je me retrouverais là quand je me suis réveillée dans sa suite à l'hôtel hier matin, je ne l'aurais pas cru.

Il prend le flacon de gel douche, en verse un peu dans sa paume, se frotte les mains pour le faire mousser, et commence à me masser le cou et les épaules de ses longs doigts fermes. C'est trop bon.

— Ça te plaît ?

— Mmm.

Il passe de mon cou à mes bras, puis à mes aisselles. Heureusement que Kate m'a forcée à me raser. Ses mains glissent vers mes seins et les malaxent doucement. Je me cambre instinctivement pour les pousser vers ses mains. Les pointes sont encore un peu endolories par la façon cavalière dont il les a traitées hier soir. Il ne s'y attarde pas et fait glisser ses mains vers mon ventre. Ma respiration s'accélère, mon cœur s'affole. Son érection durcit contre mes fesses. C'est tellement excitant de penser que c'est mon corps qui lui fait cet effet-là. *Ah !... pas ton esprit*, raille ma conscience. Je chasse cette pensée importune.

Il s'arrête pour prendre un gant de toilette tandis que je halète contre lui... lascive... avide. Mes mains sont posées sur ses cuisses fermes et musclées. Versant du gel douche sur le gant de toilette, il tend le bras pour me laver entre les jambes. Je retiens mon souffle. Ses doigts me stimulent habilement à travers l'étoffe, c'est divin, et mes hanches se mettent à se mouvoir à leur propre rythme pour aller à la rencontre de sa main. Tête renversée, yeux exorbités, bouche béante, je geins. La pression monte lentement, inexorablement en moi... *oh, mon Dieu.*

— Vas-y, bébé, me souffle Christian à l'oreille en m'effleurant le lobe de ses dents. Vas-y pour moi.

Ses jambes plaquent les miennes contre les parois de la baignoire, pour ouvrir un accès à mon intimité.

— S'il te plaît...

Je tente d'allonger les jambes quand mon corps se raidit. Je suis sous l'emprise sexuelle de cet homme, et il ne me laisse pas bouger.

— Je crois que tu es assez propre, maintenant, murmure-t-il en s'arrêtant.

Quoi ? Non ! Non ! Non ! Je m'étrangle.

— Pourquoi tu t'arrêtes ?

— Parce que j'ai d'autres projets pour toi, Anastasia.

*Quoi… bon sang… mais… j'étais sur le point de…
ça n'est pas juste.*

— Retourne-toi. Moi aussi, j'ai besoin de me
laver.

Ah ! En me retournant pour lui faire face, je
découvre qu'il a son érection bien en main.

— Je veux que tu apprennes à connaître, à
tutoyer, si l'on peut dire, la partie de mon corps
que je préfère.

C'est tellement gros, et ça grossit encore ! Son
érection émerge de l'eau. Je la regarde fixement
et déglutis. *Tout ça, c'était en moi ?* Impossible. Il
veut que je le touche. Hum… Allez, hop, on y
va.

Je lui souris en versant un peu de gel douche
au creux de ma main, que je fais mousser entre
mes paumes sans le quitter du regard. J'entrouvre
les lèvres et, très délibérément, je mordille doucement ma lèvre inférieure, puis je passe ma
langue là où mes dents se sont enfoncées. Il
écarquille les yeux quand ma langue frôle ma
lèvre inférieure. Je me penche pour le prendre en
main. Il ferme les yeux un instant. Ça alors…
c'est encore plus dur que je ne m'y attendais. Je
serre. Il pose sa main sur la mienne.

— Comme ça, chuchote-t-il.

Il fait coulisser sa main de haut en bas en
m'agrippant fermement les doigts. Il baisse les
paupières et s'arrête un instant de respirer.
Quand il les rouvre, son regard gris est en fusion.

— C'est ça, bébé.

Il me laisse continuer seule et ferme les yeux
tandis que je fais coulisser ma main sur son sexe.
Quand ses hanches basculent vers moi, d'instinct, je resserre les doigts, ce qui lui arrache un

petit gémissement. *Baiser ma bouche... hum.* Je me rappelle qu'il m'a enfoncé le pouce dans la bouche et m'a demandé de le sucer fort. La sienne s'ouvre, sa respiration s'accélère. Je me penche vers lui pendant qu'il a les yeux fermés, je l'entoure de mes lèvres et je suce timidement, en faisant courir ma langue sur le bout de son sexe.

— Ah, mon Dieu... Ana.

Ses yeux s'écarquillent. Je suce de plus belle.

Hum... il est à la fois dur et doux, comme de l'acier gainé de velours, et étonnamment savoureux – il a un goût salé.

— Putain, gémit-il en refermant les yeux.

Je baisse la tête pour le prendre encore plus profondément dans ma bouche. Il gémit encore. *Oui !* Ma déesse intérieure est aux anges. Je peux le faire. Je peux le baiser, lui, avec ma bouche. Je fais tournoyer ma langue ; il bascule ses hanches vers moi. Ses yeux sont ouverts maintenant, torrides. Il serre les dents en remuant de nouveau des hanches, et je l'enfonce encore plus profondément dans ma bouche en prenant appui sur ses cuisses. Je sens ses jambes se tendre. Il m'attrape par les couettes et se met à remuer vraiment.

— Ah... bébé... c'est bon...

Je suce encore plus fort, en donnant des petits coups de langue à son gland. Puis, recouvrant mes dents de mes lèvres, je resserre la bouche sur lui. Sa respiration devient sifflante, et il gémit.

— Bon sang. Tu peux aller loin, comme ça ?

Hum... Je le prends dans ma bouche jusqu'à ce que je le sente au fond de ma gorge, puis je remonte. Je lèche ma sucette préférée : celle au parfum Christian Grey. Je le pompe de plus en plus avidement en faisant tournoyer ma langue. *Miam*… je ne savais pas que c'était aussi excitant de donner du plaisir. Ma déesse intérieure danse le merengue et la salsa.

— Anastasia, je vais te jouir dans la bouche, me prévient-il d'une voix éraillée. Si tu ne veux pas, arrête tout de suite.

Il donne un coup de reins, les yeux grands ouverts, débordants de désir. De désir pour moi. De désir pour ma bouche… *oh, mon Dieu.*

Il m'agrippe par les cheveux. Je pompe encore plus goulûment et, dans un moment d'audace extraordinaire, je découvre mes dents. Ça le fait exploser. Il crie, se fige, et je sens un liquide chaud et salé me couler dans la gorge. J'avale rapidement. Beurk… Ça, j'aime moins. Mais je m'en fous – il a joui dans la baignoire à cause de moi. Je me rassois pour l'observer avec un sourire triomphant. Ouvrant les yeux, il me regarde, stupéfait, haletant.

— Tu n'as pas de réflexe de haut-le-cœur ? Merde, Ana… c'était… bon, vraiment bon. Mais inattendu.

Il fronce les sourcils.

— Tu sais, tu n'arrêtes pas de m'étonner.

Je souris en mordillant volontairement ma lèvre inférieure. Il m'examine d'un œil songeur.

— Tu as déjà fait ça ?

— Non.

Je ne peux pas m'empêcher de me rengorger.

— Très bien, dit-il avec complaisance et, me semble-t-il, un certain soulagement. Encore une première, alors, mademoiselle Steele.

Il m'examine d'un œil inquisiteur.

— Reçue à l'oral, mention excellent. Viens, allons au lit, je te dois un orgasme.

Encore un orgasme !

En sortant de la baignoire, il m'offre pour la première fois le spectacle complet de l'Adonis divinement proportionné qu'est Christian Grey. Ma déesse intérieure a arrêté de danser : elle le fixe en bavant un peu. L'érection de Christian est légèrement domptée mais toujours impressionnante... waouh. Il se ceint les reins d'une serviette qui ne recouvre que l'essentiel, et m'en tend une plus grande, blanche et moelleuse. Je sors de la baignoire et prends la main qu'il me tend. Il m'enveloppe dans la serviette, m'attire contre lui, m'embrasse vigoureusement en poussant sa langue dans ma bouche. J'ai follement envie de l'enlacer... de le toucher... mais mes bras sont prisonniers de la serviette. Je me perds bientôt dans son baiser. Il me prend la tête entre ses mains, sa langue explore ma bouche, et j'ai l'impression qu'il m'exprime sa gratitude – peut-être – pour ma première pipe. *Hou là.*

Il s'écarte en me tenant toujours le visage entre ses mains, et plonge son regard dans le mien, l'air égaré.

— Dis-moi oui, chuchote-t-il d'une voix fervente.

Je fronce les sourcils. Je ne comprends pas.

— Oui à quoi ?

— À notre accord. Dis-moi que tu veux être à moi. S'il te plaît, Ana.

Il m'embrasse encore, doucement, passionnément, avant de s'écarter de nouveau pour me regarder. Puis il me prend par la main et me ramène dans la chambre, chancelante. Je le suis docilement. *Alors il y tient vraiment.*

Une fois dans sa chambre, il baisse les yeux vers moi tandis que nous nous tenons debout à côté du lit.

— Tu me fais confiance ? me demande-t-il à brûle-pourpoint.

Je hoche la tête, car je viens de comprendre tout d'un coup qu'en effet je lui fais confiance. *Qu'est-ce qu'il va me faire maintenant ?* Un courant électrique me fait frémir de la tête aux pieds.

— C'est bien, ma belle, me souffle-t-il en effleurant ma lèvre inférieure du pouce.

Il disparaît dans son dressing et en revient avec une cravate en soie gris argent.

— Tends les mains devant toi et joins-les, m'ordonne-t-il en me retirant ma serviette, qu'il jette par terre.

J'obéis. Il m'attache les poignets avec sa cravate, le regard brillant d'excitation, et tire sur le nœud pour s'assurer de sa solidité. *Il a dû être scout quand il était petit.* Et maintenant, qu'est-ce qui va se passer ? Mon pouls explose le compteur, mon cœur bat à tout rompre. Il lisse mes couettes du bout des doigts.

— Tu as l'air tellement jeune comme ça.

D'instinct, je recule jusqu'à ce que je sente le lit derrière mes genoux. Il laisse tomber sa serviette, mais je n'arrive pas à détacher mes yeux de son regard de braise.

— Ah, Anastasia, qu'est-ce que je vais bien pouvoir te faire ? me souffle-t-il en m'allongeant sur le lit.

Il s'y allonge à son tour et me relève les bras au-dessus de la tête.

— Laisse-les là, ne bouge pas, compris ?

L'intensité de son regard me coupe le souffle. Je n'ai pas intérêt à contrarier cet homme... jamais.

— Réponds-moi, ordonne-t-il d'une voix douce.

— Je ne bougerai pas.

— Très bien, murmure-t-il en se léchant lentement les lèvres.

Je suis fascinée par cette langue qui balaie sa lèvre supérieure. Il m'observe, me jauge, puis pose un petit baiser chaste et rapide sur mes lèvres.

— Maintenant, je vais vous embrasser partout, mademoiselle Steele.

Il m'attrape le menton pour exposer ma gorge et l'embrasse, la suçote, la mordille jusqu'au petit creux à la base du cou. Mon corps se met au garde-à-vous... de partout. Après mon bain, ma peau est hypersensible. Mon sang échauffé afflue dans mon ventre, entre mes jambes, jusque *là*. Je gémis.

Je meurs d'envie de le toucher. Tant bien que mal, je réussis à mettre mes mains ligotées dans ses cheveux. Il s'arrête de m'embrasser pour me lancer un regard furieux, puis secoue la tête en claquant la langue, attrape mes mains et les remet par-dessus ma tête.

— Ne bouge pas, ou il va falloir tout recommencer de zéro.

Quel allumeur, celui-là.

— J'avais envie de te toucher.

— Je sais. Mais garde tes mains au-dessus de la tête.

Il reprend mon menton et recommence à m'embrasser la gorge. Qu'est-ce que c'est frustrant. Lorsqu'il atteint le creux à la base de mon cou, il y fait tournoyer le bout de son nez, puis sa bouche entame une croisière nonchalante vers le sud. Mes seins sont embrassés et délicatement mordillés, les pointes tendrement sucées. Mes hanches se mettent à onduler au rythme de sa bouche, et je tente désespérément de garder les bras au-dessus de la tête.

— Ne bouge pas, me prévient-il, son souffle chaud sur ma peau.

Atteignant mon nombril, il y plonge la langue, puis le broute doucement du bout des dents. Mon corps se cambre.

— Mmm. Vous êtes si douce, mademoiselle Steele.

Son nez glisse de mon ventre à ma toison ; il la mordille doucement, la titille avec sa langue. Tout d'un coup, il se redresse, s'agenouille à mes pieds, m'agrippe les chevilles et m'écarte les jambes.

Eh merde ! Il m'attrape le pied gauche et le porte à sa bouche. Tout en observant la moindre de mes réactions, il embrasse tendrement chaque orteil, puis en mord doucement le bout. Quand il atteint le dernier, il le mord plus fort et je me convulse en poussant un petit cri. Il fait glisser sa langue le long de la cambrure de mon pied – je ne peux plus le regarder, c'est trop érotique. Si ça continue, je risque de m'enflammer spontanément. Je serre les paupières. Il embrasse ma cheville, remonte mon mollet en y semant des baisers, s'arrête juste au-dessus du genou, puis refait le même parcours sur la jambe droite.

Quand il mord mon petit orteil, je le sens jusqu'au creux de mon ventre.

— S'il te plaît !

— Chaque chose en son temps, mademoiselle Steele, souffle-t-il.

Cette fois il ne s'arrête pas au genou et poursuit sa route à l'intérieur de ma cuisse, en écartant un peu plus mes jambes. Je sais ce qu'il s'apprête à faire, et quelque part je voudrais le repousser, parce que je trouve ça gênant. Il va m'embrasser *là*, je le sais ! Mais j'en suis aussi très fière, et je meurs d'impatience qu'il le fasse. Il repasse à mon autre genou et remonte ma cuisse en m'embrassant, me léchant, me suçant. Puis tout d'un coup il est entre mes jambes, le nez fourré dans mon sexe. Je me tords... *ah, mon Dieu.*

Il s'arrête pour attendre que je me calme. Je relève la tête, bouche ouverte, cœur battant.

— Savez-vous à quel point votre odeur est enivrante, mademoiselle Steele ?

Sans me quitter des yeux, il plonge le nez dans ma toison et inspire.

Je rougis de la tête aux pieds, au bord de l'évanouissement, et je ferme les yeux aussitôt. Je n'arrive pas à le regarder faire ça !

Il souffle sur mes poils. *Putain...*

— Je les aime bien, en fin de compte, susurre-t-il en tirant doucement dessus. Peut-être qu'on les gardera.

— Ah... s'il te plaît, continue.

— Mmm. J'aime bien que tu me supplies, Anastasia.

Je geins.

— Donnant-donnant, ça n'est pas mon genre, mademoiselle Steele, susurre-t-il en continuant de souffler sur mes poils, mais comme vous m'avez comblé aujourd'hui, vous devez être récompensée.

J'entends un sourire coquin dans sa voix, et tandis que mon corps chante à ces mots, sa langue commence à encercler lentement mon clitoris alors que ses mains maintiennent mes cuisses.

— Aaah !

Mon corps se cambre et se convulse au contact de sa langue. Il la fait tournoyer encore et encore, sans relâche, il me torture, je perds pied, chaque atome de mon être se concentre sur cette petite centrale électrique qui grésille entre mes cuisses, mes jambes se raidissent... Il glisse un doigt en moi.

— Bébé, tu mouilles tellement pour moi... j'adore.

Il décrit un large cercle avec son doigt, m'étire, me distend, sa langue imite ses gestes, elle tourne, tourne elle aussi. C'est trop... Mon corps supplie qu'on le soulage. Incapable de le lui refuser plus longtemps, je me laisse aller, perdant toute pensée cohérente quand l'orgasme s'empare de moi, tordant mon ventre en longs spasmes. *Bordel de merde.* Je hurle et le monde s'effondre, anéanti par la force de ma jouissance.

Je halète si fort que j'entends à peine le déchirement d'un emballage. Très lentement, il s'insinue en moi et se met à bouger. Ah... mon Dieu. Ça me fait mal, ça me fait du bien, c'est dur et doux en même temps.

— Ça va ? souffle-t-il.

— C'est bon.

Il se met à bouger plus vite, plus fort, plus à fond, il me pilonne, implacable, il me pousse à bout jusqu'à ce que je sois à nouveau prête à basculer. Je gémis.

— Jouis pour moi, bébé.

Sa voix est dure, rauque, et j'explose autour de lui tandis qu'il me défonce à coups de reins de plus en plus rapides.

— Putain... merci, chuchote-t-il avec un dernier coup de reins brutal.

Il gémit en jouissant avec une dernière poussée, se fige, puis s'effondre sur moi de tout son poids, m'enfonçant dans le matelas. Je ramène mes mains ligotées sur sa nuque et le serre contre moi tant bien que mal. Je sais à ce moment-là que je ferais n'importe quoi pour cet homme. Je lui appartiens. Les merveilles qu'il m'a fait découvrir vont au-delà de tout ce que j'aurais pu imaginer. Et il veut aller plus loin, tellement plus loin, vers un lieu que je n'arrive même pas à imaginer dans mon innocence. *Que faire ?*

Il s'accoude pour me dévisager intensément.

— Tu vois à quel point c'est bon entre nous. Si tu te donnes à moi, ce sera encore meilleur. Fais-moi confiance, Anastasia, je peux t'entraîner vers des lieux dont tu ignores jusqu'à l'existence.

Il a encore lu dans mes pensées ! Il frotte son nez contre le mien. À peine remise du séisme, je le regarde d'un œil vide en cherchant à tâtons une pensée cohérente.

Tout d'un coup, des voix retentissent devant la porte de sa chambre. Je mets un moment à comprendre ce qu'elles disent.

— Mais s'il est encore au lit, c'est qu'il doit être malade. Christian ne fait jamais la grasse matinée.

— Madame Grey, je vous en prie.

— Taylor, vous ne pouvez pas m'empêcher de voir mon fils.

— Madame Grey, il n'est pas seul !

— Pardon ?

— Il y a quelqu'un avec lui.

— Oh...

Sa voix est incrédule.

Christian me regarde, à la fois amusé et horrifié.

— Ciel ! Ma mère.

10.

Il se retire brusquement de moi, ce qui m'arrache une grimace de douleur, et s'assied sur le lit pour jeter son préservatif usagé dans la corbeille.

— Allez, on s'habille : je vais te présenter à ma mère.

Il se lève d'un bond et passe son jean à même la peau. J'ai du mal à m'asseoir car je suis toujours ligotée.

— Christian, je ne peux pas bouger.

Il se penche pour défaire le nœud. L'empreinte que l'étoffe a laissée sur mes poignets me trouble. L'œil pétillant, il m'embrasse rapidement sur le front et m'adresse un sourire radieux.

— Encore une première, lance-t-il.

Je suis en train de me demander à quoi il fait allusion quand tout d'un coup, je panique. Sa mère ! *Nom de Dieu !* Elle nous a pratiquement surpris en flagrant délit et, en plus, je n'ai pas de vêtements propres à me mettre.

— Il vaut peut-être mieux que je reste ici.

— Pas question, menace Christian. Je peux te prêter quelque chose.

Il enfile un tee-shirt blanc et passe sa main dans ses cheveux ébouriffés. Malgré mon angoisse, je perds le fil de mes pensées. Sa beauté me stupéfie.

— Anastasia, même avec un sac à pommes de terre tu serais ravissante. Je t'en prie, ne t'en fais pas. J'ai vraiment envie de te présenter à ma mère. Habille-toi. Je vais aller la rassurer.

Sa bouche se pince.

— Je t'attends dans cinq minutes, sinon je viens te chercher, quelle que soit ta tenue. Mes tee-shirts sont dans ce tiroir. Mes chemises sont dans le dressing. Sers-toi.

Il me dévisage un moment, songeur, puis s'éclipse.

Et merde, merde, merde. La mère de Christian ! Je n'en demandais pas tant. Cela dit, ça m'aidera peut-être à reconstituer une partie du puzzle. À comprendre pourquoi Christian est tel qu'il est... Oui, en fin de compte, j'ai très envie de la rencontrer. Je ramasse mon chemisier par terre, ravie de constater qu'il est à peine froissé, et retrouve sous le lit mon soutien-gorge bleu poudre. Mais s'il y a une chose que je déteste, c'est de ne pas porter de culotte propre. En fouillant dans les tiroirs de Christian, je déniche ses boxers. Après avoir passé un Calvin Klein gris ajusté, j'enfile mon jean et mes Converse.

Je me précipite dans la salle de bains : j'ai les yeux trop brillants, les joues trop roses, et quant à mes cheveux... l'horreur ! Les couettes style « je viens de me faire sauter », ça ne me va pas, mais alors pas du tout. Je fouille dans l'armoire à la recherche d'une brosse : je ne trouve qu'un peigne. Je vais devoir m'en contenter. J'attache mes cheveux rapidement en contemplant ma tenue, désespérée. Je devrais peut-être prendre Christian au mot et accepter qu'il m'offre des vêtements. Ma conscience, offusquée, lâche le mot « pute ». Je ne l'écoute pas. J'enfile ma veste, ravie que les manches recouvrent les traces laissées sur mes poignets par la cravate, et je jette un dernier coup d'œil anxieux au miroir. Ça va devoir aller. Je me rends dans la salle de séjour.

— La voici.

Christian se lève du canapé avec un regard chaleureux et admiratif. Une femme aux cheveux blond-roux se retourne pour m'adresser un sourire radieux et se lève à son tour. Dans sa robe en laine mérinos camel et ses chaussures assorties, elle est très élégante, ce qui me donne envie de rentrer sous terre : j'ai l'air d'une souillon à côté d'elle.

— Maman, je te présente Anastasia Steele. Anastasia, je te présente Grace Trevelyan-Grey.

Le Dr Trevelyan-Grey me tend la main. T, pour Trevelyan ? L'initiale brodée sur le mouchoir en lin ?

— Ravie de faire votre connaissance, dit-elle.

Si je ne m'abuse, sa voix et son regard noisette chaleureux expriment à la fois l'émerveillement, l'étonnement et le soulagement. Je lui serre la main en lui rendant son sourire.

— Docteur Trevelyan-Grey.

— Appelez-moi Grace, s'il vous plaît.

Elle m'adresse un clin d'œil.

— Et alors, comment vous êtes-vous rencontrés ?

Elle interroge Christian du regard.

— Anastasia m'a interviewé pour le journal des étudiants de l'université de Washington, où je remets les diplômes la semaine prochaine.

Tiens, c'est vrai, j'avais oublié.

— Donc, vous allez recevoir votre diplôme la semaine prochaine ? me demande Grace.

— Oui.

Mon portable sonne. *Je parie que c'est Kate.*

— Excusez-moi.

Il est resté sur le comptoir de la cuisine. Je réponds sans vérifier le numéro d'appel.

— Kate ?

— *Dios mío,* Ana !

José. Il ne manquait plus que ça.

— Tu es où ? J'ai essayé de te joindre. Je voulais m'excuser, pour vendredi. Pourquoi tu ne m'as pas rappelé ?

— Écoute, José, tu tombes mal, là.

Je jette un coup d'œil angoissé à Christian qui m'observe attentivement, impassible, en murmurant quelque chose à sa mère. Je leur tourne le dos.

— Où es-tu ? Kate ne veut rien me dire, se lamente José.

— Je suis à Seattle.

— Qu'est-ce que tu fous à Seattle ? Tu es avec lui ?

— José, je te rappelle. Je ne peux pas te parler.

Je raccroche et rejoins Christian et sa mère d'un pas nonchalant. Grace parle à cent à l'heure.

— ... c'est Elliot qui m'a appelée pour me dire que tu étais dans le coin – ça fait deux semaines que je ne t'ai pas vu, mon chéri.

— Ah bon, il t'a dit ça ? murmure Christian en me regardant d'un air impénétrable.

— J'avais pensé qu'on pourrait déjeuner ensemble, mais je ne veux pas te déranger, tu as sûrement d'autres projets.

Elle prend son long manteau crème et se tourne vers lui pour lui tendre sa joue. Il l'embrasse rapidement mais affectueusement. Elle ne le touche pas.

— Il faut que je raccompagne Anastasia à Portland.

— Bien sûr, mon chéri. Anastasia, j'ai été ravie de faire votre connaissance. J'espère que nous nous reverrons bientôt.

Elle me tend la main, les yeux brillants.

Taylor surgit... *d'où ?*

— Madame Grey ?

— Merci, Taylor.

Il la raccompagne. Taylor était là ? Depuis combien de temps ? Où se cachait-il ?

Christian me regarde d'un œil mauvais.

— Alors comme ça, le photographe t'a appelée ?

Merde.

— Oui.

— Qu'est-ce qu'il te voulait ?

— Simplement s'excuser pour vendredi dernier.

Les paupières de Christian se plissent.

— Je vois.

Taylor reparaît.

— Monsieur Grey, il y a un problème avec la cargaison du Darfour.

— Charlie Tango est à Boeing Field ?

— Oui, monsieur.

Taylor m'adresse un signe de tête.

— Mademoiselle Steele.

Je lui souris timidement. Il tourne le dos et disparaît.

— Taylor habite ici ?

— Oui.

Il m'a répondu sèchement. *C'est quoi, son problème ?*

Christian se dirige vers la cuisine pour prendre son BlackBerry. Il pince les lèvres en composant un numéro.

— Ros, qu'est-ce qui se passe ? aboie-t-il.

Il écoute tout en m'observant d'un œil préoccupé. Je reste plantée au milieu du salon à me demander quoi faire.

— Pas question de faire courir un tel risque à l'équipage. Non, annulez l'opération... Nous parachuterons la livraison... Très bien.

Il raccroche, le regard glacial, et passe dans son bureau pour en ressortir aussitôt.

— Voici le contrat. Lis-le, nous en discuterons le week-end prochain. Je te suggère de te documenter, pour mieux comprendre ce que ça implique.

Il se tait un instant.

— À supposer que tu acceptes, ce que j'espère sincèrement, fait-il d'une voix anxieuse et plus douce.

— Me documenter ?

— Tu serais étonnée de tout ce qu'on peut trouver sur Internet.

Internet ? Je n'y ai pas accès, sauf sur le portable de Kate. Impossible d'utiliser celui de Clayton's, en tout cas pour ce genre de recherche.

— Qu'est-ce qu'il y a ? me demande-t-il en penchant la tête sur son épaule.

— Je n'ai pas d'ordinateur. En général, j'utilise ceux de la fac. Je vais voir si je peux emprunter le portable de Kate.

Il me tend une enveloppe en papier Kraft.

— Je peux... t'en prêter un. Prends tes affaires, je te raccompagne à Portland en voiture, on déjeunera en route. Je m'habille.

— Il faut juste que je passe un coup de fil.

J'ai besoin d'entendre la voix de Kate.

— Au photographe ?

Sa mâchoire se crispe et ses yeux me lancent des flammes.

— Je n'aime pas partager, mademoiselle Steele. Souvenez-vous-en.

Après m'avoir dévisagée froidement, il se dirige vers sa chambre.

Et merde. *Je voulais simplement appeler Kate*, ai-je envie de lui lancer, mais sa soudaine froideur me paralyse. Qu'est-il arrivé à l'homme généreux, détendu et souriant qui me faisait l'amour il n'y a pas une demi-heure ?

— Prête ? me lance Christian devant la porte du vestibule.

Je hoche la tête timidement. Il est redevenu distant, poli, guindé : bref, il a remis son masque. Il a pris une housse à costume. Pourquoi a-t-il besoin de ça ? Il dort peut-être à Portland. Avec son blouson en cuir noir, il n'a pas l'air d'un milliardaire mais d'un mauvais garçon, d'une rock star ou d'un top-modèle. Je soupire en mon for intérieur : hélas, je n'ai pas un dixième de son aisance. Il est tellement calme et maîtrisé. Mais je me rappelle alors son accès de colère à propos de José.

Taylor rôde encore dans les parages.

— À demain, lance Christian à Taylor, qui hoche la tête.

— Oui, monsieur. Quelle voiture prenez-vous, monsieur ?

— La R8.

— Bon voyage, monsieur Grey. Mademoiselle Steele.

Taylor me regarde gentiment, avec un soupçon de pitié au fond des yeux. Sans doute croit-il que j'ai succombé aux mœurs sexuelles douteuses de monsieur Grey. Pas encore : simplement à ses talents érotiques exceptionnels, à moins que le sexe ne soit comme ça pour tout le monde. Je me renfrogne à cette idée. Je n'ai aucun point de comparaison et je n'ai pas le droit d'interroger Kate. Il va donc falloir que j'en parle avec Christian. Mais comment m'y prendre alors qu'un instant il est ouvert et se renferme l'instant d'après ?

Taylor nous tient la porte. Christian appelle l'ascenseur.

— Qu'est-ce qu'il y a, Anastasia ?

Comment a-t-il deviné que je ruminais quelque chose ? Il me relève le menton.

— Arrête de te mordiller la lèvre ou je vais te baiser dans l'ascenseur, tant pis si on nous surprend.

Je rougis, mais il esquisse un sourire. Apparemment, il a encore changé d'humeur.

— Christian, j'ai un problème.

— Ah ?

L'ascenseur arrive. Nous y montons.

— Eh bien...

Je rougis. *Comment formuler ça ?*

— Il faut que je parle à Kate. Je me pose tellement de questions sur le sexe. Si tu veux que je fasse tous ces trucs avec toi, comment pourrais-je savoir...

Je cherche un instant mes mots.

— Bref, je n'ai pas de point de référence.

Il lève les yeux au ciel.

— Parle-lui si tu t'y sens obligée. Mais fais en sorte qu'elle n'aille pas tout répéter à Elliot.

Cette insinuation me hérisse. *Kate n'est pas comme ça.*

— Elle ne ferait jamais ça, et je ne te raconterais rien de ce qu'elle me dit sur Elliot – à supposer qu'elle me dise quoi que ce soit.

— Eh bien, la différence entre mon frère et moi, c'est que moi, je ne veux rien savoir de sa vie sexuelle, murmure Christian sèchement. Elliot est trop curieux. Parle seulement à Kate de ce qu'on a fait jusqu'à présent. Ta copine m'arracherait les couilles si elle savait ce que j'ai envie de te faire, ajoute-t-il, d'une voix si basse que je ne sais pas si cette remarque m'est destinée.

Je n'ai aucune envie que Kate arrache les couilles de Christian.

Il esquisse un sourire et secoue la tête.

— Plus vite j'obtiendrai ta soumission, mieux ça vaudra. On pourra arrêter tout ce cirque.

— Quel cirque ?

— Ta façon de me défier sans arrêt.

Il attrape mon menton et plante un baiser rapide et tendre sur mes lèvres au moment où s'ouvrent les portes de l'ascenseur. Il me prend

par la main et m'entraîne dans le garage souterrain.

Moi, je le défie ? Comment ?

Ce n'est pas l'Audi noire qui s'ouvre avec un
bip mais un cabriolet, noir également – le genre
de bagnole qui devrait inclure dans l'équipement
standard une blonde tout en jambes allongée sur
le capot, vêtue uniquement d'une écharpe.

— Jolie bagnole.

Il sourit.

— Je sais.

Pendant une fraction de seconde, j'entraper-
çois un Christian gentil, jeune et insouciant. Son
enthousiasme m'attendrit. *Ah, les garçons et leurs
joujoux...* Je lève les yeux au ciel mais je ne peux
pas m'empêcher de sourire. Il m'ouvre la portière. *Hou là...* qu'est-ce que c'est bas. Christian
contourne la voiture d'un pas souple et y glisse
son grand corps avec élégance. *Mais comment
fait-il ?*

— C'est quoi, comme voiture ?

— Une Audi R8 Spyder... Il fait beau. On va
pouvoir décapoter. Il y a une casquette de base-
ball dans la boîte à gants. Il doit même y en
avoir deux. Et des lunettes de soleil, si tu veux.

Il met le contact et fait vrombir le moteur. La
capote se rétracte lentement et la voix de Bruce
Springsteen s'élève. Christian sourit.

— Ah, Bruce... Comment ne pas l'aimer ?

Je sors les casquettes de base-ball – celles des
Mariners, l'équipe de Seattle. Tiens, je ne savais
pas qu'il était fan. Je lui en tends une, je passe
ma queue-de-cheval à travers l'arrière de la
mienne et je baisse la visière sur mes yeux.

Les gens se retournent sur notre passage. Je pense d'abord que c'est Christian qu'ils admirent... puis, dans ma paranoïa, je m'imagine que c'est moi qu'ils regardent parce qu'ils savent ce que j'ai fait au cours des douze dernières heures. Je finis par comprendre que c'est la voiture qui fait sensation. Perdu dans ses pensées, Christian ne se rend compte de rien.

Le vent souffle sur nos têtes et Bruce chante le feu du désir. Comme Christian porte ses Ray-Ban, je ne sais pas à quoi il pense. Sa bouche tressaille légèrement, il pose une main sur mon genou et le presse doucement. Je retiens ma respiration.

— Tu as faim ? me demande-t-il.

Je n'ai pas faim de nourriture.

— Pas spécialement.

Sa bouche se durcit.

— Tu dois manger, Anastasia. Je connais un bon petit restaurant près d'Olympia. On va s'arrêter là.

Il presse à nouveau mon genou, puis remet sa main sur le volant et appuie sur l'accélérateur, ce qui me plaque contre mon siège. Qu'est-ce qu'elle va vite, cette bagnole...

Le restaurant Cuisine sauvage est un chalet en pleine forêt, intime et rustique, meublé de chaises dépareillées et de nappes à carreaux, avec des fleurs des champs dans de petits vases.

— Il y a longtemps que je ne suis pas venu ici... Il n'y a pas de menu, m'explique Christian. On mange les fruits de la chasse ou de la cueillette du jour.

Il hausse les sourcils comme s'il était horrifié, ce qui me fait pouffer de rire. Quand la serveuse vient nous demander ce que nous voulons boire, elle s'empourpre dès qu'elle voit Christian et évite de croiser son regard en voilant ses yeux de sa longue frange blonde. Elle craque pour lui ! *Je ne suis pas la seule !*

— Deux verres de pinot gris, tranche Christian.

Je fais la moue.

— Quoi ? aboie-t-il.

— Je voudrais un Coca light.

Il secoue la tête.

— Leur pinot gris est très correct. Il accompagnera bien les plats, quoi qu'on nous serve, m'explique-t-il patiemment.

— Quoi qu'on nous serve ?

— Oui.

Il me décoche son sourire éblouissant, la tête penchée sur son épaule, et mon estomac fait un saut à la perche par-dessus ma rate. Je ne peux pas m'empêcher de répondre à ce sourire enjôleur.

— Tu as plu à ma mère.

— Vraiment ?

Je rosis de plaisir.

— Oui. Elle s'est toujours imaginé que j'étais gay.

J'en reste bouche bée, et je me rappelle *la* question de l'interview… *Aïe*.

— Pourquoi ?

— Parce qu'elle ne m'a jamais vu avec une fille.

— Ah… pas même l'une des quinze ?

Il sourit.

— Tu te souviens du nombre. Non, aucune des quinze.

— Ah !

— Tu sais, Anastasia, pour moi aussi, ça a été un week-end avec beaucoup de premières.

— C'est vrai ⸮

— Je n'ai jamais dormi avec personne, je n'ai jamais couché avec une femme dans mon lit, je n'ai jamais fait monter une femme à bord de Charlie Tango, je n'ai jamais présenté une femme à ma mère. Tu vois quel effet tu me fais ⸮

Ses yeux s'enflamment. Leur intensité me coupe le souffle.

La serveuse arrive avec nos verres de vin, et j'en avale aussitôt une gorgée. Est-il en train de se livrer, ou énonce-t-il simplement les faits ⸮

— Ce week-end, ça m'a vraiment plu, Christian.

Il plisse les yeux.

— Arrête de te mordiller la lèvre… À moi aussi, ajoute-t-il.

— Au fait, c'est quoi, le sexe-vanille ⸮

Il éclate de rire.

— Le sexe, tout bêtement, Anastasia, sans joujoux ni accessoires, m'explique-t-il en haussant les épaules. Tu sais bien… bon, en fait, tu ne sais pas, mais voilà ce que ça veut dire.

— Ah !

Et moi qui pensais que ce qui s'était passé entre nous, c'était du sexe avec une sauce au chocolat noir, de la crème Chantilly et une cerise à l'eau-de-vie ! Mais bon, pour ce que j'en sais…

La serveuse nous apporte une soupe, que nous examinons tous les deux d'un air dubitatif.

— Soupe aux orties, nous annonce-t-elle avant de faire volte-face pour s'enfuir vers la cuisine.

Je crois que ça la vexe, que Christian ne fasse pas attention à elle. Je goûte. C'est délicieux. Nos regards soulagés se croisent. Je glousse, et il penche la tête sur son épaule.

— C'est un très joli son, murmure-t-il.

— Pourquoi n'as-tu jamais pratiqué le sexe-vanille ? As-tu toujours fait... euh, ce que tu fais ?

Il hoche lentement la tête.

— Plus ou moins.

Il fronce les sourcils un moment puis relève les yeux, comme s'il avait pris une décision.

— Une amie de ma mère m'a séduit quand j'avais quinze ans.

— Oh ?

— Elle avait des goûts très particuliers. J'ai été son soumis pendant six ans.

Il hausse les épaules. Mon cerveau s'est figé, paralysé par cet aveu stupéfiant.

— Donc je sais ce que ça représente, Anastasia.

Je le fixe, incapable d'articuler un mot – même ma conscience se tait.

— Mon initiation au sexe n'a pas été banale.

Je suis dévorée par la curiosité.

— Tu n'as donc jamais eu de copine à la fac ?

— Non, dit-il en secouant la tête.

Nous nous taisons pendant que la serveuse débarrasse. Dès qu'elle repart, je reprends :

— Pourquoi ?

Il sourit d'un air narquois.

— Tu tiens vraiment à le savoir ?

— Oui.

— Ça ne m'intéressait pas. Elle était tout ce je voulais, tout ce que je désirais. En plus, elle m'aurait flanqué une volée.

Ce souvenir lui soutire un sourire attendri.

Oh, mon Dieu, c'est trop d'informations – pourtant, je veux en savoir plus.

— Cette amie de ta mère, elle avait quel âge ?

Il ricane.

— L'âge d'agir en connaissance de cause.

— Tu la revois ?

— Oui.

— Vous faites encore… euh…

Je m'empourpre.

— Non.

Il secoue la tête et me sourit avec indulgence.

— C'est une très bonne amie.

— Ah ! Et ta mère, elle est au courant ?

Il me regarde avec l'air de me dire « ne sois pas idiote ».

— Bien sûr que non.

La serveuse revient avec du gibier, mais mon appétit a disparu. *Christian, soumis… merde alors.* J'avale une grande gorgée de pinot gris – évidemment, il avait raison, c'est délicieux. Que de révélations… Il me faudra du temps pour assimiler tout ça, quand je serai seule. *Il sait ce que c'est.*

— Mais ce n'était pas à plein temps ?

— En fait, si, même si je ne la voyais pas tout le temps. Ça aurait été… compliqué. Après tout, j'étais encore au lycée, puis je suis allé en fac. Mange, Anastasia.

— Je n'ai pas faim, Christian.

Tes aveux me coupent l'appétit.

Ses traits se durcissent.

— Mange, répète-t-il d'une voix posée, trop posée.

Je fixe cet homme dont on a abusé sexuellement quand il était adolescent, et qui me parle d'une voix si menaçante.

— Donne-moi un moment.

— D'accord, murmure-t-il en continuant à manger.

Si je signe, ça sera tout le temps comme ça. *Est-ce vraiment ce dont j'ai envie ?* Je reprends mes couverts pour me découper un bout de viande. C'est très savoureux.

— C'est à ça que va ressembler notre… relation ? Tu vas me donner des ordres à tout bout de champ ?

Je n'arrive pas à le regarder dans les yeux.

— Oui.

— Je vois.

— Et qui plus est, tu le désireras, ajoute-t-il à voix basse.

Franchement, j'en doute. Je me découpe une autre bouchée de viande et l'approche de ma bouche.

— C'est un grand pas à franchir, dis-je avant de la manger.

— En effet.

Il ferme brièvement les yeux. Lorsqu'il les rouvre, ils sont graves.

— Anastasia, tu dois suivre ton instinct. Renseigne-toi, lis le contrat. Je serai à Portland jusqu'à vendredi. Si tu veux m'en parler avant le week-end prochain, appelle-moi. On pourrait peut-être dîner ensemble, disons, mercredi ? J'ai vraiment envie que ça marche, entre nous. À vrai dire, je n'ai jamais autant désiré quoi que ce soit.

Sa sincérité et son désir se reflètent dans ses yeux. Mais justement, voilà ce que je ne saisis pas. *Pourquoi moi ?* Pourquoi pas l'une des quinze ? Je suis quoi, moi, dans cette histoire – un numéro ? La seizième d'une longue succession de femmes ?

— Qu'est-ce qui s'est passé avec les quinze ?

Il hausse les sourcils, étonné, puis secoue la tête d'un air résigné.

— Toutes sortes de choses… mais ça pourrait se résumer à…

Il se tait. Visiblement, il cherche ses mots.

— … une incompatibilité, lâche-t-il enfin en haussant les épaules.

— Et tu penses que toi et moi, on serait compatibles ?

— Oui.

— Tu ne revois aucune d'entre elles ?

— Non, Anastasia. J'ai des relations monogames.

Quel scoop !

— Je vois.

— Renseigne-toi, Anastasia.

Je pose mes couverts. Je ne peux plus rien avaler.

— C'est tout ce que tu comptes manger ?

Je hoche la tête. Il me regarde d'un air furieux mais ne dit rien. Je pousse un petit soupir de soulagement. Toutes ces informations m'ont noué l'estomac et le vin m'a un peu tourné la tête. Je le regarde dévorer tout ce qu'il y a dans son assiette. Il mange comme un ogre. Il doit faire beaucoup de sport pour rester aussi mince.

Le souvenir de la façon dont son pantalon de pyjama lui descendait sur les hanches me revient à l'esprit et me trouble. Je me tortille sur ma chaise. Il lève les yeux vers moi. Je rougis.

— Je donnerais n'importe quoi pour savoir à quoi tu penses en ce moment, dit-il.

Je m'empourpre davantage. Il me sourit d'un air malicieux.

— Je devine.

— Heureusement que tu ne peux pas lire dans mon esprit.

— Dans ton esprit, non, Anastasia. Mais dans ton corps – j'ai bien appris à le connaître depuis hier, ronronne-t-il d'une voix suggestive.

Comment fait-il pour changer d'humeur aussi rapidement ? J'ai du mal à suivre.

Il fait signe à la serveuse pour lui demander l'addition. Une fois qu'il a payé, il se lève et me tend la main.

— Viens.

Il me ramène à la voiture en me tenant toujours par la main. Voilà ce qui me déroute le plus chez lui : ce contact peau sur peau, si normal, si intime. Je n'arrive pas à concilier un geste aussi tendre et banal avec ce qu'il veut me faire dans... la Chambre rouge de la Douleur.

Tous deux plongés dans nos pensées, nous ne parlons pas entre Olympia et Vancouver. Il est 17 heures quand nous nous garons devant mon appartement. Il y a de la lumière – Kate est à la maison. Sans doute en train de faire ses cartons, à moins qu'Elliot ne soit encore avec elle. Christian arrête le moteur et je me rends compte que je vais devoir le quitter.

— Tu veux entrer ?

216

Je n'ai aucune envie qu'il s'en aille.

— Non merci. J'ai du travail, se contente-t-il de dire, impassible.

Je baisse la tête, le cœur serré. Il me fait un baisemain.

— Merci pour ce week-end, Anastasia. Ça a été… merveilleux. Alors à mercredi ?

— À mercredi.

Il me fait de nouveau un baisemain et descend m'ouvrir la portière. J'ai une boule dans la gorge, mais je ne dois pas lui laisser deviner ce que j'éprouve. Affichant un sourire factice, je sors de la voiture pour remonter l'allée, sachant que je vais devoir affronter Kate. À mi-chemin, je me retourne pour le regarder. *Du courage, Steele*.

— Ah, au fait, je porte un de tes boxers.

Je lui fais un petit sourire en tirant sur l'élastique du Calvin Klein pour qu'il le voie. Christian en reste bouche bée. Sa réaction me remonte aussitôt le moral et je rentre chez moi en me déhanchant. J'aurais envie de sauter sur place en donnant des coups de poing en l'air. *OUI !* Ma déesse intérieure est aux anges.

Kate est en train de ranger ses livres dans des cartons.

— Te voilà ! Où est Christian ? Et toi, ça va ?

Elle s'élance vers moi pour m'attraper par les épaules et scruter minutieusement mon visage, avant même que je ne l'aie saluée.

Merde… Kate va exiger de tout savoir, et j'ai signé un accord m'interdisant de parler. Comment vais-je m'en tirer ?

— Alors, c'était comment ? Je n'ai pas arrêté de penser à toi, enfin… après le départ d'Elliot.

Elle sourit malicieusement.

Je ne peux m'empêcher de lui sourire à mon tour en la voyant s'inquiéter autant pour moi, mais tout d'un coup, prise d'un accès de pudeur, je rosis. C'est très intime, ce que j'ai vécu. Tout ce que j'ai vu, tout ce que je sais de Christian, tout ce que je dois cacher. Mais il faut que je livre quelques détails à Kate, sinon elle ne me lâchera pas.

— C'était bon, Kate. Très bon, je crois, dis-je en tentant de ravaler un sourire révélateur.

— Tu crois ?

— Je n'ai pas de point de comparaison, tu sais bien.

Je hausse les épaules comme pour m'excuser.

— Il t'a fait jouir ?

Merde, qu'est-ce qu'elle est directe. Je vire au cramoisi.

— Oui.

Kate m'attire vers le canapé et prend mes mains dans les siennes.

— Alors oui, pour une première fois, c'est génial, s'exclame-t-elle. Christian doit vraiment être doué.

Kate, si seulement tu savais.

— Moi, ma première fois, c'était immonde, reprend-elle en feignant une tristesse comique.

— Ah ?

Elle ne m'en a jamais parlé auparavant.

— Steve Patrone. Au lycée. Un con d'athlète. Il a été brutal. Je n'étais pas prête. On était tous les deux bourrés. Accident d'après-boum. Pouah. J'ai mis des mois à me décider à retenter le coup. Pas avec lui, cette couille molle. J'étais trop jeune. Tu as eu raison d'attendre.

— Ma pauvre.

Kate a l'air nostalgique.

— Ouais, j'ai mis près d'un an à avoir un orgasme durant la pénétration, et toi... dès la première fois ?

Je hoche la tête pudiquement. Ma déesse intérieure s'est mise en position du lotus, l'air serein malgré son sourire crâneur.

— Je suis ravie que tu aies perdu ta virginité avec quelqu'un qui sait distinguer son cul de son coude, décrète-t-elle en me faisant un clin d'œil. Alors, tu le revois quand ?

— Mercredi. On dîne ensemble.

— Il te plaît toujours ?

— Oui. Mais je ne sais pas... où ça peut mener.

— Pourquoi ?

— Il est compliqué, Kate. Tu comprends, il vit dans un monde très différent du mien.

Génial, comme excuse. Crédible, en plus. Bien mieux que : *Il a une Chambre rouge de la Douleur et il veut faire de moi son esclave sexuelle.*

— Je t'en prie, n'en fais pas une affaire d'argent, Ana. D'après Elliot, c'est très rare que Christian sorte avec une fille.

— Ah bon ?

Ma voix vient de gravir plusieurs octaves.

Cache ton jeu, Steele ! Ma conscience me foudroie du regard en agitant un long doigt osseux, puis se transforme en balance de la justice pour me rappeler que Christian pourrait me faire un procès si je parle. *Et alors ? Qu'est-ce que je risque, au juste ? Qu'il me prenne tous les sous que je n'ai pas ?* Il faudra que je recherche sur Google « pénalités pour infraction à un accord de confidentialité ». C'est comme si j'avais des devoirs à faire. Il notera peut-être ma copie. Je rougis, en me rappelant que j'ai été reçue avec mention à l'oral de ce matin.

— Ana, qu'est-ce qu'il y a ?

— Je viens de me rappeler un truc que m'a dit Christian.

— Tu n'as plus la même tête, dit Kate affectueusement.

— Je me sens différente. En plus, j'ai mal.

— Mal ?

— Un peu.

Je rougis.

— Moi aussi. Ah, les hommes, glousse-t-elle en feignant le dégoût. Tous des bêtes.

Nous éclatons de rire. Tout de même, ça m'étonne :

— Tu as mal toi aussi ?

— Oui… j'ai un peu abusé.

Je glousse.

— Raconte-moi comment Elliot a abusé de toi ?

J'ai l'impression de me détendre pour la première fois depuis que je faisais la queue au bar… avant le coup de fil qui a tout déclenché, quand j'admirais encore de loin M. Grey. Une époque heureuse, sans complications.

Kate s'empourpre. *Oh, mon Dieu…* Katherine Agnes Kavanagh qui se la joue Anastasia Rose Steele. Elle a l'œil embué. Je ne l'ai jamais vue se mettre dans cet état à cause d'un homme. J'en reste ébahie. *Qu'avez-vous fait de Kate ? Rendez-la-moi !*

— Oh, mon Dieu, Ana, s'épanche-t-elle, il est tellement… tout. Et quand on… ah là là, qu'est-ce que c'est bon.

Elle en est tellement retournée qu'elle n'arrive même plus à formuler une phrase cohérente.

— Bref, il te plaît.

Elle hoche la tête en souriant comme une bienheureuse.

— Et je le revois samedi. Il va nous aider à déménager.

Elle se lève d'un bond pour faire des pirouettes dans le salon en applaudissant. Le déménagement... Merde, j'avais oublié, malgré les cartons qui nous entourent.

— C'est gentil.

Peut-être que si j'apprenais à connaître Elliot, il pourrait m'aider à comprendre son frère.

— Alors, vous avez fait quoi hier soir, Elliot et toi ?

Kate penche la tête sur son épaule et hausse un sourcil en me regardant avec l'air de dire « à ton avis, idiote ? ».

— La même chose que toi, sauf qu'on est allés dîner avant, me sourit-elle. Tu es sûre que ça va ? Tu as l'air un peu sonnée.

— En effet. Christian est tellement impétueux.

— Ça ne m'étonne pas. Mais il a été gentil avec toi, au moins ?

— Oh oui. Je suis morte de faim, tu veux que je fasse à dîner ?

Elle hoche la tête tout en prenant des livres pour les mettre dans un carton.

— Tu vas faire quoi de ses bouquins à quatorze mille dollars ?

— Je vais les lui rendre.

— Vraiment ?

— C'est trop extravagant, comme cadeau. Je ne peux pas les accepter, surtout maintenant.

Je souris à Kate qui acquiesce.

— Je comprends. Ah, au fait, tu as reçu deux lettres, et José a appelé toutes les heures. Il a l'air désespéré.

— Je vais le rappeler.

Si je raconte à Kate ce qui s'est passé avec José, elle va le bouffer tout cru. Je prends mes lettres sur la table de la salle.

— Hé, j'ai des entretiens pour deux stages ! Dans quinze jours, à Seattle !

— Dans quelles maisons d'édition ?

— Les deux que j'ai contactées.

— Je t'avais bien dit qu'avec tes résultats ce serait facile.

Évidemment, Kate a déjà décroché un stage au *Seattle Times*. Son père a des relations.

— Et Elliot, qu'est-ce qu'il en pense, du fait que tu partes en vacances ?

Kate me rejoint dans la cuisine et, pour la première fois de la soirée, elle a l'air triste.

— Il comprend. Quelque part, je n'ai pas envie d'y aller, mais c'est tentant de buller au soleil pendant quinze jours. D'autant plus que maman y tient : d'après elle, ce seront nos dernières vraies vacances en famille avant qu'on trouve des jobs, Ethan et moi.

Moi, je n'ai jamais quitté le territoire américain. Kate, elle, part à la Barbade avec ses parents et son frère Ethan pour quinze jours. Je serai seule dans notre nouvel appartement. Ça me fera tout drôle. Ethan parcourt le monde depuis qu'il est sorti de fac l'an dernier. Je me demande si je le verrai avant qu'ils ne partent en vacances. Il est adorable.

La sonnerie du téléphone me tire de ma rêverie.

— C'est sûrement José.

Je soupire.

— Allô ?

— Ana, tu es rentrée ! hurle José.

— Manifestement.

Ma voix dégouline d'ironie. Il se tait un moment.

— On peut se voir ? Je suis désolé, pour vendredi soir. J'étais bourré et toi… enfin, Ana, s'il te plaît, pardonne-moi.

— Évidemment que je te pardonne, José. Mais ne me refais plus jamais ce coup-là. Tu sais que je n'éprouve pas ce genre de sentiment pour toi.

Il soupire tristement.

— Je sais, Ana. Je pensais juste que si je t'embrassais, tu pourrais changer d'avis.

— José, je t'aime énormément, je tiens beaucoup à toi. Tu es le frère que je n'ai jamais eu et ça ne changera pas, tu le sais.

Ça me désole de lui faire de la peine, mais c'est la vérité.

— Alors tu es avec lui, maintenant ? me demande-t-il d'une voix hargneuse.

— José, je ne suis avec personne.

— Mais tu as passé la nuit avec lui.

— Ça ne te regarde pas !

— C'est parce qu'il est riche ?

— José ! Comment oses-tu dire une chose pareille ?

Je ne me sens pas de force à affronter une scène de jalousie. Je sais que je l'ai blessé, mais Christian Grey me donne déjà bien assez de fil à retordre. José est mon ami et je l'aime beaucoup. Pour l'instant, je n'ai aucune envie de discuter avec lui, mais je veux me montrer conciliante :

— On prend un café demain.

— O.K., à demain, alors. Tu m'appelles ?

Sa voix pleine d'espoir me fend le cœur.

— Oui. Bonne soirée, José.

Je raccroche sans attendre sa réponse.

— C'est quoi, cette histoire ? me demande Kate, les poings sur les hanches, l'air plus intraitable que jamais.

J'opte pour la franchise.

— José m'a sauté dessus vendredi.

— José ? Et Christian Grey ? Ana, tes phéromones fonctionnent à plein tube ! Mais qu'est-ce qu'il s'imaginait, ce con ?

Elle secoue la tête, dégoûtée, et retourne faire ses cartons.

Trois quarts d'heure plus tard, nous prenons une pause pour savourer la spécialité de la maison, mes lasagnes. Kate débouche une bouteille de vin, et nous nous attablons parmi les cartons pour regarder une émission de télé idiote. La vie normale, quoi. Ça me remet les pieds sur terre après ces dernières quarante-huit heures de... folie. C'est la première fois depuis cette fameuse soirée tequila que je mange tranquillement, sans me faire bousculer ni engueuler. *C'est quoi, cette obsession de la bouffe ?* Kate débarrasse tandis que je finis de faire les cartons dans le salon. Il nous reste une semaine pour tout emballer.

Le téléphone sonne de nouveau. C'est Elliot. Kate me fait un clin d'œil et gambade vers sa chambre comme une gamine de quatorze ans.

Elle devrait être en train de rédiger son discours pour la cérémonie de remise des diplômes, puisqu'elle est major de notre promotion, mais, apparemment, Elliot a la priorité. Qu'est-ce qu'ils ont de si spécial, les frères Grey ? Qu'est-ce qui les rend aussi fascinants, dévorants, irrésistibles ? J'avale une gorgée de vin en zappant d'une chaîne à l'autre. En fait, je cherche à gagner du temps. Le fameux contrat est en train de faire un trou dans mon sac. Aurai-je la force de le lire ce soir ?

Je prends ma tête entre mes mains. José est facile à gérer. Mais Christian... Christian est bien plus difficile à comprendre. Une partie de moi aurait envie de fuir, de se cacher. Que faire ? Au souvenir de son regard de braise, je tressaille. Il n'est même pas là, et je suis excitée. Ce n'est pas seulement une histoire de cul, tout de même ? Je me rappelle notre conversation détendue au petit déjeuner, sa joie face à mon émerveillement dans l'hélicoptère, sa façon de jouer au piano cet air doux et mélancolique...

Il est tellement compliqué. Maintenant, je comprends un peu mieux pourquoi. Il a été privé de son adolescence par une espèce de Mrs Robinson qui a abusé de lui sexuellement... pas étonnant qu'il ait vieilli avant l'heure. J'ai le cœur serré en songeant à ce qu'il a dû subir. Je suis trop ignorante pour savoir ce que c'est au juste, mais mon enquête devrait m'en apprendre plus long. Cela dit, ai-je vraiment envie de savoir ? Est-ce que je tiens à explorer ce monde dont j'ignore tout ? C'est un grand pas à franchir.

Si je ne l'avais pas rencontré, je serais encore plongée dans une bienheureuse ignorance. Je repense aux expériences incroyablement sensuelles que je viens de vivre. Serais-je prête à renoncer à tout ça ? *Non !* hurle ma conscience... ma déesse intérieure acquiesce dans un silence zen.

Kate revient dans le salon en souriant d'une oreille à l'autre. *Elle est peut-être amoureuse.* Je la fixe des yeux, ébahie. Elle ne s'est jamais comportée de la sorte.

— Ana, je vais me coucher. Je suis crevée.

— Moi aussi.

Elle me serre dans ses bras.

— Je suis ravie que tu sois rentrée en bon état. Il y a quelque chose chez Christian qui me fait froid dans le dos...

Je lui adresse un petit sourire rassurant, tout en me demandant comment elle a bien pu deviner. Voilà ce qui fera d'elle une grande journaliste : son intuition infaillible.

J'entre dans ma chambre d'un pas traînant, épuisée par mes ébats et mon dilemme. Je m'assieds sur mon lit pour tirer l'enveloppe en papier Kraft de mon sac. Je la retourne entre mes mains. Suis-je prête à découvrir la dépravation de Christian dans toute son ampleur ? J'ai peur. J'inspire profondément et, l'estomac noué, j'ouvre l'enveloppe.

11.

L'enveloppe contient plusieurs feuillets que je sors, le cœur battant, en m'adossant contre mes oreillers.

CONTRAT
Fait ce .... /.... 2011 (« Date de début »)
ENTRE
M. CHRISTIAN GREY
301 Escala, Seattle WA 98889
(Ci-après « Le Dominant »)
ET
Mlle ANASTASIA STEELE
1114 S.W. Green Street, apt. 7, Haven Heights, Vancouver WA 98888
(Ci-après « La Soumise »)
LES PARTIES SONT CONVENUES DE CE QUI SUIT :
MODALITÉS DE BASE :
1. L'objectif fondamental de ce contrat est de permettre à la Soumise d'explorer sa sensualité et ses limites sans danger, en respectant ses besoins, ses limites et son bien-être.

2. Le Dominant et la Soumise sont convenus et reconnaissent que tout ce qui aura lieu dans le cadre de ce contrat sera consensuel, confidentiel et sujet aux limites et mesures de sécurité définies par ce contrat. Des limites et des mesures de sécurité supplémentaires sont susceptibles de faire l'objet d'un accord écrit.

3. Le Dominant et la Soumise garantissent l'un et l'autre qu'ils ne souffrent d'aucune maladie sexuellement transmissible, y compris le VIH, l'herpès et l'hépatite. Si pendant la durée du contrat (telle que définie ci-dessous) ou un prolongement une telle maladie était diagnostiquée chez l'une ou l'autre partie, il ou elle s'engage à en informer l'autre partie immédiatement, avant toute forme de contact physique.

4. Le respect de garanties, accords et engagements définis ci-dessus (ainsi que de toutes limites et mesures de sécurité supplémentaires déterminées par la clause 2) est le fondement de ce contrat. Tout manquement le rendra immédiatement caduc, et chaque partie acceptera la pleine responsabilité des conséquences d'un tel manquement.

5. Tous les articles de ce contrat doivent être lus et interprétés au vu de l'objectif fondamental et des modalités de base définis par les clauses 1-5.

RÔLES :

6. Le Dominant assume la responsabilité du bien-être, de la formation, de la direction et de la discipline de la Soumise. Il décidera de leur nature ainsi que du temps et du lieu où elles seront administrées, étant sujet aux modalités, limites et mesures de sécurité définies par ce contrat ou faisant l'objet d'un amendement, selon les termes de la clause 2.

7. Si à n'importe quel moment le Dominant ne respecte pas les modalités, limites et mesures de sécurité définies par ce contrat ou faisant l'objet d'un amendement selon les termes de la clause 2, la Soumise est en droit de résilier ce contrat immédiatement et de quitter le service du Dominant sans préavis.

8. Sous réserve de cette condition et des clauses 1-5, la Soumise s'engage à obéir au Dominant. Sous réserve des modalités, limites et mesures de sécurité définies par ce contrat ou faisant l'objet d'un amendement selon les termes de la clause 2, elle procurera au Dominant sans questions ni hésitations le plaisir qu'il exigera et acceptera sans questions ni hésitations sa formation, sa direction et sa discipline, quelque forme qu'elles puissent prendre.

DÉBUT ET TERME DU CONTRAT :

9. Le Dominant et la Soumise adhèrent à ce contrat dès sa signature en pleine conscience de sa nature et s'engagent à en respecter toutes les conditions sans exception.

10. Ce contrat sera en vigueur pendant une période de trois mois du calendrier à partir de la signature. À l'expiration de ce terme, les parties détermineront si ce contrat et les accords auxquels ils se sont engagés leur agréent, et si les besoins des deux parties ont été satisfaits. Chaque partie peut proposer la prorogation de ce contrat, sous réserve de réajustement de ses modalités ou des accords conclus. En l'absence de prorogation, ce contrat sera résilié et les deux parties seront libres de reprendre leur vie de façon autonome.

DISPONIBILITÉ :

11. La Soumise se mettra à la disposition du Dominant du vendredi soir au dimanche après-midi, toutes les semaines du terme et aux moments précisés par le Dominant (« Périodes allouées »). Des périodes supplémentaires peuvent être déterminées au gré des circonstances.

12. Le Dominant se réserve le droit de congédier la Soumise à tout moment et pour n'importe quel motif. La Soumise peut demander son affranchissement à tout moment, cette requête devant être acceptée par le Dominant dans le cadre des droits de la Soumise déterminés par les clauses 1-5.

LIEUX :

13. La Soumise se rendra disponible durant les périodes allouées ou faisant l'objet d'un accord ultérieur dans les lieux déterminés par le Dominant. Le Dominant assumera tous les frais de déplacement encourus par la Soumise.

PRESTATIONS :

14. Les prestations suivantes ont été discutées, acceptées et les deux parties s'engagent à y adhérer pour la durée du contrat. Les deux parties reconnaissent que certains problèmes peuvent surgir qui ne sont pas prévus par les modalités de ce contrat ou que certains termes sont susceptibles d'être renégociés. Dans de telles circonstances, des amendements peuvent être proposés. Tout amendement doit être convenu, documenté et signé par les deux parties, sous réserve des modalités de base définies par les clauses 1-5.

LE DOMINANT :

14.1 Le Dominant fera de la santé et de la sécurité de la Soumise sa priorité en tout temps. À aucun moment le Dominant ne permettra ou n'exigera de la Soumise qu'elle participe aux activités définies par l'Annexe 2 ou à un acte considéré dangereux par l'une ou l'autre partie. Le Dominant n'entreprendra ni ne permettra que soit entrepris aucun acte pouvant entraîner une blessure ou mettre la vie de la Soumise en danger. Les sous-alinéas de la clause 14 sont sujets à cette réserve et aux modalités de base convenues dans les clauses 1-5.

14.2 Le Dominant accepte la Soumise comme sa propriété, qu'il peut contrôler, dominer et discipliner pendant la durée du contrat. Le Dominant peut user du corps de la Soumise à tout moment durant les périodes allouées ou d'autres périodes convenues entre les parties, de quelque façon qu'il juge opportune, sexuellement ou autrement.

14.3 Le Dominant fournira à la Soumise toute formation ou conseil nécessaires à ce qu'elle serve adéquatement le Dominant.

14.4 Le Dominant procurera un environnement stable et sûr où la Soumise pourra assurer le service du Dominant.

14.5 Le Dominant pourra discipliner la Soumise lorsque nécessaire pour s'assurer que la Soumise prenne la pleine mesure de sa servitude envers le Dominant et pour décourager des comportements inacceptables. Le Dominant peut flageller, fesser, fouetter ou administrer des punitions corporelles à la Soumise comme il l'entend, à des fins disciplinaires, pour son propre plaisir, ou toute autre raison qu'il n'est pas contraint de fournir.

14.6 Lors de la formation et de l'administration de la discipline, le Dominant s'assurera qu'aucune marque permanente n'est faite au corps de la Soumise, ni aucune blessure nécessitant des soins médicaux.

14.7 Lors de la formation et de l'administration de la discipline, le Dominant s'assurera que la discipline et les instruments utilisés soient sans danger, qu'ils ne soient pas utilisés de manière à entraîner des blessures graves, et n'excèdent en aucune façon les limites définies et déterminées par le présent contrat.

14.8 En cas de maladie ou de blessure, le Dominant soignera la Soumise, s'assurera de sa santé et de sa sécurité, encouragera et si nécessaire ordonnera des soins médicaux.

14.9 Le Dominant préservera sa propre santé et se procurera des soins médicaux si nécessaire afin de maintenir un environnement sans risques pour la Soumise.

14.10 Le Dominant ne prêtera pas sa Soumise à un autre Dominant.

14.11 Le Dominant peut attacher, menotter ou ligoter la Soumise à tout moment durant les périodes allouées ou toute autre période supplémentaire, pour quelque raison que ce soit, et pour des durées prolongées, en tenant compte de la santé et de la sécurité de la Soumise.

14.12 Le Dominant s'assurera que tout équipement utilisé dans le but de former et de discipliner la Soumise sera dans un état d'hygiène et de sécurité adéquat en tout temps.

LA SOUMISE :

14.13 La Soumise accepte le Dominant comme son maître, sachant qu'elle est désormais la propriété du Dominant. Il pourra user de la Soumise à sa guise pour la durée du contrat durant les périodes allouées ainsi que toute autre période supplémentaire convenue.

14.14 La Soumise obéira aux règles (« Les Règles ») définies par l'Annexe 1 de ce contrat.

14.15 La Soumise servira le Dominant de quelque manière qu'il estime opportune et satisfera le Dominant à tout moment au mieux de ses aptitudes.

14.16 La Soumise prendra toutes les mesures nécessaires pour préserver sa santé et demandera ou se procurera les soins médicaux nécessaires, en informant immédiatement le Dominant d'éventuels problèmes de santé.

14.17 La Soumise s'assurera de prendre une contraception orale et de respecter l'ordonnance afin de prévenir toute grossesse.

14.18 La Soumise acceptera sans questions toute action disciplinaire jugée nécessaire par le Dominant et se rappellera son rôle et son statut à l'égard du Dominant en toute circonstance.

14.19 La Soumise ne se touchera ni ne se masturbera sans la permission du Dominant.

14.20 La Soumise se soumettra à toute activité sexuelle exigée par le Dominant sans hésitation ni discussion.

14.21 La Soumise acceptera le fouet, la fessée, la canne, la palette ou toute autre forme de discipline que le Dominant décidera de lui administrer, sans hésitation, question ou plainte.

14.22 La Soumise ne regardera pas le Dominant dans les yeux sauf lorsqu'elle en recevra l'ordre. La Soumise gardera les yeux baissés et observera une posture respectueuse en présence du Dominant.

14.23 La Soumise se conduira toujours de façon respectueuse envers le Dominant et l'appellera uniquement monsieur, M. Grey ou tout autre titre souhaité par le Dominant.

14.24 La Soumise ne touchera pas le Dominant sans y être expressément autorisée.

ACTIVITÉS :

15. La Soumise ne participera à aucune activité ni à aucun acte sexuel considéré par l'une ou l'autre des parties comme dangereux, ni à aucune des activités définies par l'Annexe 2.

16. Le Dominant et la Soumise ont discuté des activités définies par l'Annexe 3 et ont accepté par écrit de les respecter.

MOT D'ALERTE :

17. Le Dominant et la Soumise reconnaissent que le Dominant est susceptible d'exiger de la Soumise des actes irréalisables sans entraîner des torts physiques, mentaux, affectifs ou spirituels au moment où ces demandes seront faites à la Soumise. Dans ces circonstances, la Soumise peut utiliser des mots d'alertes définis ci-après. Ces mots d'alerte peuvent être prononcés selon la sévérité des exigences.

18. Le mot d'alerte « Jaune » sera utilisé pour signaler au Dominant que la Soumise approche la limite de son endurance.

19. Le mot d'alerte « Rouge » sera utilisé pour signaler au Dominant que la Soumise ne peut plus tolérer d'exigences supplémentaires. Lorsque ce mot est prononcé, l'action du Dominant cessera immédiatement.

CONCLUSION :
20. Les soussignés ont lu et pleinement compris les modalités de ce contrat. Les signataires en acceptent librement les termes.
Le Dominant : Christian Grey
Date
La Soumise : Anastasia Steele
Date

ANNEXE 1
RÈGLES
Obéissance :
La Soumise obéira immédiatement et avec enthousiasme à tous les ordres donnés par le Dominant. La Soumise acceptera toute activité sexuelle estimée opportune et agréable par le Dominant, à l'exception des activités figurant dans la liste des limites à ne pas franchir (Annexe 2).
Sommeil :
La Soumise fera en sorte de dormir sept heures par nuit au minimum lorsqu'elle n'est pas avec le Dominant.
Nourriture :
La Soumise mangera régulièrement les aliments prescrits pour rester bien portante (Annexe 4). La Soumise ne grignotera pas entre les repas, à l'exception de fruits.
Vêtements :
Pour la durée du Contrat, la Soumise ne portera que des vêtements approuvés par le Dominant. Le Dominant fournira un budget vestimentaire à la Soumise, que la Soumise utilisera dans son intégralité. Le Dominant accompagnera la Soumise pour acheter des vêtements lorsqu'il le jugera opportun. Si le Dominant l'exige, la Sou-

mise portera pour la durée du Contrat toutes les parures imposées par le Dominant, en présence du Dominant ou à tout moment jugé opportun par le Dominant.

Exercice :
Le Dominant fournira à la Soumise un coach personnel quatre fois par semaine pour une séance d'une heure, aux moments qui conviendront au coach et à la Soumise. Ce coach rapportera au Dominant les progrès de la Soumise.

Hygiène personnelle/ Beauté :
La Soumise sera propre et rasée/épilée en tous temps. La Soumise se rendra dans l'institut de beauté désigné par le Dominant aux moments choisis par lui et se soumettra à tous les traitements qu'il jugera opportuns.

Sécurité personnelle :
La Soumise n'abusera pas de l'alcool, ne fumera pas, ne prendra pas de drogues et ne s'exposera pas à des dangers inutiles.

Qualités personnelles :
La Soumise n'aura pas de relations sexuelles avec un autre que le Dominant. La Soumise se comportera avec respect et pudeur en tous temps. Elle doit reconnaître que son comportement a des conséquences directes sur la réputation du Dominant. Elle sera tenue responsable de toute faute, méfait, ou inconduite commis en l'absence du Dominant.

Toute infraction aux clauses ci-dessus entraînera une punition immédiate, dont la nature sera déterminée par le Dominant.

ANNEXE 2

LIMITES À NE PAS FRANCHIR

Aucun acte impliquant le feu.

Aucun acte impliquant la miction, la défécation ou les produits qui en résultent.

Aucun acte impliquant les épingles, les couteaux, le piercing ou le sang.

Aucun acte impliquant des instruments médicaux.

Aucun acte impliquant des enfants ou des animaux.

Aucun acte qui laisserait sur la peau des marques permanentes.

Aucun acte impliquant la suffocation.

Aucune activité impliquant un contact direct du corps avec un courant électrique.

ANNEXE 3

LIMITES NÉGOCIÉES

Elles doivent être discutées et convenues entre les deux parties :

La Soumise consent-elle aux actes suivants :

- Masturbation
- Cunnilingus
- Fellation
- Avaler le sperme
- Pénétration vaginale
- Fisting vaginal
- Pénétration anale
- Fisting anal

La Soumise consent-elle à l'usage des accessoires suivants :

- Vibromasseur
- Plug anal
- Godemichet
- Autres jouets vaginaux/anaux

La Soumise consent-elle à être ligotée avec les accessoires suivants :

- Cordes
- Bracelets en cuir
- Gros scotch
- Autres accessoires à définir

- Menottes/cadenas/chaînes

La Soumise consent-elle à être immobilisée :
- Les mains attachées devant
- Être ligotée à des articles fixés aux murs, meubles, etc.
- Les chevilles attachées
- Les coudes attachés
- Être ligotée à une barre d'écartement
- Les mains attachées derrière le dos
- Les genoux attachés
- Suspension
- Les poignets attachés aux chevilles

La Soumise consent-elle à avoir les yeux bandés ?
La Soumise consent-elle à être bâillonnée ?

Sur une échelle de 1 à 5, quel degré de douleur la Soumise est-elle prête à subir ?
1 – 2 – 3 – 4 – 5

La Soumise consent-elle à accepter les formes suivantes de douleur/punition/discipline :

- Fessée
- Fouet
- Morsure
- Canne
- Cire chaude
- Glace
- Palette
- Pinces à lèvres vaginales
- Pinces à seins
- Autres types/méthodes de douleur

Je n'ai pas le courage de passer à la liste des aliments autorisés. Je déglutis, bouche sèche, avant de tout relire.

J'ai des bourdonnements dans la tête. Comment pourrais-je envisager de consentir à tout ça ? Apparemment, c'est pour mon bien, afin que *j'explore ma sensualité et mes limites en toute sécurité* – ben voyons ! Je ricane. *Servir et obéir en toutes choses*. En toutes choses ! Je secoue la tête. Je n'arrive pas à y croire. Au fait, les vœux de mariage ne comportent-ils pas ce mot... *obéir* ? Je reste perplexe. Dit-on encore ça quand on se marie ? Trois mois seulement – c'est pour ça qu'elles ont été aussi nombreuses à défiler ? Il s'en fatigue vite, ou alors ce sont elles qui en ont marre au bout de trois mois. *Tous les week-ends* ? C'est trop. Je ne verrais plus Kate ni les amis que je pourrais me faire dans mon nouveau boulot, si jamais j'en trouve un. Je devrais peut-être me garder un week-end par mois. Quand j'aurai mes règles, par exemple. Il sera mon maître ! Il fera de moi ce qui lui plaît ! *Bordel de merde*.

Je tremble à l'idée d'être flagellée ou fouettée. La fessée, passe encore, même si c'est humiliant. Et ligotée ? Il est vrai qu'il m'a ligoté les poignets et que c'était... enfin, excitant, vraiment excitant. Bon, ça pourrait encore aller. Il ne me prêtera pas à un autre Dominant – y a pas intérêt. *Mais qu'est-ce que je fous à me poser ce genre de question* ?

Je ne peux pas le regarder dans les yeux. *Ça, c'est vraiment trop bizarre*. C'est le seul moment où j'ai une petite chance de deviner ce qu'il pense. Sauf que, même à ce moment-là, je n'y arrive pas toujours. Mais j'aime le regarder dans les yeux. Il a de très beaux yeux – captivants, intelligents, profonds, pleins des secrets obscurs. En me rappelant son regard torride, je serre les cuisses.

Et je n'aurai pas le droit de le toucher. Là, ça ne m'étonne pas. Mais toutes ces règles idiotes... Non, non, je n'y arriverai pas. Je me prends la tête entre les mains. Ce n'est pas ça, l'amour. Il faut que je dorme. Je suis exténuée. Mes expériences érotiques des dernières vingt-quatre heures m'ont vidée physiquement. Et mentalement... mon Dieu, je n'arriverai jamais à débrouiller tout ça. Comme dirait José, ça me prend la tête. Qui sait ? Demain matin, tout ça aura peut-être l'air d'une mauvaise plaisanterie.

Je me relève pour me déshabiller. Je devrais peut-être emprunter à Kate son pyjama en pilou rose ? Je me dirige vers la salle de bains en tee-shirt et en short pour me brosser les dents.

Je me regarde dans le miroir. *Tu n'envisages pas sérieusement de...* Pour une fois, ma conscience ne se moque pas de moi. Quant à ma déesse intérieure, elle sautille sur place en tapant dans ses mains comme une fillette de cinq ans. *S'il te plaît, allez, on y va... autrement, on va finir toutes seules, entourées de chats et de bouquins.*

C'est la première fois que je suis attirée par un homme, et il fallait que je tombe sur un cinglé qui trimballe un contrat, une cravache et des tas de casseroles. Enfin, au moins j'aurai obtenu ce que je voulais ce week-end. Ma déesse intérieure arrête de sautiller et sourit sereinement. *Oh oui...* articule-t-elle en hochant la tête d'un air suffisant. Je rougis en me rappelant ses mains et sa bouche sur moi, son sexe en moi. Fermant les yeux, je savoure le délicieux tiraillement de mes muscles au creux de mon ventre. Et si je n'acceptais que les clauses « sexe » ? Ça m'étonnerait qu'il soit d'accord.

Suis-je une soumise ? C'est peut-être l'impression que je donne. J'ai dû l'induire en erreur durant l'interview. Je suis timide, d'accord... mais soumise ? Je laisse Kate me mener par le bout du nez – est-ce la même chose ? Et ces

toujours faire les choses en grand – je repense à sa salle de séjour, comme à tout son appartement, d'ailleurs.

— Il est doté du système d'exploitation le plus récent et de la gamme entière des programmes, avec un disque dur de 1,5 téraoctet, trente-deux gigas de RAM – vous allez vous en servir pour quoi ?

— Euh… des mails.

— Des mails ! s'étrangle-t-il.

On dirait qu'il va vomir.

— Euh… et des recherches sur Internet ?

Je hausse les épaules, gênée. Il soupire.

— Vous avez le wifi N et je vous ai installé un compte « Me ». Cette petite merveille est prête à l'emploi, pratiquement partout sur la planète.

Il la regarde d'un air nostalgique.

— Un compte « Me » ?

— Votre nouvelle adresse mail.

J'ai une adresse mail, moi ?

Il désigne une icône tout en continuant à me parler, mais je ne comprends rien à ce qu'il me raconte, et à vrai dire, je m'en fous. *Dites-moi seulement comment l'allumer et l'éteindre, pour le reste, je me débrouillerai.*

Kate siffle, épatée, lorsqu'elle le découvre.

— Mais c'est une petite merveille de la technologie, ce truc-là ! s'exclame-t-elle avant de me dévisager en haussant les sourcils. La plupart des femmes reçoivent des fleurs ou des bijoux…

Nous succombons toutes les deux au fou rire. Le type des ordinateurs nous contemple d'un air vaguement dégoûté. Il termine son installation et me fait signer le récépissé.

Tandis que Kate le raccompagne, je m'assieds avec mon thé et j'ouvre le programme mail. Un message de Christian m'attend. Mon cœur fait un bond. *J'ai reçu un mail de Christian Grey.* Nerveuse, je l'ouvre.

De : Christian Grey
Objet : Votre nouvel ordinateur
Date : 22 mai 2011 23:15
À : Anastasia Steele

Chère mademoiselle Steele,

Je suppose que vous avez bien dormi. J'espère que vous ferez bon usage de cet ordinateur portable. Je me réjouis d'avance de dîner avec vous mercredi. D'ici là, je serai ravi de répondre par mail à toute question que vous souhaiteriez me poser.

Christian Grey
P-DG, Grey Enterprises Holdings, Inc.

Je clique sur « répondre ».

De : Anastasia Steele
Objet : Votre nouvel ordinateur (prêt)
Date : 23 mai 2011 08:20
À : Christian Grey

J'ai très bien dormi, merci – on se demande pourquoi – *monsieur*. D'après ce que j'ai compris, cet ordinateur est un prêt, autrement dit, il n'est pas à moi.

Ana

La réponse me parvient presque instantanément.

De : Christian Grey
Objet : Votre nouvel ordinateur (prêt)
Date : 23 mai 2011 08:22

À : Anastasia Steele

L'ordinateur est un prêt. Pour une durée indéfinie, mademoiselle Steele. J'en déduis d'après vos propos que vous avez déjà consulté la documentation que je vous ai remise. Avez-vous des questions à me poser ?

Christian Grey
P-DG, Grey Enterprises Holdings, Inc.

Je ne peux pas m'empêcher de sourire.

De : Anastasia Steele
Objet : Curiosité
Date : 23 mai 2011 08:25
À : Christian Grey

J'ai plusieurs questions, mais elles ne peuvent pas être posées par mail, et certains d'entre nous travaillent pour gagner leur vie. Je ne veux ni n'ai besoin d'un ordinateur pour une durée indéfinie.
À plus tard, et bonne journée. *Monsieur.*

Ana

Sa réponse, une fois de plus, est instantanée et me fait sourire.

De : Christian Grey
Objet : Votre nouvel ordinateur (prêt)
Date : 23 mai 2011 08:26
À : Anastasia Steele

À plus, bébé ?
P.-S. : Moi aussi, je travaille pour gagner ma vie.

Christian Grey
P-DG, Grey Enterprises Holdings, Inc.

J'éteins l'ordinateur en souriant comme une débile. Comment résister à Christian lorsqu'il est d'humeur enjouée ? Je vais être en retard au boulot. Eh bien, comme c'est ma dernière semaine, M. et Mme Clayton se montreront sans doute indulgents. Je me précipite dans la salle de bains, incapable de ravaler ce sourire qui me fend le visage, excitée comme une puce. L'angoisse provoquée par la lecture du contrat s'est dissipée. Tout en me lavant les cheveux, je me demande quelles questions je pourrais lui poser par mail. Il vaut sans doute mieux discuter de vive voix. Et si un hacker accédait à son compte ? Cette idée me fait rougir. Je m'habille rapidement, dis au revoir à Kate et file travailler.

José m'appelle à 11 heures.

— Hé, on va le prendre, ce café ?

Il est redevenu le José d'avant, José mon ami, pas celui qui m'a... quelle était l'expression de Christian, déjà ? Celui qui m'a « poursuivie de ses assiduités ». Beurk.

— Bien sûr. Je suis au boulot. Tu peux passer, disons, à midi ?

— À tout à l'heure.

Il raccroche et je recommence à mettre des pinceaux en rayon en repensant à Christian Grey et à son contrat.

José, ponctuel, déboule dans le magasin comme un jeune chien fou.

— Ana !

Quand il me sourit de toutes ses dents, toute ma colère contre lui s'évanouit.

— Salut José, dis-je en le serrant dans mes bras. Je suis affamée. Je vais juste dire à Mme Clayton que je vais déjeuner.

Tandis que nous nous dirigeons vers le café du coin, je passe mon bras sous celui de José. Je lui suis reconnaissante d'être aussi... normal. Lui, au moins, je le comprends.

— Dis, Ana, c'est vrai, tu m'as pardonné ?

— José, tu sais bien que je ne peux pas rester longtemps fâchée contre toi.

Il sourit.

Je suis impatiente de rentrer, car j'ai hâte de voir si j'ai un mail de Christian et, en plus, il faut que j'entame mes recherches. Kate est sortie : je peux consulter mes messages tranquillement. Comme prévu, un mail de Christian m'attend. Je me trémousse sur ma chaise tellement je suis contente.

De : Christian Grey
Objet : Travailler pour gagner sa vie
Date : 23 mai 2011 17:24
À : Anastasia Steele

Chère mademoiselle Steele,
J'espère que vous avez passé une bonne journée au travail.

Christian Grey
P-DG, Grey Enterprises Holdings, Inc.

Je clique sur « répondre ».

De : Anastasia Steele
Objet : Travailler pour gagner sa vie
Date : 23 mai 2011 17:48

À : Christian Grey

Monsieur... J'ai passé une très bonne journée, merci.

Ana

De : Christian Grey
Objet : Au boulot !
Date : 23 mai 2011 17:50
À : Anastasia Steele

Mademoiselle Steele,
Je suis ravi que vous ayez passé une bonne journée. Mais pendant que vous m'écrivez des mails, vous ne vous documentez pas.

Christian Grey
P-DG, Grey Enterprises Holdings, Inc.

De : Anastasia Steele
Objet : Nuisance
Date : 23 mai 2011 17:53
À : Christian Grey

Monsieur Grey, arrêtez de m'écrire et laissez-moi faire mes devoirs. Je voudrais décrocher une autre mention « excellent ».

Ana

Je me félicite de ma réponse.

De : Christian Grey
Objet : Impatient
Date : 23 mai 2011 17:55
À : Anastasia Steele

Mademoiselle Steele,
C'est à vous d'arrêter de m'écrire. Faites vos devoirs. Je

voudrais en effet vous décerner une autre mention
« excellent ». La première était largement méritée. ;-)

Christian Grey
P-DG, Grey Enterprises Holdings, Inc.

Christian Grey qui m'envoie un smiley avec
un clin d'œil ? *Pas possible*. J'ouvre Google.

De : Anastasia Steele
Objet : Recherche Internet
Date : 23 mai 2011 17:59
À : Christian Grey

Monsieur Grey,
Que me suggérez-vous d'entrer comme mot-clé dans la
boîte de recherche ?

Ana

De : Christian Grey
Objet : Recherche Internet
Date : 23 mai 2011 18:02
À : Anastasia Steele

Mademoiselle Steele,
Commencez par Wikipedia. Plus de mails à moins que
vous n'ayez des questions. Compris ?

Christian Grey
P-DG, Grey Enterprises Holdings, Inc.

De : Anastasia Steele
Objet : Autoritaire !
Date : 23 mai 2011 18:04
À : Christian Grey

Oui... *Monsieur.*

Qu'est-ce que tu es autoritaire !

Ana

De : Christian Grey
Objet : Contrôle
Date : 23 mai 2011 18:06
À : Anastasia Steele

Anastasia, tu n'as pas idée. Enfin, peut-être un peu, maintenant. Au boulot.

Christian Grey
P-DG, Grey Enterprises Holdings, Inc.

Je tape « Soumission » dans Wikipedia.

Une demi-heure plus tard, je suis vaguement barbouillée et profondément choquée. Ai-je vraiment envie d'avoir tout ça dans la tête ? Et merde – c'est donc ça qu'il fabrique dans la Chambre rouge de la Douleur ? Je scrute l'écran. Une part de moi-même dont je n'ai fait la connaissance que tout récemment est furieusement excitée. Oh, mon Dieu, ces trucs-là, qu'est-ce que c'est SEXY. Mais est-ce que c'est pour moi ? Merde alors… je pourrais faire ça, moi ? Il faut que je sorte. J'ai besoin de réfléchir.

12.

Pour la première fois de ma vie, je sors faire du jogging volontairement. Je déterre des mochetés de baskets que je n'ai jamais portées, un pantalon de survêt et un tee-shirt, je me fais des couettes en rougissant des souvenirs qu'elles évoquent, et je prends mon iPod. Impossible de rester assise une minute de plus devant cette merveille de la technologie à lire des trucs aussi dérangeants. Je suis trop agitée : je dois brûler de l'énergie. À vrai dire, j'aurais même envie de courir jusqu'à l'hôtel Heathman pour exiger de me faire baiser par le maniaque du contrôle. Mais c'est à huit kilomètres de chez moi et je doute de pouvoir en parcourir ne serait-ce qu'un seul. En plus, il serait capable de refuser, ce qui serait affreusement humiliant.

Kate sort de sa voiture alors que je franchis la porte. Elle manque de laisser choir ses courses en me voyant. Ana Steele en chaussures de sport ? Je la salue d'un signe sans m'arrêter pour subir son inquisition. Il faut que je sois seule. Snow Patrol dans les oreilles, je m'éloigne dans le crépuscule opale et aigue-marine.

Que faire ? Je le veux, mais dans les conditions qu'il m'impose ? Pas si sûr. Je devrais peut-être éplucher ce contrat ridicule ligne à ligne pour en négocier les termes. D'après mon enquête, il n'a aucune valeur juridique. Christian doit le savoir. Je suppose qu'il s'agit simplement d'établir les paramètres de la relation, ce que je peux attendre de lui et ce qu'il attend de moi – ma soumission totale. Suis-je prête à la lui accorder ? En suis-je seulement capable ?

Une question me taraude – pourquoi est-il tel qu'il est ? Est-ce parce qu'il a été séduit très jeune ? Ça reste une énigme pour moi.

Je m'arrête à côté d'un grand épicéa et j'appuie les mains sur mes genoux pour reprendre mon souffle. Que c'est bon... purificateur. Je sens ma résolution se durcir. Oui. Je dois lui préciser ce qui me convient et ce qui ne me convient pas ; lui faire part de mes remarques par mail, pour que nous en discutions mercredi. J'aspire une grande bouffée d'air pour me nettoyer les poumons et je retourne à l'appartement au petit trot.

Kate a fait son shopping pour ses vacances à la Barbade : bikinis et paréos assortis. Avec sa silhouette mince et pulpeuse, elle sera forcément superbe dans tout ça, mais elle tient à me faire un défilé de mode. Il n'y a pas trente-six façons de dire « Tu es canon, Kate ». Elle ne fait pas exprès de me complexer, je sais, mais je finis par traîner mes pauvres fesses en sueur dans ma chambre sous prétexte de faire des cartons. Le moins qu'on puisse dire, c'est qu'après avoir vu Katherine Kavanagh en bikini, je ne me sens pas à la hauteur. J'ai pris ma merveille de la technologie avec moi. Je la pose sur mon bureau pour envoyer un mail à Christian.

De : Anastasia Steele
Objet : Choquée
Date : 23 mai 2011 20:33
À : Christian Grey

D'accord, j'en ai assez vu.
Ciao, c'était sympa de faire ta connaissance.

Ana

Je clique sur « envoyer », ravie de ma petite plaisanterie. La trouvera-t-il drôle ? *Et merde* – sans doute pas. Christian Grey n'est pas réputé pour son sens de l'humour. Mais je sais qu'il existe, j'en ai eu la preuve. Tout de même… j'ai peut-être un peu poussé. J'attends sa réponse.

Et j'attends… et j'attends. Je consulte mon réveil. Dix minutes se sont écoulées.

Pour me distraire de l'angoisse qui me noue les tripes, je commence à fourrer mes livres dans un carton. À 21 heures, toujours pas de nouvelles. *Il est peut-être sorti.* Je mets mes écouteurs pour écouter Snow Patrol, et m'assieds pour relire le contrat et noter mes commentaires.

Je ne sais pas pourquoi je lève les yeux ; je décèle peut-être un léger mouvement du coin de l'œil… Il est debout à la porte de ma chambre, dans son pantalon en flanelle grise et sa chemise en lin blanc, et il fait tournoyer doucement ses clés de voiture. Je retire mes écouteurs, tétanisée. *Merde alors !*

— Bonsoir, Anastasia.

Sa voix est froide, son expression impénétrable. Je suis incapable de prononcer un mot. J'en veux à Kate de l'avoir laissé entrer sans m'avertir. Je suis vaguement consciente d'être toujours en tenue de jogging, pas douchée, dégueulasse, alors qu'il est délicieusement appétissant avec son pantalon qui lui fait ce truc affriolant aux hanches, et qui plus est, il est ici, dans ma chambre.

— Je me suis dit que votre mail méritait qu'on y réponde en personne, m'explique-t-il sèchement.

J'ouvre la bouche et je la referme à deux reprises. Ma plaisanterie s'est retournée contre moi. Ni dans cet univers ni dans aucun univers parallèle je ne m'attendais qu'il laisse tout tomber pour débarquer chez moi.

— Je peux m'asseoir ?

Il a une petite étincelle d'humour dans les yeux maintenant – *Dieu merci, il va peut-être trouver ça drôle ?*

Je hoche la tête. La capacité de parler m'échappe toujours. *Christian Grey est assis sur mon lit.*

— Je me demandais à quoi ressemblait ta chambre.

Je regarde autour de moi comme pour chercher une issue de secours. Non, il n'y a toujours qu'une porte et une fenêtre. Ma chambre est fonctionnelle mais douillette avec ses meubles en rotin blanc et son lit double en fer forgé blanc recouvert d'un édredon en patchwork bleu ciel et blanc confectionné par ma mère durant sa période artisanat folklorique américain.

— C'est très serein et paisible, ici, murmure-t-il.

Pas pour l'instant... pas quand tu es là.

Mon bulbe rachidien retrouve enfin ses fonctions. Je souffle :

— Comment... ?

Il me sourit.

— Je suis toujours à l'hôtel Heathman.

Je le savais. Ma politesse prend le pas :

— Tu veux boire quelque chose ?

— Non merci, Anastasia.

Il m'adresse un petit sourire en coin en penchant légèrement la tête sur son épaule.

Moi, en tout cas, j'en ai besoin.

— Alors comme ça, c'était sympa de faire ma connaissance ?

Oh, la vache, l'aurais-je insulté ? Je regarde mes doigts. Comment vais-je m'en sortir ? Si je lui dis que c'était une blague, ça ne va pas l'impressionner.

— Je pensais que tu répondrais par mail, dis-je d'une petite voix pathétique.

— Tu la mordilles exprès, ta lèvre ? me demande-t-il, l'air sombre.

Je cligne des yeux en lâchant ma lèvre.

— Je ne me rendais pas compte.

J'ai le cœur qui bat. Ce délicieux courant qui passe toujours entre nous charge la pièce d'électricité statique. Assis près de moi, il se penche pour défaire l'une de mes couettes et libère mes cheveux. Hypnotisée, je suis des yeux la main qui se tend vers ma deuxième couette. Il tire sur l'élastique et démêle la mèche de ses longs doigts experts.

— Alors tu as décidé de te mettre au sport ? souffle-t-il d'une voix mélodieuse.

Ses doigts calent mes cheveux derrière mes oreilles.

— Pourquoi, Anastasia ?

Ses doigts encerclent mon oreille et très doucement, régulièrement, il tire sur le lobe. C'est terriblement érotique.

— J'avais besoin de réfléchir.

Je suis hypnotisée comme un lapin par des phares, un papillon par une flamme, un oiseau par un serpent... il sait exactement ce qu'il est en train de me faire.

— Réfléchir à quoi, Anastasia ?

— À toi.

— Et tu as décidé que ça avait été sympa de faire ma connaissance ? Tu l'entends au sens biblique ?

Je m'empourpre.

— Je ne savais pas que tu connaissais la Bible.

— J'ai suivi des cours de catéchisme, Anastasia. J'y ai beaucoup appris.

— Si mes souvenirs sont bons, il n'est pas question de pinces à seins dans la Bible. Ou alors, tu l'as lue dans une traduction plus moderne que moi.

Il esquisse un sourire. Je suis fascinée par sa bouche.

— En tout cas, je suis venu te rappeler à quel point c'était *sympa* de faire ma connaissance.

Merde alors. Je le regarde fixement, bouche bée, tandis que ses doigts passent de mon oreille à mon menton.

— Qu'en dites-vous, mademoiselle Steele ?

Son regard de braise me met au défi. Ses lèvres s'entrouvrent – il attend, prêt à bondir sur sa proie. Un désir aigu, liquide, torride, me brûle au creux du ventre. Optant pour l'attaque préventive, je me jette sur lui. Je ne sais comment, en un clin d'œil il me cloue au lit, les bras allongés au-dessus de la tête ; de sa main libre, il m'attrape le visage ; sa bouche trouve ma bouche.

Sa langue s'empare de la mienne, et je me délecte de sa force. Je le sens du haut en bas de mon corps. Ça m'excite qu'il me désire. Moi. Pas Kate avec ses petits bikinis, pas l'une des quinze, pas la cruelle Mrs Robinson. Moi. Cet homme magnifique me désire. Ma déesse intérieure est tellement incandescente qu'elle pourrait illuminer Portland. Il s'arrête de m'embrasser et, quand j'ouvre les yeux, je constate qu'il me regarde.

— Tu me fais confiance ?

J'acquiesce, les yeux écarquillés, le cœur affolé, le sang qui bouillonne dans mes veines.

Il tire de sa poche de pantalon sa cravate en soie gris argent... *la* cravate en soie tissée qui a laissé ses empreintes sur ma peau. Il me chevauche pour ligoter mes poignets mais, cette fois, il attache l'autre bout de la cravate à la tête de lit en fer forgé. Il tire sur le lien pour s'assurer qu'il est solide. Je ne m'échapperai pas. Je suis ligotée à mon propre lit et ça m'excite comme une dingue.

Il se relève et, debout à côté du lit, il me toise, l'œil assombri par le désir, l'air à la fois triomphant et soulagé.

— Voilà qui est mieux, murmure-t-il avec un sourire cruel et avisé.

Il commence à délacer l'une de mes baskets. Non... non... pas mes pieds. Non. Je viens de faire un jogging.

— Non !

Je proteste en tentant de l'éloigner d'un coup de pied. Il s'arrête.

— Si tu te débats, je te ligote aussi les chevilles. Si tu fais un seul bruit, Anastasia, je te bâillonne. Tais-toi. Katherine est sans doute en train d'écouter à la porte en ce moment.

Me bâillonner ? Kate ? Je me tais.

Il me retire mes chaussures et mes chaussettes et me débarrasse lentement de mon pantalon de survêt. Aïe ! *Je porte quoi, comme petite culotte ?* Il me soulève pour retirer l'édredon et me repose sur les draps.

— Bon, alors, dit-il en se léchant lentement les lèvres. Tu te mordilles encore, Anastasia. Tu sais l'effet que ça me fait.

Il pose un index sur ma bouche en guise d'avertissement.

Oh, mon Dieu. Allongée, impuissante, j'arrive à peine à me contenir. Le regarder se mouvoir gracieusement dans ma chambre est un aphrodisiaque puissant. Lentement, en prenant tout son temps, il retire ses chaussures et ses chaussettes, défait sa ceinture et passe sa chemise par-dessus sa tête.

— Je crois que tu en as assez vu.

Avec un petit rire entendu, il me chevauche de nouveau et remonte mon tee-shirt ; je crois qu'il va le retirer, mais il le passe sur ma tête de façon

258

à dégager mon nez et ma bouche tout en recouvrant mes yeux. Je n'arrive pas à voir à travers.

— Hum... De mieux en mieux. Bon, je vais aller chercher à boire.

Il se penche pour m'embrasser tendrement, je le sens se relever, puis j'entends grincer la porte de ma chambre. Chercher à boire... *Où ? Ici ? À Portland ? À Seattle ?* Tendant l'oreille, je perçois des voix assourdies. Il parle à Kate. Aïe ! *Il est pratiquement nu.* Que va-t-elle dire de ça ? J'entends un petit « pop ». C'est quoi ? La porte grince de nouveau, ses pieds nus font craquer le parquet de ma chambre, des glaçons tintent dans un verre. Un verre de quoi ? Il referme la porte et je l'entends retirer son pantalon. Je sais qu'il est nu. Il me chevauche de nouveau.

— Tu as soif, Anastasia ? me taquine-t-il.

— Oui.

Tout d'un coup, j'ai la bouche desséchée.

Lorsqu'il m'embrasse, sa bouche déverse un liquide délicieux et frais dans ma bouche. Du vin blanc. C'est tellement inattendu, tellement *chaud*, même si le vin est frappé et les lèvres de Christian, fraîches...

— Encore ?

Je hoche la tête. Le vin est d'autant plus divin qu'il est passé par sa bouche. Il se penche et je bois une nouvelle gorgée à ses lèvres... *oh, mon Dieu.*

— Assez. On sait que tu tiens mal l'alcool, Anastasia.

Je ne peux pas m'empêcher de sourire ; il me passe une autre gorgée de vin, puis s'allonge à côté de moi. Je sens son érection contre ma hanche. Je le veux en moi.

— Et ça, c'est *sympa* ?

Sa voix est tendue. Je me tends à mon tour. Il dépose un petit glaçon dans ma bouche avec un peu de vin. Lentement, sans se presser, il fait courir un collier de baisers glacés jusqu'à la base de ma gorge, puis entre mes seins, le long de ma poitrine et jusqu'à mon ventre. Il crache un glaçon dans mon nombril avec une petite flaque de vin blanc frais qui me brûle jusqu'au fond du ventre. *Waouh.*

— Maintenant, ne bouge plus, chuchote-t-il. Si tu bouges, Anastasia, tu vas renverser du vin sur le lit.

Mes hanches ondulent automatiquement.

— Non ! Si vous renversez du vin, je vous punirai, mademoiselle Steele.

Je geins en luttant désespérément contre l'envie de remuer mes hanches, je tire sur mes liens… Non… *par pitié.*

D'un doigt, il rabat l'un après l'autre les bonnets de mon soutien-gorge. Mes seins se dressent, exposés, vulnérables. Ses lèvres froides tirent sur les pointes. Je résiste à mon envie de me cambrer vers lui.

— Et ça, c'est *sympa* ?

Il souffle sur mon sein. Je sens un glaçon sur mon téton droit tandis qu'il tire sur le gauche avec ses lèvres. Je gémis en m'efforçant de ne pas bouger. C'est une torture atroce, exquise.

— Si tu renverses du vin, je ne te laisserai pas jouir.

— Non… s'il te plaît… Christian… monsieur… s'il vous plaît.

Il me rend folle. Je devine qu'il sourit.

Le glaçon fond dans mon nombril. Je suis brûlante, glacée, avide. Avide de lui en moi. Tout de suite.

Ses longs doigts parcourent mon ventre langoureusement. Ma peau est hypersensible, mes hanches ondulent par réflexe, et le liquide, maintenant réchauffé, déborde de mon nombril pour couler sur mon ventre. Christian le lape d'un coup de langue, m'embrasse, me mordille, me suce.

— Mon Dieu, Anastasia, tu as bougé. Qu'est-ce que je vais faire de toi ?

Je halète bruyamment. Je ne peux me concentrer que sur sa voix et ses caresses. Plus rien n'est réel. Plus rien ne compte, plus rien ne s'enregistre sur mon radar. Ses doigts glissent dans ma culotte.

— Ah, bébé, murmure-t-il en m'enfonçant deux doigts.

Je pousse un petit cri.

— Tu mouilles tellement vite.

Il remue les doigts dans un lent va-et-vient émoustillant ; je vais à sa rencontre en soulevant les hanches.

— Tu es une petite gourmande, me gronde-t-il.

Son pouce encercle mon clitoris et appuie dessus.

Je gémis tout haut tandis que mon corps se cabre sous ses caresses expertes. Il tend la main pour passer mon tee-shirt par-dessus ma tête afin que je le voie. Je cligne des yeux dans la lumière tamisée de ma lampe de chevet.

— J'ai envie de te toucher.

— Je sais.

Il se penche pour m'embrasser tout en continuant à remuer les doigts en moi pendant que son pouce appuie sur mon clitoris en décrivant des cercles. De sa main libre, il attrape mes cheveux pour maintenir ma tête. Sa langue fait écho aux mouvements de ses doigts, prenant possession de moi. Mes jambes commencent à se raidir, je me pousse contre sa main. Il ralentit, me ramenant du bord du gouffre, puis il recommence encore, et encore... C'est tellement frustrant... *Je t'en supplie, Christian.*

— La voilà, ta punition. Si près et pourtant si loin... C'est *sympa*, ça ? me souffle-t-il à l'oreille.

Je gémis, excédée, en tirant sur mes liens. Je suis à la merci de ce tourment érotique.

— S'il te plaît !

Il prend enfin pitié de moi.

— Comment vais-je te baiser, Anastasia ?

Oh... mon corps se met à frémir. Il s'immobilise de nouveau.

— S'il te plaît.

— Qu'est-ce que tu veux, Anastasia ?

— Toi... maintenant !

— Comment vais-je te baiser ? Le choix est infini, me souffle-t-il sur la bouche.

Il retire sa main pour prendre un sachet sur la table de chevet, s'agenouille entre mes jambes et me retire très lentement ma culotte sans cesser de me regarder, les yeux brillants. Il passe le préservatif. Je suis fascinée.

— Et ça, c'est *sympa* ? dit-il en se caressant.

— C'était une plaisanterie.

Baise-moi, je t'en supplie, Christian.

Il hausse un sourcil tandis que sa main remonte et redescend sur une érection d'une longueur impressionnante.

— Une plaisanterie ? répète-t-il d'une voix doucement menaçante.

— Oui. Je t'en prie, Christian.

— Tu trouves ça drôle, maintenant ?

— Non !

Je suis une boule de tension sexuelle. Il me dévisage un moment pour évaluer mon degré d'excitation, puis m'attrape tout d'un coup pour me retourner. Mes mains sont encore ligotées ; je dois me soutenir en m'accoudant. Il repousse mes genoux pour me faire dresser fesses en l'air, et il les claque, durement. Avant que je ne puisse réagir, il plonge en moi. Je crie – à cause de la claque et de son assaut soudain – et je jouis instantanément, m'effondrant sous lui tandis qu'il continue à me pilonner encore, et encore, et encore... et puis ça remonte... non, ce n'est pas... non...

— Allez, Anastasia, encore, gronde-t-il à travers ses dents.

Et, incroyablement, mon corps répond, se convulse autour de lui dans un nouvel orgasme tandis que je crie son nom. Une fois de plus, j'explose en mille morceaux. Christian se fige et se laisse aller en silence. Il s'effondre sur moi, le souffle court.

— Et ça, c'était *sympa* ? me demande-t-il, mâchoires serrées.

Oh, mon Dieu.

Je gis sur le lit, essoufflée, épuisée, les yeux fermés, quand il se retire lentement de moi. Il se lève aussitôt pour se rhabiller, avant de me détacher et de me retirer mon tee-shirt. Je plie et déplie mes doigts, puis je me masse les poignets ; quand je découvre les empreintes du tissu sur ma peau, je souris. Je rajuste mon soutien-gorge tandis qu'il rabat le drap et l'édredon sur moi. Je le regarde, complètement sonnée, et je chuchote avec un sourire timide :

— C'est vraiment sympa d'être venu me voir.

— Encore ce mot.

— Tu ne l'aimes pas ?

— Non. Pas du tout.

— Eh bien, en tout cas, il me semble qu'il aura eu des retombées bénéfiques.

— Non seulement je suis sympa, mais en plus je suis bénéfique ? Pourriez-vous blesser un peu plus cruellement mon amour-propre, mademoiselle Steele ?

— Je ne crois pas que ton amour-propre puisse être blessé par quoi que ce soit.

Mais au moment où je prononce ces mots, je devine qu'ils sont faux – quelque chose d'insaisissable me traverse l'esprit, une pensée fugace qui m'échappe avant que je n'aie pu la saisir.

— Tu crois ?

Sa voix est douce. Il s'est allongé auprès de moi tout habillé, la tête appuyée sur son bras accoudé. Je ne porte que mon soutien-gorge.

— Pourquoi n'aimes-tu pas être touché ?

— Je n'aime pas, c'est tout.

Il se penche pour poser un baiser sur mon front.

— Donc, ce mail, c'était une plaisanterie ?

Je souris d'un air contrit en haussant les épaules.

— Non. J'ai un petit déjeuner d'affaires demain matin au Heathman. En plus, je te l'ai déjà dit, je ne dors pas avec mes copines, mes esclaves, mes soumises, ou qui que ce soit. Vendredi et samedi, c'était exceptionnel. Ça ne se reproduira pas.

Sa voix est douce mais résolue.

Je fais la moue.

— Bon, je suis fatiguée, maintenant.

— Tu me vires ?

Il hausse les sourcils, amusé et un peu déconcerté.

— Oui.

— Eh bien, encore une première. Donc tu ne veux pas discuter maintenant ? Au sujet du contrat ?

— Non.

Je boude.

— Mon Dieu, qu'est-ce que j'aimerais te flanquer une bonne fessée. Ça te ferait du bien, et à moi aussi.

— Pas question... Je n'ai encore rien signé.

— On peut toujours rêver, Anastasia.

Il se penche pour m'attraper le menton.

— À mercredi ? murmure-t-il en me déposant un léger baiser sur les lèvres.

— À mercredi. Je te raccompagne. Une minute.

Je m'assieds et je le pousse pour attraper mon tee-shirt. Il se lève à contrecœur.

— Passe-moi mon pantalon, s'il te plaît.

Il le ramasse et me le tend.

— Oui madame, dit-il en tentant vainement de ravaler son sourire.

Je plisse les yeux en passant mon pantalon de survêt. J'ai la tignasse en bataille et je sais que je devrai affronter l'inquisition de Katherine Kavanagh après le départ de Christian. Attrapant un élastique, je m'avance vers la porte de la chambre et je l'entrouvre pour voir si Kate est là. Je l'entends parler au téléphone dans sa chambre. Christian sort derrière moi. Durant le bref parcours qui sépare ma chambre de la porte d'entrée, mes pensées et mes sentiments fluent et refluent, se transforment. Ma colère a cédé au chagrin. Je ne veux pas qu'il s'en aille. Quel dommage qu'il ne soit pas normal – je voudrais une histoire d'amour qui ne nécessite pas un contrat de dix pages, une cravache et des mousquetons au plafond.

Je lui ouvre la porte, les yeux baissés. C'est la première fois que je fais l'amour chez moi, et c'était bon, mais maintenant j'ai l'impression de n'être qu'un réceptacle, une coupe vide qu'il remplit à sa guise. Ma conscience secoue la tête. *Tu étais prête à courir jusqu'au Heathman pour te faire sauter – et tu as eu une livraison express à domicile. De quoi te plains-tu ?* Christian s'arrête sur le seuil et m'attrape le menton pour forcer mon regard à croiser le sien. Son front se plisse.

— Ça va ? me demande-t-il tendrement en caressant ma lèvre inférieure de son pouce.

— Oui.

En fait, non. Si j'accepte ce qu'il me propose, je sais qu'il me fera souffrir. Il n'est ni capable ni disposé à m'offrir plus... et j'en veux plus. *Beaucoup plus.* Ma bouffée de jalousie de tout à l'heure m'a fait comprendre que j'éprouve pour lui des sentiments beaucoup plus profonds que je ne me l'étais avoué.

— À mercredi, murmure-t-il en se penchant pour m'embrasser.

Quelque chose change pendant qu'il m'embrasse ; ses lèvres sur les miennes deviennent plus empressées, il prend ma tête entre ses mains, sa respiration s'accélère, son baiser devient plus profond. Je pose mes mains sur ses bras. J'aurais envie de les passer dans ses cheveux, mais je résiste car je sais que ça lui déplairait. Il appuie son front contre le mien, les yeux fermés, la voix tendue.

— Anastasia, chuchote-t-il, qu'est-ce que tu me fais ?

— Je pourrais te demander la même chose.

Il inspire profondément, m'embrasse sur le front et s'arrache à moi pour marcher d'un pas déterminé jusqu'à sa voiture en passant la main dans ses cheveux. Il relève les yeux en ouvrant sa portière et m'adresse un sourire éblouissant. Mon propre sourire est faible, car je suis aveuglée par le sien : Icare, volant trop près du soleil. Tandis qu'il monte dans son cabriolet, je suis prise d'une envie irrésistible de pleurer. Je me précipite dans ma chambre, referme la porte et m'y adosse en tentant d'y voir clair dans mes sentiments. Impossible. Je me laisse glisser par terre, la tête entre les mains, et je laisse couler mes larmes.

Kate frappe doucement.

— Ana ?

Je lui ouvre. Dès qu'elle me voit, elle me prend dans ses bras.

— Qu'est-ce qui ne va pas ? Qu'est-ce qu'il t'a fait, cet enfoiré ?

— Kate, il ne m'a rien fait que je ne voulais pas.

Elle m'attire vers le lit et nous nous y asseyons.

— C'est immonde, ce brushing post-coïtal.

Malgré mon chagrin, je pouffe de rire.

— En tout cas, c'était bon.

Kate sourit.

— J'aime mieux ça. Pourquoi pleures-tu ? Tu ne pleures jamais.

Elle prend ma brosse sur la table de chevet et, s'asseyant derrière moi, elle se met à me démêler les cheveux.

— C'est juste que je pense que cette histoire ne mènera à rien.

— Je croyais que tu allais le revoir mercredi ?

— En effet. C'était ce qui était prévu.

— Alors pourquoi a-t-il débarqué ici ce soir ?

— Je lui ai écrit un mail.

— Pour lui demander de passer ?

— Non, pour lui dire que je ne voulais plus le revoir.

— Et il a accouru ? Bien joué !

— En fait, c'était une plaisanterie.

— Ah ! Maintenant je n'y comprends plus rien.

Patiemment, je lui explique l'essentiel de mon mail sans rien en trahir.

— Tu pensais qu'il allait te répondre par mail ?

— Oui.

— Mais au lieu de ça, il s'est pointé.

— Oui.

270

— Si tu veux mon avis, il est fou amoureux de toi.

Christian, fou amoureux de moi ¿ Ça m'étonnerait. Il cherche simplement un nouveau joujou avec lequel il peut coucher quand l'envie lui en prend, et auquel il peut faire des trucs innommables. Mon cœur se serre douloureusement. La voilà, la réalité.

— Il est venu me baiser, c'est tout.

— Tu es d'un romantique, souffle-t-elle, horrifiée.

Ça y est, j'ai choqué Kate. Je ne m'en serais pas cru capable. Je hausse les épaules pour m'excuser.

— Il se sert du sexe comme d'une arme.

— Il te baise pour te soumettre ¿

Elle secoue la tête d'un air désapprobateur. Je cligne des yeux plusieurs fois en rougissant jusqu'à la racine des cheveux. *En plein dans le mille, Katherine Kavanagh, futur prix Pulitzer du journalisme.*

— Ana, je ne comprends pas, tu le laisses simplement te faire l'amour ¿

— Non, Kate, on ne fait pas l'amour, on baise – c'est le mot de Christian. L'amour, ça n'est pas son truc.

— J'ai toujours pensé qu'il était bizarre, ce type. Si tu veux mon avis, il a du mal à s'engager.

Je hoche la tête comme si j'acquiesçais. Ah, Kate... comme je regrette de ne pas pouvoir tout te raconter sur cet homme étrange, triste, pervers, pour que tu me dises de l'oublier. Que tu m'empêches d'être aussi idiote. Je me contente de murmurer :

— Tout ça me dépasse un peu.

C'est le moins qu'on puisse dire. Comme je ne veux plus parler de Christian, je demande à Kate des nouvelles d'Elliot. Elle se métamorphose aussitôt, comme si elle était illuminée de l'intérieur.

— Il vient samedi matin à la première heure pour nous aider à charger la fourgonnette.

Elle serre ma brosse à cheveux contre sa poitrine et j'éprouve un pincement d'envie. Kate s'est trouvé un type normal et ça la rend heureuse.

Je me retourne pour la serrer dans mes bras.

— Tiens, au fait, j'ai oublié de te dire, ton beau-père t'a appelée pendant que tu étais... en main. Apparemment, Bob s'est blessé, ta mère et lui ne pourront pas venir à la remise des diplômes. Mais Ray arrive jeudi. Il veut que tu le rappelles.

— Ah bon ? Et ma mère, elle n'a pas téléphoné ? Bob, ça va ?

— Oui. Tu l'appelleras demain matin. Il est tard, là.

— Merci, Kate. Ça va mieux, maintenant. J'appellerai Ray demain matin aussi. Je pense que je vais me coucher.

Elle me sourit, mais elle a l'air inquiet.

Après son départ, je me rassois pour relire le contrat en prenant des notes. Puis j'allume l'ordinateur.

Un mail de Christian m'attend.

De : Christian Grey
Objet : Ce soir
Date : 23 mai 2011 23:16
À : Anastasia Steele

Mademoiselle Steele,
J'attends vos remarques sur le contrat.
D'ici là, dors bien, bébé.

Christian Grey
P-DG, Grey Enterprises Holdings, Inc.

De : Anastasia Steele
Objet : Problèmes
Date : 24 mai 2011 00:02
À : Christian Grey

Cher monsieur Grey,
Voici ce qui me pose problème. J'espère pouvoir en discuter plus longuement lors de notre dîner de mercredi. Les numéros renvoient aux clauses :

1 : Je ne vois pas en quoi ceci est uniquement pour MON bien – autrement dit, pour explorer MA sensualité et mes limites. Je suis certaine de ne pas avoir besoin d'un contrat de dix pages pour ça ! Il me semble que c'est pour VOTRE bien à vous.

3 : Comme vous le savez, vous êtes mon premier partenaire sexuel. Je ne me drogue pas et je n'ai jamais eu de transfusion sanguine. Je n'ai sans doute aucune maladie. Pouvez-vous en dire autant ?

5 : Je peux résilier dès que je constate que vous ne respectez pas les limites convenues ? D'accord, ça me va.

8 : Vous obéir en toutes choses ? Accepter sans hésitation votre discipline ? Il faut qu'on en discute.

10 : Période d'essai d'un mois. Pas trois.

11 : Je ne peux pas m'engager tous les week-ends. J'ai une vie, ou j'en aurai une. Trois sur quatre, peut-être ?

14.2 : User de mon corps comme vous le jugez opportun, sexuellement ou autrement : définissez « autrement », s'il vous plaît.

14.5 : Je ne suis pas sûre de vouloir être fouettée, flagellée, ou de vouloir subir un châtiment corporel. Je suis certaine que ce serait un manquement aux clauses 1-5. Et « pour toute autre raison », c'est de la pure méchanceté – vous m'avez pourtant dit que vous n'étiez pas sadique.

14.10 : Comme si le fait de me prêter à un autre était envisageable. Mais je suis contente que ce soit écrit noir sur blanc.

14.14 : Les Règles : on y reviendra.

14.19 : Me toucher ou me masturber sans votre permission. Faut-il une clause pour ça ? Vous savez bien que je ne le fais pas de toute façon.

14.21 : La discipline – voir la clause 14.5 ci-dessus.

14.22 : Je ne peux pas vous regarder dans les yeux ? Pourquoi ?

14.24 : Pourquoi ne puis-je pas vous toucher ?

Règles :

Sommeil – d'accord pour six heures.

Aliments – pas question de me laisser dicter ce que je mange. C'est la liste ou moi. Cette clause est rédhibitoire.

Vêtements – si je ne suis obligée de les porter qu'avec vous, d'accord.

Gym – nous nous étions mis d'accord sur trois heures, ici je vois encore quatre heures.

Limites négociées :
On peut revoir tout ça ensemble ? Fisting, pas question. Suspension, qu'est-ce que c'est ? Pince à lèvres génitales – vous plaisantez ?

Pourriez-vous me dire comment on fait pour mercredi ? Je travaille jusqu'à 17 heures ce jour-là.

Bonne nuit,
Ana

De : Christian Grey
Objet : Problèmes
Date : 24 mai 2011 00:07
À : Anastasia Steele
Mademoiselle Steele,
La liste est longue. Pourquoi n'êtes-vous pas encore couchée ?

Christian Grey
P-DG, Grey Enterprises Holdings, Inc.

De : Anastasia Steele
Objet : Problèmes
Date : 24 mai 2011 00:10
À : Christian Grey
Monsieur,
Permettez-moi de vous rappeler que je rédigeais cette liste lorsque j'ai été détournée de ma tâche et troussée par un maniaque du contrôle qui passait dans le quartier.
Bonne nuit,

Ana

De : Christian Grey
Objet : Au lit !
Date : 24 mai 2011 00:12
À : Anastasia Steele

AU LIT, ANASTASIA.

Christian Grey
P-DG & Maniaque du contrôle, Grey Enterprises Holdings,
Inc.

Le voilà qui me crie encore dessus avec ses majuscules ! J'éteins. Comment peut-il m'intimider même à huit kilomètres de distance ? Je secoue la tête. J'ai toujours le cœur lourd. Je me glisse dans mon lit et je succombe aussitôt à un sommeil profond mais agité.

13.

Le lendemain, j'appelle ma mère en rentrant du travail. La journée a été plutôt tranquille chez Clayton's, ce qui m'a donné beaucoup trop de temps pour réfléchir. Ma confrontation prochaine avec monsieur Maniaque-du-contrôle me fait peur ; je me demande si ma réaction au contrat n'a pas été trop négative. Et s'il me laissait tomber ?

Ma mère se répand en excuses, elle est effondrée de ne pouvoir assister à ma remise des diplômes. Bob s'est fait une entorse. On lui a ordonné le repos complet et ma mère doit s'occuper de lui.

— Ana ma chérie, je suis tellement navrée, pleurniche-t-elle.

— Maman, ne t'en fais pas, Ray sera là.

— Tu as l'air soucieuse – ça va, mon bébé ?

— Oui, maman.

Si seulement elle savait. Un type d'une richesse obscène me propose une relation perverse où je n'aurai pas mon mot à dire.

— Tu as rencontré quelqu'un ?

— Non, maman.

Pas question d'aborder le sujet avec elle.

— En tout cas, mon cœur, je penserai très fort à toi jeudi. Je t'aime… tu le sais, ma chérie ?

— Moi aussi je t'aime, maman. Embrasse Bob pour moi, et prends bien soin de lui.

— Sans faute, mon cœur. Au revoir.

— Au revoir.

De retour dans ma chambre, j'allume la machine infernale pour vérifier mes mails. Christian m'a écrit dans la nuit. Mon rythme cardiaque fait aussitôt une embardée, et j'entends le sang battre dans mes oreilles. Merde, merde… il va m'envoyer me faire foutre, j'en suis sûre, ou alors il annule le dîner. Cette idée m'est si pénible que je la chasse aussitôt pour ouvrir le mail.

De : Christian Grey
Objet : Vos problèmes
Date : 24 mai 2011 01:27
À : Anastasia Steele

Chère mademoiselle Steele,
Après lecture de vos remarques, je me permets d'attirer votre attention sur la définition du mot « soumis ».

Soumis [su.mi], *participe passé, adjectif*
1. Enclin ou disposé à se soumettre ; humblement obéissant : *domestiques soumis.*
2. Caractérisé par, ou indiquant la soumission : *une réponse soumise.*
Étymologie : Première moitié du XIIe siècle, de *suzmetre* « mettre dans un état de dépendance (par la force) ».
Synonymes : 1. Docile, obéissant, accommodant, souple.
2. Passif, résigné, patient, dompté, subjugué. *Antonymes :* Rebelle, désobéissant.

Veuillez la prendre en considération lors de notre réunion de mercredi.

Christian Grey
P-DG, Grey Enterprises Holdings, Inc.

Ma première réaction est le soulagement. Au moins, il est disposé à discuter, et il veut toujours me voir demain.

De : Anastasia Steele
Objet : Mes problèmes... et les vôtres, alors ?
Date : 24 mai 2011 18:29
À : Christian Grey

Monsieur,

Veuillez noter la date de l'origine du mot « soumettre » : XIIᵉ siècle. Je me permets respectueusement de vous signaler que nous sommes en 2011. Nous avons fait un bout de chemin depuis ce temps-là.

Puis-je me permettre à mon tour de vous proposer une définition à prendre en considération lors de notre réunion :

Compromis [kɔ̃pʀɔmi], *substantif masculin*
1. Action qui implique des concessions réciproques ; transaction : *La vie en société nécessite des compromis.*
2. Moyen terme, état intermédiaire, transition : *Cette attitude est un compromis entre le classicisme et le modernisme.*
3. Convention par laquelle les parties dans un litige soumettent l'objet de celui-ci à un arbitrage.
4. *Participe passé de compromettre* : Exposer quelque chose à un danger, à une atteinte, à un risque, diminuer les possibilités de réussite de quelque chose ou de quelqu'un : *Compromettre sa réputation.*

Ana

De : Christian Grey
Objet : Et mes problèmes, alors ?
Date : 24 mai 2011 18:32
À : Anastasia Steele

Encore une fois, vous avez marqué un point, mademoiselle Steele. Je passerai vous prendre chez vous à
19 heures demain.

Christian Grey
P-DG, Grey Enterprises Holdings, Inc.

De : Anastasia Steele
Objet : Femmes au volant
Date : 24 mai 2011 18:40
À : Christian Grey

Monsieur,
J'ai une voiture. J'ai mon permis. Je préférerais vous
rejoindre quelque part. Où dois-je vous retrouver ? À
votre hôtel à 19 heures ?

Ana

De : Christian Grey
Objet : Les obstinées
Date : 24 mai 2011 18:43
À : Anastasia Steele

Chère mademoiselle Steele,
En référence à mon mail daté du 24 mai 2011 à 1 h 27 et
à la définition incluse :
Pensez-vous arriver un jour à faire ce qu'on vous dit de
faire ?

Christian Grey
P-DG, Grey Enterprises Holdings, Inc.

De : Anastasia Steele
Objet : Les inflexibles
Date : 24 mai 2011 18:49
À : Christian Grey

Monsieur Grey,

J'aimerais prendre ma voiture. S'il vous plaît.

Ana

De : Christian Grey
Objet : Les exaspérés
Date : 24 mai 2011 18:52
À : Anastasia Steele

Très bien. Mon hôtel à 19 heures. Je vous rejoindrai au Marble Bar.

Christian Grey
P-DG, Grey Enterprises Holdings, Inc.

Même par mail, on voit qu'il est grognon. Ne comprend-il donc pas que j'aurai peut-être envie de m'enfuir en vitesse ? Non pas que ma Coccinelle soit un bolide... mais tout de même, il me faut un moyen de m'évader.

De : Anastasia Steele
Objet : Pas si inflexibles que ça
Date : 24 mai 2011 18:55
À : Christian Grey

Merci.

Ana xx

De : Christian Grey
Objet : Les exaspérantes
Date : 24 mai 2011 18:59
À : Anastasia Steele

Je vous en prie.

Christian Grey
P-DG, Grey Enterprises Holdings, Inc.

J'appelle Ray, qui s'apprête à regarder un match de foot, de sorte que notre conversation est brève. Il arrive à Portland jeudi. Après la remise des diplômes, il m'invite à dîner. J'ai le cœur serré en parlant à Ray, et une énorme boule se forme dans ma gorge. Durant toutes les tribulations amoureuses de ma mère, Ray a été mon point de repère. Il m'a toujours traitée comme si j'étais sa fille, et j'ai très hâte de le revoir. J'ai besoin de sa force tranquille : elle me donnera peut-être de la force à mon tour.

Kate et moi continuons à faire des cartons tout en buvant du vin rouge. Quand je vais enfin me coucher après avoir pratiquement fini d'emballer mes affaires, je me sens plus calme. Cette activité physique m'a changé les idées, et je suis fatiguée. Blottie sous l'édredon, je m'endors aussitôt.

Paul est rentré de Princeton avant de repartir pour New York où il entame un stage dans une société financière. Il n'arrête pas de me suivre partout dans le magasin pour me demander un rendez-vous. Je n'en peux plus.

— Paul, pour la centième fois, j'ai un dîner ce soir.

— Non, c'est faux, tu dis ça pour m'éviter. Tu passes ton temps à m'éviter.

En effet... et tu n'en tires pas de conclusion particulière ?

— Paul, ce n'est pas une bonne idée de sortir avec le frère du patron.

— Justement, à partir de vendredi tu ne travailleras plus ici.

— À partir de samedi je vais vivre à Seattle, et toi tu pars t'installer à New York. En plus, j'ai vraiment un dîner ce soir.

— Avec José ?

— Non.

— Qui, alors ?

Je soupire, exaspérée. Quel entêtement !

— Christian Grey.

Paul me fixe du regard, stupéfait. Décidément, même le nom de Christian frappe les gens de mutisme.

— Tu sors avec Christian Grey ? articule-t-il enfin.

Manifestement, il ne me croit pas.

— Oui.

— Je vois.

J'en veux à Paul d'être aussi étonné par cette nouvelle. Ma déesse intérieure aussi. Elle lui adresse un signe très vulgaire avec son majeur.

Kate m'a prêté deux tenues, une pour le dîner de ce soir, l'autre pour la cérémonie de demain. Je regrette de ne pas m'intéresser à la mode et de ne pas faire plus d'efforts vestimentaires, mais les fringues, ça n'est vraiment pas mon truc. *C'est quoi votre truc, Anastasia ?* La question de Christian revient me hanter. Je secoue la tête en essayant d'apaiser mon trac. J'opte pour le fourreau prune, pudique et d'allure assez professionnelle – après tout, j'ai un contrat à négocier.

Je prends ma douche, me rase les aisselles et les jambes et me lave les cheveux, que je passe une bonne demi-heure à sécher afin qu'ils retombent en douces ondulations sur mes seins et mon dos. Je les relève avec un peigne d'un côté, puis je mets du mascara et du gloss. Je me maquille rarement – je ne sais pas m'y prendre. Aucune de mes héroïnes de roman n'a jamais eu à se maquiller, autrement, je serais sans doute mieux renseignée sur ce sujet. Je passe des escarpins à talons aiguilles assortis à la robe, et, à 18 h 30, je suis prête.

— Comment me trouves-tu ?

Kate sourit en hochant la tête, admirative.

— Eh ben, dis donc, quand tu fais un effort, ça vaut le coup ! Tu es super-sexy !

— Sexy ? Le but, c'était d'avoir l'air réservée et professionnelle.

— Ah bon ? En tout cas, la couleur te va vraiment bien. Et comme la robe est moulante, elle montre tout ce qu'il faut.

Elle a un petit rire salace.

— Kate !

— Je suis réaliste, c'est tout, Ana. Tu es superbe. Il va te manger dans la main.

Je pince les lèvres. *Ah là là, si tu savais, c'est tout le contraire.*

— Souhaite-moi bonne chance.

— Tu as besoin de chance pour un dîner en tête à tête ?

Elle fronce les sourcils, perplexe.

— Oui, Kate.

— Alors bonne chance.

Je dois retirer mes escarpins pour conduire Wanda. Je me range en face du Heathman à 18 h 58 exactement. Le voiturier regarde ma Coccinelle d'un air méprisant, mais je m'en fous. J'inspire profondément et, en me préparant mentalement au combat, j'entre dans l'hôtel.

Christian est accoudé au bar avec un verre de vin blanc. Il porte, comme toujours, une chemise en lin blanc, avec un jean, une cravate et une veste noirs. Ses cheveux sont aussi rebelles que d'habitude. Je soupire en restant debout un moment à l'entrée du bar pour l'admirer. Il jette un coup d'œil nerveux vers l'entrée et se fige en m'apercevant, avant de m'adresser un sourire paresseux et sexy qui me fait fondre. Tout en m'efforçant de me pas me mordiller la lèvre, j'avance en priant sainte Empotée de m'aider à ne pas trébucher avec mes talons aiguilles. Il vient à ma rencontre.

— Tu es superbe, murmure-t-il en se penchant pour m'embrasser sur la joue. Une robe, mademoiselle Steele. J'approuve.

Il me donne le bras pour me conduire vers un box et fait signe au serveur.

— Tu veux quoi ?

Je souris brièvement en m'asseyant – au moins, il m'a demandé mon avis.

— La même chose que toi, s'il te plaît.

Tu vois ? Je sais parfois être gentille et bien me tenir. Amusé, il commande un autre verre de sancerre et s'assied en face de moi.

— Ils ont une cave excellente, ici, commente-t-il.

Il s'accoude et joint ses doigts à la hauteur de sa bouche, l'air curieusement ému. Comme toujours, j'éprouve pour lui une attirance qui me remue jusqu'au fond du ventre. Mais aujourd'hui, il faut que je conserve mon sang-froid.

— Nerveuse ?

— Oui.

Il se penche en avant.

— Moi aussi, murmure-t-il d'une voix de conspirateur.

Lui ? Nerveux ? Impossible. Il m'adresse son adorable petit sourire en coin. Le serveur arrive avec notre vin, une coupe de fruits secs et une autre d'olives. Je me lance :

— Bon, alors, on fait comment ? On revoit mes remarques une à une ?

— Toujours aussi impatiente, mademoiselle Steele.

— Tu préfères qu'on parle d'abord de la pluie et du beau temps ?

Il sourit et prend une olive qu'il glisse dans sa bouche ; mes yeux s'attardent sur cette bouche qui a été sur mon corps… toutes les parties de mon corps. Je rougis.

— La météo d'aujourd'hui a été particulièrement dénuée d'intérêt, lâche-t-il avec un sourire en coin.

— Vous moqueriez-vous de moi, monsieur Grey ?

— En effet, mademoiselle Steele.

— Ce contrat n'a aucune valeur juridique, vous le savez, n'est-ce pas ?

— J'en suis pleinement conscient, mademoi-selle Steele.

— Comptiez-vous me le préciser ?

Il fronce les sourcils.

— Tu t'imagines que je t'obligerais à faire quelque chose que tu ne veux pas faire, en te faisant croire que tu y es contrainte par la loi ?

— Eh bien… oui.

— Tu n'as donc pas une très haute opinion de moi ?

— Tu n'as pas répondu à ma question.

— Anastasia, peu importe que ce contrat soit légal. Il représente un accord que je souhaiterais conclure avec toi. S'il ne te convient pas, ne signe pas. Si tu signes et que tu changes d'avis par la suite, il y a suffisamment de clauses de rupture anticipée pour te le permettre. Même s'il était juridiquement contraignant, crois-tu que je te ferais un procès si tu décidais de t'enfuir ?

J'avale une grande gorgée de vin. Ma conscience m'assène une tape sur l'épaule. Tu dois rester lucide. *Ne bois pas trop.*

— Ce type de relation est fondé sur l'honnê-teté et la confiance, reprend-il. Si tu ne me crois pas capable de savoir jusqu'où je peux aller avec toi, jusqu'où je peux t'emmener, et si tu ne peux pas me parler franchement, nous n'irons pas plus loin.

Ben dis donc, nous sommes vraiment entrés dans le vif du sujet. Jusqu'où il peut m'emmener. Et merde. Ça veut dire quoi, ça ?

— C'est très simple, Anastasia. As-tu confiance en moi ou pas ?

Son regard est brûlant, fervent.

— As-tu déjà eu ce genre de discussion avec, euh... les quinze ?

— Non.

— Pourquoi pas ?

— Parce que c'étaient toutes des soumises. Elles savaient ce qu'elles désiraient de moi et ce que j'attendais d'elles. Il ne restait qu'à affiner les détails du contrat.

— Tu as un endroit pour faire ton shopping de soumises ?

Il rit.

— Pas exactement.

— Alors comment les trouves-tu ?

— C'est de ça que tu as envie de parler ? Ou veux-tu que nous passions aux choses sérieuses ? Tes problèmes, comme tu dis.

Je déglutis. *Ai-je confiance en lui ?* Est-ce à cela que tout se résume – à une question de confiance ? Il me semble que la confiance, ça devrait aller dans les deux sens. Je me rappelle sa mauvaise humeur quand José m'a téléphoné.

— Tu as faim ? me demande-t-il en me ramenant sur terre.

Aïe... encore la bouffe.

— Non.

— Tu as mangé aujourd'hui ?

Je le regarde fixement. *L'honnêteté...* Merde, ma réponse ne va pas lui plaire.

— Non.

Il plisse les yeux.

— Il faut manger, Anastasia. On peut dîner ici ou dans ma suite, comme tu veux.

— Je crois qu'on devrait rester en terrain neutre, dans un lieu public.

Il a un sourire sardonique.

— Tu crois que ça m'arrêterait ? dit-il doucement, en guise d'avertissement sensuel.

J'écarquille les yeux et déglutis de nouveau.

— J'espère.

— Viens, j'ai réservé un salon privé.

Il me sourit d'un air énigmatique et se lève en
me tendant la main.

— Prends ton vin.

Il me tient par le coude pour me conduire hors
du bar et nous gravissons le grand escalier qui
conduit à la mezzanine. Un jeune homme en
livrée nous accueille.

— Par ici, monsieur.

Nous parvenons à un salon petit mais somptueux, lambrissé de boiseries. Sous le lustre scin-
tillant, l'unique table est tendue d'une nappe
immaculée, avec des coupes en cristal, des couverts en argent et un bouquet de roses blanches.
Nous y prenons place.

— Ne te mordille pas la lèvre, me murmure
Christian.

Merde, je ne m'en étais pas rendu compte.

— J'ai déjà passé la commande. J'espère que
ça ne t'ennuie pas.

À vrai dire, ça me soulage. Je ne me crois pas
capable de prendre la moindre décision.

— Non, c'est très bien.

— Je suis heureux de constater que tu peux
parfois être docile. Bon, où en étions-nous ?

— Aux choses sérieuses.

J'avale encore une grande gorgée de vin. Il est
vraiment délicieux. Christian Grey sait choisir. Je
me rappelle la dernière fois qu'il m'a fait boire
du vin, dans mon lit. Cette pensée me fait rougir.

— En effet. Tes problèmes.

Il fouille la poche intérieure de sa veste et en tire un bout de papier. Mon mail.

— Clause 1. D'accord. C'est pour notre bien à tous les deux. Je vais corriger.

Je cligne des yeux. Bordel… on va relire toutes mes remarques une à une ? En sa présence, je suis moins courageuse. Il a l'air tellement sérieux. J'avale une autre gorgée de vin pour me donner du cœur au ventre. Christian poursuit :

— Maladies sexuellement transmissibles. Toutes mes partenaires précédentes ont subi des analyses sanguines, et je me fais tester deux fois par an pour les risques mentionnés. Toutes mes analyses récentes ont été négatives. Je n'ai jamais pris de drogues. D'ailleurs, je suis violemment antidrogue. J'ai une politique de tolérance zéro dans mon entreprise, et je soumets mon personnel à des analyses aléatoires.

Eh ben, dis donc… Décidément, son obsession du contrôle ne connaît pas de limites. Je le dévisage, choquée.

— Je n'ai jamais eu de transfusion, ajoute-t-il. Cela répond-il à tes questions ?

Je hoche la tête, impassible.

— Remarque suivante. Tu peux en effet partir à n'importe quel moment, Anastasia. Je ne t'en empêcherai pas. Toutefois, si tu pars, tout sera fini entre nous. Il faut que tu le saches.

— D'accord.

Cette idée m'est étonnamment pénible.

Le serveur nous apporte nos entrées. Comment pourrais-je avaler une bouchée ? Mince alors, il a commandé des huîtres.

— J'espère que tu aimes les huîtres.

— Je n'en ai jamais mangé.

— Vraiment ? Eh bien..., dit-il en en prenant une, tu n'as qu'à pencher la coquille et à avaler. Je pense que tu ne devrais pas avoir trop de mal à y arriver.

Sachant à quoi il fait allusion, je m'empourpre. Il sourit, arrose son huître de jus de citron et la fait basculer dans sa bouche.

— Mmm... délicieux. Ça a le goût de la mer. Allez, m'encourage-t-il.

— Je ne mastique pas ?

— Non, Anastasia, tu ne mastiques pas.

Ses yeux pétillent d'humour. Il a l'air tellement jeune, comme ça.

Je mordille ma lèvre inférieure et il se rembrunit aussitôt. Bon, allez, on y va. J'arrose une huître de jus de citron et je la gobe. Elle glisse dans ma gorge – eau de mer, sel, citron, chair... oh ! Je me régale tandis qu'il m'observe attentivement, l'œil mi-clos.

— Eh bien ?

— J'en reprends une.

— Bravo, ma belle.

— Tu les as choisies exprès ? Ça n'est pas censé être aphrodisiaque ?

— Avec toi, je n'ai pas besoin d'aphrodisiaques. Je pense que tu le sais, et je pense que je te fais le même effet. Où en étions-nous ?

Il jette un coup d'œil à mon mail tandis que je reprends une huître.

Je lui fais le même effet. Je le trouble... waouh.

— M'obéir en toutes choses. Oui, j'y tiens. Considère ça comme un jeu de rôles, Anastasia.

— Mais j'ai peur que tu me fasses mal.

— Mal comment ?

— Physiquement.

Et psychologiquement.

— Tu crois vraiment que je te ferais mal ? Que je franchirais les limites de ce que tu ne peux pas supporter ?

— Tu m'as dit que tu avais déjà fait mal à quelqu'un.

— Oui. En effet. Il y a longtemps.

— Comment ?

— Je l'ai suspendue au plafond dans ma salle de jeux. D'ailleurs, c'est l'une de tes questions. La suspension. C'est à ça que servent les mousquetons. L'une des cordes était trop serrée.

Je lève la main.

— Je ne veux pas en savoir davantage. Tu ne vas pas me suspendre ?

— Non, si tu ne veux pas. Ça peut faire partie des limites à ne pas franchir.

— D'accord.

— L'obéissance, tu penses pouvoir y arriver ?

Il me dévisage, le regard intense. Les secondes s'écoulent.

— Je peux essayer.

— Bon, sourit-il. Maintenant, le terme. Un mois au lieu de trois, ce n'est rien du tout, surtout si tu te gardes un week-end par mois. Je ne pense pas que je pourrai me passer de toi aussi longtemps. J'ai déjà assez de mal maintenant.

Quoi ? Il ne peut pas se passer de moi ?

— Et si tu te prenais un jour de week-end par mois, avec un jour en semaine pour moi cette semaine-là ?

— D'accord.

— Et s'il te plaît, essayons pour trois mois. Si ça ne te plaît pas, tu peux partir quand tu veux.

— Trois mois ?

J'ai l'impression qu'il me force la main. J'avale encore une gorgée de vin et je reprends une huître. Je pourrais m'y habituer, à ces trucs-là.

— Cette histoire de propriété, c'est simplement une question de terminologie, ça renvoie au principe de l'obéissance. C'est pour te mettre dans l'état d'esprit qui convient. Mais je veux que tu comprennes que dès l'instant où tu franchiras mon seuil en tant que soumise, je ferai ce qui me plaît de toi. Tu dois l'accepter de ton plein gré. Voilà pourquoi tu dois me faire confiance. Je vais te baiser à n'importe quel moment, de quelque façon qu'il me plaira, où je veux. Je vais te discipliner, parce que tu feras des bêtises. Je vais te dresser à me satisfaire. Mais je sais bien que tu n'as jamais fait ça. Au début, on ira doucement, je t'aiderai. Nous élaborerons divers scénarios. Je veux que tu me fasses confiance, mais je sais que je dois mériter cette confiance, et j'y arriverai. User de ton corps sexuellement « ou autrement », encore une fois, c'est pour t'aider à te mettre dans l'état d'esprit qui convient. Ça veut dire que tout est possible.

Il plaide sa cause si passionnément que je n'arrive pas à détacher mes yeux de lui. Il tient vraiment à ce que je signe. Il se tait pour me dévisager.

— Tu me suis toujours ? chuchote-t-il d'une voix riche, chaude et séductrice.

Il boit une gorgée de vin en soutenant mon regard.

Le serveur paraît ; Christian lui adresse un petit signe de tête pour lui permettre de débarrasser.

— Encore un peu de vin ?

— Je dois conduire.

— Alors de l'eau ?

J'acquiesce.

— Plate ou gazeuse ?

— Gazeuse, s'il te plaît.

Le serveur s'éclipse.

— Tu ne dis pas grand-chose, fait observer Christian.

— Tu parles beaucoup.

Il sourit.

— Discipline. Il y a une limite très ténue entre le plaisir et la douleur, Anastasia. Ce sont les deux revers de la même médaille, l'un n'existe pas sans l'autre. Je peux te prouver à quel point la douleur peut être un plaisir. Tu ne me crois pas pour l'instant, mais voilà ce que j'entends par confiance. Il y aura de la douleur, mais rien que tu ne puisses supporter. Encore une fois, c'est une question de confiance. Tu me fais confiance, Ana ?

Ana ?

— Oui.

J'ai répondu spontanément, sans réfléchir, parce que c'est vrai : je lui fais confiance.

— Très bien, alors. Le reste, ce sont des détails.

— Des détails importants.

— D'accord, parlons-en.

Tous ces mots me font tourner la tête. J'aurais dû prendre le dictaphone de Kate pour pouvoir réécouter notre conversation. Il y a tellement d'informations à assimiler. Le serveur revient avec nos plats principaux : morue noire, asperges, pommes vapeur, sauce hollandaise. Je n'ai jamais eu moins faim de ma vie.

— Tu aimes le poisson, j'espère, dit Christian d'une voix affable.

J'attaque mon plat sans enthousiasme, et avale une grande gorgée d'eau pétillante en regrettant amèrement que ce ne soit pas du vin.

— Les règles. Parlons-en. Donc, la liste d'aliments autorisés, c'est pour toi une raison suffisante de ne pas conclure l'accord ?

— Oui.

— Et si je modifie le contrat pour dire que tu dois manger au moins trois repas par jour ?

— Non.

Pas question de céder là-dessus. Personne ne me dictera ce que je mange. Comment je baise, passe encore, mais manger… absolument hors de question.

Il pince les lèvres.

— Il faut que je sache que tu n'es pas affamée.

Je fronce les sourcils. *Pourquoi ?*

— Fais-moi confiance là-dessus, dis-je.

Il me dévisage un moment, puis se détend.

— Vous marquez encore un point, mademoiselle Steele. Je cède sur la nourriture et le sommeil.

— Pourquoi n'ai-je pas le droit de te regarder ?

— Ça fait partie du protocole. Tu t'y habitueras.

Vraiment ?

— Pourquoi je ne peux pas te toucher ?

— Parce que tu ne peux pas.

Il prend un air buté.

— À cause de Mrs Robinson ?

Il m'interroge du regard.

— Pourquoi t'imagines-tu ça ?

Puis il comprend.

— Tu penses qu'elle m'a traumatisé ?

Je hoche la tête.

— Non, Anastasia, ça n'est pas pour cette raison. En plus, Mrs Robinson ne m'aurait jamais permis ce genre de caprice.

Alors que moi, je n'ai pas le choix. Je boude.

— Donc, ça n'a rien à voir avec elle.

— Non. Et je ne veux pas que tu te touches non plus.

Quoi ? Ah oui, la clause de non-masturbation.

— Par curiosité... pourquoi ?

— Parce que je veux que tu me doives tout ton plaisir.

Il parle d'une voix basse mais ferme.

Bien... Je n'ai rien à répondre à cela, même si, au fond, je trouve ça très égoïste de sa part. Tout en me forçant à avaler une bouchée de morue, je tente de mesurer les concessions que j'ai gagnées. La nourriture, le sommeil. Et puis il a promis d'y aller doucement. Mais nous n'avons pas encore abordé les limites à négocier.

— Je t'ai donné beaucoup à réfléchir, n'est-ce pas ?

— Oui.

— Tu veux qu'on passe aux limites à négocier ?

— Pas en mangeant.

Il sourit.

— Tu trouves ça dégoûtant ?

— Un peu.

— Tu n'as pas beaucoup mangé.

— Je n'ai plus faim.

— Trois huîtres, quatre bouchées de morue, une asperge, pas de pommes de terre, et en plus tu n'as rien mangé de la journée. Tu m'as pourtant dit que je pouvais te faire confiance.

Putain, mais il a fait l'inventaire de chaque bouchée, ou quoi ?

— Christian, je t'en prie, je n'ai pas ce genre de conversation tous les jours.

— Il faut que tu restes en bonne santé, Anastasia.

— Je sais.

— Et maintenant, j'ai envie de t'enlever cette robe.

Je déglutis. *M'enlever la robe de Kate.* Ça tiraille tout au fond de mon ventre. Des muscles dont je connais désormais l'existence se crispent à ces mots. Mais non. Une fois de plus, il utilise contre moi son arme la plus puissante : le sexe. Même moi, j'ai compris à quel point il est un amant d'exception. Je secoue la tête.

— Je crois que ce n'est pas une bonne idée. Nous n'avons pas encore mangé le dessert.

— Tu veux du dessert ? pouffe-t-il.

— Oui.

— C'est toi que je veux comme dessert, murmure-t-il d'une voix suggestive.

— Je ne suis pas sûre d'être assez sucrée.

— Anastasia, tu es délicieuse, j'en sais quelque chose.

— Christian, tu te sers du sexe comme d'une arme. Ça n'est vraiment pas juste.

Il hausse les sourcils, étonné, puis il semble réfléchir à ce que je viens de dire en caressant son menton.

— Tu as raison. Dans la vie, on tire parti de ses talents, Anastasia. Ça ne change rien au fait que j'aie envie de toi. Ici. Maintenant.

Comment peut-il me séduire rien qu'avec sa voix ? Je suis déjà haletante – mon sang brûle dans mes veines, mes nerfs picotent.

— J'ai envie d'essayer quelque chose, souffle-t-il.

Je fronce les sourcils. Il m'a déjà donné tant d'idées à assimiler, je ne crois pas que je sois prête à tenter de nouveaux trucs…

— Si tu étais ma Soumise, tu n'aurais pas à réfléchir. Tout deviendrait tellement plus simple, murmure-t-il d'une voix tentatrice. Toutes ces décisions, tous ces processus mentaux épuisants… Est-ce une bonne idée ? Peut-on faire ça ici ? Maintenant ? Tu n'aurais plus à te préoccuper de ces détails. Ce serait à moi de m'en charger, en tant que Dominant. Et, en ce moment, je sais que tu as envie de moi, Anastasia.

Comment le sait-il ?

— Je le sais, parce que…

Bordel de merde, il répond à ma question avant même que je ne l'aie posée. Il est télépathe, par-dessus le marché ?

— … ton corps te trahit. Tu serres les cuisses, tu rougis, tu respires plus vite.

Bon, d'accord, j'ai compris.

— Comment sais-tu, pour mes cuisses ?

Je ne le crois pas. J'ai les jambes sous la table, pour l'amour du ciel !

— Je sens la nappe qui bouge, et j'en tire la conclusion qui s'impose en me fondant sur plusieurs années d'expérience. J'ai raison, n'est-ce pas ?

Je rougis en baissant les yeux. Le voilà, mon handicap, dans ce jeu de séduction. Il est le seul à en connaître et à en comprendre les règles. Je suis trop naïve et inexpérimentée. Mon seul point de référence, c'est Kate, et elle ne s'en laisse pas conter par les hommes. Mes autres références sont des héroïnes de roman : Elizabeth Bennet serait outragée, Jane Eyre effarée, et Tess succomberait, comme moi.

— Je n'ai pas fini mon poisson.

— Entre moi et le poisson, c'est le poisson que tu préfères ?

Je relève la tête brusquement ; ses prunelles brûlent comme de l'argent en fusion. Mais je ne flanche pas :

— Je croyais que tu tenais à ce que je finisse tout ce qu'il y a dans mon assiette ?

— En ce moment, mademoiselle Steele, je me fous de votre assiette.

— Christian, tu ne te bats pas à la loyale.

— Je sais. J'ai toujours été comme ça.

Ma déesse intérieure m'encourage : tu peux y arriver. Tu peux le combattre avec ses propres armes. *Je peux ?* D'accord. Comment ? Mon inexpérience me pèse comme un boulet. Prenant une asperge, je regarde Christian en me mordillant la lèvre. Puis, très lentement, j'insère la pointe de l'asperge entre mes lèvres pour la sucer.

Les yeux de Christian s'écarquillent de façon infinitésimale, mais perceptible.

— Anastasia, tu fais quoi, là ?

Je croque la pointe.

— Je mange une asperge.

Christian change de position.

— Je crois que vous vous moquez de moi, mademoiselle Steele.

Je feins l'innocence.

— Je ne fais que terminer mon repas, monsieur Grey.

Le serveur choisit cet instant pour entrer. Il jette un coup d'œil rapide à Christian, qui hoche la tête. Son arrivée a rompu le charme. Je m'accroche à ce précieux moment de lucidité. Il faut que je m'en aille. Si je reste, notre rendez-vous ne peut se conclure que d'une seule façon et, après notre conversation, il faut que je délimite mon territoire. Mon corps est avide du sien, mais mon esprit se rebelle. Je n'ai pas encore pris ma décision ; son charme et ses prouesses sexuelles ne me facilitent pas la tâche.

— Tu veux un dessert ? me demande Christian, redevenu gentleman.

— Non merci. Je pense que je vais y aller.

Je baisse les yeux.

— Tu t'en vas ?

Il n'arrive pas à dissimuler son étonnement. Le serveur s'éclipse discrètement.

— Oui.

C'est la bonne décision. Si je reste ici, il va me baiser. Je me lève, déterminée.

— Nous assistons tous deux à la remise des diplômes demain.

Christian se lève automatiquement, trahissant ses bonnes manières.

— Je ne veux pas que tu t'en ailles.

— S'il te plaît... il le faut.

— Pourquoi ?

— Parce que tu m'as donné beaucoup à réfléchir... j'ai besoin de recul.

— Je pourrais te forcer à rester, me menace-t-il.

— Oui, facilement, mais je ne veux pas.

Il passe sa main dans ses cheveux.

300

— Tu sais, quand tu as déboulé dans mon bureau à quatre pattes, tu n'arrêtais pas de répéter « oui, monsieur », « non, monsieur », ce qui m'a fait croire que tu étais soumise de nature. Mais, très franchement, Anastasia, je ne suis pas certain qu'il y ait un gramme de soumission dans ton corps délicieux.

Il s'avance lentement vers moi tout en parlant.

— Tu as sans doute raison.

— Je veux tout de même avoir la possibilité d'explorer cette éventualité, murmure-t-il.

Il caresse mon visage en lissant ma lèvre inférieure avec son pouce.

— Je ne connais rien d'autre, Anastasia. Je suis fait comme ça.

— Je sais.

Il se penche pour m'embrasser mais, avant que ses lèvres ne me touchent, son regard cherche le mien comme pour me demander la permission. Comme c'est peut-être la dernière fois que nous nous embrassons, je me laisse aller – mes mains, mues par une volonté indépendante, plongent dans ses cheveux pour l'attirer vers moi, ma bouche s'ouvre, ma langue caresse la sienne. Répondant à mon ardeur, il m'attrape la nuque pour un baiser plus profond. Son autre main glisse dans mon dos et se plaque à la base de mes reins pour m'attirer contre son corps.

— Je ne peux pas te convaincre de rester ? souffle-t-il entre deux baisers.

— Non.

— Passe la nuit avec moi.

— Sans te toucher ? Non.

Il geint.

— Tu es impossible.

301

Il s'écarte pour me regarder.

— Pourquoi ai-je l'impression que tu me quittes ?

— Parce que je m'en vais.

— Ce n'est pas ce que je veux dire, et tu le sais très bien.

— Christian, j'ai besoin de réfléchir. Je ne sais pas si je peux accepter le genre de relation que tu me proposes.

Il ferme les yeux et appuie son front contre le mien, ce qui nous permet à tous deux de reprendre notre souffle. Au bout d'un moment, il m'embrasse sur le front, plonge le nez dans mes cheveux pour inspirer profondément, puis me lâche et recule d'un pas.

— Comme vous voulez, mademoiselle Steele. Je vous raccompagne.

Ça y est, c'est peut-être fini entre nous. Je le suis docilement dans l'escalier jusqu'au hall ; mon cuir chevelu picote, mon sang bouillonne. Est-ce la dernière fois que je le vois ? Mon cœur se serre douloureusement dans ma poitrine. Quel retournement. Quelles peuvent être les conséquences d'un éclair de lucidité dans la vie d'une femme ?

— Vous avez votre ticket de voiturier ?

Je fouille dans mon sac et lui remets le ticket, qu'il donne au portier. Je le regarde tandis que nous attendons.

— Merci pour le dîner.

— Ce fut un plaisir, comme toujours, mademoiselle Steele.

Je grave son profil magnifique dans ma mémoire. L'idée de ne plus jamais le revoir est trop atroce pour que je l'envisage. Il se tourne brusquement et me regarde d'un air intense.

— Tu t'installes ce week-end à Seattle. Si tu prends la bonne décision, on peut se voir dimanche ?

— On verra. Peut-être.

Il a l'air soulagé un moment, puis il fronce les sourcils.

— Il fait plus frais maintenant, tu n'as pas de veste ?

— Non.

Il secoue la tête, irrité, et retire la sienne.

— Tiens, je ne veux pas que tu prennes froid.

Il me la tend, et, en y glissant les bras, je me rappelle qu'il m'avait passé mon caban lors de notre première rencontre, et l'effet que ça m'avait fait. Rien n'a changé ; c'est même plus fort que jamais. Sa veste est tiède, beaucoup trop grande pour moi, et imprégnée de sa délicieuse odeur…

Ma Coccinelle se range devant l'entrée. Christian en reste abasourdi.

— C'est dans ça que tu circules ?

Il a l'air consterné. Me prenant par la main, il sort avec moi. Le voiturier me tend mes clés. Christian lui glisse un billet.

— C'est en état de rouler, ce tas de ferrailles ?

Il me regarde maintenant d'un œil sévère.

— Oui.

— Ça peut se rendre jusqu'à Seattle ?

— Oui, bien sûr.

— Sans danger ?

— Oui, dis-je sèchement, exaspérée. D'accord, c'est une vieille bagnole. Mais c'est la mienne, et elle est en état de rouler. Mon beau-père me l'a offerte.

— Anastasia, je pense qu'on peut faire mieux que ça.

— C'est-à-dire ?

Tout d'un coup, je comprends.

— Pas question que tu m'achètes une voiture.

Il me regarde d'un œil noir, la mâchoire crispée.

— On verra.

Il grimace en m'ouvrant la portière. Je retire mes chaussures et je baisse la vitre. Il me regarde d'un air contrarié.

— Sois prudente.

— Au revoir, Christian.

J'ai la voix éraillée car j'ai envie de pleurer – *merde, je ne vais pas chialer devant lui ?* Je lui adresse un petit sourire.

En m'éloignant, j'étouffe un sanglot mais, bientôt, les larmes inondent mon visage. D'accord, j'ai su me défendre. Il m'a tout expliqué clairement. Il me désire. Mais j'en veux plus. J'ai besoin qu'il me veuille comme je le veux et, au fond, je sais que c'est impossible. Je ne sais plus où j'en suis.

Si j'acceptais, je ne saurais même pas comment désigner ce que nous serions l'un pour l'autre. Serait-il mon mec ? Pourrais-je le présenter à mes amis ? Aller dans des bars, au cinéma, au bowling avec lui ? À vrai dire, j'en doute fort. Il ne me laisse pas le toucher et il ne veut pas que je dorme avec lui. Certes, je sais que je n'ai jamais vécu ces choses par le passé, mais je veux les vivre à l'avenir. Et ce n'est pas cet avenir qu'il envisage avec moi.

Et si j'acceptais, et que ce soit lui qui me renvoie au bout de trois mois, quand il en aura eu marre d'essayer de me transformer ? Qu'éprouverais-je alors ? J'aurais investi mes émotions, je me serais prêtée à des actes que je ne suis pas sûre d'avoir envie de vivre. Et s'il décidait de ne pas renouveler notre contrat, comment arriverais-je à survivre à un tel rejet ? Il vaut peut-être mieux reculer maintenant, afin de protéger le peu d'estime de moi qui me reste.

Mais l'idée de ne plus jamais le revoir m'est un supplice. Comment puis-je l'avoir à ce point-là dans la peau au bout de si peu de temps ? Ce n'est pas seulement une histoire de cul… non ? J'essuie mes larmes. Je ne veux pas analyser mes sentiments pour lui. J'ai peur de ce que pourrais découvrir. *Qu'est-ce que je vais faire ?*

Je me gare devant notre duplex. Pas de lumières. Kate doit être sortie. J'en suis soulagée. Je ne veux pas qu'elle me surprenne encore à pleurer. En me déshabillant, je réveille la machine infernale et j'y trouve un message de Christian.

De : Christian Grey
Objet : Ce soir
Date : 25 mai 2011 22:01
À : Anastasia Steele

Je ne comprends pas pourquoi tu t'es enfuie ce soir. J'espère sincèrement avoir répondu à toutes tes questions. Je sais que je t'ai donné beaucoup à réfléchir, et j'espère de tout cœur que tu prendras sérieusement en

considération ma proposition. Je veux vraiment que ça
marche entre nous. Nous irons doucement.
Fais-moi confiance.

Christian Grey
P-DG, Grey Enterprises Holdings, Inc.

Son mail me fait pleurer de plus belle. Il parle
de cette histoire comme s'il s'agissait d'une opération de fusion-acquisition. Je ne suis pas une
entreprise, merde ! Je ne réponds pas. Je ne sais
tout simplement pas quoi dire. J'enfile mon
pyjama et me mets au lit, lovée dans sa veste.
Allongée dans le noir les yeux ouverts, je
repense à toutes les fois où il m'a prévenue de
rester à l'écart.

*Anastasia, vous devriez garder vos distances. Je ne
suis pas l'homme qu'il vous faut.*

Les petites amies, ça n'est pas mon truc.

Je ne suis pas du genre fleurs et chocolats.

Je ne fais pas l'amour.

C'est tout ce que je connais.

Et, tout en sanglotant en silence dans mon
oreiller, c'est à cette dernière idée que je
m'accroche. Moi aussi, c'est tout ce que je
connais. Peut-être qu'ensemble on pourrait tracer un nouvel itinéraire.

14.

Christian me surplombe en brandissant une cravache en cuir tressé. Il ne porte qu'un vieux Levi's délavé et déchiré. Il tapote doucement la cravache dans sa paume en me regardant avec un sourire triomphant. Je suis nue, menottée, écartelée dans son grand lit à baldaquin. Il passe la pointe de sa cravache de mon front jusqu'au bout de mon nez pour me faire sentir le cuir lisse et gras, puis sur mes lèvres entrouvertes et hale-tantes, avant de l'enfoncer dans ma bouche pour me la faire goûter.

— Suce, m'ordonne-t-il d'une voix douce.

Obéissante, je referme la bouche autour de la pointe de la cravache.

— Assez, aboie-t-il.

Il retire la cravache de ma bouche, la passe sur mon menton, sur mon cou, la fait tournoyer dans le creux entre mes clavicules, puis glisser entre mes seins jusqu'à mon nombril. Je me tords en tirant sur les liens qui me mordent les poignets et les chevilles. Il trace des cercles dans mon nombril, puis s'oriente plein sud, à travers ma toison, jusqu'à mon clitoris. Il donne une petite chiquenaude avec la cravache, gifle cuisante qui me fait jouir glorieusement en hurlant ma délivrance.

Tout d'un coup, je me réveille, désorientée, à bout de souffle, inondée de sueur, secouée par la violence de mon orgasme. Nom de Dieu. *Qu'est-ce qui vient de m'arriver ?* Je suis seule dans ma chambre. Comment ? Pourquoi ? Je me redresse, encore sous le choc... ça alors. Il fait jour. Je consulte mon réveil : 8 heures. Je prends ma tête entre mes mains. Je n'ai jamais eu de rêve érotique. Est-ce quelque chose que j'ai mangé ? Peut-être les huîtres, ou alors ce sont mes recherches sur Internet qui se sont traduites par ce premier rêve mouillé. C'est déconcertant. Je n'imaginais pas qu'on puisse avoir un orgasme en dormant.

Kate s'affaire dans la cuisine quand j'y entre en titubant.

— Ana, ça va ? Tu fais une drôle de tête. C'est la veste de Christian que tu portes ?

Merde, j'aurais dû me regarder dans le miroir. J'évite son regard perçant. Je suis encore sous le coup de mon rêve.

— Oui, c'est la veste de Christian.

Elle fronce les sourcils.

— Tu as dormi ?

— Pas très bien.

Je me dirige vers la bouilloire. Il me faut mon thé.

— Et ce dîner, c'était comment ?

Ça y est, c'est parti.

— On a mangé des huîtres, de la morue...

— Pouah, j'ai horreur des huîtres. Mais on s'en fout, de ce que vous avez bouffé. Christian, il était comment ? Vous avez parlé de quoi ?

308

— Il a été très attentionné.

Je me tais. Que dire ? Que son résultat VIH est négatif, qu'il adore les jeux de rôles, qu'il veut que j'obéisse à tous ses ordres, qu'il a déjà fait mal à une femme en la suspendant au plafond et qu'il voulait me baiser dans le salon privé du Heathman ? Ce serait un bon résumé de la soirée, non ? J'essaie désespérément de me rappeler un détail que je puisse raconter à Kate.

— Il n'approuve pas Wanda.

— Il n'est pas le seul, Ana. Pourquoi tant de pudeur ? Allez, aboule, ma cocotte.

— Je ne sais pas, moi… on a parlé de tas de choses. De ses caprices alimentaires, par exemple. Ah, au fait, il a adoré ta robe.

L'eau commence à bouillir. J'en profite pour faire diversion :

— Tu veux du thé ? Tu veux me lire ton discours ?

— Oui, je veux bien. J'y ai travaillé hier soir. Et, oui, j'aimerais bien du thé.

Kate sort chercher son ordinateur.

Ouf. J'ai réussi à détourner la curiosité de Kate Kavanagh. Je coupe un bagel en deux pour le glisser dans le grille-pain. Puis je rougis en me rappelant mon rêve. Mais d'où ça sort, ça ?

Je ne sais plus où j'en suis. La relation que me propose Christian ressemble plutôt à une offre d'emploi, avec des horaires, une description de poste, et une procédure de règlement des griefs assez radicale. Ce n'est pas ainsi que j'envisageais ma première histoire d'amour. Mais, les histoires d'amour, ça n'est pas le truc de Christian, il a été assez clair là-dessus. Si je lui dis que j'en veux plus, il refusera sans doute… ce qui compromettra l'accord qu'il m'a proposé. Et voilà ce qui m'inquiète, parce que je ne veux pas le perdre. Mais je ne suis pas certaine d'avoir le courage d'être sa soumise. Au fond, ce sont les cannes et les fouets qui me fichent la trouille. Je suis lâche, je ferais n'importe quoi pour éviter la douleur physique. Je repense à mon rêve… *et si c'était comme ça ?* Ma déesse intérieure agite ses pompons de majorette, en me hurlant que oui.

Kate revient dans la cuisine avec son ordinateur. Je me concentre sur mon bagel en écoutant patiemment son discours de major de la promotion.

Lorsque Ray se pointe sur la véranda dans son costume débraillé, je suis envahie par une telle bouffée de gratitude et d'amour pour cet homme simple et aimant que je me jette à son cou. Cette démonstration d'affection assez inhabituelle le prend de court.

— Hé, Annie, moi aussi je suis content de te voir, marmonne-t-il en me serrant dans ses bras.

Il me lâche, pose ses mains sur mes épaules et me scrute de la tête aux pieds, le front plissé.

— Ça va, gamine ?

— Mais oui. Une fille n'a pas le droit d'être contente de voir son papa ?

Il sourit, le coin de ses yeux se plisse, et il me suit dans le salon.

— Tu es jolie.

— Kate m'a prêté une robe.

Je baisse les yeux vers ma robe dos-nu en mousseline grise.

— Et Kate, au fait, où est-elle ?

— Elle est déjà sur place. Comme elle prononce un discours, il fallait qu'elle arrive en avance.

— On y va ?

— Papa, on a encore une demi-heure. Tu veux un thé ? Il faut que tu me donnes des nouvelles de Montesano. Tu as fait bonne route ?

Ray se gare dans le parking du campus, et nous suivons le flot de toges noires et rouges qui s'achemine vers le gymnase.

— Annie, tu as l'air nerveuse. Tu as le trac ?

Et merde… Voilà que Ray se met à avoir le sens de l'observation. C'est bien le moment !

— Oui, papa. C'est un grand jour pour moi.

Et je vais voir Christian.

— Eh oui, mon bébé a passé sa licence. Je suis très fier de toi, Annie.

— Merci, papa.

Qu'est-ce que je l'aime, cet homme.

Le gymnase est bondé. Ray va s'asseoir dans les gradins. J'ai l'impression que l'anonymat de ma toge et de ma toque me protège. Il n'y a encore personne sur l'estrade mais je n'arrive pas à me calmer. Christian est là, quelque part. Kate est peut-être en train de lui parler, de l'interroger. Je me fraie un chemin jusqu'à ma chaise parmi les autres étudiants dont le nom commence par un « S ». Comme je suis au deuxième rang, j'espère passer inaperçue. Regardant derrière moi, je repère Ray tout en haut des gradins. Je lui adresse un signe. Il y répond, un peu gêné. Je m'assois.

L'auditorium se remplit et le bourdonnement des voix s'intensifie. Je suis flanquée de deux filles que je ne connais pas, des étudiantes d'un autre département, manifestement grandes copines, qui se penchent au-dessus de moi pour bavarder.

À 11 heures précises, le président de l'université sort des coulisses, suivi des trois vice-présidents et des professeurs vêtus de leurs toges. Nous nous levons pour les applaudir. Certains professeurs inclinent la tête et agitent la main, d'autres ont l'air blasé. Comme toujours, le professeur Collins, mon directeur d'études, a l'air d'être tombé du lit. Kate et Christian sont les derniers à arriver sur scène. Christian est superbe avec son costume gris et ses cheveux cuivrés qui brillent sous les spots. Il a pris son air le plus sérieux et le plus réservé. Quand il s'assoit, il déboutonne sa veste et j'aperçois sa cravate. *Merde alors... c'est* la *cravate !* Par réflexe, je me frotte les poignets. Il l'a sûrement choisie exprès. L'assistance s'assoit et les applaudissements cessent.

— Tu as vu ce mec ? souffle à sa copine l'une de mes voisines, excitée comme une puce.

— Canon !

Je me raidis. Je suis sûre qu'elles ne parlent pas du professeur Collins.

— Ça doit être lui, Christian Grey.

— Il est célibataire ?

Hérissée, j'interviens :

— Je ne crois pas.

— Ah ?

Les deux filles me regardent, étonnées.

— En fait, je crois qu'il est gay.

— Quel gâchis, geint l'une des filles.

Tandis que le président prononce son discours, Christian scrute discrètement la salle. Je me tasse sur ma chaise en rentrant les épaules pour ne pas me faire remarquer. Peine perdue : une seconde plus tard, ses yeux trouvent les miens. Il me regarde fixement, impassible. Je me tortille, hypnotisée par son regard ; le sang me monte lentement au visage. Mon rêve de ce matin me revient, et les muscles de mon ventre ont un spasme délectable. J'aspire brusquement. L'ombre fugace d'un sourire passe sur ses lèvres. Il ferme brièvement les yeux et, lorsqu'il les rouvre, son visage est redevenu indifférent. Après avoir jeté un coup d'œil au président, il regarde droit devant lui, l'œil fixé sur l'emblème de l'université accroché au-dessus de l'entrée. Le président n'en finit plus de discourir, mais Christian m'ignore obstinément.

Pourquoi ? A-t-il changé d'avis ? Le malaise me gagne. Quand je l'ai planté là hier soir, il a peut-être cru que c'était fini entre nous. Ou bien il en a marre d'attendre que je me décide. Ou alors il est furieux que je n'aie pas répondu à son dernier mail. Mon Dieu, j'ai tout fait foirer.

Les applaudissements éclatent quand Mlle Katherine Kavanagh monte sur l'estrade. Le président s'assoit, et Kate rejette ses cheveux magnifiques sur ses épaules tout en disposant ses notes sur le pupitre en prenant tout son temps, sans se laisser intimider par les mille personnes qui l'observent. Lorsqu'elle est prête, elle sourit, balaie la foule du regard et se lance dans un discours brillant et plein d'esprit. Mes voisines éclatent de rire dès qu'elle fait sa première plaisanterie. *Katherine Kavanagh, tu es vraiment douée*. Je suis tellement fière d'elle qu'à ce moment-là je ne songe plus à Christian Grey. Même si j'ai déjà entendu son discours, je l'écoute attentivement. Elle maîtrise son public et l'entraîne avec elle.

Son thème, c'est « Après l'université, quoi ? ». Quoi, en effet ? Christian observe Kate en haussant les sourcils – je crois qu'il est étonné. Oui, c'est Kate qui aurait pu l'interviewer. C'est à Kate qu'il aurait pu faire sa proposition indécente. La belle Kate et le beau Christian. Je pourrais, comme mes deux voisines, être obligée de me contenter de l'admirer de loin. Quoique. Kate, elle, l'aurait envoyé se faire foutre. Qu'at-elle dit de lui l'autre jour ? Qu'il lui faisait froid dans le dos. Moi, ce qui me ferait froid dans le dos, ce serait de voir s'affronter Kate et Christian. Je ne saurais pas sur lequel parier.

Kate conclut son discours avec brio. Spontanément, le public se lève pour lui offrir sa première standing ovation. Je lui souris en l'acclamant, moi aussi, et elle répond à mon sourire. *Bravo, Kate*. Elle s'assoit, le public aussi, et le président se lève pour présenter Christian… Tiens donc, Christian va faire un discours. Le président esquisse rapidement son parcours : chef d'entreprise, *self-made man*…

— … mais également un mécène très généreux de notre université. Je souhaite la bienvenue à M. Christian Grey.

Le président serre vigoureusement la main de Christian tandis que le public applaudit poliment. J'ai le cœur dans la gorge. Christian s'approche du pupitre et balaie la salle d'un regard assuré. Mes voisines tendent le cou, captivées. D'ailleurs, j'ai l'impression que la plupart des femmes ainsi que quelques hommes se sont penchés en avant sur leurs chaises. Il commence à parler d'une voix douce, posée, hypnotique.

— Je suis profondément touché et reconnaissant de l'honneur que me fait la Washington State University aujourd'hui. Cela me permet de vous faire connaître le travail impressionnant réalisé par le département des sciences de l'environnement, ici même. Nous cherchons à mettre au point des méthodes agricoles viables et écologiquement durables dans les pays en voie de développement, afin d'aider à éradiquer la faim et la pauvreté dans le monde. Plus d'un milliard de personnes, surtout en Afrique subsaharienne, en Asie du Sud-Est et en Amérique latine, vivent dans une pauvreté abjecte. Les dysfonctionnements de l'agriculture, endémiques dans ces régions du globe, provoquent des ravages écologiques et sociaux terribles. J'ai moi-même connu la faim. Ce projet représente donc un enjeu très personnel pour moi...

Quoi ? Christian a connu la faim ? *Alors là...* Tout s'éclaire. Il était sincère quand il affirmait qu'il voulait nourrir la planète. Je me ratisse désespérément le cerveau pour me rappeler les détails de l'article de Kate. Il a été adopté à l'âge de quatre ans, il me semble. Je ne peux pas m'imaginer que Grace l'ait affamé, alors ça a dû être avant, quand il était tout petit. Je déglutis, le cœur serré en songeant à ce garçonnet affamé. *Mon Dieu.* Quelle existence a-t-il menée avant que les Grey ne l'adoptent ?

Une indignation violente m'envahit. Pauvre Christian... Philanthrope, pervers, cinglé... Même si je suis certaine qu'il ne se voit pas comme ça ; il ne supporterait pas qu'on ait pitié de lui.

Tout d'un coup, la foule se lève pour l'applaudir. Je suis le mouvement, mais je n'ai pas entendu la moitié de son discours. Je n'arrive pas à croire qu'il arrive à s'occuper d'une ONG, à diriger une entreprise gigantesque et à me courtiser en même temps. C'est trop pour un seul homme. Je me rappelle les bribes de conversations au sujet du Darfour, son obsession de la bouffe... tout se tient.

Il sourit brièvement – même Kate applaudit – puis retourne s'asseoir sans regarder dans ma direction. Nous entamons ensuite le long et fastidieux processus de la remise des diplômes. Il y a plus de quatre cents étudiants et une bonne heure s'écoule avant qu'on ne m'appelle. Je m'avance vers l'estrade entre mes deux voisines qui gloussent. Christian m'adresse un regard chaleureux mais réservé.

— Félicitations, mademoiselle Steele, me dit-il en me serrant la main et en la pressant doucement.

Lorsque sa chair touche la mienne, je sens une décharge électrique.

— Votre ordinateur est en panne ? me glisse-t-il en me tendant mon diplôme.

— Non.

— Donc, c'est que vous ne répondez pas à mes mails ?

— Je n'ai vu que celui concernant la fusion-acquisition en cours.

Il m'interroge du regard, mais je dois avancer parce que je bloque la file.

Je retourne m'asseoir. Des mails ? Il a dû m'en écrire un deuxième.

La cérémonie met encore une heure à se conclure. Cela me paraît interminable. Enfin, le président et les professeurs quittent la scène sous les applaudissements, suivis par Christian et Kate. Christian ne me jette même pas un coup d'œil. Ma déesse intérieure est vexée comme un pou.

Alors que j'attends que ma rangée se disperse, Kate me fait signe en se dirigeant vers moi.

— Christian veut te parler, me lance-t-elle.

Mes deux voisines se retournent pour me dévisager, bouche bée.

— Il m'a envoyée te chercher, reprend-elle.

Ah...

— Ton discours était génial, Kate.

— Pas mal, non ? sourit-elle. Alors, tu viens ? Il a beaucoup insisté, précise-t-elle en levant les yeux au ciel.

— Je ne peux pas laisser Ray seul trop longtemps.

Je me tourne vers Ray pour lui faire signe que je reviens dans cinq minutes. Il hoche la tête et je suis Kate dans les coulisses. Christian est en train de discuter avec le président et deux des professeurs. Il s'interrompt dès qu'il m'aperçoit.

— Excusez-moi, messieurs.

Il me rejoint et fait un petit sourire à Kate.

— Merci.

Avant qu'elle n'ait pu répondre, il m'attrape par le coude et m'entraîne dans le vestiaire des hommes. Après avoir vérifié qu'il était vide, il verrouille la porte.

Nom de Dieu, qu'est-ce qu'il me veut ?

— Pourquoi n'as-tu pas répondu à mes mails et à mes SMS ?

Je tombe des nues.

— Je n'ai pas allumé mon ordinateur aujourd'hui ni mon téléphone.

Donc, il a essayé de me joindre. Je tente la tactique de diversion qui s'est avérée si efficace avec Kate.

— C'était très bien, ton discours.

— Merci.

— Explique-moi tes problèmes avec la nourriture.

Exaspéré, il passe sa main dans ses cheveux.

— Anastasia, je n'ai pas envie de parler de ça pour l'instant, soupire-t-il en fermant les yeux. J'étais inquiet pour toi.

— Inquiet ? Pourquoi ?

— J'avais peur que tu aies eu un accident dans cette épave qui te sert de voiture.

— Je te demande pardon, mais ma bagnole est en bon état. José la révise régulièrement.

— Le photographe ?

Le visage de Christian devient glacial. *Eh merde.*

— Oui, la Coccinelle appartenait à sa mère.

— Et sans doute à la mère de sa mère, et à sa mère à elle avant ça. C'est un danger public, cette bagnole.

— Je roule avec depuis plus de trois ans. Mais je suis désolée que tu te sois autant inquiété. Pourquoi ne m'as-tu pas appelée sur mon fixe ?

Quand même, il pousse un peu, là.

Il inspire profondément.

— Anastasia, j'ai besoin que tu me répondes. Ça me rend fou, d'attendre comme ça…

— Christian, je… écoute, j'ai laissé mon beau-père tout seul.

— Demain. Je veux une réponse d'ici demain.

— D'accord. Demain, je te dirai.

Il recule d'un pas, me regarde froidement et ses épaules se détendent.

— Tu restes prendre un verre ? me demande-t-il.

— Ça dépend de Ray.

— Ton beau-père ? J'aimerais faire sa connaissance.

Non… Pourquoi ?

— Je ne crois pas que ce soit une bonne idée.

Christian déverrouille la porte, les lèvres pincées.

— Tu as honte de moi ?

— Non !

C'est à mon tour d'être exaspérée.

— Je te présente comment ? « Papa, voici l'homme qui m'a déflorée et qui veut entamer une relation sado-maso avec moi ? » J'espère que tu cours vite.

Christian me fusille du regard, mais les commissures de ses lèvres tressaillent. Et, bien que je sois furieuse contre lui, je ne peux pas m'empêcher de répondre à son sourire.

— Sache que je cours très vite, en effet. Tu n'as qu'à lui dire que je suis un ami, Anastasia.

Il m'ouvre la porte. J'ai la tête qui tourne. Le président, les trois vice-présidents, quatre professeurs et Kate me fixent des yeux tandis que je passe devant eux. *Merde*. Laissant Christian avec les profs, je pars chercher Ray.

Tu n'as qu'à lui dire que je suis un ami.

Un ami avec bénéfices, ricane ma conscience. Je sais, je sais… Je chasse cette pensée déplaisante. Comment présenterai-je Christian à Ray ? La salle est encore à moitié pleine et Ray n'a pas bougé de son siège. Il me voit, agite la main et descend.

— Hé, Annie. Félicitations.

Il pose le bras sur mes épaules.

— Tu veux venir prendre un verre dans la tente ?

— Bien sûr. C'est ton grand jour. On fait ce que tu veux.

— On n'est pas obligés si tu n'en as pas envie.

S'il te plaît, dis non…

— Annie, je viens de passer deux heures et demie à écouter des discours à n'en plus finir. J'ai besoin de boire un coup.

Je passe mon bras sous le sien et nous suivons la foule dans la chaleur du début d'après-midi. Nous passons devant la file d'attente du photographe officiel.

— Au fait, on en fait une pour l'album de famille, Annie ? dit Ray en tirant un appareil photo de sa poche.

Je lève les yeux au ciel tandis qu'il me photographie.

— Je peux retirer ma toge et ma toque, maintenant ? Je me sens un peu tarte avec ça.

Parce que tu es une tarte… Ma conscience est d'humeur railleuse. *Alors comme ça, tu vas présenter Ray au type qui te baise ?* Elle me dévisage d'un œil sévère par-dessus ses lunettes. *Il va être fier de toi, ton père.* Bon sang, qu'est-ce que je la déteste, parfois.

L'immense tente est bondée d'étudiants, de parents, de professeurs et d'amis qui bavardent joyeusement. Ray me tend une coupe de champagne, ou plutôt de mousseux bas de gamme, tiède et trop sucré. Je songe à Christian... *Ça ne lui plaira pas.*

— Ana !

Je me retourne. Ethan Kavanagh me prend dans ses bras et me fait tournoyer sans renverser une goutte de mon vin – un exploit.

— Félicitations !

Il me sourit largement ; ses yeux verts pétillent.

Quelle surprise ! Il est sexy, avec ses boucles blond foncé en bataille, et il est aussi beau que Kate : leur ressemblance est frappante.

— Waouh ! Ethan ! Qu'est-ce que je suis contente de te voir ! Papa, je te présente Ethan, le frère de Kate. Ethan : mon père, Ray Steele.

Ils se serrent la main. Mon père jauge Ethan d'un œil nonchalant tandis que je l'interroge :

— Tu es rentré quand d'Europe ?

— Il y a une semaine, mais je voulais faire la surprise à ma petite sœur, m'affirme-t-il d'un air de conspirateur.

— C'est gentil.

— Je ne voulais pas rater l'événement.

Il a l'air extrêmement fier de sa sœur.

— Son discours était formidable, dis-je.

— En effet, acquiesce Ray.

Ethan me tient toujours par la taille lorsque je croise le regard gris glacial de Christian Grey, qui s'approche avec Kate. Elle fait la bise à Ray, qui s'empourpre.

— Bonjour Ray. Vous connaissez le petit ami d'Ana ? Christian Grey ?

Bordel de putain de merde... Kate ! Ma tête se vide d'un coup de tout son sang.

— Ravi de vous rencontrer, monsieur Steele, dit Christian d'une voix chaleureuse.

Il ne semble absolument pas déconcerté par la façon dont Kate l'a présenté. Tout à son honneur, Ray non plus : il serre la main que lui tend Christian.

Merci beaucoup, Katherine Kavanagh. Je crois que ma conscience est tombée dans les pommes.

— Monsieur Grey, murmure Ray.

Son visage ne trahit aucune émotion mais ses grands yeux bruns, légèrement écarquillés, se tournent vers moi comme pour me demander « tu comptais me l'annoncer quand ? ». Je me mords la lèvre.

— Et voici mon frère, Ethan Kavanagh, dit Kate à Christian.

Christian adresse un regard glacial à Ethan, qui m'enlace toujours.

— Monsieur Kavanagh.

Ils se serrent la main. Christian me tend la sienne.

— Ana, bébé.

Ce mot doux manque me faire défaillir.

Je m'arrache à l'étreinte d'Ethan pour rejoindre Christian. Kate me sourit. Elle savait très bien ce qu'elle faisait, cette chipie !

— Ethan, papa et maman voudraient nous parler, lance-t-elle en entraînant son frère.

— Alors, les jeunes, vous vous connaissez depuis longtemps ?

Ray nous dévisage tranquillement, Christian et moi.

Je suis incapable d'articuler un mot. Je voudrais que la terre s'ouvre pour m'engloutir. Christian m'enlace et caresse mon dos nu de son pouce avant de poser sa main sur mon épaule.

— Environ deux semaines. Nous nous sommes rencontrés quand Anastasia est venue m'interviewer pour le journal des étudiants.

— Tu ne m'avais pas dit que tu travaillais pour le journal, Ana, me reproche Ray.

Je retrouve enfin ma voix.

— Kate était souffrante. Je l'ai remplacée au pied levé.

— Très beau discours, monsieur Grey.

— Merci, monsieur. Ana m'a dit que vous aimiez beaucoup la pêche à la ligne ?

Ray hausse les sourcils et sourit – il le fait rarement, mais ses sourires sont toujours sincères – et ils entament une discussion sur la pêche, tellement passionnée que je commence à me sentir de trop. Bref, Christian fait son numéro de charme à mon père... *comme il te l'a fait à toi*, me lance ma conscience. Je m'excuse pour aller retrouver Kate.

Elle est en train de bavarder avec ses parents, qui m'accueillent chaleureusement. Nous échangeons quelques banalités sur leur voyage à la Barbade et notre déménagement. Dès que je peux prendre Kate à part, je l'engueule :

— Kate, comment as-tu pu dire ça à Ray ?

— Tu ne l'aurais jamais fait. Christian a des problèmes d'engagement, non ? Comme ça, il ne peut plus reculer, m'explique Kate avec un sourire angélique.

Je la foudroie du regard. *C'est moi qui ne veux pas m'engager, idiote ! Moi !*

— Il l'a très bien pris, Ana. Arrête de flipper. Regarde-le : il ne te quitte pas des yeux.

Ray et Christian sont en effet en train de me regarder.

— Il t'observe tout le temps.

— Il faut que j'aille à la rescousse de Ray… Ou de Christian. Je n'ai pas dit mon dernier mot, Katherine Kavanagh !

— Ana, je t'ai rendu service ! me lance-t-elle dans mon dos.

— Me revoilà, dis-je à Christian et Ray.

Ils ont l'air de bien s'entendre. Christian savoure sa petite plaisanterie et mon père a l'air très détendu, lui qui l'est si rarement en public. *De quoi ont-ils parlé, à part la pêche ?*

— Ana, où sont les toilettes ? me demande Ray.

— En face de la tente, à gauche.

— Je reviens tout de suite. Amusez-vous bien, les enfants.

Ray s'éclipse. Je jette un coup d'œil anxieux à Christian. Nous nous taisons le temps de poser pour le photographe officiel. Le flash m'aveugle.

— Alors tu as aussi fait ton numéro de charme à mon père ?

— Aussi ?

Christian hausse un sourcil. Je rougis. Il me caresse la joue du bout des doigts.

— J'aimerais bien savoir ce que tu penses, Anastasia, me chuchote-t-il.

Il prend mon menton dans sa main pour me renverser la tête en arrière afin que nous puissions nous regarder dans les yeux. Ce simple contact me coupe le souffle. Comment peut-il avoir un tel effet sur moi, même dans cette tente bondée ?

— En ce moment, ce que je pense, c'est que tu as une bien jolie cravate.

Il glousse.

— Depuis peu, c'est ma préférée.

Je vire à l'écarlate.

— Tu es ravissante, Anastasia. Cette robe te va bien, et en plus elle me permet de caresser la peau magnifique de ton dos.

Tout d'un coup, c'est comme si nous étions seuls. Mon corps tout entier s'est animé, mes nerfs vibrent, une charge électrique m'attire vers lui.

— Tu sais que ce sera bon, toi et moi, bébé, non ? me souffle-t-il.

Je ferme les yeux. Je fonds.

— Mais j'en veux plus.

— Plus ?

Il m'interroge du regard, perplexe, d'un œil qui s'assombrit. Je hoche la tête en déglutissant. *Maintenant, c'est dit.*

— Plus, répète-t-il comme s'il découvrait ce mot si court, si simple, si prometteur.

Son pouce caresse ma lèvre inférieure.

— Tu veux des fleurs et des chocolats.

Je hoche de nouveau la tête.

— Anastasia, reprend-il doucement, je ne sais pas faire ça.

— Moi non plus.

Il esquisse un sourire.

— Tu ne connais pas grand-chose à l'amour.

— Et toi, tu connais les mauvaises choses.

— Mauvaises ? Pas pour moi.

Il secoue la tête. Il a l'air tellement sincère.

— Essaie, chuchote-t-il, la tête penchée sur l'épaule avec un sourire en coin.

Je m'étrangle et, tout d'un coup, je suis comme Ève dans le jardin d'Éden, incapable de résister au serpent.

— Très bien.

— Pardon ?

Je déglutis.

— Très bien, j'accepte d'essayer.

— Tu acceptes notre accord ?

Manifestement, il n'en croit pas ses oreilles.

— Oui, sous réserve des limites à négocier.

J'ai parlé d'une toute petite voix. Christian ferme les yeux et me serre dans ses bras.

— Bon sang, Ana, tu es tellement déroutante. Tu me coupes le souffle.

Il relâche son étreinte alors que Ray nous rejoint ; j'entends à nouveau le brouhaha de la tente. Nous ne sommes plus seuls au monde. *Oh, mon Dieu, je viens d'accepter d'être sa soumise.* Christian sourit à Ray, l'œil pétillant de joie.

— Annie, tu veux qu'on aille déjeuner ? me propose mon père.

Qu'as-tu fait ? me hurle ma conscience. Quant à ma déesse intérieure, elle exécute un numéro digne d'une gymnaste russe aux J.O.

— Voulez-vous vous joindre à nous, Christian ? lui demande Ray.

Je me tourne vers Christian pour le supplier du regard de refuser. J'ai besoin de recul pour réfléchir... putain, qu'est-ce que j'ai fait là ?

— Merci, monsieur Steele, mais je suis déjà pris. J'ai été ravi de faire votre connaissance.

— Moi de même, répond Ray. Prenez soin de ma petite fille.

— J'en ai bien l'intention.

Ils se serrent la main. J'ai la nausée. Ray n'a aucune idée de la façon dont Christian compte prendre soin de moi. Christian me fait un baise-main en me regardant d'un œil de braise.

— À plus tard, mademoiselle Steele, me souffle-t-il d'une voix chargée de promesses.

Mon ventre se noue à cette idée. *Minute, là… il a dit à plus tard ?*

Ray me prend par le coude pour m'entraîner vers la sortie de la tente.

— Ton Christian m'a tout l'air d'un jeune homme sérieux. Tu aurais pu trouver pire, Annie. Mais je me demande bien pourquoi j'ai dû l'apprendre par Katherine, me gronde-t-il.

Je hausse les épaules comme pour m'excuser.

— En tout cas, n'importe quel type qui s'y connaît en pêche à la ligne a ma bénédiction.

Oh, la vache. Ray lui donne sa bénédiction. Si seulement il savait.

Ray me dépose chez moi en fin de journée.

— Appelle ta mère.

— Bien sûr. Merci d'être venu, papa.

— Je n'aurais raté ça pour rien au monde, Annie. Je suis tellement fier de toi.

Aïe. Non. Je ne vais pas encore me mettre à pleurer ? Une grosse boule se forme dans ma gorge et je le serre bien fort dans mes bras. Il m'enlace, perplexe. Ça y est, je sanglote.

— Hé, Annie, ma chérie, me console Ray. C'est un grand jour pour toi… hein ? Tu veux que je te fasse un thé ?

Je ris malgré mes larmes. Le thé, selon Ray, c'est la panacée universelle. D'après ma mère, on peut toujours compter sur lui pour un bon thé chaud, à défaut de paroles chaleureuses.

— Non, papa, ça va. J'ai été tellement contente de te voir. Je te rendrai visite très bientôt, dès que je serai installée à Seattle.

— Bonne chance pour tes entretiens. Tiens-moi au courant.

— Promis, papa.

— Je t'aime, Annie.

— Je t'aime moi aussi, papa.

Il sourit, m'adresse un regard affectueux et remonte dans sa voiture. J'agite la main tandis qu'il s'éloigne dans le crépuscule, puis je rentre d'un pas traînant dans l'appartement.

La première chose que je fais, c'est de vérifier mon téléphone. La batterie est à plat : je dois retrouver mon chargeur et le brancher avant de consulter mes messages. Quatre appels manqués, un message vocal et deux SMS. Les trois premiers appels manqués sont de Christian... Le quatrième est de José, qui m'a laissé un message pour me féliciter.

J'ouvre les SMS.

« Tu es bien rentrée ? »
« Appelle-moi. »

Tous deux sont de Christian. Pourquoi ne m'a-t-il pas appelée sur le fixe ? Je vais dans ma chambre et j'allume la machine infernale.

De : Christian Grey
Objet : Ce soir
Date : 25 mai 2011 23:58
À : Anastasia Steele

J'espère que tu es bien rentrée dans ton épave. Dis-moi que tout va bien.

Christian Grey
P-DG, Grey Enterprises Holdings, Inc.

Bon sang... pourquoi la Coccinelle l'inquiète-t-elle autant ? Elle m'a donné trois années de bons et loyaux services, et José la révise régulièrement. Le mail suivant de Christian date d'aujourd'hui.

De : Christian Grey
Objet : Limites à négocier
Date : 26 mai 2011 17:22
À : Anastasia Steele

Que puis-je ajouter à ce que je t'ai déjà dit ? Je serai ravi d'en discuter quand tu voudras. Tu étais ravissante aujourd'hui.

Christian Grey
P-DG, Grey Enterprises Holdings, Inc.

Je clique sur « répondre ».

De : Anastasia Steele
Objet : Limites à négocier
Date : 26 mai 2011 19:23

À : Christian Grey

Je peux passer ce soir pour en discuter si tu veux.

Ana

De : Christian Grey
Objet : Limites à négocier
Date : 26 mai 2011 19:27
À : Anastasia Steele

C'est moi qui me déplacerai. J'étais sérieux quand je t'ai dit que ça me faisait peur que tu conduises cette voiture. J'arrive tout de suite.

Christian Grey
P-DG, Grey Enterprises Holdings, Inc.

Merde alors... Il arrive tout de suite ! Il faudra que je lui rende l'édition originale de Thomas Hardy, toujours posée sur une étagère dans le salon. Je ne peux pas la garder. J'enveloppe les bouquins dans du papier Kraft et y inscris une citation tirée de *Tess* :

> *« J'accepte les conditions, Angel : car tu sais mieux que quiconque ce que devrait être ma punition : seulement – seulement – ne la rends pas plus dure que je ne pourrais le supporter ! »*

15.

En ouvrant à Christian, je suis prise d'un accès de pudeur intense. Il est là, sur ma véranda, vêtu d'un jean et d'un blouson en cuir – qu'est-ce qu'il est sexy dans cette tenue. Un sourire radieux illumine ses traits.

— Entre.

Il brandit une bouteille de champagne.

— J'ai pensé que nous pourrions fêter ta remise de diplôme. Un bon Bollinger, ça ne peut pas faire de mal.

— Intéressant, comme choix de vocabulaire.

Il sourit.

— J'aime bien ton sens de l'humour, Anastasia.

— On n'a que des tasses à thé. On a emballé tous les verres. Ça ne te gêne pas ?

— C'est parfait.

Je passe dans la cuisine. J'ai des papillons dans l'estomac ; j'ai l'impression qu'un fauve aux réactions imprévisibles, un jaguar ou une panthère, arpente mon salon.

— Tu veux une soucoupe ?

— Des tasses, ça ira, Anastasia, lance Christian d'une voix distraite.

Lorsque je le rejoins, je constate qu'il a trouvé ses livres, emballés dans du papier Kraft. Je pose les tasses sur la table.

— J'aimerais que tu les reprennes, dis-je.

Merde… Il va falloir que je m'accroche pour qu'il accepte.

— Je m'en doutais. Très bien trouvée, cette citation. (Son index effilé suit distraitement les lignes.) Mais je pensais que j'étais d'Urberville, pas Angel ? Tu as opté pour l'avilissement. (Il m'adresse un petit sourire prédateur.) En tout cas, tu as su choisir un passage approprié, ce qui ne m'étonne pas de ta part.

— C'est également une supplique.

Pourquoi suis-je aussi nerveuse ? J'ai la bouche sèche.

— Une supplique ? Pour que j'y aille doucement avec toi ?

Je hoche la tête.

— Ces livres, je les ai achetés pour toi, énonce-t-il posément. J'irai doucement, mais à une condition : que tu les acceptes.

Je déglutis.

— Christian, je ne peux pas, c'est vraiment trop extravagant comme cadeau.

— Voilà, c'est bien ce que je te disais : tu passes ton temps à me défier. Je tiens à te les donner, un point c'est tout. C'est très simple. Tu n'as pas à réfléchir. En tant que soumise, tu n'as qu'à m'être reconnaissante. Tu te contentes d'accepter ce que je t'achète parce que ça me fait plaisir.

— Je n'étais pas une soumise quand tu me les as offerts.

— Non... mais maintenant, tu m'as donné ton accord, Anastasia.

Son regard devient méfiant. Je soupire. Je n'aurai pas le dessus : il est temps de passer au plan B.

— S'ils sont à moi, je peux en faire ce que je veux ?

Il lance un coup d'œil soupçonneux mais me le concède.

— Oui.

— Dans ce cas, j'aimerais en faire don à une ONG qui travaille au Darfour, puisque ce pays te tient à cœur. Ils pourront être vendus aux enchères.

— Si tu y tiens.

Il pince les lèvres. Je m'empourpre.

— Je vais y réfléchir.

Je ne veux pas le décevoir. Ses paroles me reviennent : *je veux que vous désiriez me faire plaisir.*

— Ne réfléchis pas, Anastasia. Pas à ça.

Sa voix est calme et sérieuse.

Comment ne pas réfléchir ? *Fais comme si tu étais une voiture, par exemple : l'une de ses possessions parmi tant d'autres.* Ma conscience vient de se manifester. Je fais semblant de ne pas l'avoir entendue. Maintenant, l'ambiance est tendue. Si seulement nous pouvions revenir en arrière, au moment où il est arrivé. Comment rattraper le coup ?

Il pose la bouteille de champagne sur la table, prend mon menton et me relève la tête pour me regarder dans les yeux, l'air grave.

— Je vais t'acheter des tas de choses, Anastasia. Il vaut mieux que tu t'y habitues. J'en ai les moyens. Je suis très riche.

Il se penche pour poser un petit baiser rapide et chaste sur mes lèvres.

— S'il te plaît, ajoute-t-il en me relâchant.

Pute, me chuchote ma conscience.

— Ça me donne l'impression de me faire acheter.

— À tort. Tu réfléchis trop, Anastasia. Ne te condamne pas en fonction de ce que d'autres pourraient penser de toi. Ne perds pas ton temps à ça. Pour l'instant, tu as encore des doutes au sujet de notre accord. C'est tout à fait naturel. Tu ne sais pas à quoi tu t'es engagée.

Je fronce les sourcils.

— Hé, stop ! m'ordonne-t-il doucement en reprenant mon menton pour tirer dessus délicatement afin que mes dents libèrent ma lèvre inférieure. Tu ne te fais pas acheter, Anastasia, je ne veux pas que tu penses ça de toi-même. Je t'ai offert ces bouquins parce que je pensais qu'ils te plaireaient, c'est tout. Allez, on le boit, ce champagne ?

Je lui souris timidement.

— Voilà, j'aime mieux ça, murmure-t-il.

Il débouche le champagne en faisant tourner la bouteille plutôt que le bouchon : elle s'ouvre avec un petit « pop » sans qu'il en renverse une goutte. Il remplit les tasses à moitié. Je m'étonne :

— Il est rose !

— Bollinger Grande Année Rosé 1999, une très bonne année.

— Servi dans des tasses à thé.

Il sourit.

— Servi dans des tasses à thé. Félicitations pour ton diplôme, Anastasia.

Nous entrechoquons nos tasses, il boit une gorgée, mais je ne peux pas m'empêcher de penser qu'il fête surtout ma capitulation.

— Merci, dis-je en buvant à mon tour ce champagne évidemment délicieux. Alors, on passe aux limites à négocier ?

Il sourit et je rougis.

— Toujours aussi impatiente.

Christian me prend par la main et me conduit au canapé, en me tirant par le bras pour que je m'y assoie.

— Ton beau-père n'est pas un bavard.

Ah... alors on ne négocie pas les limites ? Je préférerais qu'on se débarrasse de cette question le plus vite possible. Ça me ronge. Je fais la moue.

— Il t'a trouvé très sympathique.

Christian rit doucement.

— C'est parce que je m'y connais en pêche à la ligne.

— Comment savais-tu qu'il pêchait ?

— Tu me l'as dit quand nous avons pris un café.

— Ah bon ?

Il a vraiment la mémoire des détails. Je prends une autre gorgée de champagne. Hum... il est vraiment très bon.

— Tu as bu du champagne, à la réception ?

Christian grimace.

— C'était dégueulasse.

— J'ai pensé à toi en le goûtant. Comment se fait-il que tu t'y connaisses aussi bien en vin ?

— Je ne suis pas un connaisseur, Anastasia. Je sais ce qui me plaît, c'est tout.

Ses yeux brillent tellement qu'ils en sont presque argentés.

— Tu en veux plus ? me demande-t-il en désignant le champagne.

— Je veux bien.

Christian se lève pour prendre la bouteille et
remplit ma tasse. Essaie-t-il de m'enivrer ?

— Alors, prête pour le déménagement ?

— Plus ou moins.

— Tu travailles demain ?

— Oui, c'est mon dernier jour.

— Je te donnerais volontiers un coup de main
avec les cartons, mais j'ai promis à ma sœur
d'aller la chercher à l'aéroport.

Tiens ? Première nouvelle.

— Mia arrive de Paris très tôt samedi matin,
précise-t-il, et je dois rentrer à Seattle demain,
mais il paraît qu'Elliot va venir vous prêter main-
forte.

— Oui, Kate est ravie.

Christian fronce les sourcils.

— Eh oui, Kate et Elliot, qui l'eût cru ?

Pour une raison que j'ignore, ça n'a pas l'air de
lui faire plaisir.

— Tu vas te chercher un boulot à Seattle ?
reprend-il.

*Quand allons-nous parler des limites ? À quoi
joue-t-il ?*

— J'ai deux entretiens pour un stage.

Il hausse un sourcil.

— Tu comptais me l'annoncer quand, au
juste ?

— Euh… je te l'annonce maintenant.

Il plisse les yeux.

— Où ?

Est-ce parce que je redoute qu'il n'use de son
influence ? Je n'ai aucune envie de le lui révéler.

— Dans deux maisons d'édition.

— Tu veux travailler dans l'édition ?

Je hoche la tête, méfiante.

— Eh bien ?

Il me regarde patiemment, en attendant que je lui fournisse des précisions.

— Eh bien quoi ?

— Ne fais pas semblant d'être bornée, Anastasia : quelles maisons d'édition ?

— Des petites.

— Pourquoi ne veux-tu pas me dire lesquelles ?

— Pour que tu ne cherches pas à les influencer.

Il fronce les sourcils.

— Dis donc, maintenant c'est toi qui fais semblant d'être borné.

Il éclate de rire.

— Borné ? Moi ? Mais quelle insolente ! Allez, bois, on va parler des limites.

Il sort mon mail de sa poche, ainsi que le contrat. Il se balade donc en permanence avec une copie de ce truc-là ? J'en ai déjà retrouvé une dans la veste qu'il m'a prêtée. Merde, j'ai intérêt à ne pas la laisser traîner. Je vide ma tasse.

— Tu en veux encore ?

— S'il te plaît.

Il s'apprête à m'en verser mais suspend son geste.

— Tu as mangé aujourd'hui ?

Ça y est, voilà que ça le reprend.

— Oui. J'ai mangé entrée, plat et dessert avec Ray.

Enhardie par le champagne, je lève les yeux au ciel. Il se penche vers moi pour m'attraper le menton.

— La prochaine fois que tu me fais ça, je te donne la fessée.

Quoi ?

— Oh !

Il a l'air excité.

— Oh, répète-t-il en m'imitant. C'est comme ça, Anastasia.

Mon cœur s'emballe, et les papillons qui voltigeaient dans mon estomac s'en échappent pour passer dans ma gorge. Pourquoi ça m'excite, moi aussi ?

Il remplit ma tasse, que je vide presque entièrement.

— Tu m'écoutes bien sagement, maintenant ?

Je hoche la tête.

— Réponds-moi.

— Oui… je t'écoute bien sagement.

— Bien, dit-il en souriant. Alors : actes sexuels. On a déjà fait presque tout ce qui est sur la liste.

Je me rapproche de lui sur le canapé pour lire par-dessus son épaule.

ANNEXE 3
LIMITES NÉGOCIÉES
Doivent être discutées et convenues entre les deux parties :
La Soumise consent-elle aux actes suivants :

• Masturbation	• Pénétration vaginale
• Cunnilingus	• Fisting vaginal
• Fellation	• Pénétration anale
• Avaler le sperme	• Fisting anal

— Pas de fisting, donc. D'autres objections ? me demande-t-il d'une voix douce.

Je déglutis.

— La pénétration anale, ça ne me tente pas plus que ça.

— Pour le fisting, d'accord, on laisse tomber. En revanche, j'aimerais vraiment t'enculer, Anastasia. Mais ça peut attendre. En plus, ça ne s'improvise pas, ricane-t-il. Ton cul doit être préparé.

— Préparé ?

— Oh, oui. Soigneusement. Crois-moi, la pénétration anale peut être très agréable. Mais si on essaie et que tu n'aimes pas ça, on ne le refera pas.

Il me sourit. Je cligne des yeux. Il pense que ça me plaira ? Au fait, comment sait-il que c'est agréable ?

— On te l'a déjà fait ?

— Oui.

Bordel de merde. Je m'étrangle.

— C'était avec un homme ?

— Non. Je n'ai jamais eu de relations homosexuelles. Ça n'est pas mon truc.

— Avec Mrs Robinson ?

— Oui.

Putain... comment ? Je fronce les sourcils. Il poursuit la lecture de la liste.

— Avaler le sperme, tu sais faire. Avec mention excellent.

Je m'empourpre ; ma déesse intérieure se rengorge.

— Donc, d'accord pour le sperme ?

Je hoche la tête, incapable de le regarder dans les yeux, et je vide ma tasse.

— Tu en veux plus ? me demande-t-il.

— J'en veux plus.

Je me rappelle soudain notre conversation, plus tôt dans la journée. Est-ce de ça que nous parlons, en réalité ?

— Jouets sexuels ? reprend-il.

Je hausse les épaules en consultant la liste.

> La Soumise consent-elle à l'usage des accessoires suivants :
> • Vibromasseur • Godemichet
> • Plug anal • Autres jouets vagi-
>   naux/anaux

— Plug anal ? Ça fait ce que son nom indique ?

Je fronce le nez, dégoûtée.

— Oui, sourit-il. Ça fait partie de la préparation à la pénétration anale.

— Ah... et « autres », qu'est-ce que ça comprend ?

— Des boules de geisha, des œufs... des trucs comme ça.

— Des œufs ?

— Pas des vrais.

Il éclate de rire en secouant la tête. Je me renfrogne.

— Je suis ravie que tu me trouves amusante.

Il s'arrête de rire.

— Excuse-moi. Mademoiselle Steele, veuillez me pardonner, dit-il en essayant de prendre une mine contrite alors que ses yeux pétillent encore de rire. Alors, les jouets, ça te pose problème ?

— Non, dis-je assez sèchement, toujours vexée.

— Anastasia, je suis désolé. Crois-moi. Je ne me moque pas de toi, mais je n'ai jamais eu ce genre de conversation en rentrant autant dans les détails. Tu es tellement inexpérimentée. Je suis désolé.

Je me radoucis un peu et bois une gorgée de champagne.

— Bien. Bondage, dit-il en revenant à la liste.

Ma déesse intérieure saute sur place comme une gamine qui attend une glace.

La Soumise consent-elle à être ligotée avec les accessoires suivants :
• Cordes
• Bracelets en cuir
• Menottes/cadenas /chaînes
• Gros scotch
• Autres accessoires à définir

Christian hausse un sourcil :
— Alors ?
— D'accord.
Je me replonge dans la liste avec lui.

La Soumise consent-elle à être immobilisée :
• Les mains attachées devant
• Les chevilles attachées
• Les coudes attachés
• Les mains attachées derrière
• Les genoux attachés
• Les poignets attachés aux chevilles
• Ligotée à des articles fixés aux murs, meubles, etc.
• Ligotée à une barre d'écartement
• Suspension

La Soumise consent-elle à avoir les yeux bandés ?
La Soumise consent-elle à être bâillonnée ?

— Nous avons déjà parlé de la suspension. Si tu veux que ce soit une limite à ne pas franchir, ça me va. De toute façon, ça exige beaucoup de temps et je ne t'aurai que pendant de courtes périodes. Autre chose ?

— Ne te moque pas de moi, mais une barre d'écartement, c'est quoi ?

— Je te promets de ne pas rire. Je me suis déjà excusé deux fois, dit-il en me fusillant du regard. Ne m'oblige pas à me répéter.

Je me recroqueville… Qu'est-ce qu'il est autoritaire.

— Une barre d'écartement, m'explique-t-il, c'est une barre avec des menottes pour les chevilles et les poignets. J'adore.

— D'accord… Mais pour ce qui est de me faire bâillonner… J'aurais peur de ne pas pouvoir respirer.

— Et moi, j'aurais peur si tu ne pouvais pas respirer. Je n'ai pas l'intention de te suffoquer.

— Comment pourrai-je utiliser les mots d'alerte si je suis bâillonnée ?

Il se tait un instant.

— Premièrement, j'espère que tu n'auras jamais à les utiliser. Mais si tu es bâillonnée, on communiquera par signes.

Et si je suis ligotée, je fais comment ? Je commence à m'embrouiller… *Je crois que j'ai trop bu.*

— Le bâillon, ça me fait peur.

— D'accord. Je prends note.

Je le dévisage tout d'un coup. Je viens de comprendre un truc.

— Tu ligotes tes soumises pour ne pas qu'elles te touchent ?

Il écarquille les yeux.

— Entre autres.

— C'est pour ça que tu m'as attaché les poignets ?

— Oui.

— Tu n'aimes pas parler de ça.

— Non. Encore un peu de champagne ? Ça te donne du courage, et il faut que je sache comment tu vis la douleur.

Nom de Dieu… ça se corse. Il remplit ma tasse et j'avale une gorgée.

— Alors, comment vis-tu le fait qu'on t'inflige une douleur physique ? Tu te mordilles la lèvre, ajoute-t-il d'un air ténébreux.

Je cesse aussitôt de le faire, mais je ne sais pas quoi répondre. Je rougis en regardant mes mains.

— As-tu subi des punitions corporelles quand tu étais petite ?

— Non.

— Donc tu n'as aucun point de référence ?

— Non.

— Ça n'est pas aussi terrible que tu crois. Ton imagination est ta pire ennemie dans ce domaine.

— Tu y tiens vraiment ?

— Oui.

— Pourquoi ?

— Ça fait partie intégrante de ce type de relation, Anastasia. Bon, passons aux méthodes.

Il me montre la liste. Ma conscience court en hurlant se cacher derrière le canapé.

- Fessée
- Fouet
- Cire chaude
- Palette
- Canne

- Morsure
- Pinces à lèvres vaginales
- Pinces à seins
- Glace
- Autres types/méthodes de douleur

— Tu as déjà refusé les pinces à lèvres vaginales. C'est noté. C'est la canne qui fait le plus mal.

Je deviens livide.

— On peut y arriver graduellement, me suggère-t-il.

— Ou pas du tout.

— Ça fait partie du contrat, bébé, mais on ira doucement.

— C'est cette histoire de punition qui m'inquiète le plus, dis-je d'une toute petite voix.

— On raye la canne de la liste pour l'instant. Au fur et à mesure que tu te feras aux punitions, on en augmentera l'intensité.

Je déglutis. Il se penche pour m'embrasser.

— Là, ça n'était pas si effrayant, n'est-ce pas ?

Je hausse les épaules, le cœur battant.

— Écoute, je voudrais qu'on parle d'une dernière chose, et après on va au lit.

— Au lit ?

Mon sang bat dans mes veines, réchauffant des parties de mon corps dont j'ignorais encore l'existence jusqu'à très récemment.

— Oui, au lit... Anastasia, cette discussion m'a donné envie de te baiser non-stop jusqu'à la semaine prochaine. Toi aussi, ça doit t'avoir fait de l'effet.

Je me tortille. Ma déesse intérieure halète.

— En plus, il y a un truc que j'ai envie d'essayer avec toi, ajoute-t-il.

— Quelque chose qui fait mal ?

— Mais arrête de voir la douleur partout ! Il s'agit surtout de plaisir. Je t'ai déjà fait mal ?

Je rougis.

— Non.

344

— Bon, alors, écoute, aujourd'hui tu m'as dit que tu en voulais plus.

Il s'arrête de parler, brusquement indécis.

Oh, mon Dieu... où veut-il en venir ?

Il me prend la main.

— En dehors des moments où tu es ma soumise, on pourrait peut-être essayer. Je ne sais pas si ça marchera ou si on pourra arriver à séparer les deux. C'est peut-être impossible. Mais je suis prêt à tenter le coup. Peut-être une nuit par semaine. Je ne sais pas encore.

Ah ben dis donc... J'en reste bouche bée. *Christian Grey est prêt à aller plus loin !* Ma conscience hasarde sa tête de harpie par-dessus le dossier du canapé.

— Mais à une condition : que tu acceptes le cadeau que je t'offre pour ton diplôme.

— Ah !

J'ai bien peur d'avoir deviné ce que c'est.

— Viens, murmure-t-il.

Il se lève et me tend la main pour m'aider à me lever à mon tour. Retirant sa veste, il la pose sur mes épaules et se dirige vers la porte.

Une voiture rouge est garée devant la maison : une Audi compacte à deux portes.

— C'est pour toi. Félicitations, murmure-t-il en m'attirant dans ses bras pour m'embrasser les cheveux.

Il m'a acheté une putain de bagnole. Et flambant neuve, en plus. Et merde, merde, merde... J'ai déjà eu assez de mal à accepter les livres. Je fixe la voiture d'un œil vide en tentant désespérément de démêler mes sentiments. Je me sens à la fois consternée, reconnaissante, choquée qu'il soit passé à l'acte, mais ce qui prédomine, c'est la colère. Oui, je suis furieuse, surtout après tout ce que je lui ai dit au sujet des livres... il est vrai qu'il avait déjà acheté cette voiture avant qu'on n'en discute.

— Anastasia, ta Coccinelle est vétuste et franchement dangereuse. S'il t'arrivait quoi que ce soit, je ne me le pardonnerais jamais, d'autant plus qu'il m'est facile de rectifier la situation...

Incapable de le regarder, clouée sur place, je scrute ce joujou rutilant.

— J'en ai parlé à ton beau-père. Il était pour.

Je me retourne pour le foudroyer du regard, bouche bée d'horreur.

— Tu en as parlé à Ray ! De quel droit ?

J'arrive à peine à cracher ces mots. Pauvre Ray. J'en suis humiliée pour lui.

— C'est un cadeau, Anastasia. Tu ne pourrais pas te contenter de me dire merci, tout simplement ?

— Tu sais parfaitement bien que c'est trop.

— Pas pour moi, pas pour ma tranquillité d'esprit.

Je suis à bout d'arguments. Il est incapable de comprendre. Il a eu de l'argent toute sa vie. Bon, d'accord, pas toute sa vie – pas quand il était tout petit. En songeant à cela, tout d'un coup, ma perspective bascule et je regrette mon accès de colère. Après tout, ce cadeau part d'un bon sentiment.

— J'accepte, à condition que ce ne soit qu'un prêt, comme l'ordinateur.

Il pousse un profond soupir.

— D'accord. Je te la prête. Pour une durée indéfinie.

— Non, pas pour une durée indéfinie. Pour l'instant. Merci.

Il fronce les sourcils. Je me hisse sur la pointe des pieds pour l'embrasser sur la joue.

— Merci pour la voiture, monsieur, dis-je aussi gentiment que je peux.

Tout d'un coup, il m'attrape pour me plaquer contre son corps d'une main, tandis que de l'autre, il me tient par les cheveux.

— Tu es une femme compliquée, Ana Steele.

Il m'embrasse passionnément ; sa langue implacable se fraie un chemin entre mes lèvres. Mon cœur s'affole. J'ai terriblement envie de lui, malgré la bagnole, les bouquins, les limites négociées... la canne...

— J'ai besoin de tout mon sang-froid pour ne pas te baiser tout de suite, là, sur le capot, rien que pour te prouver que tu es à moi, et que si je veux t'acheter une putain de bagnole, je t'achète une putain de bagnole, grogne-t-il. Bon, maintenant, on rentre et tu te mets à poil.

Il me donne un baiser rapide et dur. Aïe, il est furieux. Il m'attrape par la main et me ramène dans l'appartement, directement dans ma chambre, sans passer par la case départ. Ma conscience s'est à nouveau planquée derrière le canapé, la tête entre les mains. Il allume la lampe de chevet et se fige pour me dévisager.

— Je t'en prie, ne sois pas fâché contre moi.

Son regard est impassible ; ses yeux des éclats de verre fumé.

— Excuse-moi, pour la voiture et les livres...

Je me tais. Il reste silencieux et maussade.

— Tu me fais peur quand tu es en colère.

Il ferme les yeux et secoue la tête. Lorsqu'il les rouvre, son visage s'est radouci. Il inspire profondément et déglutit.

— Retourne-toi, que je t'enlève cette robe.

Il a encore changé d'humeur en une seconde – je m'y perds. Obéissante, je me retourne, le cœur battant ; mon malaise a cédé au désir sombre et ardent qui court dans mes veines pour descendre jusqu'au fond de mon ventre. Il soulève les cheveux qui tombent sur mon dos pour les passer par-dessus mon épaule droite, puis pose l'index sur ma nuque avant de parcourir mon épine dorsale de l'ongle avec une lenteur désespérante.

— J'aime cette robe. J'aime voir ta peau.

Quand son doigt atteint l'étoffe, il le glisse dessous pour m'attirer contre lui et se penche pour humer mes cheveux.

— Tu sens tellement bon, Anastasia.

Son nez effleure mon oreille et mon cou ; il sème des baisers légers comme des plumes sur mon épaule.

Ses doigts parviennent au zip. Avec la même lenteur désespérante, il le descend tandis que sa bouche passe d'une épaule à l'autre pour les lécher, les embrasser, les suçoter. Il est tellement doué pour ça. Je me tortille langoureusement sous ses caresses.

— Tu. Vas. Apprendre. À. Te. Tenir. Tranquille, chuchote-t-il en m'embrassant sur la nuque entre chaque mot.

Il détache l'agrafe qui retient ma robe à mon cou. Elle tombe à mes pieds.

— Pas de soutien-gorge, mademoiselle Steele ? Ça me plaît.

Il prend mes seins dans ses mains ; les pointes se dressent dès qu'il les touche.

— Lève les bras et mets-les autour de ma tête, murmure-t-il contre ma nuque.

J'obéis immédiatement. Mes seins remontent et poussent contre ses mains, ce qui en durcit encore les pointes. Mes doigts s'emmêlent dans ses cheveux ; je tire dessus très doucement et je penche la tête sur mon épaule pour lui livrer un accès plus facile à mon cou.

— Mm…, me murmure-t-il à l'oreille tout en tirant sur mes tétons au même rythme que je lui caresse les cheveux.

Je gémis : ça me fait de l'effet jusqu'à l'entre-jambe.

— Tu veux que je te fasse jouir comme ça ?

Je cambre le dos pour pousser mes seins contre ses mains expertes.

— Ça vous plaît, mademoiselle Steele ?

— Mm…

— Dis-le.

Il poursuit sa lente et sensuelle torture.

— Oui.

— Oui, qui ?

— Oui… monsieur.

— Très bien, ma belle.

Il me pince les pointes des seins. Cette douleur exquise me coupe le souffle. Je gémis et mes mains se crispent dans ses cheveux ; mon corps convulsé se tord contre le sien.

— Je pense que tu n'es pas encore prête à jouir, murmure-t-il en s'immobilisant tandis qu'il me mordille le lobe. D'autant que tu m'as mécontenté.

Le message parvient à mon cerveau embrumé par le désir. *Aïe... Qu'est-ce qui va m'arriver ?*

— Non, en fin de compte, je ne te laisserai peut-être pas jouir.

Il se consacre de nouveau à la pointe de mes seins, les tire, les tord, les malaxe. Je frotte mon cul contre lui en ondulant.

Ses mains descendent vers mes hanches. Glissant les doigts sous l'élastique de ma petite culotte, il l'étire jusqu'à ce que ses pouces crèvent le tissu ; il la déchire, me l'arrache et la jette à mes pieds... *Bordel de merde.* Ses mains atteignent mon sexe par-derrière ; il y introduit lentement un doigt.

— Tiens, je vois que ma petite chérie est prête, souffle-t-il.

Il me retourne pour que je sois face à lui. Sa respiration s'est accélérée. Il suce son doigt.

— Vous avez très bon goût, mademoiselle Steele, soupire-t-il.

Merde alors.

— Déshabille-moi, m'ordonne-t-il calmement en me fixant du regard.

Je ne porte plus que mes chaussures – ou plutôt, les escarpins de Kate. Je suis prise de court. Je n'ai jamais déshabillé un homme.

— Allez, vas-y, m'encourage-t-il doucement.

Par où commencer ? Je tends les mains vers son tee-shirt ; il les attrape en me souriant d'un air malicieux.

— Non, dit-il en secouant la tête. Pas le tee-shirt. Pour ce que je prévois de faire, il faudra peut-être que tu me touches.

Ses yeux étincellent.

Tiens… première nouvelle… je peux le toucher s'il est habillé. Il saisit l'une de mes mains pour la poser sur son érection.

— Voilà l'effet que vous me faites, mademoiselle Steele.

J'inspire brusquement et j'agrippe son sexe à travers son jean. Il sourit.

— J'ai envie d'être en toi. Retire-moi mon jean. C'est toi qui commandes.

Ai-je bien entendu ? C'est moi qui commande ? J'en reste bouche bée.

— Qu'est-ce que tu vas faire de moi ? me taquine-t-il.

Toutes ces possibilités… ma déesse intérieure rugit comme un fauve. Dans un accès de courage et de désir exacerbé, je le pousse sur le lit. Il rit en tombant. Je le contemple, victorieuse. Ma déesse intérieure est maintenant sur le point d'exploser. Rapidement, maladroitement, je lui arrache chaussures et chaussettes. Il lève vers moi un regard pétillant d'amusement et de désir. Il est… magnifique… *et il est à moi.* Rampant sur le lit, je le chevauche pour défaire son jean, en glissant ma main sous la ceinture pour me prendre les doigts dans ses poils. Il ferme les yeux et bascule ses hanches vers moi. Je tire sur ses poils en le grondant :

— Tu vas apprendre à te tenir tranquille.

Il me sourit.

— Oui, mademoiselle Steele, murmure-t-il, l'œil brillant. Dans ma poche. Capote, souffle-t-il.

Je fouille dans sa poche, effleurant son sexe au passage, pour en extirper deux sachets argentés que je pose sur le lit à la hauteur de ses hanches.

Deux ! Mes doigts enfiévrés se tendent vers le bouton de son jean et le défont maladroitement, tant je suis excitée.

— Toujours aussi impatiente, mademoiselle Steele, murmure-t-il, un sourire dans la voix.

Je tire sur le zip. Mais comment lui enlever son jean ? *Hum...* Je tire dessus. Rien à faire. Je fronce les sourcils. Pourquoi est-ce aussi difficile ?

— Je ne peux pas rester tranquille si tu te mordilles la lèvre, m'avertit-il.

Il soulève les hanches pour que je puisse lui retirer son jean et son boxer en même temps, hop là... Je l'ai libéré. Il jette ses vêtements par terre d'un coup de pied.

Doux Jésus ! Il est à moi. Tout d'un coup, c'est Noël.

— Alors, qu'est-ce que tu vas faire de moi ? souffle-t-il sans la moindre trace d'humour, maintenant.

Je tends la main pour le toucher tout en observant son expression. Sa bouche s'arrondit ; il inspire brusquement. Il est dur, mais sa peau est si lisse et veloutée... hum, quelle combinaison délicieuse. Je me penche en avant, mes cheveux retombent sur mon visage, et je le prends dans ma bouche. J'aspire, je suce. Il ferme les yeux. Ses hanches tressaillent sous moi.

— Hé, Ana, doucement, gémit-il.

Je me sens tellement puissante ; c'est une sensation enivrante de le titiller, de le mettre à l'épreuve avec ma bouche et ma langue. Lorsque je le fais coulisser dans ma bouche de haut en bas, jusqu'au fond de ma gorge, les lèvres serrées... il se tend.

— Arrête, Ana, arrête. Je ne veux pas jouir tout de suite.

Je m'arrête en clignant des yeux, haletante, perplexe. *Je pensais que c'était moi qui commandais ?* Ma déesse intérieure fait la même tête que si on lui avait chipé son cornet de crème glacée.

— Ton innocence et ton enthousiasme sont très désarmants, halète-t-il.

Ah !

— Tiens, mets-moi ça, ajoute-t-il en me tendant un préservatif emballé.

Merde alors. Je fais comment ? Je déchire le sachet. Le préservatif me colle aux doigts.

— Pince le bout entre tes doigts et déroule-le. Il ne faut pas qu'il reste de l'air, halète-t-il.

Archi-concentrée, je suis ses instructions.

— Putain, tu me tues, là, Anastasia, gémit-il.

Voilà, c'est fait. J'admire mon œuvre. C'est vraiment un magnifique spécimen masculin. Ça m'excite énormément de le regarder.

— Maintenant, je veux m'enfoncer en toi, murmure-t-il.

Je le fixe, intimidée ; il s'assoit tout d'un coup, et nous nous retrouvons nez à nez.

— Comme ça, souffle-t-il.

Il me passe une main sous les fesses pour que je me soulève ; de l'autre, il ajuste la position de son érection. Puis, très lentement, il me fait asseoir sur lui.

J'ouvre la bouche toute grande quand il me remplit, tant je suis étonnée par cette sensation exquise, sublime, déchirante... *Pitié.*

— C'est ça, bébé, prends-moi, prends tout, rugit-il en fermant les yeux un instant.

Enfoncé jusqu'à la garde, il me maintient par les hanches sans bouger pendant plusieurs secondes… minutes… je ne sais plus, en me regardant dans les yeux.

— Comme ça, c'est bien profond, murmure-t-il.

Il bascule ses hanches tout en décrivant un cercle, et je geins… oh, mon Dieu – la sensation se répand dans mon ventre… partout. *Putain !*

— Encore.

Il s'exécute avec un sourire paresseux.

Je renverse la tête en arrière en gémissant, mes cheveux me fouettent le dos ; très lentement, il se rallonge.

— Tu bouges, Anastasia, tu remontes et tu redescends, comme tu veux. Prends mes mains, souffle-t-il d'une voix rauque, basse et ô combien sexy.

Je m'accroche à ses mains comme si mon salut en dépendait. Doucement, je me soulève et je me rassois. Son regard est brûlant, son souffle aussi irrégulier que le mien. Il soulève ses hanches au moment où je m'assois sur lui pour me faire rebondir. Nous prenons le rythme : monter, descendre, monter, descendre, encore et encore… et c'est si… bon.

Mon souffle haletant, cette sensation d'être totalement remplie… sensation véhémente qui pulse en moi, qui monte à toute vitesse… Je le regarde, nous ne nous quittons pas des yeux… et je lis dans les siens de l'émerveillement : je l'émerveille.

Je le baise. C'est moi qui commande. Il est à moi, je suis à lui. Cette pensée me fait basculer dans un gouffre comme si j'étais lestée de béton, et je jouis autour de lui avec des hurlements incohérents... Il m'attrape par les hanches, ferme les yeux, renverse la tête en arrière, mâchoire crispée, et jouit en silence. Je m'abats sur lui, anéantie, quelque part entre le rêve et la réalité, dans un lieu où il n'y a plus de limites à négocier ou à ne pas franchir.

16.

Lentement, le monde extérieur envahit mes sens… Je flotte, détendue, alanguie, totalement vidée. Je suis allongée sur lui, la tête sur sa poitrine, et il sent divinement bon le linge propre et le gel douche de luxe : c'est l'odeur la plus délicieuse, la plus séduisante du monde… l'odeur de Christian. Je ne veux plus jamais bouger de là ; j'ai envie de respirer cet élixir pour l'éternité. Je frotte mon nez contre lui en regrettant que son tee-shirt fasse barrière entre nous. Je pose ma main sur sa poitrine. C'est la première fois que je le touche là. Il est ferme… fort. Aussitôt, il m'agrippe la main pour m'arrêter, mais atténue la dureté de son geste en l'attirant vers sa bouche pour m'embrasser doucement les doigts. Il se retourne pour être au-dessus de moi.

— Ne fais plus jamais ça, murmure-t-il.

— Pourquoi est-ce que tu n'aimes pas que je te touche ?

— Parce que je suis fou.

— Juste fou, sans nuances ?

— Ma folie va bien au-delà de cinquante nuances, Anastasia.

Ah... son honnêteté est totalement désarmante.

— J'ai eu des débuts très durs dans la vie. Je ne veux pas t'imposer les détails. Mais ne fais plus jamais ça, c'est tout.

Il frotte son nez contre le mien, puis se retire de moi et s'assoit.

— Bon, ça y est, je pense qu'on a couvert les basiques. C'était comment, pour toi ?

Il parle sur un ton à la fois très satisfait et très prosaïque, comme s'il venait de cocher un autre élément sur sa check-list. Je suis toujours sonnée par son commentaire sur ses « débuts très durs dans la vie » et je meurs d'envie d'en savoir plus, mais je devine qu'il refusera de m'en parler. Qu'est-ce que c'est frustrant ! Je penche la tête de côté, comme lui, et m'efforce de lui sourire.

— Ne t'imagine pas un seul instant que je t'ai cru quand tu m'as dit que tu me laissais prendre les commandes. N'oublie pas que j'ai été reçue avec mention excellent, lui dis-je en lui souriant malicieusement. Mais merci de m'en avoir donné l'illusion.

— Mademoiselle Steele, non seulement vous avez une jolie tête bien faite, mais vous avez eu six orgasmes jusqu'ici et vous me les devez tous, se vante-t-il, redevenant enjoué.

Je rougis. *Il a fait le compte !* Son front se plisse.

— Tu as quelque chose à me dire ? fait-il, brusquement sévère.

Je fronce les sourcils. *Merde.*

— J'ai fait un rêve ce matin.

— Ah ?

Il me regarde d'un œil noir.

Putain de merde. Je vais encore me faire engueuler ?

— C'est arrivé pendant que je dormais.

Je me couvre les yeux d'un bras. Il ne dit rien. Je hasarde un coup d'œil par-dessous mon bras. Il a l'air amusé.

— Pendant que tu dormais ?

— Ça m'a réveillée.

— Je n'en doute pas. Tu rêvais de quoi ?

Merde.

— De toi.

— Je faisais quoi ?

Je me cache de nouveau les yeux avec mon bras. Comme une petite fille, je me fais croire que si je ne le vois pas, il ne peut pas me voir non plus.

— Anastasia, je faisais quoi ? Ne m'oblige pas à me répéter.

— Tu avais une cravache.

Il repousse mon bras pour découvrir mes yeux.

— Vraiment ?

— Oui.

Je suis écarlate.

— Alors il y a encore de l'espoir, murmure-t-il. J'ai plusieurs cravaches.

— En cuir marron tressé ?

Il éclate de rire.

— Non, mais je suis sûr que je pourrais m'en procurer une.

Il se penche pour me donner un petit baiser, puis se lève et ramasse son boxer. *Non... il s'en va ?* Je consulte le réveil. Il n'est que 21 h 40. Je me lève aussi, j'attrape mon pantalon de survêt et un débardeur, et je me rassois sur le lit pour

358

l'observer. Je ne veux pas qu'il s'en aille. Que faire ?

— Tes règles, c'est pour quand ?

Quoi ?

— Je déteste ces machins, grommelle-t-il.

Il brandit le préservatif, puis le pose par terre et enfile son jean.

— Eh bien ? insiste-t-il.

Il me regarde comme s'il attendait que je lui annonce les prévisions météo pour demain. Enfin quoi… il pousse un peu, là.

— La semaine prochaine.

Je regarde mes mains.

— Il va te falloir une méthode de contraception.

Qu'est-ce qu'il est autoritaire. Je le regarde d'un œil vide. Il se rassoit sur le lit pour mettre ses chaussettes et ses chaussures.

— Tu as un médecin ?

Je secoue la tête. Nous sommes repassés au mode fusion-acquisition – encore un virage à cent quatre-vingts degrés.

Il fronce les sourcils.

— Je peux demander au mien de passer te voir avant que tu me rejoignes dimanche matin. Ou il peut venir chez moi. Qu'est-ce que tu préfères ?

Il ne me mettrait pas un peu la pression, là ? Et puis c'est encore un truc qu'il me paie… il est vrai qu'en réalité c'est pour son bénéfice à lui.

— Chez toi.

Comme ça, je suis certaine de le voir dimanche.

— D'accord. Je te ferai savoir l'heure du rendez-vous par mail.

— Tu pars ?

Ne pars pas... reste avec moi, s'il te plaît.

— Oui.

Pourquoi ?

— Tu rentres comment ?

— Taylor vient me chercher.

— Je peux te raccompagner. J'ai une nouvelle voiture magnifique.

Il me regarde chaleureusement.

— Voilà, j'aime mieux ça. Mais je pense que tu as un peu trop bu.

— Tu as fait exprès de me faire boire ?

— Oui.

— Pourquoi ?

— Parce que tu réfléchis trop, et que tu es taciturne, comme ton beau-père. Mais dès que tu bois un peu, tu te mets à parler, et j'ai besoin que tu communiques honnêtement avec moi. Sinon, tu te renfermes et je ne sais pas ce que tu penses. *In vino veritas*, Anastasia.

— Et toi, tu penses que tu es toujours honnête avec moi ?

— J'essaie, répond-il en me regardant d'un œil circonspect. Entre nous, ça ne marchera que si nous sommes honnêtes l'un avec l'autre.

— J'aimerais que tu restes et que tu te serves de ça, dis-je en brandissant le deuxième préservatif.

Il sourit, l'œil pétillant de malice.

— Anastasia, il faut vraiment que je m'en aille. On se voit dimanche. Le contrat révisé sera prêt, et on pourra réellement commencer à jouer.

— Jouer ?

Nom de Dieu. Mon cœur bondit.

360

— J'aimerais jouer une scène avec toi. Mais pas avant que tu aies signé le contrat.

— Ah ! Donc, si je ne signais pas, je pourrais faire durer indéfiniment ce qui se passe en ce moment entre nous ?

Il me regarde d'un air calculateur, sans pouvoir s'empêcher de sourire.

— C'est possible, mais je risque de craquer.

— Craquer ? Comment ?

Ma déesse intérieure, qui s'est réveillée, est tout ouïe.

Il hoche lentement la tête en souriant d'un air taquin.

— Ça pourrait se gâter méchamment.

Son sourire est contagieux.

— Se gâter comment ?

— Explosions, poursuites automobiles, enlèvement, incarcération...

— Tu me kidnapperais ?

— Oh oui, sourit-il.

— Et tu me retiendrais contre mon gré ?

Bon sang, qu'est-ce que c'est érotique.

— Oh oui, répète-t-il en hochant la tête. Et là, ça vire au TPE 24/7.

— Je ne comprends pas un mot de ce que tu dis.

Il parle sérieusement ?

— *Total Power Exchange* – relation maître-esclave vingt-quatre heures sur vingt-quatre.

Ses yeux brillent, et son excitation est palpable, même à distance.

Bordel de merde.

— Bref, tu n'as pas le choix, conclut-il, sardonique.

— Manifestement.

Je ne peux pas m'empêcher de lever les yeux au ciel.

— Anastasia Steele, tu viens de faire quoi, là ?

Merde.

— Rien.

— Qu'est-ce que je t'ai promis, si tu levais les yeux au ciel quand je te parle ?

Merde, merde, merde ! Il s'assoit sur le bord du lit.

— Viens là, dit-il doucement.

Je blêmis. Hou là... il parle sérieusement. Je suis tétanisée.

— Je n'ai rien signé.

— Je t'ai dit ce que je te ferais. Je suis un homme de parole. Je vais te donner la fessée, et puis je vais te baiser, très vite, très brutalement. En fin de compte, on va en avoir besoin, de cette capote.

Sa voix est douce, menaçante et *super-excitante*. Un désir puissant, aigu, brûlant, me tord les tripes. Timidement, je déplie les jambes. *Dois-je m'enfuir en courant ?* Ça y est : l'avenir de notre relation se joue ici, maintenant. Je le laisse faire ou je refuse ? Je sais que si je dis non, tout sera fini entre nous. *Vas-y !* m'implore ma déesse intérieure. Quant à ma conscience, elle est aussi paralysée que moi.

— J'attends, dit-il. Je ne suis pas un homme patient.

Pour l'amour de Dieu... Je halète, terrifiée, excitée. Le sang bat dans mon corps, j'ai les jambes en gelée. Lentement, je rampe vers lui.

— C'est très bien, ma petite, murmure-t-il. Maintenant, debout.

Et merde… il tient à faire durer le plaisir. Je ne sais pas si je peux tenir debout. Je descends du lit, hésitante. Il tend la main, et je lui remets le préservatif. Tout d'un coup, il m'attrape et me renverse sur ses genoux. D'un geste souple, il me place de façon que le haut de mon corps repose sur le lit à côté de lui. Il cale sa jambe droite sur les miennes et son avant-bras gauche dans le creux de mon dos pour m'immobiliser. *Merde, merde, merde.*

— Pose tes mains de chaque côté de ta tête, m'ordonne-t-il.

J'obéis immédiatement.

— Pourquoi je fais ça, Anastasia ?

— Parce que j'ai levé les yeux au ciel quand tu as parlé.

J'ai du mal à articuler.

— C'est poli, d'après toi ?

— Non.

— Tu vas le refaire ?

— Non.

— Je te donnerai la fessée chaque fois que tu referas ça, compris ?

Très lentement, il baisse mon pantalon de survêt. Qu'est-ce que c'est humiliant. Humiliant, effrayant, érotique. Il se régale. J'ai le cœur serré, j'ai du mal à respirer. *Putain, ça va faire mal, ce truc ?*

Il pose la main sur mes fesses dénudées et les caresse doucement du plat de la main. Puis sa main n'est plus là… et il me frappe – durement. *Aïe !* La douleur me fait écarquiller les yeux. J'essaie de me lever. Il me caresse là où il m'a claquée en respirant bruyamment. Puis les claques se mettent à pleuvoir. *Putain de merde que ça fait mal*. Le visage crispé par la douleur, je n'émets pas un son, mais je me tortille pour échapper aux coups, galvanisée par l'adrénaline qui me sature le corps.

— Ne bouge pas, grogne-t-il, ou je vais te fesser plus longtemps.

Il me frotte les fesses avant de les claquer. Caresse, pelotage, claque, il prend le rythme. Je dois me concentrer pour gérer la douleur. Il ne tape jamais au même endroit deux fois de suite.

— Aaah !

La dixième claque m'arrache enfin un cri – je ne m'étais même pas aperçue que je les comptais.

— Ça n'est qu'un échauffement.

Il me claque encore, puis me caresse doucement. Cette succession de claques et de caresses est hallucinante… et de plus en plus difficile à supporter. J'ai mal au visage tellement je le crispe. Il me caresse doucement, puis me fesse. Je crie encore.

— Il n'y a personne pour t'entendre, bébé. Sauf moi.

Les claques continuent à dégringoler. J'aurais envie de le supplier d'arrêter. Mais je me tais. Je ne veux pas lui donner cette satisfaction. Il poursuit à un rythme implacable. Je crie encore six fois. Dix-huit claques en tout. Mon corps se convulse sous son assaut impitoyable.

— Assez, souffle-t-il d'une voix rauque. Bravo, Anastasia. Maintenant, je vais te baiser.

Il caresse doucement mon cul brûlant d'un geste circulaire. Soudain, il insère deux doigts en moi, me prenant complètement par surprise.

J'inspire brusquement sous ce nouvel assaut qui réveille mon cerveau hébété.

— Sens ça. Ton corps aime ça, Anastasia. Tu es trempée, rien que pour moi.

Il parle d'une voix émerveillée, tout en faisant aller et venir ses doigts rapidement.

Je gémis. *Non, pas possible.* Et puis ses doigts ne sont plus là… et je suis frustrée.

— La prochaine fois, je te fais compter les coups à haute voix. Bon, où est-elle, cette capote ?

Il me soulève doucement pour me mettre sur le ventre dans le lit. J'entends son zip et la déchirure du papier alu. Il m'enlève complètement mon pantalon de survêt et me fait agenouiller pour caresser mes fesses endolories.

— Maintenant, je vais te prendre. Tu as le droit de jouir.

Quoi ? Comme si j'avais le choix.

Et puis il est en moi, me remplit, me pistonne à un rythme acharné. La sensation est plus qu'exquise, violente, avilissante, hallucinante. Ravagée, je débranche, je ne me concentre plus que sur ce qu'il me fait, sur ce tiraillement au fond de mon ventre, de plus en plus puissant, de plus en plus aigu… NON !… mon corps me trahit en explosant dans un orgasme intense.

— Ah, Ana ! s'écrie-t-il en explosant à son tour, en m'agrippant pour m'empêcher de bouger tandis qu'il se déverse en moi.

Il s'effondre à côté de moi, à bout de souffle, puis m'attire contre lui pour enfouir son visage dans mes cheveux en me serrant fort.

— Bienvenue chez moi, bébé.

Nous restons allongés, haletants, jusqu'à ce que nous reprenions notre souffle. Il caresse doucement mes cheveux. J'ai la tête posée sur sa poitrine, mais je n'ose plus le toucher. *Ça y est... j'ai survécu.* Ce n'était pas si terrible que ça, au fond. Je suis plus stoïque que je l'imaginais. Ma déesse intérieure est prostrée... en tout cas, elle ne se manifeste pas. Christian enfonce le nez dans mes cheveux et inspire profondément.

— Bravo, bébé, me murmure-t-il d'une voix enjouée.

Ses paroles s'enroulent autour de moi, moelleuses comme une serviette de luxe. Je suis tellement contente qu'il soit heureux.

Il tire sur la bretelle de mon débardeur.

— C'est ça que tu portes pour dormir ? me demande-t-il gentiment.

— Oui, fais-je d'une voix ensommeillée.

— Tu devrais dormir dans la soie et le satin, ma beauté. Je vais t'emmener faire du shopping.

Je proteste mollement :

— J'aime bien mon survêt.

Il embrasse ma tête.

— On verra, dit-il.

Nous restons allongés encore quelques minutes – ou quelques heures, qui sait ? Je pense que je m'assoupis.

— Cette fois, il faut vraiment que j'y aille, déclare-t-il en m'embrassant sur le front. Ça va ?

Je réfléchis avant de répondre. J'ai les fesses qui chauffent. En fait, non, elles sont incandescentes ; étonnamment, je me sens non seulement exténuée mais radieuse. Cette prise de conscience inattendue est une leçon d'humilité. Je ne comprends pas ce qui m'arrive.

— Ça va.

Je suis incapable d'en dire plus. Il se lève.

— Où est la salle de bains ?

— Au bout du couloir, à gauche.

Il ramasse l'autre préservatif et sort de la chambre. Je me lève péniblement pour remettre mon pantalon de survêt. Le tissu m'irrite un peu les fesses. Ma réaction me déroute. Il m'avait bien dit, je ne sais plus à quel moment, que je me sentirais mieux après une bonne fessée. *Comment est-ce possible ?* Je n'y comprends vraiment rien. Mais en même temps, curieusement, oui. Je ne peux pas dire que l'expérience m'ait plu. D'ailleurs, je ferais tout mon possible pour l'éviter, mais en ce moment... je me sens bizarrement en sécurité, rassasiée. Je prends ma tête entre mes mains. Vraiment, c'est à en devenir folle.

Christian revient. Incapable de soutenir son regard, je fixe des yeux mes mains.

— J'ai trouvé de l'huile pour bébé. Laisse-moi t'en frotter les fesses.

Quoi ?

— Non, ça ira.

— Anastasia !

Je suis sur le point de lever les yeux au ciel, mais je me ravise aussitôt. Je suis debout face au lit. Assis à côté de moi, il baisse doucement mon pantalon. *Il le remonte et le redescend à volonté comme la petite culotte d'une pute*, me fait remarquer ma conscience amèrement, à qui je dis d'aller se faire foutre. Christian verse de l'huile au creux de sa main et m'en frotte les fesses tendrement – un produit qui passe du démaquillant au baume d'après-fessée, quelle versatilité !

— J'aime te toucher, murmure-t-il.

Je ne peux qu'acquiescer : moi aussi, j'aime qu'il me touche.

— Là, dit-il en remontant mon pantalon.

Je jette un coup d'œil à mon réveil : 22 h 30.

— Je m'en vais.

— Je te raccompagne.

Je suis toujours incapable de le regarder.

Il me prend par la main. Heureusement, Kate n'est toujours pas rentrée : elle est sans doute sortie dîner avec ses parents et Ethan. Je suis ravie qu'elle n'ait pas été là pour entendre ma punition.

— Il ne faut pas que tu appelles Taylor ?

J'évite toujours de croiser son regard.

— Taylor est là depuis 21 heures. Regarde-moi.

Quand j'obéis, je découvre qu'il me contemple avec émerveillement.

— Tu n'as pas pleuré, murmure-t-il.

Tout d'un coup, il me prend dans ses bras pour m'embrasser avec ferveur.

— À dimanche, murmure-t-il contre mes lèvres, et ses paroles résonnent à la fois comme une menace et une promesse.

Je le regarde monter à bord de la grosse Audi noire sans se retourner, je referme la porte et reste plantée là, hébétée, au milieu du salon. Je ne dormirai plus ici que deux nuits, j'y ai vécu heureuse pendant près de quatre ans… et pourtant aujourd'hui, pour la toute première fois, je m'y sens seule et perdue. Me suis-je aventurée trop loin hors des limites de mon identité ? Dans quoi me suis-je engagée ? Le pire, c'est que je ne peux même pas m'asseoir pour pleurer tout mon saoul. Il faut que je reste debout. Malgré l'heure tardive, je décide d'appeler ma mère.

— Ma chérie, comment vas-tu ? C'était bien, la remise des diplômes ?

Sa voix enthousiaste m'apaise. La mienne est étranglée.

— Excuse-moi d'appeler si tard.

— Ana ? Qu'est-ce qui se passe ?

Elle est devenue sérieuse.

— Rien, maman. J'avais simplement envie de t'entendre.

Elle se tait un moment.

— Ana, qu'est-ce qu'il y a ? Je t'en prie, dis-le-moi.

Sa voix est douce et réconfortante et je sais qu'elle m'aime. Je fonds en larmes. Depuis quelques jours, il me semble que je n'arrête pas de pleurer.

— S'il te plaît, Ana, parle-moi, dit-elle, angoissée.

— Maman… c'est à cause d'un homme.

— Qu'est-ce qu'il t'a fait ? s'inquiète-t-elle.

— Rien.

Je ne veux pas l'inquiéter. Je voudrais simplement qu'elle me donne un peu de force.

— Ana, s'il te plaît, tu m'inquiètes.

J'inspire profondément.

— J'ai rencontré un homme, mais il est tellement différent de moi que je ne sais pas si on devrait être ensemble.

— Ma chérie, j'aimerais être là, près de toi. Je regrette tellement d'avoir raté ta remise de diplôme aujourd'hui. Tu sais, mon cœur, les hommes sont

369

parfois compliqués. Ils appartiennent à une espèce différente. Tu le connais depuis long-temps ?

Christian appartient à une espèce différente, c'est sûr... Il vient même carrément d'une autre planète.

— Presque trois semaines.

— Ana, ma chérie, c'est très court. Comment peux-tu connaître un homme au bout de si peu de temps ? Vas-y doucement avec lui, tiens-lui la dragée haute jusqu'à ce que tu décides s'il est digne de toi ou non.

Ça alors... ça me déconcerte que ma mère soit aussi perspicace, mais ses conseils viennent trop tard. S'il est digne de moi ? Curieusement, je ne me suis jamais posé la question. Je me demande tout le temps si je suis digne de lui.

— Mon cœur, tu as l'air malheureuse. Viens nous voir. Tu me manques, ma chérie. Et je sais que ça ferait très plaisir à Bob. Ça te permettra de prendre un peu de recul. Tu as besoin de faire une pause. Tu as tellement travaillé.

— J'ai deux entretiens de stage lundi à Seattle.

— Quelle bonne nouvelle !

La porte s'ouvre et Kate apparaît, souriante. Elle se rembrunit lorsqu'elle constate que j'ai pleuré.

— Maman, il faut que j'y aille. Je viendrai vous voir dès que possible. Merci.

— Ma chérie, s'il te plaît, tu es trop jeune pour souffrir à cause d'un homme. Il faut que tu t'amuses.

— Oui, maman. Je t'aime.

— Ana, je t'aime aussi, je t'aime tellement. Prends soin de toi, mon cœur.

370

Je raccroche et me tourne vers Kate, qui me dévisage, furieuse.

— C'est encore cet enfoiré de milliardaire qui t'a fait pleurer ?

— Non… enfin… euh… oui.

— Plaque-le, Ana. Depuis que tu le connais, tu es dans tous tes états. Je ne t'ai jamais vue comme ça.

Dans le monde de Katherine Kavanagh, tout est net, noir ou blanc. Alors que le monde où je viens de pénétrer est une palette de nuances de gris vagues et mystérieuses. *Bienvenue chez moi.*

— Assieds-toi, qu'on parle un peu en buvant un coup de vin rouge. Tiens, du champagne ? s'exclame-t-elle en apercevant la bouteille. Et du bon, en plus.

Je souris faiblement en regardant le canapé d'un œil craintif. J'hésite à m'en approcher. *Hum… je peux m'asseoir ?*

— Ça va ?

— Je me suis pris les pieds dans un carton et je suis tombée sur les fesses.

Kate ne songe pas à remettre en cause mon explication : elle sait que dans tout l'État de Washington, il n'y a personne de plus empoté que moi. Je n'aurais jamais imaginé qu'un jour, ça me rendrait service. Je m'assois avec précaution, agréablement surprise de constater que la douleur est très supportable. Tout d'un coup, je repense aux paroles de Christian dans sa suite du Heathman – *si vous étiez à moi, après votre petite escapade d'hier soir, vous ne pourriez plus vous asseoir pendant une semaine.* Il m'avait très clairement annoncé la couleur, mais, à ce moment-là, je n'avais entendu qu'une partie de la phrase :

« si vous étiez à moi ». Tous les signaux d'alarme étaient là, mais j'étais trop naïve et trop enamourée pour les remarquer.

Kate revient au salon avec une bouteille de vin rouge et des tasses propres.

— Tiens.

Elle me tend une tasse. Ça ne sera pas aussi bon que le Bollinger.

— Ana, si c'est parce qu'il a des problèmes d'engagement, plaque-le. Je ne comprends pas. Dans la tente, il ne te quittait pas des yeux, il te guettait comme un faucon. Si tu veux mon avis, il est fou amoureux de toi, mais il a une drôle de manière de le montrer.

Fou amoureux de moi ? Christian ? Une drôle de manière de le montrer ? C'est le moins qu'on puisse dire. Mais je ne peux pas discuter avec Kate sans en révéler trop.

— Kate, c'est compliqué. Et toi, comment s'est passée ta soirée ?

Heureusement, elle démarre au quart de tour. Ça me réconforte de l'entendre me raconter des trucs normaux. La grande nouvelle, c'est qu'Ethan va peut-être venir habiter avec nous après les vacances d'été. Ça serait génial – Ethan est très sympathique. Cela dit, je ne crois pas que Christian serait d'accord. *Eh bien... tant pis pour lui.* Il va devoir se faire une raison. Je bois deux tasses de vin avant d'aller me coucher. La journée a été très longue. Kate me serre dans ses bras et se jette sur le téléphone pour appeler Elliot.

Je consulte la machine infernale après m'être brossé les dents. J'y trouve un mail de Christian.

De : Christian Grey
Objet : Toi
Date : 26 Mai 2011 23:14
À : Anastasia Steele

Chère mademoiselle Steele,

Vous êtes tout simplement exquise. La femme la plus belle, intelligente, drôle et courageuse que j'aie jamais rencontrée. Prenez du paracétamol – c'est un ordre. Et ne reprenez plus jamais le volant de la Coccinelle. Je le saurai.

Christian Grey
P-DG, Grey Enterprises Holdings, Inc.

Mais qu'est-ce qu'il croit ? Ne plus jamais conduire ma bagnole ? Je lui réponds aussitôt.

De : Anastasia Steele
Objet : Flatterie
Date : 26 mai 2011 23:20
À : Christian Grey

Cher monsieur Grey,

Je vous dirais bien que la flatterie ne vous mènera nulle part, mais comme vous avez déjà été *partout*, l'argument n'est pas pertinent. Je vais devoir conduire ma Coccinelle jusqu'à un garage pour la vendre – pas la peine d'essayer de m'en dissuader.

Le vin rouge est toujours préférable au paracétamol.

Ana
P.-S. : La canne est une limite À NE PAS FRANCHIR pour moi.

Je clique sur « envoyer ».

De : Christian Grey
Objet : Les femmes énervantes qui ne savent pas accepter un compliment
Date : 26 mai 2011 23:26
À : Anastasia Steele

Chère mademoiselle Steele,
Je ne vous flatte pas. Vous devriez aller vous coucher.
J'accepte votre ajout aux limites à ne pas franchir.
Ne buvez pas trop.
Taylor s'occupera de votre voiture et en obtiendra un bon prix.

Christian Grey
P-DG, Grey Enterprises Holdings, Inc.

De : Anastasia Steele
Objet : Taylor est-il l'homme de la situation ?
Date : 26 mai 2011 23:40
À : Christian Grey

Cher monsieur,
Je trouve curieux que vous soyez disposé à laisser votre homme de confiance conduire ma voiture, mais pas une femme que vous baisez de temps en temps. Comment puis-je être sûre que Taylor obtiendra le meilleur prix pour ladite voiture ? J'ai déjà, même avant de vous rencontrer, remporté des négociations serrées.

Ana

De : Christian Grey
Objet : Attention
Date : 26 mai 2011 23:44
À : Anastasia Steele

Chère mademoiselle Steele,
Je suppose que c'est le VIN ROUGE qui parle : vous avez eu une très longue journée.

Cela dit, je suis tenté de revenir pour m'assurer que vous ne puissiez pas vous asseoir pendant une semaine, plutôt qu'une soirée.

Taylor est un ex-militaire capable de conduire n'importe quel véhicule, de la moto au tank Sherman. Votre voiture ne représente aucun risque pour lui.

Je vous prie de ne pas vous considérer comme « une femme que je baise de temps en temps », parce que, très franchement, ça me rend FURIEUX, et que vous ne m'aimeriez pas lorsque je suis en colère.

Christian Grey
P-DG, Grey Enterprises Holdings, Inc.

De : Anastasia Steele
Objet : Attention vous-même !
Date : 26 mai 2011 23:57
À : Christian Grey
Cher monsieur Grey,
Je ne suis pas sûre de vous aimer de toute façon, surtout en ce moment.

Mademoiselle Steele

De : Christian Grey
Objet : Attention vous-même
Date : 27 mai 2011 00:03
À : Anastasia Steele
Pourquoi tu ne m'aimes pas ?

Christian Grey
P-DG, Grey Enterprises Holdings, Inc.

Parce que tu ne restes jamais avec moi.

Là, ça va lui donner à réfléchir. Je referme l'ordinateur d'un geste théâtral et me glisse dans mon lit, puis j'éteins la lampe de chevet et fixe le plafond. La journée a été longue et éprouvante. Ça m'a fait chaud au cœur de voir Ray. Il a l'air en forme, et, curieusement, il semble apprécier Christian. Bon sang, et Kate qui n'a pas pu s'empêcher de s'en mêler. J'ai aussi appris que Christian avait connu la faim... Qu'est-ce que c'est que cette histoire ? Mon Dieu, et la bagnole. Je n'ai pas encore parlé de la bagnole à Kate.

Et puis, ce soir, Christian m'a frappée. On ne m'avait jamais frappée de ma vie. Dans quoi me suis-je embarquée ? Très lentement, les larmes taries par l'arrivée de Kate se remettent à couler sur mes tempes, jusque dans mes oreilles. Je suis tombée amoureuse d'un homme qui refoule tellement ses sentiments qu'il va forcément me faire souffrir – je le sais. Un homme qui, de son propre aveu, est fou. *Qu'est-ce qui l'a rendu fou ?* Mes sanglots redoublent à l'idée qu'il ait pu subir des cruautés intolérables quand il était tout petit. *S'il était normal, il ne voudrait peut-être pas de toi,* insinue ma conscience... je sais qu'au fond, elle a raison. J'enfonce mon visage dans l'oreiller et j'ouvre les vannes...

Je suis tirée de mon désespoir par les cris de Kate.

— *Qu'est-ce que vous foutez là ?*

— *Je vous l'interdis !*

— *Putain, qu'est-ce que vous lui avez encore fait ?*

— *Depuis qu'elle vous connaît elle n'arrête pas de pleurer.*

— *Je vous interdis d'entrer ici !*

Christian fait irruption dans ma chambre et allume le plafonnier, ce qui m'éblouit.

— Mon Dieu, Ana, marmonne-t-il.

Il éteint la lumière et me rejoint aussitôt.

— Qu'est-ce que tu fais là ? dis-je entre deux sanglots.

Merde. Je n'arrive pas à arrêter de pleurer.

Il allume la lampe de chevet, ce qui m'éblouit à nouveau. Kate se dresse dans l'encadrement de la porte.

— Tu veux que je le vire, cet enfoiré ? demande-t-elle d'une voix irradiant une hostilité thermonucléaire.

Christian hausse les sourcils, étonné par la hargne de Kate. Je secoue la tête et elle lève les yeux au ciel. *Aïe… À ta place, je ne ferais pas ça devant monsieur G.*

— Appelle-moi si tu as besoin de moi, reprend-elle plus doucement. Grey, je vous ai à l'œil, crache-t-elle.

Elle part en laissant la porte légèrement entrouverte.

Christian me contemple, l'air grave, le teint terreux. Il porte sa veste à rayures tennis ; de sa poche intérieure, il tire un mouchoir qu'il me tend. Je crois que j'ai encore l'autre.

— Qu'est-ce qui se passe ?

— Et toi, pourquoi es-tu là ?

Par miracle, mes larmes se sont taries, mais je hoquette encore douloureusement.

— Je dois veiller à ton bien-être, ça fait partie de mon rôle. Tu m'as dit que tu voulais que je reste, alors je suis là. Et je te trouve dans cet état. Je sais que c'est à cause de moi, mais je ne sais pas ce que j'ai fait. C'est parce que je t'ai frappée ?

Je me redresse en grimaçant à cause de mes fesses endolories, et m'assois pour lui faire face.

— Tu as pris du paracétamol ?

Je secoue la tête. Il plisse les yeux, se lève et sort. Je l'entends parler avec Kate, mais pas ce qu'ils se disent. Il revient quelques instants plus tard avec des comprimés et une tasse d'eau.

— Prends ça, m'ordonne-t-il doucement en s'asseyant à côté de moi.

J'obéis.

— Parle-moi, chuchote-t-il. Tu m'as dit que ça allait. Je ne t'aurais pas quittée si j'avais su que tu te mettrais dans cet état.

Je regarde mes mains. Que puis-je lui dire que je n'aie déjà dit ? J'en veux plus. Je veux qu'il reste parce qu'il veut rester avec moi, lui, pas parce que je braille comme un veau. Et je ne veux pas qu'il me batte. Est-ce si déraisonnable ?

— Donc, quand tu m'as dit que ça allait, ça n'allait pas.

Je rougis.

— Je pensais que ça allait.

— Anastasia, il ne fallait pas me dire ce que tu pensais que je voulais entendre. Ce n'était pas très honnête de ta part, me gronde-t-il. Comment pourrai-je te croire, après ça ?

Je le regarde timidement. Il fronce les sourcils, l'air sinistre, et passe ses deux mains dans ses cheveux.

— Tu t'es sentie comment, pendant que je te donnais la fessée ? Et après ?

— Je n'ai pas aimé. Je préférerais que tu ne le refasses pas.

— Tu n'étais pas censée aimer.

— Et toi, pourquoi aimes-tu ça ? lui dis-je en le regardant droit dans les yeux.

Ma question semble l'étonner.

— Tu tiens vraiment à le savoir ?

— Crois-moi, je trouve ça fascinant.

Je n'ai pas pu m'empêcher d'adopter un ton sarcastique.

Il plisse à nouveau les yeux.

— Attention.

Je blêmis.

— Tu vas encore me donner la fessée ?

— Non, pas ce soir.

Ouf… ma conscience et moi poussons un soupir de soulagement. J'insiste :

— Alors, pourquoi aimes-tu ça ?

— J'aime la sensation de contrôle que ça me procure, Anastasia. Je tiens à ce que tu te comportes d'une certaine façon et si tu n'obéis pas, je te punirai, pour que tu apprennes à te comporter comme je le désire. Je prends du plaisir à te punir. J'avais envie de te donner la fessée depuis que tu m'as demandé si j'étais gay.

Ce souvenir me fait rougir. *Eh bien, moi aussi, j'avais envie de me battre après cette question-là*. Bref, tout ça, c'est la faute de Katherine Kavanagh ! Si c'était elle qui l'avait interviewé et qui lui avait posé cette question, ce serait elle qui

aurait mal aux fesses en ce moment. Curieusement, cette idée me contrarie. Mais qu'est-ce qui
m'arrive ?

— Si je comprends bien, tu ne m'aimes pas
comme je suis.

Il me regarde fixement, de nouveau déconcerté.

— Je te trouve très bien comme tu es.

— Alors pourquoi essaies-tu de me changer ?

— Je ne veux pas te changer. J'aimerais que tu
sois courtoise, que tu respectes mes règles et que
tu arrêtes de me défier. C'est pourtant simple.

— Mais tu prends du plaisir à me punir ?

— Oui, en effet.

— C'est ça que je ne comprends pas.

Il soupire et passe de nouveau ses mains dans
ses cheveux.

— Je suis fait comme ça, Anastasia. J'ai besoin
de te contrôler. J'ai besoin que tu te conduises
d'une certaine façon. Et j'adore voir ta jolie peau
nacrée rosir et s'échauffer sous mes mains. Ça
m'excite.

Merde alors. Ça commence à se préciser.

— Donc, ce n'est pas pour me faire mal ?

Il déglutit.

— Un peu, pour voir si tu supportes, mais pas
uniquement. C'est le fait que tu sois à moi, que
je puisse faire de toi ce que bon me semble, te
contrôler totalement. Voilà ce qui m'excite. Ça
m'excite beaucoup, Anastasia. Écoute, je ne
m'explique pas très bien... je n'ai jamais eu à le
faire, alors je n'y ai jamais vraiment réfléchi. J'ai
toujours fréquenté des gens comme moi, dit-il
en haussant les épaules comme pour s'excuser.
Et tu n'as toujours pas répondu à la deuxième

partie de ma question. Qu'as-tu éprouvé, après la fessée ?

— De la confusion.

— Ça t'a excitée sexuellement, Anastasia.

Il ferme un instant les yeux et, quand il les rouvre pour me regarder, son regard est torride.

Son expression réveille la part d'ombre tapie au fond de mon ventre – ma libido, réveillée et dressée par lui, désormais insatiable.

— Ne me regarde pas comme ça, murmure-t-il.

Je fronce les sourcils. *Bon sang, qu'est-ce que j'ai encore fait, maintenant ?*

— Je n'ai plus de préservatifs, Anastasia, et tu es bouleversée. Contrairement à ce que croit ta colocataire, je ne suis pas atteint de priapisme. Donc, tu as éprouvé de la confusion ?

Je me tortille.

— Tu n'as aucun mal à être honnête avec moi par écrit. Tu me dis toujours exactement ce que tu ressens dans tes mails. Qu'est-ce qui t'empêche de le faire de vive voix ? Est-ce que je t'intimide autant que ça ?

Je gratte une tache imaginaire sur l'édredon bleu et crème de ma mère.

— Je suis sous le charme, Christian. Tu m'éblouis. J'ai l'impression d'être Icare et de voler trop près du soleil.

Il inspire brusquement.

— Je crois que c'est l'inverse.

— Quoi ?

— Anastasia, c'est toi qui m'as ensorcelé. C'est évident, non ?

Non, pas pour moi. *Ensorcelé…* ma déesse intérieure a l'œil fixe et la bouche ouverte. Même
elle, elle ne le croit pas.

— Tu n'as toujours pas répondu à ma question. Écris-moi un mail, s'il te plaît. Mais maintenant, j'aimerais vraiment dormir. Je peux
rester ?

— Tu veux rester ?

— Tu voulais que je reste avec toi, non ?

— Tu n'as pas répondu à ma question.

— Je t'écrirai un mail, marmonne-t-il, impatient.

Il se lève pour vider les poches de son jean de
son BlackBerry, ses clés, son portefeuille et sa
monnaie. Oh, la vache, qu'est-ce que les mecs
trimballent comme bazar. Il retire sa montre, ses
chaussures, ses chaussettes et son jean, et pose
sa veste sur ma chaise, avant de se glisser sous
l'édredon.

— Allonge-toi, m'ordonne-t-il.

Je me glisse lentement sous les couvertures en
grimaçant un peu, sans le quitter des yeux. Ça
alors… il reste. J'en suis à la fois ravie et abasourdie. Il s'accoude pour me regarder.

— Si tu as envie de pleurer, pleure devant
moi. Il faut que je sache.

— Tu veux que je pleure ?

— Pas spécialement. Je cherche simplement à
savoir ce que tu ressens. Je ne veux pas que tu
me glisses entre les doigts. Éteins. Il est tard, et
nous travaillons tous les deux demain matin.

Il est toujours aussi autoritaire, mais je ne
peux pas me plaindre : il est dans mon lit. Je ne
comprends toujours pas pourquoi… je devrais

peut-être pleurer plus souvent devant lui. J'éteins la lampe de chevet.

— Allonge-toi sur le côté, en me tournant le dos, murmure-t-il dans le noir.

Je lève les yeux au ciel, sachant très bien qu'il ne peut pas me voir, mais j'obéis. Prudemment, il se rapproche, m'enlace et m'attire vers lui.

— Dors, bébé, murmure-t-il.

Je sens son nez dans mes cheveux. Il inspire profondément.

Ça alors. Christian Grey dort avec moi et, dans le confort de ses bras, je dérive vers un sommeil paisible.

17.

La flamme de la bougie est trop chaude. Elle vacille et danse dans la brise tiède, une brise qui n'offre aucun répit à la chaleur. Des ailes diaprées battent dans le noir, saupoudrant d'une poussière nacrée le cercle lumineux. J'essaie de résister, mais je suis attirée. Je vole trop près du soleil, éblouie, aveuglée, je brûle, je fonds, je n'arrive plus à voler. J'ai trop chaud… j'étouffe. Je me réveille.

Lorsque j'ouvre les yeux, je découvre Christian Grey enroulé autour de moi comme un drapeau, sa tête sur ma poitrine, son bras qui m'enlace, sa jambe passée par-dessus les miennes. Je mets un moment à comprendre qu'il est toujours dans mon lit et qu'il dort à poings fermés. Il fait jour. Il a passé toute la nuit avec moi.

Mon bras droit est allongé, sans doute parce que je tâtonnais pour chercher un endroit plus frais dans le lit : je me rends compte que je peux le toucher. Timidement, je caresse son dos du bout des doigts. Il émet un léger gémissement angoissé, s'agite, puis frotte son nez contre ma poitrine en inspirant profondément. Ses yeux gris ensommeillés croisent les miens sous sa tignasse en bataille.

— Bonjour, marmonne-t-il en fronçant les sourcils. Putain, même dans mon sommeil tu m'attires.

Lentement, il détache ses membres de mon corps en reprenant ses esprits. Je sens son érection contre ma hanche. Il m'adresse un sourire paresseux et sexy.

— Hum… Il y a de quoi faire, mais je crois que nous devrions attendre jusqu'à dimanche.

Il frotte le bout de son nez sur mon oreille. Je rougis. Cela dit, son corps est si brûlant contre le mien que ma peau affiche déjà sept nuances d'écarlate.

— Tu es très chaud, murmuré-je.

— Toi aussi, répond-il en se frottant contre moi.

Je rougis de plus belle. *Ce n'est pas ça que je voulais dire.* Il s'accoude pour me contempler, amusé, et pose un baiser tendre sur mes lèvres.

— Tu as bien dormi ? me demande-t-il.

Je hoche la tête : en effet, j'ai très bien dormi, à part la dernière demi-heure où j'ai eu trop chaud.

— Moi aussi. Oui, vraiment très bien. (Ça a l'air de l'étonner.) Quelle heure est-il ?

Je consulte mon réveil.

— 7 h 30.

— 7 h 30… merde.

Il bondit hors du lit et passe son jean.

C'est à mon tour de rigoler. Christian Grey, flippé d'être en retard. C'est la première fois que je vois ça. Tiens, je n'ai plus mal aux fesses.

— Tu as une mauvaise influence sur moi. J'ai une réunion. Il faut que j'y aille – je dois être à Portland à 8 heures. Tu ris de moi ?

— Oui.

Il sourit.

— Je suis en retard. Je ne suis jamais en retard. Encore une première, mademoiselle Steele.

Il passe sa veste et se penche pour prendre ma tête entre ses mains.

— À dimanche, dit-il, et ce mot est lourd de promesses implicites.

Dans mon corps, tout se déroule et se crispe en même temps. C'est une sensation exquise.

Et merde, si seulement mon esprit pouvait se mettre au diapason de mon corps ! Il m'embrasse rapidement, reprend ses effets sur la table de chevet et ramasse ses chaussures, qu'il ne met pas.

— Taylor passera prendre ta voiture. Je parlais sérieusement. Ne la conduis pas. À dimanche. Je t'enverrai un mail pour te dire à quelle heure.

Et comme une tornade, il disparaît.

Christian Grey a passé la nuit avec moi, et je me sens reposée. On n'a pas baisé, on s'est juste câlinés. Il m'a affirmé qu'il ne dormait jamais avec qui que ce soit – mais il a déjà dormi trois fois avec moi. Je souris en sortant du lit, plus optimiste tout d'un coup, et me dirige vers la cuisine. J'ai besoin d'un thé.

Après le petit déjeuner, je prends ma douche et m'habille rapidement pour ma dernière journée chez Clayton's. C'est la fin d'une époque – je vais faire mes adieux à M. et Mme Clayton, à l'université de Washington, à Vancouver, à l'appartement, à ma Coccinelle... Je jette un coup d'œil à l'ordinateur : il n'est que 7 h 52. J'ai le temps d'écrire à Christian.

De : Anastasia Steele
Objet : Coups et blessures : le bilan
Date : 27 mai 2011 08:05
À : Christian Grey

Cher monsieur Grey,

Vous vouliez savoir pourquoi j'ai éprouvé de la confusion après que vous m'avez – comment dire ? – fessée, punie, battue, agressée. Eh bien, sur le coup, je me suis sentie méprisée, avilie, maltraitée. Mais j'ai été mortifiée de constater – vous aviez raison – que ça m'a aussi excitée, ce qui me surprend. Comme vous le savez, tout ce qui relève de la sexualité est nouveau pour moi. Si j'avais eu plus d'expérience, j'aurais été mieux préparée. Ça m'a choquée, d'être excitée.

Mais ce qui m'a vraiment inquiétée, c'est ce que j'ai ressenti après coup. Et ça, c'est plus difficile à exprimer. J'étais heureuse que vous soyez heureux. Soulagée que ça n'ait pas été aussi douloureux que je l'imaginais. Et, dans vos bras, je me suis sentie... assouvie. Mais, en même temps, je me sentais mal, voire coupable, d'éprouver cette sensation. Ça ne me correspond pas et, du coup, j'éprouve de la confusion. Cela répond-il à votre question ?

J'espère que l'univers des fusions-acquisitions est toujours aussi stimulant pour vous... et que vous n'avez pas été trop en retard.

Merci d'être resté avec moi.

Ana

De : Christian Grey
Objet : Libérez votre esprit
Date : 27 mai 2011 08:24
À : Anastasia Steele

Intitulé intéressant... bien que légèrement exagéré, mademoiselle Steele.

Pour répondre à vos remarques :

— J'opte pour « fessée », puisque c'est de cela qu'il s'agit.
— Donc, vous vous êtes sentie méprisée, avilie, maltraitée – on croirait entendre Tess. C'est vous-même qui avez opté pour l'avilissement, si mes souvenirs sont bons. Est-ce vraiment ce que vous ressentez ou est-ce ce que vous pensez devoir ressentir ? Ce sont deux choses très différentes. Si c'est ce que vous ressentez, pensez-vous pouvoir essayer d'assumer ces sentiments, pour moi ? C'est ce que ferait une soumise.
— Je vous suis reconnaissant de votre inexpérience. Elle m'est précieuse, et je commence tout juste à comprendre ce qu'elle implique. En un mot... elle signifie que vous êtes à moi, sur tous les plans.
— Oui, vous étiez excitée, ce qui était à son tour excitant pour moi, il n'y a rien de mal à cela.
— Heureux, le mot est faible. Disons plutôt en extase.
— La fessée de punition est bien plus douloureuse que la fessée sensuelle – ça ne sera jamais plus dur que ça, à moins évidemment que vous ne commettiez une transgression majeure, auquel cas j'utiliserai un instrument pour vous punir. J'ai d'ailleurs mal à la main, ce matin. Mais ça me plaît.
— Moi aussi, je me suis senti assouvi – plus que vous ne pourrez jamais l'imaginer.

388

— Ne gaspillez pas votre énergie à vous sentir coupable, à penser que vous avez fait quelque chose de mal, etc. Nous sommes des adultes consentants, et ce que nous faisons en privé reste entre nous. Vous devez libérer votre esprit et écouter votre corps.

— Le monde des fusions-acquisitions n'est pas aussi stimulant que vous, mademoiselle Steele.

Christian Grey
P-DG, Grey Enterprises Holdings, Inc.

Merde alors… *à moi, sur tous les plans*. J'en ai le souffle coupé.

De : Anastasia Steele
Objet : Adultes consentants !
Date : 27 mai 2011 08:26
À : Christian Grey

Tu n'es pas en réunion ?
Si tu as mal à la main, bien fait pour toi.
Et si j'écoutais mon corps, à l'heure qu'il est je serais en Alaska.
Ana

P.-S. : Je réfléchirai au fait d'assumer ces sentiments.

De : Christian Grey
Objet : Vous n'avez pas appelé les flics
Date : 27 mai 2011 08:35
À : Anastasia Steele

Mademoiselle Steele,
J'assiste à une réunion sur les marchés à terme, si ça vous intéresse.

Pour mémoire, vous saviez très bien ce que je m'apprê-
tais à faire. Vous ne m'avez à aucun moment demandé
d'arrêter, et vous n'avez pas utilisé les mots d'alerte.
Vous êtes une adulte – vous avez le choix.
Très franchement, j'ai hâte d'avoir de nouveau mal à la
main.
Vous n'écoutez manifestement pas la bonne partie de
votre corps.
L'Alaska, c'est très froid, et ce n'est pas le refuge idéal.
Je vous retrouverais. Je peux tracer votre téléphone por-
table – ne l'oubliez pas.
Allez bosser.

Christian Grey
P-DG, Grey Enterprises Holdings, Inc.

Je regarde l'écran d'un air renfrogné. Il a raison, évidemment. C'est mon choix. *Hum.* Il parle
sérieusement quand il dit qu'il me retrouverait ?
Devrais-je songer à m'évader un moment ? Je
repense à l'offre de ma mère. Je clique sur
« répondre ».

De : Anastasia Steele
Objet : Harceleur
Date : 27 mai 2011 08:36
À : Christian Grey
Avez-vous songé à vous faire soigner pour vos tendances
au harcèlement ?

Ana

De : Christian Grey
Objet : Harceleur ? Moi ?
Date : 27 mai 2011 08:38
À : Anastasia Steele

Je paie une petite fortune à l'éminent Dr Flynn à cet effet.
Va bosser.

Christian Grey
P-DG, Grey Enterprises Holdings, Inc.

De : Anastasia Steele
Objet : Charlatans
Date : 27 mai 2011 08:40
À : Christian Grey

Puis-je vous suggérer humblement de demander un deuxième avis ? Je ne suis pas certaine que le Dr Flynn soit très efficace.

Mademoiselle Steele

De : Christian Grey
Objet : Deuxième avis
Date : 27 mai 2011 08:43
À : Anastasia Steele

Ça ne vous regarde pas, mais le Dr Flynn représente déjà le deuxième avis.
Il va falloir que vous rouliez vite dans votre nouvelle voiture pour ne pas arriver en retard, ce qui vous ferait courir des risques inutiles – je crois que c'est une infraction aux règles.

VA BOSSER !

Christian Grey
P-DG, Grey Enterprises Holdings, Inc.

De : Anastasia Steele
Objet : CRIER AVEC DES MAJUSCULES
Date : 27 mai 2011 08:47
À : Christian Grey

En fait, étant victime de vos tendances au harcèlement, je crois que ça me regarde. Je n'ai pas encore signé. Alors les règles, je m'en tape. Et je ne commence qu'à 9 h 30.

Mademoiselle Steele

De : Christian Grey
Objet : Linguistique descriptive
Date : 27 mai 2011 08:49
À : Anastasia Steele

Vous vous en « tapez » ? Je vous suggère de réfléchir à votre choix de vocabulaire.

Christian Grey
P-DG, Grey Enterprises Holdings, Inc.

De : Anastasia Steele
Objet : Linguistique descriptive
Date : 27 mai 2011 08:52
À : Christian Grey

Harceleur, et en plus maniaque du contrôle.
La linguistique descriptive, en ce qui me concerne, c'est une limite à ne pas franchir.
Veux-tu bien arrêter de me déranger, maintenant ?
J'aimerais aller travailler dans ma nouvelle voiture.

Ana

De : Christian Grey
Objet : Insolente mais amusante
Date : 27 mai 2011 08:56
À : Anastasia Steele

La main me démange.
Roulez prudemment, mademoiselle Steele.

Christian Grey
P-DG, Grey Enterprises Holdings, Inc.

C'est un plaisir de rouler dans l'Audi, avec sa direction assistée : Wanda, ma Coccinelle, m'obligeait à une gym quotidienne que, du coup, je ne ferai plus. Il est vrai que j'aurai un coach personnel, prévu par mon contrat avec Christian. Je fronce les sourcils. Je déteste la gym.

Tout en roulant, je songe à nos mails. Qu'est-ce qu'il peut être condescendant, ce salaud... Oui, je suis une adulte, merci de me l'avoir rappelé, Christian Grey, et c'est mon choix, en effet. Le problème, c'est que je veux Christian, pas toutes ses... casseroles. Pourrais-je les assumer ? Je lui ai promis que j'essaierais. Mais c'est vraiment beaucoup demander.

Je me gare dans le parking de Clayton's. J'arrive à peine à croire que c'est mon dernier jour. Heureusement, les clients affluent et le temps passe vite. À l'heure du déjeuner, M. Clayton me demande. Un coursier m'attend.

— Mademoiselle Steele ? dit le coursier.

J'interroge du regard M. Clayton, qui hausse les épaules, aussi perplexe que moi. Puis je comprends. Christian. Qu'est-ce qu'il peut bien m'avoir acheté, cette fois ? Je signe et j'ouvre immédiatement le petit colis. Un BlackBerry. *Ben voyons*. Je l'allume.

De : Christian Grey
Objet : Prêt de BlackBerry
Date : 27 Mai 2011 11:15
À : Anastasia Steele

Je dois pouvoir te contacter en tout temps, et puisque tu ne me parles franchement que par mail, je me suis dit qu'il te fallait un BlackBerry.

Christian Grey
P-DG, Grey Enterprises Holdings, Inc.

De : Anastasia Steele
Objet : Consommation compulsive
Date : 27 mai 2011 13:22
À : Christian Grey

Je crois que tu devrais appeler le Dr Flynn tout de suite. Tes tendances au harcèlement sont hors de contrôle. Je suis au travail, je t'écris quand je rentre. Merci pour ce nouveau gadget. Je n'avais pas tort quand je t'ai demandé si tu étais un consommateur compulsif. Pour-quoi fais-tu ça ?

Ana

De : Christian Grey
Objet : Si jeune et pourtant si sage
Date : 27 mai 2011 13:24
À : Anastasia Steele

Bien raisonné, comme toujours, mademoiselle Steele. Le Dr Flynn est en vacances. Et je le fais parce que je le peux.

Christian Grey
P-DG, Grey Enterprises Holdings, Inc.

Échanger des mails avec Christian est addictif, mais je suis censée travailler. Je fourre le gadget dans ma poche. Je le déteste déjà. Et le voilà qui bourdonne sur mes fesses... *Comme c'est approprié*. Je fais appel à toute ma volonté pour l'ignorer.

À 16 heures, M. et Mme Clayton rassemblent tous les employés et, après un discours qui me fait rougir, me remettent un chèque de trois cents dollars. À ce moment-là, tous les chamboulements des trois dernières semaines me reviennent d'un seul coup. Les examens, la remise des diplômes, le millionnaire cinglé, la perte de ma virginité, les limites à négocier et à ne pas franchir, la salle de jeux sans consoles, la balade en hélico, et mon déménagement demain. À ma stupéfaction, je ne craque pas. Ma conscience en est très épatée. Je serre les Clayton dans mes bras. Ces patrons gentils et généreux me manqueront.

Je me gare devant l'appartement au moment où Kate descend de sa Mercedes.

— C'est quoi, ça ? me demande-t-elle d'une voix accusatrice en désignant mon Audi.

— Ça ? Tu vois bien que c'est une voiture.

À voir sa tête, je me demande si elle ne va pas me donner la fessée, elle aussi.

— En fait, c'est mon cadeau de fin d'année.

Je tente de prendre un air nonchalant en donnant cette précision. *Eh oui, des bagnoles comme ça, on m'en offre tous les jours.* Kate en reste bouche bée.

— Qu'est-ce qu'il est généreux, ce con. Tu ne crois pas qu'il en fait un peu trop ?

Je hoche la tête.

— J'ai essayé de refuser mais je n'y suis pas arrivée.

Kate pince les lèvres.

— Pas étonnant que tu te sentes dépassée par les événements. Cela dit, il a passé la nuit avec toi.

— Oui, dis-je avec un sourire nostalgique.

— Alors, on les finit, ces cartons ?

Je hoche la tête. Mais, avant de m'y mettre, je relis le dernier mail de Christian.

De : Christian Grey
Objet : Dimanche
Date : 27 mai 2011 13:40
À : Anastasia Steele

Rendez-vous à 13 heures dimanche. Le médecin sera là à 13 h 30.

Je pars pour Seattle. Bon courage pour le déménagement.

Dans l'attente de notre prochain rendez-vous,

Christian Grey
P-DG, Grey Enterprises Holdings, Inc.

Ben dis donc… Il aurait pu envoyer ce mail à un employé. Je n'arrive pas à le suivre : tantôt il est drôle et enjoué, tantôt totalement guindé. Je lui répondrai plus tard. Pour l'instant, il faut que j'aide Kate à faire les cartons.

Nous sommes dans la cuisine lorsqu'on sonne. C'est Taylor, vêtu comme toujours d'un costume impeccablement coupé. Sa coupe en brosse, son regard détaché et sa carrure athlétique trahissent l'ex-militaire.

— Mademoiselle Steele, je suis venu chercher votre voiture.

— Ah oui, bien sûr. Entrez, je vais chercher les clés.

Cette mission ne rentre sûrement pas dans la définition de son poste, sur laquelle je m'interroge une fois de plus. Je lui remets les clés et l'accompagne dans un silence gênant – pour moi, en tout cas – jusqu'à ma Coccinelle bleue. Je prends ma lampe de poche dans la boîte à gants. Elle ne contient aucun autre effet personnel. *Adieu, Wanda. Merci pour tout.* Je caresse le toit en refermant la portière.

— Vous travaillez depuis longtemps pour M. Grey ?

— Quatre ans, mademoiselle Steele.

Je meurs d'envie de le bombarder de questions. Il doit connaître tous les secrets de Christian. Mais il a dû signer un accord de confidentialité, lui aussi. Il arbore la même expression taciturne que Ray, ce qui me le rend sympathique.

— C'est un type bien, mademoiselle Steele, ajoute-t-il en souriant.

Puis il incline légèrement la tête, monte dans ma voiture et démarre.

L'appartement, la voiture, Clayton's... Que de bouleversements dans ma vie. Je secoue la tête. Et le plus grand bouleversement, c'est Christian Grey. D'après Taylor, c'est *un type bien*. Puis-je le croire ?

José nous rejoint à 20 heures avec des plats chinois. C'est fini, tout est emballé, nous sommes prêtes à partir. Il a apporté plusieurs bouteilles de bière. Kate et moi sommes installées sur le canapé ; il est assis par terre en tailleur entre nous. Nous regardons des émissions débiles tout en échangeant des souvenirs, de plus en plus bruyamment au fur et à mesure que la bière nous fait de l'effet. Ces quatre dernières années ont été des années heureuses.

Mes rapports avec José sont redevenus normaux ; sa tentative de baiser est oubliée. Ou plutôt, balayée sous le tapis sur lequel ma déesse intérieure se prélasse en attendant dimanche avec impatience. Tout d'un coup, on sonne à la porte. Ça me fait un coup au cœur. Et si c'était... ?

Kate, qui est allée ouvrir, tombe pratiquement à la renverse quand Elliot lui saute dessus. D'abord façon baiser hollywoodien, puis dans le style cinéma d'art et d'essai européen. *Non, mais franchement... prenez une chambre !* José et moi nous dévisageons l'un l'autre, gênés par tant d'impudeur.

— Et si on allait faire un tour au bar ?

José acquiesce à ma proposition en hochant frénétiquement la tête. Kate se tourne vers nous, les joues roses, l'œil brillant.

— José et moi, on va prendre un verre, dis-je en levant les yeux au ciel.

Et toc ! Je peux encore lever les yeux au ciel à mes heures de loisir.

— O.K., sourit-elle.

— Salut, Elliot. Au revoir, Elliot.

Il m'adresse un clin d'œil ; José et moi filons en pouffant comme des adolescents.

Tandis que nous marchons tranquillement vers le bar, je passe mon bras sous celui de José. Mon Dieu, comme tout est simple avec lui – je ne l'avais jamais compris à ce point auparavant.

— Tu viens quand même à mon vernissage ?

— Bien sûr, José, c'est quand ?

— Le 9 juin.

Tout d'un coup, je panique.

— Ça tombe quel jour ?

— Un jeudi.

— Ouais, ça devrait pouvoir aller… et tu vas venir nous voir à Seattle ?

Il sourit.

— Essaie de m'en empêcher.

Il est tard lorsque je rentre du bar. Kate et Elliot ont disparu, mais bon sang, qu'est-ce qu'on les entend ! *Putain.* J'espère que je ne crie pas comme ça. Christian, en tout cas, est plus silencieux que son frère. Je me réfugie dans ma chambre. Après m'avoir serrée rapidement dans ses bras – heureusement sans malaise ni ambiguïté –, José est rentré chez lui. Je ne sais pas quand je le reverrai, sans doute à son vernissage. Qu'est-ce que je suis contente pour lui ! Il me manquera. Je n'ai pas eu le courage de lui dire que j'avais vendu la Coccinelle. Je sais qu'il va

399

flipper quand il l'apprendra, et je suis incapable de gérer plus d'un homme flippé à la fois. J'allume la machine infernale. Bien entendu, j'y trouve un mail de Christian.

De : Christian Grey
Objet : Où es-tu ?
Date : 27 mai 2011 22:14
À : Anastasia Steele

« Je suis au travail, je t'écris quand je rentre. »
Es-tu toujours au travail ou as-tu rangé ton téléphone, ton BlackBerry et ton Mac dans tes cartons ? Appelle-moi, ou je serai peut-être obligé de contacter Elliot.

Christian Grey
P-DG, Grey Enterprises Holdings, Inc.

Et merde… Je me jette sur mon téléphone. Cinq appels ratés et un message vocal, que j'écoute après quelques instants d'hésitation.

« Je crois que tu n'as pas saisi ce que j'attends de toi. Je ne suis pas un homme patient. Si tu me dis que tu vas me contacter en rentrant du travail, aie la courtoisie de le faire. Autrement, je m'inquiète, et l'inquiétude n'est pas une émotion familière pour moi. Je ne la supporte pas bien. Appelle-moi. »

Putain de bordel de merde ! Il ne pourrait pas me lâcher les baskets, une minute ? Je contemple le téléphone d'un air furieux. Il m'étouffe. La peur au ventre, je fais défiler le répertoire jusqu'à son numéro et j'appuie sur « appeler ». J'ai le cœur qui bat à cent à l'heure en attendant qu'il décroche. Je parie qu'en ce moment il a envie de me battre jusqu'à ce que mes fesses virent aux sept nuances de violet.

— Salut, me dit-il d'une voix douce.

Je m'attendais qu'il soit furieux, mais il a plutôt l'air soulagé, ce qui me déconcerte.

— Salut.

— J'étais inquiet.

— Je sais. Je suis désolée. Tout va bien.

Il se tait un instant.

— Tu as passé une bonne soirée ? reprend-il poliment.

— Oui. On a fini les cartons, ensuite José nous a apporté des plats chinois.

Je serre les paupières en prononçant le nom de José. Mais Christian ne passe aucun commentaire. Le silence devient assourdissant. C'est moi qui le romps :

— Et toi, comment s'est passée ta soirée ?

Il est hors de question que je me sente coupable parce que j'ai vu José.

— Je suis allé à un dîner de charité, soupire-t-il. C'était chiant à mourir. Je suis parti dès que j'ai pu.

Il parle d'une voix tellement triste et résignée que j'en ai le cœur serré. Je le revois, assis devant son piano dans son immense salon, en train de jouer une mélodie mélancolique. J'ai envie de le serrer dans mes bras, de le réconforter, même s'il ne m'en donne pas le droit. Je voudrais être près de lui.

— Je regrette que tu ne sois pas ici, lui dis-je.

— Vraiment ? répond-il d'une voix morne.

Et merde. Ça ne lui ressemble pas du tout. Mon cuir chevelu picote d'appréhension.

— Oui.

Après une éternité, il soupire.

— On se voit dimanche ?

— Oui, dimanche.

— Bonne nuit.

— Bonne nuit, monsieur.

Mon « monsieur » le surprend, car je l'entends aspirer brusquement.

— Bon courage pour ton déménagement, Anastasia, ajoute-t-il d'une voix plus douce.

Mais nous restons en ligne comme des adolescents : ni l'un ni l'autre ne veut raccrocher.

— Raccroche, toi, lui dis-je.

Je le sens enfin sourire.

— Non, toi, raccroche.

Je suis sûre qu'il sourit, maintenant.

— Je n'ai pas envie.

— Moi non plus.

— Tu étais très fâché contre moi ?

— Oui.

— Tu es encore fâché ?

— Non.

— Tu ne vas pas me punir ?

— Non. Je suis du genre spontané.

— J'avais remarqué.

— Vous pouvez raccrocher, maintenant, mademoiselle Steele.

— Vous y tenez vraiment, monsieur ?

— Au lit, Anastasia.

— Oui, monsieur.

Nous restons tous les deux en ligne.

— Tu crois que tu arriveras un jour à faire ce qu'on te dit, Ana ?

Il est à la fois amusé et exaspéré.

— Peut-être. On verra dimanche.

Et j'appuie sur « raccrocher ».

Elliot recule d'un pas pour admirer son œuvre. Il a branché notre téléviseur sur le système satellite de notre nouvel appartement de Pike Place. Affalées sur le canapé, Kate et moi pouffons de rire, épatées par ses prouesses avec la perceuse. Ça me fait tout drôle de voir notre écran accroché sur le mur en brique rouge de cet entrepôt reconverti, mais je m'y ferai sûrement.

— Tu vois, chérie, c'est un jeu d'enfant.

Il sourit de toutes ses dents à Kate, qui se transforme pratiquement en flaque dans le canapé. Je lève les yeux au ciel.

— J'aimerais rester, mais ma sœur vient de rentrer de Paris. Dîner de famille obligatoire.

— Tu peux passer après ? demande Kate d'une voix hésitante et douce, bref, archi-pas-Kate.

Sous prétexte de continuer à déballer les cartons, je me réfugie dans la cuisine. D'une seconde à l'autre, ils vont se remettre à faire des cochonneries.

— Je vais voir si je peux m'échapper, promet-il.

— Je te raccompagne, sourit Kate.

— À tout', Ana.

— Au revoir, Elliot. Salue Christian de ma part.

— C'est tout ? Pas d'autre message ?

Il hausse le sourcil d'un air suggestif.

— C'est tout.

Son clin d'œil me fait virer à l'écarlate.

Elliot est adorable, et tellement différent de Christian : chaleureux, ouvert, tactile, très tactile, trop tactile avec Kate. Ils ne peuvent pas se lâcher. Non seulement ça me gêne, mais j'en suis verte de jalousie.

Kate revient environ vingt minutes plus tard avec une pizza et nous nous asseyons pour la manger avec les doigts à même la boîte dans notre nouveau salon rempli de cartons. Le père de Kate a fait les choses en grand : trois chambres, double living avec vue sur le marché de Pike Place, bois franc, briques rouges apparentes, cuisine tout équipée avec plans de travail en béton ciré… En plus, c'est en plein centre-ville.

À 20 heures, on sonne à l'interphone. Kate bondit – mon cœur aussi.

— Une livraison pour Mlle Steele et Mlle Kavanagh.

Je m'étonne d'être aussi déçue que ce ne soit pas Christian.

— Deuxième étage, appartement deux.

Kate fait entrer le livreur, qui reste bouche bée quand il la voit avec son jean moulant, son tee-shirt et son chignon en pétard dont s'échappent des mèches folles. Elle fait toujours le même effet aux hommes. Il lui tend une bouteille de champagne à laquelle est attaché un ballon en forme d'hélicoptère. Elle le congédie avec un sourire éblouissant et lit la carte :

Mesdemoiselles,
Bienvenue dans votre nouveau foyer.
Christian Grey

Kate secoue la tête, désapprobatrice.

— Il n'aurait pas pu signer simplement « Christian » ? Et ce ballon en forme d'hélico, c'est quoi ?

— Charlie Tango.

— Pardon ?

— Christian m'a emmenée à Seattle en hélico.

Je hausse les épaules. Kate me fixe des yeux, ébahie. J'avoue que j'adore ces moments où je coupe le sifflet à Katherine Kavanagh – ils sont si rares. Je me permets le luxe de savourer celui-ci un instant avant d'ajouter :

— Eh oui, il a un hélico, qu'il pilote lui-même.

— Ça ne m'étonne pas de lui, cet enfoiré de milliardaire. Mais pourquoi tu ne me l'as pas dit ?

Kate m'adresse un regard accusateur, mais elle sourit tout en secouant la tête.

— Ça m'est sorti de l'esprit. J'ai eu beaucoup de soucis dernièrement.

Elle fronce les sourcils.

— Ça va aller, pendant que je serai à la Barbade ?

Je la rassure :

— Bien entendu.

Nouvelle ville, nouveau boulot… nouvel amoureux cinglé.

— Tu as donné notre adresse à Christian ?

— Non, mais le harcèlement est l'une de ses spécialités, dis-je comme si c'était normal.

Le froncement de sourcils de Kate s'accentue.

— Ça non plus, ça ne m'étonne pas de lui. Je te l'ai déjà dit, j'ai l'impression que ce mec a un truc pas net, Ana. Enfin, au moins, il ne s'est pas moqué de nous avec son Bollinger. En plus, il est frappé.

Évidemment. Il n'y a que Christian pour faire livrer du champagne frappé – ou pour demander à son assistante de le faire… ou alors, c'est Taylor. Nous l'ouvrons immédiatement et retrouvons nos tasses à thé – les derniers articles que nous ayons emballés. Bollinger Grande Année Rosé

1999 : une très bonne année. Je souris à Kate et nous entrechoquons nos tasses.

Je m'éveille par un dimanche matin gris, après une nuit de sommeil étonnamment réparatrice, et je reste dans mon lit à contempler mes cartons. *Tu devrais être en train de les déballer*, me harcèle ma conscience en pinçant les lèvres. *Non… aujourd'hui, c'est le grand jour*. Ma déesse intérieure trépigne en sautant d'un pied sur l'autre. J'ai l'impression qu'un gros nuage de tempête tropicale s'amasse au-dessus de ma tête. Une tension douloureuse, charnelle, hypnotique, m'envahit tandis que j'essaie d'imaginer ce qu'il va me faire… et bien entendu, il faut que je signe ce maudit contrat – mais le faut-il vraiment ? J'entends le « ping » d'un mail.

De : Christian Grey
Objet : Ma vie en numéros
Date : 29 mai 2011 08:04
À : Anastasia Steele

Si tu viens en voiture, voici le code d'accès au parking souterrain de l'Escala : 146963.
Gare-toi dans l'aire de stationnement n° 5, elle est à moi.
Code ascenseur : 1880.

Christian Grey
P-DG, Grey Enterprises Holdings, Inc.

De : Anastasia Steele
Objet : Une très bonne année
Date : 29 mai 2011 08:08
À : Christian Grey

Oui, monsieur. Compris.

Merci pour le champagne et pour le ballon Charlie Tango, qui est maintenant attaché au pied de mon lit.

Ana

De : Christian Grey
Objet : Ma vie en numéros
Date : 29 mai 2011 08:11
À : Anastasia Steele

Je t'en prie.
Sois ponctuelle.
Charlie Tango a bien de la chance.

Christian Grey
P-DG, Grey Enterprises Holdings, Inc.

Je lève les yeux au ciel : décidément, il est toujours aussi autoritaire. Mais sa dernière phrase me fait sourire. Je me dirige vers la salle de bains en me demandant vaguement si Elliot est revenu hier soir, et je fais mon possible pour contenir mon trac.

Je peux conduire l'Audi en talons hauts ! À 12 h 55 précisément, je me gare dans le parking de l'Escala. Combien d'aires de stationnement lui appartiennent ? Son 4 × 4 et sa R8 sont là, avec deux autres 4 × 4 Audi plus petits… *hum*. Je vérifie mon mascara – je ne suis pas habituée à en porter – dans le miroir de courtoisie de mon pare-soleil. Ma Coccinelle n'était pas équipée de ce gadget.

Vas-y, ma cocotte ! Ma déesse intérieure agite ses pompons : elle s'est mise en mode majorette. Dans les miroirs de l'ascenseur, je rajuste mon fourreau prune – enfin, celui de Kate. La dernière fois que je l'ai porté, il voulait me l'arracher. Mon corps se crispe à ce souvenir. Cette sensation, tout simplement exquise, me coupe le souffle. Dessous, je porte la lingerie que m'a achetée Taylor. Je rougis de songer à sa coupe en brosse errant entre les portants de Victoria's Secret, ou d'une quelconque boutique de froufrous. Les portes s'ouvrent sur le vestibule de l'appartement numéro un.

Taylor est là pour m'accueillir.

— Bonjour, mademoiselle Steele.

— Je vous en prie, appelez-moi Ana.

Il sourit.

— Ana. M. Grey vous attend.

Tu m'étonnes, qu'il m'attend…

Christian, assis sur le canapé, lit les journaux du dimanche. Il lève les yeux quand il entend Taylor me conduire vers la salle de séjour. La pièce est exactement telle que je me la rappelais – dire qu'il n'y a qu'une semaine que je suis venue ici… ça m'a semblé bien plus long. Quant à Christian, il est à tomber, comme toujours, jean, chemise en lin blanc, pieds nus, cheveux en bataille. Il se lève pour venir à ma rencontre, l'œil pétillant.

Je reste figée à l'entrée du salon, tétanisée à la fois par sa beauté et mon trac. L'électricité crépite plus que jamais entre nous, grésillant dans mon ventre, m'attirant vers lui.

— Très bien, cette robe, murmure-t-il, approbateur. Bienvenue, mademoiselle Steele.

Il m'attrape par le menton et se penche pour me donner un baiser léger. Ce contact résonne dans tout mon corps. J'en ai le souffle coupé.

— Bonjour.

— Tu es à l'heure. J'aime la ponctualité. Viens.

Il me prend par la main pour me conduire vers le canapé.

— Je veux te montrer quelque chose.

Il me tend le *Seattle Times*. En page huit, il y a une photo de nous à la cérémonie de remise des diplômes. *Ça alors.* Je suis dans le journal ! Je lis la légende.

Christian Grey et son amie à la cérémonie de remise des diplômes de la Washington State University de Vancouver.

J'éclate de rire.

— Alors maintenant, je suis ton « amie » ?

— À ce qu'il paraît. Puisque c'est dans le journal, ça doit être vrai, glousse-t-il.

Tourné vers moi, une jambe repliée sous l'autre, il tend la main et, de l'index, il cale mes cheveux derrière mon oreille. Mon corps s'éveille à ce contact, l'attend, le désire...

— Bon, Anastasia, depuis la dernière fois que tu es venue ici, tu as une idée plus précise de ce que je suis.

— En effet.

Où veut-il en venir ?

— Et pourtant, tu es revenue.

Je hoche la tête timidement. Il secoue la tête comme s'il n'arrivait pas à y croire.

— Tu as mangé ? me demande-t-il à brûle-pourpoint.

Merde.

— Non.

— Tu as faim ?

Il s'efforce vraiment de ne pas s'énerver.

— Je n'ai pas faim de nourriture.

Ses narines se dilatent. Il se penche en avant pour me chuchoter :

— Vous êtes toujours aussi impatiente, mademoiselle Steele, et je vais vous avouer un petit secret, moi aussi. Mais le Dr Greene doit arriver d'un instant à l'autre. (Il se rassoit.) Il faut que tu te nourrisses correctement, me gronde-t-il.

Ses paroles m'ont fait l'effet d'une douche froide. Oh, la vache – le médecin. Je l'avais oublié, celui-là.

— Alors, il est comment, ce Dr Greene ?

— C'est la meilleure gynéco de Seattle. Je n'en sais pas plus.

Il hausse les épaules.

— Je pensais que j'allais voir ton médecin ? Ne me dis pas qu'en réalité tu es une femme parce que je ne te croirais pas.

Il me regarde avec l'air de me dire « arrête tes conneries ».

— Je crois qu'il vaut mieux que tu consultes une spécialiste. Pas toi ?

Je hoche la tête. Mince alors, il a demandé à la meilleure gynéco de Seattle de faire une visite à domicile un dimanche à l'heure du déjeuner ! Je ne veux même pas savoir combien ça peut coûter. Christian fronce soudain les sourcils comme s'il venait de se rappeler un truc désagréable.

— Anastasia, ma mère aimerait que tu te joignes à nous ce soir pour dîner. Elliot vient avec Kate. Je ne sais pas ce que tu en penses. Ça va être bizarre pour moi de te présenter à ma famille.

Bizarre ? Pourquoi ?

— Tu as honte de moi ?

Je ne peux lui cacher qu'il m'a blessée.

— Bien sûr que non.

Il lève les yeux au ciel.

— Alors pourquoi, bizarre ?

— Parce que je ne l'ai jamais fait.

— Pourquoi, toi, tu as le droit de lever les yeux au ciel, et pas moi ?

— Je l'ai fait sans m'en rendre compte.

— Comme moi, en général.

Et vlan ! Christian me foudroie du regard, mais je lui ai cloué le bec. Taylor apparaît à l'entrée du salon.

— Le Dr Greene est arrivée, monsieur.

— Faites-la monter dans la chambre de Mlle Steele.

La chambre de Mlle Steele ?

— Prête ? me demande-t-il en se levant pour me tendre la main.

— Tu ne vas pas assister à la consultation, tout de même ?

Il éclate de rire.

— J'aurais payé cher pour voir ça, crois-moi, Anastasia, mais je doute que le médecin soit d'accord.

Je prends sa main ; il m'attire dans ses bras et m'embrasse profondément. Je m'agrippe à ses bras, prise de court par son accès de passion. La main dans mes cheveux, il me tient la tête et appuie son front contre le mien.

— Je suis tellement heureux que tu sois là, murmure-t-il. J'ai hâte de te mettre nue.

18.

Le Dr Greene est une grande blonde impeccable, coiffée d'un chignon et vêtue d'un élégant
tailleur bleu roi. Bref, un clone des collaboratrices
de Christian. Elle doit avoir la petite quarantaine.

— Monsieur Grey.

Elle serre la main que lui tend Christian.

— Merci d'être passée malgré un délai aussi
court, dit Christian.

— Merci de m'avoir rémunérée en consé-
quence, monsieur Grey. Mademoiselle Steele.

Elle me sourit, mais son regard est calme et
scrutateur.

Nous nous serrons la main, et je devine qu'elle
est le genre de femme qui ne s'en laisse pas
conter, comme Kate, ce qui me la rend aussitôt
sympathique. Elle regarde Christian fixement :
au bout d'un petit moment, il comprend enfin le
message.

— Je serai en bas, marmonne-t-il en quittant
ce qui sera ma chambre.

— Bon, mademoiselle Steele, à nous. M. Grey
me paie une petite fortune pour cette consultation. Que puis-je faire pour vous ?

Après un examen approfondi et une longue dis-cussion, le Dr Greene et moi optons pour la pilule mini-dosée. Elle insiste longuement sur l'impor-tance de la prendre chaque jour à la même heure, me rédige une ordonnance et me recommande d'aller la chercher à la pharmacie dès demain. J'aime beaucoup son attitude directe et concrète, et je devine qu'elle brûle de m'interroger sur la nature exacte de mes relations avec le mystérieux M. Grey. Je reste le plus vague possible. Si elle soupçonnait l'existence de la Chambre rouge de la Douleur, je crois qu'elle perdrait son beau sang-froid. Lorsque nous passons devant la porte pour redescendre dans la galerie d'art qui sert de salon à Christian, je m'empourpre.

Christian lit le journal sur le canapé. La sono déverse un air d'opéra d'une beauté stupéfiante qui tourbillonne autour de lui, l'enveloppe dans son cocon et remplit la pièce d'une mélodie douce et mélancolique. Il a l'air serein quand il lève les yeux vers nous.

— Ça y est ? demande-t-il comme s'il était sincèrement intéressé.

Il pointe la télécommande vers la boîte blanche où est logé son iPod, et l'exquise mélo-die s'atténue jusqu'à devenir un fond sonore. Il se lève pour nous rejoindre.

— Oui, monsieur Grey. Mlle Steele est une jeune femme belle et brillante. Prenez bien soin d'elle.

Tout comme moi, Christian semble interloqué par cette remarque, déplacée dans la bouche d'un médecin. Soupçonne-t-elle quelque chose ?

S'agit-il d'un avertissement à peine voilé ? Christian se ressaisit.

— C'est mon intention, marmonne-t-il, perplexe.

Je le regarde en haussant les épaules, un peu gênée.

— Je vous ferai parvenir ma note d'honoraires, lui dit-elle en lui serrant la main. Bonne journée, et bonne chance, Ana.

Taylor surgit de nulle part pour la raccompagner. Comment s'y prend-il ? Où rôde-t-il ?

— Alors, ça s'est bien passé ? me demande Christian.

— Très bien, merci. Elle m'a dit de m'abstenir de toute activité sexuelle pendant les quatre prochaines semaines.

Christian en reste interdit. Incapable de me retenir, j'éclate de rire.

— Je t'ai bien eu !

Il plisse les yeux et mon rire s'étrangle. Il me fait peur, tout d'un coup. *Et merde.* Ma conscience se tapit dans un coin tandis que mon visage se draine de tout son sang : je le revois en train de me donner la fessée.

— Je t'ai bien eue ! ricane-t-il tout d'un coup.

Il m'attrape par la taille pour m'attirer contre lui.

— Vous êtes incorrigible, mademoiselle Steele, murmure-t-il en me regardant dans les yeux tandis qu'il enroule mes mèches entre ses doigts pour m'immobiliser la tête.

Il m'embrasse durement, et je m'accroche à ses bras musclés pour me soutenir.

— J'aimerais te prendre ici et maintenant, mais il faut que tu manges, et moi aussi. Je ne tiens pas à ce que tu tombes dans les pommes tout à l'heure, chuchote-t-il contre mes lèvres.

— C'est tout ce qui t'intéresse chez moi ? Mon corps ?

— Ton corps, et ton insolence.

Il m'embrasse de nouveau passionnément, puis me lâche brutalement, me prend par la main et m'entraîne vers la cuisine. J'en ai le tournis. Un instant, nous plaisantons, et le suivant… J'évente mon visage enflammé. Le dieu du sexe tient mordicus à me remplir l'estomac. L'aria continue en musique de fond.

— C'est quoi, cette musique ?

— Une aria des *Bachianas brasileiras* de Villa-Lobos. C'est beau, non ?

— Sublime.

Christian sort un saladier du frigo.

— Salade César, ça te va ?

Dieu merci, ça n'est pas trop lourd.

— Oui, c'est très bien, merci.

Je l'observe se mouvoir gracieusement dans la cuisine. Il semble tellement à l'aise dans son corps, et pourtant il n'aime pas qu'on le touche… il n'est peut-être pas aussi à l'aise que ça, au fond. Je songe qu'aucun homme n'est une île[1], sauf peut-être Christian Grey.

— À quoi penses-tu ? dit-il, me tirant de ma rêverie.

— Je regardais ta façon de bouger.

Il hausse un sourcil, amusé.

— Et ?

— Tu as beaucoup de grâce.

---

1. Référence au poème *No Man is an Island* de John Donne.

— Merci, mademoiselle Steele.

Il s'assoit à côté de moi, une bouteille à la main.

— Chablis ?

— S'il te plaît.

— Sers-toi. Alors, pour quelle méthode as-tu opté ?

Sa question me déroute un instant, puis je comprends qu'il me parle de la consultation du Dr Greene.

— La pilule mini-dosée.

Il fronce les sourcils.

— Tu te souviendras de la prendre à la même heure tous les jours ?

Mais, enfin... il me prend pour une débile ? Et puis d'abord, comment sait-il ce genre de truc ? Sans doute par l'une des quinze.

— Je suis sûre que tu sauras me le rappeler.

Il me jette un coup d'œil à la fois condescendant et amusé.

— Je programmerai une alarme sur mon agenda électronique, ricane-t-il. Mange.

La salade César est délicieuse. À mon grand étonnement, je suis affamée et, pour la première fois depuis que je suis avec Christian, je finis mon assiette avant lui. Le vin est frais et fruité.

— Toujours aussi impatiente, mademoiselle Steele ? dit-il, souriant, en jetant un coup d'œil à mon assiette vide.

Je le regarde à travers mes cils.

— Oui.

Tandis qu'il me fixe, l'ambiance entre nous se transforme lentement, elle se charge d'électricité... Il se lève et m'arrache à mon tabouret pour me prendre dans ses bras.

416

— Tu acceptes ? souffle-t-il en me dévisageant, l'air intense.

— Je n'ai encore rien signé.

— Je sais... Mais je transgresse toutes les règles ces derniers temps.

— Tu vas me frapper ?

— Oui, mais pas pour te faire mal. Je n'ai pas envie de te punir en ce moment. Alors que si tu étais tombée sur moi hier soir...

Oh, la vache. Je n'arrive pas à dissimuler mon horreur.

— C'est très simple, Anastasia : les gens comme moi aiment subir ou infliger la douleur. Mais, puisque ce n'est pas ton cas, j'ai longuement réfléchi à la question hier.

Il m'attire dans ses bras. Je sens son érection contre mon ventre. Je devrais fuir à toutes jambes, mais j'en suis incapable. Mon attirance pour lui est si profonde, si viscérale, que je n'essaie même pas de la comprendre.

— Es-tu parvenu à une conclusion ?

— Non, et pour l'instant, j'ai juste envie de te ligoter et de te faire jouir jusqu'à ce que tu tombes dans les pommes. Tu es prête ?

Tous les muscles de mon corps frémissent en même temps... *waouh.*

— Oui.

— Très bien. Viens.

Il me prend par la main en laissant la vaisselle sale sur le bar du coin cuisine, et nous montons.

Mon cœur bat la chamade. Ça y est. Il va passer à l'acte. Ma déesse intérieure pirouette comme une ballerine. Il ouvre la porte de la salle de jeux, s'efface pour me laisser passer, et je me retrouve une fois de plus dans la Chambre rouge de la Douleur.

Elle sent toujours le cuir, la cire citronnée et le bois, une odeur très sensuelle. Un cocktail enivrant d'adrénaline, de désir, d'impatience et de peur me monte à la tête. Christian a complètement changé d'attitude : il me paraît plus dur, plus cruel. Son regard sur moi est torride, lascif... hypnotique.

— Quand tu es ici, tu es totalement à moi, me souffle-t-il en s'attardant sur chaque mot. Je peux faire de toi tout ce qui me plaît. Tu comprends ?

Son regard est maintenant intense. Je hoche la tête, la bouche sèche. J'ai l'impression que mon cœur va éclater dans ma poitrine.

— Déchausse-toi, m'ordonne-t-il d'une voix douce.

Je déglutis et, maladroitement, je retire mes escarpins. Il les range à côté de la porte.

— Bien. N'hésite jamais quand je te donne un ordre. Maintenant, je vais te retirer cette robe. Ça fait plusieurs jours que j'en ai envie. Je veux que tu sois à l'aise dans ton corps, Anastasia. Tu es superbe, et j'aime te regarder. Je pourrais te regarder toute la journée, et je tiens à ce que tu ne sois ni gênée ni honteuse de ta nudité. Tu comprends ?

— Oui.

— Oui, qui ?

Il se penche vers moi avec un regard noir.

— Oui, monsieur.

— Tu penses ce que tu dis ? aboie-t-il.

— Oui, monsieur.

— Bien. Maintenant, lève les bras au-dessus de la tête.

J'obéis. Il se penche pour attraper l'ourlet de la robe ; lentement, il dénude mes cuisses, mes hanches, mon ventre, mes seins, mes épaules, et la passe par-dessus ma tête. Il recule d'un pas pour m'examiner tout en pliant machinalement la robe, qu'il pose sur la commode près de la porte. Puis il m'attrape par le menton. Son contact me brûle.

— Tu te mordilles la lèvre. Tu sais quel effet ça me fait, ajoute-t-il d'une voix menaçante. Retourne-toi.

Je fais immédiatement volte-face. Il dégrafe mon soutien-gorge et, s'emparant des bretelles, les fait glisser lentement sur mes bras, effleurant ma peau du bout des ongles, ce qui me donne des frissons dans le dos et réveille chacun des nerfs de mon corps. Debout derrière moi, si proche que je sens sa chaleur sur ma peau, il attrape mes cheveux au niveau de ma nuque et tire dessus pour me faire pencher la tête de côté. Il passe le nez sur ma nuque dénudée en inspirant profondément, puis remonte jusqu'à mon oreille. Le désir crispe les muscles de mon ventre. Ça alors, il me touche à peine et j'ai déjà envie de lui.

— Tu sens toujours aussi divinement bon, Anastasia, murmure-t-il en m'embrassant doucement sous l'oreille.

Je gémis.

— Silence ! souffle-t-il. Pas un son.

À mon grand étonnement, il se met à tresser mes cheveux de ses doigts rapides et habiles.

419

Puis il tire dessus pour me forcer à reculer vers lui.

— J'aime bien que tu portes une tresse, ici.

Ah bon ? Pourquoi ?

Il lâche ma tresse.

— Retourne-toi, m'ordonne-t-il.

J'obéis, le souffle court, avec un mélange grisant de peur et de désir.

— Quand tu viendras ici, ce sera dans cette tenue : nue, en petite culotte. Compris ?

— Oui.

— Oui, qui ?

— Oui, monsieur.

L'ombre d'un sourire retrousse les commissures de ses lèvres.

— Très bien. Tu m'attendras là, à genoux.

Il désigne un endroit près de la porte.

— Vas-y.

Je m'agenouille tant bien que mal.

— Assieds-toi sur tes talons.

J'obéis.

— Pose tes mains et tes avant-bras à plat sur tes cuisses. Bien. Maintenant, écarte les genoux. Plus. Plus. Parfait. Baisse les yeux.

Il s'approche de moi. Je n'aperçois que ses pieds nus et le bas de ses jambes. S'il tient à ce que je me rappelle tout ça, il faudrait que je prenne des notes. Il se penche pour m'attraper par la tresse et tire dessus pour que je lève les yeux vers lui. C'est presque douloureux.

— Tu te rappelleras cette position, Anastasia ?

— Oui, monsieur.

— Bien. Reste là, ne bouge pas.

Il sort. Je reste agenouillée à l'attendre. Où est-il allé ? Que va-t-il me faire ? J'ignore combien de temps il me laisse seule... cinq minutes, dix ? Mon souffle devient de plus en plus court ; l'anticipation me dévore.

Soudain, il est là, et, tout d'un coup, je me sens à la fois plus calme et plus excitée. *Plus excitée, comment est-ce possible ?* Je vois ses pieds. Il a changé de jean. Celui-ci est plus vieux, déchiré, souple et délavé. Il ferme la porte et y accroche quelque chose.

— Bravo, Anastasia, tu m'as attendue bien sagement. Tu es ravissante comme ça. Lève-toi.

J'obéis sans relever la tête.

— Tu as le droit de me regarder.

Je lève les yeux. Il me fixe intensément, me jauge, mais son regard s'est radouci. Il a retiré sa chemise. *Oh, mon Dieu...* Qu'est-ce que j'ai envie de le toucher. Il a défait son bouton de jean.

— Je vais t'attacher, maintenant, Anastasia. Donne-moi ta main droite.

J'obéis. Il la retourne, paume vers le haut, et avant que je ne puisse comprendre son intention, il lui donne un petit coup de cravache. C'est allé tellement vite que je n'ai même pas eu le temps d'avoir peur. Ce qui me surprend, c'est que ça ne m'ait pas fait mal. Pas beaucoup, en tout cas : à peine un petit pincement.

— Alors, quel effet ça te fait ? me demande-t-il.

Je cligne des yeux, perplexe.

— Réponds-moi.

— Ça va.

Je fronce les sourcils.

— Ne fronce pas les sourcils.

421

Je tente de prendre un air impassible.

— Ça t'a fait mal ?

— Non.

— Ça ne te fera pas mal. Tu comprends ?

— Oui.

Ma voix est hésitante. *Ça ne va pas me faire mal, vraiment ?*

— Fais-moi confiance, dit-il.

A-t-il lu dans mes pensées ? Il me montre la cravache : elle est en cuir tressé marron. Mes yeux se relèvent pour croiser les siens, où luit une étincelle d'humour.

— Vous satisfaire est notre priorité, mademoiselle Steele, murmure-t-il. Par ici.

Il me prend par le coude, me conduit sous la grille, et allonge le bras pour attraper des menottes avec des bracelets en cuir noir.

— Cette grille est conçue pour que les menottes puissent coulisser sur toute sa longueur.

Je lève les yeux. *Ça alors.*

— On va partir d'ici, mais je veux te baiser debout contre le mur, là-bas.

Il désigne de sa cravache la grande croix en forme de « X ».

— Lève les bras au-dessus de la tête.

J'obéis aussitôt, avec l'impression de sortir de mon corps, que je ne suis plus qu'une observatrice extérieure de la scène. C'est plus que fascinant, plus qu'érotique : c'est la chose la plus excitante et la plus effrayante qui me soit arrivée de ma vie. Je suis livrée à la merci d'un homme magnifique dont la folie, de son propre aveu, va bien au-delà de cinquante nuances. Je réprime un frisson d'anxiété. Heureusement, Kate et Elliot savent que je suis ici.

Il se rapproche de moi pour me menotter. J'ai pratiquement le nez sur sa poitrine et cette proximité est paradisiaque. Il sent le gel douche et Christian, odeur enivrante qui me ramène sur terre. Je voudrais passer le nez et la langue dans la petite touffe de poils sur sa poitrine. Si je me penchais...

Il recule pour me regarder, la paupière lourde, d'un air salace : je suis sans défense, mais rien qu'à lire sur son beau visage son désir, son besoin de moi, je mouille. Il me contourne lentement.

— Vous êtes très belle, ligotée comme ça, mademoiselle Steele. Et, pour une fois, vous n'êtes pas insolente. Ça me plaît.

Il passe les doigts sous l'élastique de ma culotte et la descend avec une lenteur atroce, jusqu'à ce qu'il se retrouve agenouillé devant moi. Sans me quitter des yeux, il froisse ma petite culotte dans son poing et y porte le nez pour inspirer profondément. *Bordel ! Il renifle ma culotte !* Il sourit malicieusement et la fourre dans la poche de son jean.

Il se redresse lentement, souple comme un fauve, et pointe le bout de sa cravache vers mon nombril, où il trace des cercles nonchalants. Au contact du cuir, je tressaille. Il me contourne de nouveau en faisant traîner sa cravache autour de ma taille. Au second tour, il m'en donne brusquement un petit coup... en plein sur mon sexe. Je pousse un cri d'étonnement ; tous mes nerfs se mettent au garde-à-vous. Je tire sur mes menottes. L'onde de choc qui me parcourt est une sensation voluptueuse, à la fois étrange et douce.

— Silence, murmure-t-il.

Cette fois, la cravache trace son cercle un peu plus haut sur mon corps. Lorsqu'il m'en donne un petit coup sur le sexe, je m'y attends. Mon corps se convulse sous cette morsure délicieuse.

Il me contourne encore mais, cette fois, il frappe la pointe d'un sein, et je renverse la tête en arrière tandis que mes nerfs vibrent. Il frappe l'autre… punition brève et douce. Les pointes s'allongent et durcissent sous cet assaut, et je gémis bruyamment en tirant sur mes menottes en cuir.

— C'est bon ? souffle-t-il.

— Oui.

Il me cingle les fesses. Cette fois, ça pince.

— Oui, qui ?

— Oui, monsieur.

Il s'arrête… mais je ne le vois plus. Je ferme les yeux en tentant d'absorber les myriades de sensations qui parcourent mon corps. Très lentement, il fait pleuvoir des petits coups de cravache qui me pincent et me lèchent à la fois, en descendant sur mon ventre, direction plein sud. Je sais où il va, j'essaie de m'y préparer, mais lorsqu'il frappe mon clitoris, je pousse un cri.

— Ah… s'il te plaît.

— Silence, m'ordonne-t-il en me cravachant à nouveau les fesses.

Je ne m'attendais pas que ce soit comme ça… je suis perdue, perdue dans un océan de sensations. Et tout d'un coup, il fait traîner sa cravache sur mon sexe, à travers ma toison, jusqu'à l'entrée.

424

— Tu vois comme tu mouilles, Anastasia ?
Ouvre les yeux et la bouche.

J'obéis, fascinée. Il introduit le bout de la cravache dans ma bouche, comme dans mon rêve. *Merde alors.*

— Goûte-toi. Suce. Suce fort, bébé.

Je referme la bouche sur la cravache en le regardant droit dans les yeux. Je goûte le cuir souple et la saveur saline de mon corps excité. Ses yeux flamboient. Il est dans son élément.

Il retire le bout de la cravache de ma bouche, s'avance et m'embrasse durement, envahissant ma bouche de sa langue, puis m'enlace et m'attire contre lui. Sa poitrine écrase la mienne, je meurs d'envie de le toucher, mais je ne peux pas, mes mains sont impuissantes au-dessus de ma tête.

— Anastasia, tu as un goût délicieux, souffle-t-il. Je te fais jouir ?

— S'il vous plaît.

La cravache mord mes fesses. *Aïe !*

— S'il vous plaît, qui ?

— S'il vous plaît, monsieur.

Il me sourit, triomphant.

— Avec ça ?

Il brandit la cravache sous mes yeux.

— Oui, monsieur.

— Tu es sûre ?

Il me dévisage d'un air sévère.

— Oui, s'il vous plaît, monsieur.

— Ferme les yeux.

La chambre, Christian, la cravache, tout disparaît. Il recommence à me donner de petits coups qui me mordent le ventre. Puis la cravache descend pour s'abattre doucement sur mon clitoris, une fois, deux fois, trois fois, encore et encore, jusqu'à ce qu'enfin, poussée à bout, je jouisse glorieusement, bruyamment. Ses bras m'enlacent pour me soutenir quand mes jambes mollissent. Je me dissous dans son étreinte, la tête contre sa poitrine, miaulant et gémissant, consumée par les spasmes. Il me soulève, et tout d'un coup nous nous déplaçons, avec mes bras encore attachés au-dessus de ma tête. Je sens la fraîcheur du bois de la croix contre mon dos, et il se débraguette. Il me cale contre la croix un instant pendant qu'il enfile son préservatif, puis ses mains m'agrippent les cuisses pour me soulever.

— Lève les jambes, bébé, mets-les autour de moi.

Malgré ma faiblesse, j'obéis, ceinturant ses hanches de mes jambes pendant qu'il se positionne sous moi. D'un seul coup, il est en moi, et je crie encore ; il pousse un gémissement étouffé dans mon oreille. Mes bras reposent sur ses épaules pendant qu'il me pistonne. Qu'est-ce que c'est profond, comme ça... Son sexe qui me défonce, son visage dans mon cou, son souffle rauque sur ma gorge, je sens que ça monte... Hou là, non... encore ?... Je ne crois pas que mon corps puisse supporter un nouveau séisme. Mais je n'ai pas le choix... je me laisse aller à un nouvel orgasme, doux, douloureux, intense. Je me perds. Christian me suit en hurlant, mâchoires serrés, en me broyant contre lui.

Il se retire rapidement et m'appuie contre la croix, soutenant mon corps avec le sien. Quand il me détache, nous nous effondrons tous les deux par terre. Il me prend sur ses genoux, me berce, et je pose la tête sur sa poitrine. Si j'en avais la force, je le toucherais. Je viens de me rendre compte qu'il porte toujours son jean.

— Bravo, bébé, murmure-t-il. Ça t'a fait mal ?

— Non.

J'ai du mal à garder les yeux ouverts. *Pourquoi suis-je aussi fatiguée ?*

— Tu pensais que ça ferait mal ? me murmure-t-il en me serrant fort contre lui, ses doigts repoussant des mèches qui se sont échappées de ma tresse.

— Oui.

— Tu vois bien que la peur, c'est dans ta tête, Anastasia. (Il se tait un instant.) Tu recommencerais ?

Je réfléchis un moment malgré mon cerveau embrumé par la fatigue... *Encore ?*

— Oui.

Ma voix est tellement douce.

Il me serre fort dans ses bras.

— Tant mieux. Moi aussi, murmure-t-il en se penchant pour m'embrasser sur la tête. Et je n'en ai pas fini avec toi.

Il n'en a pas fini ? Pour l'amour du ciel. Impossible pour moi d'en faire plus. Je suis totalement épuisée et je lutte contre une envie irrésistible de dormir, appuyée contre sa poitrine, les yeux fermés. Il m'a enveloppée dans ses bras et ses jambes. Je me sens... en sécurité. Me laissera-t-il dormir, rêver, peut-être ? Je souris de m'être cité Hamlet malgré mon état. Tournant mon visage vers la poitrine de Christian, je respire son odeur inimitable, j'y plonge le nez. Aussitôt, il se raidit... et merde. J'ouvre les yeux. Il me regarde fixement.

— Non.

Je rougis et contemple sa poitrine avec convoitise. Je voudrais faire courir ma langue dans ses poils, l'embrasser ; pour la première fois, j'y remarque de petites cicatrices rondes à intervalles irréguliers. *Varicelle ? Rougeole ?*

— Agenouille-toi près de la porte, m'ordonne-t-il en s'asseyant, les mains sur les genoux.

La température de sa voix est descendue de plusieurs degrés.

Je me relève en titubant, me dirige rapidement vers la porte et m'agenouille. Je tremble de peur et de fatigue ; je ne sais plus où j'en suis. Je n'aurais jamais imaginé que je trouverais autant de plaisir dans cette pièce. Jamais cru que ce serait aussi *exténuant*. Mes membres sont délicieusement lourds. Ma déesse intérieure a accroché une pancarte NE PAS DÉRANGER à la porte de sa chambre.

Christian se meut à la périphérie de mon champ visuel. Mes paupières commencent à tomber.

— Je vous ennuie, mademoiselle Steele ?

Je me réveille en sursaut. Christian se dresse devant moi, les bras croisés, l'air furieux. Et merde, surprise en pleine sieste – ça va barder.

— Lève-toi, m'ordonne-t-il d'une voix plus douce.

Je me lève précautionneusement. Il esquisse un petit sourire.

— Tu es crevée, non ?

Je hoche timidement la tête en rougissant.

— Un peu d'endurance, mademoiselle Steele. Je n'en ai pas fini avec toi. Tends les mains devant toi comme si tu priais.

428

Prier ? Je prie pour que tu y ailles doucement, oui.
J'obéis. Il ligote mes poignets avec un lien de
serrage. Mais… ce n'est pas… ? Mes yeux cher-
chent les siens.

— Ça te rappelle quelque chose ?

Ça alors… les liens de serrage qu'il m'a achetés chez Clayton's ! Tout s'éclaire, maintenant.
Je le dévisage, ébahie, tandis qu'une poussée
d'adrénaline me parcourt. Ça y est, maintenant
je suis tout à fait réveillée.

— J'ai des ciseaux. (Il me les montre.) Je peux
te détacher à n'importe quel moment.

Je tente d'écarter mes poignets : le plastique
me mord la chair. Ça fait mal, mais si je détends
les poignets, ça va, le lien ne s'enfonce pas dans
ma peau.

— Viens.

Il me guide vers le lit à baldaquin, maintenant
recouvert de draps rouge sang, avec des
menottes attachées à chaque colonne.

Il se penche pour me souffler à l'oreille :

— J'en veux plus – beaucoup, beaucoup plus.

Mon cœur se remet à s'affoler. *Merde alors.*

— Mais j'irai vite. Tu es fatiguée. Accroche-
toi à la colonne, dit-il.

Je fronce les sourcils. *Pas dans le lit ?* Je
constate que je peux écarter les mains lorsque
j'agrippe la colonne en bois sculpté.

— Accroche-toi, répète-t-il. Voilà, comme ça.
Ne lâche pas. Si tu lâches, tu auras la fessée.
Compris ?

— Oui, monsieur.

— Très bien.

Il se place derrière moi et m'attrape par les
hanches pour me soulever de façon que je me

penche en avant, toujours agrippée à la colonne.

— Accroche-toi bien, Anastasia, répète-t-il à nouveau, parce que je vais te baiser à fond par-derrière. La colonne va soutenir ton poids. Compris ?

— Oui.

Il me claque les fesses. *Aïe*... Ça pince.

— Oui, monsieur.

— Écarte les jambes.

Il insère une jambe entre les miennes et, soutenant mes hanches, il repousse ma jambe droite.

— Là, c'est mieux. Après ça, je te laisserai dormir.

Dormir ? Je ne pense plus à dormir, maintenant. Il caresse doucement mon dos.

— Que j'aime ta peau, Anastasia, souffle-t-il en se penchant pour me donner des baisers légers comme des plumes le long de mon épine dorsale.

Ses mains passent sous mes bras pour s'emparer de mes seins ; il coince les pointes entre ses doigts et tire doucement dessus. Je réprime un gémissement en sentant mon corps entier s'animer une fois de plus pour lui. Il mordille ma nuque en tirant sur mes tétons, et mes mains se resserrent sur la colonne. Ses mains me quittent, et j'entends le bruit familier d'un emballage qu'on déchire. Il retire son jean.

— Anastasia Steele, votre cul me fait bander. Qu'est-ce que je n'aimerais pas lui faire...

Ses mains lissent mes fesses ; brusquement, il m'enfonce deux doigts dans le sexe.

430

— Tu mouilles à fond... Vous ne me décevez jamais, mademoiselle Steele, chuchote-t-il d'une voix émerveillée. Accroche-toi, on y va, bébé, un petit coup en vitesse.

Il m'agrippe par les hanches et se positionne ; je me prépare à son assaut. Il attrape le bout de ma tresse et l'enroule autour de son poignet jusqu'à ma nuque pour me maintenir la tête. Très lentement, il me pénètre en tirant sur mes cheveux en même temps... Il ressort tout aussi lentement, me saisit la hanche de sa main libre, puis s'enfonce en moi, ce qui me fait glisser en avant.

— Accroche-toi, Anastasia ! crie-t-il, les mâchoires serrées.

Je m'agrippe plus fort à la colonne et je pousse contre lui tandis qu'il poursuit son assaut impitoyable, les doigts incrustés dans ma hanche. J'ai mal aux bras, mes jambes vont me lâcher, mon cuir chevelu commence à brûler à force de me faire tirer les cheveux... je sens que ça monte... pour la première fois, je redoute mon orgasme... si je jouis... je m'effondre. Christian poursuit plus brutalement, contre moi, en moi, sa respiration est sifflante, il gémit, il grogne. Mon corps réagit... *comment* ? Je sens que ça vient. Mais tout d'un coup, Christian s'immobilise au plus profond de moi.

— Allez, Ana, lâche-toi, gémit-il.

Mon nom sur ses lèvres me fait basculer, je ne suis plus qu'un corps, une sensation tourbillonnante, et je lâche prise, puis je perds conscience totalement.

Quand je reviens à moi, je suis allongée sur lui. Il est par terre, j'ai le dos contre sa poitrine,

431

et je fixe le plafond, radieuse, fracassée. *Tiens...
les mousquetons*, me dis-je distraitement. Je les
avais oubliés. Christian se frotte le nez contre
mon oreille.

— Tends les mains, dit-il doucement.

J'ai les bras lourds comme du plomb, mais
j'obéis. Il passe une lame des ciseaux sous le
plastique.

— Je déclare l'ouverture officielle d'Ana,
souffle-t-il en coupant le plastique.

Je pouffe de rire en me frottant les poignets.
Je le sens sourire.

— C'est un si joli son, dit-il d'une voix nostalgique.

Il se redresse brusquement ; du coup, je me
retrouve à nouveau assise sur ses genoux.

— C'est ma faute, reprend-il en me poussant
afin de pouvoir masser mes épaules et mes bras.

Quoi ?

Je lui jette un coup d'œil interrogateur par-
dessus mon épaule.

— C'est ma faute si tu ne ris pas plus souvent.

— Je ne suis pas très rieuse.

— Ah, mais quand vous riez, mademoiselle
Steele, on croirait entendre la musique des
sphères.

— Comme c'est poétique, monsieur Grey.

Je lutte pour garder les yeux ouverts. Les siens
s'adoucissent et il me sourit.

— J'ai l'impression que ça t'a crevée, de te
faire baiser à fond.

— Alors là, ça n'était pas poétique du tout !

Il sourit et me soulève doucement pour me
déposer par terre et se lever, magnifiquement
nu. Je regrette de ne pas être plus alerte pour

mieux profiter du spectacle. Ramassant son jean, il l'enfile à même la peau.

— Je ne tiens pas à faire peur à Taylor ou à Mme Jones.

Hum… Ils doivent pourtant bien savoir quelle sorte de pervers il est. Cette pensée m'inquiète.

Il se baisse pour m'aider à me relever et me raccompagne à la porte, où est accroché un peignoir gris en coton nid d'abeille. Il me le passe patiemment, comme si j'étais une petite fille. Je n'ai plus la force de lever les bras. Lorsque je suis recouverte et respectable, il m'embrasse doucement sur les lèvres et sourit :

— Allez, au lit.

Comment ¿ Pas encore ¿

— Pour dormir, ajoute-t-il, rassurant, lorsqu'il voit ma tête.

Il me soulève et me porte dans ses bras, blottie contre sa poitrine, jusqu'à la chambre où le Dr Greene m'a examinée plus tôt dans la journée. Ma tête ballote sur son épaule. Je suis exténuée. Je ne me rappelle pas avoir été aussi exténuée. Rabattant la couette, il me couche puis, à ma stupéfaction, s'allonge près de moi et me serre dans ses bras.

— Dors, maintenant, ma belle, chuchote-t-il en embrassant mes cheveux.

Et avant que j'aie pu répondre, je suis endormie.

19.

Des lèvres frôlent doucement mes tempes en semant de tendres baisers dans leur sillage. Je voudrais leur répondre mais j'ai encore plus envie de continuer à dormir. Je gémis en m'enfouissant le visage dans l'oreiller.

— Anastasia, réveille-toi.

La voix de Christian est douce et enjôleuse.

— Non...

— On doit partir dans une demi-heure pour dîner chez mes parents.

J'ouvre les yeux à contrecœur. C'est le crépuscule. Christian est penché au-dessus de moi.

— Allez, paresseuse, debout.

Il m'embrasse de nouveau.

— Je t'ai apporté à boire. Je descends. Ne te rendors pas, ou ça va barder, me menace-t-il, mais d'une voix détendue.

Il m'embrasse encore et sort, en me laissant cligner des yeux pour chasser le sommeil dans cette chambre fraîche et dépouillée.

Je suis reposée, mais qu'est-ce que j'ai le trac. Oh, la vache, je vais rencontrer ses parents ! Il vient de me cravacher et de me ligoter avec un

434

lien de serrage que je lui ai vendu, pour l'amour du ciel. Kate aussi va les rencontrer pour la première fois – au moins, elle sera là pour me soutenir. Je fais rouler mes épaules. Elles sont ankylosées. Il avait raison, en fin de compte, d'exiger que je fasse de la gym. Ça me semble même carrément indispensable si je veux suivre le rythme.

Je sors lentement du lit : ma robe est suspendue à la porte du dressing et mon soutien-gorge est sur une chaise. Mais où est donc passée ma petite culotte ? Je regarde sous la chaise. Rien. Ah oui, c'est vrai, il l'a fourrée dans la poche de son jean. Je rougis en m'en souvenant. C'est après ça qu'il... Je n'arrive même pas à y penser, tellement c'était... barbare. *Pourquoi ne m'a-t-il pas rendu ma petite culotte ?*

Je file dans la salle de bains. Tout en me séchant après une douche agréable mais trop courte, je comprends qu'il veut m'obliger à la lui redemander. Il me la rendra ou me la refusera, selon son bon plaisir. Ma déesse intérieure me sourit. *Et alors ? On peut être deux à jouer ce petit jeu-là.* C'est décidé : je ne lui accorderai pas cette satisfaction. Je ne la demanderai pas, et j'irai dîner chez ses parents les fesses à l'air. *Anastasia Steele !* s'offusque ma conscience, mais je ne l'écoute pas – je suis folle de joie, parce que je sais que ça va le rendre fou.

De retour dans la chambre, je mets mon soutien-gorge, ma robe et mes chaussures. Je défais ma tresse et me brosse rapidement les cheveux, puis je jette un coup d'œil au breuvage rose pâle qu'il m'a apporté. Du jus d'airelle et de l'eau minérale pétillante. Mm… c'est délicieux et désaltérant.

Je me précipite de nouveau dans la salle de bains pour me regarder une dernière fois dans le miroir : les yeux brillants, les joues roses, un petit air malicieux à cause de mon plan « culotte »… Je descends. Quinze minutes, montre en main. Chapeau, Ana.

Christian est debout devant la fenêtre panoramique. Il porte le pantalon en flanelle grise que j'adore, celui qui lui descend sur les hanches de façon si incroyablement sexy et, comme toujours, une chemise en lin blanc. Il n'en a donc pas d'une autre couleur ? Frank Sinatra chante doucement en musique de fond.

Il se retourne et me sourit quand j'entre dans la pièce ; il a l'air d'attendre que je dise quelque chose. Je lui réponds par un sourire de sphinx.

— Salut, dis-je d'une voix mielleuse.

— Salut. Tu te sens comment ?

Ses yeux pétillent d'humour.

— Bien, merci. Et toi ?

— En pleine forme, mademoiselle Steele.

Il meurt d'envie que je lui demande ma culotte, ça crève les yeux.

— Tiens, je ne pensais pas que tu étais un fan de Sinatra.

Il hausse les sourcils.

— J'ai des goûts éclectiques, mademoiselle Steele, murmure-t-il.

Il s'approche de moi comme une panthère. Son regard est tellement intense que j'en ai le souffle coupé.

Frank se met à chanter *Witchcraft*, l'une des chansons préférées de Ray. Christian caresse nonchalamment ma joue du bout des doigts et je le sens jusque *là*.

— Danse avec moi.

Il tire la télécommande de sa poche, augmente le volume et me tend la main, le regard débordant de désir et d'humour. Qu'est-ce qu'il est enjôleur. Je suis ensorcelée. Je pose ma main dans la sienne. Avec un sourire paresseux, il m'enlace par la taille.

Je pose ma main libre sur son épaule et lui souris : son humeur enjouée est contagieuse. Il se déhanche une fois, et c'est parti. Bon sang, qu'est-ce qu'il danse bien. Nous tournoyons jusqu'à la cuisine et revenons vers la fenêtre, contournons la table de la salle à manger, puis le piano, et longeons le mur en verre. Les lumières de Seattle forment une toile de fond magique à notre danse. Je ris, heureuse, insouciante.

— Il n'y a pas de sorcière plus gentille que toi, me murmure-t-il, reprenant les paroles chantées par Sinatra, tout en m'embrassant doucement. Eh bien, cette danse vous a donné des couleurs, mademoiselle Steele. Alors, on va voir mes parents ?

— Oui, j'ai hâte de les rencontrer.

— Tu as tout ce qu'il te faut ?

— Mais oui.

— Tu es sûre ?

Je hoche la tête en tentant de prendre l'air désinvolte malgré son regard qui me scrute. Il sourit largement et secoue la tête.

— Très bien, comme vous voulez, mademoiselle Steele.

Il me prend par la main, attrape sa veste suspendue à l'un des tabourets du bar et me conduit vers l'ascenseur. Christian Grey, l'homme aux mille visages. *Serai-je jamais capable de comprendre ses humeurs changeantes ?*

Lorsque je lui jette un coup d'œil dans l'ascenseur, je devine qu'il savoure sa petite plaisanterie ; l'ombre d'un sourire erre sur sa jolie bouche. Mais je commence à craindre que cette plaisanterie ne soit à mes dépens. *Je suis folle, ou quoi ?* Je vais dîner chez ses parents les fesses à l'air. *Je te l'avais bien dit,* soupire ma conscience. Dans la sécurité relative de l'appartement de Christian, je trouvais ça marrant, comme idée. Maintenant, je me retrouve en public *sans culotte* ! Ce qui n'empêche pas le courant électrique de passer entre nous, au contraire. Christian ne sourit plus, un nuage passe sur ses traits, ses yeux s'assombrissent… *oh, mon Dieu.*

Les portes de l'ascenseur s'ouvrent au rez-de-chaussée. Christian secoue la tête comme pour s'éclaircir les idées et me fait signe de passer devant lui, en parfait gentleman. Mais un gentleman prendrait-il ma petite culotte en otage ?

Taylor range la grosse Audi devant l'entrée. Christian m'ouvre la portière arrière, je monte aussi élégamment que possible, étant donné ma tenue de dévergondée. Heureusement, la robe de Kate est moulante et m'arrive aux genoux.

Nous fonçons sur l'autoroute 5, silencieux tous les deux, inhibés par la présence de Taylor. Christian s'assombrit au fil des kilomètres. Il regarde par la fenêtre, l'air morose, et je comprends qu'il est en train de m'échapper. À quoi pense-t-il ? Je ne peux pas le lui demander. De quoi puis-je parler en présence de Taylor ? Je finis par lui poser une question anodine :

— Où as-tu appris à danser comme ça ?

Il se tourne pour me regarder ; dans les lumières intermittentes des lampadaires, je n'arrive pas à déceler son expression.

— Tu tiens vraiment à le savoir ?

Mon cœur se serre. Je devine la réponse.

— Oui.

— Mrs Robinson aimait beaucoup danser.

Mes pires soupçons sont confirmés. Ce qui me déprime le plus, là-dedans, c'est que je ne peux rien apprendre à Christian, car je n'ai aucune compétence particulière.

— C'était un bon professeur, on dirait.

— En effet.

Est-ce elle qui a eu le meilleur de Christian ? L'a-t-elle connu avant qu'il ne devienne si renfermé ? Ou est-ce elle, justement, qui l'a rendu comme ça ? Il peut parfois se montrer tellement enjoué, tellement spontané… En me rappelant notre danse improvisée, je ne peux m'empêcher de sourire. Sans oublier ce petit jeu avec ma culotte…

Mais il y a aussi la Chambre rouge de la Douleur. Je me frotte les poignets machinalement, là où le lien de serrage m'a mordu la peau. Ça aussi, elle le lui a appris. Est-ce elle qui l'a esquinté à vie ? Ou en serait-il arrivé là sans Mrs Robinson ? Tout d'un coup, je me rends compte que je la hais. Si jamais je la rencontrais, je ne serais pas responsable de mes actes. Je n'ai jamais haï personne aussi passionnément, encore moins quelqu'un que je n'ai jamais rencontré. Je me tourne vers la fenêtre, en proie à la jalousie et à une colère irrationnelle.

Je repense à cet après-midi. Comme promis, il y est allé doucement avec moi. *Referais-je l'expérience ?* Inutile de me voiler la face : s'il me le demande, j'accepterai, à condition qu'il ne me fasse pas mal, si c'est la seule façon d'être avec lui.

Voilà : tout se résume à ça. Je veux être avec lui. Ma déesse intérieure pousse un soupir de soulagement. J'en conclus que ce n'est pas son cerveau dont elle se sert pour réfléchir, mais une autre partie de son anatomie, qui pour l'instant est en train de prendre l'air.

— Arrête, murmure Christian.

Je fronce les sourcils en me retournant vers lui.

— Arrêter quoi ?

Je ne l'ai pas touché, pourtant.

— Tu réfléchis trop, Anastasia.

Il me prend la main, la porte à ses lèvres et m'embrasse les doigts.

— J'ai passé un après-midi merveilleux. Merci.

Il est de nouveau avec moi. Je lui souris timidement. Il est si déroutant. J'en profite pour lui poser une question qui me turlupine.

— Pourquoi t'es-tu servi d'un lien de serrage ?

Il me sourit.

— Ça va vite, c'est simple à utiliser et c'est une nouvelle expérience pour toi. Je sais que c'est assez brutal, mais c'est justement ça qui me plaît. (Il me sourit d'un air affable.) Ça t'a immobilisée très efficacement.

Je rosis en jetant un coup d'œil à Taylor, qui reste impassible.

— Tout ça, ça fait partie de mon monde, Anastasia.

Il me serre la main, puis retire la sienne pour se tourner vers la fenêtre.

Je veux faire partie de son monde, moi aussi. Mais aux conditions qu'il m'impose ? Je n'en sais vraiment rien. Il ne m'a pas reparlé de ce maudit contrat. Je regarde dehors. Le paysage a changé. Nous traversons un pont. Il fait nuit noire, et cette obscurité qui reflète celle de mes pensées se referme sur moi, suffocante.

Je jette un coup d'œil à Christian. Il est en train de m'observer.

— À quoi penses-tu ? me demande-t-il.

Je soupire en fronçant les sourcils.

— C'est à ce point-là ? dit-il.

— J'aimerais bien savoir ce qui t'est passé par la tête quand tu m'as invitée.

Il lâche un petit rire.

— Moi aussi, bébé.

Il est près de 20 heures quand l'Audi s'engage dans l'allée d'une imposante villa de style colonial environnée de rosiers, belle comme une carte postale.

— Prête ? me demande Christian tandis que Taylor se range devant la majestueuse porte d'entrée.

Je hoche la tête ; il presse ma main pour me rassurer.

— C'est une première pour moi aussi, me chuchote-t-il avant de sourire malicieusement. Je parie que tu regrettes ta culotte en ce moment.

Je m'empourpre. J'avais oublié. Heureusement que Taylor est sorti pour m'ouvrir la portière et n'a pas pu nous entendre. Je regarde Christian d'un air renfrogné : il sourit largement.

Grace, élégante et sophistiquée avec sa robe en soie bleu clair, nous attend sur le seuil. M. Grey, derrière elle, est un bel homme blond de haute taille, aussi séduisant que Christian à sa façon.

— Anastasia, tu as déjà rencontré ma mère. Voici mon père, Carrick.

— Monsieur Grey, ravie de vous rencontrer.

Je souris et lui serre la main.

— Tout le plaisir est pour moi, Anastasia.

— Je vous en prie, appelez-moi Ana.

Son regard bleu est doux et gentil.

— Ana, je suis contente de vous revoir, dit Grace en m'étreignant chaleureusement. Entrez, mon petit.

— Elle est là ? crie une voix de l'intérieur de la maison.

J'interroge Christian du regard.

— C'est Mia, ma petite sœur.

Même s'il fait semblant d'être exaspéré, sa voix s'est radoucie quand il a prononcé son pré-nom. Manifestement, il l'adore. Une grande jeune femme pulpeuse à la chevelure corbeau déboule dans le hall d'entrée ; elle a environ mon âge.

— Anastasia ! J'ai tellement entendu parler de toi ! s'exclame-t-elle en se jetant à mon cou.

Oh, la vache. Je ne peux m'empêcher de répondre par un sourire à cet accueil enthou-siaste.

— S'il te plaît, appelle-moi Ana.

Mia m'entraîne dans un grand vestibule aux parquets en bois sombre, orné de tapis anciens ; un imposant escalier mène au premier étage.

— Il n'a jamais ramené de fille à la maison, m'affirme-t-elle, l'œil brillant.

Christian lève les yeux au ciel ; je le regarde en haussant un sourcil.

— Mia, un peu de tenue, s'il te plaît, la gronde doucement Grace. Bonsoir, mon chéri.

Elle embrasse Christian sur la joue. Il lui sourit affectueusement et serre la main de son père.

Nous nous dirigeons vers le salon. Mia me tient toujours par la main. La pièce est vaste, à la fois confortable et élégante, meublée avec un luxe discret en tons crème, marron et bleu clair. Kate et Elliot sont enlacés sur le canapé, des flûtes de champagne à la main. Kate se lève d'un bond pour me serrer dans ses bras, forçant Mia à me lâcher.

— Salut, Ana, s'écrie-t-elle avec un sourire radieux.

Elle adresse un petit signe de tête à Christian.

— Kate, répond-il, tout aussi guindé.

Elliot s'est levé pour me serrer dans ses bras à son tour. Qu'est-ce que c'est que ce débordement d'affection collectif à mon égard ? Ils se sont tous donné le mot, ou quoi ? C'en en presque gênant ! Quand Christian me prend par la hanche pour m'attirer contre lui, c'est pire encore : tous les regards sont fixés sur nous. Je ne sais plus où me mettre.

— Vous voulez boire quelque chose ? nous propose M. Grey en se ressaisissant. Un prosecco ?

— Volontiers.

Christian et moi avons répondu la même chose en même temps, ce qui réjouit Mia : elle applaudit.

— Je vais le chercher.

Elle s'élance hors du salon.

Je vire à l'écarlate en songeant qu'en réalité, si Christian m'a conviée à cette réunion de famille, c'est uniquement parce que Kate est là. Mais si Elliot l'a invitée librement, Christian a été en quelque sorte pris au piège, car il savait que ses parents apprendraient mon existence par Kate. Cette idée me déprime. Ma conscience hoche la tête, avec l'air de me dire « tu as mis le temps à comprendre, pauvre tarte ».

— Le dîner va bientôt être servi, annonce Grace en sortant du salon à son tour.

Christian fronce les sourcils en me regardant.

— Assieds-toi, m'ordonne-t-il en me désignant le canapé.

J'obéis en prenant soin de croiser mes jambes. Il s'assoit à côté de moi sans me toucher.

— Nous parlions de nos projets de vacances, Ana, m'explique gentiment M. Grey. Elliot a décidé d'accompagner Kate et sa famille à la Barbade.

Je jette un coup d'œil à Kate, qui sourit béatement. Un peu de dignité, Katherine Kavanagh !

— Et vous, Ana, quels sont vos projets pour cet été ? me demande M. Grey.

— Je pensais passer quelques jours à Savannah.

Et merde. Je n'avais pas encore annoncé la nouvelle à Christian. Il me regarde, médusé :

— À Savannah ?

— Ma mère vit là-bas, et je ne l'ai pas vue depuis un bon moment.

— Tu pensais partir quand ?

— Demain en fin de journée.

Mia rentre au salon d'un pas nonchalant, et nous tend des flûtes remplies de prosecco rosé. M. Grey lève son verre.

— À votre santé !

Un toast tout indiqué de la part du mari d'un médecin, ce qui me fait sourire.

— Pour combien de temps ? poursuit Christian.

Sa voix est d'une douceur trompeuse. *Merde... il est furieux.*

— Je ne sais pas encore. Tout dépend de mes entretiens.

Il serre la mâchoire. Je sens que Kate va s'en mêler... Elle lui sourit avec une amabilité exagérée, mais sa voix est cassante :

— Ana mérite de petites vacances.

Pourquoi est-elle aussi hostile envers lui ? C'est quoi, son problème ?

— Vous avez des entretiens ? me demande M. Grey.

— Oui, demain, dans deux maisons d'édition.

— Je vous souhaite bonne chance.

— Le dîner est servi, annonce Grace.

Nous nous levons. Kate et Elliot sortent derrière M. Grey et Mia. Je m'apprête à les suivre quand Christian m'agrippe par le coude.

— Quand avais-tu l'intention de m'annoncer que tu partais ?

Il parle doucement, mais je sais qu'il se retient d'exploser.

— Je ne pars pas, je pensais seulement aller voir ma mère quelques jours.

— Et notre accord ?

— Je ne l'ai pas encore signé.

Il plisse les yeux, mais se ravise comme s'il se rappelait tout d'un coup où nous sommes, et me conduit hors du salon sans lâcher mon coude.

— Cette conversation n'est pas terminée, me chuchote-t-il, menaçant, alors que nous entrons dans la salle à manger.

Et merde. Pas la peine de se mettre dans cet état… *Et puis d'abord, rends-moi ma petite culotte !* Je lui lance un regard noir.

La salle à manger me rappelle celle où nous avons dîné au Heathman, avec son lustre en cristal au-dessus d'une table en bois sombre et son immense miroir au cadre sculpté. La table, tendue d'une nappe en lin blanc, est ornée d'un bol rempli de pivoines rose pâle. C'est somptueux.

Nous prenons place. M. Grey est en bout de table : je suis à sa droite, Christian est à côté de moi. Mia s'assoit à côté de Christian et le prend par la main. Christian lui sourit affectueusement.

— Vous vous êtes rencontrés comment, avec Ana ? lui demande Mia.

— Elle m'a interviewé pour le journal des étudiants de l'université de Washington.

— Dont Kate est la rédactrice en chef, dis-je en espérant détourner l'attention vers elle.

Mia sourit largement à Kate, assise à côté d'Elliot, et ils se mettent à parler du journal.

— Un peu de vin, Ana ? me propose M. Grey.

— S'il vous plaît.

Je jette un coup d'œil à Christian qui se tourne vers moi pour me regarder, la tête penchée sur son épaule.

— Quoi ? finit-il par lâcher.

— S'il te plaît, ne sois pas fâché contre moi.

— Je ne suis pas fâché.

Je soutiens son regard. Il soupire.

— O.K., je suis fâché.

Il ferme un instant les yeux.

— Fâché au point que ta main te démange ?

— Hé, c'est quoi ces messes basses ? s'interpose Kate.

Je rougis et Christian la foudroie du regard, avec l'air de lui dire « mêle-toi de ce qui te regarde, Kavanagh ». Kate en reste un instant interdite.

— On parlait de mon voyage à Savannah, lui dis-je.

Kate m'adresse un sourire machiavélique.

— Et avec José, ça s'est bien passé vendredi soir ?

Mais enfin, Kate, nom de Dieu ! Je lui fais les gros yeux. Qu'est-ce qui lui prend de foutre la merde ? Elle me fait à son tour les gros yeux, et je me rends compte qu'elle essaie de rendre Christian jaloux. *Elle ne sait pas qu'elle joue avec le feu.* Moi qui pensais m'en être tirée à bon compte avec cette histoire.

— Très bien.

Christian se penche vers moi.

— Tu avais raison. Je suis tellement fâché que la main me démange, me chuchote-t-il d'une voix à la fois posée et venimeuse. Surtout maintenant.

Non... je me tortille.

Grace reparaît, suivie d'une jolie jeune femme avec des couettes blondes, vêtue de bleu clair, qui porte un plateau. Ses yeux trouvent immédiatement ceux de Christian. Elle rougit en le dévisageant sous ses longs cils pleins de mascara. *Mais d'où elle sort, celle-là ?*

Quelque part dans la maison, le téléphone se met à sonner.

— Excusez-moi, dit M. Grey en se levant.

Grace se tourne légèrement vers lui en fronçant les sourcils.

— Merci, Gretchen, dit-elle. Vous pouvez poser le plateau sur la desserte.

Gretchen hoche la tête et, après avoir jeté un coup d'œil furtif à Christian, elle s'éclipse.

Donc, les Grey ont une soubrette, et cette soubrette fait les yeux doux à *mon* aspirant-Dominant. Décidément, cette soirée va de mal en pis. Je grimace en regardant mes mains.

M. Grey revient.

— C'est pour toi, ma chérie. C'est l'hôpital, dit-il à Grace.

— Ne m'attendez pas, commencez.

Grace sourit en me donnant mon assiette et s'éclipse à son tour.

Ça sent délicieusement bon – du chorizo et des saint-jacques avec des poivrons rouges rôtis et des cives, le tout parsemé de persil plat. Malgré mon estomac retourné par les menaces voilées de Christian, les œillades de Fifi Brindacier et ma culotte kidnappée, je suis affamée. Je rougis en songeant que c'est la dépense physique de cet après-midi qui m'a ouvert l'appétit.

Quelques instants plus tard, Grace revient, l'air soucieux. M. Grey penche la tête sur l'épaule… comme Christian.

— Tout va bien ?

— Encore un cas de rougeole, soupire-t-elle. C'est le quatrième ce mois-ci. Si seulement les parents faisaient vacciner leurs enfants, dit-elle en secouant la tête tristement. Heureusement, nos enfants n'ont jamais vécu ça. Ils n'ont jamais rien attrapé de pire que la varicelle. Mon pauvre petit Elliot, soupire-t-elle en se rasseyant.

Elle adresse un sourire affectueux à son fils. Elliot s'arrête de manger ; il a l'air mal à l'aise.

— Christian et Mia ont eu de la chance. Ils n'ont pas été très malades, à peine un bouton à eux deux, ajoute Grace.

Mia glousse et Christian lève les yeux au ciel.

— Alors, papa, tu as regardé le match des Mariners ?

Manifestement, Elliot a envie de changer de sujet de conversation.

Les hors-d'œuvre sont délicieux, et je me concentre sur la nourriture tandis qu'Elliot, M. Grey et Christian parlent base-ball. Christian a l'air calme et détendu lorsqu'il discute avec sa famille, mais moi, je n'en mène pas large. Qu'est-ce qui a pris à Kate de foutre la merde, comme ça ? *Est-ce qu'il va me punir ?* Rien qu'à y penser, j'en tremble. Je n'ai pas encore signé le contrat. Il vaut peut-être mieux que je ne signe pas. Que je reste à Savannah, hors d'atteinte.

— Alors, vous êtes bien installées dans votre nouvel appartement, ma petite Ana ? me demande poliment Grace.

Je lui suis reconnaissante de me poser cette question qui me distrait de mes angoisses, et je me lance dans le récit de notre déménagement.

Tandis que nous finissons nos hors-d'œuvre, Gretchen fait une nouvelle apparition. Je regrette une fois de plus de ne pas pouvoir toucher Christian, ne serait-ce que pour lui faire comprendre qu'il a beau être fou en cinquante nuances, il est à moi. Elle débarrasse en le frôlant d'un peu trop près à mon goût. Heureusement, il n'a pas l'air de la remarquer, mais ma déesse intérieure fulmine.

Kate et Mia chantent les louanges de Paris.

— Tu es déjà allée à Paris, Ana ? me demande innocemment Mia, me détournant de ma rêverie jalouse.

— Non, mais j'adorerais y aller.

Je sais que je suis la seule personne à cette table à n'avoir jamais quitté les États-Unis.

— Nous avons passé notre lune de miel à Paris, dit Grace en souriant à M. Grey, qui lui rend son sourire.

C'est presque gênant, parfois, de les regarder : ils ont l'air encore tellement amoureux. Je me demande un instant l'effet que ça fait de grandir avec ses deux parents.

— C'est une ville magnifique, acquiesce Mia. Malgré les Parisiens. Christian, tu devrais emmener Ana à Paris.

— Je pense qu'Anastasia préférerait aller à Londres.

Tiens... il se souvient de ça. Il pose une main sur mon genou ; ses doigts remontent jusqu'à ma cuisse. Mon corps tout entier se tend. *Non... pas ici, pas maintenant.* Je rougis et change de position pour tenter de lui échapper. Sa main agrippe ma cuisse pour m'immobiliser. En désespoir de cause, j'avale une gorgée de vin.

Fifi Brindacier se ramène avec ses airs de vierge effarouchée et ses hanches ondulantes pour nous servir le bœuf Wellington, en s'attardant un peu trop auprès de Christian quand elle pose son assiette sur la table. Il me lance un regard perplexe tandis qu'elle se retire.

— Qu'est-ce que tu leur reproches, au juste, aux Parisiens ? demande Elliot à sa sœur. Ils n'ont pas succombé à tes charmes ?

— Ce serait plutôt le contraire ! Sauf un : M. Floubert, mon patron. Arrogant, autoritaire, dominateur… bref, un vrai tyran.

Je manque m'étouffer avec ma gorgée de vin.

— Anastasia, ça va ? s'inquiète Christian.

Il a retiré sa main de ma cuisse et semble avoir retrouvé sa bonne humeur. *Dieu merci.* Quand je hoche la tête, il me tapote doucement le dos jusqu'à ce que j'aie arrêté de tousser.

Le bœuf, servi avec des pommes de terre rôties, des carottes, du panais et des haricots verts, est d'autant plus savoureux que Christian garde sa bonne humeur jusqu'à la fin du repas, sans doute en partie parce qu'il me voit manger de bon appétit. Les Grey se parlent sur un ton chaleureux, affectueux, gentiment taquin. Pendant que nous dégustons notre sabayon au citron, Mia nous régale du récit de ses exploits parisiens. À un moment donné, elle passe au français pour nous rapporter un dialogue et poursuit son récit dans cette langue. Nous la regardons d'un air perplexe ; elle s'arrête de parler, surprise par nos mines interloquées. Christian lui signale, lui-même dans un français impeccable, qu'elle est en train de parler français. Elle explose d'un fou rire contagieux qui gagne bientôt tous les convives.

Puis Elliot nous détaille son dernier projet immobilier, un éco-quartier au nord de Seattle. Kate est suspendue à ses lèvres, l'œil brillant d'amour ou de concupiscence – ou les deux à la fois. Le sourire d'Elliot recèle une promesse muette : *À plus, bébé.* Qu'est-ce que c'est sexy... J'en rougis, rien qu'à les regarder.

Je soupire en jetant un coup d'œil à mon Cinquante Nuances. Il a une petite repousse de barbe sur le menton ; j'aurais envie de la sentir contre mon visage, mes seins... entre mes cuisses. Je m'empourpre d'avoir de telles pensées en présence de sa famille. Il me regarde et me prend par le menton.

— Ne mordille pas ta lèvre, murmure-t-il d'une voix rauque. Ça me donne envie de le faire, moi aussi.

Grace et Mia débarrassent et disparaissent dans la cuisine tandis que M. Grey, Kate et Elliot débattent des mérites des panneaux solaires. Tout en feignant de s'intéresser à la conversation, Christian pose de nouveau la main sur mon genou et remonte le long de ma cuisse. Je sursaute, puis je serre les cuisses pour tenter de freiner sa progression. Il arbore un petit sourire narquois.

— Tu veux que je te montre le jardin ? me demande-t-il tout d'un coup.

Je me méfie car je me doute qu'il a une idée derrière la tête, mais je n'ai pas le choix : il s'est déjà levé et me tend la main. Je fais donc mes excuses à M. Grey pour suivre Christian dans le couloir jusqu'à la cuisine où Grace et Mia remplissent le lave-vaisselle. Fifi Brindacier brille par son absence.

— Je vais montrer le jardin à Anastasia, annonce innocemment Christian à sa mère.

Nous sortons sur un patio à dalles en ardoise éclairé par des spots encastrés, orné d'arbustes dans des pots en pierre grise et de meubles en

452

fer forgé. Christian gravit un petit escalier et nous débouchons sur une vaste pelouse qui se déroule jusqu'à la baie. Seattle scintille à l'horizon ; la lumière froide et brillante de la lune de mai trace un sentier argenté sur l'eau. Deux bateaux sont amarrés au bout de la jetée, près d'un hangar à bateaux.

Je voudrais m'attarder pour contempler cette vue superbe et sereine, mais Christian me tire par la main pour que je le suive. Mes talons s'enfoncent dans la terre grasse de la pelouse.

— Une minute, s'il te plaît.

Je trébuche derrière lui. Il s'arrête et se retourne.

— Mes talons. Il faut que je retire mes chaussures.

— Pas la peine, dit-il.

Il me soulève de terre pour me passer par-dessus son épaule, comme le ferait un pompier. Je pousse un cri d'étonnement qui me vaut une grande claque sur les fesses.

— Chut !

Et merde… ça va barder. Ma conscience a les genoux qui tremblent. Christian est furieux – à cause de José, de Savannah, du fait que je ne porte pas de culotte ou que je me mordille la lèvre, je ne sais pas. Putain, qu'est-ce qu'il est susceptible, celui-là…

— On va où ?

— Hangar à bateaux, aboie-t-il.

Je m'accroche à ses hanches, tête en bas, tandis qu'il traverse à grands pas la pelouse éclairée par la lune.

— Pourquoi ?

Comme je ballote sur son épaule, je parle comme si j'étais essoufflée.

— J'ai besoin d'être seul avec toi.

— Pourquoi ?

— Parce que je vais te donner la fessée et ensuite te baiser.

— Pourquoi ?

— Tu le sais très bien.

— Je croyais que tu étais du genre spontané ?

— Anastasia, c'est très spontané, crois-moi.

Au secours !

20.

Christian pousse la porte du hangar à bateaux et s'arrête à l'entrée pour actionner des interrupteurs. Des néons s'allument l'un après l'autre en grésillant, pour répandre leur lumière blanche et crue dans le grand bâtiment en bois. Toujours tête en bas dans le dos de Christian, je distingue un grand yacht qui flotte doucement sur l'eau sombre, mais j'ai à peine le temps de l'apercevoir car Christian gravit un escalier en bois.

Parvenu au premier étage, il s'arrête à l'entrée d'une pièce pour actionner un autre interrupteur – les halogènes à variateur d'intensité produisent une lumière plus douce. Nous sommes dans un grenier à décor nautique, bleu marine et crème avec des touches de rouge, meublé de deux canapés.

Christian me pose par terre. Je n'ai pas l'occasion d'examiner la pièce car je n'arrive pas à le quitter des yeux. Hypnotisée, je l'observe comme on guetterait un prédateur dangereux et rare qui s'apprêterait à bondir sur sa proie. Il ahane – il est vrai qu'il vient de me porter sur son dos pour traverser la pelouse et monter l'escalier. Ses yeux gris brûlent de colère et de désir à l'état brut. Je pourrais m'enflammer spontanément, rien qu'à me faire regarder comme ça.

— S'il te plaît, ne me bats pas...

Son front se plisse, ses yeux s'écarquillent. Il cligne des yeux à deux reprises, comme si j'avais désamorcé sa transe.

— Je ne veux pas que tu me donnes la fessée, pas ici, pas maintenant. S'il te plaît, non.

Dans un accès de bravoure insensée, je lui caresse la joue, curieux mélange de doux et de piquant. Il ferme lentement les yeux et appuie son visage contre ma main en retenant son souffle. Je tends l'autre main pour plonger mes doigts dans ses cheveux. J'adore ses cheveux. Il pousse un gémissement à peine audible, mais lorsqu'il rouvre les yeux, c'est pour m'adresser un regard suspicieux, comme s'il se méfiait de mes intentions.

Je me colle contre lui en tirant doucement sur ses cheveux pour rapprocher sa bouche de la mienne, et l'embrasser en forçant le barrage de ses lèvres avec ma langue. Il geint et m'enlace. Nos langues se trouvent et s'enroulent. Sa bouche a une saveur divine.

Tout d'un coup, il recule, haletant, pour me fusiller du regard.

— Tu fais quoi, là ?

— Je t'embrasse.

— Tu m'as dit non.

— Quoi ?

— Sous la table, avec tes jambes.

Ah... c'est donc ça.

456

— Mais on était en train de dîner avec tes parents !

Je le dévisage, totalement déconcertée.

— Personne ne m'a jamais dit non. Et je trouve ça… bandant.

Ses mains s'emparent de mes fesses. Il m'attire brusquement contre lui, contre son érection.

Oh, mon Dieu…

— Je ne comprends pas. Tu es fâché ou excité ?

— Les deux. Je suis fâché parce que tu ne m'as jamais parlé de ce voyage à Savannah. Je suis fâché parce que tu es sortie avec ce petit con qui t'a sauté dessus quand tu étais bourrée et qui t'a laissée seule avec un parfait inconnu quand tu étais malade. C'est ça, un ami ? Et je suis fâché parce que tu as refermé tes jambes, mais ça m'excite.

Ses yeux scintillent dangereusement ; il remonte lentement l'ourlet de ma robe.

— J'ai envie de toi, ici, maintenant. Si tu ne me laisses pas te donner la fessée que tu mérites, je vais te baiser sur ce canapé tout de suite, à la hussarde, pour mon plaisir, pas pour le tien.

Ma robe recouvre maintenant à peine mes fesses nues. Il m'agrippe le sexe et y enfonce lentement un doigt. De son bras libre, il me tient par la taille. Je réprime un gémissement.

— Ça, c'est à moi, murmure-t-il. Rien qu'à moi. Tu comprends ?

Il fait aller et venir son doigt en jaugeant ma réaction, le regard enflammé.

— Oui, rien qu'à toi.

Un désir lourd et chaud se répand dans mon corps. Mon cœur bat comme s'il voulait éclater hors de ma poitrine. Le sang bourdonne dans mes oreilles.

Abruptement, Christian retire ses doigts, me laissant pantelante, se débraguette et me pousse sur le canapé pour s'allonger sur moi.

— Les mains au-dessus de la tête, m'ordonne-t-il, dents serrées.

Il m'écarte les jambes et fouille sa poche intérieure, dont il retire un préservatif. Il soulève les épaules pour se dégager de sa veste, qui tombe par terre, et déroule la capote sur son érection impressionnante.

Je pose les mains sur la tête. Mes hanches basculent déjà vers lui – je le veux en moi, tout de suite, durement, brutalement. Oh… cette attente est exquise.

— Juste un coup en vitesse, pour moi, pas pour toi. Compris ? Tu ne jouis pas, ou je te donne la fessée.

Et comment je fais pour m'en empêcher ?

D'un seul coup de reins, il s'enfonce en moi, m'arrachant un gémissement guttural. Il plaque ses mains sur les miennes au-dessus de ma tête ; de ses coudes, il m'écarte et me maintient les bras ; ses jambes épinglent les miennes. Je suis prise au piège, il est partout, m'écrase, me suffoque presque, et c'est divin, ça aussi. Le voilà, mon pouvoir ; voilà l'effet que je lui fais, mon triomphe… Il me baise brutalement, respiration sifflante dans mon oreille, et mon corps s'embrase. *Il ne faut pas que je jouisse.* Mais je lui rends coup de reins pour coup de reins, dans un contrepoint parfait. Abruptement, et beaucoup trop tôt, il s'enfonce une dernière fois, se détend un instant et s'affale sur moi en m'écrasant de son poids.

Mon corps exige l'assouvissement, mais Christian est tellement lourd que je ne peux pas bouger sous lui. Tout d'un coup, il se retire en me laissant sur ma faim.

— Je t'interdis de te toucher. Je veux que tu sois frustrée. Tu ne m'as pas parlé de tes projets, tu m'as refusé ce qui est à moi : tu n'as que ce que tu mérites.

Ses yeux étincellent à nouveau de colère.

Je hoche la tête, haletante. Il se lève et retire le préservatif, le noue et le met dans la poche de son pantalon. D'instinct, je serre les cuisses pour tenter de me soulager. Christian ferme sa braguette et passe sa main dans ses cheveux en se baissant pour ramasser sa veste. Il se retourne pour me regarder d'un air plus doux.

— Il faut qu'on retourne à la maison.

Je m'assois, chancelante, hébétée.

— Tiens. Tu peux la remettre.

Il tire ma petite culotte de la poche intérieure de sa veste. Voilà : si j'ai subi une baise-punition, j'ai aussi remporté une petite victoire. Ma déesse intérieure acquiesce en souriant : *Tu n'as pas eu besoin de la demander.*

— *Christian !*

Mia est au pied de l'escalier. Il se tourne vers moi en haussant les sourcils.

— Il était moins une. Putain, qu'est-ce qu'elle peut être chiante, parfois.

Je me hâte de remettre ma culotte et me lève avec toute la dignité dont je suis capable, étant donné que je viens de me faire trousser entre la poire et le fromage. Je tente de lisser mon brushing post-coïtal en vitesse.

— Ici, Mia, en haut ! lance Christian. Eh bien, mademoiselle Steele, je me sens mieux – mais j'ai toujours envie de vous donner la fessée.

— Je ne crois pas la mériter, monsieur Grey, surtout après avoir subi cette attaque sans provocation.

— Sans provocation ? Tu m'as embrassé !

Il fait de son mieux pour avoir l'air vexé. Je pince les lèvres.

— L'attaque est parfois la meilleure forme de défense.

— Défense contre quoi ?

— Toi et ta main qui te démange.

Il penche la tête sur son épaule et me sourit ; les talons de Mia claquent dans l'escalier.

— Mais c'était tolérable ? dit-il doucement.

Je rougis.

— Limite.

— Ah, vous voilà !

Mia nous sourit largement.

— Je faisais faire le tour du propriétaire à Anastasia.

Christian me tend la main. Je la prends. Il presse la mienne doucement.

— Kate et Elliot s'en vont. Ah, ces deux-là, c'est insensé, ils n'arrêtent pas de se peloter.

Mia feint le dégoût, puis nous regarde, Christian et moi, d'un œil coquin.

— Vous faisiez quoi, ici, les amoureux ?

Bon sang, qu'est-ce qu'elle est effrontée. Je vire à l'écarlate.

— Je montrais à Anastasia mes trophées d'aviron, répond Christian sans se démonter. Allez, on va dire au revoir à Kate et Elliot.

Ses trophées d'aviron ? Il me pousse doucement devant lui ; dès que Mia a le dos tourné, il me claque les fesses. Je pousse un petit cri étonné.

— Tu ne perds rien pour attendre, Anastasia.

Après m'avoir chuchoté sa menace à l'oreille, il m'attire contre lui et m'embrasse dans les cheveux.

Kate et Elliot sont en train de prendre congé de Grace et de M. Grey. Kate me serre dans ses bras. Alors qu'elle me fait la bise, je lui chuchote :

— Qu'est-ce qui t'a pris de provoquer Christian comme ça ?

— Ça lui fait du bien. Comme ça, tu le vois sous son vrai jour. Fais gaffe, Ana – ce type veut tout contrôler, toi comprise, me chuchote-t-elle. À plus tard.

C'EST MOI QUI LE VOIS SOUS SON VRAI JOUR, PAS TOI ! ai-je envie de lui hurler. Je sais qu'elle ne veut que mon bien, mais là, elle dépasse tellement les bornes qu'elle se retrouve dans l'État voisin. Je lui fais les gros yeux et elle me tire la langue, ce qui m'arrache un sourire. Kate, enjouée ? C'est nouveau, ça : l'influence d'Elliot, sans doute. Nous les raccompagnons à la porte, puis Christian se tourne vers moi.

— Il faudrait qu'on y aille, nous aussi. Tu as des entretiens demain.

Mia me serre chaleureusement dans ses bras.

— On croyait qu'il ne trouverait jamais personne ! s'épanche-t-elle.

Je rougis. Christian lève les yeux au ciel. Je pince les lèvres. Pourquoi a-t-il le droit de faire ça, et pas moi ? Je n'ose plus, surtout après sa menace dans le hangar à bateaux.

— Prenez soin de vous, ma petite Ana, me dit gentiment Grace.

Christian, gêné ou irrité par les égards dont me comblent les membres de sa famille, m'attrape par la main pour m'attirer vers lui.

— Lâchez-la, vous allez lui donner la grosse tête, grommelle-t-il. Ou alors lui faire peur.

— Christian, arrête de plaisanter.

Grace le gronde avec indulgence ; son regard déborde d'amour et d'affection pour lui.

Mais je crois qu'il ne plaisante pas. J'observe subrepticement leurs interactions. Il est évident que Grace l'adore, d'un amour maternel inconditionnel. Il se penche pour l'embrasser sur la joue, un peu guindé.

— Maman, dit-il.

Je décèle dans sa voix une nuance… de profond respect, peut-être ?

— Monsieur Grey, au revoir et merci.

Je lui tends la main, mais lui aussi, il me serre dans ses bras !

— Je vous en prie, appelez-moi Carrick. J'espère qu'on vous reverra très bientôt, Ana.

Une fois que nous avons pris congé, Christian me conduit vers la voiture où Taylor nous attend. *Il est resté là tout le temps ?* Taylor m'ouvre la portière, et je me hisse sur la banquette de l'Audi.

Bon sang, quelle journée. Je suis exténuée, physiquement et moralement. Après une brève conversation avec Taylor, Christian monte à côté de moi et se tourne pour me faire face.

— On dirait que ma famille t'aime bien aussi.

Aussi ? La raison pour laquelle j'ai été invitée me revient à l'esprit. Taylor démarre ; la voiture quitte l'allée éclairée pour se diriger vers l'obscurité de la route. Je regarde Christian qui m'observe.

— Quoi ? dit-il.

Je n'ai pas le courage de parler. Non – il faut que je le lui dise. Il se plaint toujours de ce que je lui cache mes sentiments.

— Je pense que tu t'es senti obligé de m'emmener chez tes parents. Tu ne l'aurais pas fait si Elliot n'avait pas invité Kate.

Je ne distingue pas ses traits dans le noir ; il penche la tête en me dévisageant.

— Mais Anastasia, au contraire, je suis ravi que tu aies rencontré mes parents ! Pourquoi doutes-tu toujours autant de toi ? Ça me dépasse. Tu es forte et indépendante, mais tu te vois de façon tellement négative. Si je n'avais pas voulu que tu les rencontres, je ne t'aurais pas emmenée. Alors c'est ça que tu t'imaginais ?

Oh ! Il me semble sincère. Donc, il était ravi que je sois là. Une douce chaleur m'envahit. Il secoue la tête et me prend la main. Je jette un coup d'œil à Taylor.

— Ne t'en fais pas pour Taylor. Parle-moi.

Je hausse les épaules.

— Oui. C'est ça que je m'imaginais. Et au fait, pour Savannah, je n'ai pas encore décidé. Je voulais simplement avoir quelque chose à dire quand ton père m'a demandé mes projets de vacances.

— Tu voudrais aller voir ta mère ?

— Oui.

Il me regarde d'un air bizarre, comme s'il était déchiré.

— Je peux venir avec toi ⸮ finit-il par me demander.

Quoi ⸮

— Euh... Je ne crois pas ce soit une bonne idée.

— Pourquoi pas ⸮

— J'espérais souffler un peu après toute cette... intensité. Prendre du recul pour réfléchir.

Il me regarde fixement.

— Tu me trouves trop intense ⸮

J'éclate de rire.

— C'est le moins qu'on puisse dire !

À la lumière des lampadaires, je vois les commissures de ses lèvres se retrousser.

— Riez-vous de moi, mademoiselle Steele ⸮

— Je n'oserais pas, monsieur Grey.

— Je crois que si, et je crois que tu ris souvent de moi.

— Tu es assez drôle, en effet.

— Drôle ⸮

— Oh oui.

— Drôle bizarre, ou drôle ha, ha ⸮

— Disons... un peu des deux.

— L'un plus que l'autre ⸮

— À toi de le deviner.

— Je ne sais pas si je peux deviner quoi que ce soit en ce qui te concerne, Anastasia, lâchet-il d'une voix sardonique, avant de reprendre plus calmement : À quoi veux-tu réfléchir à Savannah ⸮

— À nous deux.

Il me fixe, impassible.

— Tu m'as dit que tu essaierais, me souffle-t-il.

— Je sais.

— Tu as changé d'avis ?

— Peut-être.

Il se recule un peu.

— Pourquoi ?

Ça y est, c'est reparti pour un tour. Cette conversation m'est tombée dessus comme une interro-surprise. Que répondre ? Parce que je pense que je suis amoureuse de toi, et que tu me vois simplement comme un jouet. Parce que je ne peux pas te toucher, parce que j'ai peur de te montrer mon affection, peur que tu te dérobes, que tu m'engueules, ou pis encore, que tu me frappes. Et parce que tout ça, j'ai peur de te le dire.

Je me tourne vers la fenêtre. Nous retraversons le pont. La nuit masque nos pensées et nos sentiments ; il est vrai que, pour ça, nous n'avons pas besoin de la nuit.

— Pourquoi, Anastasia ? insiste Christian.

Je hausse les épaules, prise au piège. Je ne veux pas le perdre. Malgré ses exigences bizarres, son besoin de tout contrôler, ses vices effrayants, je ne me suis jamais sentie aussi vivante. C'est exaltant d'être avec lui. Il est tellement imprévisible, sexy, intelligent et drôle. Mais ses sautes d'humeur... son envie de me faire mal... Il m'a promis de réfléchir à mes réserves, mais je ne sais pas si je peux y compter. Je ferme les yeux. Que dire ? Au fond de moi-même, je sais que j'en veux plus, tout simplement : plus de tendresse, plus de légèreté, plus... d'amour.

Il me serre la main.

— Parle-moi, Anastasia. Je ne veux pas te perdre. Cette semaine qu'on a passée ensemble...

Nous approchons du bout du pont, et la route est à nouveau baignée par la lueur des lampadaires, de sorte que son visage est tantôt éclairé, tantôt plongé dans l'obscurité. Cet homme, que je voyais jadis en preux chevalier blanc – ou en chevalier noir, selon lui –, n'est pas un héros de roman, mais un être profondément perturbé qui m'entraîne vers une voie obscure. Ne pourrais-je pas, moi, le guider vers la lumière ?

— J'en veux plus.

— Je sais, murmure-t-il. Je vais essayer.

Je cligne des yeux en le regardant. Il lâche ma main et me prend par le menton pour que je relâche ma lèvre coincée entre mes dents.

— Pour toi, Anastasia, je vais essayer.

Je déboucle ma ceinture de sécurité pour grimper sur ses genoux, ce qui le prend complètement par surprise. Entourant sa tête de mes bras, je l'embrasse, longuement, passionnément, et aussitôt, il me rend mon baiser.

— Reste avec moi cette nuit, me souffle-t-il. Ne t'en va pas, je ne te verrai pas de la semaine. S'il te plaît.

— Oui. Et moi aussi, je vais essayer. Je vais signer notre contrat.

J'ai décidé sur un coup de tête.

— Ça peut attendre ton retour de Savannah. Réfléchis. Réfléchis bien, bébé.

— Bon, d'accord.

Nous restons silencieux pendant un ou deux kilomètres.

— Il vaudrait mieux que tu attaches ta ceinture, me chuchote Christian d'un ton désapprobateur, mais sans faire mine de me repousser.

Je frotte mon nez contre sa gorge ; les yeux fermés, je bois son odeur de Christian et de gel douche au musc et aux épices. Je laisse mes pensées dériver, et je me permets de rêver qu'il m'aime. Ce rêve est tellement tangible que ma saleté de harpie de conscience se met à espérer, elle aussi. Je prends garde de ne pas toucher la poitrine de Christian. Je me contente de me blottir dans ses bras tandis qu'il me serre contre lui.

Trop tôt, je suis arrachée à ma rêverie.

— On est à la maison, murmure Christian.

À la maison, avec Christian. Sauf que son appartement est une galerie d'art, pas un foyer.

Taylor nous ouvre la portière et je le remercie timidement, sachant qu'il a pu entendre notre conversation, mais il me sourit gentiment sans rien en trahir. Une fois descendus de la voiture, Christian me jauge d'un œil critique. *Mais qu'est-ce que j'ai encore fait ?*

— Tu es sortie sans veste, me reproche-t-il en retirant la sienne pour la poser sur mes épaules.

Ouf !

— Je l'ai laissée dans ma nouvelle voiture, dis-je d'une voix ensommeillée en bâillant.

Il ricane.

— Fatiguée, mademoiselle Steele ?

— Oui, monsieur Grey.

Son regard narquois m'intimide, mais je sens qu'une explication s'impose.

— Aujourd'hui, on m'a fait subir des choses que je n'aurais jamais cru possibles.

— Eh bien, si tu ne fais pas attention, tu en subiras encore, me promet-il en me prenant par la main pour me conduire dans l'immeuble.

Pas possible... Voilà que ça le reprend !

Je lève les yeux vers lui dans l'ascenseur. Je suppose qu'il veut que je dorme avec lui, et puis je me rappelle qu'il ne dort avec personne, même s'il a dormi avec moi à quelques reprises. Tout d'un coup son regard s'assombrit. Il m'attrape le menton pour libérer ma lèvre de mes dents.

— Un jour, je vais te baiser dans cet ascenseur, Anastasia, mais pour l'instant, tu es trop fatiguée – je pense qu'on va s'en tenir au lit.

Il se penche et m'attrape la lèvre inférieure avec ses dents pour tirer dessus doucement. Je fonds contre son corps en lui rendant la pareille : j'attrape sa lèvre supérieure entre mes dents, ce qui le fait gémir. Quand les portes de l'ascenseur s'ouvrent, il me prend par la main pour m'entraîner dans le vestibule, passer la porte double et franchir le couloir.

— Tu veux quelque chose à boire ?

— Non.

— Bien. On va se coucher.

Je hausse les sourcils.

— Tu vas te contenter d'un bon vieux sexe-vanille tout bête ?

Il penche la tête sur l'épaule.

— Pas si bête que ça... au contraire, c'est un parfum qui m'intrigue de plus en plus.

— Depuis quand ?

— Depuis samedi dernier. Pourquoi ? Tu espérais quelque chose de plus exotique ?

468

Ma déesse intérieure passe la tête au-dessus du parapet.

— Ah non. L'exotisme, ça va pour aujourd'hui.

Ma déesse intérieure fait la moue, déçue.

— Tu en es sûre ? Il y en a pour tous les goûts ici – au moins trente et un parfums, au choix.

Il me sourit d'un air lascif.

— J'avais remarqué.

Il secoue la tête.

— Allez, mademoiselle Steele, vous avez une grosse journée demain. Plus tôt vous serez couchée, plus tôt vous serez baisée, et plus tôt vous pourrez dormir.

— Monsieur Grey, vous êtes un romantique.

— Mademoiselle Steele, vous êtes une insolente. Je vais devoir vous mater. Allez.

Il me conduit dans sa chambre, dont il referme la porte d'un coup de pied.

— Haut les mains, m'ordonne-t-il.

J'obéis et avec une rapidité à couper le souffle, il me retire ma robe comme un magicien en l'attrapant par l'ourlet pour la faire passer par-dessus ma tête d'un seul geste.

— Abracadabra ! plaisante-t-il.

Je glousse et j'applaudis. Il s'incline en souriant. *Comment lui résister quand il est comme ça ?* Il pose ma robe sur la chaise à côté de la commode. Je le taquine :

— Et c'est quoi, ton prochain tour de passe-passe ?

— Eh bien, ma chère mademoiselle Steele, couchez-vous et je vous le montre, gronde-t-il.

— Et si, pour une fois, je me faisais désirer ?

Dans ses yeux écarquillés, je décèle une lueur d'excitation.

— La porte est fermée. Je ne sais pas comment tu pourrais m'échapper, dit-il, sardonique. Je pense que l'affaire est dans le sac.

— Mais je suis une bonne négociatrice.

— Moi aussi.

Tandis que ses yeux me fixent, il change d'expression, gagné par la confusion. L'ambiance bascule brusquement, devient tendue.

— Tu ne veux pas baiser ?

— Non.

— Ah !

Il fronce les sourcils.

Allez, je me lance… J'inspire profondément.

— Je veux que tu me fasses l'amour.

Il me regarde d'un œil vide, puis son visage se rembrunit. Aïe, ça s'annonce mal. *Donne-lui une minute !* me conseille ma conscience.

— Ana, je…

Il passe ses mains dans ses cheveux. *Ben dis donc.* Pour le coup, il est vraiment perplexe.

— Je pensais que c'était ça qu'on faisait ? finit-il par lâcher.

— Je veux te toucher.

Instinctivement, il recule d'un pas. J'insiste :

— S'il te plaît.

Il se ressaisit.

— Mademoiselle Steele, vous avez déjà obtenu assez de concessions ce soir. Alors c'est non.

— Non ?

— Non.

Ah… Donc, ça n'est pas négociable.

— Écoute, tu es fatiguée, moi aussi. On va se coucher.

470

— Bref, te toucher, c'est une limite à ne pas franchir ?

— Oui. Tu le savais déjà.

— S'il te plaît, dis-moi pourquoi.

— Anastasia, je t'en prie, laisse tomber, marmonne-t-il, exaspéré.

— C'est important pour moi de le savoir.

Une fois de plus, il passe les deux mains dans ses cheveux en grommelant un juron. Faisant volte-face, il se dirige vers la commode, en tire un tee-shirt et me le lance. Je l'attrape, perplexe.

— Mets ça et couche-toi, déclare-t-il, irrité.

Je fronce les sourcils mais je décide d'obéir. Me retournant, je retire rapidement mon soutien-gorge et je passe le tee-shirt aussi vite que possible pour recouvrir ma nudité. Je garde ma culotte : je ne l'ai pratiquement pas portée de la soirée.

— J'ai besoin de la salle de bains.

Ma voix n'est qu'un murmure. Il fronce les sourcils, perplexe.

— Tu me demandes la permission ?

— Euh… non.

— Anastasia, tu sais où est la salle de bains. Aujourd'hui, à ce stade de notre accord bancal, tu n'as pas besoin de ma permission pour y aller.

Il n'arrive pas à cacher son irritation. Il retire sa chemise et je me précipite dans la salle de bains.

Je me scrute dans le miroir, étonnée que ce soit toujours la même fille banale qui me dévisage, l'air hébété, après tout ce que j'ai fait aujourd'hui. *Tu t'attendais à quoi ? À te voir pousser des cornes et une petite queue fourchue ?* me raille ma conscience. *Et qu'est-ce qui t'a pris ? Se laisser toucher, c'est sa limite infranchissable, à lui. Il faut tout de même qu'il apprenne à marcher avant de courir.* Ma conscience, furieuse, a l'air de Méduse avec ses cheveux qui volent dans tous les sens, ou bien du *Cri* d'Edvard Munch avec ses mains pressées sur ses joues. Je l'ignore, mais elle refuse de rentrer dans sa boîte. *Tu le mets en colère. Pense à tout ce qu'il t'a dit, à tout ce qu'il t'a concédé.* J'adresse une grimace à mon reflet. J'ai besoin de pouvoir lui montrer mon affection – du coup, peut-être qu'il pourra m'en montrer, lui aussi.

Secouant la tête, résignée, je prends la brosse à dents de Christian. Ma conscience a raison, évidemment. Je veux aller trop vite. Il n'est pas prêt, moi non plus. Nous sommes en équilibre sur la balance délicate de notre étrange accord, oscillant tantôt de son côté, tantôt du mien. Nous devons nous rapprocher du milieu. J'espère simplement que ni l'un ni l'autre ne tombera en chemin. Tout s'est passé tellement vite. Il faut que je prenne du recul. Savannah me tente de plus en plus. Alors que je commence à me brosser les dents, il frappe à la porte. La bouche pleine de dentifrice, je lui lance :

— Entre !

Son pantalon de pyjama lui descend sur les hanches, et chacune des cellules de mon corps se met au garde-à-vous. Il est torse nu : je le bois des yeux comme si je mourais de soif et qu'il était un ruisseau de montagne. Il me contemple, impassible, puis, avec un petit rire narquois, il se met à côté de moi. Nos yeux se croisent dans le miroir : gris sur bleu. Quand j'ai fini de l'utiliser, je rince sa brosse à dents et la lui remets sans le quitter des yeux. Il la prend et l'introduit dans sa bouche. Je réponds à son petit sourire narquois ; tout d'un coup, ses yeux pétillent de malice.

— Si tu veux emprunter ma brosse à dents, ne te gêne surtout pas, dit-il, gentiment moqueur.

— Merci, monsieur.

Je souris doucement et vais me coucher. Il me rejoint quelques minutes plus tard.

— Tu sais, ça n'est pas comme ça que je me voyais finir la soirée, marmonne-t-il, grognon.

— Imagine, si c'est moi qui te disais que tu ne pouvais pas me toucher.

Il s'assoit en tailleur sur le lit.

— Anastasia, je te l'ai déjà dit. Cinquante nuances de folie. J'ai eu des débuts difficiles dans la vie – tu tiens vraiment à savoir ? Pourquoi ?

— Parce que je veux mieux te connaître.

— Tu me connais déjà assez bien.

— Comment peux-tu me dire ça ?

Je m'agenouille pour lui faire face. Il lève les yeux au ciel. Je le lui fais remarquer :

— La dernière fois que je t'ai fait ça, moi, je me suis pris une fessée.

— J'aimerais bien recommencer.

J'ai une soudaine inspiration.

— Raconte-moi, et je te laisse faire.

— Quoi ?

— Tu m'as bien entendue.

— Tu marchandes avec moi ?

Il n'en croit pas ses oreilles. Je hoche la tête. *Oui... c'est comme ça qu'il faut faire.*

— Je négocie.

— Ça ne marche pas comme ça, Anastasia.

— Bon, d'accord. Raconte-moi d'abord, ensuite je lèverai les yeux au ciel et j'en assumerai les conséquences.

Il éclate de rire. Il y a trop longtemps que je ne l'ai pas vu rire de bon cœur. Puis il reprend son sérieux.

— Toujours aussi curieuse, mademoiselle Steele.

Il me contemple d'un air songeur. Au bout d'un moment, il se lève.

— Ne bouge pas, m'ordonne-t-il en sortant de la chambre.

L'appréhension m'envahit. Quel plan machiavélique concocte-t-il ? *Merde.* Et s'il était allé chercher une canne ou un autre instrument bizarre de pervers ? *Comment je réagis dans ce cas-là ?* Quand il revient, il tient un petit objet dans ses mains. Je ne peux pas distinguer ce que c'est, et je brûle de curiosité.

— C'est quand, ton premier rendez-vous, demain ? me demande-t-il doucement.

— À 14 heures.

Un sourire cruel s'épanouit sur ses traits.

— Bien.

Sous mes yeux, il se transforme subtilement. Il devient plus dur, inflexible... plus sexy. Christian le Dominant.

— Lève-toi. Mets-toi là.

Il me désigne le côté du lit. Je m'y poste à toute vitesse. Il me fixe intensément, l'œil brillant.

— Tu me fais confiance ?

Je hoche la tête. Il tend la main : deux boules argentées reliées par un cordon noir se nichent au creux de sa paume.

— Je viens de les acheter, déclare-t-il avec emphase.

Je l'interroge du regard.

— Je vais te les mettre et te donner la fessée, pas pour te punir mais pour ton plaisir et le mien.

Il se tait un moment pour jauger ma réaction. J'écarquille les yeux.

Il va me mettre ça ? Je m'étrangle, mais tous les muscles de mon ventre se crispent. Ma déesse intérieure fait la danse des sept voiles.

— Ensuite, on va baiser, et si tu es encore éveillée, je te ferai part de certaines informations concernant ma jeunesse. Ça te va ?

Il me demande ma permission ? Je hoche la tête, le souffle court, incapable de prononcer un mot.

— Tu es une bonne petite. Ouvre la bouche.

La bouche ?

— Plus grand.

Très doucement, il m'introduit les boules dans la bouche.

— Il faut les lubrifier. Suce, m'ordonne-t-il.

Les boules sont froides, lisses, étonnamment lourdes, avec un goût métallique. Ma bouche sèche se remplit de salive tandis que ma langue explore ces objets nouveaux. Le regard de Christian ne quitte pas le mien et ça m'excite. Je me tortille.

— Ne bouge pas, Anastasia… Stop.

Il me retire les boules de la bouche, rabat la couette et s'assoit au bord du lit.

— Viens ici.

Je m'avance jusqu'à lui.

— Maintenant tu te retournes, tu te penches en avant et tu attrapes tes chevilles.

J'hésite. Il se rembrunit.

— N'hésite pas, me gronde-t-il doucement.

Il glisse les boules dans sa bouche. *Putain, c'est plus cochon que la brosse à dents.* Est-ce que je peux toucher mes chevilles ? Je découvre que j'y arrive facilement. Le tee-shirt me glisse sur le dos pour exposer mes fesses. Heureusement que j'ai gardé ma culotte, mais je me doute que ce ne sera pas pour longtemps.

Il pose la main sur mes fesses et, très doucement, il les caresse du plat de la main. J'ai les yeux ouverts, mais je ne vois que ses jambes entre les miennes. Je serre les paupières lorsqu'il écarte ma culotte pour passer lentement son doigt entre les lèvres de mon sexe. Mon corps se prépare, dans un mélange enivrant d'anticipation folle et d'excitation. Il glisse un doigt en moi et décrit un cercle avec une lenteur exquise. C'est trop bon. Je gémis.

Je l'entends retenir son souffle en répétant l'opération. Il retire son doigt et, très lentement, il insère une boule après l'autre. *Oh, mon Dieu.* Réchauffées par ma bouche et la sienne, elles sont à la température de mon corps. C'est une sensation curieuse. Une fois qu'elles sont en moi, je ne les sens pas vraiment – mais je sais qu'elles sont là.

Il rajuste ma culotte et se penche pour m'embrasser les fesses.

— Redresse-toi.

Vacillante, j'obéis. *Oh !* Maintenant, je les sens... plus ou moins. Il m'attrape par les

476

hanches pour me maintenir jusqu'à ce que je
retrouve mon équilibre.

— Ça va ? me demande-t-il, sévère.

— Oui.

— Tourne-toi.

J'obéis. Les boules glissent vers le bas et, d'instinct, je contracte mes muscles pour les retenir.

— Ça te fait quel effet ? me demande-t-il.

— Bizarre.

— Bizarre bon ou bizarre mauvais ?

Je rougis.

— Bizarre bon.

— Très bien.

Une lueur d'humour rôde dans son regard.

— Je veux un verre d'eau. Va me le chercher,
s'il te plaît.

Ah !

— Quand tu reviendras, je te donnerai la fessée. Penses-y, Anastasia.

*De l'eau ? Il veut de l'eau, maintenant ? Pour-
quoi ?*

En sortant de la chambre, la raison pour
laquelle il veut que je marche devient plus
qu'évidente. Ce faisant, les boules me massent à
l'intérieur. C'est une sensation curieuse mais pas
déplaisante. Mon souffle s'accélère tandis que je
tends la main pour prendre un verre dans le placard de la cuisine. J'inspire brusquement. *Oh,
mon Dieu...* Je vais peut-être demander à les garder, ces trucs. Ça me donne très, très envie de
baiser.

Il m'observe attentivement lorsque je reviens.

— Merci, dit-il en prenant le verre.

Lentement, il avale une gorgée d'eau, et pose
le verre sur la table de chevet où se trouve un

emballage argenté, prêt à l'usage, comme moi. Mon cœur bat plus vite. Il tourne son regard brillant vers le mien.

— Viens près de moi. Comme tout à l'heure.

Je m'avance, le sang bouillonne dans mes veines, et cette fois... je suis vraiment excitée.

— Demande-moi, dit-il doucement.

Je fronce les sourcils. Lui demander quoi ?

— Demande-moi, répète-t-il d'une voix légèrement plus dure.

Lui demander quoi ? Si son eau était bien fraîche ? Qu'est-ce qu'il me veut ?

— Demande-moi, Anastasia. Je ne me répéterai pas.

Sa voix recèle une telle menace voilée que je comprends tout d'un coup. Il veut que je lui demande la fessée.

Merde alors. Il attend. Son regard est de plus en plus froid.

— Donnez-moi la fessée, s'il vous plaît... monsieur.

Il ferme un instant les yeux pour savourer mes paroles. Puis il saisit ma main gauche et tire dessus. Je tombe aussitôt ; il m'attrape quand j'atterris et me cale sur ses genoux de façon que ma poitrine repose sur le lit à côté de lui. Cette fois, il ne m'immobilise pas avec sa jambe mais repousse mes cheveux de mon visage avant de les empoigner au niveau de ma nuque. Il tire dessus doucement et ma tête se renverse en arrière.

— Je veux voir ton visage pendant que je te claque les fesses, Anastasia, murmure-t-il tout en frottant doucement mon cul.

Sa main s'insère entre mes fesses et pousse contre mon sexe, ce qui enfonce les boules en moi. Cette sensation de plénitude, c'est… je gémis… c'est exquis.

— Cette fois, c'est pour le plaisir, Anastasia, le tien et le mien, me chuchote-t-il.

Il abat sa main à l'endroit où se rejoignent mes cuisses, mes fesses et mon sexe, ce qui fait pénétrer les boules plus avant. Je m'enlise dans un bourbier de sensations. La brûlure de mes fesses, les boules qui me remplissent, le fait qu'il me maintienne. Je remarque confusément qu'il ne m'a pas claquée aussi fort que la dernière fois. Il caresse à nouveau mon cul en lissant ma peau et ma culotte.

Pourquoi ne m'a-t-il pas retiré ma culotte ? Sa main s'abat de nouveau sur moi, et je gémis. Il prend le rythme : de gauche à droite, de haut en bas. Les claques vers le bas sont les plus délicieuses. Elles repoussent les boules jusqu'au fond… et, entre les claques, il me caresse, me malaxe – je suis massée à l'intérieur et à l'extérieur. C'est une sensation stimulante, érotique, et parce que c'est moi qui ai demandé la fessée, la douleur ne me gêne pas autant. Ce n'est d'ailleurs pas douloureux – en tout cas, pas insupportable. Ce serait même… agréable. Je geins. *Oui, ça, je peux.*

Il s'arrête pour me retirer lentement ma culotte. Je me tortille sur ses jambes, pas pour échapper à ses coups mais pour aller à la rencontre de sa main, dont le contact fait picoter ma peau hypersensible. Et puis il recommence. Quelques tapes douces, puis plus cinglantes, de gauche à droite, de haut en bas. Plus bas, de grâce…

— C'est bien, Anastasia, gémit-il, le souffle irrégulier.

Il me fesse encore deux fois, puis tire sur le cordon qui relie les boules et me les retire brusquement. Je jouis presque tellement c'est une sensation hallucinante. Il me retourne. J'entends la déchirure de l'enveloppe, puis il s'allonge à côté de moi, m'attrape les mains, les hisse au-dessus de ma tête et me pénètre, glissant lentement en moi, me remplissant là où se trouvaient les boules.

— Ah, bébé, murmure-t-il.

Il entame un va-et-vient langoureux et sensuel, qu'il prend tout son temps pour savourer. Il n'a jamais été aussi doux, et en un rien de temps je bascule dans un orgasme délicieux, violent, épuisant. Mes spasmes déclenchent sa jouissance, et il se répand en balbutiant mon nom, émerveillé.

— *Ana !*

Puis il se tait, haletant, ses mains encore entrelacées dans les miennes au-dessus de ma tête. Enfin, il se redresse pour me regarder.

— C'était bon, murmure-t-il en m'embrassant tendrement.

Il se lève, rabat la couette sur moi et disparaît dans la salle de bains. Lorsqu'il revient, c'est avec un flacon de lotion blanche. Il s'assoit à côté de moi sur le lit.

— Retourne-toi, m'ordonne-t-il.

À contrecœur, je me mets sur le ventre. Franchement, ça n'est pas la peine d'en faire toute une histoire. J'ai tellement sommeil.

— Superbe, la couleur de ton cul, approuve-t-il.

480

Il masse tendrement la lotion rafraîchissante sur mes fesses rougies.

— Crache le morceau, Grey.

Je bâille.

— Mademoiselle Steele, vous avez vraiment le don de gâcher l'ambiance.

— On a conclu un marché.

— Tu te sens comment ?

— Flouée.

Avec un soupir, il se glisse sous la couette à côté de moi. Prenant garde à ne pas toucher mon derrière enflammé, il se met en cuiller contre moi et m'embrasse très doucement derrière l'oreille.

— La femme qui m'a mis au monde était une pute accro au crack, Anastasia. Dors.

Quoi ?

— Était ?

— Elle est morte.

— Depuis longtemps ?

Il soupire.

— Elle est morte quand j'avais quatre ans. Je ne me souviens pas bien d'elle. Carrick m'a raconté. Je ne me rappelle que certaines choses. Dors, s'il te plaît.

— Bonne nuit, Christian.

— Bonne nuit, Ana.

Je glisse dans un sommeil hébété en rêvant d'un garçonnet de quatre ans aux yeux gris prisonnier d'une vie sombre, misérable et effrayante.

21.

Il y a de la lumière partout. Une lumière vive, chaude, aveuglante, que je tente de repousser pour gagner quelques précieuses minutes de sommeil. Pourquoi n'avons-nous pas baissé les stores hier soir ? Je suis dans le grand lit de Christian Grey, sans Christian Grey.

Je reste allongée un moment à contempler le panorama de Seattle. La vie dans les nuages, c'est vraiment irréel : un fantasme, un château qui flotte dans les airs au-dessus des tristes réalités de la vie – l'abandon, la faim, les mères camées. Je frémis en songeant à ce qu'il a dû subir quand il était petit. Je comprends mieux maintenant pourquoi il vit ici, isolé, entouré d'œuvres d'art... Ceci n'est pas un appartement mais une forteresse. Ce qui n'explique toujours pas pourquoi je n'ai pas le droit de le toucher.

Curieusement, quand je suis chez Christian, moi aussi je me sens coupée de la réalité. Ce lieu, cet amant, nos ébats : je vis un fantasme, alors que la triste réalité, c'est qu'il veut me mettre sous contrat pour me soumettre à ses caprices. Certes, il m'a promis de faire des efforts. Mais ça veut dire quoi, au juste, pour lui, des efforts ? Voilà ce que j'ai besoin de tirer au clair. Il faut que je sache si nous sommes toujours aux extrémités opposées de la bascule ou si nous nous rapprochons l'un de l'autre.

Je sors du lit, raide et, comment dire ? Déglinguée. *Voilà ce qui arrive quand on se fait sauter dans tous les sens.* Ma conscience pince les lèvres d'un air désapprobateur. Je lève les yeux au ciel – heureusement qu'un certain maniaque du contrôle n'est pas dans les parages, avec sa main qui le démange. Il faudra que je me résolve à le lui demander, ce coach. Enfin, si je signe. Ma déesse intérieure me dévisage, inquiète. *Évidemment, que tu vas signer.* Sans lui répondre, je passe dans la salle de bains avant de partir à la recherche de Christian.

Il n'est pas dans la galerie d'art, mais une belle femme blonde dans la quarantaine, vêtue d'un chemisier blanc et d'une jupe bleu marine, fait le ménage dans la cuisine. Elle me sourit largement.

— Bonjour, mademoiselle Steele. Voulez-vous un petit déjeuner ?

Son ton est chaleureux mais professionnel. C'est qui, encore, cette blonde ? Je ne sais plus où me mettre : je ne porte que le tee-shirt de Christian et ça me gêne d'être presque nue devant elle.

— Excusez-moi, mais nous n'avons pas été présentées.

Je parle d'une petite voix, incapable de dissimuler mon inconfort.

— Pardon, je suis Mme Jones, la gouvernante de M. Grey.

Ah ! Je m'efforce de répondre normalement :

— Enchantée.

— Voulez-vous votre petit déjeuner, madame ?

Madame ?

— Un thé, ce sera très bien, merci. Vous savez où est M. Grey ?

— Dans son bureau.

— Merci.

Je m'enfuis, mortifiée. Pourquoi Christian n'emploie-t-il que des belles blondes ? Une vilaine pensée me traverse l'esprit : *et si c'étaient ses ex-soumises ?* Je refuse d'envisager cette hypothèse immonde. Je passe timidement la tête par la porte du bureau. Christian, vêtu d'un pantalon noir et d'une chemise blanche, parle au téléphone face à la fenêtre. Ses cheveux sont encore mouillés. J'en oublie tous mes soupçons.

— Tant que leur bilan ne s'améliore pas, ça ne m'intéresse pas, Ros. Pas question de traîner un poids mort... J'en ai marre de leurs excuses bidons... Demandez à Marco de m'appeler : au point où on en est, c'est marche ou crève... Oui, dites à Barney que le prototype me paraît bien, même si j'ai des doutes sur l'interface... Non, il manque un truc, c'est tout... Je veux le voir cet après-midi pour en parler... Oui, avec son équipe... D'accord. Passez-moi Andréa...

Il attend en regardant par la fenêtre, en maître de son univers qui contemple les petites gens depuis son château dans les airs.

— Andréa...

En relevant les yeux, il m'aperçoit. Un sourire sexy se dessine lentement sur son beau visage :

frappée de mutisme, je fonds. Il est sans aucun doute l'homme le plus beau de la planète, trop beau pour les petites gens qui s'agitent à ses pieds, trop beau pour moi. *Non*, proteste ma déesse intérieure, *pas trop beau pour moi. Il est à moi, plus ou moins, pour l'instant.* Cette pensée dissipe mes complexes.

Il poursuit sa conversation sans me quitter des yeux.

— Annulez mes rendez-vous de ce matin, mais demandez à Bill de m'appeler. Je serai là à 14 heures. Il faut que je parle à Marco cet après-midi, j'en ai pour environ une demi-heure… Réunissez Barney et son équipe après Marco, ou alors demain, et trouvez-moi un moment pour voir Claude tous les jours cette semaine… Demandez-lui d'attendre… Ah… Non, je ne veux pas communiquer sur le Darfour… Dites à Sam de s'en charger… Non… Quelle soirée ?… Samedi prochain ?… Un instant. Quand rentres-tu de Savannah ? me demande-t-il.

— Vendredi.

Il reprend sa conversation téléphonique.

— Il me faut un autre billet, je serai accompagné… Oui, Andréa, c'est bien ce que j'ai dit, je serai accompagné. Mlle Anastasia Steele… C'est tout.

Il raccroche.

— Bonjour, mademoiselle Steele.

— Monsieur Grey.

Je lui souris timidement. Il contourne son bureau pour me rejoindre et caresse doucement ma joue du dos des doigts.

— Je ne voulais pas te réveiller, tu avais l'air tellement paisible. Tu as bien dormi ?

— Très bien, merci. Je suis passée te dire bonjour avant de prendre ma douche.

Je savoure le spectacle de sa beauté. Quand il se penche pour m'embrasser, je ne peux pas m'empêcher de me jeter à son cou pour plonger les doigts dans ses cheveux humides. J'ai envie de lui. Mon attaque le prend par surprise, mais il y répond bientôt avec un petit cri de gorge. Ses mains glissent dans mes cheveux, puis le long de mon dos, pour s'emparer de mes fesses nues tandis que sa langue explore ma bouche. Il s'écarte, l'œil mi-clos.

— On dirait que ça te fait du bien de dormir, murmure-t-il. Tu devrais aller prendre ta douche, à moins que je ne te prenne sur mon bureau, là, tout de suite ?

Sous le coup d'un désir qui réveille tout mon corps sur son passage, je me sens effrontée.

— Je choisis le bureau.

— Vous y avez vraiment pris goût, on dirait, mademoiselle Steele ? Vous devenez insatiable.

— Seulement de toi.

Ses yeux s'assombrissent tandis que ses mains malaxent mon cul dénudé.

— Y a intérêt. Moi, et personne d'autre, gronde-t-il.

Tout d'un coup, d'un geste fluide, il balaie tous les papiers de son bureau, me soulève et m'allonge dessus.

— Tu le veux, tu l'auras, bébé, marmonne-t-il en tirant un emballage argenté de la poche de son pantalon pendant qu'il se débraguette.

Comme les scouts : toujours prêt. Il déroule le préservatif sur son érection et me pénètre sans

486

préliminaires en clouant mes poignets au bureau.

Je geins… *oh oui.*

— Putain, Ana, qu'est-ce que tu mouilles, murmure-t-il sur le ton de la vénération.

Je lui enlace la taille de mes jambes pour l'étreindre de la seule façon qu'il tolère. Il reste debout à me fixer d'un œil brillant, passionné, possessif. Il commence à bouger, à bouger à fond. Ça n'est pas faire l'amour, c'est baiser – et j'adore. C'est tellement cru, tellement charnel, je me sens tellement dévergondée. Je jouis d'être possédée par lui : sa concupiscence assouvit la mienne. Il se meut en souplesse, se prélasse en moi pour prendre son plaisir, les lèvres légèrement entrouvertes, le souffle court. Il ondule des hanches et cette sensation est exquise.

Je ferme les yeux : ça commence à monter, une montée délicieuse, inexorable, qui me hisse, toujours plus haut, vers notre château dans les airs. Oh, oui… il accélère. Je gémis bruyamment. Je ne suis plus que sensation… toute à lui, jouissant de chaque coup de reins, de chaque poussée qui me remplit. Plus vite… plus fort… et mon corps tout entier se meut à son rythme, mes jambes se raidissent, mon corps frémit…

— Allez, bébé, laisse-toi aller, m'encourage-t-il, dents serrées.

Ce désir fervent dans sa voix – sa tension – me fait basculer. Je pousse un cri en touchant le soleil ; je m'enflamme et je retombe sur terre, éblouie, aveuglée. Il s'enfonce brutalement en moi et se fige soudain pour jouir en tirant sur mes poignets, avant de s'effondrer sur moi sans un mot.

Waouh… c'était imprévu. J'atterris lentement.

— Putain, qu'est-ce que tu me fais ? souffle-t-il en frottant son nez dans mon cou. Tu m'ensorcelles, Ana. Tu es une magicienne.

Il me lâche les poignets. Je passe les doigts dans ses cheveux tout en reprenant mes esprits, et resserre mes jambes autour de sa taille.

— C'est toi qui m'ensorcelles.

Il me contemple, déconcerté, presque apeuré, et prend mon visage entre ses mains.

— Tu-es-à-moi, martèle-t-il en séparant chaque mot. Tu comprends ?

Qu'est-ce qu'il est sérieux tout d'un coup, passionné, presque fanatique… Sa déclaration inattendue me désarme. Pourquoi est-il si ému ? Troublée par sa ferveur, je lui murmure :

— Oui, je suis à toi.

— Tu es sûre que tu veux aller à Savannah ?

Je hoche lentement la tête. En un instant, son expression se transforme ; les volets se referment. Abruptement, il se retire, ce qui me fait grimacer.

— Ça t'a fait mal ? me demande-t-il en se penchant au-dessus de moi.

— Un peu.

— J'aime bien que tu aies mal. Ça te rappelle que je suis passé par là, moi et personne d'autre.

Il m'attrape par le menton et m'embrasse durement, puis se redresse et me tend la main pour m'aider à me relever. Je jette un coup d'œil à l'emballage déchiré à côté de moi.

— Toujours prêt.

Il me regarde, perplexe, en se rebraguettant. Je brandis l'emballage vide.

— On peut toujours espérer, murmure-t-il. Parfois, les rêves se réalisent.

Qu'est-ce qu'il est d'humeur bizarre. Ma perplexité dissipe le petit nuage post-coïtal sur lequel je flottais. *Qu'est-ce qui lui prend, tout d'un coup ?* Je tente d'alléger l'ambiance par un peu d'humour :

— Donc, tu rêvais de faire ça sur ton bureau ?

Son sourire énigmatique ne lui va pas jusqu'aux yeux : visiblement, ce n'est pas la première fois qu'il baise une femme ici. Cette idée achève de me faire retomber sur terre.

— Bon, je vais prendre ma douche.

Je me lève et fais mine de le contourner. Il fronce les sourcils et passe la main dans ses cheveux.

— J'ai encore deux, trois coups de fil à passer. Je prendrai le petit déjeuner avec toi quand tu seras sortie de ta douche. Mme Jones a nettoyé les vêtements que tu portais hier. Ils sont dans le placard.

Quoi ? Quand est-ce qu'elle a fait ça ? Mince, est-ce qu'elle nous a entendus ? Je rougis.

— Merci.

— Je t'en prie, répond-il par réflexe.

Je ne te remercie pas de m'avoir baisée, encore que... Je ne bouge pas.

— Quoi ? me demande-t-il.

— Qu'est-ce qui ne va pas ?

— Qu'est-ce que tu veux dire par là ?

— Eh bien... je te trouve un peu plus bizarre que d'habitude.

— Tu me trouves bizarre ?

Il retient un sourire.

— Parfois.

Il me regarde un moment d'un œil songeur.

— Comme toujours, vous me surprenez, mademoiselle Steele.

— Comment ça ?

— Disons que cette petite visite de ce matin, c'était une gâterie inattendue.

Je penche la tête sur mon épaule comme il le fait si souvent, en lui répétant sa petite phrase.

— Vous satisfaire est notre priorité, monsieur Grey.

— Et vous m'avez satisfait, en effet, mademoiselle Steele. Je croyais que tu allais prendre ta douche ?

Ah ! Il me vire.

— Ouais… bon, alors à tout de suite.

Je me sauve, abasourdie.

Il a l'air de ne plus savoir où il en est. *Pourquoi ?* J'avoue que, physiquement, je suis très satisfaite. Mais, moralement, disons que je suis secouée par son attitude.

Une fois dans la douche, je tente de comprendre ce qui arrive à Christian. C'est vraiment l'être le plus compliqué que je connaisse ; ses sautes d'humeur perpétuelles me déroutent. Il avait l'air d'aller très bien quand je suis entrée dans son bureau. Nous avons baisé… c'est ensuite que ça s'est gâté. Je me tourne vers ma conscience. Elle sifflote, les mains dans le dos, en regardant partout sauf vers moi. Elle n'y comprend rien, elle non plus. Quant à ma déesse intérieure, elle se prélasse encore sur les derniers lambeaux de mon nuage post-coïtal. Bref, nous sommes toutes les trois larguées.

Je sèche mes cheveux avec une serviette, les démêle avec le peigne de Christian – son seul et unique accessoire de coiffure – et les relève en chignon. La robe prune de Kate, lavée et repassée, est accrochée dans le placard avec mon soutien-gorge et ma culotte propres. Cette Mme Jones est une perle !

Christian n'est toujours pas sorti de son bureau. Je retrouve Mme Jones en train d'inspecter le contenu du garde-manger.

— Prendrez-vous votre thé maintenant, mademoiselle Steele ?

— S'il vous plaît.

Je lui souris, un peu plus sûre de moi maintenant que je suis habillée.

— Vous voulez manger quelque chose ?

— Non merci.

— Bien sûr que tu vas manger, intervient Christian, l'air courroucé. Elle prend des pancakes, du bacon et des œufs, madame Jones.

— Très bien, monsieur Grey. Et pour vous, monsieur ?

— Une omelette, s'il vous plaît, et une salade de fruits.

Il ne me quitte pas des yeux. Je n'arrive pas à deviner ce qu'il pense.

— Assieds-toi, m'ordonne-t-il en désignant l'un des tabourets.

J'obéis ; il s'assoit à côté de moi tandis que Mme Jones s'affaire en cuisine. C'est vraiment gênant de discuter avec lui devant une tierce personne.

— Tu as déjà ton billet d'avion ?

— Non, je l'achèterai sur Internet quand je serai rentrée.

Il s'accoude et se frotte le menton.

— Tu as assez d'argent ?

Et c'est reparti.

— Mais oui, dis-je patiemment, comme si je parlais à un petit enfant.

Il hausse un sourcil. *Merde.* Je me reprends aussitôt :

— Oui, j'ai ce qu'il faut, merci.

— J'ai un jet privé. Je ne m'en servirai pas au cours des trois prochains jours. Il est à ta disposition.

Je le dévisage, bouche bée. Il a un jet, évidemment : ça ne devrait pas me surprendre. Spontanément, il me vient une envie de lever les yeux au ciel, à laquelle je résiste. Ou bien de rire. Là aussi, je me retiens.

— On a déjà assez abusé de la flotte de ta société, non ?

— C'est ma société, et c'est mon jet.

Il a l'air vexé. *Ah, les garçons et leurs joujoux !*

— Merci de ton offre. Mais je préfère prendre un vol commercial.

Il fait mine de vouloir insister puis se ravise.

— Comme tu veux, soupire-t-il. Tu dois te préparer, pour ton entretien ?

— Non.

— Bien. Tu ne veux toujours pas me dire chez quel éditeur ?

— Non.

Il sourit malgré lui.

— J'ai beaucoup de ressources, mademoiselle Steele.

— J'en suis pleinement consciente, monsieur Grey. Vous comptez tracer mes appels pour l'apprendre ?

— En fait, je suis très occupé cet après-midi. Je vais devoir demander à l'un de mes collaborateurs de s'en charger, ricane-t-il.

Il plaisante, là, j'espère ?

— Si vous avez assez de personnel pour mettre quelqu'un sur le dossier, je vous suggère de réviser vos effectifs, ils sont trop nombreux.

— Je demanderai à la DRH d'étudier la question.

Ses lèvres frémissent : il se retient de sourire. *Dieu merci, il a retrouvé son sens de l'humour.*

Mme Jones nous sert nos petits déjeuners et nous mangeons un moment en silence. Après avoir débarrassé la cuisinière, elle a le tact de s'éloigner vers le salon. Je lève les yeux vers Christian.

— Qu'est-ce qu'il y a, Anastasia ?

— Tu ne m'as toujours pas dit pourquoi tu n'aimais pas être touché.

Il blêmit. Je me sens coupable d'avoir posé la question.

— Je t'en ai déjà raconté plus qu'à qui que ce soit.

Il est évident qu'il ne s'est jamais confié à personne. Il n'a donc pas d'amis intimes ? Il a peut-être tout déballé à Mrs Robinson. J'aurais envie de le lui demander, mais je n'ose pas. Je secoue la tête. Cet homme est vraiment une île.

— Tu réfléchiras à notre accord, là-bas ? reprend-il.

— Oui.

— Je te manquerai ?

Je le dévisage, étonnée par sa question. J'opte pour la franchise :

— Oui.

Comment en suis-je arrivée à tenir autant à lui après si peu de temps ? Je l'ai dans la peau... littéralement. Il sourit et son regard s'illumine.

— Toi aussi, tu vas me manquer. Plus que tu ne l'imagines.

Ses mots me font chaud au cœur. Il me caresse gentiment la joue et m'embrasse doucement.

En fin d'après-midi, je m'agite nerveusement dans la salle d'attente de la Seattle Independent Publishing. C'est mon second entretien de la journée, celui auquel je tiens le plus. Le premier s'est bien passé, mais c'était pour un géant de l'édition avec des bureaux un peu partout aux États-Unis, une grosse machine où je ne serais que l'une des nombreuses assistantes éditoriales, et qui pourrait m'avaler pour me recracher aussitôt. Alors que la SIP est une petite maison indépendante qui défend des auteurs locaux, intéressants et originaux.

Le décor est spartiate, mais je crois que c'est intentionnel. Je suis assise sur un canapé en cuir vert bouteille assez semblable à celui de la salle de jeux de Christian. Je le caresse du bout du doigt en me demandant ce que Christian pourrait bien faire là-dessus. Stop ! Ça n'est pas le moment de penser à ça. La réceptionniste a l'air sympathique : c'est une jeune femme noire avec un look bohème, de grandes boucles d'oreilles en argent et de longs cheveux défrisés. Elle lève souvent les yeux de son écran pour m'adresser un sourire rassurant, auquel je réponds timidement.

Mon billet d'avion est réservé ; ma mère est folle de joie que je vienne la voir. J'ai bouclé mon sac de voyage et Kate m'accompagne à l'aéroport. Christian m'a ordonné d'emporter mon BlackBerry et mon Mac. Je lève les yeux au ciel en me rappelant à quel point il a insisté. Mais bon, il est comme ça : il tient à tout contrôler, moi comprise. Et pourtant, il peut se montrer tellement adorable, tendre, enjoué, drôle… Ça le prend tout d'un coup, à l'improviste. Il a tenu à me raccompagner jusqu'à ma voiture dans le garage. Je ne pars que pour quelques jours, mais il se conduit comme si j'allais être absente plusieurs semaines.

— Ana Steele ?

Une femme aux longs cheveux noirs mousseux, qui a le même look bohème que la réceptionniste, me tire de mes réflexions. Elle doit être dans la fin de la trentaine ou la petite quarantaine. J'ai du mal à estimer l'âge des femmes.

Je me lève maladroitement. Elle m'adresse un sourire poli tout en me jaugeant de son regard noisette. J'ai emprunté à Kate une robe chasuble noire, un chemisier blanc et des escarpins noirs. Bref, le style entretien d'embauche. Mes cheveux sont tirés en chignon ; pour une fois j'ai su mater mes mèches folles. Elle me tend la main.

— Bonjour, Ana. Je m'appelle Elizabeth Morgan. Je suis directrice des ressources humaines.

— Enchantée.

Je lui serre la main. Pour une DRH, elle a vraiment une allure très décontractée.

— Par ici, je vous en prie.

Nous traversons une double porte qui débouche sur un grand bureau en *open space* décoré de couleurs vives, et passons dans une petite salle de réunion aux murs vert clair ornés d'affiches représentant des couvertures de livres. Un jeune homme roux avec un catogan est assis au bout de la table. De petits anneaux en argent scintillent à ses oreilles. Il porte une chemise bleu clair sans cravate et un pantalon en coutil. Quand je m'approche, il se lève.

— Ana Steele ? Jack Hyde, directeur des acquisitions. Ravi de vous rencontrer.

Nous nous serrons la main. Il affiche une expression neutre mais plutôt amicale, il me semble.

— Vous arrivez de loin ? me demande-t-il d'une voix affable.

— Non, je viens d'emménager près du marché de Pike Street.

— Alors nous sommes presque voisins. Je vous en prie, asseyez-vous.

Je prends place. Elizabeth s'assoit à côté de lui.

— Dites-moi, pourquoi voulez-vous faire un stage à la SIP, Ana ? me demande-t-il.

Il prononce mon prénom d'une voix douce en penchant la tête sur son épaule, comme quelqu'un que je connais – c'est déroutant. Curieusement, il m'inspire une méfiance irrationnelle dont je m'efforce de ne pas tenir compte. Je débite les arguments que j'ai soigneusement préparés tout en sentant le sang affluer lentement à mes joues. J'applique la technique Katherine Kavanagh de l'entretien réussi : *N'oublie surtout pas de les regarder dans les yeux, Ana !* Qu'est-ce qu'elle peut être autoritaire, elle aussi... Mais ça marche : Jack et Elizabeth m'écoutent attentivement.

— Vous avez obtenu d'excellents résultats à l'université. À quelles activités parascolaires vous êtes-vous adonnée ? me demande Jack.

Curieux, comme choix de vocabulaire... Je lui explique que j'ai travaillé à la bibliothèque du campus et collaboré au journal des étudiants une fois, pour interviewer un despote d'une richesse obscène, en passant sur le fait que je n'ai pas rédigé l'article. Je précise également que j'ai fait partie de deux clubs littéraires et je conclus en parlant de mon job chez Clayton's, qui m'a permis d'acquérir des connaissances encyclopédiques sur le bricolage qui ne me serviront plus jamais. Comme je l'espérais, cette dernière remarque les fait rire. Enfin détendue, je commence à prendre plaisir à l'entretien.

Jack Hyde pose des questions fines et intelligentes, mais je ne me laisse pas démonter : quand nous discutons de mes préférences littéraires, je pense faire bonne impression. Jack, quant à lui, ne semble apprécier que la littérature américaine postérieure aux années 1950. Rien d'autre. Pas même les classiques, Henry James, Upton Sinclair ou F. Scott Fitzgerald... Elizabeth se contente de hocher la tête de temps en temps et de prendre des notes. Jack, même s'il semble prendre plaisir à me contredire, est charmant à sa façon, et ma méfiance initiale se dissipe au fur et à mesure de notre conversation.

— Où vous voyez-vous dans cinq ans ?

Avec Christian Grey. La pensée a surgi spontanément. Je fronce les sourcils.

— Éditrice, peut-être ? Ou agent littéraire, je ne sais pas encore. J'envisage plusieurs pistes.

Il sourit.

— Très bien, Ana. Je n'ai pas d'autres questions. Et vous ? me demande-t-il.

— Quand débuterait le stage ?

— Dès que possible, intervient Elizabeth. Vous pourriez commencer quand ?

— Je suis disponible à partir de la semaine prochaine.

— C'est bon à savoir, dit Jack.

— Si personne n'a rien à ajouter, conclut Elizabeth en nous regardant tour à tour, je crois qu'on va s'arrêter là.

Elle me sourit gentiment.

— Ça m'a fait plaisir de vous rencontrer, Ana, me dit Jack en me prenant la main.

Il la presse doucement. Un peu étonnée par son geste, je prends congé.

En retournant vers ma voiture, je me sens un peu déstabilisée, sans savoir pourquoi au juste. Il me semble que l'entretien s'est bien passé, mais qui sait ? Les entretiens d'embauche sont des situations factices où chacun se présente sous son meilleur jour, en se dissimulant derrière une façade de professionnalisme. Ai-je fait bonne impression ? Il n'y a plus qu'à attendre.

Je monte à bord de mon Audi A3 pour rentrer tranquillement chez moi. Je ne suis pas pressée : je prends le vol de nuit, avec une escale à Atlanta, mais mon avion ne part qu'à 22 h 25.

Kate est en train de défaire des cartons dans la cuisine.

— Alors, comment ça s'est passé ? me demande-t-elle, tout excitée.

Il n'y a que Kate pour être sublime dans une grande chemise avec un jean déchiré et un bandana bleu marine.

— Très bien, merci, Kate. Mais je pense que cet ensemble n'était pas assez décontracté pour le deuxième entretien.

— Ah bon ?

— Le genre de la maison, c'était plutôt le look bobo.

Kate hausse un sourcil.

— Toi et ton look bobo…

Elle penche la tête sur son épaule – tiens, elle aussi ! *Pourquoi tout le monde me rappelle-t-il mon Cinquante Nuances préféré aujourd'hui ?*

— En fait, Ana, tu es l'une des rares personnes à qui ce style aille bien.

Je souris.

— La deuxième boîte m'a vraiment plu. Je pense que c'est mon genre. Mais le mec qui m'a interviewée m'a fait une curieuse impression…

Je ne termine pas ma phrase – je viens de me rappeler que c'est à l'Inspecteur Kavanagh que je parle. *Ta gueule, Ana !*

— Ah bon ?

Le radar Katherine Kavanagh, toujours à l'affût d'infos croustillantes, s'active aussitôt – l'info en question refera forcément surface à un moment inopportun. D'ailleurs, à propos…

— Tu veux bien arrêter de foutre la merde, avec Christian ? Ton commentaire sur José hier soir, c'était carrément déplacé. Tu ne sais pas à quel point Christian est jaloux. Tu ne me rends pas service, là.

— Écoute, si Christian n'était pas le frère d'Elliot, je ne me serais pas gênée pour lui rentrer dedans. C'est un maniaque du contrôle, ce mec. Je ne sais pas comment tu arrives à supporter. J'essayais de le rendre jaloux pour le pousser à surmonter ses problèmes d'engagement.

Elle lève les mains comme pour se protéger.

— Mais si tu ne veux pas que je m'en mêle, à l'avenir, je ne dirai plus rien, s'empresse-t-elle d'ajouter en me voyant me rembrunir.

— Je préférerais. La vie avec Christian, c'est déjà bien assez compliqué comme ça, crois-moi.

Ben dis donc, voilà que je me mets à parler comme lui.

— Ana. (Elle se tait un instant pour me scruter.) Ça va ? Tu ne pars pas chez ta mère pour le fuir ?

Je rougis.

— Non, Kate. C'est toi-même qui as dit que j'avais besoin de vacances.

Elle s'avance vers moi pour me prendre les mains – ça ne lui ressemble pas du tout. Brusquement, je suis au bord des larmes.

— C'est juste que… je ne sais pas… tu as changé. J'espère que ça va. Si tu as des problèmes avec M. Bourré-de-fric, tu peux m'en parler. Je vais essayer de ne pas l'énerver, promis. Encore que franchement, avec lui, c'est un jeu d'enfant. Vraiment, Ana, s'il y a quelque chose qui ne va pas, dis-le-moi, je ne te jugerai pas. J'essaierai de comprendre.

Je cligne des paupières pour retenir mes larmes en serrant Kate dans mes bras.

— Je pense que je suis vraiment amoureuse de lui.

— Ana, ça crève les yeux. Et lui aussi, il est fou de toi. Il ne te quitte pas des yeux.

J'émets un petit rire dubitatif.

— Tu crois ?

— Il ne te l'a pas dit ?

— Pas textuellement.

Je hausse les épaules comme pour m'excuser.

— Ana ! Il faut qu'il y en ait un des deux qui se jette à l'eau, sinon vous n'irez nulle part.

Quoi... lui dire ce que j'éprouve ?

— Mais j'ai peur de le faire fuir.

— Comment sais-tu qu'il n'éprouve pas la même chose que toi ? Il a peut-être peur de te l'avouer.

— Christian, peur ? Je n'arrive pas à m'imaginer qu'il ait peur de quoi que ce soit.

Mais, en prononçant ces mots, je vois un petit garçon qui ne connaissait rien d'autre que la peur dans sa vie, et j'ai le cœur serré.

Kate me scrute, les yeux plissés, les lèvres pincées, un peu comme ma conscience – il ne lui manque plus que les lunettes en demi-lune.

— Il faut que vous parliez, tous les deux.

— On n'a pas beaucoup parlé ces derniers temps, c'est vrai. Disons qu'on a communiqué autrement, de façon non verbale. Ça n'est pas mal non plus. En fait, c'est mieux que pas mal.

Kate sourit.

— Autrement dit, le sexe ! Si ça se passe bien de ce côté-là, la bataille est à moitié gagnée, Ana. Bon, je vais aller chercher des plats chinois. Tu es prête à partir ?

— Bientôt. On a encore deux heures devant nous.

— Je reviens dans vingt minutes.

Elle attrape sa veste et sort en oubliant de refermer la porte derrière elle. Je la referme et rentre dans ma chambre pour méditer sur ce qu'elle a dit.

Christian a-t-il peur de ses sentiments pour moi ? Éprouve-t-il seulement ces sentiments ? Il a l'air très accro, il affirme que je suis à lui – mais là, c'est sûrement son côté Dominant, maniaque du contrôle, « il me faut tout, tout de suite », qui s'exprime. Durant mon absence, il va falloir que je me repasse toutes nos conversations pour voir si je décèle des signes révélateurs.

Toi aussi, tu vas me manquer. Plus que tu ne l'imagines.

Tu m'as complètement ensorcelé…

Je secoue la tête. Je ne veux pas y penser maintenant. Le BlackBerry est en train de se recharger, de sorte que je ne l'ai pas eu sur moi de l'après-midi. Je m'en approche prudemment, et je suis déçue de n'y trouver aucun message. J'allume l'ordinateur : rien non plus. *C'est la même adresse mail, Ana* – ma conscience lève les yeux au ciel et, pour la première fois, je comprends pourquoi Christian a envie de me donner la fessée quand je lui fais ça.

Très bien. C'est moi qui lui écrirai.

De : Anastasia Steele
Objet : Entretiens
Date : 30 mai 2011 18:49
À : Christian Grey

Cher monsieur,

Mes entretiens d'aujourd'hui se sont très bien passés. J'ai pensé que ça pouvait vous intéresser. Et vous, comment s'est passée votre journée ?

Ana

Je reste assise à fixer l'écran d'un œil maussade. En général, Christian répond instantanément.

J'attends… j'attends et, finalement, j'entends le « ping » espéré.

De : Christian Grey
Objet : Ma journée
Date : 30 mai 2011 19:03
À : Anastasia Steele

Chère mademoiselle Steele,
Tout ce que vous faites m'intéresse. Vous êtes la femme la plus fascinante que je connaisse. Je suis ravi que vos entretiens se soient bien passés. Ma matinée a dépassé toutes mes espérances. Mon après-midi a été très ennuyeux en comparaison.

Christian Grey
P-DG, Grey Enterprises Holdings, Inc.

De : Anastasia Steele
Objet : Excellente matinée
Date : 30 mai 2011 19:05
À : Christian Grey

Cher monsieur,
Pour moi aussi, la matinée a été exemplaire, même si vous avez été *strange* après le sexe sur le bureau – ça, c'était impeccable. Ne pensez pas que je n'aie pas remarqué.
Merci pour le petit déjeuner. Ou remerciez Mme Jones pour moi.
J'aimerais vous poser des questions à son sujet – sans que ça redevienne *strange*.

Ana

Mon doigt flotte au-dessus de la souris au moment de cliquer sur « envoyer ». Ce qui me rassure, c'est de savoir que demain, à cette heure-ci, j'aurai traversé le continent.

De : Christian Grey
Objet : Toi, éditrice ?
Date : 30 mai 2011 19:10
À : Anastasia Steele

Anastasia,
« *Strange* » n'est pas dans le dictionnaire et ne devrait pas être utilisé par quelqu'un qui projette de travailler dans l'édition. Impeccable ? Comparé à quoi, dis-moi ? Et qu'est-ce que tu veux me demander au sujet de Mme Jones ? Je suis curieux.

Christian Grey
P-DG, Grey Enterprises Holdings, Inc.

De : Anastasia Steele
Objet : Vous et Mme Jones
Date : 30 mai 2011 19:17
À : Christian Grey

Cher monsieur,
Le langage évolue organiquement. Il ne s'isole pas dans une tour d'ivoire décorée d'œuvres d'art surplombant Seattle, avec hélistation sur le toit.
Impeccable, par comparaison aux autres fois où nous avons... comment dites-vous, déjà ?... ah oui... baisé. En fait, de façon générale, côté baise, ça a toujours été impeccable à mon humble avis – mais comme vous le savez, mon expérience en ce domaine est assez restreinte.
Mme Jones est-elle l'une de vos anciennes soumises ?

Ana

J'hésite avant de cliquer sur « envoyer ».

De : Christian Grey
Objet : Attention à ce que tu dis !
Date : 30 mai 2011 19:22
À : Anastasia Steele

Anastasia,

Mme Jones est une employée que j'estime beaucoup. Nos rapports ont toujours été purement professionnels. Je n'ai eu ni n'ai aucun rapport sexuel avec mes collaboratrices, et je suis choqué que tu puisses m'en soupçonner. Tu es la seule pour laquelle je ferais une exception à cette règle, parce que tu es une jeune femme brillante, remarquablement douée pour la négociation. Cela dit, si tu continues à utiliser ce genre de langage, je risque de changer d'avis. Je suis ravi que tu n'aies qu'une expérience limitée. Elle restera d'ailleurs limitée – à moi. Je choisis de considérer « impeccable » comme un compliment – remarque, je ne sais jamais si tu parles sincèrement ou si tu laisses ton ironie prendre le dessus.

Christian Grey
P-DG, Grey Enterprises Holdings, Inc., en Sa Tour d'Ivoire

De : Anastasia Steele
Objet : Pas ma tasse de thé
Date : 30 mai 2011 19:27
À : Christian Grey

Cher monsieur Grey,

Je crois avoir déjà exprimé mes réticences quant à l'éventualité de travailler pour votre société. Je n'ai pas changé d'avis, et je n'en changerai jamais. Je dois vous quitter maintenant, car Kate vient de rentrer avec le dîner. Mon ironie et moi, nous vous souhaitons une bonne soirée.

Je t'écrirai quand je serai à Savannah.

Ana

De : Christian Grey
Objet : Même pas du Twinings English Breakfast Tea ?
Date : 30 mai 2011 19:29
À : Anastasia Steele

Bonne soirée, Anastasia.
Je vous souhaite bon vol, à toi et à ton ironie.

Christian Grey
P-DG, Grey Enterprises Holdings, Inc.

Kate me dépose au terminal des départs de l'aéroport Sea-Tac.

— Profite bien de la Barbade, Kate. Passe de très bonnes vacances.

— À bientôt. Et ne laisse pas M. Pété-de-tunes te miner.

— Promis.

Je me dirige vers le comptoir d'enregistrement avec mon bagage à main – je n'ai pas pris de valise, seulement un joli sac à dos que Ray m'a offert pour mon anniversaire.

— Billet, s'il vous plaît ?

Le préposé a l'air de s'emmerder : il prend mon billet sans me regarder. J'affiche moi-même un air blasé en lui remettant mon permis de conduire en guise de pièce d'identité. Pourvu qu'il me donne un siège hublot !

— Mademoiselle Steele, vous avez été surclassée.

— Pardon ?

— Si vous souhaitez passer au salon Première Classe pour y attendre votre vol...

Le voilà devenu tout frétillant : il me sourit comme si j'étais le père Noël et le petit Jésus en même temps.

— Il doit sûrement y avoir une erreur.

— Non, non, insiste-t-il en consultant son écran d'ordinateur. Anastasia Steele, surclassée.

Grr. Je plisse les yeux. Il me tend ma carte d'embarquement, et je me dirige vers le salon Première Classe en marmonnant. Christian Grey, espèce de maniaque du contrôle, tu m'énerves ! Mais pourquoi faut-il qu'il se mêle de tout ?

22.

On m'a offert une manucure, un massage et deux coupes de champagne : le salon Première Classe a tout de même bien des avantages. À chaque gorgée de Moët, je me sens un peu plus encline à pardonner à Christian son intervention. J'ouvre mon MacBook pour vérifier que j'ai bien une connexion Internet n'importe où sur la planète.

De : Anastasia Steele
Objet : Extravagance
Date : 30 mai 2011 21:53
À : Christian Grey

Cher monsieur Grey,
Ce qui m'inquiète le plus, c'est que vous ayez su quel vol je prenais. Vos tendances au harcèlement atteignent des proportions alarmantes. J'espère que le Dr Flynn rentre bientôt de vacances.
J'ai eu une manucure, un massage et deux coupes de champagne. C'est une façon très agréable d'entamer mon voyage.

Merci,

Ana

De : Christian Grey
Objet : Mais je vous en prie
Date : 30 mai 2011 21:59
À : Anastasia Steele

Chère mademoiselle Steele,
Le Dr Flynn est de retour et j'ai un rendez-vous cette semaine.
Qui vous a massé ?

Christian Grey
P-DG qui a des amis bien placés,
Grey Enterprises Holdings, Inc.

Ah, ah ! C'est l'occasion de prendre une petite revanche. On vient d'annoncer l'embarquement, donc je lui répondrai de l'avion, ce sera plus sûr. J'ai l'impression d'être une sale gosse malicieuse.

C'est insensé, cette débauche d'espace en première classe. Champagne à la main, je me cale dans mon somptueux siège en cuir côté hublot tandis que la cabine se remplit lentement. J'appelle Ray pour lui apprendre où je suis – coup de fil très bref, car il est tard pour lui.

— Je t'aime, papa.

— Moi aussi, Annie. Salue ta mère pour moi. Bonne nuit.

— Bonne nuit.

Je raccroche. Ray est en forme. Je regarde mon Mac et, avec une joie espiègle, je l'ouvre pour relire mon mail.

De : Anastasia Steele
Objet : Des mains fortes et habiles
Date : 30 mai 2011 22:22
À : Christian Grey

Cher monsieur,

Un charmant jeune homme m'a massé le dos. Vraiment très charmant. Je n'aurais jamais rencontré Jean-Paul dans une salle d'embarquement en classe économique, encore merci de votre cadeau. Comme on est sur le point de décoller, je ne pourrai plus vous écrire. Et maintenant, je vais dormir, parce que dernièrement j'ai passé des nuits assez courtes.

Faites de beaux rêves, monsieur Grey... je pense à vous.

Ana

Oh là là, qu'est-ce qu'il va s'énerver... et je serai dans les airs, hors d'atteinte. Ça lui apprendra. Si j'avais été dans la salle d'embarquement de la classe éco, Jean-Paul n'aurait jamais posé la main sur moi. C'était en effet un jeune homme très charmant, dans le genre blond bronzé toute l'année, alors que personne n'est bronzé à Seattle : ça détonne dans le décor. Je pense qu'il était gay, mais je me garderai bien de préciser ce détail. Je relis mon mail. Kate a raison. C'est vraiment un jeu d'enfant d'énerver Christian. Ma conscience me dévisage, grimaçante. *Tu tiens vraiment à l'énerver ? C'est gentil, ce qu'il a fait, tu sais ! Il voulait que tu voyages dans les meilleures conditions.* Oui, mais il aurait pu me demander, ou au moins m'avertir. J'ai eu l'air d'une idiote au comptoir d'enregistrement. Je clique sur « envoyer ». Je suis vraiment une très vilaine petite fille.

— Mademoiselle Steele, vous allez devoir ranger votre ordinateur pour le décollage, me prévient une hôtesse maquillée à la truelle.

Elle m'a fait sursauter. Apparemment, je n'ai pas la conscience tranquille.

— Ah, pardon.

Merde. Maintenant, je vais devoir attendre l'escale à Atlanta pour voir ce que Christian m'a répondu. L'hôtesse me remet une couverture moelleuse et un oreiller. J'étends la couverture sur mes jambes. C'est bien, parfois, de se faire dorloter.

Les seize sièges de la première classe sont tous occupés, sauf celui à côté du mien. *Aïe...* Une pensée effarante me traverse l'esprit. *Et si ce siège était réservé à Christian ?* Et merde... non... il ne me ferait pas ce coup-là ? Encore que... Je lui ai pourtant dit que je ne voulais pas qu'il m'accompagne. Je consulte ma montre, anxieuse, puis une voix désincarnée annonce :

— PNC, à vos portes, armez les toboggans, vérifiez la porte opposée.

Ça veut dire quoi, ça ? Qu'on va décoller ? Mon cuir chevelu picote, je frémis. Le siège à côté du mien est encore libre. Avec une petite secousse, l'avion commence à s'éloigner de la passerelle, et je pousse un soupir de soulagement tout en éprouvant un petit pincement de déception... Pas de Christian pendant quatre jours. Je consulte mon BlackBerry en douce.

De : Christian Grey
Objet : Profitez-en tant que c'est possible
Date : 30 mai 2011 22:25
À : Anastasia Steele

Chère mademoiselle Steele,
Votre petit manège ne m'abuse pas, mais il a été efficace.
La prochaine fois, vous voyagerez en soute, ligotée et
bâillonnée, dans une malle. Faites-moi confiance :
m'occuper de vous dans ces conditions me sera bien plus
agréable que de vous faire surclasser.

Dans l'attente de votre retour,

Christian Grey
P-DG à la main qui le démange
Grey Enterprises Holdings, Inc.

Putain de merde. Le problème, avec Christian,
c'est qu'on ne sait jamais s'il plaisante ou s'il est
sérieusement en colère. En l'occurrence, je le
soupçonne d'être ivre de rage. Subrepticement,
je compose ma réponse sous la couverture pour
que l'hôtesse ne me voie pas.

De : Anastasia Steele
Objet : Plaisanterie ?
Date : 30 mai 2011 22:30
À : Christian Grey

Je ne sais pas si tu plaisantes, mais si tu ne plaisantes
pas, je crois que je vais rester à Savannah. Les malles,
c'est une limite à ne pas franchir. Désolée de t'avoir
fâché. Dis-moi que tu me pardonnes.

A.

De : Christian Grey
Objet : Plaisanterie
Date : 30 mai 2011 22:31
À : Anastasia Steele

Comment se fait-il que tu m'écrives ? Risques-tu la vie de tous ceux qui sont à bord, la tienne comprise, pour utiliser ton BlackBerry ? Je pense que ça contrevient à l'une des règles.

Christian Grey
P-DG avec deux mains qui le démangent
Grey Enterprises Holdings, Inc.

Deux mains ! Rangeant mon BlackBerry, je me cale dans mon siège tandis que l'avion roule vers la piste de décollage. Dès que nous avons décollé, j'incline mon siège et m'endors bientôt.

L'hôtesse me réveille au moment où nous entamons notre descente vers Atlanta. Il est 5 h 45, heure locale : je n'ai dormi que quatre heures. Groggy mais reconnaissante, j'avale le jus d'orange qu'elle me tend.

Mon escale à Atlanta ne dure qu'une heure. De nouveau, je peux me prélasser dans le luxe du salon Première Classe. Je suis tentée de me blottir dans l'un des canapés pour m'endormir, mais je n'ai pas le temps. Pour rester éveillée, j'entame un long mail décousu à Christian.

De : Anastasia Steele
Objet : Tu aimes me faire peur ?
Date : 31 mai 2011 06:52 EST
À : Christian Grey

Tu sais à quel point je déteste que tu fasses des dépenses pour moi. D'accord, tu es très riche, mais ça me met quand même mal à l'aise : c'est comme si tu payais pour coucher avec moi. Toutefois, j'aime voyager en première classe, c'est tellement plus chic que la classe économique. Alors merci. Sincèrement. Et j'ai bien aimé le massage de Jean-Paul. Qui était on ne peut plus gay, soit dit en passant. J'ai omis ce détail dans mon mail pour te faire rager, parce que tu m'avais agacée, et j'en suis désolée.

Mais comme toujours, tu as eu une réaction exagérée. Tu ne peux pas m'écrire des choses comme ça... ligotée et bâillonnée dans une malle... Tu étais sérieux ou tu plaisantais ? Ça me fait peur... tu me fais peur... tu m'as complètement ensorcelée, tu me fais envisager un mode de vie dont je ne connaissais même pas l'existence la semaine dernière, et puis tu m'écris un truc comme ça qui me donne envie de m'enfuir en hurlant. Sauf que tu me manquerais. Tu me manquerais vraiment. J'ai envie que ça marche entre nous, mais je suis terrifiée par la profondeur des sentiments que j'éprouve pour toi et par la voie obscure où tu m'entraînes. C'est très érotique, et je suis curieuse, mais, en même temps, j'ai peur que tu me fasses mal, physiquement et psychologiquement. Au bout de trois mois, tu pourrais me congédier, et qu'est-ce que je deviendrais ? Mais bon, je suppose que c'est un risque inhérent à toutes les relations amoureuses. Simplement, ce n'est pas le genre de relation amoureuse que j'envisageais, surtout pour une première fois. Ce que tu me demandes représente un acte de foi énorme pour moi.

Tu avais raison quand tu m'as dit que je n'avais pas un gramme de soumission en moi… Je m'en rends compte maintenant. Mais je veux être avec toi, et si c'est ça qu'il faut que je fasse, j'aimerais essayer. Mais je pense que je serai nulle, comme soumise, et qu'en plus j'aurai des bleus partout – et ça, ça ne me plaît pas du tout comme perspective.

Je suis heureuse que tu m'aies dit que tu essaierais d'en faire plus. Il faut seulement que je réfléchisse à ce que « plus » signifie pour moi. C'est pour cette raison, entre autres, que j'ai voulu prendre du recul. Tu m'éblouis tellement que j'ai du mal à avoir les idées claires quand nous sommes ensemble.
On annonce mon vol. Il faut que j'y aille.

À plus tard,
Ton Ana

Je clique sur « envoyer » et me traîne, ensommeillée, jusqu'à la porte d'embarquement pour monter à bord d'un autre avion. Dans celui-là, il n'y a que six sièges en première. Dès le décollage, je m'enroule dans ma couverture pour m'endormir.

Je suis à nouveau réveillée par une hôtesse qui m'offre encore un jus d'orange : nous entamons l'approche de Savannah International. Je le sirote lentement, exténuée mais le cœur battant. Je n'ai pas vu ma mère depuis six mois. Je consulte en douce mon BlackBerry. Je me rappelle vaguement avoir envoyé un long mail décousu à Christian. Il est 5 heures du matin à Seattle :

j'espère qu'il dort paisiblement, et qu'il n'est pas en train de jouer des mélodies lugubres au piano.

Le plus beau, quand on n'a qu'un bagage à main, c'est qu'on évite l'attente interminable devant le tapis roulant ; encore mieux, quand on est en première classe, on sort en premier de l'avion.

Ma mère m'attend avec Bob. Est-ce la fatigue du trajet ou mes soucis avec Christian ? Dès qu'elle me prend dans ses bras, je fonds en larmes.

— Ana, ma chérie, tu dois être exténuée.

Elle jette un coup d'œil anxieux à Bob.

— Non, maman, c'est juste que… je suis tellement contente de te voir !

C'est si bon d'être blottie contre elle. Je la lâche à contrecœur pour me tourner vers Bob : il m'étreint maladroitement d'un seul bras. L'autre est appuyé sur une canne. Ah oui, c'est vrai, il s'est fait une entorse.

— Bienvenue, Ana. Mais pourquoi pleures-tu ? me demande-t-il.

— Bob, je suis contente de te voir, toi aussi.

Je contemple son beau visage à la mâchoire carrée, ses yeux bleus pétillants qui me regardent affectueusement. J'aime bien ce mari-là, maman. Tu peux le garder. Il prend mon sac à dos.

— Bon sang, Ana, tu trimballes quoi, là-dedans ?

Ça doit être mon Mac. Ils m'enlacent tous les deux et nous nous dirigeons vers le parking.

J'oublie toujours à quel point il fait chaud à Savannah. Dès que nous quittons l'enceinte climatisée du terminal, une chape d'air humide s'abat sur nous. Je suis obligée de m'arracher aux bras de ma mère et de Bob pour retirer en vitesse mon sweat à capuche. Heureusement que j'ai pris des shorts. J'ai vécu avec maman et Bob à Las Vegas à l'âge de dix-sept ans et il m'arrive de regretter la chaleur sèche du désert, mais, ici, on suffoque déjà à 8 heures du matin. Quand je m'affale à l'arrière du 4 × 4 Tahoe de Bob, qui heureusement a mis la clim à fond, je ne suis plus qu'une flaque humaine surmontée de frisottis – c'est la façon dont mes cheveux protestent contre la chaleur. J'envoie des SMS à Ray, Kate et Christian pour leur annoncer que je suis arrivée saine et sauve, et je songe à en écrire un à José – tout d'un coup, je me souviens que son vernissage a lieu la semaine prochaine. Devrais-je y inviter Christian, malgré son hostilité à l'égard de José ? Mais Christian voudra-t-il seulement me revoir, après mon dernier mail ? Je repousse cette idée angoissante. J'y repenserai plus tard. Pour l'instant, je veux profiter de la compagnie de ma mère.

— Ma chérie, tu dois être fatiguée. Tu veux faire une sieste en arrivant ?

— Non, maman, j'aimerais aller à la plage.

Vêtue de mon tankini bleu, je sirote un Coca light allongée dans une chaise longue en face de l'océan Atlantique – et dire qu'hier encore, je contemplais la baie de Seattle qui donne sur le Pacifique. Ma mère se prélasse près de moi, avec un chapeau à bords exagérément larges et des lunettes noires à la Jackie Onassis, en buvant elle aussi un Coca. Nous sommes sur la plage de Tybee Island, à trois pâtés de maisons de chez nous. Ma mère me tient par la main. Je suis moins fatiguée ; bien au chaud sous le soleil, je me sens en sécurité, et pour la première fois depuis une éternité, il me semble, je commence à me détendre.

— Alors, Ana… parle-moi de ce garçon qui te met dans tous tes états.

Dans tous mes états ? Comment l'a-t-elle deviné ? Que dire ? L'accord de confidentialité m'interdit de raconter quoi que ce soit sur Christian, mais, même si je ne l'avais pas signé, aurais-je envie d'en parler à ma mère ? Je blêmis rien que d'y penser.

— Eh bien ? insiste-t-elle en me serrant la main.

— Il s'appelle Christian. Il est beau à tomber. Il est riche… trop riche. Et très compliqué. Ombrageux, même.

Je suis ravie de la concision et de la précision de mon résumé. Je me tourne sur le côté pour faire face à ma mère ; elle fait de même en me scrutant de son regard bleu cristallin.

— Compliqué et ombrageux, voilà les deux infos qui retiennent mon attention, Ana.

Aïe…

— Tu sais, maman, ses sautes d'humeur me rendent folle. Il a eu une enfance malheureuse, alors il est très renfermé, très difficile à comprendre.

— Tu l'aimes bien ?

— Plus que ça.

— Vraiment ?

Elle écarquille les yeux.

— Oui, maman.

— Les hommes ne sont pas si compliqués que ça, mon cœur. Au fond, ce sont des animaux très simples, très littéraux. On passe des heures à décortiquer leurs propos, alors qu'en fait ils pensent ce qu'ils disent. Si j'étais toi, je le prendrais au mot. Ça te simplifierait la vie.

C'est à mon tour de la regarder, bouche bée. Quel bon conseil ! Prendre Christian au mot. Aussitôt, certains de ses propos me reviennent à l'esprit.

Je ne veux pas te perdre…

Tu m'as jeté un sort…

Tu m'as complètement ensorcelé…

Toi aussi, tu vas me manquer. Plus que tu ne l'imagines.

Ma mère en est à son quatrième mariage. Elle connaît peut-être quelque chose aux hommes, après tout.

— Beaucoup d'hommes sont ombrageux, mon trésor, certains plus que d'autres. Ton père, par exemple…

Son regard devient doux et triste dès qu'elle pense à mon père. Mon vrai père, cet homme mythique que je n'ai jamais connu, car il nous a été arraché lors d'un accident d'entraînement au combat lorsqu'il était dans les marines. D'une certaine façon, j'ai l'impression que ma mère a cherché toute sa vie à le remplacer… Elle a peut-être enfin trouvé avec Bob. Dommage que ça n'ait pas été avec Ray.

— Dans le temps, moi aussi je pensais que ton père était ombrageux. Avec le recul, je crois qu'il était simplement tiraillé entre son travail et sa petite famille, soupire-t-elle. Il était tellement jeune. On était jeunes tous les deux. C'était peut-être ça, le problème.

Hum… Christian n'est pas tellement vieux. Je souris affectueusement à ma mère. Elle devient parfois très nostalgique lorsqu'elle parle de mon père, mais je suis certaine que ses sautes d'humeur n'auraient pu rivaliser avec celles de Christian.

— Bob veut nous emmener dîner ce soir à son club de golf.

— Non ! Ne me dis pas que Bob s'est mis au golf ?

Je ricane, incrédule.

— Comme tu dis, gémit ma mère en levant les yeux au ciel.

Après un déjeuner léger, je déballe mes affaires avant de m'offrir le luxe d'une sieste. Ma mère fabrique ses bougies et Bob est au travail : je suis donc libre de rattraper mes heures de sommeil perdues. J'ouvre le Mac et je l'allume. Il est 14 heures ici, 11 heures à Seattle. Je me demande si Christian m'a répondu…

De : Christian Grey
Objet : Enfin !
Date : 31 mai 2011 07:30
À : Anastasia Steele

Anastasia,
Dès que tu t'éloignes, tu communiques ouvertement et honnêtement avec moi. Pourquoi en es-tu incapable quand nous sommes ensemble ? C'est vraiment exaspérant.
Oui, je suis riche. Il faudra que tu t'y habitues. Pourquoi ne ferais-je pas de dépenses pour toi ? Nous avons dit à

ton père que j'étais ton petit ami, pour l'amour du ciel (au fait, tu peux le dire à ta mère, aussi). N'est-ce pas ce que font les petits amis ? Offrir des cadeaux à leurs copines ? En tant que Dominant, je m'attendrais que tu acceptes tout ce que je t'offre sans discussion.

Quand tu affirmes que mes cadeaux te donnent l'impression d'être une pute, je ne sais pas quoi répondre. Je sais bien que ce n'est pas l'expression que tu as employée, mais c'est ce que tu sous-entends. Que puis-je dire ou faire pour t'enlever cette idée de la tête ? Je veux t'offrir ce qu'il y a de mieux. Je travaille très dur pour pouvoir dépenser mon argent comme bon me semble. Je pourrais t'acheter tout ce que tu désires, Anastasia, et je tiens à le faire. Disons qu'il s'agit d'une redistribution des richesses, si tu préfères. Et sache que je ne pourrai pas, que je ne pourrai *jamais* songer à toi de la façon que tu décris. Je suis furieux que tu puisses te voir comme ça. Pour une jeune femme brillante, spirituelle et belle, tu as vraiment des problèmes d'estime de soi, et j'aurais presque envie de te prendre un rendez-vous chez le Dr Flynn.

Pardonne-moi de t'avoir fait peur. J'abhorre l'idée même de te faire peur. Tu as cru sérieusement que je te ferais voyager en soute ? Je t'ai proposé mon jet privé, pour l'amour du ciel. Oui, c'était une plaisanterie, et mauvaise, en plus. Toutefois, l'idée de te voir ligotée et bâillonnée m'excite (ça, ce n'est pas une plaisanterie, c'est vrai). La malle, on oublie – les malles, ça ne m'excite pas. Je sais que tu as peur du bâillon – nous en avons discuté –, alors, au cas où je te bâillonnerais, nous en parlerions avant. Ce que tu ne comprends pas, il me semble, c'est que, dans la relation de domination-soumission, c'est la soumise qui a tout le pouvoir. Autrement dit, toi. Je répète : c'est toi qui as tout le pouvoir. Pas moi. Dans le hangar à bateaux, tu as dit non. Je ne peux pas te toucher si tu refuses – c'est la raison d'être du contrat. Si nous essayons des choses qui ne te plaisent pas, nous pouvons les réviser. C'est à toi de décider – pas à moi. Et si tu ne veux pas être ligotée et bâillonnée dans une malle, ça n'arrivera pas.

Je veux partager mon mode de vie avec toi. Je n'ai jamais autant désiré quoi que ce soit. Sincèrement, je t'admire. Tu es prête à tenter l'expérience alors que tu es si jeune, si éloignée de tout ça... Ça m'en dit plus que tu ne te l'imagines sur ta force de caractère. Ce que tu ne comprends pas non plus, même si je te l'ai répété plusieurs fois, c'est que c'est toi qui m'as ensorcelé. Je ne veux pas te perdre. Ça me fait peur que tu sois partie à des milliers de kilomètres pour t'éloigner de moi, parce que tu ne peux pas avoir les idées claires quand tu es près de moi. Pour moi, c'est pareil, Anastasia. Je perds la raison quand nous sommes ensemble – voilà à quel point mes sentiments pour toi sont profonds.

Je comprends ton appréhension. J'ai vraiment essayé de t'oublier ; je savais que tu étais inexpérimentée, mais je ne t'aurais jamais fait la cour si j'avais su à quel point tu étais innocente – et pourtant, tu arrives à me désarmer complètement, comme personne avant toi. Ton mail, par exemple : je l'ai lu et relu des dizaines de fois pour tenter de comprendre ton point de vue. Trois mois, c'est une durée arbitraire. Ça peut être six mois, un an... Tu veux combien de temps ? Qu'est-ce qui te mettrait à l'aise ? Dis-moi.

Je comprends qu'il s'agisse d'un immense acte de foi pour toi. Je dois gagner ta confiance, mais, de la même façon, tu dois communiquer avec moi lorsque je n'y réussis pas. Tu sembles tellement forte et indépendante, et puis je lis ce que tu as écrit et je découvre ta face cachée, ta vulnérabilité. Nous devons nous guider l'un l'autre, Anastasia, et toi seule peux me montrer le chemin. Tu dois être honnête avec moi, et à nous deux, nous trouverons le moyen de faire que cet accord fonctionne.

Tu t'inquiètes de ne pas être une soumise. C'est peut-être le cas. Le seul endroit où tu adoptes le comportement attendu d'une soumise, c'est dans la salle de jeux. C'est le seul endroit où tu me laisses exercer mon contrôle sur toi, le seul où tu obéis. Là, tu es impeccable, pour reprendre ton expression. Et je ne te ferai jamais de bleus : c'est le rose que je vise. En dehors de la salle de jeux, j'aime bien que tu me défies. C'est une expérience très nouvelle et très rafraîchissante, et je n'ai aucune envie que tu changes. Alors oui, dis-moi ce que tu veux en plus. Je tenterai de rester ouvert, de te donner l'espace dont tu as besoin, et j'essaierai de me tenir à l'écart pendant que tu es à Savannah. J'attends avec impatience ton prochain mail.

Entre-temps, amuse-toi. Mais pas trop.

Christian Grey
P-DG, Grey Enterprises Holdings, Inc.

Ça alors. C'est une dissertation qu'il m'a écrite là ! Pas mal tournée du tout, d'ailleurs. Je relis plusieurs fois le texte, le cœur battant, puis je me blottis dans mon lit en serrant pratiquement mon Mac dans mes bras. Un accord d'un an ? C'est moi qui ai tout le pouvoir ? Ça alors, il va falloir que je réfléchisse. *Prends-le au mot,* m'a conseillé ma mère. Il ne veut pas me perdre. Il l'a répété deux fois ! Il veut que ça marche, entre nous. *Christian, moi aussi !* Il va essayer de se tenir à l'écart ! Autrement dit, il n'y réussira peut-être pas ? Tout d'un coup, je l'espère. J'ai envie qu'il soit là. Nous sommes séparés depuis moins de vingt-quatre heures, je ne le reverrai pas avant quatre jours, et je me rends compte à quel point il me manque. À quel point je l'aime.

— Ana, ma chérie ?

Une voix douce et chaude, débordante d'amour et de souvenirs heureux. Une main qui caresse ma joue. Ma mère me réveille : je serre mon ordinateur contre moi comme un nounours.

— Ana, mon cœur, reprend-elle d'une voix chantante.

J'émerge en clignant des yeux dans la lueur rose pâle du coucher de soleil.

— Maman.

Je m'étire en souriant.

— On sort dîner dans une demi-heure. Tu veux encore te joindre à nous ? me demande-t-elle gentiment.

— Oui, maman, bien sûr.

Je tente de mon mieux d'étouffer un bâillement, sans y arriver.

— Dis-moi, c'est une petite merveille de la technologie, ce truc-là.

Elle désigne mon Mac.

— Ah… ça ?

Je feins un étonnement nonchalant. Maman semble être devenue plus observatrice depuis que j'ai un « petit ami ».

— Christian me l'a prêté. Je pense qu'on pourrait piloter la navette spatiale avec, mais, en fait, je m'en sers juste pour les mails et Internet.

Tout en observant l'ordinateur d'un œil soupçonneux, maman s'assoit à côté de moi sur le lit.

— Il t'a écrit ?

— Ouais.

Je commence à perdre ma nonchalance.

— Alors, tu lui manques ?

— Je l'espère, maman.

— Qu'est-ce qu'il te raconte ?

Je cherche frénétiquement quelque chose que je puisse raconter à ma mère. Je suis certaine qu'elle n'a aucune envie d'entendre parler de domination, de bondage ou de bâillons.

— Il me conseille de m'amuser, mais pas trop.

— Ça me paraît raisonnable. Je te laisse, prépare-toi, ma chérie.

Elle se penche pour m'embrasser sur le front.

— Je suis tellement heureuse que tu sois là, Ana. C'est merveilleux de te voir.

Et, sur cette phrase aimante, elle s'éclipse.

Hum. Christian, raisonnable ? Il m'a toujours semblé que c'étaient des concepts incompatibles, mais, après ce mail, tout est envisageable. Je secoue la tête. Il me faudra du temps pour digérer ses mots. Je lui répondrai après dîner.

La robe dos-nu grise que je portais à la remise des diplômes est la seule tenue habillée que j'aie emportée. Au moins, avec cette chaleur humide, elle s'est défroissée. Je pense que ça ira pour le club de golf. Tout en m'habillant, j'ouvre l'ordinateur. Pas de nouvelles de Christian. J'éprouve un pincement de déception. Rapidement, je rédige un mail.

De : Anastasia Steele
Objet : Prolixe ?
Date : 31 mai 2011 19:08 EST
À : Christian Grey

Monsieur,

Vous ne vous êtes jamais montré aussi loquace ! Je pars dîner au club de golf de Bob, et je tiens à vous faire savoir que cette perspective me fait lever les yeux au ciel. Mais, comme vous êtes loin, vous et votre main qui vous démange, mon cul ne risque rien.

J'ai adoré ton mail. J'y réponds dès que je peux. Tu me manques déjà.

Bon après-midi,

Ton Ana

De : Christian Grey
Objet : Ton cul
Date : 31 mai 2011 16:10
À : Anastasia Steele

Chère mademoiselle Steele,

Rien que le fait de taper l'intitulé de ce mail me trouble. Votre cul ne perd rien pour attendre.

Bon appétit, et toi aussi, tu me manques. Surtout ton cul et ton insolence.

Mon après-midi sera ennuyeux. La seule chose qui l'égaiera, ce sera de penser à toi et à ta façon de lever les yeux au ciel. Il me semble que tu m'as judicieusement fait remarquer que, moi aussi, j'avais cette fâcheuse habitude.

Christian Grey
P-DG, Grey Enterprises Holdings, Inc.

De : Anastasia Steele
Objet : Lever les yeux au ciel
Date : 31 mai 2011 19:14 EST
À : Christian Grey

Cher monsieur Grey,
Arrêtez de m'écrire. Je dois me préparer pour aller dîner.
Vous me déconcentrez, même lorsque vous êtes de l'autre
côté du continent. Et, au fait, qui vous donne la fessée,
à vous, quand vous levez les yeux au ciel ?

Votre Ana

Je clique sur « envoyer », et aussitôt, l'image
de la cruelle Mrs Robinson me surgit à l'esprit.
Christian, battu par une femme qui a l'âge de ma
mère ? Je n'arrive pas à le concevoir. Quand je
pense aux dégâts dont elle est responsable…
J'aimerais avoir une poupée d'elle pour y planter
des épingles. Ça me défoulerait.

De : Christian Grey
Objet : Ton cul
Date : 31 mai 2011 16:18
À : Anastasia Steele

Chère mademoiselle Steele,
Je préfère mon intitulé au vôtre, à plus d'un titre. Heu-
reusement, je suis le maître de ma destinée et personne
ne me châtie. Sauf ma mère, de temps en temps, et le
Dr Flynn, évidemment.
Et vous.

Christian Grey
P-DG, Grey Enterprises Holdings, Inc.

De : Anastasia Steele
Objet : Moi, je vous châtie ?
Date : 31 mai 2011 19:22 EST
À : Christian Grey

Cher monsieur,
Quand ai-je jamais trouvé le courage de vous châtier ? Je crois que vous me confondez avec quelqu'un d'autre... ce qui est très inquiétant. Maintenant, il faut vraiment que je me prépare.

Votre Ana

De : Christian Grey
Objet : Ton cul
Date : 31 mai 2011 16:25
À : Anastasia Steele

Chère mademoiselle Steele,
Vous me châtiez sans arrêt, par écrit. Puis-je zipper votre robe ?

Christian Grey
P-DG, Grey Enterprises Holdings, Inc.

De : Anastasia Steele
Objet : Interdit aux moins de seize ans
Date : 31 mai 2011 19:28 EST
À : Christian Grey

Je préférerais que vous la dé-zippiez.

De : Christian Grey
Objet : Prenez garde à ce que vous souhaitez…
Date : 31 mai 2011 16:31
À : Anastasia Steele
MOI AUSSI.

Christian Grey
P-DG, Grey Enterprises Holdings, Inc.

De : Anastasia Steele
Objet : Haletante
Date : 31 mai 2011 19:33 EST
À : Christian Grey
Lentement…

De : Christian Grey
Objet : Gémissant
Date : 31 mai 2011 16:35
À : Anastasia Steele
Je voudrais être là.

Christian Grey
P-DG, Grey Enterprises Holdings, Inc.

De : Anastasia Steele
Objet : Pantelante
Date : 31 mai 2011 19:37 EST
À : Christian Grey
MOI AUSSI.

— Ana ! me crie ma mère, ce qui me fait sur-
sauter.
Merde ! Pourquoi me sens-je aussi coupable ?
— J'arrive, maman.

De : Anastasia Steele
Objet : Pantelante
Date : 31 mai 2011 19:39 EST
À : Christian Grey

Il faut que j'y aille.
À plus, bébé.

Je fonce dans le vestibule où m'attendent Bob et ma mère.

— Ma chérie, ça va ? Tu es un peu rouge.

— Ça va, maman.

— Tu es ravissante.

— C'est la robe de Kate. Elle te plaît ?

Elle fronce les sourcils.

— Pourquoi es-tu obligée d'emprunter des vêtements à Kate ?

Nooon... J'improvise :

— Cette robe me plaît et elle ne plaît pas à Kate, c'est tout.

Ma mère hoche la tête d'un air avisé tandis que Bob, affamé, trépigne d'impatience.

— On va aller faire du shopping demain, décrète-t-elle.

— Maman, ce n'est pas la peine, j'ai plein de fringues.

— Je ne peux pas faire quelque chose pour ma propre fille ? Allez, on y va, Bob meurt de faim.

Au club de golf, au milieu de sa bande d'amis, ma mère était dans son élément : drôle, charmante, coquette. Bob est chaleureux et atten-

530

tionné avec elle... Bref, ils ont l'air bien ensemble. Je peux arrêter de m'inquiéter pour elle, comme je l'ai fait tout au long du triste épisode du Mari Numéro Trois. Elle est bien tombée avec Bob. Du coup, elle me donne de bons conseils. *Depuis quand ¿* Depuis que j'ai rencontré Christian. *Pourquoi donc ¿*

Je me douche rapidement, impatiente de retrouver Christian. Un mail m'attend : il l'a envoyé juste après mon départ, en début de soirée.

De : Christian Grey
Objet : Plagiat
Date : 31 mai 2011 16:41
À : Anastasia Steele

Tu m'as piqué mon expression.
Et puis tu m'as planté là.
Bon appétit.

Christian Grey
P-DG, Grey Enterprises Holdings, Inc.

De : Anastasia Steele
Objet : Qui plagie qui ?
Date : 31 mai 2011 22:18 EST
À : Christian Grey

Monsieur,
Je vous signale qu'à l'origine c'était l'expression d'Elliot.
Je t'ai planté là, moi ?

Ton Ana

De : Christian Grey
Objet : Des choses à régler
Date : 31 mai 2011 19:22
À : Anastasia Steele

Mademoiselle Steele,
Vous voilà de retour. Vous êtes partie brusquement, juste au moment où ça commençait à devenir intéressant.
Elliot n'est pas très original. Il a dû piquer cette expression à quelqu'un d'autre.
C'était comment, ce dîner ?

Christian Grey
P-DG, Grey Enterprises Holdings, Inc.

De : Anastasia Steele
Objet : Des choses à régler ?
Date : 31 mai 2011 22:26 EST
À : Christian Grey

Abondant. Et vous serez ravi d'apprendre que j'ai beaucoup trop mangé.
Ça commençait à devenir intéressant ? En quoi ?

De : Christian Grey
Objet : Des choses à régler, et comment !
Date : 31 mai 2011 19:30
À : Anastasia Steele

Vous faites exprès de ne pas comprendre ? Vous veniez de me demander de dé-zipper votre robe. Je m'apprêtais à le faire. Et je suis en effet ravi d'apprendre que vous mangez.

Christian Grey
P-DG, Grey Enterprises Holdings, Inc.

De : Anastasia Steele
Objet : Eh bien... on a le week-end pour ça
Date : 31 mai 2011 22:36 EST
À : Christian Grey

Évidemment que je mange... C'est simplement l'incertitude que j'éprouve quand je suis avec vous qui me coupe l'appétit.

Et quand je suis obtuse, c'est que je le fais exprès, monsieur Grey. Vous auriez dû le comprendre, depuis le temps. ;-)

De : Christian Grey
Objet : J'ai hâte
Date : 31 mai 2011 19:40
À : Anastasia Steele

Je m'en souviendrai, mademoiselle Steele, et j'utiliserai cette information à mon avantage.
Je suis désolé d'apprendre que je vous coupe l'appétit. Je pensais plutôt attiser votre concupiscence. Du moins, cela a été mon expérience, et une expérience des plus agréables.

J'attends avec impatience la prochaine fois.

Christian Grey
P-DG, Grey Enterprises Holdings, Inc.

De : Anastasia Steele
Objet : Gymnastique linguistique
Date : 31 mai 2011 22:46 EST
À : Christian Grey

Tu as encore joué avec le dictionnaire, on dirait ?

De : Christian Grey
Objet : Pris la main dans le sac
Date : 31 mai 2011 19:50
À : Anastasia Steele

Vous me connaissez si bien, mademoiselle Steele.
Je dîne avec une vieille amie, alors il faut que j'y aille.

À plus, bébé ©

Christian Grey
P-DG, Grey Enterprises Holdings, Inc.

Quelle vieille amie ? Je ne croyais pas que Christian avait de vieux amis, sauf… Elle ! Une vague de jalousie vert bile me monte à la gorge. Je voudrais cogner sur quelque chose. De préférence, Mrs Robinson. Furieuse, j'éteins l'ordinateur et me mets au lit.

Je devrais répondre à son long mail de ce matin, mais je ne suis pas d'humeur. Pourquoi ne la voit-il pas pour ce qu'elle est : une adulte qui a abusé sexuellement d'un mineur ? Bouillonnante de colère, je reste les yeux grands ouverts dans le noir. Comment a-t-elle osé s'attaquer à un adolescent vulnérable ? A-t-elle séduit d'autres garçons ? Pourquoi ont-ils mis fin à leur relation ? Plusieurs scénarios me traversent l'esprit. S'il en a eu assez d'elle, pourquoi sont-ils encore amis ? Ou alors, c'est elle qui l'a abandonné, mais alors, la même question se pose. Est-elle mariée ? Divorcée ? Pis encore, a-t-elle des enfants ? *Des enfants de Christian ?* Ma conscience vient de se manifester, plus haïssable que jamais, avec un sourire méprisant. Cette idée me choque, me donne envie de vomir. Le Dr Flynn est-il au courant de l'existence de Mrs Robinson ?

Je me lève brusquement pour rallumer l'ordinateur. Je tambourine des doigts, impatiente, en attendant que l'écran bleu apparaisse. Je clique sur Google Images et j'inscris « Christian Grey » dans la boîte de recherche. Des dizaines de photos de Christian apparaissent à l'écran : en cravate noire avec un costume, avec des associés, et puis, tiens ! Les portraits pris par José au Heathman, avec sa chemise blanche et son pantalon en flanelle grise. Comment se sont-ils retrouvés sur Internet ? Putain, qu'est-ce qu'il est beau.

Poursuivant ma recherche, je scrute sur tous ses profils l'homme le plus photogénique qu'il m'ait été donné de connaître intimement. *Intimement ? Est-ce que je connais Christian intimement ?* Je le connais sexuellement, et je suppose que, même sur ce plan-là, j'ai encore beaucoup à découvrir. Je sais qu'il est changeant, difficile, drôle, chaud, froid... bref, ce type est une masse ambulante de contradictions. Je clique sur la page suivante. Il est toujours seul, et je me rappelle que, selon Kate, il n'existe aucune photo de lui avec une femme : c'est pour ça qu'elle voulait lui demander s'il était gay. Puis, sur la troisième page, je tombe sur une photo de nous deux, le jour de la remise des diplômes. La seule avec une femme, et c'est moi.

Oh, la vache ! Je suis sur Google ! J'ai l'air surprise par l'objectif, nerveuse, déstabilisée. C'était juste avant que je n'accepte de signer le contrat.

Christian, comme toujours, est beau à crever, calme, posé, et il porte *la* cravate. Je contemple ce beau visage qui, en ce moment même, se tourne peut-être vers celui de l'immonde Mrs Robinson. J'ajoute le site à mes onglets et je clique sur les dix-huit pages suivantes… rien. Je ne retrouverai pas Mrs Robinson sur Google. Mais je dois savoir s'il est avec elle.

De : Anastasia Steele
Objet : Convives convenables
Date : 31 mai 2011 23:58 EST
À : Christian Grey

J'espère que tu as eu un dîner agréable avec ton amie.

Ana

P.-S. : C'est Mrs Robinson ?

Je clique sur « envoyer » et retourne me coucher, abattue mais résolue à interroger Christian sur ses rapports avec cette femme. Je meurs d'envie d'en savoir plus mais, en même temps, je voudrais oublier son existence. En plus, mes règles viennent d'arriver : il faudra que je me rappelle de prendre ma pilule demain matin. Je programme aussitôt une alarme sur le calendrier de mon BlackBerry. Je le pose sur ma table de chevet, m'allonge et finis par sombrer dans un sommeil troublé, en regrettant que quatre mille kilomètres nous séparent.

Après une matinée de shopping et un après-midi à la plage, ma mère a décrété que nous allions passer la soirée entre filles. Abandonnant Bob devant la télé, nous nous retrouvons dans le bar de l'hôtel le plus luxueux de Savannah. J'entame mon deuxième Cosmopolitan. Ma mère en est à son troisième. Elle me fait partager ses réflexions sur le fragile ego masculin. C'est très déconcertant.

— Tu comprends, Ana, les hommes s'imaginent que tout ce qui sort de la bouche d'une femme est un problème à résoudre, plutôt qu'une vague idée dont on aurait envie de discuter un moment avant de passer à autre chose. Les hommes préfèrent agir.

Je commence à en avoir un peu marre de ses considérations philosophiques. Elle n'arrête pas de m'en rebattre les oreilles depuis ce matin.

— Maman, pourquoi me racontes-tu tout ça ?

— Ma chérie, je ne suis pas sûre que tu saches comment t'y prendre, avec les hommes. Tu n'as jamais ramené de garçon à la maison. Tu n'as jamais eu de petit ami quand on habitait à Las Vegas. J'ai toujours cru que tu finirais par sortir avec ce garçon qui tu as rencontré en fac, José.

— Maman, José est un ami, rien de plus.

— Je sais, mon cœur. Mais j'ai l'impression que tu me caches quelque chose.

Elle me dévisage avec une inquiétude toute maternelle.

— Il fallait juste que je m'éloigne un peu de Christian pour réfléchir… c'est tout. Il a tendance à m'envahir.

— T'envahir ?

— Ouais. Mais il me manque.

Je fronce les sourcils. Je n'ai pas eu de nouvelles de Christian de toute la journée. Je suis tentée de l'appeler pour voir s'il va bien. Ma pire crainte, c'est qu'il ait eu un accident de voiture ; ensuite, que Mrs Robinson lui ait remis le grappin dessus. Je sais que c'est irrationnel, mais, en ce qui la concerne, je perds tout discernement.

— Ma chérie, il faut que j'aille au petit coin.

La brève absence de ma mère m'offre une nouvelle occasion de consulter mon BlackBerry. Toute la journée, j'ai vérifié mes mails en douce. Enfin, une réponse de Christian !

De : Christian Grey
Objet : Convives
Date : 1er juin 2011 21:40 EST
À : Anastasia Steele

Oui, j'ai dîné avec Mrs Robinson. C'est une vieille amie, rien d'autre, Anastasia.
J'ai hâte de te revoir. Tu me manques.

Christian Grey
P-DG, Grey Enterprises Holdings, Inc.

Donc, j'avais raison. Mon cuir chevelu se met à picoter au fur et à mesure que l'adrénaline et la fureur m'envahissent : mes pires craintes se sont réalisées. *Comment a-t-il pu ?* Je suis partie depuis deux jours et, dès que j'ai le dos tourné, il court rejoindre cette salope.

De : Anastasia Steele
Objet : VIEILLE amie
Date : 1er juin 2011 21:42 EST
À : Christian Grey

C'est bien plus qu'une vieille amie.
A-t-elle mis le grappin sur un autre adolescent ?
Tu es trop vieux pour elle, maintenant ?
C'est pour ça que vous avez rompu ?

Je clique sur « envoyer » au moment où ma mère revient.

— Ana, tu es blême ! Qu'est-ce qui t'est arrivé ?

Je secoue la tête.

— Rien. On reprend un verre ?

Son front se plisse, mais elle lève les yeux pour attirer l'attention d'un des serveurs en désignant nos verres. Il hoche la tête. « La même chose, s'il vous plaît », c'est un langage universel. J'en profite pour jeter un coup d'œil à mon BlackBerry.

De : Christian Grey
Objet : Attention...
Date : 1er juin 2011 21:45 EST
À : Anastasia Steele

Je ne souhaite pas en discuter par mail.
Combien de Cosmopolitan comptes-tu boire ?

Christian Grey
P-DG, Grey Enterprises Holdings, Inc.

Bordel de merde. Il est ici.

23.

J'inspecte la foule du regard mais je ne le vois nulle part.

— Ana, qu'est-ce qu'il y a ? On dirait que tu as vu un fantôme.

— C'est Christian. Il est ici.

— Quoi ? Ici ?

Elle regarde autour d'elle à son tour. J'ai omis de parler à ma mère des tendances de Christian au harcèlement.

Je le vois ! Mon cœur fait un bond et se met à battre à tout rompre tandis que Christian s'avance vers nous. *Il est vraiment ici, il est venu pour moi.* Ma déesse intérieure se lève de sa chaise longue pour pousser des hourras. Il se fraie en souplesse un chemin dans la foule ; ses cheveux lancent des éclairs cuivrés sous les spots. Ses yeux gris étincellent de... colère ? Lèvres pincées. Mâchoire crispée. *Putain de bordel de merde... pas ça !* Je suis tellement furieuse contre lui en ce moment... Je ne peux quand même pas lui faire une scène devant ma mère.

Il parvient à notre table en me regardant d'un air circonspect.

— Bonsoir.

J'ai parlé d'une voix suraiguë, incapable de cacher ma stupeur de le voir en chair et en os.

— Bonsoir, répond-il en se penchant pour m'embrasser sur la joue, ce qui me prend au dépourvu.

— Christian, je te présente ma mère, Carla.

Mes bonnes manières ont repris le dessus.

— Madame Adams, je suis enchanté de faire votre connaissance.

Comment sait-il son nom ? Il lui décoche le fameux sourire « toute résistance serait futile » breveté Christian Grey. Ma mère est cuite. Sa mâchoire inférieure tombe pratiquement sur la table. *Allez, un peu de dignité, maman !* Elle prend la main qu'il lui tend sans mot dire. Tiens, je ne savais pas que c'était une maladie héréditaire, ce mutisme provoqué par l'apparition de Christian Grey.

— Christian, parvient-elle enfin à articuler.

Il lui adresse un sourire complice, l'œil pétillant.

— Qu'est-ce que tu fais là ?

J'ai posé la question d'une voix plus acerbe que je n'en avais l'intention, et son sourire s'efface. Je suis à la fois ravie et déconcertée de le voir, et toujours furieuse à cause de Mrs Robinson. Du coup, je ne sais pas si je veux l'engueuler ou me jeter dans ses bras – je crois que ni l'un ni l'autre ne lui plairait. Et je voudrais savoir depuis combien de temps il nous observe. Je suis aussi un peu inquiète à cause du mail que je viens de lui envoyer.

— Je suis venu te voir, évidemment. J'ai pris une chambre ici.

Il me contemple d'un air flegmatique. *Mais qu'est-ce qui lui a pris ?*

— Tu es dans cet hôtel ?

Je parle comme une ado sous amphétamines : ma voix est tellement aiguë qu'elle me déchire les tympans.

— Hier tu m'écrivais que tu regrettais que je ne sois pas là. (Il se tait un instant pour jauger ma réaction.) Vous satisfaire est notre priorité, mademoiselle Steele.

Il parle calmement, sans une trace d'humour.

Merde. Il est fâché ? C'est à cause de ce que je lui ai écrit au sujet de Mrs Robinson ? Ou parce que j'en suis à mon troisième ou quatrième Cosmopolitan ? Le regard anxieux de ma mère va de l'un à l'autre.

— Vous vous joindrez bien à nous, Christian ?

Elle fait signe au serveur, qui se matérialise en une fraction de seconde.

— Un gin tonic, dit Christian. Hendricks si vous avez. Sinon, Bombay Sapphire. Concombre avec le Hendricks, limette avec le Bombay.

Merde alors... Il n'y a que Christian pour commander un cocktail comme si c'était un menu.

— Et encore deux Cosmo, s'il vous plaît, dis-je en jetant un coup d'œil inquiet à Christian.

Je bois un verre avec ma mère, il ne va quand même pas m'engueuler pour ça.

— Asseyez-vous, Christian, je vous en prie.

— Merci, madame Adams.

Christian prend une chaise à la table voisine et s'assoit gracieusement à côté de moi.

— Alors, comme par hasard, tu as pris une chambre dans l'hôtel où nous sommes venues boire un verre ?

J'essaie de parler d'une voix dégagée.

— Ou alors, comme par hasard, vous êtes venues boire un verre dans l'hôtel où j'ai pris une chambre, répond Christian. Après avoir dîné, je suis entré ici et je vous ai vues. J'étais en train de penser à ton dernier mail, et, tout d'un coup, en levant les yeux, tu es apparue. Quelle coïncidence, non ?

Il penche la tête sur son épaule et j'aperçois l'ombre d'un sourire. *Dieu merci* – on peut encore rattraper le coup.

— Maman et moi, on a fait du shopping ce matin et on est allées à la plage cet après-midi. On a décidé que ce soir, on irait prendre un verre entre filles.

Pourquoi ai-je le sentiment de devoir me justifier ?

— Tu as acheté ce haut ? dit-il en désignant d'un signe de tête mon nouveau caraco en soie. Ce vert te va bien. Et tu as pris des couleurs. Tu es ravissante.

Son compliment me fait rougir.

— J'allais passer te voir demain, ajoute-t-il. Mais puisque tu es là…

Il me prend la main, la serre doucement, caresse la naissance de mes doigts avec son pouce… Et comme toujours, dès qu'il me touche, un courant électrique me court sous la peau, embrase mon sang, se répand dans mon corps en enflammant tout sur son passage. Je ne l'ai pas vu depuis deux jours. *Oh, mon Dieu…* Qu'est-ce que j'ai envie de lui. Je retiens mon souffle en lui souriant timidement. Il esquisse à son tour un sourire.

— Je pensais te faire la surprise. Mais comme toujours, Anastasia, c'est toi qui me surprends.

Je jette un coup d'œil à ma mère, qui fixe Christian – *Arrête, maman !* – comme s'il était une créature exotique d'une espèce dont elle ignorait jusque-là l'existence. Enfin, je sais bien que je n'ai jamais eu de petit ami – même si Christian n'entre dans cette catégorie que pour simplifier la conversation – mais, franchement, est-ce si étonnant que j'aie pu séduire un homme ? *Cet homme-là ? À vrai dire, oui, enfin, regarde-le !* me nargue ma conscience. Ta gueule ! Qui t'a demandé ton avis ? Je fais les gros yeux à ma mère, mais elle ne le remarque même pas.

— Je ne veux pas interrompre votre soirée. Je prends un verre avec vous rapidement et je remonte. J'ai du travail.

— Christian, je suis ravie de vous rencontrer enfin, lance ma mère qui a fini par retrouver sa voix. Ana m'a dit beaucoup de bien de vous.

Il lui sourit.

— Vraiment ?

Il hausse un sourcil en me regardant, amusé, et je rougis de nouveau.

Le serveur arrive avec nos consommations.

— Hendricks, monsieur, annonce-t-il, triomphant.

— Merci, murmure Christian.

Je prends une gorgée de mon nouveau Cosmopolitan, un peu nerveuse.

— Vous restez longtemps à Savannah, Christian ? lui demande maman.

— Jusqu'à vendredi, madame Adams.

— Voulez-vous dîner avec nous demain soir ? Et, s'il vous plaît, appelez-moi Carla.

— J'en serais enchanté, Carla.

— Excellent. Maintenant, excusez-moi, il faut que j'aille me laver les mains.

Maman... tu viens d'y aller. Elle nous laisse seuls ensemble. Je la regarde s'éloigner d'un œil désespéré.

— Donc, tu es furieuse contre moi parce que j'ai dîné avec une vieille amie.

Christian tourne son regard brûlant vers moi tout en rapprochant ma main de ses lèvres pour embrasser chaque doigt.

Merde, il veut qu'on en parle ici, tout de suite ?

— Oui.

— Notre relation sexuelle est finie depuis longtemps, Anastasia. Je ne veux personne d'autre que toi. Tu ne l'as pas encore compris ?

— Pour moi, cette femme est une pédophile, Christian.

Je retiens mon souffle en attendant sa réaction. Il blêmit.

— C'est très sévère, comme jugement. Les choses ne se sont pas passées comme ça, murmure-t-il, choqué, en me lâchant la main.

Sévère ?

— Et alors, comment ça s'est passé, dis-moi ?

L'alcool me donne du courage. Il fronce les sourcils, dérouté. Je poursuis ma charge :

— Elle a profité de la vulnérabilité d'un adolescent de quinze ans. Si tu avais été une jeune fille et que Mrs Robinson avait été un homme t'entraînant dans une relation sado-maso, ça t'aurait paru normal ? Si c'était arrivé à Mia, par exemple ?

Il inspire brusquement et me regarde d'un air sombre.

— Ana, ça ne s'est pas passé comme ça.

Je le foudroie du regard.

— En tout cas, ce n'est pas comme ça que je l'ai vécu, reprend-il posément. Elle m'a fait du bien. C'était ce dont j'avais besoin.

— Je ne comprends pas.

C'est à mon tour d'être stupéfaite.

— Anastasia, ta mère va revenir. Ça me met mal à l'aise de parler de cette histoire maintenant. Plus tard, peut-être. Si tu préfères que je m'en aille, mon avion est en stand-by à Hilton Head.

Il est fâché contre moi...

— Non, ne t'en va pas. S'il te plaît. Je suis ravie que tu sois venu. J'essaie juste de te faire comprendre. Si je suis fâchée, c'est parce que, dès que j'ai eu le dos tourné, tu es allé la rejoindre. Pense à ta réaction chaque fois que je vois José. José est un ami. Je n'ai jamais couché avec lui. Alors qu'elle et toi...

Je ne finis pas ma phrase, car je n'ai aucune envie d'aller plus loin.

— Tu es jalouse ?

Il me fixe, ébahi, et son regard se radoucit un peu.

— Oui, et furieuse de ce qu'elle t'a fait.

— Anastasia, elle m'a aidé. Je n'en dirai pas plus pour l'instant. Et, quant à ta jalousie, mets-toi à ma place. Je n'ai pas eu à justifier mes actes à qui que ce soit depuis sept ans. Je fais ce que je veux, Anastasia. J'aime mon indépendance. Je ne suis pas allé voir Mrs Robinson pour te faire de la peine. J'y suis allé parce qu'on dîne

546

ensemble de temps en temps. C'est une amie et une associée.

Une associée ? Bordel de merde. Première nouvelle.

— Nous ne couchons plus ensemble depuis plusieurs années, reprend-il.

— Pourquoi avez-vous arrêté ?

Il pince les lèvres.

— Son mari l'a appris.

Alors là...

— On peut en reparler plus tard, dans un endroit plus discret ? grogne-t-il.

— Tu n'arriveras jamais à me convaincre que ce n'est pas une pédophile.

— Je ne la vois pas comme ça. Je ne l'ai jamais vue comme ça. Assez, maintenant !

— Tu étais amoureux d'elle ?

— Alors, vous deux, ça va ?

Ma mère est revenue sans que nous nous en soyons rendu compte.

Je plaque un sourire factice sur mon visage tandis que Christian et moi nous redressons tous les deux rapidement d'un air coupable. Ma mère m'interroge du regard.

— Très bien, maman.

Christian boit son gin tonic en m'observant d'un air circonspect. À quoi pense-t-il ? Était-il amoureux d'elle ? Si c'est le cas, je pense que je vais devenir folle.

— Mesdames, je ne vais pas vous déranger plus longtemps.

Non... non... il ne peut pas me laisser comme ça en plein suspense.

— Et acceptez que je mette vos consommations sur mon compte, chambre 612. Je t'appelle demain matin, Anastasia. À demain, Carla.

— Je suis ravie d'entendre quelqu'un t'appeler par ton prénom plutôt que par son diminutif, me dit ma mère.

— C'est un très beau prénom pour une très belle jeune femme, murmure Christian.

Il lui serre la main. Elle minaude.

Toi aussi, maman ? Je me lève en l'implorant du regard de répondre à ma question, mais il se contente de m'embrasser sur la joue chastement.

— À plus, bébé, me chuchote-t-il à l'oreille avant de disparaître.

Putain d'enfoiré de maniaque du contrôle ! Ma colère revient de plein fouet. Je m'affale sur ma chaise.

— Là, Ana, je n'en reviens pas. Tu as vraiment fait fort. Cela dit, je ne sais pas ce qui se passe, mais je pense que vous devriez en discuter. En tout cas, dis donc, la tension sexuelle entre vous, hou là ! C'est insoutenable.

Elle s'évente d'un air théâtral.

— MAMAN !

— Va lui parler.

— Pas question. Je suis venue ici pour te voir.

— Ana, tu es venue parce que tu ne savais pas où tu en étais avec ce garçon. Vous êtes fous l'un de l'autre, c'est évident. Il faut que tu lui parles. Il vient de faire cinq mille kilomètres pour te voir, pour l'amour du ciel. Et tu sais à quel point c'est pénible de prendre l'avion, de nos jours.

Je rougis. Je ne lui ai pas parlé de son jet privé.

— Quoi ? Ana ?

— Il a un jet privé, maman. Et il n'a fait que quatre mille kilomètres.

Pourquoi suis-je gênée de lui dire ça ? Elle hausse les sourcils.

— Waouh… Ana, pardonne-moi d'insister, mais je suis sûre qu'il y a quelque chose qui cloche entre vous. J'essaie de deviner ce que c'est depuis ton arrivée. La seule manière de résoudre ce problème, quel qu'il soit, c'est d'en discuter avec lui. Tu peux réfléchir autant que tu veux, mais seule, tu n'arriveras à rien.

Je fronce les sourcils.

— Ana, mon chou, tu as toujours eu tendance à trop analyser les choses. Suis ton instinct et ce qu'il te dit, ma chérie, reprend-elle.

Je regarde fixement mes doigts.

— Je crois que je suis amoureuse de lui.

— Je sais, mon cœur. Et il est amoureux de toi.

— Non !

— Si, Ana. Enfin, il te faut une enseigne au néon qui clignote sur son front ?

Je la regarde d'un air ébahi. Mes yeux commencent à picoter.

— Ana, mon bébé, ne pleure pas.

— Je ne crois pas qu'il m'aime.

— Écoute, qu'on soit riche ou pas, on ne laisse pas tout tomber pour sauter à bord d'un jet privé et traverser un continent, rien que pour prendre un gin tonic. Vas-y, rejoins-le ! C'est beau, cet hôtel, c'est un endroit très romantique, et surtout, c'est un territoire neutre.

Je me tortille. J'ai envie d'y aller, et en même temps je ne veux pas.

— Ma chérie, ne te sens pas obligée de rentrer avec moi. Je veux que tu sois heureuse, et, en ce moment, je pense que la clé de ton bonheur se trouve dans la chambre 612. Si tu veux rentrer à la maison ensuite, la clé est sous le yucca sur la véranda. Si tu restes, eh bien… tu es une grande fille, maintenant. Mais fais attention à toi.

Je suis aussi rouge que le drapeau chinois. *Enfin, maman…*

— On finit d'abord nos Cosmo.

— Je te reconnais bien là, Ana.

Elle sourit.

Je frappe timidement à la porte de la chambre 612. Christian m'ouvre. Il est au téléphone. Il a d'abord un instant de saisissement en me voyant, puis il me fait signe d'entrer.

— Le plan de licenciement est bouclé ⸮… et les coûts ⸮… (Il siffle entre ses dents.) Tu parles d'une erreur qui coûte cher… Et Lucas ⸮…

Je regarde autour de moi. Il a pris une suite, comme au Heathman. Les meubles sont ultra-modernes, pourpres et or, avec des motifs en étoile sur les murs. Christian se dirige vers une armoire en bois sombre et l'ouvre pour révéler un minibar. Il me fait signe de me servir et passe dans la chambre. Je suppose que c'est pour que je n'entende pas sa conversation. Je hausse les épaules. Il n'a pas interrompu son appel quand je suis entrée. J'entends de l'eau couler… il remplit son bain. Je me prends un jus d'orange. Il repasse dans la chambre.

— Demandez à Andréa de m'envoyer les schémas. Selon Barney, le problème est résolu… (Il éclate de rire.) Non, vendredi… Il y a un terrain qui m'intéresse… Oui, demandez à Bill de m'appeler… Non, demain… Je veux voir ce que Savannah peut nous offrir…

Christian ne me quitte pas des yeux. Il me tend un verre et désigne le seau à glace.

— Si leurs primes à l'implantation sont inté-
ressantes... je pense qu'on devrait l'envisager,
encore qu'avec cette putain de chaleur... Je suis
d'accord, Detroit a aussi des avantages, et il fait
plus frais... (Il se rembrunit un instant. *Pourquoi ?*) Demandez à Bill de m'appeler. Demain...
pas trop tôt.

Il raccroche et me regarde avec une expression
impénétrable. Le silence s'installe.

Bon... c'est à moi de parler.

— Tu n'as toujours pas répondu à ma question.

— Non, dit-il posément.

— Non, tu n'as pas répondu à ma question,
ou non, tu n'étais pas amoureux d'elle ?

Il croise les bras et s'appuie contre le mur avec
un petit sourire.

— Qu'est-ce que tu fais ici, Anastasia ?

— Je viens de te le dire.

Il inspire profondément.

— Non, je n'étais pas amoureux d'elle.

Il fronce les sourcils, amusé mais perplexe.

En lâchant le souffle que je retenais, je me
dégonfle comme un ballon. *Dieu merci.* S'il avait
été amoureux de cette sorcière, je ne sais pas ce
que j'aurais fait.

— Tu es une vraie jalouse, Anastasia. Qui
l'eût cru ?

— Vous moquez-vous de moi, monsieur
Grey ?

— Je n'oserais pas.

Il secoue la tête, solennel, mais son regard
pétille d'un éclat malicieux.

— Je pense que oui, et je pense que tu oses –
souvent.

Il a un rire narquois en m'entendant prononcer ces mots qu'il m'a si souvent dits. Puis son regard s'assombrit.

— Arrête de te mordiller la lèvre. Tu es dans ma chambre, nous sommes séparés depuis près de trois jours, et j'ai fait des milliers de kilomètres pour te voir.

Sa voix est redevenue douce, sensuelle.

Son BlackBerry vibre ; il l'éteint sans regarder qui l'appelle. Je retiens mon souffle. Je sais comment ça va se finir... *mais nous sommes censés discuter.* Il s'avance d'un pas vers moi avec son regard de prédateur sexy.

— J'ai envie de toi, Anastasia. Maintenant. Et je sais que tu as envie de moi. C'est pour ça que tu es montée.

— Je voulais vraiment savoir.

— Bon, maintenant que tu sais, tu restes ou tu t'en vas ?

Je m'empourpre.

— Je reste.

— Je l'espère. Tu étais tellement fâchée contre moi, souffle-t-il.

— Oui.

— Personne, à part ma famille, ne s'est jamais fâché contre moi. Ça me plaît.

Il caresse ma joue du bout des doigts. *Oh, mon Dieu*, sa proximité, sa délicieuse odeur... Nous sommes censés discuter, mais mon cœur bat, mon sang brûle, le désir m'envahit... Christian fait courir son nez de mon épaule à la base de mon oreille, en glissant les doigts dans mes cheveux. Je tente de résister :

— Il faut qu'on parle.

— Plus tard.

— J'ai tellement de choses à te dire.

— Moi aussi.

Il pose un baiser sous le lobe de mon oreille tandis que ses doigts se resserrent dans mes cheveux. Il me renverse la tête en arrière pour exposer mon cou à ses lèvres. Ses dents frôlent mon menton et il m'embrasse la gorge.

— J'ai envie de toi, souffle-t-il.

Je gémis en lui agrippant les bras.

— Tu saignes ? me demande-t-il sans arrêter de m'embrasser.

Alors là… Il n'y a donc rien qui lui échappe ? Qu'est-ce que c'est gênant.

— Oui.

— Tu as des crampes ?

— Non.

Je m'empourpre. *Enfin, tout de même…*

— Tu as pris ta pilule ?

— Oui.

Je suis mortifiée.

— On va prendre un bain.

Ah ?

Il me prend par la main pour me conduire dans la chambre, dominée par un lit à baldaquin super-kingsize. Mais nous ne nous y arrêtons pas. Il m'emmène dans la salle de bains, deux pièces immenses tout en aigue-marine et en grès blanc. Dans la seconde, une baignoire au sol assez vaste pour quatre personnes se remplit lentement. Des marches en pierre permettent d'y descendre. La vapeur flotte au-dessus de la mousse ; un banc en pierre fait le tour de la baignoire. Des bougies sont allumées tout autour. Waouh… il a fait tout ça en parlant au téléphone ?

— Tu as de quoi t'attacher les cheveux ?

Je fouille dans la poche de mon jean pour en tirer un élastique.

— Attache-les, m'ordonne-t-il doucement.

J'obéis. Il fait chaud et humide dans cette pièce, et mon caraco commence à me coller à la peau. Il se penche pour fermer le robinet, puis me ramène dans la première pièce, devant le grand miroir au-dessus des deux lavabos en verre.

— Enlève tes sandales.

Je les laisse tomber sur le sol en grès.

— Lève les bras.

Il me retire mon caraco, et je me retrouve nue jusqu'à la ceinture devant lui. Sans me quitter des yeux, il défait le bouton et la fermeture Éclair de mon jean.

— Je vais te prendre dans la salle de bains, Anastasia.

Il se penche pour m'embrasser dans le cou. Je penche la tête de côté pour lui en faciliter l'accès. Il glisse les pouces sous la taille de mon jean pour le faire glisser lentement sur mes jambes, en s'accroupissant au fur et à mesure qu'il tire dessus.

— Sors les pieds de ton jean.

J'obéis en prenant appui au bord du lavabo. Je suis maintenant nue. Agenouillé à mes pieds, il embrasse et mordille mes fesses avant de se redresser pour me regarder dans le miroir. Je fais de mon mieux pour résister à mon envie de me recouvrir.

— Regarde comme tu es belle, murmure-t-il.

Il plaque ses paumes sur le dos de mes mains en m'écartant les doigts avec les siens, et les plaque sur mon ventre.

554

— Sens comme ta peau est douce.

Il fait décrire des cercles lents à mes mains, puis les remonte jusqu'à mes seins.

— Sens comme tes seins sont lourds.

Il me fait tenir mes seins dans mes mains tout en caressant les pointes avec ses pouces.

Je gémis, lèvres entrouvertes, et je me cambre pour que mes seins remplissent mes mains. Il pince les pointes entre nos pouces réunis et tire dessus doucement pour les allonger. J'observe, fascinée, la créature dévergondée qui ondule devant moi. *Qu'est-ce que c'est bon.* Je geins en fermant les yeux : je ne veux plus voir cette femme lascive qui se donne du plaisir avec ses propres mains... avec ses mains à lui... qui se caresse comme il le ferait, qui sent à quel point c'est excitant... ses mains et ses ordres.

— C'est ça, bébé, murmure-t-il.

Il guide mes mains le long de mon corps, de ma taille à mes hanches et jusqu'à ma toison. Glissant une jambe entre les miennes pour les écarter, il me fait passer les mains sur mon sexe, une à la fois, en leur imprimant un rythme. Je suis sa marionnette ; il est mon maître-marionnettiste. Qu'est-ce que c'est érotique...

— Regarde-toi, tu irradies, Anastasia, murmure-t-il en semant des baisers et de petites morsures sur mon épaule.

Tout d'un coup, il me lâche.

— Continue, m'ordonne-t-il en reculant d'un pas pour m'observer.

Je poursuis son mouvement. *Non.* Ce n'est pas pareil. Je suis perdue sans lui. Je veux que ce soit lui qui le fasse. Il passe sa chemise par-dessus sa tête et retire rapidement son jean.

— Tu préfères que ce soit moi ?

Son regard gris brûle le mien dans le miroir.

— Oui... s'il te plaît.

Il m'enlace de nouveau pour guider mes mains, reprenant sa caresse sensuelle de mon sexe, de mon clitoris. Les poils de sa poitrine me chatouillent le dos, son érection s'imprime contre mes fesses. *Plus vite... s'il te plaît.* Il mordille ma nuque et je ferme les yeux pour savourer les myriades de sensations... Brusquement, il me fait pivoter sur moi-même d'une main sur ma hanche, en tirant sur ma queue-de-cheval avec l'autre. Je suis plaquée contre lui ; il m'embrasse sauvagement en me maintenant immobile.

Son souffle est irrégulier, le mien aussi.

— Tes règles ont commencé quand, Anastasia ? me demande-t-il tout d'un coup.

— Euh... Hier.

— Bien.

Il me lâche et me retourne.

— Accroche-toi au lavabo, m'ordonne-t-il.

Il me tire par les hanches, comme dans la salle de jeux, pour que je lui présente mes fesses. Puis il passe la main entre mes jambes et tire sur la ficelle bleue – *quoi ?!* – pour m'enlever mon tampon, qu'il jette dans la cuvette. *Bordel de merde.* Et puis il est en moi... ah ! Peau contre peau... il bouge lentement d'abord... doucement, il me teste, me pousse... *oh, mon Dieu.* Je m'agrippe au lavabo, haletante, je tends les fesses pour l'avoir plus profondément en moi. C'est tellement exquis que ça me fait mal... Ses mains agrippées à mes hanches, il entame un va-et-vient forcené

556

en passant la main devant pour me caresser le clitoris... *Oh oui.* Je sens que ça monte.

— Vas-y, bébé, râle-t-il en s'écrasant contre moi, et c'est assez pour me propulser au septième ciel.

Hou là... Je jouis bruyamment en m'agrippant au lavabo, vrillée par mon orgasme ; tout en moi tournoie et se convulse en même temps. Il me suit en me plaquant contre son ventre et en répétant mon prénom comme si c'était une litanie ou une prière.

— Ah, Ana, Ana, Ana !

Son souffle irrégulier dans mon oreille est en parfaite synergie avec le mien.

— Bébé, je n'en aurai jamais assez de toi, me murmure-t-il.

Nous nous effondrons lentement au sol. Il m'enlace, m'emprisonne. Entre nous, est-ce que ça va toujours être aussi envahissant, dévorant, déroutant, captivant ? Je voudrais parler, mais je suis vidée, hébétée ; je me demande si je serai jamais rassasiée de lui.

Lovée sur ses genoux, la tête contre sa poitrine, je respire en douce son odeur enivrante. *Je ne dois pas frotter mon nez sur lui, je ne dois pas frotter mon nez sur lui.* Je me répète cette consigne dans ma tête, c'est tellement tentant. Je voudrais tracer des dessins dans les poils de sa poitrine du bout des doigts... mais je résiste, parce que je sais qu'il déteste. Nous restons silencieux, perdus dans nos pensées. Je me perds en lui... je suis éperdue de lui.

Puis je me rappelle que j'ai mes règles.

— Je saigne.

— Ça ne me dérange pas.

— J'ai remarqué.

Je n'ai pas pu m'empêcher de parler sèchement. Il se tend.

— Ça te gêne, toi ? me demande-t-il doucement.

Est-ce que ça me gêne ? Ça devrait peut-être… Mais non. Je me renverse en arrière pour le regarder ; il me contemple de son regard gris nuage.

— Non, pas du tout.

Il a un petit rire.

— Tant mieux. Allez, on va prendre un bain.

Il me pose par terre pour se lever. Je remarque une fois de plus les petites cicatrices rondes et blanches sur sa poitrine. Elles ne sont pas dues à la varicelle, puisque Grace a expliqué qu'il n'avait pas eu de boutons. *Putain de bordel de merde…* Mais ce sont des brûlures ! Des brûlures de quoi ? Le choc et la révulsion me font blêmir. De cigarette ? Qui ? Qui lui a fait ça ? Mrs Robinson ? Sa mère biologique ? Il y a peut-être une autre explication plus banale, je me raconte peut-être des histoires… Je l'espère de tout cœur.

— Qu'est-ce qu'il y a ?

Christian, alarmé, écarquille les yeux.

— Tes cicatrices… Ce n'est pas la varicelle.

En une fraction de seconde, il se referme, passe à la défensive, voire à la colère.

— Non, en effet.

Il se lève pour me tendre la main.

— Ne me regarde pas comme ça.

Son ton est glacial et plein de reproches. Dès que je suis debout, il laisse retomber sa main. Je rougis sous sa réprimande et je fixe mes doigts.

Je sais, je suis sûre que quelqu'un a écrasé ses cigarettes sur Christian. Ça me donne envie de vomir.

— C'est elle qui t'a fait ça ?

Je n'ai pas pu m'empêcher de le dire. Il ne me répond pas. Je suis donc obligée de lever les yeux vers lui. Il me foudroie du regard.

— Elle ? Mrs Robinson ? Ce n'est pas un monstre, Anastasia. Quelle idée ! Je ne comprends pas pourquoi tu t'obstines à la diaboliser.

Il est là, tout nu, avec mon sang sur lui… et c'est ce moment que nous choisissons pour aborder le sujet. Je suis nue, moi aussi – nous n'avons nulle part où nous cacher, sauf peut-être dans la baignoire. J'inspire profondément et le contourne pour entrer dans l'eau délicieusement tiède, apaisante, profonde. Je plonge dans la mousse parfumée et je le dévisage, à l'abri des bulles.

— Je me demande ce que tu serais devenu si tu ne l'avais pas connue. Si elle ne t'avait pas initié à son… mode de vie.

Il soupire et entre dans la baignoire à son tour, la mâchoire crispée, le regard glacial, en se gardant de me toucher. *Ça alors, je l'ai fâché à ce point-là ?*

Il me regarde d'un air impassible sans rien dire. Le silence s'installe entre nous, mais je tiens bon. *À toi de jouer, Grey, cette fois, je ne reculerai pas.* Ma conscience, angoissée, se ronge les ongles. C'est quitte ou double. Christian et moi nous regardons dans les yeux, mais je n'ai pas l'intention de céder la première. Enfin, au bout de ce qui me semble être un millénaire, il secoue la tête en ricanant.

— Sans Mrs Robinson, j'aurais probablement fini comme ma mère biologique.

Oh ! Je le dévisage, stupéfaite. Accro au crack ou prostitué ? Ou les deux ?

— Elle m'a aimé de la seule façon que je trouvais... acceptable, ajoute-t-il en haussant les épaules.

Qu'est-ce qu'il veut dire par là ?

— Acceptable ?

— Oui.

Il me fixe intensément.

— Elle m'a détourné de ma tendance à l'auto-destruction. C'est dur de grandir dans une famille parfaite quand on ne l'est pas soi-même.

Non... J'en ai la bouche sèche. Il me regarde, insondable. Il ne m'en dira pas plus. Qu'est-ce que c'est frustrant. Je suis stupéfaite par cette haine de lui-même qu'il vient de me dévoiler. Mrs Robinson l'a aimé. *Putain...* J'ai l'impression d'avoir reçu un coup de pied dans le ventre.

— Elle t'aime encore ?

— Je ne crois pas. Pas de cette façon-là.

Il fronce les sourcils, comme s'il n'y avait jamais songé.

— Je n'arrête pas de te répéter que c'est fini depuis longtemps. C'est du passé. Je ne pourrais rien y changer, même si je le voulais, et je ne veux pas. Elle m'a sauvé de moi-même.

Exaspéré, il passe sa main dans ses cheveux.

— Je n'en ai jamais parlé à personne. (Il se tait un instant.) Sauf au Dr Flynn, évidemment. Et si je t'en parle à toi, maintenant, c'est parce que je veux que tu me fasses confiance.

— J'ai confiance en toi, mais je veux mieux te connaître, et, chaque fois que j'essaie de te parler, tu détournes la conversation. Il y a tant de choses que je voudrais savoir.

— Pour l'amour du ciel, Anastasia. Qu'est-ce que tu veux savoir ? Qu'est-ce qu'il faut que je fasse ?

Son regard s'embrase et, même s'il ne hausse pas la voix, je sais qu'il essaie de maîtriser sa colère. Je baisse les yeux vers mes mains, que je distingue à travers les bulles qui se dispersent.

— J'essaie de te comprendre, c'est tout. Tu es tellement énigmatique. Je n'ai jamais rencontré personne comme toi. Je suis heureuse que tu me dises ce que je veux savoir.

C'est peut-être l'alcool qui me donne du courage, mais, tout d'un coup, je ne supporte plus la distance qui nous sépare. Je me rapproche de lui jusqu'à ce que nous nous touchions. Il se raidit et me regarde d'un air méfiant, comme si j'allais le mordre. *Quel retournement !* Ma déesse intérieure le contemple d'un air songeur et étonné.

— S'il te plaît, ne te fâche pas.

— Je ne suis pas fâché, Anastasia. Mais je ne suis pas habitué à ce genre de conversation, à ces questions. Je ne parle de ça qu'avec le Dr Flynn et avec...

Il se tait en fronçant les sourcils. Je complète :

— Avec elle. Avec Mrs Robinson. Tu lui parles ?

— Oui.

— De quoi ?

Il change de position pour me faire face, ce qui crée des vaguelettes qui débordent de la baignoire. Il pose un bras sur mon épaule.

— Qu'est-ce que tu es têtue. On parle de la vie, de l'univers, des affaires... Anastasia, Mme R.

et moi, on se connaît depuis une éternité. On parle de tout.

— De moi ?

— Oui.

Je me mordille la lèvre pour endiguer la vague de colère qui menace de me submerger.

— Pourquoi lui parles-tu de moi ?

J'essaie de prendre un ton geignard et vexé, en vain. Je sais que je devrais laisser tomber. Je le pousse trop. Ma conscience, encore une fois, ressemble au *Cri* d'Edvard Munch.

— Je n'ai jamais rencontré de femme comme toi, Anastasia.

— Qu'est-ce que ça veut dire, « de femme comme moi » ? Une femme qui ne signe pas automatiquement tes paperasses sans se poser de questions ?

Il secoue la tête.

— J'ai besoin de conseils.

— Et tu suis ceux de Mme Pédophile ?

Je n'arrive plus à retenir ma colère.

— Anastasia, ça suffit, rétorque-t-il sévèrement.

Je m'aventure en terrain miné.

— Arrête, ou tu vas te prendre une fessée. Je n'ai plus le moindre intérêt sexuel ou amoureux pour elle. C'est une amie très chère, une associée. C'est tout. Nous avons un passé, une histoire commune, qui m'a été incroyablement bénéfique, et qui a foutu son mariage en l'air, mais cet aspect de notre relation est terminé.

Et merde, voilà encore autre chose que je ne comprends pas. Elle était mariée. Comment ont-ils pu s'en tirer si longtemps sans se faire surprendre ?

562

— Tes parents n'ont jamais découvert la vérité ?

— Non, grogne-t-il. Je te l'ai déjà dit.

Je sais que ça n'ira pas plus loin sans qu'il explose.

— C'est fini ? aboie-t-il.

— Pour l'instant.

Il inspire profondément et se détend à vue d'œil, comme si un grand poids lui avait été enlevé des épaules.

— Très bien. À moi, maintenant.

Son regard redevient glacial.

— Tu n'as pas répondu à mon mail.

Je rougis. Je déteste être mise sur la sellette... Chaque fois que nous discutons, j'ai peur qu'il se fâche. Au fond, quand je l'interroge, il éprouve peut-être la même chose que moi. Cette brusque illumination me désarçonne.

— J'allais t'écrire. Mais maintenant, puisque tu es là...

— Tu aurais préféré que je ne vienne pas ? souffle-t-il en reprenant son air impassible.

— Non, je suis contente.

— Bien.

Il m'adresse un sourire sincèrement soulagé.

— Je suis content d'être ici, moi aussi, malgré ton interrogatoire. Donc, tu as le droit de me cuisiner, mais toi, tu penses avoir droit à une espèce d'immunité diplomatique parce que j'ai fait des milliers de kilomètres pour te rejoindre ? Pas de ça avec moi, mademoiselle Steele. Je veux savoir ce que tu éprouves.

Et voilà, c'est reparti pour un tour.

— Je te l'ai déjà dit. Je suis contente que tu sois là. Merci d'avoir fait tout ce chemin pour venir me voir.

— Ça m'a fait plaisir.

Ses yeux brillent lorsqu'il se penche pour m'embrasser doucement. Je réponds d'instinct à son baiser. L'eau est encore chaude, la salle de bains embuée. Il s'arrête et se recule pour me regarder.

— Non. Je pense que je veux d'abord des réponses, avant qu'on en fasse plus.

Plus ? Encore ce mot. Il veut des réponses... à quoi ? Je n'ai pas de secrets dans mon passé, moi, je n'ai été ni enfant martyre ni victime d'un pédophile. Qu'est-ce qu'il peut bien vouloir savoir de moi qu'il ne sache pas déjà ? Je soupire, résignée.

— Qu'est-ce que tu veux savoir ?

— D'abord, ce que tu penses de notre éventuel accord.

C'est l'heure de vérité. Ma conscience et ma déesse intérieure se dévisagent, anxieuses. *Tant pis, va pour la vérité.*

— Je pense que je ne pourrais pas m'y conformer pendant une période prolongée. Je serais incapable de passer un week-end entier à être quelqu'un d'autre.

Je rougis en fixant mes mains. Il m'attrape par le menton pour me relever la tête, amusé.

— En effet, je pense que tu en es incapable.

Quelque part, ça me vexe un peu.

— Tu te moques de moi, là ?

— Oui, mais gentiment, dit-il avec un petit sourire.

Il se penche pour m'embrasser rapidement.

— Tu n'es pas très douée pour la soumission, souffle-t-il en me tenant par le menton, l'œil malicieux.

Je le toise, stupéfaite, puis j'éclate de rire – lui aussi.

— C'est peut-être mon prof qui n'est pas très doué.

Il hoquette.

— Je devrais me montrer plus sévère avec toi, tu crois ?

Il penche la tête sur son épaule et m'adresse un sourire étudié.

Je déglutis. Alors là, pas question ! Mais, en même temps, mon ventre se crispe délicieusement. Au fond, c'est sa façon à lui de me montrer son affection. Peut-être la seule qu'il connaisse. Il me fixe pour jauger ma réaction.

— C'était vraiment si terrible que ça, quand je t'ai donné la fessée la première fois ?

Je suis prise de court. *Était-ce vraiment si terrible ?* Je me rappelle que ma réaction m'avait déroutée. Ça m'avait fait mal, mais pas tant que ça, en y repensant. Il n'arrête pas de me répéter que tout ça, c'est dans ma tête. Et la deuxième fois… C'était bon… excitant.

— Non, pas vraiment.

— C'est plutôt l'idée qui te fait peur ?

— Je crois. Et le fait d'éprouver du plaisir quand on n'est pas censé en avoir.

— C'était pareil pour moi. On met un moment à s'y faire.

Putain… Il était gamin à cette époque-là.

— Tu peux toujours te servir des mots d'alerte, Anastasia. N'oublie pas. Et, tant que tu respectes les règles qui assouvissent mon besoin de contrôle et assurent ta sécurité, nous pouvons peut-être trouver le moyen d'aller de l'avant.

— Pourquoi dois-tu absolument me contrôler ?

— Parce que ça satisfait un besoin chez moi qui n'a pas été assouvi dans mon enfance.

— Donc, c'est une espèce de thérapie ?

— Je n'y ai jamais songé sous cet angle, mais oui, en quelque sorte.

Ça, je peux le comprendre. Ça m'aide.

— Mais, écoute, tantôt tu me dis « ne me défie pas » et tantôt tu dis que tu aimes que je te défie. C'est difficile de savoir sur quel pied danser.

Il me contemple un moment, puis fronce les sourcils.

— En effet. Mais jusqu'ici tu t'en es bien tirée.

— Mais ça me coûte. Je risque de me retrouver prise au piège.

— J'aimerais bien te voir comme ça, ricane-t-il.

— Ça n'est pas ce que je veux dire !

Exaspérée, je l'éclabousse. Il hausse un sourcil.

— Tu viens de m'éclabousser, là ?

— Oui.

Aïe... je reconnais ce regard.

— Ah, mademoiselle Steele.

Il m'attrape pour me mettre sur ses genoux dans une nouvelle gerbe d'éclaboussures.

— Assez parlé, maintenant.

Il m'attrape la tête pour m'embrasser profondément. Il possède ma bouche, me renverse la tête en arrière... me contrôle. Je gémis contre ses lèvres. Voilà ce qu'il aime. C'est pour ça qu'il est doué. Tout s'embrase en moi et je plonge les doigts dans ses cheveux pour le retenir, je lui rends son baiser pour lui faire comprendre que j'ai envie de lui, moi aussi, de la seule façon que je connaisse. Il gémit et se déplace pour que je le chevauche, agenouillée au-dessus de son érection. Il recule la tête pour me regarder, l'œil mi-clos, lascif. Je m'appuie aux rebords de la baignoire mais il m'attrape les poignets d'une seule main et me tire les bras dans le dos.

— Maintenant, je vais te prendre, dit-il en me soulevant. Prête ?

— Oui.

Il m'assoit sur lui, lentement, pour me remplir avec une lenteur exquise… Il m'observe pendant qu'il me pénètre.

Je gémis en fermant les yeux pour mieux savourer cette plénitude qui me distend. Il bascule les hanches et j'inspire brusquement, me penchant vers lui pour appuyer mon front contre le sien.

— S'il te plaît, lâche mes mains.

— À condition que tu ne me touches pas, me supplie-t-il en me libérant pour m'agripper les hanches.

Je prends appui aux bords de la baignoire pour me hisser et redescendre doucement, les yeux ouverts. Il m'observe, la langue entre les dents. Il a l'air tellement… sexy comme ça. Nos peaux mouillées glissent l'une contre l'autre. Je me penche pour l'embrasser. Il ferme les yeux. Timidement, je passe les doigts dans ses cheveux sans cesser de l'embrasser. Ça, c'est permis. Ça lui plaît. Ça me plaît. Et nous bougeons ensemble. Je tire sur ses cheveux pour lui renverser la tête en arrière et l'embrasser plus profondément tout en le chevauchant de plus en plus vite. Je gémis dans sa bouche. Il me soulève par les hanches et me laisse retomber. M'embrasse. Bouches, langues mouillées, cheveux emmêlés, hanches ondulantes. Rien que des sensations… dévorantes. Je suis presque là… je commence à reconnaître ce spasme délicieux… cette montée. L'eau tourbillonne autour de nous, vortex tournoyant de plus en plus vite au fur et à mesure que nos mouvements deviennent plus frénétiques… ça déborde de partout, comme ce qui se passe en moi… et je m'en fous.

J'aime cet homme. J'aime sa passion, j'aime l'effet que j'ai sur lui. J'aime qu'il soit venu de si loin pour me voir. J'aime qu'il tienne à moi… car il tient à moi. C'est tellement inattendu, tellement satisfaisant. Il est à moi, et je suis à lui.

— C'est bon, bébé, souffle-t-il.

Mon orgasme déferle, apogée turbulent et passionné qui me dévore entièrement. Christian me broie contre lui en explosant.

— Ana, bébé ! s'écrie-t-il, et son invocation sauvage me remue jusqu'au tréfonds de l'âme.

Allongés dans le lit super-kingsize, nous nous regardons dans les yeux, gris sur bleu, chacun avec un oreiller dans les bras. Nus. Nous ne nous touchons pas.

— Tu as sommeil ? me demande Christian avec sollicitude.

— Non, je ne suis pas fatiguée.

Au contraire, je me sens bizarrement galvanisée. Ça m'a fait du bien de parler – je ne veux pas arrêter.

— Tu veux faire quoi ?

— Parler.

568

Il sourit.

— De quoi ?

— De plein de trucs.

— Quels trucs ?

— De toi.

— Par exemple ?

— C'est quoi, ton film préféré ?

— Pour l'instant, c'est *La Leçon de piano*.

Son sourire est contagieux.

— Ça ne m'étonne pas. La bande sonore est tellement triste. Tu sais la jouer, évidemment ? Vous réussissez tellement de choses, monsieur Grey.

— Et ma plus grande réussite, c'est vous, mademoiselle Steele.

— Donc, je suis le numéro dix-sept.

Il fronce les sourcils sans comprendre.

— Dix-sept ?

— Le nombre de femmes avec qui tu as, euh… couché.

Il esquisse un sourire incrédule.

— Pas exactement.

— Tu m'avais dit quinze ?

Je suis perdue.

— Quinze, c'est le nombre de femmes qui sont venues dans ma salle de jeux. Tu ne m'as pas demandé avec combien de femmes j'avais couché.

— Ah !

Bordel de merde… il y en a d'autres ? Combien ?

— Vanille ?

— Non. Tu es mon unique conquête vanille.

Il secoue la tête sans cesser de me sourire.

— Alors ? Combien ?

Pourquoi trouve-t-il ça drôle ? Et pourquoi je lui souris comme une idiote ?

— Je ne peux pas te dire combien. Je n'ai pas fait d'encoches sur la tête de lit.

— On parle de quoi, là... des dizaines, des centaines... des milliers ?

— Tu pousses un peu, quand même. Des dizaines.

— Toutes des soumises ?

Il hoche la tête.

— Oui.

— Arrête de rigoler !

— Impossible, Ana. Tu es trop drôle.

— Drôle bizarre ou drôle ha, ha ?

— Un peu des deux, je crois.

— Tu peux bien parler.

Il m'embrasse sur le bout du nez.

— Je vais te choquer, Anastasia. Prête ?

Je hoche la tête en ouvrant de grands yeux, sans m'arrêter de sourire comme une idiote.

— Toutes des soumises en formation, pendant que je me formais moi-même. Il y a des endroits, à Seattle ou dans les environs, où on peut apprendre à faire ce que je fais.

Quoi ?

— Oh !

— Ouais, j'ai payé, Anastasia.

— Pas de quoi se vanter. Et tu as raison... je suis profondément choquée. Et vexée de ne pas pouvoir te choquer, toi.

— Tu as porté mon slip.

— Ça t'a choqué ?

— Oui.

Ma déesse intérieure fait un saut à la perche au-dessus d'une barre de quatre mètres cinquante.

— Et tu es venue dîner chez mes parents sans culotte.

— Ça t'a choqué, ça aussi ?

— Oui.

Alors là, la barre vient de remonter à cinq mètres.

— J'ai l'impression qu'il n'y a qu'au département lingerie que je peux te choquer.

— Tu m'as dit que tu étais vierge. Ça a été le plus grand choc de ma vie.

Je pouffe de rire.

— Oui, en effet, tu aurais dû voir ta tête !

— Tu m'as laissé te cravacher.

— Ça t'a choqué ?

— Ouais.

Je souris.

— Bon, alors peut-être que je te laisserai recommencer.

— Je l'espère, mademoiselle Steele. Ce weekend ?

— D'accord.

— D'accord ?

— Oui. On retourne dans la Chambre rouge de la Douleur.

— Tu dis mon prénom.

— Et ça te choque, ça ?

— Ce qui me choque, c'est que ça me plaise.

— Christian.

Il sourit.

— Je veux faire un truc avec toi, demain.

Ses yeux brillent d'excitation.

— Quoi ?

— Une surprise. Pour toi.

Je hausse un sourcil tout en étouffant un bâillement.

— Je vous ennuie, mademoiselle Steele ? dit-il d'une voix sardonique.

— Jamais.

Il se penche pour m'embrasser doucement sur les lèvres.

— Dors, m'ordonne-t-il en éteignant.

Et, à l'instant où je ferme les yeux, épuisée et assouvie, je songe que je suis dans l'œil du cyclone. Mais malgré tout ce qu'il m'a dit et tout ce qu'il ne m'a pas dit, je n'ai jamais été aussi heureuse.

24.

Christian me contemple à travers les barreaux en fer d'une cage, poitrine et pieds nus, vêtu uniquement de son jean élimé et déchiré. Son regard est d'un gris fondant ; il arbore son sourire secret. Il s'approche de la cage, un bol de fraises à la main, sans me quitter des yeux. Il choisit une grosse fraise bien mûre, qu'il me tend à travers les barreaux.

— Mange, m'ordonne-t-il, et quand il prononce le « g » ses lèvres esquissent un baiser dans l'air.

Je tente de m'approcher de lui, mais je suis retenue par une force invisible qui m'agrippe les poignets. *Lâchez-moi.*

— Allez, mange, répète-t-il avec un adorable petit sourire en coin.

Je tire, je tire… *Lâchez-moi !* J'ai envie de hurler, mais ma gorge n'émet aucun son. Je suis muette. Il allonge un peu plus le bras, et la fraise atteint mes lèvres.

— Mange, Anastasia.

Sa bouche s'attarde sensuellement sur chaque syllabe de mon prénom.

J'ouvre la mienne pour mordre, la cage disparaît, mes mains sont libres. Je les tends pour
effleurer les poils de sa poitrine.

— Anastasia.

Non. Je gémis.

— Allez, bébé.

Non, je veux te toucher.

— Réveille-toi.

Non. *S'il te plaît*. Mes paupières s'entrouvrent
involontairement pendant une fraction de
seconde. Je suis couchée et on me mordille
l'oreille.

— Réveille-toi, bébé, murmure-t-il, et l'effet
de sa douce voix se répand comme du caramel
fondant dans mes veines.

Il fait encore nuit, et, un instant, Christian se
confond avec son image dans mon rêve, décon-
certante et tentatrice.

— Non…

Je veux retourner dans mon rêve pour le toucher. Pourquoi me réveille-t-il en pleine nuit ?
Enfin, merde, quoi. Il a encore envie de baiser ?

— Debout, bébé. Attention, je vais allumer.

— Non.

— Je veux aller chasser l'aube avec toi, dit-il
en m'embrassant le visage, les paupières, le bout
du nez et la bouche.

J'ouvre les yeux. Il a allumé la lampe de chevet.

— Bonjour, ma belle, murmure-t-il.

Éblouie, je cligne des yeux et distingue Christian penché sur moi, souriant. Amusé. Je
l'amuse. Habillé. Tout en noir.

— Ah, je pensais que tu voulais baiser.

— Anastasia, j'ai tout le temps envie de baiser avec toi. Ça me fait chaud au cœur de savoir que c'est pareil pour toi, rétorque-t-il, un peu ironique.

Quand mes yeux se sont adaptés à la lumière, je vois qu'il sourit toujours… Dieu merci.

— Évidemment, mais pas si tard dans la nuit.

— Il n'est pas tard, il est tôt. Allez, debout. On sort. Pour le sexe, c'est partie remise.

— Je faisais un si beau rêve.

— Tu rêvais de quoi ? me demande-t-il patiemment.

— De toi.

— Qu'est-ce que je faisais, cette fois ?

— Tu essayais de me faire manger des fraises.

Il esquisse un sourire.

— Le Dr Flynn s'en donnerait à cœur joie. Allez, debout, habille-toi. Ne prends pas ta douche, on fera ça plus tard.

Je m'assois ; le drap retombe, me dénudant jusqu'à la taille. Christian recule pour me laisser me lever, l'œil sombre.

— Il est quelle heure ?

— 5 h 30.

— J'ai l'impression qu'il est 3 heures.

— Dépêche-toi. Je t'ai laissée dormir aussi longtemps que possible. Allez.

— Je ne peux pas prendre une douche ?

Il soupire.

— Si tu prends ta douche, j'aurai envie de la prendre avec toi, et on sait comment ça va finir – la journée va y passer. Allez, remue-toi !

Il est excité comme un gamin.

— On fait quoi ?

— C'est une surprise, je te l'ai déjà dit.

Je ne peux pas m'empêcher de sourire.

— D'accord.

Mes vêtements sont soigneusement pliés sur la chaise de mon côté du lit, avec un boxer en jersey gris de Ralph Lauren. Quand je l'enfile, il me sourit. Encore un trophée à ajouter à ma collection – avec la voiture, le BlackBerry, le Mac, sa veste noire et des éditions originales hors de prix. Tout d'un coup, une scène de *Tess* me revient à l'esprit : celle où Alec d'Urberville tend une fraise vers la bouche de Tess avant de la séduire. La voilà, la scène de mon rêve. Pas besoin du Dr Flynn pour l'interpréter. De toute façon, il faudrait rien moins que Freud en personne pour s'attaquer aux Cinquante Nuances, et, même lui, il pourrait crever à la tâche.

— Je te laisse t'habiller, dit Christian en passant au salon.

Je me dirige vers la salle de bains. Sept minutes plus tard, j'en émerge propre, coiffée, vêtue de mon jean, de mon caraco et du boxer de Christian. Il lève les yeux de son petit déjeuner. Comment peut-il avoir de l'appétit à cette heure indue ?

— Mange, m'ordonne-t-il.

Merde alors… comme dans mon rêve. Je le regarde, bouche bée, en songeant à sa langue caressant son palais. *Mmm, sa langue experte.*

— Anastasia.

Sa voix sévère me tire de ma rêverie. Il est vraiment trop tôt pour manger. Comment m'en sortir ?

— Je veux juste du thé. J'emporterai un croissant pour plus tard.

Il me dévisage d'un œil soupçonneux. Je souris innocemment.

— Pas de caprice, Anastasia, me gronde-t-il doucement.

— Je mangerai plus tard, quand mon estomac sera réveillé, vers 7 h 30... d'accord ?

— Bon, d'accord.

Non mais, franchement. Il faut que je me force pour ne pas lui faire la grimace.

— J'ai envie de lever les yeux au ciel.

— Ne te gêne surtout pas, tu me feras plaisir.

Je regarde le plafond.

— Une bonne fessée, ça me réveillerait, je suppose.

Je fais la moue comme si j'envisageais l'hypothèse.

— D'un autre côté, je ne tiens pas à t'échauffer, il fait déjà bien assez chaud à Savannah.

Je hausse les épaules d'un air nonchalant. Christian fait de son mieux pour prendre l'air fâché, mais il n'y arrive pas. Ses yeux pétillent de malice.

— Toujours aussi insolente, mademoiselle Steele. Buvez votre thé.

Je remarque l'étiquette Twinings et ça me touche. *Tu vois bien qu'il tient à toi*, chuchote ma conscience. Je m'assois en face de lui pour savourer sa beauté. Pourrai-je jamais me rassasier de cet homme ?

Alors que nous sortons de la chambre, Christian me lance un sweat.

— Tiens, tu vas en avoir besoin.

Je le regarde, perplexe.

— Crois-moi.

Il sourit et m'embrasse rapidement sur les lèvres, avant de me prendre la main.

Dehors, dans la fraîcheur relative et la pénombre précédant l'aube, le voiturier remet à Christian les clés d'un cabriolet décapotable. Je hausse un sourcil. Christian rigole.

— Tu sais, parfois c'est génial d'être moi, lance-t-il avec un sourire de conspirateur auquel je ne peux m'empêcher de répondre.

Il est tellement adorable quand il est enjoué et insouciant. Il m'ouvre la portière en s'inclinant de façon théâtrale, et je monte. Décidément, il est de bonne humeur.

— On va où ?

— Tu verras.

Nous nous dirigeons vers la voie express de Savannah. Christian programme le GPS et appuie sur un bouton sur le volant. Le son suave des violons nous enveloppe.

— Qu'est-ce que c'est ?

— Un air de *La Traviata* de Verdi.

Oh, mon Dieu... C'est bouleversant de beauté.

— Qu'est-ce que ça veut dire, *La Traviata* ?

Christian pousse un petit gloussement narquois.

— Littéralement, « la femme dévoyée ». Le livret est tiré de *La Dame aux camélias* d'Alexandre Dumas.

— Je l'ai lu.

— Ça ne m'étonne pas.

Je fronce les sourcils. *Est-ce qu'il essaie de me faire comprendre quelque chose ?*

— C'est l'histoire d'une courtisane condamnée. Et, pour elle, ça finit mal.

— Tu trouves ça trop déprimant ? Tu veux choisir autre chose ? Regarde sur mon iPod.

Christian a encore son sourire secret.

Je ne vois pas l'iPod. Il touche l'écran d'une console et, comme par magie, la playlist s'affiche.

Tiens donc, l'iPod de Christian Grey, voilà qui devrait être intéressant. Je fais défiler les morceaux sur l'écran tactile et trouve la chanson parfaite. J'appuie sur « play ». Je n'aurais jamais cru qu'il était fan de Britney. Le rythme club-mix de la techno nous assaille, et Christian baisse le volume. Il est peut-être un trop tôt pour écouter ça.

— *Toxic*, vraiment ? sourit Christian.

Je feins l'innocence.

— Je ne vois pas ce que tu veux dire.

Il baisse encore un peu le volume.

— Ce n'est pas moi qui ai téléchargé ça sur mon iPod, précise-t-il, désinvolte.

Il appuie sur l'accélérateur ; je suis plaquée contre mon siège tandis que la voiture fonce sur la voie express.

Quoi ? Alors qui ? Maintenant, il faut que j'écoute Britney jusqu'au bout. *Qui... qui ?*

La chanson se termine et l'iPod, sur mode *shuffle*, passe à la voix lugubre de Damien Rice. *Qui ? Qui ?* Je me tourne vers la fenêtre, l'estomac noué. Qui ?

— C'est Leila, lâche-t-il comme si j'avais posé la question à haute voix.

— Leila ?

— Une ex.

Damien continue de gazouiller. Je suis K.-O. Une ex... une ex-soumise ?

— L'une des quinze ?

— Oui.

— Qu'est-ce qu'elle est devenue ?

— On a rompu.

— Pourquoi ?

Aïe. Il est trop tôt pour ce genre de conversation. Mais il a l'air détendu, de bonne humeur et, surtout, disposé à parler.

— Elle en voulait plus.

La phrase reste en suspens entre nous. Encore ce petit mot explosif.

— Pas toi ?

J'ai parlé avant d'avoir pu activer mon filtre « cerveau-bouche ». Merde, est-ce que j'ai vraiment envie qu'il réponde ?

Il secoue la tête.

— Je n'ai jamais voulu aller plus loin avant de te rencontrer.

Lui aussi, il en veut plus ! Ma déesse intérieure a bondi avec un salto arrière et maintenant elle fait la roue dans un stade olympique.

— Et les autres ?

Pour une fois qu'il est prêt à parler, profites-en.

— Tu veux une liste ? Divorcée, décapitée, morte ?

— Tu n'es pas Henri VIII.

— Je n'ai eu de relation à long terme qu'avec quatre femmes, à part Elena.

— Elena ?

— Mrs Robinson.

Il esquisse son sourire secret.

Elena ! *Bordel de merde.* Cruella a un prénom de vamp à teint pâle, cheveux de jais et lèvres rubis. Je suis sûre qu'elle est belle. *N'y pense pas, n'y pense surtout pas !*

— Qu'est-ce qui s'est passé avec les quatre ?

— Toujours aussi curieuse, mademoiselle Steele ? me gronde-t-il, enjoué.

— Et toi, tu ne poses jamais de questions indiscrètes, monsieur « Tes règles commencent quand » ?

— Anastasia, c'est important pour un homme de savoir ces choses-là.

— Vraiment ?

— Pour moi, en tout cas.

— Pourquoi ?

— Parce que je ne veux pas que tu tombes enceinte.

— Moi non plus ! Du moins, pas avant quelques années.

Christian cligne des yeux, surpris, puis se détend visiblement. Ça y est, c'est bon, j'ai compris : il ne veut pas d'enfant. Pas pour l'instant, ou pour toujours ? Je suis encore sous le choc de son accès de franchise sans précédent. Est-ce l'heure matinale ? Ou quelque chose dans l'eau de Savannah ? Qu'est-ce que je veux savoir d'autre ? *Carpe diem*. Je reprends mes questions :

— Tu ne m'as toujours pas dit ce qui s'était passé avec les quatre ?

— L'une d'elles a rencontré quelqu'un. Les trois autres en voulaient… plus. Ça ne m'intéressait pas à l'époque.

— Et les autres ?

Il me jette un coup d'œil et secoue la tête.

— Ça n'a pas collé, c'est tout.

Que d'infos à assimiler… Je jette un coup d'œil dans le rétroviseur : le ciel se teinte de rose et d'aigue-marine. L'aube nous poursuit.

— On va où ?

Je sais qu'on se dirige vers le sud sur l'autoroute 95, mais c'est tout.

— Dans un aérodrome.

Je panique :

— On rentre à Seattle ?

Je n'ai même pas dit au revoir à ma mère. En
plus, elle nous attend pour dîner.

Il éclate de rire.

— Non, Anastasia, on va s'adonner à mon
deuxième passe-temps favori.

— Le deuxième ?

— Ouais. Je t'ai déjà dit lequel était mon préféré.

Je me tourne vers son profil magnifique tout
en essayant de me souvenir de ce qu'il a dit.

— M'adonner à vous, mademoiselle Steele.
De toutes les façons possibles.

Ah !

— Eh bien, moi aussi, c'est au sommet de la
liste de mes priorités, dis-je en rougissant.

— Je suis ravi de l'entendre.

— Alors, l'aérodrome ?

Il me sourit.

— Planeur.

Ah oui, il m'en avait déjà parlé.

— On va chasser l'aube, Anastasia.

Il se tourne pour me sourire tandis que le GPS
l'incite à tourner à droite, vers ce qui ressemble
à une zone industrielle. Il se gare devant un
grand édifice blanc : CENTRE AÉRONAUTIQUE
DE BRUNSWICK.

Il coupe le contact.

— Tu es partante ?

— Oui.

— Tu veux t'envoler avec moi ?

582

— Oui, s'il te plaît !

Je n'ai pas hésité. Il sourit et se penche pour m'embrasser.

— Encore une première, mademoiselle Steele, lance-t-il en sortant du cabriolet.

Une première ? Quelle sorte de première ? La première fois qu'il pilote un planeur ? *Au secours !* Non, il vient de me dire que c'était son passe-temps préféré. Je me détends. Il contourne la voiture pour m'ouvrir la portière. Le ciel, doucement pommelé de petits nuages, a viré à l'opale. C'est l'aube.

Me prenant par la main, Christian longe avec moi l'édifice jusqu'au tarmac, où plusieurs avions sont garés. Un type à tête rasée nous attend, flanqué de Taylor. Christian ne va donc nulle part sans lui ? Je lui adresse un grand sourire, auquel il répond.

— Monsieur Grey, voici votre pilote remorqueur, M. Mark Benson, dit Taylor.

Christian et Benson se serrent la main et entament une conversation très technique au sujet de la vitesse du vent, de sa direction, et ainsi de suite.

— Bonjour, Taylor, dis-je timidement.

— Mademoiselle Steele, répond-il en inclinant la tête.

Je fronce les sourcils.

— Ana, se reprend-il. Je suis content qu'on soit venus. Il a été infernal ces derniers jours, me glisse-t-il sur un ton de conspirateur.

Ah ? Première nouvelle. Pourquoi ? Pas à cause de moi, tout de même ? C'est la journée des révélations ! Décidément, il doit y avoir un truc dans l'eau de Savannah qui pousse ces hommes normalement taciturnes à se livrer.

— Anastasia, viens ! m'ordonne Christian en me tendant la main.

— À plus tard.

Je souris à Taylor, qui m'adresse un petit salut militaire et se dirige vers le parking.

— Monsieur Benson, voici mon amie, Anastasia Steele.

Je lui serre la main.

— Enchantée.

Benson me sourit largement.

— Moi de même.

À en juger par son accent, il est anglais.

En prenant la main de Christian, je sens l'adrénaline monter. *Waouh... je vais faire du planeur !* Nous traversons le tarmac avec Mark Benson jusqu'à la piste de décollage. Christian et lui continuent de discuter. Je comprends les grandes lignes de leur conversation. Nous volerons dans un Blanik L-23, apparemment supérieur au L-13, encore que ça se discute. Benson pilotera un Piper Pawnee. Il est pilote remorqueur depuis environ cinq ans. Christian est tellement animé, tellement dans son élément que c'est un plaisir de le regarder.

Le planeur est long, fuselé, blanc avec des rayures orange, avec un petit cockpit à deux sièges, l'un devant l'autre. Il est relié par un long câble blanc à un petit avion à hélice. Benson ouvre le dôme en Plexiglas qui surmonte le cockpit pour nous permettre de nous y installer.

— D'abord il faut mettre votre parachute.

Un parachute ?

— Je m'en occupe, l'interrompt Christian en prenant le harnais des mains de Benson, qui lui sourit d'un air affable.

— Je vais chercher du ballast, annonce-t-il en se dirigeant vers son avion.

— Décidément, tu aimes bien m'attacher, fais-je observer à Christian.

— À un point que vous n'imaginez pas, mademoiselle Steele. Allez, passe tes jambes dans ces sangles.

J'obéis, prenant appui sur son épaule pour conserver mon équilibre. Christian se raidit un peu mais ne se dérobe pas. Une fois que j'ai passé mes jambes dans les sangles, il remonte le parachute pour que je glisse les bras dans les sangles d'épaules. Adroitement, il attache le harnais et resserre toutes les sangles d'un coup.

— Voilà, tu es présentable, dit-il d'un ton affable malgré ses yeux étincelants. Tu as encore ton élastique ?

Je hoche la tête.

— Tu veux que je m'attache les cheveux ?

— Oui.

J'obéis aussitôt.

— Allez, hop, à bord ! m'ordonne-t-il.

Toujours aussi autoritaire ! Je fais mine de m'installer sur le siège arrière.

— Non, devant. C'est le pilote qui s'assoit derrière.

— Mais tu ne verras rien ?

— J'en verrai bien assez ! sourit-il.

Je ne crois pas l'avoir jamais vu aussi heureux. Je monte et me cale sur le siège en cuir, étonnamment confortable. Christian se penche pour me mettre mon harnais, passe un bras entre mes jambes pour atteindre la sangle inférieure et la glisse dans une boucle au niveau de mon ventre. Il resserre toutes les autres sangles.

— Hé, deux fois en une matinée, c'est mon jour de chance, chuchote-t-il en m'embrassant rapidement. On ne sera pas partis longtemps, vingt ou trente minutes tout au plus. Les vents thermaux ne sont pas géniaux aussi tôt le matin, mais là-haut, à cette heure-ci, c'est magnifique. Tu n'es pas nerveuse, j'espère ?

Je lui adresse un sourire radieux.

— Non, excitée.

Il sort d'où, ce sourire ridicule ? En fait, je suis terrorisée. Quant à ma déesse intérieure, elle se planque sous une couverture derrière le canapé.

— Tant mieux.

Il me sourit en retour, me caresse le visage et sort de mon champ de vision.

J'entends et je sens ses mouvements derrière moi. Évidemment, il a tellement resserré les sangles de mon harnais que je ne peux pas me retourner pour le voir. C'est tout lui, ça ! Devant moi, il y a un tableau plein de cadrans et de manettes, et une espèce de levier de vitesse, que je prends soin de ne pas toucher.

Mark Benson reparaît avec un sourire joyeux. Il contrôle mes sangles et se penche pour jeter un coup d'œil sous le cockpit. Je pense qu'il vérifie le ballast.

— C'est votre première fois ? me demande-t-il.

— Oui.

— Vous allez vous régaler.

— J'en suis sûre, monsieur Benson.

— Appelez-moi Mark. (Il se tourne vers Christian.) C'est bon ?

— Ouais. On y va.

Heureusement que je n'ai rien mangé. Mon estomac n'aurait pas supporté ce cocktail de nourriture, d'excitation et de baptême de l'air. Une fois de plus, je me remets entre les mains habiles de cet homme superbe. Mark rabat le capot du cockpit et se dirige vers son avion.

L'hélice du Piper se met à tourner, et mon estomac affolé remonte dans ma gorge. *Plus moyen de reculer.* Mark roule doucement sur la piste, et tout d'un coup, après une saccade, nous sommes tirés en avant. C'est parti. J'entends des voix dans la radio derrière moi. Je pense que Mark parle à la tour de contrôle, mais je ne distingue pas ce qu'il dit. Le Piper accélère, nous aussi. La piste cahoteuse nous secoue dans tous les sens. Le Piper reste au sol... Bon, alors, on décolle, oui ou non ? Et brusquement, mon estomac quitte ma gorge pour dégringoler en chute libre à travers mon corps jusque dans mes talons : nous sommes dans les airs.

— C'est parti, bébé ! me crie Christian.

Nous sommes dans notre petite bulle, rien que tous les deux. Je n'entends que le bruit du vent qui siffle autour du fuselage, et le vrombissement assourdi du moteur du Piper.

J'agrippe les bords de mon siège des deux mains, si fort que j'en ai les jointures blanches. Nous nous dirigeons vers l'ouest, vers l'intérieur des terres, dos au soleil levant, au-dessus des champs, des bois, des maisons et de l'autoroute 95.

Oh, mon Dieu. C'est génial. Au-dessus de nous, il n'y a que le ciel. La lumière est extraordinaire, diffuse et chaude : sans doute est-ce cette « heure magique » dont José m'a si souvent parlé, ce moment de l'aurore que les photographes adorent. La voilà, et je suis dedans, avec Christian.

Au fait, il faudra que je parle du vernissage de José à Christian. Comment réagira-t-il ? Mais ce n'est pas le moment de m'en préoccuper – il faut que je profite du vol. Mes oreilles se bouchent quand nous prenons de l'altitude. Le sol s'éloigne de plus en plus. C'est tellement paisible. Je comprends pourquoi Christian aime être ici, loin de son BlackBerry et de toutes les pressions…

La radio grésille : Mark nous annonce que nous sommes à neuf cents mètres d'altitude. Ça alors… Je jette un coup d'œil au sol. Je ne distingue plus aucun détail.

— Lâcher, dit Christian à la radio.

Soudain, le Piper disparaît et la sensation d'être tiré par le petit avion prend fin. Nous flottons au-dessus de la Géorgie.

Putain, c'est génial ! Le planeur fait un virage et nous montons en tournoyant vers le soleil. *Icare.* Je vole trop près du soleil, mais il est avec moi, il me guide. Nous tournoyons encore : la vue, dans cette lumière matinale, est spectaculaire.

— Accroche-toi ! me crie-t-il.

Nous plongeons et, tout d'un coup, je me retrouve tête en bas ; je vois le sol à travers le capot du cockpit. Je pousse un cri strident en agitant les bras instinctivement pour m'appuyer au capot en Plexi. Je l'entends rire. *Enfoiré !* Mais sa joie est contagieuse, et moi aussi je ris alors qu'il redresse le planeur.

— Heureusement que je n'ai pas mangé ce matin !

— Oui, je pense que c'était une bonne idée, parce que je vais recommencer.

Il incline de nouveau le planeur jusqu'à ce que nous nous retrouvions tête en bas. Cette fois, parce que je suis prête, je m'accroche au harnais en rigolant comme une idiote. Il redresse le planeur.

— C'est magnifique, non ? me lance-t-il.

— Oui.

Nous planons majestueusement en silence dans la lumière matinale. Que demander de plus à la vie ?

— Tu vois le manche à balai devant toi ? me crie-t-il.

Je regarde le machin qui tressaute entre mes jambes. *Ça ?* Il veut que j'en fasse quoi ?

— Prends-le.

Eh merde ! Il veut me faire piloter l'avion. Non !

— Allez, Anastasia, prends-le ! insiste-t-il.

J'agrippe le manche à balai d'une main hésitante : je sens le roulis et le tangage de ce que je suppose être le gouvernail et les ailerons, bref, les machins qui permettent au planeur de rester dans les airs.

— Tiens-le bien... Tu vois le cadran du milieu ? L'aiguille doit être en plein centre.

J'ai le cœur dans la bouche. *Bordel de merde.* Je pilote un planeur. Je vole.

— Bravo, ma belle.

Christian a l'air ravi.

— Ça m'étonne que tu me laisses prendre le contrôle !

— Si vous saviez tout ce que je vous laisserais faire, mademoiselle Steele, vous seriez encore plus étonnée. Allez, je reprends la main.

Je lâche le manche à balai. Nous piquons du nez sur plusieurs mètres. Mes oreilles se rebouchent. Le sol se rapproche, j'ai l'impression qu'on va s'écraser bientôt. Je suis morte de peur.

— BMA, ici BGN Papa Trois Alpha, entrant piste d'atterrissage sept par la gauche dans le sens du vent, BMA.

Christian, comme toujours, parle d'une voix autoritaire. La tour de contrôle lui répond, mais je n'entends pas ce qu'on dit. Nous décrivons un grand cercle en descendant lentement vers le sol. Je distingue l'aérodrome, les pistes d'atterrissage, l'autoroute.

— Accroche-toi, bébé. Ça risque de secouer.

Après avoir décrit un autre cercle, nous plongeons, et tout d'un coup nous sommes au sol, avec un petit choc, et nous filons sur l'herbe. *Au secours !* Mes dents claquent alors que nous cahotons sur le sol à une vitesse effarante, jusqu'à nous immobiliser. Le planeur oscille, puis penche vers la droite. Quand Christian ouvre le capot du cockpit, j'inspire une grande bouffée d'air.

— Alors, c'était comment ? me demande-t-il, l'œil brillant, d'un gris argenté éblouissant.

— Extraordinaire. Merci.

— C'était... plus ? me demande-t-il, une nuance d'espoir dans la voix.

— Beaucoup plus.

Il sourit.

— Viens.

Il tend la main pour m'aider à sortir du cock-pit.

Dès que je suis descendue, il me prend dans ses bras pour me plaquer contre lui. Il plonge une main dans mes cheveux, les tire pour me renverser la tête en arrière, tandis que son autre main glisse vers le creux de mon dos. Il m'embrasse longuement, fougueusement, passionnément. Sa respiration s'accélère, son ardeur... *Oh, la vache* – quelle érection ! Nous sommes en plein champ. Je m'en fous. Mes mains plongent dans ses cheveux pour le retenir contre moi. J'ai envie de lui, ici, maintenant, par terre. Il s'arrache à moi et me contemple, les yeux sombres et lumineux dans la lumière du matin, débordant de sensualité arrogante. *Waouh*. Il me coupe le souffle.

— On va manger ? souffle-t-il.

Dans sa bouche, ces mots sont érotiques. Comment peut-il donner au bacon et aux œufs des allures de fruits défendus ? C'est un talent extraordinaire.

— Et le planeur ?

— Ils vont s'en occuper, lâche-t-il. Allez, on va prendre le petit déjeuner.

Encore la bouffe ! Il tient absolument à manger, alors que moi, tout ce que je veux, c'est lui.

— Viens.

Il sourit. Je ne l'ai jamais vu comme ça : il fait plaisir à voir. Je marche à son côté, en lui tenant la main et en souriant bêtement, comme quand j'avais dix ans et que Ray m'avait emmenée à Disneyland : une journée parfaite. Celle-ci s'annonce parfaite aussi.

De retour dans la voiture, alors que nous roulons vers Savannah, l'alarme de mon téléphone retentit. Ah oui... ma pilule.

— Qu'est-ce que c'est ? me demande Christian, curieux, en me jetant un coup d'œil.

Je fouille dans mon sac à main pour trouver la boîte.

— Une alarme pour me rappeler de prendre ma pilule.

Je m'empourpre. Il esquisse un sourire.

— Très bien, bravo. Je déteste les capotes.

Je rougis de plus belle.

— Ça m'a fait plaisir, que tu m'aies présentée à Mark comme ton amie.

— Tu l'es, non ?

— Ah bon ? Je croyais que tu voulais une soumise ?

— Oui, Anastasia, et c'est toujours le cas. Mais je te l'ai déjà dit, moi aussi, je veux plus.

Oh, mon Dieu. Il est en train de se laisser convaincre. L'espoir me gagne : j'ai le souffle coupé tant je suis émue.

— J'en suis vraiment très heureuse.

— Vous satisfaire est notre priorité, mademoiselle Steele, ricane-t-il tandis que nous nous garons devant l'International House of Pancakes.

— On va manger chez IHOP ?

Je suis morte de rire. Qui l'eût cru ?... Christian Grey, dans une crêperie au bord de l'autoroute.

Il est 8 h 30 mais le restaurant est tranquille. Ça sent la pâte sucrée, la friture, le désinfectant... *Bof*... L'arôme n'est pas forcément appétissant. Christian me conduit vers un box.

— Je ne te voyais pas dans un endroit comme celui-ci, dis-je tandis que nous nous installons.

— Mon père nous y emmenait chaque fois que ma mère participait à un colloque à l'étranger. C'était notre petit secret.

Il me sourit, l'œil pétillant, puis prend un menu tout en se recoiffant d'une main.

Qu'est-ce que j'aurais envie de passer ma main dans ses cheveux. J'étudie moi aussi le menu : je viens de me rendre compte que je meurs de faim.

— Ça y est, je sais ce que je veux, annonce-t-il d'une voix basse et rauque.

Je lève les yeux : il me fixe de cette façon qui me fait crisper tous les muscles de mon ventre. *Merde alors.* Je soutiens son regard.

— Je veux la même chose que toi.

Il inspire brusquement.

— Ici ¿ me demande-t-il d'une voix suggestive.

Haussant un sourcil, il me sourit d'un air coquin, la langue entre les dents.

Oh, mon Dieu... me faire sauter chez IHOP ¿ Son expression s'assombrit.

— Arrête de te mordiller la lèvre, m'ordonne-t-il. Pas ici, pas maintenant.

Son regard durcit un instant, ce qui lui donne l'air délicieusement dangereux.

— Si je ne peux pas te prendre ici, ne me tente pas.

— Bonjour, je m'appelle Leandra. Que puis-je faire pour vous... euh... aujourd'hui... ce matin ¿...

La serveuse balbutie et finit par se taire complètement ; dès qu'elle voit monsieur l'Apollon, elle vire à l'écarlate. J'éprouve un bref sentiment de solidarité avec elle : moi aussi, il me fait toujours cet effet-là. L'arrivée de la jeune fille me permet d'échapper un instant à l'emprise de ce regard sensuel.

— Anastasia ? insiste Christian sans faire attention à elle.

Personne ne pourrait rendre mon prénom aussi charnel que lui en ce moment.

Je déglutis, en priant pour ne pas virer de la même couleur que cette pauvre Leandra.

— Je te l'ai déjà dit, je veux la même chose que toi.

J'ai parlé doucement, à voix basse. Il me dévisage d'un air affamé. *Ça alors*, fait ma déesse intérieure en défaillant. *Je peux donc jouer ce jeu-là, moi aussi ?*

Le regard de Leandra passe de moi à Christian puis de nouveau à moi. Elle est pratiquement de la même couleur que ses cheveux roux.

— Vous voulez prendre encore une minute pour décider ?

— Non. Nous savons ce que nous voulons.

La bouche de Christian esquisse un petit sourire sexy.

— Donnez-nous deux portions de pancakes au babeurre avec du sirop d'érable et du bacon, deux verres de jus d'orange, un café noir avec du lait écrémé, et un thé English Breakfast, si vous avez, dit Christian sans me quitter des yeux.

— Merci, monsieur. Ce sera tout ? chuchote Leandra en regardant partout sauf dans notre direction.

Nous nous tournons tous les deux vers elle. Elle rougit à nouveau et déguerpit.

— Tu sais, ça n'est vraiment pas juste.

Je baisse les yeux vers la table en formica en faisant des dessins dessus avec l'index, faussement nonchalante.

— Qu'est-ce qui n'est pas juste ?

— La façon dont tu désarmes les gens. Les femmes. Moi.

— Je te désarme ?

Je lâche un petit rire.

— Tout le temps.

— Ce n'est qu'une question de physique, Anastasia.

— Non, Christian. C'est bien plus que ça.

Son front se plisse.

— C'est toi qui me désarmes totalement. Ton innocence… Tu vas toujours droit au but.

— C'est ça qui t'a fait changer d'avis ?

— Changer d'avis ?

— Oui. Pour… euh… nous deux ?

Il caresse son menton pensivement.

— Je ne crois pas avoir changé d'avis. Il s'agit simplement de redéfinir nos paramètres, nos lignes de combat, si tu veux. Ça peut marcher, j'en suis sûr. Je veux que tu sois soumise dans la salle de jeux. Je te punirai si tu transgresses les règles. Mais autrement… eh bien, ça se discute. Voilà mes exigences, mademoiselle Steele. Qu'en dites-vous ?

— Je peux dormir avec toi ? Dans ton lit ?

— C'est ça que tu veux ?

— Oui.

— Dans ce cas, d'accord. En plus, je dors très bien avec toi. Je ne savais pas que c'était possible.

Il plisse le front et se tait.

— J'avais peur que tu me quittes si je n'acceptais pas tout en bloc.

— Je ne te quitterai pas, Anastasia. En plus...

Il se tait encore, et, au bout d'un moment de réflexion, il ajoute :

— Je respecte ta définition du mot « compromis », celle que tu m'as envoyée dans un mail. Jusqu'ici, ça me va.

— Ça me rend heureuse, que tu en veuilles plus.

— Je sais.

— Comment le sais-tu ?

— Fais-moi confiance, je sais, affirme-t-il avec un petit rire.

Il me cache quelque chose. *Quoi ?*

C'est le moment que choisit Leandra pour reparaître avec notre commande, interrompant notre conversation. Les gargouillis de mon estomac me rappellent à quel point je suis affamée. Christian m'observe avec une expression à la fois approbatrice et agaçante tandis que je dévore tout ce qui est sur mon assiette. Quand j'ai fini, je fouille dans mon sac pour sortir mon portefeuille :

— Je peux t'inviter ?

— M'inviter à quoi ?

— Je voudrais t'offrir ce repas.

Christian ricane.

— Pas question.

— S'il te plaît. J'y tiens.

Il fronce les sourcils.

— Tu tiens vraiment à me castrer ?

— C'est probablement le seul endroit où j'ai les moyens de t'inviter.

— Anastasia, je suis touché, vraiment. Mais non.

Je pince les lèvres.

— Ne boude pas, me dit-il d'un ton menaçant.

Évidemment, il ne m'a pas demandé l'adresse de ma mère. Il la connaît déjà, en bon harceleur qu'il est. Quand il se gare devant la maison, je ne fais pas de commentaire. À quoi bon ?

— Tu veux entrer un instant ?

— Il faut que je bosse, Anastasia. Je reviens ce soir. À quelle heure ?

Je tente d'ignorer mon pincement de déception. Pourquoi est-ce que je veux passer chaque minute de mon existence avec ce dieu du sexe ? Eh oui, je suis amoureuse de lui, et en plus il sait piloter un avion.

— Merci pour le... plus.

— Tout le plaisir est pour moi, Anastasia.

Quand il m'embrasse, je hume son odeur sexy.

— À tout à l'heure.

— Il y a intérêt, chuchote-t-il.

J'agite la main tandis qu'il s'éloigne sous le soleil de Géorgie. Je porte encore son sweat et son boxer, et j'ai trop chaud.

Ma mère s'agite dans tous les sens. Ce n'est pas tous les jours qu'elle reçoit un multimillionnaire à dîner et ça la stresse.

— Alors, ma chérie, ça s'est bien passé ?

Je rougis. Elle doit bien se douter de ce que j'ai fait la nuit dernière.

— Christian m'a fait faire un tour en planeur ce matin.

J'espère que cette nouvelle information lui fera penser à autre chose.

— Un planeur ? Tu veux dire un petit avion sans moteur ?

Je hoche la tête. Elle est frappée de mutisme. Un concept inédit pour ma mère. Elle me regarde, ébahie, mais finit par se ressaisir pour reprendre le fil de ses questions.

— Et hier soir, c'était comment ? Vous avez pu parler ?

Quand même, maman... Je vire au rouge vif.

— On a parlé hier soir et ce matin. Ça va mieux.

— Bien.

Elle se penche à nouveau sur les quatre livres de recettes ouverts sur la table de la cuisine.

— Maman, si tu veux, je peux m'occuper du dîner.

— Ma chérie, c'est très gentil, mais je tiens à le faire moi-même.

— Bon.

Je grimace. Les talents culinaires de ma mère sont assez aléatoires. J'espère qu'elle a fait des progrès depuis qu'elle s'est installée à Savannah avec Bob. Dans le temps, je n'aurais infligé sa cuisine à personne... pas même à – qui je déteste ? Ah oui ! – Mrs Robinson. Elena. Enfin, elle, peut-être. *Est-ce que je la rencontrerai un jour, cette maudite bonne femme ?*

Je décide d'envoyer un mot de remerciement à Christian.

De : Anastasia Steele
Objet : Planer plutôt que s'envoyer en l'air
Date : 2 juin 2011 10:20 EST
À : Christian Grey

Parfois, tu sais vraiment faire passer un bon moment à une fille. Ça valait la peine d'être réveillée en pleine nuit !

Merci,

Ana x

De : Christian Grey
Objet : Planer plutôt que s'envoyer en l'air
Date : 2 juin 2011 10:24 EST
À : Anastasia Steele

J'ai bien été obligé de te réveiller : tu ronflais.
Moi aussi, j'ai passé un bon moment. Mais je passe toujours un bon moment quand je suis avec toi.

Christian Grey
P-DG, Grey Enterprises Holdings, Inc.

De : Anastasia Steele
Objet : RONFLER
Date : 2 juin 2011 10:26 EST
À : Christian Grey

JE NE RONFLE PAS. Et même si je ronflais, ce ne serait pas galant de ta part de me le signaler.
Vous n'êtes pas un gentleman, monsieur Grey !

Ana

De : Christian Grey
Objet : Soliloque ensommeillé
Date : 2 juin 2011 10:28 EST
À : Anastasia Steele

Je n'ai jamais prétendu être un gentleman, Anastasia, et je crois te l'avoir démontré en maintes occasions. Tu ne m'intimides pas en CRIANT EN MAJUSCULES. Mais j'avoue un petit mensonge cousu de fil blanc : non, tu ne ronfles pas. En revanche, tu parles en dormant. C'est fascinant.
Alors, tu ne m'embrasses plus ?

Christian Grey
P-DG Goujat, Grey Enterprises Holdings, Inc.

Et merde. Je sais bien que je parle en dormant, Kate me l'a assez répété. Qu'est-ce que j'ai pu raconter, mon Dieu ? *Il ne manquait plus que ça.*

De : Anastasia Steele
Objet : Crache le morceau
Date : 2 juin 2011 10:32 EST
À : Christian Grey

Tu es un goujat et un scélérat – tout, sauf un gentleman. Alors, j'ai dit quoi ? Plus de baisers avant que tu ne craches le morceau !

De : Christian Grey
Objet : Belle au bois parlant
Date : 2 juin 2011 10:35 EST
À : Anastasia Steele

Ce ne serait pas galant, et j'ai déjà subi des remontrances à ce sujet.

Mais, si tu es gentille, je te le dirai peut-être ce soir. Il faut que j'entre en réunion, maintenant.

À plus, bébé,

Christian Grey
P-DG, Goujat & Scélérat, Grey Enterprises Holdings, Inc.

Très bien ! Dans ce cas, je maintiendrai le silence radio jusqu'à ce soir. Je bous. *Ah, lui, alors.* Et si j'ai dit dans mon sommeil que je le détestais ou, pis encore, que je l'aimais ? J'espère que non. Je ne suis pas prête à le lui avouer, et je suis certaine qu'il n'est pas prêt à l'entendre, à supposer qu'il le veuille un jour. Je regarde mon ordinateur d'un œil noir, puis je décide d'aller tenir compagnie à ma mère dans la cuisine en faisant du pain : pétrir la pâte, ça me défoulera.

Ma mère a opté pour un gaspacho et des steaks dans une marinade à l'huile d'olive, à l'ail et au citron, cuits sur le barbecue. Christian aime la viande, et c'est facile à préparer. Bob s'est porté volontaire pour s'occuper du gril. *C'est quoi, cette fascination des hommes pour le feu ?* Je suis ma mère dans le supermarché avec le Caddie. Mon téléphone sonne alors que nous choisissons nos steaks. Je me jette dessus en pensant que c'est Christian. Je ne reconnais pas le numéro.

— Allô ?
— Anastasia Steele ?
— Oui.
— C'est Elizabeth Morgan de la SIP.
— Ah, bonjour.

601

— Je vous appelle pour vous proposer le poste d'assistante de Jack Hyde. Nous aimerions que vous commenciez lundi.

— C'est génial. Merci !

— Vous avez toutes les informations concernant le salaire ?

— Oui. Oui… enfin, je veux dire que j'accepte votre offre. Je serai ravie de travailler chez vous.

— Excellent. Alors on se voit lundi à 8 h 30 ?

— On se voit lundi. Au revoir. Et encore merci.

Je souris à ma mère, ravie.

— Tu as trouvé du travail ?

Je hoche la tête. Elle pousse un cri de joie et me serre dans ses bras en plein milieu du supermarché.

— Félicitations, ma chérie ! Il faut qu'on achète du champagne pour fêter ça !

Elle applaudit en sautant sur place. *Elle a douze ans ou quarante-deux, là ?*

Je jette un coup d'œil à mon téléphone en fronçant les sourcils. J'ai un appel manqué de Christian. Il ne me téléphone jamais. Je le rappelle aussitôt. Il répond immédiatement.

— Anastasia.

— Salut.

— Il faut que je rentre à Seattle. J'ai un imprévu. Je suis en route pour l'aéroport en ce moment. Je ne pourrai pas dîner avec vous ce soir. Transmets toutes mes excuses à ta mère.

Il parle d'une voix détachée, professionnelle.

— Rien de grave, j'espère ?

— J'ai une situation à régler. Je te verrai demain. J'enverrai Taylor te prendre à l'aéroport si je ne peux pas venir moi-même.

J'ai l'impression qu'il est en colère. Mais, pour la première fois, je ne m'imagine pas tout de suite que c'est ma faute.

— D'accord. J'espère que tu arriveras à régler ça. Bon vol.

— Toi aussi, bébé, souffle-t-il.

Avec ces mots, mon Christian est de retour. *Mais, au fait...* La dernière fois qu'il a parlé d'une « situation », c'est quand je lui ai annoncé que j'étais vierge. *Aïe, j'espère que celle-là n'est pas du même ordre.* Je regarde ma mère. Sa jubilation a cédé à l'inquiétude.

— C'est Christian. Il faut qu'il rentre à Seattle. Il s'excuse.

— Quel dommage, ma chérie. Mais on va quand même acheter du champagne pour fêter ton nouveau boulot ! Raconte-moi tout.

En fin d'après-midi, maman et moi sommes allongées au bord de la piscine. Depuis qu'elle sait que M. Bourré-de-tunes ne vient pas dîner, ma mère s'est détendue. Elle est même carrément à l'horizontale. Allongée au soleil pour tenter de prendre des couleurs, je rêve à Christian avec un sourire béat.

Bien qu'il le nie, il semble y avoir eu un revirement chez lui. Qu'est-ce qui s'est passé entre le moment où il m'a envoyé son long mail et celui où je l'ai revu hier soir ? Qu'est-ce qui a pu le pousser à changer d'attitude ? Je me redresse brusquement, en manquant renverser mon soda. Il a dîné avec... elle. Avec Elena.

Bordel de merde !

Mon cuir chevelu picote. Lui a-t-il parlé de moi ? Qu'est-ce que je n'aurais pas donné pour être une mouche sur le mur afin d'épier leur conversation. J'aurais pu atterrir dans sa soupe ou son verre de vin, et elle se serait étouffée en m'avalant.

— Il y a quelque chose qui ne va pas, mon chou ? me demande ma mère, tirée de sa torpeur.

— Juste un truc qui m'est passé par la tête, maman. Il est quelle heure ?

— Environ 18 h 30, mon trésor.

Hum… Il n'a sans doute pas encore atterri. Puis-je lui poser la question ? Dois-je la poser ? Peut-être qu'elle n'a rien à voir avec tout ça. Je l'espère de tout mon cœur. Qu'est-ce que j'ai raconté dans mon sommeil ? *Merde…* Une remarque spontanée pendant que je rêvais de lui, je parie. Quoi qu'il en soit, j'espère que ce revirement provient de lui et pas d'*elle*.

Je suffoque dans cette maudite chaleur. J'ai besoin de plonger dans la piscine.

Avant de me coucher, j'allume mon ordinateur. Aucune nouvelle de Christian.

De : Anastasia Steele
Objet : Arrivé sain et sauf ?
Date : 2 juin 2011 22:32 EST
À : Christian Grey

Cher monsieur,
Merci de me faire savoir que vous êtes arrivé sain et sauf. Je commence à m'inquiéter. Je pense à vous.

Votre Ana x

Trois minutes plus tard, j'entends le « ping » qui signale l'arrivée d'un mail dans ma boîte de réception.

De : Christian Grey
Objet : Désolé
Date : 2 juin 2011 19:36
À : Anastasia Steele

Chère mademoiselle Steele,
Je suis arrivé sain et sauf, et je vous prie d'accepter mes excuses de ne pas vous en avoir avertie. Je regrette de vous avoir inquiétée. Je suis heureux d'apprendre que vous tenez à moi. Je pense à vous aussi, et comme toujours, j'ai hâte de vous revoir.

Christian Grey
P-DG, Grey Enterprises Holdings, Inc.

Je soupire. Christian est redevenu guindé.

De : Anastasia Steele
Objet : La Situation
Date : 2 juin 2011 22:40 EST
À : Christian Grey

Cher monsieur Grey,
Je crois qu'il est plus qu'évident que je tiens énormément à vous. Comment pouvez-vous en douter ?
J'espère que vous avez su maîtriser la « situation ».

Votre Ana x

P.-S. : Allez-vous enfin me révéler ce que j'ai dit dans mon sommeil ?

De : Christian Grey
Objet : Je ne parlerai qu'en présence de mon avocat
Date : 2 juin 2011 19:45
À : Anastasia Steele

Chère mademoiselle Steele,

Cela me fait très plaisir que vous teniez à moi. La « situation » n'est pas encore résolue.

Quant à votre P.-S., la réponse est « non ».

Christian Grey
P-DG, Grey Enterprises Holdings, Inc.

De : Anastasia Steele
Objet : Pénalement irresponsable
Date : 2 juin 2011 22:48 EST
À : Christian Grey

J'espère au moins que c'était amusant. Mais vous devriez savoir que je ne peux accepter aucune responsabilité pour ce qui me sort de la bouche lorsque je suis inconsciente. D'ailleurs, vous m'avez probablement mal comprise. Un homme de votre âge avancé est sûrement un peu sourd.

De : Christian Grey
Objet : Plaider coupable
Date : 2 juin 2011 19:52
À : Anastasia Steele

Chère mademoiselle Steele,

Pardon, pourriez-vous parler un peu plus fort ? Je ne vous entends pas.

Christian Grey
P-DG, Grey Enterprises Holdings, Inc.

De : Anastasia Steele
Objet : Plaider la folie
Date : 2 juin 2011 22:52 EST
À : Christian Grey

Vous me rendez folle.

De : Christian Grey
Objet : Plaider coupable
Date : 2 juin 2011 19:59
À : Anastasia Steele

Chère mademoiselle Steele,
C'est exactement ce que j'ai l'intention de faire vendredi
soir. Je m'en réjouis d'avance.

Christian Grey
P-DG, Grey Enterprises Holdings, Inc.

De : Anastasia Steele
Objet : Grrrrr
Date : 2 juin 2011 23:02 EST
À : Christian Grey

Vous m'avez mal comprise. En fait, je suis officiellement
folle de rage contre vous.
Bonne nuit

Mademoiselle A. R. Steele

De : Christian Grey
Objet : Chat sauvage
Date : 2 juin 2011 20:05
À : Anastasia Steele

Vous feulez, mademoiselle Steele ?

Pour les feulements, j'ai déjà un chat.

Christian Grey
P-DG, Grey Enterprises Holdings, Inc.

Un chat ? Je n'ai jamais vu de chat dans son appartement. Non, je ne vais pas lui répondre. Il peut être tellement exaspérant parfois. Exaspérant en cinquante nuances. Je me mets au lit et reste allongée à fixer le plafond d'un regard furibond. Mon ordinateur émet un nouveau « ping ». Je ne lirai pas ce mail. Non, pas question. Non, je ne le lirai pas. Gaah ! Comme l'idiote que je suis, je ne résiste pas à l'appât des messages de Christian Grey.

De : Christian Grey
Objet : Ce que tu as dit en dormant
Date : 2 juin 2011 20:20
À : Anastasia Steele

Anastasia,
Je préférerais t'entendre dire les mots que tu as prononcés en dormant lorsque tu es consciente, c'est pourquoi je ne veux pas te les répéter. Dors. Tu dois être en forme pour ce que je prévois de te faire demain.

Christian Grey
P-DG, Grey Enterprises Holdings, Inc.

Aïe... Qu'est-ce que j'ai dit ? C'est encore pire que ce que je croyais, j'en suis sûre.

25.

Ma mère me serre très fort dans ses bras.

— Écoute ton cœur, ma chérie, et s'il te plaît, s'il te plaît, essaie de ne pas trop réfléchir. Détends-toi, amuse-toi. Tu es tellement jeune, mon chou. Tu as encore tellement de choses à vivre. Laisse-toi aller. Tu mérites ce qu'il y a de mieux en tout.

Ses paroles me réconfortent. Elle m'embrasse dans les cheveux.

— Oh, maman...

Des larmes me brûlent les yeux. Je m'accroche à elle.

— Ma chérie, tu sais ce qu'on dit : il faut embrasser beaucoup de grenouilles avant de trouver son prince.

Je lui adresse un petit sourire doux-amer.

— Je crois que j'ai embrassé un prince, maman. J'espère simplement qu'il ne va pas se transformer en grenouille.

Elle me répond par son sourire le plus adorable et le plus maternel, et je m'émerveille de l'amour que j'éprouve pour elle tout en la serrant à nouveau dans mes bras.

— Ana, on annonce l'embarquement de ton vol, me presse Bob.

— Tu viendras me voir, maman ?

— Bien entendu, ma chérie. Je t'aime.

— Moi aussi.

Ses yeux sont rouges de larmes retenues lorsqu'elle me laisse partir. Ça me bouleverse de la quitter. Je serre Bob dans mes bras et me dirige vers ma porte d'embarquement – aujourd'hui, je n'ai pas le temps de traîner dans le salon Première Classe. Je me force à ne pas me retourner. Puis je craque... Bob tient ma mère dans ses bras, et elle pleure à chaudes larmes. Je ne peux plus retenir les miennes. Je baisse la tête en fixant le sol blanc, brouillé par mes pleurs.

Une fois à bord, dans le luxe de la première classe, je me blottis sur mon siège et tente de me ressaisir. C'est si douloureux de m'arracher à maman... Elle est parfois tête de linotte mais, dernièrement, elle est devenue plus perspicace, et elle m'aime d'un amour inconditionnel – l'amour que tout enfant mérite de ses parents. Un amour dont Christian a été privé quand il était tout petit.

Que connaît Christian de l'amour ? Les paroles de ma mère traversent mon esprit comme un doux vent du sud : *Si, Ana. Bon sang, tu veux une enseigne au néon qui clignote sur son front ?* Elle est certaine que Christian est amoureux de moi. Mais c'est normal : c'est ma mère, et elle veut que je sois heureuse. Je fronce les sourcils. Dans un éclair de lucidité, je viens enfin de comprendre. C'est très simple : je veux, non, j'ai *besoin* que Christian Grey m'aime. Voilà pourquoi la relation qu'il me propose m'inspire autant de réticences.

C'est à cause de ses cinquante nuances que je me retiens. Cette histoire de domination-soumission n'est qu'une diversion par rapport à son problème fondamental. Il baise comme un dieu, il est riche, il est beau, mais tout ça ne signifie rien sans amour, et je ne sais pas s'il en est capable. Comment pourrait-il m'aimer alors qu'il ne s'aime pas lui-même ? D'après ce que j'ai compris, quand il était plus jeune, il se méprisait à tel point que son amour à *elle* était la seule forme d'amour qu'il jugeait « acceptable ». Puni, fouetté, battu... parce qu'il n'avait pas l'impression de mériter d'être aimé. Pourquoi éprouve-t-il ce sentiment ? Comment peut-il l'éprouver ? Ses paroles me hantent : « C'est dur de grandir dans une famille parfaite quand on ne l'est pas soi-même. »

Je ferme les yeux : j'imagine sa douleur, mais je n'arrive pas à la comprendre. Qu'ai-je confessé à Christian dans mon sommeil ? Quels secrets lui ai-je révélés ?

Je fixe des yeux le BlackBerry en espérant confusément qu'il m'apportera des réponses. Hélas, il n'est pas très communicatif. Comme nous n'avons pas encore décollé, je décide d'envoyer un mail à mon Cinquante Nuances.

De : Anastasia Steele
Objet : Sur le chemin du retour
Date : 3 juin 2011 12:53 EST
À : Christian Grey

Cher monsieur Grey,
Je suis à nouveau installée en première classe, ce dont je vous remercie. Je compte les minutes en attendant de vous revoir ce soir, et peut-être de vous torturer pour vous faire avouer ce que je vous ai dit lors de ma confession nocturne.

Votre Ana x

De : Christian Grey
Objet : Sur le chemin du retour
Date : 3 juin 2011 09:58
À : Anastasia Steele

Anastasia, j'ai hâte de te revoir.

Christian Grey
P-DG, Grey Enterprises Holdings, Inc.

La brièveté de sa réponse m'inquiète. D'habitude, il est plus enjoué ou plus mordant.

De : Anastasia Steele
Objet : Sur le chemin du retour
Date : 3 juin 2011 13:01 EST
À : Christian Grey

Mon très cher monsieur Grey,
J'espère que tout va bien en ce qui concerne la « situation ». Le ton de votre dernier mail m'inquiète.

Ana x

De : Christian Grey
Objet : Sur le chemin du retour
Date : 3 juin 2011 10:04
À : Anastasia Steele

Anastasia,
La situation pourrait être plus brillante. Vous avez déjà décollé ? Si c'est le cas, vous ne devriez pas envoyer de mail. Vous vous mettez en danger, en infraction directe à la règle concernant votre sécurité personnelle. Quand j'ai parlé de punition, j'étais sérieux.

Christian Grey
P-DG, Grey Enterprises Holdings, Inc.

Bon, d'accord, ça va, j'ai compris. Qu'est-ce qui lui arrive ? Peut-être la « situation » ? Ou bien Taylor s'est fait la malle ? Ou alors il a perdu quelques millions en Bourse ?

De : Anastasia Steele
Objet : On se calme
Date : 3 juin 2011 13:06 EST
À : Christian Grey

Cher monsieur Grognon,
Les portes de l'avion sont encore ouvertes. Nous sommes retardés, mais seulement de dix minutes. Ma sécurité et celle des autres passagers n'est pas compromise. Vous pouvez ranger votre main qui vous démange pour l'instant.

Mademoiselle Steele

De : Christian Grey
Objet : Mes excuses – Main rangée
Date : 3 juin 2011 10:08
À : Anastasia Steele

Vous me manquez, vous et votre insolence, mademoiselle Steele.
J'ai hâte que vous rentriez.

Christian Grey
P-DG, Grey Enterprises Holdings, Inc.

De : Anastasia Steele
Objet : Excuses acceptées
Date : 3 juin 2011 13:10 EST
À : Christian Grey

On ferme les portes. Vous n'entendrez plus un mot de moi, d'autant plus que vous êtes un peu sourd.

À plus,

Ana x

J'éteins le BlackBerry, incapable de calmer mon angoisse. Il arrive quelque chose à Christian. La « situation » a peut-être dégénéré. Je jette un coup d'œil au compartiment à bagages où sont rangés mes sacs. Ce matin, avec l'aide de ma mère, j'ai trouvé un petit cadeau pour remercier Christian de m'avoir fait voyager en première classe et pour le vol en planeur. Ce souvenir me fait sourire – c'était hallucinant. Je ne sais pas encore si je lui donnerai ce truc de gosse. S'il est d'humeur bizarre, je m'abstiendrai. J'ai à la fois hâte de le revoir et peur de ce qui m'attend au bout du chemin. En me repassant tous les scénarios possibles de la « situation », je me rends compte qu'une fois de plus le siège à côté de moi est le seul à ne pas être occupé. Christian l'a peut-être acheté pour que je ne puisse parler à personne ? Non, c'est ridicule, personne ne peut être jaloux à ce point-là, tout de même. Je ferme les yeux tandis que l'avion roule vers la piste de décollage.

J'émerge dans le terminal des arrivées de l'aéroport Sea-Tac huit heures plus tard pour trouver Taylor brandissant une pancarte au nom de MLLE A. STEELE. *Franchement !* Mais je suis heureuse de le voir.

— Bonsoir, Taylor.

— Mademoiselle Steele.

Je décèle l'ombre d'un sourire dans ses yeux bruns. Comme toujours, il est impeccable : costume et cravate anthracite, chemise blanche.

— Je suis capable de vous reconnaître, Taylor, vous n'avez pas besoin d'une pancarte, et j'aimerais bien que vous m'appeliez Ana.

— Ana. Puis-je prendre vos sacs ?

— Non, c'est bon, merci.

Ses lèvres se pincent imperceptiblement.

— M... mais, si vous préférez les prendre...

— Merci.

Il prend mon sac à dos et la valise à roulettes flambant neuve qui contient les vêtements offerts par ma mère.

— Par ici, madame.

Je soupire. Il est tellement poli. Je me rappelle – pourtant j'aimerais bien l'oublier – que cet homme m'a acheté de la lingerie. C'est d'ailleurs le seul homme à m'en avoir jamais acheté. Même Ray n'a pas eu à subir cette épreuve. Nous marchons en silence jusqu'à l'Audi noire. Il m'ouvre la portière. Je me demande si j'ai bien fait de porter une jupe aussi courte pour rentrer à Seattle. Elle convenait à la chaleur de Savannah, mais, ici, elle me donne l'impression d'être à moitié nue. Une fois que Taylor a rangé mes bagages dans le coffre, nous nous mettons en route pour l'Escala.

Nous roulons lentement car c'est l'heure de pointe. Taylor garde les yeux fixés sur la route. Taciturne, c'est peu dire. Au bout d'un moment, je ne supporte plus ce silence.

— Taylor, dites-moi, comment va Christian ?

— M. Grey est préoccupé, mademoiselle Steele.

Ah ! Sans doute à cause de la « situation ». Je tiens le bon filon.

— Préoccupé ?

— Oui, madame.

Je fronce les sourcils. Taylor jette un coup d'œil dans le rétroviseur et nos regards se croisent. Il ne dira rien de plus. Bon sang, il peut être aussi mutique que le maniaque du contrôle en personne.

— Il va bien ?

— Je crois, madame.

— Vous préférez m'appeler mademoiselle Steele ?

— Oui, madame.

— Ah, d'accord.

Cela met fin à notre conversation, et nous poursuivons notre route en silence. Je commence à penser que la confidence de Taylor, lorsqu'il m'a avoué que Christian avait été infernal, n'a été qu'un accident de parcours. Il en est peut-être gêné ; il craint d'avoir manqué de loyauté à son patron. Ce silence est suffocant.

— Vous pourriez mettre de la musique, s'il vous plaît ?

— Bien sûr, madame. Que voulez-vous écouter ?

— Quelque chose d'apaisant.

Taylor esquisse un sourire quand nos regards se croisent à nouveau dans le rétroviseur.

— Très bien, madame.

Il appuie sur quelques boutons et les accords mélodieux du *Canon* de Pachelbel remplissent l'espace qui nous sépare. *Oui...* c'est de ça que j'avais besoin.

— Merci.

Je me cale sur mon siège tandis que nous roulons lentement mais sûrement vers Seattle.

Vingt-cinq minutes plus tard, il me dépose devant l'imposante façade de l'Escala.

— Entrez, madame, dit-il en me tenant la porte. Je vais monter vos bagages.

Son expression est douce, chaleureuse, affectueuse comme celle d'un oncle.

Alors là... Tonton Taylor, qui l'eût cru ?

— Merci d'être venu me chercher.

— Je vous en prie, mademoiselle Steele.

Il sourit. J'entre dans l'immeuble. Le portier me fait un signe de tête.

Tout en montant jusqu'au trentième étage, des milliers de papillons déploient leurs ailes pour tourbillonner dans mon estomac. *Pourquoi suis-je si nerveuse ?* Sans doute parce que je n'ai pas la moindre idée de l'état d'esprit de Christian en ce moment. Ma déesse intérieure sait ce qu'elle espère ; ma conscience, comme moi, a le trac.

Les portes de l'ascenseur s'ouvrent sur le vestibule. C'est curieux de ne pas être accueillie par Taylor, qui est en train de garer la voiture. Dans la grande pièce, Christian téléphone tout en contemplant le panorama de Seattle dans le crépuscule. Il porte un costume gris. Sa veste est déboutonnée. Il passe sa main dans ses cheveux. Il paraît agité, tendu. *Qu'est-ce qui ne va pas ?* En tout cas, agité ou pas, il est toujours aussi beau. Comment peut-il être si... saisissant ?

— Aucune trace... D'accord... Oui.

Quand il m'aperçoit, son attitude se transforme, passant de la tension au soulagement, puis à autre chose : son regard brûlant de sensualité s'adresse directement à ma déesse intérieure.

Ma bouche s'assèche et le désir s'épanouit dans mon corps... *hou là.*

— Tenez-moi au courant, aboie-t-il.

Il raccroche et se dirige vers moi d'un air déterminé. Je reste figée. *Merde alors...* Il y a quelque chose qui cloche : sa mâchoire est crispée, son regard angoissé. Il retire sa veste, dénoue sa cravate et les jette sur le canapé tout en continuant à avancer. Puis il m'attire vers lui, brutalement, rapidement, en tirant sur ma queue-de-cheval pour me faire renverser la tête en arrière ; il m'embrasse comme si sa vie en dépendait. *Mais qu'est-ce qui lui prend ?* Il m'arrache mon élastique si vite que ça me fait mal, mais je m'en fous. Il y a quelque chose de

618

désespéré, de viscéral dans sa façon de m'embrasser. Il a besoin de moi, pour une raison quelconque, en ce moment précis : je ne me suis
jamais sentie si désirée, si convoitée. C'est à la
fois sensuel et inquiétant. Je lui rends son baiser
avec une ferveur égale à la sienne, en tortillant
ses cheveux entre mes doigts. Nos langues
s'enlacent. Son goût et son odeur m'excitent. Il
arrache sa bouche à la mienne et me regarde
fixement, sous l'emprise d'une émotion qui ne
dit pas son nom.

— Qu'est-ce qui ne va pas ?

— Je suis heureux que tu sois là. Prends une
douche avec moi, tout de suite.

Je ne sais pas s'il me le propose ou s'il me
l'ordonne.

— Oui.

Il me prend par la main pour me conduire à la
salle de bains de sa chambre.

Une fois là, il me lâche pour ouvrir le robinet
de son immense douche, puis se retourne lentement pour me contempler, l'œil mi-clos.

— J'aime bien ta jupe. Elle est très courte. Tu
as des jambes superbes.

Il se déchausse et se penche pour retirer ses
chaussettes sans me quitter des yeux. Son regard
affamé me laisse sans voix. *Waouh…* C'est
incroyable d'être désirée à ce point-là par ce dieu
grec. Je l'imite en retirant mes ballerines. Tout
d'un coup, il m'attrape et me plaque contre le
mur pour m'embrasser le visage, la gorge, les
lèvres… me caresser les cheveux. Je sens la fraîcheur du mur carrelé contre mon dos tandis qu'il
se colle à moi : je suis prise entre sa chaleur et la
froideur de la céramique. Timidement, je pose

les mains sur ses avant-bras. Il gémit lorsque je les serre.

— J'ai envie de toi ici, tout de suite, en vitesse, souffle-t-il en retroussant ma jupe. Tu saignes encore ?

— Non.

Je rougis.

— Tant mieux.

Il passe les pouces sous ma culotte en coton blanc et s'agenouille tout en me l'arrachant. Jupe troussée, je me retrouve nue à partir de la taille, haletante, avide. Il m'attrape par les hanches et me repousse contre le mur en m'embrassant au sommet des cuisses, qu'il saisit pour les écarter. Je gémis en sentant sa langue titiller mon clitoris. *Oh, mon Dieu.* Je renverse la tête en arrière en geignant tandis que mes doits plongent dans ses cheveux.

Sa langue impitoyable, vigoureuse, insistante, tournoie sans répit. C'est exquis, cette intensité de sensations, presque douloureux. Mon corps se tend, et il me lâche. *Quoi ? Non !* Je halète en le regardant, impatiente. Il me prend le visage entre les mains et m'embrasse fougueusement, en enfonçant sa langue dans ma bouche pour que je puisse me goûter. Il tire sur sa fermeture Éclair pour se libérer, m'attrape par l'arrière des cuisses et me soulève.

— Serre tes jambes autour de moi, bébé, m'ordonne-t-il d'une voix pressante.

J'obéis en m'accrochant à son cou. Il m'emplit brusquement. *Ah !* Il inspire, je gémis. Il me tient par les fesses, ses doigts s'enfoncent dans ma chair, et il se met à bouger, lentement d'abord, à un rythme régulier... mais au fur et à mesure qu'il perd le contrôle, il accélère... de plus en plus vite. *Aaah !* Je renverse la tête pour me concentrer sur cette sensation envahissante, éprouvante, céleste... qui me pousse, me pousse... plus vite, plus haut, plus fort... et quand je n'en peux plus, j'explose dans un orgasme vrillant, intense, dévastateur. Il lâche prise avec un rugissement et enfouit la tête dans mon cou en s'enfonçant en moi, gémissant des mots incohérents.

Ahanant, il m'embrasse tendrement, sans bouger, toujours en moi, tandis que je cligne des yeux, aveuglée. Au moment où son image redevient nette, il se retire doucement en me maintenant jusqu'à ce que je pose les pieds par terre. La salle de bains est envahie par un nuage de vapeur torride. Je suis trop habillée.

— On dirait que tu es content de me voir.

Ses lèvres esquissent un sourire.

— Mademoiselle Steele, il me semble que je vous ai prouvé à quel point ça me faisait plaisir. Allez, on prend une douche.

Il retire ses boutons de manchette, défait les trois derniers boutons de sa chemise, la tire par-dessus sa tête et la jette par terre. Puis il enlève son pantalon et son boxer, qu'il repousse du pied. Il commence à déboutonner mon chemisier. Je meurs d'envie de lui caresser la poitrine, mais je me retiens.

— Comment s'est passé ton voyage ?

Il a l'air beaucoup plus calme, maintenant. Nos ébats ont dissipé son angoisse.

— Très bien. Merci encore pour la première classe. C'est vraiment plus agréable de voyager comme ça.

Je lui souris timidement.

— J'ai une nouvelle à t'annoncer.

— Ah ?

Il me regarde en défaisant mon dernier bouton, avant de me retirer mon chemisier pour le lancer sur la pile de vêtements.

— J'ai trouvé du boulot.

Il se fige un instant avant de me sourire chaleureusement.

— Félicitations, mademoiselle Steele. Tu daigneras me dire où, maintenant ? me taquine-t-il.

— Tu ne sais pas ?

Il secoue la tête en fronçant les sourcils.

— Comment le saurais-je ?

— Vu ton réseau de renseignements, je me disais que…

Je ne finis pas ma phrase : il a l'air consterné.

— Anastasia, il ne me viendrait pas à l'idée de me mêler de ta carrière, à moins que tu ne me le demandes, évidemment.

Il a l'air blessé.

— Alors tu ne sais vraiment pas ?

— Non. Il y a quatre maisons d'édition à Seattle. Je suppose que c'est l'une d'entre elles.

— La SIP.

— Ah, la petite indépendante, très bien. Bravo. (Il se penche pour m'embrasser sur le front.) Tu commences quand ?

— Lundi.

— Si tôt ? Alors il faut que je profite de toi à fond tant que c'est encore possible. Retourne-toi.

Son ordre désinvolte me prend de court mais j'obéis : il dégrafe mon soutien-gorge et dé-zippe ma jupe, la faisant glisser sur mes hanches pour prendre mes fesses dans ses mains tout en m'embrassant sur l'épaule. Il frotte son nez dans mes cheveux en inspirant profondément et me malaxe les fesses.

— Vous m'enivrez, mademoiselle Steele, et, en même temps, vous m'apaisez. C'est un cocktail grisant.

Il m'embrasse dans les cheveux, puis me prend par la main pour m'entraîner dans la douche.

— Aïe !

L'eau bouillante m'a fait glapir. Christian sourit tandis que l'eau ruisselle sur son corps.

— Ce n'est qu'un peu d'eau chaude.

En fait, il a raison. C'est divin, cette eau chaude dissout la moiteur de la matinée de Savannah et de nos ébats.

— Retourne-toi. Je vais te laver.

J'obéis, me retournant face contre mur. Il prend le flacon de gel douche et en verse un peu au creux de sa paume.

— Je dois te parler d'autre chose, lui dis-je alors qu'il me frotte les épaules.

— Ah bon ?

J'inspire profondément pour me donner du courage.

— Mon ami José a un vernissage jeudi à Portland.

Il s'immobilise, les mains sur mes seins. J'ai accentué le mot « ami ».

— Oui, et alors ? me demande-t-il sévèrement.

— J'ai promis d'y assister. Tu veux m'accompagner ?

Après ce qui me semble être une éternité, il recommence lentement à me laver.

— C'est à quelle heure ?

— À partir de 19 h 30.

Il m'embrasse sur l'oreille.

— D'accord.

Ma conscience s'affale dans un vieux fauteuil défoncé.

— Tu avais peur de me demander ?

— Oui. Comment as-tu deviné ?

— Anastasia, tout ton corps vient de se détendre.

— Eh bien, disons que tu serais plutôt, euh... du genre jaloux.

— Oui, en effet. Tu as intérêt à ne pas l'oublier. Mais merci de m'avoir invité. On prendra Charlie Tango.

Ah, l'hélico, évidemment. Suis-je bête ! On va encore voler... Super ! Je souris.

— Je peux te laver ? dis-je.

— Je ne crois pas, murmure-t-il en m'embrassant doucement dans le cou pour atténuer son refus.

Je boude face au mur tandis qu'il me caresse le dos de ses mains savonneuses. Prise d'un accès d'audace, j'insiste :

— Vas-tu me laisser te toucher un jour ?

Il se fige à nouveau, une main sur mes fesses.

— Plaque tes mains au mur, Anastasia. Je vais te prendre encore une fois, me murmure-t-il à l'oreille en m'attrapant par les hanches.

La discussion est finie.

Plus tard, nous sommes assis au bar du coin cuisine, en peignoir, après avoir dégusté l'excellente *pasta alle vongole* de Mme Jones.

624

— Encore un peu de vin ? me demande Christian.

— Juste un petit peu, s'il te plaît.

Le sancerre est frais et délicieux. Christian m'en verse et se sert à son tour.

— Et comment va la... « situation » qui t'a ramené à Seattle ?

Il fronce les sourcils.

— Hors de contrôle. Mais ne t'en fais pas pour ça, Anastasia. J'ai des projets pour toi ce soir.

— Ah ?

— Oui. Je veux que tu m'attendes dans la salle de jeux dans quinze minutes.

Il se lève et me regarde.

— Tu peux te préparer dans ta chambre. Au fait, il y a des vêtements pour toi dans le dressing. Je ne veux pas de discussion à ce sujet.

Il plisse les yeux, me mettant au défi de répondre. Comme je me tais, il se dirige à grands pas vers son bureau.

Moi ? Discuter ? Avec toi, Cinquante Nuances ? Mon cul ne mérite pas ça. Je reste assise sur le tabouret, momentanément stupéfaite, en essayant d'assimiler cette nouvelle information. Il m'a acheté des vêtements. Je lève les yeux au ciel, sachant très bien qu'il ne peut pas me voir. Une voiture, un téléphone, un ordinateur... une nouvelle garde-robe, et puis quoi encore ? Un appart, et je serai vraiment sa poule en bonne et due forme.

Pute ! Ma conscience me lance un regard méprisant. Je fais comme si je ne l'avais pas entendue et je monte dans *ma* chambre. Donc, j'ai encore une chambre à moi... pourquoi ? Je croyais qu'il avait accepté que je dorme avec lui ? Je suppose qu'il n'est pas habitué à partager son espace personnel. Cela dit, moi non plus. Je me console à l'idée qu'au moins j'aurai un endroit où me réfugier si je veux.

La porte a une serrure mais pas de clé. Il faudra que j'en demande une à Mme Jones, me dis-je en ouvrant le dressing… que je referme aussitôt. *Bordel de merde – il a dépensé une fortune.* On dirait celui de Kate. Je sais d'avance que tous ces vêtements m'iront parfaitement. Mais je n'ai pas le temps d'y penser, parce qu'il faut que j'aille m'agenouiller dans la Chambre rouge de… la Douleur… ou du Plaisir, j'espère, pour ce soir.

Agenouillée à côté de la porte, nue à part ma petite culotte, j'ai l'estomac noué. Ça alors, la salle de bains ne lui a pas suffi ? Ce type est insatiable, ou tous les hommes sont comme lui ? Je n'ai pas de point de comparaison. Fermant les yeux, j'essaie de me calmer, de convoquer ma soumise intérieure. Elle est là, quelque part, tapie derrière ma déesse.

L'attente fait pétiller mon sang dans mes veines comme du Perrier. Que va-t-il me faire ? J'inspire profondément pour me calmer, mais je ne peux pas le nier, je suis déjà mouillée. Je voudrais penser que c'est mal, ce que nous faisons, mais ça ne l'est pas puisque c'est bien pour Christian. Voilà ce qu'il veut, et après ces derniers jours… après tous les efforts qu'il a faits pour moi, il faut que je sois forte, que j'accepte ce dont il pense avoir besoin, quelles que soient ses exigences.

Le souvenir de son regard lorsque je suis arrivée ce soir, la façon déterminée dont il s'est avancé vers moi comme si j'étais une oasis dans le désert... Je ferais presque n'importe quoi pour revoir ce regard-là. Ce souvenir délicieux me fait resserrer les cuisses, ce qui me rappelle que je suis censée avoir les genoux écartés. Je vais attendre encore longtemps, comme ça ? Ça me mine. Je regarde rapidement autour de moi : la croix, la table, le canapé, le banc... le lit. Immense, tendu de draps en satin rouge. Quel appareil utilisera-t-il aujourd'hui ?

La porte s'ouvre : Christian entre sans me regarder. Je baisse rapidement les yeux pour fixer mes mains, soigneusement posées sur mes cuisses écartées. Il place quelque chose sur la grande commode à côté de la porte et se dirige d'un pas indolent vers le lit. Je me permets un coup d'œil et mon cœur s'arrête pratiquement de battre. Il ne porte que son jean déchiré et élimé, avec le bouton du haut défait. *Putain, qu'est-ce qu'il est sexy.* Ma conscience s'évente frénétiquement, ma déesse intérieure se déhanche sur un rythme charnel et primitif. Elle est prête à tout. Je lèche mes lèvres instinctivement. Mon sang bat dans mon corps, épais et lourd, salace, affamé. *Qu'est-ce qu'il va me faire ?*

Il se retourne pour revenir d'un pas nonchalant vers la commode, dont il ouvre un tiroir pour en tirer divers articles. Je brûle de curiosité mais je résiste à la tentation de jeter un coup d'œil en douce. Quand il a fini, il revient devant moi. Je vois ses pieds nus, et j'ai envie d'en embrasser chaque centimètre... de faire courir ma langue sur la cambrure, de sucer chacun de ses orteils. *Putain.*

— Tu es ravissante, souffle-t-il.

Je garde la tête baissée, sachant qu'il me scrute alors que je suis presque nue. Je sens le sang monter lentement à mon visage. Il se penche pour m'attraper le menton, me forçant à lever la tête pour le regarder dans les yeux.

— Tu es une très belle femme, Anastasia. Et tu es toute à moi, murmure-t-il. Lève-toi.

Son ordre déborde de promesses de plaisir.

Je me lève en titubant un peu.

— Regarde-moi.

Il a son regard de Dominant – froid, dur et sexy en diable : sept nuances de péchés en un seul coup d'œil. J'ai la bouche sèche ; je sais que je ferai tout ce qu'il demande. Un sourire presque cruel erre sur ses lèvres.

— Nous n'avons pas signé de contrat, Anastasia. Mais nous avons parlé des limites. Et je tiens à répéter que nous avons des mots d'alerte, d'accord ?

Bordel de merde... J'aurai besoin des mots d'alerte ? Mais qu'est-ce qu'il veut me faire ?

— Quels sont-ils ? me demande-t-il d'une voix autoritaire.

Je fronce légèrement les sourcils. Son visage durcit.

— Quels sont les mots d'alerte, Anastasia ? répète-t-il d'une voix lente et posée.

— Jaune.

— Et ?

— Rouge.

— Retiens-les.

Je ne peux pas m'empêcher de hausser un sourcil, et je suis sur le point de lui rappeler que je ne suis pas une débile mentale lorsque son regard glacial me fait taire.

— Pas d'insolence, mademoiselle Steele, ou je te mets à genoux et je te baise la bouche. Compris ?

Je déglutis. *D'accord.* C'est le ton de sa voix plutôt que sa menace qui m'intimide.

— Alors ?

— Oui, monsieur.

— C'est bien, ma petite. (Il se tait pour me dévisager.) Si je te rappelle les mots d'alerte, ce n'est pas parce que j'ai l'intention de te faire mal. Mais ce que je m'apprête à te faire sera intense. Très intense. Tu dois me guider. Tu comprends ?

Pas vraiment. Intense ? Waouh.

— Tu ne pourras ni me voir ni m'entendre, mais tu pourras me sentir.

Ne pas l'entendre ? Comment ça ? Il se tourne. Je n'avais pas remarqué la boîte lisse, plate, d'un noir mat, posée sur le coffre. Il passe la main au-dessus et la boîte, qui s'ouvre pour révéler un lecteur CD et des tas de boutons. Christian appuie sur certains d'entre eux. Rien ne se produit, mais il a l'air satisfait. Je n'y comprends rien. Quand il se tourne à nouveau vers moi, je constate qu'il affiche son petit sourire secret.

— Je vais t'attacher sur ce lit, Anastasia. Mais d'abord, je vais te bander les yeux, et, dit-il en me désignant son iPod, tu ne pourras pas m'entendre. Tu n'entendras que la musique.

D'accord. Un interlude musical. Je ne m'attendais pas à ça. Cela dit, je ne m'attends jamais à rien de ce qu'il fait. *J'espère au moins que ce n'est pas du rap.*

— Viens.

Me prenant par la main, il m'entraîne jusqu'au lit à baldaquin. Il y a des menottes accrochées à chaque colonne, des bracelets en cuir reliés à de fines chaînes en métal qui scintillent sur le satin rouge.

Oh là là, j'ai l'impression que mon cœur sort de ma poitrine, je fonds, je brûle, impossible d'être plus excitée.

— Mets-toi là.

Je suis en face du lit. Il se penche pour me chuchoter :

— Attends là. Ne détourne pas tes yeux du lit. Imagine-toi attachée dessus, complètement à ma merci.

Oh, mon Dieu.

Il s'éloigne un moment. Je l'entends prendre quelque chose près de la porte. Tous mes sens sont en alerte, mon ouïe est devenue plus fine. Il a pris quelque chose sur la tringle à fouets et à palettes. *Oh, la vache. Qu'est-ce qu'il va me faire ?*

Je le sens derrière moi. Il m'attrape les cheveux et commence à les tresser.

— Je t'aime bien en couettes, Anastasia, mais je suis impatient de te posséder, alors une tresse, ça suffira.

Ses doigts habiles m'effleurent le dos de temps en temps tandis qu'il me coiffe et, chaque fois qu'il me touche, de petits chocs électriques me parcourent. Il attache le bout de la tresse avec un élastique, puis il tire dessus doucement pour me forcer à reculer jusqu'à ce que je sois collée contre lui. Il la tire encore de côté pour que je penche la tête, lui livrant mon cou. Il y frotte son nez, faisant courir ses dents et sa langue de la base de mon oreille à mon épaule. Il chantonne doucement en même temps, et ce son résonne en moi. Jusqu'en bas… jusque *là*, à l'intérieur de moi. Sans le faire exprès, je lâche un petit gémissement.

— Chut, souffle-t-il sur ma peau.

Il passe les bras autour de mon corps pour que je voie ce qu'il tient dans sa main droite : je reconnais un martinet.

— Touche-le, me souffle-t-il.

Il parle comme le diable en personne. Mon corps s'enflamme. Timidement, je tends la main pour effleurer les longues lanières en daim qui se finissent par de petites perles.

— Je vais m'en servir. Ça ne te fera pas mal, mais ça va faire affleurer ton sang à la surface de ta peau et la rendre très sensible.

Ouf, il dit que ça ne fait pas mal.

— Quels sont les mots d'alerte, Anastasia ?

— Euh… « jaune » et « rouge », monsieur.

— Tu es une bonne petite. Rappelle-toi, la peur, c'est dans ta tête.

Il lance le martinet sur le lit et pose ses mains sur ma taille.

— Tu n'auras pas besoin de ça, murmure-t-il en m'enlevant ma culotte.

Je m'en débarrasse en me soutenant à la colonne du lit.

— Ne bouge pas, m'ordonne-t-il.

Il m'embrasse le cul et le mordille deux fois. Je me tends.

— Maintenant, allonge-toi. Sur le dos.

Sa claque sur mes fesses me fait sursauter.

Je me hâte de ramper sur le matelas dur pour m'allonger sur le drap en satin, doux et frais contre ma peau. Christian reste impassible, mais ses yeux luisent d'une excitation à peine contenue.

— Mains au-dessus de la tête.

Qu'est-ce que j'ai envie de lui... je voudrais qu'il me prenne tout de suite.

Il se retourne et du coin de l'œil je le vois se diriger vers la commode. Il revient avec un iPod et un masque semblable à celui qu'on m'a donné lors de mon vol vers Atlanta. Ce souvenir me donne envie de sourire, mais mes lèvres refusent de coopérer. Je suis trop impatiente. Mon visage est complètement figé : je le fixe de mes yeux grands ouverts.

Il s'assoit au bord du lit pour me montrer l'iPod, auquel est relié un curieux appareil avec une antenne et des écouteurs. Bizarre. À quoi ça sert ?

— Ceci transmet ce qui passe sur l'iPod aux haut-parleurs de la chambre, répond Christian à ma question muette tout en tapotant la petite antenne. J'entends la même chose que toi, et j'ai une télécommande.

Il sourit de son sourire secret en me montrant un petit appareil plat qui ressemble à une calculette hyper-design. Il se penche pour insérer les écouteurs dans mes oreilles, et pose l'iPod sur le lit au-dessus de moi.

— Soulève la tête.

Lentement, il m'ajuste le masque : je suis aveugle. L'élastique maintient les écouteurs en place. Je l'entends encore, mais tous les bruits sont étouffés. Le son de ma propre respiration m'assourdit – elle est peu profonde et irrégulière. Christian saisit mon bras gauche, l'allonge vers le coin gauche du lit et m'attache le poignet avec le bracelet en cuir. Ses doigts caressent mon bras sur toute sa longueur. *Oh !* Ça chatouille. Je l'entends contourner le lit : il attache mon bras droit et de nouveau, ses doigts m'effleurent. *Oh, mon Dieu...* Je suis déjà prête à exploser. Pourquoi est-ce aussi érotique ?

Il se rend au pied du lit et m'attrape les chevilles.

— Soulève encore la tête, m'ordonne-t-il.

Il me traîne sur le lit de façon que mes bras soient complètement allongés. *Oh, la vache, je ne peux plus bouger les bras !* Un frisson d'appréhension mêlé d'euphorie me submerge, et je mouille encore plus. Il m'attache les chevilles de façon que je sois clouée au lit, bras et jambes écartés, totalement livrée à lui. C'est tellement déconcertant de ne pas le voir. Je tends l'oreille... qu'est-ce qu'il fait ? Je n'entends rien, juste mon souffle et les battements de mon cœur qui pulsent dans mes tympans.

Tout d'un coup, à l'intérieur de ma tête, une voix angélique s'élève, aussitôt rejointe par une deuxième voix, puis d'autres encore, un chœur céleste qui chante *a cappella* un cantique très ancien. *Qu'est-ce que c'est, pour l'amour du ciel ?* Je n'ai jamais rien entendu de semblable. Quelque chose d'une douceur presque insoutenable m'effleure le cou, court langoureusement sur ma gorge, ma poitrine, mes seins, me caresse... tire sur les pointes. C'est tellement doux, tellement inattendu. *De la fourrure ! Un gant en fourrure ?*

Christian fait traîner sa main jusqu'à mon ventre sans se presser, encerclant mon nombril, passant d'une hanche à l'autre, et j'essaie de deviner où il ira ensuite... mais la musique... dans ma tête... me transporte... la fourrure au sommet de ma toison... entre mes jambes, le long d'une jambe... remontant l'autre jambe... ça chatouille presque... mais pas tout à fait... d'autres voix se joignent aux premières... dans le chœur céleste, les voix chantent des mélodies différentes dans l'harmonie la plus belle que j'aie entendue de ma vie. En saisissant le mot « *deus* », je comprends qu'elles chantent en latin. La fourrure remonte mes bras et contourne ma taille... revient à mes seins. Les pointes durcissent sous cette douce caresse... je halète... en me demandant où sa main ira ensuite. Soudain, la fourrure disparaît, et je sens le bout des lanières du martinet qui m'effleurent la peau, suivant le même chemin que la fourrure. J'ai du mal à me concentrer avec cette musique – ces centaines de voix tissent dans ma tête une tapisserie d'une finesse aérienne de fils de soie d'or et d'argent. La musique se mêle à la sensation du daim sur ma peau... *oh, mon Dieu...* brusquement, elle disparaît. Puis, soudain, elle me mord le ventre.

— Aïe !

J'ai hurlé, surprise, mais ça ne fait pas vraiment mal : ça picote. Il me frappe encore. Plus fort.

— Aaah !

Je voudrais bouger, me tordre... pour échapper ou aller à la rencontre de chaque coup... je ne sais plus, je suis dépassée... Je ne peux pas bouger les bras... mes jambes sont coincées... je suis immobilisée... il me cingle les seins – je pousse un cri. C'est une torture exquise. Ma peau chante sous les coups qui tombent en contrepoint parfait avec la musique ; dans un recoin obscur de mon esprit, je m'abandonne à cette sensation érotique. *Oui – je comprends.* Il me frappe une hanche, puis cingle ma toison, mes cuisses, l'intérieur de mes cuisses... remonte jusqu'à mes hanches. Il continue jusqu'à ce que la musique atteigne son paroxysme, puis tout d'un coup elle s'arrête. Lui aussi. Puis le chant reprend... monte, monte, tandis qu'il fait pleuvoir les coups sur moi... je gémis en me tordant. Une fois de plus, tout s'arrête, tout est silence, sauf mon souffle affolé... mon désir affolé. Qu'est-ce qui se passe ? Qu'est-ce qu'il va me faire maintenant ? Mon excitation est presque insupportable. Je suis égarée dans un lieu obscur, charnel.

Le lit remue, je le sens qui grimpe au-dessus de moi, et la musique recommence. Il la passe en boucle... cette fois, son nez et sa langue remplacent la fourrure... courant de mon cou à ma gorge, m'embrassant, me léchant... descendant vers mes seins... Ah ! Provoquant mes tétons tour à tour... sa langue tournoie sur l'un tandis que ses doigts titillent l'autre sans merci... Je gémis, fort, je crois, mais je n'entends rien. Je suis perdue. Perdue en lui... perdue dans ces voix astrales, séraphiques... perdue dans toutes ces sensations auxquelles je ne peux échapper... Je suis totalement livrée à ses caresses expertes.

Il descend vers mon ventre – sa langue encercle mon nombril – en suivant la piste de la fourrure et du martinet... je geins. Il embrasse, suce, mordille... direction plein sud... et puis sa langue est *là*, à l'endroit où mes cuisses se joignent. Je renverse la tête en arrière, près de l'explosion... Je suis au bord du gouffre quand il s'arrête.

Non ! Je sens le lit remuer : il s'est agenouillé entre mes jambes. Tout d'un coup, l'une de mes chevilles est libre. Je replie la jambe... je la repose sur lui. Il libère l'autre, puis les masse et les malaxe afin de les assouplir. M'attrapant par les hanches, il me soulève de sorte que mon dos ne repose plus sur le lit. Je suis arquée, appuyée sur mes épaules. *Quoi ?* Il s'agenouille entre mes jambes... et d'un seul mouvement il est en moi... *oh, putain*... je crie encore. Le frémissement de mon orgasme imminent s'annonce ; il s'immobilise. Le frémissement meurt... *nooon*... il va encore me torturer.

— S'il te plaît !

Il m'agrippe plus durement... pour m'avertir de me taire ? Je ne sais pas. Ses doigts s'enfoncent dans la chair de mes fesses tandis que je halète... alors je me force à ne plus bouger. Il reprend son mouvement... son va-et-vient est d'une lenteur atroce. *Bordel de merde, vas-y !* Je hurle dans ma tête... Et tandis que les voix du chœur céleste se multiplient, son rythme accélère de façon infime, il se contrôle... suit le tempo de la musique. C'est insupportable.

— S'il te plaît !

D'un geste rapide, il me repose sur le lit et s'allonge au-dessus de moi, ses mains de chaque côté de moi à la hauteur de mes seins soutiennent son poids, et il s'enfonce en moi. Alors que la musique atteint son paroxysme, je tombe... je tombe en chute libre... dans l'orgasme le plus intense, le plus déchirant que j'aie jamais vécu, et Christian me suit... me donne trois coups de reins violents... s'immobilise enfin, puis s'effondre sur moi.

Tandis que ma conscience émerge de l'endroit où elle s'était planquée, Christian se retire. La musique s'est arrêtée. Je le sens allonger le bras au-dessus de moi pour me détacher le poignet droit, puis le gauche. Il m'enlève doucement le masque et les écouteurs. Je cligne des yeux dans la lumière tamisée.

— Salut, murmure-t-il.

— Salut.

Il sourit et se penche pour m'embrasser doucement.

— Bravo, chuchote-t-il. Retourne-toi.

Oh, la vache – qu'est-ce qu'il va me faire maintenant ? Son regard s'adoucit.

— Je veux juste te masser les épaules.

— Ah... d'accord.

Je me mets sur le ventre, ankylosée, crevée. Christian me chevauche et commence à me masser les épaules. Je pousse un gémissement – ses doigts sont si forts, si savants. Il m'embrasse sur le dessus de la tête.

— C'était quoi, cette musique ?

J'ai eu du mal à articuler ma question.

— Un motet à quarante voix de Thomas Tallis, *Spem in Alium*.

— C'était... irrésistible.

— J'ai toujours eu envie de baiser en l'écoutant.

— Ne me dites pas que c'est encore une première, monsieur Grey ?

— En effet, mademoiselle Steele.

Je gémis de nouveau tandis que ses doigts font des prodiges sur mes épaules.

— Eh bien, moi aussi, c'est la première fois que je baise en l'écoutant, dis-je, à moitié endormie.

— Hum... on vit beaucoup de premières, tous les deux.

— Qu'est-ce que je t'ai dit en dormant, Christ... euh, monsieur ?

Ses mains s'immobilisent un instant.

— Tu as dit beaucoup de choses, Anastasia. Tu as parlé de cages, de fraises... tu as dit que tu en voulais plus... et que je te manquais.

Ouf ! Dieu merci.

— C'est tout ?

Christian arrête son divin massage pour s'allonger à côté de moi en s'accoudant. Il fronce les sourcils.

— Tu pensais que tu avais dit quoi ?

Et merde.

— Que je te trouvais moche, prétentieux, et que tu étais nul au pieu.

Il fronce les sourcils de plus belle.

— Naturellement, tout ça est vrai, mais maintenant, je suis encore plus curieux. Que me cachez-vous, mademoiselle Steele ?

Je le regarde d'un air innocent.

— Je ne te cache rien.

— Anastasia, tu mens lamentablement mal.

— Je plaisantais. Tu n'as pas envie de rire un peu ?

Il sourit.

— Je ne sais pas faire de plaisanteries.

638

— Monsieur Grey ! Enfin quelque chose que vous ne savez pas faire ?

C'est à mon tour de sourire.

— Oui, je suis nul pour les blagues.

Il en a l'air tellement fier que je pouffe de rire.

— Moi aussi, je suis nulle.

— Quel son ravissant, murmure-t-il en se penchant pour m'embrasser. Mais tu me caches quelque chose, Anastasia. Je vais devoir te faire avouer sous la torture.

26.

Je m'éveille en sursaut. Je crois que je viens de tomber dans un escalier en rêve. Je me redresse, désorientée. Il fait noir, et je suis seule dans le lit de Christian. Quelque chose m'a réveillée, une pensée lancinante. Je jette un coup d'œil au réveil. Il est 5 heures du matin mais je me sens reposée. Pourquoi donc ? Ah oui – le décalage horaire. Il est 8 heures du matin sur la côte Est. *Merde, il faut que je prenne ma pilule !* Je me lève. Heureusement que je me suis réveillée. J'entends le piano. Christian est en train de jouer. Il faut que je voie ça. J'adore le regarder jouer du piano. J'attrape mon peignoir sur la chaise et je m'aventure dans le couloir pour écouter la mélodie mélancolique qui provient de la grande pièce.

Christian est assis dans une bulle de lumière qui réveille des éclairs cuivrés dans ses cheveux. Il a l'air nu, mais je sais qu'il porte son pantalon de pyjama. Il joue magnifiquement. J'hésite en l'observant dans l'ombre, car j'ai peur de l'interrompre. J'ai envie de le prendre dans mes bras. Il a l'air perdu, esseulé – ou alors, c'est parce que la musique est d'une tristesse poignante. Il finit le morceau, s'arrête une seconde, puis le recommence. Je m'avance prudemment vers lui, attirée comme un papillon par la flamme… cette idée me fait sourire. Il lève les yeux vers moi et fronce les sourcils avant de se pencher à nouveau sur le clavier.

Et merde, est-il fâché que je l'aie dérangé ?

— Tu devrais être en train de dormir, me reproche-t-il doucement.

Je devine que quelque chose le préoccupe.

— Toi aussi.

Il lève à nouveau les yeux en esquissant un sourire.

— Vous me grondez, mademoiselle Steele ?

— Oui, monsieur Grey, en effet.

— Je n'arrivais pas à dormir.

Il fronce à nouveau les sourcils ; une trace d'irritation ou de colère traverse ses traits. Contre moi ? Sûrement pas.

Je fais comme si je ne l'avais pas remarqué et, très courageusement, je m'assois à côté de lui sur le banc du piano, pose la tête sur son épaule nue et regarde ses doigts agiles caresser les touches. Il s'arrête une fraction de seconde, puis reprend le morceau jusqu'à la fin.

— C'était quoi ?

— Chopin. *Prélude* opus vingt-huit, numéro quatre. En *mi* mineur, au cas où ça t'intéresse.

— Tout ce que tu fais m'intéresse.

Il se tourne pour poser ses lèvres sur mes cheveux.

— Je ne voulais pas te réveiller.

— Ce n'est pas toi qui m'as réveillée. Joue un autre morceau.

— Un autre ?

— Le morceau de Bach que tu jouais, la première nuit que j'ai passée ici.

— Ah, le *Marcello*.

Il recommence à jouer. Je sens le mouvement de ses mains à travers ses épaules, et je ferme les yeux. Les notes mélancoliques tourbillonnent lentement autour de nous, renvoyées en écho par les murs. C'est un morceau d'une beauté obsédante, encore plus triste que celui de Chopin, et je me perds dans sa splendeur. D'une certaine manière, il reflète mes sentiments. Mon désir poignant, profond, de mieux connaître cet homme extraordinaire, de comprendre sa tristesse. Trop vite, le morceau se termine.

— Pourquoi joues-tu toujours des airs tristes ?

Je me redresse pour le regarder. Il hausse les épaules, l'air circonspect.

— Tu n'avais que six ans quand tu as commencé à apprendre le piano ?

Il hoche la tête, l'air de plus en plus méfiant. Au bout d'un moment, il dit :

— J'ai appris à jouer du piano pour faire plaisir à ma nouvelle mère.

— Pour mériter ta place dans cette famille parfaite ?

— Oui, en quelque sorte, dit-il, évasif. Pourquoi es-tu debout ? Tu n'as pas besoin de récupérer, après les efforts d'hier ?

— Il est 8 heures du matin pour moi. Et il faut que je prenne ma pilule.

Il hausse les sourcils.

— Bravo, tu t'en es souvenue.

Je vois qu'il est épaté.

— Il n'y a que toi pour commencer à prendre un mode de contraception à heures fixes alors que tu es dans un fuseau horaire différent. Tu devrais peut-être attendre une demi-heure, puis encore une demi-heure demain matin. Pour que tu finisses par prendre ta pilule à une heure raisonnable.

— Bonne idée. Alors, qu'est-ce qu'on va faire pendant une demi-heure ?

— J'ai une ou deux idées derrière la tête.

Il me sourit d'un air salace. Je le regarde, impassible, tout en fondant sous son regard lascif.

— Ou alors, on pourrait parler.

Il plisse le front.

— Je préfère mon idée.

Il me prend sur ses genoux.

— Tu préfères toujours baiser au lieu de parler.

Je ris en me tenant à ses avant-bras.

— C'est vrai. Surtout avec toi.

Il passe le nez dans mes cheveux et entame un chapelet de baisers de mon oreille à mon cou.

— Peut-être sur le piano ?

Oh, mon Dieu. Mon corps tout entier se tend à cette idée. *Le piano. Waouh.* Mais je résiste :

— Je veux tirer une chose au clair.

Ma déesse intérieure a déjà fermé les yeux pour savourer la sensation de ses lèvres sur ma peau.

— Toujours aussi curieuse, mademoiselle Steele. Qu'est-ce que tu veux tirer au clair ? souffle-t-il tout en continuant à m'embrasser dans le cou.

Je ferme les yeux.

— Nous.

— Nous, quoi ?

Il s'arrête de m'embrasser l'épaule.

— Le contrat.

Il lève la tête, soupire et me caresse la joue du bout des doigts.

— Eh bien, je pense que le contrat est caduc, pas toi ?

Sa voix est basse et rauque, ses yeux se sont adoucis.

— Caduc ?

— Caduc.

Il sourit. Je l'interroge du regard.

— Mais tu y tenais tellement ?

— Ça, c'était avant. Mais les Règles restent applicables.

— Avant ? Avant quoi ?

— Avant…

Il se tait un instant.

— Avant… « plus ».

Il hausse les épaules.

— Ah !

— On est déjà allés deux fois dans la salle de jeux et tu ne t'es pas enfuie en hurlant.

— Tu t'attendais à ça ?

— Je ne m'attends à rien de ce que tu fais, Anastasia, rétorque-t-il.

— Bon, parlons clairement. Tu veux que j'obéisse aux Règles du contrat en tout temps, mais pas au reste ?

— Sauf dans la salle de jeux. Je veux que tu respectes l'esprit du contrat dans la salle de jeux, et, oui, je veux que tu observes les Règles tout le temps. Comme ça, je sais que tu es en sécurité, et je pourrai t'avoir quand je veux.

— Et si je transgresse l'une des Règles ?

— Je te punirai.

— Mais tu n'auras pas besoin de ma permission pour me punir ?

— Si, il faudra que tu me la donnes.

— Et si je refuse ?

Il me dévisage un moment, comme s'il ne comprenait pas.

— Si tu refuses, c'est à moi de te persuader d'accepter.

Je m'écarte de lui pour me lever. Il me faut du recul. Il fronce les sourcils, l'air perplexe et méfiant. Je reprends :

— Donc, pour les punitions, le contrat reste toujours valable.

— Seulement si tu transgresses une Règle.

— Il va falloir que je les relise.

— Je vais te les chercher.

Il a retrouvé sa voix d'homme d'affaires.

Hou là. La conversation est devenue tellement sérieuse tout d'un coup. Il se dirige vers son bureau d'un pas souple. Mon cuir chevelu picote. J'ai tellement besoin d'un thé, là… Nous allons discuter de l'avenir de notre prétendue relation à 5 h 45 du matin, alors qu'il a d'autres soucis en tête – est-ce bien sage ? Je me dirige vers la cuisine, toujours plongée dans l'obscurité. Où sont les interrupteurs ? Je les trouve, allume, et remplis la bouilloire. *Ma pilule !* Je fouille dans mon sac à main, que j'avais laissé sur le bar, et je la retrouve rapidement. J'avale le comprimé. Voilà. Christian est de retour. Assis sur un tabouret, il m'observe attentivement.

— Tiens.

Il pousse un exemplaire du contrat vers moi ; je remarque que certaines lignes sont biffées.

RÈGLES

Obéissance :

La Soumise obéira immédiatement et avec enthousiasme à tous les ordres donnés par le Dominant. La Soumise acceptera toute activité sexuelle estimée opportune et agréable par le Dominant, à l'exception des activités figurant dans la liste des limites à ne pas franchir (Annexe 2).

Sommeil :

La Soumise fera en sorte de dormir sept heures par nuit au minimum lorsqu'elle n'est pas avec le Dominant.

Nourriture :

La Soumise mangera régulièrement les aliments prescrits pour rester bien portante (Annexe 4). La Soumise ne grignotera pas entre les repas, à l'exception de fruits.

Vêtements :

Pour la durée du Contrat, la Soumise ne portera que des vêtements approuvés par le Dominant. Le Dominant fournira un budget vestimentaire à la Soumise, que la Soumise utilisera dans son intégralité. Le Dominant accompagnera la Soumise pour acheter des vêtements lorsqu'il le jugera opportun. Si le Dominant l'exige, la Soumise portera pour la durée du Contrat toutes les parures imposées par le Dominant, en présence du Dominant ou à tout moment jugé opportun par le Dominant.

Exercice :
Le Dominant fournira à la Soumise un coach personnel quatre fois par semaine pour une séance d'une heure, aux moments qui conviendront au coach et à la Soumise. Ce coach rapportera au Dominant les progrès de la Soumise.

Hygiène personnelle/Beauté :
La Soumise sera propre et rasée/épilée en tous temps. La Soumise se rendra dans l'institut de beauté désigné par le Dominant aux moments choisis par lui et se soumettra à tous les traitements qu'il jugera opportuns.

Sécurité personnelle :
La Soumise n'abusera pas de l'alcool, ne fumera pas, ne prendra pas de drogues et ne s'exposera pas à des dangers inutiles.

Qualités personnelles :
La Soumise n'aura pas de relations sexuelles avec un autre que le Dominant. La Soumise se comportera avec respect et pudeur en tous temps. Elle doit reconnaître que son comportement a des conséquences directes sur la réputation du Dominant. Elle sera tenue responsable de toute faute, méfait, ou inconduite commise en l'absence du Dominant.

Toute infraction aux clauses ci-dessus entraînera une punition immédiate, dont la nature sera déterminée par le Dominant.

— Donc, pour l'obéissance, c'est toujours valable ?
— Oh oui.
Il sourit. Je secoue la tête, et, avant de m'en rendre compte, je lève les yeux au ciel.
— Qu'est-ce que tu viens de faire, là, Anastasia ?

Putain.

— Je ne sais pas. Tout dépend de ta réaction.

— Toujours la même, dit-il, l'œil pétillant d'excitation.

Je déglutis ; un frisson me parcourt.

— Alors…

Bordel de merde, je fais quoi, là ?

— Oui ?

Il se pourlèche.

— Tu veux me donner une fessée.

— Oui. Et je vais te la donner.

— Vraiment, monsieur Grey ?

Je le défie avec un sourire. On peut être deux à jouer ce jeu-là.

— Tu comptes m'en empêcher ?

— Il faudra que tu m'attrapes.

Ses yeux s'écarquillent légèrement et il sourit en se levant lentement.

— Vraiment, mademoiselle Steele ?

Le bar est entre nous. Je n'ai jamais été plus heureuse qu'il existe qu'en ce moment.

— En plus, tu te mordilles la lèvre, souffle-t-il en se déplaçant lentement vers sa gauche, tandis que je me déplace vers la mienne.

— Tu n'oseras pas. Après tout, toi aussi tu lèves les yeux au ciel.

J'essaie de le raisonner. Il continue à aller vers la gauche. Je me décale.

— Oui, mais toi, tu viens de faire monter les enjeux d'un cran.

Ses yeux étincellent, une impatience folle émane de tout son être. Je feins la nonchalance :

— Je cours très vite, tu sais.

— Moi aussi.

Il me pourchasse dans sa propre cuisine.

— Tu vas venir sans faire d'histoires, oui ?

— Ça m'est déjà arrivé ?

— Mademoiselle Steele, que voulez-vous dire par là ? ricane-t-il. Ça va être bien pire si je suis obligé de venir te chercher.

— À condition que tu m'attrapes, Christian. Et, en ce moment, je n'ai aucune intention de te laisser faire.

— Anastasia, tu pourrais tomber et te faire mal. Ce qui te placerait en infraction directe à la règle numéro six.

— Je suis en danger depuis que je vous connais, monsieur Grey, avec ou sans règles.

— En effet.

Soudain, il se jette sur moi, ce qui me fait hurler ; je m'élance vers la table de la salle à manger, que j'interpose entre nous. Mon cœur bat à tout rompre et l'adrénaline m'inonde le corps… qu'est-ce que c'est excitant ! Je suis redevenue une petite fille, enfin, pas vraiment. Je le guette qui s'avance vers moi d'un pas délibéré. Je recule lentement.

— Tu sais distraire un homme, Anastasia.

— Vous satisfaire est notre priorité. Te distraire de quoi ?

— De la vie. De l'univers.

Il agite une main dans le vide.

— Tu avais en effet l'air très préoccupé quand tu jouais du piano.

Il s'arrête et croise les bras, amusé.

— On pourrait passer la journée à ça, bébé, mais je vais finir par t'attraper, et ça sera encore pire pour toi.

— Non, tu ne m'attraperas pas.

Ma conscience a chaussé ses Nike et elle est dans les starting-blocks.

— On jurerait que tu ne veux pas que je t'attrape.

— Je ne veux pas, figure-toi. Pour moi, me faire punir, c'est comme pour toi, te faire toucher.

Son attitude change complètement en une fraction de seconde. Le Christian enjoué s'est évanoui. Il me regarde comme si je l'avais giflé, livide.

— C'est ça que tu éprouves ?

Qu'est-ce que j'ai fait là ? La façon dont il a prononcé ces mots m'en apprend tellement sur lui, sur ce qu'il ressent. Sur sa peur, sa haine de lui-même. Je fronce les sourcils. Non, ça n'est pas aussi terrible que ça pour moi. Tout de même pas. Je le dévisage anxieusement.

— Non. Ça ne m'affecte pas à ce point-là, mais ça te donne une petite idée de ce que je ressens.

— Ah !

Merde. Il a l'air totalement désorienté, comme si j'avais tiré le tapis de sous ses pieds. Inspirant profondément, je contourne la table pour le rejoindre et plonge mon regard dans le sien.

— Tu détestes ça à ce point-là ? souffle-t-il, horrifié.

— Enfin... non.

Ça alors, c'est ça qu'il éprouve quand on le touche ? Je m'explique :

— Non, c'est plus ambivalent que ça. Je n'aime pas, mais je ne déteste pas.

— Mais hier soir, dans la salle de jeux, tu...

— Je le fais pour toi, Christian, parce que toi, tu as besoin de ça. Pas moi. Tu ne m'as pas fait mal hier soir. C'était dans un contexte différent, je peux me le justifier, et en plus je te fais confiance. Mais quand tu veux me punir, j'ai peur que tu me fasses mal.

Ses yeux s'assombrissent d'une lueur d'orage. Le temps se dilate et s'envole avant qu'il ne me réponde.

— Je veux te faire mal. Mais pas plus que tu ne peux le supporter.

Merde !

— Pourquoi ?

Il passe sa main dans ses cheveux et hausse les épaules.

— J'en ai besoin, c'est tout.

Il se tait et me dévisage, angoissé, avant de fermer les yeux et de secouer la tête.

— Je ne peux pas te le dire, chuchote-t-il.

— Tu ne peux pas ou tu ne veux pas ?

— Je ne veux pas.

— Donc, tu sais pourquoi.

— Oui.

— Mais tu ne veux pas me le dire.

— Si je te le dis, tu vas partir en hurlant pour ne plus jamais revenir. Je ne peux pas courir ce risque, Anastasia.

— Tu veux que je reste ?

— Plus que tu ne l'imagines. Je ne supporte pas l'idée de te perdre.

Oh, mon Dieu.

Il me regarde et, tout d'un coup, m'attire dans ses bras pour m'embrasser passionnément, ce qui me prend complètement au dépourvu. Toute sa panique et son désespoir s'expriment dans ce baiser.

— Ne me quitte pas. Pendant que tu dormais, tu m'as dit que tu ne me quitterais pas, tu m'as supplié de ne pas te quitter, murmure-t-il contre mes lèvres.

Ah... ma confession nocturne.

— Je ne veux pas m'en aller.

J'ai le cœur serré par la détresse de cet homme. Il a peur, il est perdu... quelque part dans sa nuit. Ses yeux grands ouverts sont désolés, torturés. J'ai le pouvoir de l'apaiser, si je le rejoins pour un temps dans la nuit afin de le ramener vers la lumière.

— Montre-moi, lui dis-je, soudain déterminée.

— Te montrer quoi ?

— Montre-moi à quel point ça peut faire mal.

— Quoi ?

— Punis-moi. Je veux savoir jusqu'où ça peut aller.

Christian s'écarte de moi, complètement dérouté.

— Tu serais prête à essayer ?

— Oui. Je viens de te le demander.

En réalité, j'ai une idée derrière la tête. Si je le laisse me faire mal, il me laissera peut-être le toucher ?

— Ana, je ne comprends pas.

— Moi non plus, mais j'essaie. Comme ça, toi et moi, on saura une fois pour toutes où on en est. Si je supporte la douleur, alors peut-être que tu...

Les mots me manquent, et ses yeux s'écarquillent à nouveau. Il sait où je veux en venir. Un instant, il a l'air déchiré, mais un air de résolution s'installe sur ses traits, et il plisse les yeux en me scrutant d'un air calculateur, comme s'il envisageait les alternatives.

652

Abruptement, il m'attrape par le bras et m'entraîne dans l'escalier jusqu'à la salle de jeux. Le plaisir et la douleur, la récompense et la punition – ces mots qu'il a prononcés il y a si longtemps résonnent dans mon esprit.

— Je vais te montrer jusqu'où ça peut aller. Ensuite, la décision t'appartiendra. (Il s'arrête devant la porte.) Tu es prête ?

Je hoche la tête, résolue mais prise d'un soudain vertige ; tout le sang s'est retiré de ma tête et j'ai l'impression que je vais m'évanouir.

Il ouvre la porte et, sans lâcher mon bras, attrape ce qui ressemble à une ceinture sur le portant, puis me traîne jusqu'au banc en cuir à l'autre bout de la pièce.

— Penche-toi sur ce banc.

Très bien. Je peux y arriver. Je m'incline sur le cuir lisse et doux. Il ne m'a pas fait retirer mon peignoir. J'en suis un peu étonnée. *Bordel de merde, je vais déguster... je le sens.*

— Nous sommes ici parce que tu as accepté d'y être, Anastasia. Et parce que tu m'as fui tout à l'heure. Je vais te frapper six fois, et tu vas compter les coups avec moi.

Et merde, il s'y met, oui ou non ? Il fait toujours tout un plat de mes punitions. Je lève les yeux au ciel, sachant très bien qu'il ne peut pas me voir.

Il me trousse. Bizarrement, ça me semble plus impudique que la nudité. Il caresse doucement mon cul, passant sa main tiède sur mes fesses jusqu'en haut de mes cuisses.

— Je fais ça pour que tu te rappelles de ne pas me fuir. Même si ça m'a excité, je ne veux plus jamais que tu me fuies.

L'ironie de la situation ne m'échappe pas. Si je m'enfuyais, c'était précisément pour éviter cela. Alors que s'il m'avait ouvert les bras, j'aurais accouru vers lui.

— Et tu as levé les yeux au ciel. Tu sais ce que je pense de ça.

Tout d'un coup, sa voix n'est plus angoissée. Il est revenu de cet endroit où il s'était égaré. Je le devine à son ton, à la façon dont il pose les doigts sur mon dos pour me maintenir – son humeur s'est transformée.

Je ferme les yeux pour me préparer au premier coup. Lorsqu'il s'abat violemment sur mes fesses, la morsure de la ceinture est encore plus cuisante que je le redoutais. Je pousse un cri et aspire une grande goulée d'air.

— Compte, Anastasia !

— Un !

Mon cri ressemble à un juron.

Il me frappe de nouveau. *Putain de merde... ça brûle.*

— Deux !

Ça fait du bien de hurler.

Sa respiration est sifflante et irrégulière, alors que la mienne est presque inexistante. Je fouille mon esprit pour trouver ma force intérieure. La ceinture mord à nouveau ma chair.

— Trois !

Je ne peux pas m'empêcher de pleurer. Merde, c'est bien pire que je pensais, bien pire que la fessée. Il ne se retient pas.

— Quatre !

La ceinture m'a encore mordue, les larmes ruissellent sur mon visage. Je ne veux pas pleurer. Je suis furieuse de pleurer. Il me frappe encore.

— Cinq !

Ma voix n'est plus qu'un sanglot étranglé – en ce moment, je crois que je le déteste. Encore un coup. Encore un, ça va aller, je peux le supporter. Mon cul est en feu. Une douleur cinglante me déchire. Je chuchote :

— Six.

Je l'entends lâcher la ceinture derrière moi. Il me prend dans ses bras, ahanant, compatissant… et je ne veux pas de lui.

— Lâche-moi… non…

Je me débats pour m'arracher à son étreinte, je le repousse, je lutte contre lui.

— Ne me touche pas !

Je me redresse pour le dévisager. Il m'observe, les yeux écarquillés. J'essuie mes larmes du dos des deux mains, furieuse, et je le fusille du regard.

— C'est ça que tu aimes ? Moi, comme ça ?

Je m'essuie le nez avec la manche de mon peignoir. Il me regarde, méfiant.

— Pauvre cinglé !

— Ana, plaide-t-il, choqué.

— Il n'y a pas d'Ana ! Va te faire soigner, Grey !

Sur ce, je fais volte-face et sors de la salle de jeux en refermant la porte derrière moi. Je m'y adosse un instant, agrippée à la poignée. Où aller ? Je pars ? Je reste ? Hors de moi, j'essuie rageusement les larmes qui me brûlent les joues. Je n'ai qu'une envie, me rouler en boule. Récupérer. Guérir ma foi brisée. Comment ai-je pu être aussi stupide ? Évidemment que ça fait mal, je m'attendais à quoi ?

D'une main hésitante, je me frotte les fesses. Aïe ! Ça brûle ! Je vais où ? Pas dans sa chambre... Mais dans la chambre qui sera la mienne, non, qui est la mienne... ou qui l'a été. Voilà pourquoi il voulait que je garde une chambre. Il savait qu'après je n'aurais aucune envie de le voir.

Je m'y dirige, raide et endolorie, sachant que Christian peut m'y suivre à tout moment. La chambre est encore plongée dans l'obscurité ; l'aube ne fait que chuchoter au-dessus des immeubles. Je me couche tant bien que mal en prenant soin de ne pas m'asseoir, sans retirer mon peignoir. Je le resserre autour de moi, je me roule en boule et je me laisse aller à sangloter dans mon oreiller.

Qu'est-ce qui m'est passé par la tête ? Pourquoi l'ai-je laissé me faire ça ? Je voulais la nuit ; je voulais savoir jusqu'où ça pouvait aller – mais il fait trop noir pour moi dans son monde. Je n'y arriverai pas. Oui, c'est ça qu'il aime ; c'est comme ça qu'il s'éclate.

Quel dur retour à la réalité. À sa décharge, il m'a avertie à maintes reprises de ne pas m'approcher de lui. Il n'est pas normal. Il a des besoins que je ne peux pas assouvir. Je le comprends maintenant. Je ne veux plus qu'il me traite comme ça, plus jamais. Je repense aux deux ou trois fois où il m'a frappée auparavant : il s'était retenu. Est-ce que ça pourrait lui suffire ? Je sanglote de plus belle dans l'oreiller. Je vais le perdre. Il ne voudra plus de moi si je ne peux pas lui donner ça. Pourquoi, pourquoi suis-je tombée amoureuse de Cinquante Nuances ?

Pourquoi ? Pourquoi pas de José, ou de Paul Clayton, ou de quelqu'un qui me ressemble ?

Son regard de détresse quand je suis partie... Choquée par sa férocité, j'ai été trop cruelle... Peut-il me pardonner ? Pourrais-je lui pardonner, moi ? Mes pensées partent dans tous les sens, ricochant à l'intérieur de mon crâne. Ma conscience secoue tristement la tête, ma déesse intérieure est aux abonnés absents. Quelle triste matinée. Je me sens tellement seule. Je veux ma maman. Je me rappelle ses mots à l'aéroport.

« Écoute ton cœur, ma chérie, et s'il te plaît, s'il te plaît, essaie de ne pas trop réfléchir. Détends-toi, amuse-toi. Tu es tellement jeune, mon chou. Tu as encore tellement de choses à vivre. Laisse-toi aller. Tu mérites ce qu'il y a de mieux en tout. »

J'ai écouté mon cœur : résultat, j'ai mal aux fesses et à l'âme. Il faut que je parte. Voilà... il faut que je le quitte. Il n'est pas bon pour moi, et je ne suis pas bonne pour lui. Comment est-ce que ça pourrait marcher entre nous ? L'idée de ne plus le revoir me fait suffoquer... mon Cinquante Nuances.

J'entends le déclic de la porte. *Il est là.* Il pose quelque chose sur la table de chevet et le lit remue sous son poids quand il s'allonge près de moi.

— Chut, souffle-t-il.

J'ai envie de m'écarter de lui, de reculer jusqu'au bout du lit, mais je suis paralysée.

— Ne me repousse pas, Ana, s'il te plaît.

Il m'attire dans ses bras et enfouit son nez dans mes cheveux en m'embrassant dans le cou.

— Ne me déteste pas, souffle-t-il doucement sur ma peau, d'une voix poignante et douloureuse.

Mon cœur se serre de nouveau, ce qui déclenche une autre crise de larmes silencieuse. Il continue à m'embrasser doucement, tendrement, mais je reste distante et méfiante.

Nous demeurons allongés sans parler pendant une éternité. Il se contente de me tenir dans ses bras. Peu à peu, je me détends et j'arrête de pleurer. L'aube arrive et repart, la lumière du matin devient plus intense, et nous restons toujours allongés en silence.

— Je t'ai apporté du paracétamol et de la pommade à l'arnica, me dit-il au bout d'un long moment.

Je me retourne très lentement dans ses bras pour lui faire face, ma tête posée sur son bras. Ses yeux sont gris ardoise.

Je contemple son beau visage qui ne trahit aucune émotion. Il me fixe sans cligner des yeux, beau à en couper le souffle. En si peu de temps, il m'est devenu si cher. Je caresse sa joue et effleure sa repousse de barbe du bout des doigts. Il ferme les yeux et soupire.

— Christian, je regrette…

Il ouvre les yeux et me dévisage, perplexe.

— Quoi ?

— Ce que j'ai dit.

— Tu ne m'as rien dit que je ne sache déjà.

Son regard se radoucit.

— Je regrette de t'avoir fait mal, ajoute-t-il.

Je hausse les épaules.

— Je l'ai bien cherché.

Et maintenant, je sais ce que c'est. Je déglutis. Il faut que je parle.

— Je ne pense pas que je puisse être ce que tu attends de moi.

Il écarquille les yeux, apeuré.

— Tu es tout ce que j'attendais.

Quoi ?

— Je ne comprends pas. Je ne suis pas obéissante, et je peux te jurer que plus jamais je ne te laisserai refaire ce que tu viens de me faire. Et c'est de ça que tu as besoin, tu me l'as dit.

Il referme les yeux ; des myriades d'émotions traversent son visage. Quand il les rouvre, il a l'air désolé.

— Tu as raison. Je devrais te laisser partir. Je ne suis pas bon pour toi.

Mon cuir chevelu picote ; chaque poil de mon corps se dresse. Le monde s'effondre autour de moi, ne laissant plus qu'un abîme béant dans lequel j'ai envie de me jeter. *Non !*

— Je ne veux pas m'en aller.

Merde. Ça y est. Ça passe ou ça casse. Les larmes me montent aux yeux.

— Moi non plus, je ne veux pas que tu t'en ailles, me chuchote-t-il d'une voix étranglée.

Il caresse doucement ma joue et y essuie une larme avec son pouce.

— Depuis que je t'ai rencontrée, je me sens vivre.

Son pouce suit le contour de ma lèvre inférieure.

— Moi aussi. Je suis amoureuse de toi, Christian.

Ses yeux s'écarquillent à nouveau, mais, cette fois, c'est de la peur panique que j'y lis.

— Non ! souffle-t-il comme si je lui avais donné un coup de poing dans l'estomac. Tu ne peux pas m'aimer, Ana. Non… c'est mal.

Il est horrifié.

— Mal ? Qu'est-ce qui est mal ?

— Regarde-moi. Je ne peux pas te rendre heureuse.

Sa voix est angoissée.

— Mais si, tu me rends heureuse.

— Pas en ce moment, pas quand je fais ce que je veux faire.

Bordel de merde. Cette fois, ça y est vraiment. Voilà à quoi tout se résume, au bout du compte : à l'incompatibilité. Comme avec toutes ses pauvres soumises. Je fais une dernière tentative :

— On n'arrivera jamais à dépasser ça ?

Il secoue la tête, l'air sinistre. Je ferme les yeux. Je ne supporte pas de le regarder.

— Bon… alors il vaut mieux que je m'en aille.

Je grimace en m'asseyant.

— Non, ne pars pas.

Il a l'air paniqué.

— Ça ne sert à rien de rester.

Tout d'un coup, je suis fatiguée, fatiguée jusqu'à l'os, et je veux m'en aller tout de suite. Je me lève. Christian aussi.

— Je vais m'habiller. Je voudrais rester seule.

Je le laisse planté au milieu de la chambre. Au bas de l'escalier, je contemple le salon en songeant qu'il y a quelques heures à peine, je l'écoutais jouer du piano, la tête sur son épaule. Tant de choses se sont passées depuis ce moment-là. J'ai enfin ouvert les yeux et saisi l'ampleur de sa dépravation. Maintenant, je sais qu'il est incapable de donner et de recevoir de l'amour. Mes pires craintes se sont réalisées. Et, curieusement, je me sens libérée.

Ma douleur est telle que je refuse de la reconnaître. Je ne sens plus rien. Je me suis échappée de mon corps pour ne plus être qu'une observatrice détachée de la tragédie qui se déroule actuellement. Je prends une douche rapide et méthodique, en ne réfléchissant qu'au geste suivant. Verser du gel douche. Replacer le flacon sur l'étagère. Me laver le visage, les épaules… et ainsi de suite. Des actes simples, mécaniques, qui n'exigent que des pensées simples, mécaniques.

Comme je ne me suis pas lavé les cheveux, je peux me sécher rapidement. Je m'habille dans la salle de bains, après avoir tiré un jean et un tee-shirt de ma petite valise. Mon jean m'irrite les fesses mais, à vrai dire, c'est une douleur bienvenue puisqu'elle me distrait de celle de mon cœur fracassé.

Alors que je referme ma valise, le sac qui contient le cadeau de Christian attire mon attention : un modèle réduit d'un planeur Blanik L23. Les larmes menacent. Un souvenir des jours heureux, de l'époque où j'espérais… plus. Je dois le lui donner. J'arrache une page de mon calepin, je rédige un petit mot en vitesse et je le laisse sur la boîte.

Ça m'a rappelé un bon moment.
Merci.
Ana

Je me regarde dans le miroir. Un spectre blafard aux paupières bouffies me dévisage. Je relève mes cheveux en chignon. Ma conscience hoche la tête. Elle sait qu'elle ne doit pas se moquer de moi en ce moment. Je n'arrive pas à croire que mon univers vient de s'effondrer en ne laissant qu'un tas de cendres stériles ; que tous mes rêves et mes espoirs sont anéantis. Non, non, je ne dois pas y penser maintenant. Inspirant profondément, je prends ma valise et, après avoir posé le modèle réduit du planeur avec mon mot sur l'oreiller, je me dirige vers la grande pièce.

Christian est au téléphone. Il porte un jean noir et un tee-shirt. Il a les pieds nus.

— Quoi ? hurle-t-il, me faisant sursauter. Putain, il aurait pu nous dire la vérité. C'est quoi, son numéro ? Il faut que je l'appelle… C'est vraiment la merde.

Il lève les yeux et ne me quitte plus du regard.

— Trouvez-la, aboie-t-il avant d'appuyer sur « raccrocher ».

Je me dirige vers le canapé pour prendre mon sac à dos en faisant de mon mieux pour ignorer sa présence. J'en sors le Mac et, retournant vers la cuisine, je le pose sur le bar, avec le BlackBerry et la clé de la voiture. Quand je me retourne pour lui faire face, il me regarde d'un air stupéfait, horrifié.

— Il me faut l'argent que Taylor a obtenu pour ma Coccinelle.

Ma voix est nette et calme, dénuée d'émotion… *extraordinaire.*

— Ana, je ne veux pas de ces choses, elles sont à toi. Garde-les.

— Non, Christian. Je ne les ai acceptées que parce que tu as insisté – je n'en veux plus.

— Ana, sois raisonnable.

Encore maintenant, il me gronde.

— Je ne veux rien qui puisse te rappeler à mon souvenir. Tout ce que je veux, c'est l'argent que Taylor a obtenu pour ma voiture.

Ma voix est monocorde.

Il s'étrangle.

— Tu fais exprès de me blesser ?

Je fronce les sourcils en le dévisageant. Bien sûr que non... je t'aime.

— Non. J'essaie simplement de me protéger. Parce que tu ne me veux pas comme je te veux.

— Je t'en prie, Ana, garde tout.

— Christian, je n'ai aucune envie de me disputer – je veux simplement l'argent.

Il plisse les yeux, mais il ne m'intimide plus. Enfin, rien qu'un petit peu. Je soutiens son regard, impassible, sans ciller ni céder.

— Tu prendrais un chèque ? lâche-t-il d'une voix aigre.

— Oui. Je pense que ton compte doit être approvisionné.

Il ne sourit pas et se contente de tourner les talons pour passer dans son bureau. Je contemple une dernière fois l'appartement, les œuvres d'art sur les murs, abstraites, sereines, détachées... froides. *Comme c'est approprié*, me dis-je distraitement. Mes yeux s'attardent sur le piano. Dire que si je n'avais pas parlé, on aurait fait l'amour là-dessus. Non, on aurait baisé. On aurait baisé sur le piano. Enfin, moi, j'aurais fait l'amour. Cette réflexion pèse sur mon esprit et ce qui me reste de cœur. M'a-t-il déjà fait l'amour ? Pour lui, ça n'a toujours été que de la baise.

Christian revient et me tend une enveloppe.

— Taylor en a obtenu un bon prix. C'est une voiture de collection. Tu peux lui poser la question. Il va te raccompagner chez toi.

Il fait un signe de tête. Je me retourne. Taylor est là, toujours aussi impeccable.

— Pas la peine. Je peux rentrer toute seule, merci.

Je me retourne pour fixer Christian. Je lis dans son regard une fureur qu'il arrive à peine à contenir.

— Tu vas donc me défier jusqu'au bout ?

— Pourquoi changer les bonnes habitudes ?

Je hausse légèrement les épaules comme pour m'excuser. Il ferme les yeux et passe sa main dans ses cheveux.

— Je t'en prie, Ana, laisse Taylor te raccompagner.

— Je vais aller chercher la voiture, tranche Taylor.

Christian hoche la tête et, quand je me retourne, Taylor a disparu.

Quand Christian s'avance vers moi, d'instinct, je recule d'un pas. Il s'arrête, l'air angoissé, le regard brûlant.

— Je ne veux pas que tu t'en ailles.

— Je ne peux pas rester. Je sais ce que je veux et tu ne peux pas me le donner, et moi je ne peux pas te donner ce dont tu as besoin.

Il s'avance encore d'un pas. Je lève les mains.

— Non, s'il te plaît. Je ne peux pas.

Pas question qu'il me touche, ça me tuerait.

Prenant ma valise et mon sac à dos, je me dirige vers le vestibule. Il me suit à distance, appuie sur le bouton de l'ascenseur, et les portes s'ouvrent. J'y monte.

— Adieu, Christian.

— Adieu, Ana.

Il a l'air totalement brisé. Il souffre le martyre. Moi aussi. Je détourne les yeux avant de changer d'avis et d'essayer de le réconforter.

Les portes de l'ascenseur se referment sur moi, m'entraînant vers les entrailles de l'immeuble et mon enfer intime.

Taylor m'ouvre la portière. Je monte sur la banquette arrière en évitant de croiser son regard, humiliée, honteuse. J'ai tout raté. J'espérais entraîner mon Cinquante Nuances vers la lumière, mais cette tâche s'est avérée au-dessus de mes piètres moyens. Désespérément, je tente de réprimer mes émotions, de les tenir à distance. Tandis que nous nous dirigeons vers la 4e Avenue, je fixe la route d'un œil vide, et l'énormité de ce que je viens de faire me submerge peu à peu. *Merde – je l'ai quitté.* Le seul homme que j'aie jamais aimé. Le seul homme avec qui j'aie jamais couché. Une douleur effroyable me déchire, le barrage cède et mes larmes débordent. Je les essuie rapidement avec mes doigts, tout en fouillant dans mon sac pour trouver mes lunettes de soleil. Alors que nous sommes arrêtés à un feu rouge, Taylor me tend un mouchoir en lin sans rien dire et sans me regarder. Je le prends, reconnaissante.

— Merci.

Ce petit acte de bonté discrète m'achève. Je m'effondre en sanglotant sur la banquette arrière.

L'appartement est vide, hostile. Je n'ai pas vécu ici assez longtemps pour m'y sentir chez moi. Je me dirige vers ma chambre où je retrouve, pendouillant au bout d'une ficelle au pied de mon lit, un pauvre ballon dégonflé en forme d'hélicoptère : Charlie Tango, dans le même état que moi. Je l'arrache rageusement du pied de mon lit en cassant la ficelle, et je le serre dans mes bras. *Qu'est-ce que j'ai fait là ?*

Je me laisse tomber sur mon lit sans me déchausser, et je hurle. La douleur est indescriptible... physique, mentale... métaphysique... elle s'infiltre jusqu'à la moelle de mes os. La douleur. Voilà ce que c'est que la douleur. Et je me la suis infligée à moi-même. Du fond de moi, une pensée atroce et involontaire m'est soufflée par ma déesse intérieure qui affiche un rictus hargneux... Elle insinue que la douleur physique de la ceinture n'est rien, rien, comparée à cette dévastation. Je me roule en boule, désespérément agrippée au ballon dégonflé et au mouchoir de Taylor, et je m'abandonne à mon chagrin.

REMERCIEMENTS

Je suis reconnaissante envers les personnes suivantes pour leur aide et leur soutien.

À mon mari, Niall, merci d'avoir toléré mon obsession, d'être une fée du logis, d'avoir été mon premier relecteur.

À ma patronne, Lisa, merci de m'avoir supportée tout au long de cette année pendant laquelle je me suis abandonnée à cette folie.

À CCL, je ne dirai jamais rien, mais merci.

Aux *bunker babes*, merci pour votre amitié et votre soutien constant.

À SR, merci pour tes conseils avisés depuis le début et merci d'avoir été le premier.

À Sue Malone, merci de m'avoir sortie d'affaire.

À Anne Messitte et à toute l'équipe de Random House d'avoir cru en moi.

EL James
dans Le Livre de Poche

Cinquante nuances plus sombres   n° 33243

Dépassée par les sombres secrets de Christian Grey, Anastasia Steele a mis un terme à leur relation pour se consacrer à sa carrière d'éditrice. Mais Grey occupe toujours toutes ses pensées et, lorsqu'il lui propose un nouvel accord, elle ne peut lui résister. Peu à peu, elle découvre le douloureux passé de son sulfureux M. Cinquante Nuances. Tandis que Christian lutte contre ses démons intérieurs, Ana doit prendre la décision la plus importante de sa vie…

Cinquante nuances plus claires   n° 33244

Ana et Christian ont tout pour être heureux : l'amour, la fortune et un avenir plein de promesses. Ana apprend à vivre dans le monde fastueux de son M. Cinquante Nuances, sans perdre son intégrité ni son indépendance, tandis que Christian s'efforce de se défaire de son obsession du contrôle et d'oublier son terrible passé. Mais bientôt, alors que tout semble leur sourire, le destin les rattrape et leurs pires cauchemars deviennent réalité… Un *happy end* est-il possible pour Christian Grey et Anastasia Steele ?